특집! 한창기

초판 1쇄 발행 / 2008년 1월 20일
초판 7쇄 발행 / 2020년 7월 23일

편집위원 / 강운구 김형윤 김연옥 설호정 윤구병 임선근 장경식
미술편집위원 / 이상철 이병혜

지은이 / 강운구와 쉰여덟 사람
펴낸이 / 강일우
펴낸곳 / (주)창비
등록 / 1986년 8월 5일 제85호
주소 / 10881 경기도 파주시 회동길 184
전화 / 031-955-3333
팩시밀리 / 영업 031-955-3399 편집 031-955-3400
홈페이지 / www.changbi.com
전자우편 / nonfic@changbi.com

© 강운구와 쉰여덟 사람 2008
ISBN 978-89-364-7138-5 03810

특집! 한창기

강운구와 쉰여덟 사람 지음

창비

기억에 대하여

봄비가 오락가락하던 2006년 4월 18일 저녁 서울 광화문 세종문화회관 옆 허름한 중국집 가봉루에서 이 책은 시작되었다.

한창기 사후 십 년 동안 뿌리깊은나무, 샘이깊은물, 한국브리태니커회사를 매개로 한창기와 각별한 인연을 맺었던 사람들은 늘 재에 묻힌 불처럼 그의 행장을 기록해 남겨야 한다는 생각을 가슴 속에 품고 있었다. 속속들이 이야 기하자면 만리장서가 되겠으나 결과적으로 아무것도 안하고 십 년 세월을 속 절없이 흘려보냈다. 그리고 십진법에 약한 한국인답게 십 주기란 단어에 심금 이 흔들리고 망자에 대한 미안함이 임계점을 넘어섬으로써 마침내 비 내리는 광화문의 회합을 가지게 되었다.

그 작은 회합이 씨앗이 되어, 그럼 무엇을 할 것인가를 논의하기 위해 조금 확대된 모임이 꾸려졌다. 사실상 지난 이십 개월 동안 이 책을 만드는 데에 참 여한 사람들이었다. 샘이깊은물 사진편집위원이었던 강운구, 샘이깊은물 편 집부장이었던 김연옥, 뿌리깊은나무 편집장이었던 김형윤, 샘이깊은물 편집 주간이었던 설호정, 뿌리깊은나무 초대 편집장이었던 윤구병, 샘이깊은물 편 집차장이었던 임선근, 한국브리태니커회사 편집담당 이사인 장경식이 대등하 게 역할을 나누었다. 그리고 원고 청탁이 이루어지고 책 전체 기획이 마무리 지어지던 2007년 여름부터는 한창기가 평생에 거의 유일하게 인정했던 디자 이너인 이상철이 합류했다.

그 편집자들은 몇 번의 회합 끝에, 첫째, 한창기가 썼던 글들을 모아 책으로 묶고, 둘째, 한창기와 가까웠던 사람들한테 그에 대한 기억들을 되살려 글을 쓰게 하여 잡지처럼 만들어보자고 의견을 모았다.

그리하여 먼저 지난 해 9월에 출판사 휴머니스트에서 한창기의 글을 묶은 책 세 권 곧 『뿌리깊은나무의 생각』 『샘이깊은물의 생각』 『배움나무의 생각』이 발간되었다. 정교한 논리, 거기 어울리게 아귀가 꽉 맞고 지금은 거의 입말로도 쓰지 않는 유장한 전통 문장, 더러 새로 익혀서 썼기 때문에 생경하기까지 한 토박이 단어들이 참을성 없는 독자를 쫓을 가능성이 높은 이 책들이 대중의 관심을 모을 턱은 없다. 그러나 학교 도서관을 포함한 공공 도서관에 소장되어 새로운 세대 중에 어느 똑똑한 젊은이의 눈에 걸려 탐독되기를 진심으로 기대하며 만들었다. 요컨대, 20세기 후반의 독창적인 언론인이자 문화비평가인 한창기의 생각과 '젊은 그들'의 생각이 이 책을 통해 조우하여 사랑을 나누기를 바랐다. 그것이 폭발적 사랑이어서 장차 '소생'을 낳기까지 한다면 경사스런 일일 것이다.

있는 원고를 정리하여 책으로 묶어놓는 일은 순조롭게 진행되었다. 그러나 이 책 『특집! 한창기』는 쉽지 않았다. 한창기는 직판 쎄일즈맨 제1세대를 조직하고 훈육한 사람이었으며, 몇 세대 앞선 선진적 업적을 남긴 언론-출판인이었으며, 미시적인 관찰력으로 머리카락에 홈을 파듯이 글을 쓰는 문화비평가였으며, 아무도 흉내낼 수 없는 생동하는 광고 카피를 쓰는 카피라이터였으며, 심미안이 빼어난 격조 높은 문화재 수집가였으며, 판소리를 비롯한 한국 전통음악의 회생을 도운 '비개비'였으며, 전통 의식주의 파괴 없는 창조적 계승을 실천한 사람이었으며, 국어학자가 울고 가는 재야 국어학자였으며… 였기 때문이다.

자그마치 쉰아홉에 이르는 필자는 한창기의 이 다양한 얼굴을 그리는 데는 필수적이었다. 한창기는 브리태니커에서 퇴임하고 얼마 뒤 성북동으로 뿌리깊은나무-샘이깊은물 사옥을 옮기고는 점점 은둔적으로 변화하였다. 좀처럼 새로운 교분을 만들려 들지 않았으며 자기 신변의 몇몇 사람만이 '사회 생활'의 근간이 되어 있었다. 따라서 이 책에는 칠십년대부터 한창기와 교분을 나눈 분들이 필자로, 좌담 참석자로 많이 포함되었다.

한창기는 상대방에게 깊은 인상을 남기는 사람이었던 듯하다. 이 책의 필자들은 길건 짧건 저마다 한창기와의 인연이 특별했음을 은연중에 털어놓고 있다. 편집자들은 때로 그분들의 원고에서 국지적이고, 단편적이며, 주관적으로 해석됨으로써 사실과는 좀 다르다고 판단되는 상황이 기술되어 있는 것을 발견하고도 자료로 확인되는 것이 아니면 그냥 두었다. 한창기를 누구보다 더 잘 안다고 생각하는 편집자들을 포함하여 개인의 기억이란 어차피 사물의 전모를 드러낼 수 없으며, 자기 위주로 해석되어 입력되는 것이 기억의 속성이어서 '진상'을 가리기란 불가능하기 때문이다. 게다가 그 기억조차 아무리 가까워도 십 년은 더 지난 것들이 아닌가.

요컨대 이 책은 한창기에 대한 쉰아홉 명의 낡은 기억의 편린으로 짜맞추어진 퍼즐 같은 것이라고 할 수 있다. 필자마다 자기 기억 하나하나를 진실되게 되살려놓았다고 생각하겠지만, 완성된 퍼즐은 흥미로운 집체 창작물 같다. 한창기의 사진이 아니라 한창기의 그림을 본다고 생각하기 바란다. 그러나 어쩌면 이 그림은 사진보다 더 강력하게 한창기의 체취를 느끼게 해줄지도 모른다.

이 책의 편집자들은 거의 대부분 필자이기도 하다. 따라서 자기 글에 간략하게나마 소개가 달려 있다. 그러나 오직 한 사람 김연옥만은 '얼굴'을 드러내지 않았다. 그는 이 책의 편집을 지휘하는 사실상의 편집장 노릇을 하느라고 이름을 내는 글을 쓰지 못했다. 그러나 이 책에 실린 모든 글의 '배후'에는 그가 있었으며, 게으른 마지막 필자 한 사람까지 낙오하지 않게 하고 독려하고 구슬러서 원고를 보내오도록 했다. 그가 아니었던들 이 책은 이십 개월이 아니라 삼십 개월이 지나도 나오기 어려웠을지 모를 일이었다.

김연옥은 뿌리깊은나무가 폐간된 뒤 기획된 『한국의 발견』의 개발에 참여하였고, 샘이깊은물의 기자로 출중한 취재 기사들을 많이 썼다. 한창기는 '연옥 씨'의 언어 감각을 높이 평가했으며, 특히 잡지 광고의 헤드라인을 고민할 때는 그 누구보다도 그의 입에서 느닷없는 한마디가 내뱉어지기를 기대했다.

그리고 이상철을 도와 이 책의 디자인 실무를 맡아준 디자인이가스퀘어의 디자이너 이병혜의 수고에 감사한다. 그런가 하면, 창비의 고세현 사장, 인문사회출판부의 염종선 부장이 결정해주지 않았더라면 이 두텁고 특이한 책을 내겠다고 할 만한 권위있는 출판사가 또 있었을지 모를 일이다. 두 분께 감사한다.

원래 의도대로 십 주기 기념 출간을 하지 않고 십일 주기에 책을 내게 되었다. 진부한 것을 못 견뎌하기로는 세상에 둘도 없이 유난했던 한창기를 기리는 책인 만큼, 의도한 바는 아니지만 이 '참신한' 결과에 우리도 만족한다. 우주 공간 어딘가에 어떤 식으로건 한창기의 '물질'과 '정신'이 존재하여 이 책을 볼 수 있기를 기대한다.

우리도 "아침에 푸른 실 같던 머리카락이 어느덧 눈처럼 세어", 한창기가 이승을 하직하던 나이보다 더 먹었거나 거기 근접해 있다. 그러니 설사 책잡힐 데가 많아 '사장'의 트집이 있다 해도 별 무서울 것도 없을 듯하다.

2008년 정월 설호정

차례

특집! 한창기

뿌리깊은나무
한국 잡지사를 새로 썼다

유재천 한림대학교 교수. 언론학자. 뿌리깊은나무~샘이깊은물 편집위원이었다.
공영방송 발전을 위한 시민연대공동 대표. 뿌리깊은나무의 '신문 비평', 샘이깊은물의
'요즈음 세상 형편'의 오랜 고정 필자였다.

1980년 5월 17일, 광주 민주화운동을 무력으로 진압하면서 전두환은 집권을 위한 정지작업을 본격적으로 시작한다. 먼저 '국보위'를 출범시키고 뒤이어 '입법회의'를 구성해 '사회정화'라는 명분으로 정권 창출에 방해되는 요소들을 길들이거나 제거하는 조치를 한다.

왜 신군부의 톱질에 쓰러졌나?

그 첫째가 이른바 언론 구조 개편이었다. 신군부 세력은 1980년 7월 31일에 정기간행물 172종을 폐간시켰으며, 7월, 8월 두 달에 걸쳐 870명이 넘는 언론인을 해직시켰다. 뿌리깊은나무는 이때 『씨울의 소리』 『문학과지성』 『창작과비평』과 함께 폐간되었다.

폐간의 대상은 '음란, 저속, 외설적이거나 범죄 및 퇴폐적 내용, 특히 청소년의 건전한 정서에 유해한 내용을 게재해온 간행물'이거나 '계급의식의 격화 조장, 사회 불안을 조성해온 간행물 등 발행 목적을 위반한 간행물'이었다. 뿌리깊은나무는 앞에 예를 든 세 잡지와 함께 둘째 기준에 들어 폐간 당했다. 비상계엄령을 해제한 뒤 국민들의 민주화를 요구하는 목소리가 더 높아질 가능성에 대비해 미리 비판 언론의 숨통을 끊어버린 것이다. 한마디로 말해서 현실을 비판하는 지식인의 목소리를 근원적으로 봉쇄하는 조처였다.

이로써 한국의 지성을 대변하는 정기간행물은 그로부터 7년 정도의 기간

동안 등장하지 못했다. 이 잡지들을 폐간시킨 뒤 같은 종류의 간행물 발행을 일절 허가하지 않았기 때문이다. 뿌리깊은나무는 어떤 잡지였기에 신군부의 톱질에 잘려 나간 것일까?

이름부터 혁신적인 잡지

뿌리깊은나무는 창간사에서 "역사의 물줄기에 휘말려 들지 않고 도랑을 파기도 하고 보를 막기도 해서 그 흐름에 조금이라도 새로움을 주는 창조의 일을 문화 쪽에서 거들겠다."고 잡지가 나아갈 길을 밝혔다. 다시 말해 뿌리깊은나무는 '우리 문화의 바탕이 토박이 문화라고' 믿고, '이 토박이 문화가 역사에서 얄팍한 숨은 가치를 펼치어 우리의 살갗에 맞닿지 않은 고급문화의 그늘에서 시들지도 않고 이 시대를 휩쓰는 대중문화에 치이지도 않으면서, 변화가 주는 진보와 조화롭게 만나야만' 우리 문화가 더 싱싱하게 뻗고 우리가 변화 속에서도 안정된 마음과 넉넉한 살림을 함께 누리면서 '잘 살게' 된다고 믿었다. 동시에 무엇보다도 우리 문화가 세계문화의 한 갈래로서 씩씩하게 자라야 세계문화가 더욱 발전한다고 생각한 것이다. 그러면서 우리말과 이 땅의 환경, 문화 발전의 수레인 교육과 문화의 살결인 예술을 뿌리깊은나무가 '톺아' 보려는 네 가지 관심거리로 삼았다.

이렇게 멀리 내다보는 큰 꿈을 가지고 태어난 뿌리깊은나무는 창간되자마자 '별난 잡지'가 되었다. 먼저 잡지의 이름부터 그랬다. 적용되는 범위가 넓고 뜻이 거룩한 잡지 이름에만 익숙해진 독자들에게 뿌리깊은나무라는 이름은 낯설었고, 잡지의 이름이 보통 두 글자이거나 길어야 세 글자로 지어졌던 데 비해 여섯 글자나 되는 긴 이름이니 그때의 상식으로는 선뜻 받아들이기 어려웠다. 그러나 『용비어천가』에서 따온 이 이름은 잡지의 성격을 폭넓게 상징하는 훌륭한 이름이었다. 뿌리깊은나무는 그 이름대로 오래디오랜 전통에 뿌리를 내리면서도 새로움의 가지를 뻗는 잡지가 되겠다는 뜻을 드러낸다.

뿌리깊은나무라는 이름은 그 뒤 우리말 잡지 이름들을 짓게 만든 자극제가 되었다. 이 또한 이 잡지가 한국 잡지의 역사에 남긴 흔적의 하나일 것이다.

참된 뜻에서 '편집된' 잡지

이 밖에도 뿌리깊은나무는 겉보기만으로도 별나다는 인상을 줄 만했다. 거의 대부분의 상업 잡지들이 제 달을 한두 달 앞질러 잡지를 내던 때에 꼬박꼬박 제 달에 제 달치를 발행했던 고집, 잡지의 크기가 '국판'으로 일정하게 정해져 있던 시절에 '사륙배판'의 큰 판형을 선택했다는 배반, 국한문 혼용과 세로쓰기의 관례를 깨고 한글 전용에 가로쓰기를 단행한 용기 따위도 모두 뿌리깊은나무를 '별난 잡지'로 만들기에 모자람이 없었다.

그렇지만 뿌리깊은나무의 가장 큰 '별남'은 무엇보다도 한국말에 쏟은 관심이라 할 수 있다. "이 관심은 언론의 본질이 말이라는 저희의 믿음과 깊이 맺혀 있고 언어가 단순히 한 민족의 의사소통 수단일 뿐만이 아니라 사고의 틀이요 문화의 얼개라는 저희의 신념에서 우러나왔다"고 발행-편집인 한창기가 이 잡지의 창간 세 돌을 맞아 밝혔다. 또 창간호에서는 한글 전용을 선언하면서 그 까닭을 다음과 같이 말했다.

"뿌리깊은나무는…되도록 우리말과 그 짜임새에 맞추어서 지식 전달의 수단이 지식 전달 자체를 가로막는 일이 없도록 힘쓰려고 합니다. 또 우리말과 그 짜임새를 되살려 새로운 시대에 알맞은 말로 발전시키고자 하는 분들의 일에 보탬이 되려고 합니다."

이 말에서 우리가 놓치지 말아야 할 부분은 이 잡지에 실리는 글들을 우리말과 그 짜임새에 맞추어 쓰겠다는 선언이다. 스스로 밝힌 이 원칙에 따라 뿌리깊은나무는 창간호부터 필자가 누구이건 잡지에 실리는 모든 글들을 우리말과 그 짜임새에 맞추어 손질했다. 말은 쉽지만 아무나 할 수 있는 일이 아니다. 그럼에도 뿌리깊은나무는 그렇게 해냈다.

잡지 창간 한 돌을 맞아 출판사들에 편집 기능의 강화를 권고한 다음과 같은 말에서 뿌리깊은나무의 한글 전용 편집 방침의 숨은 뜻을 잘 알 수 있다.

"출판사의 편집은…원고를 분석하고 비판하는 눈으로 미리 읽어 저자나 필자나 역자의 눈에는 너무 가까이 있어서 안 보였던 원고의 흠을 그들과 의논하여 가려내서, 독자가 참된 뜻에서 '편집된' 책을 읽도록 거드는 일이어야 합니다."

남-북한 언어의 통일을 꿈꾸며

뿌리깊은나무의 국어에 대한 관심은 또한 '서로 갈라서서 자칫하면 영원히 이별할 걱정이 전혀 없다 할 수 없는 남한과 북한의 언어를 하나로 묶는 과제에 대한 불타는 열망'의 표현이기도 하다. 잡지 창간 세 돌을 맞아 한 다음과 같은 말에서 그 같은 열망이 읽힌다.

"남한 말과 북한 말의 통일이 어찌 간단한 처방으로 될 수 있겠습니까마는, 우선 북한 말에서 공산주의 이념의 요소를 씻어내고 남한 말에서 외래어와 그 구조의 잡초를 뽑아내면 서로 상당히 접근할 수 있다는 것이 저희의 소견이며, 통일된 한국의 언어를 후미진 구석에서나마 추구해보자는 것이 뿌리깊은나무의 편집 방침입니다.

"민족언어의 발달과 정화는 곧 민족문화의 발달과 정화로 이어지며, 민족언어의 동질성을 꾀하고 지킴은 곧 분단된 조국이 통일되는 날을 준비함이 되겠기 때문입니다. 분단된 민족의 현실을 개선하여, 마침내 우리 시대에 통일이 이루어지도록 돕는 길잡이의 사명이 조그만 잡지 매체에도 있다고 저희는 믿습니다."

이상과 같은 한국말에 쏟아온 관심이야말로 뿌리깊은나무를 한국 잡지의 역사에서 길이 빛나게 만든 첫째 업적이라고 할 수 있다.

맛깔스런 '문화 밥상'

문화 잡지 뿌리깊은나무는 우리 문화의 바탕이 토박이 문화라고 믿는 데서 출발했다. 그렇다고 해서 문화의 국수주의를 내세운 것은 아니다. 다만 우리 문화를 더 풍부하게 만드는 일을 위해 토박이 문화에 대한 관심을 더 강조했다고 보아야 할 것이다.

그런 뜻에서 이 잡지의 토박이 문화 사랑은 남달랐다. 창간호부터 다달이 연재했던 '숨어 사는 외톨박이' '민중의 유산'을 비롯해 '다시 읽는 한국 고전'들이 토박이 문화를 조명한 글들이다. 이런 글들은 곧 토박이 문화를 생산하고 소비했던 가난하고 힘없던 사람들의 삶의 이야기이기도 하다. 한국 잡지 역사를 통틀어 민속 잡지 따위를 빼고는 뿌리깊은나무만큼 이 나라 토박이 문화에 관심을 기울인 잡지는 없었다고 해도 지나친 말이 아닐 것이다.

그렇다고 뿌리깊은나무가 토박이 문화에만 관심을 가졌다는 뜻은 아니다. 토박이 문화와 함께 다양한 문화현상을 다루었다. 창간호부터 글과 사진을 하나로 엮어낸 '원색 화보'는 이 잡지가 처음으로 시도한 기획물이었다. 이와 더불어 '이 달의 작품' '이 땅의 이 사람들'뿐만 아니라 일반 기사의 대부분도 문화를 다루었다.

특히, 문화 잡지로서 뿌리깊은나무가 돋보였던 점 하나는 매달 실린 다양한 비평이었다. 문학, 미술, 연극, 음악, 무용을 다룬 예술 비평과 서평은 그렇다고 치더라도, 신문, 영화, 광고, 방송, 출판, 가요 같은 대중문화의 모든 분야에 걸친 비평은 다른 어느 잡지에서도 볼 수 없었던 과감한 시도였다.

이같은 기획들로 해서 뿌리깊은나무는 한국 잡지 역사에서 문화 전문 지성지로서 지워질 수 없는 업적을 남겼다. 뿌리깊은나무만큼 영양소가 담뿍 담긴 다양한 찬거리로 맛깔스런 문화 밥상을 차려 내놓은 잡지는 지난날에도 없었고 앞으로도 기대하기 어려울 것이다.

스스로 지켜낸 편집의 독립성

뿌리깊은나무는 유신체제의 '긴급조치' 상황 아래서 태어났다. 철저하게 언론을 통제한 까닭에 모든 간행물은 하고 싶은 말을 제대로 할 수 없었다. 그래서 글의 줄과 줄 사이를 읽어야 비로소 하고 싶은 말이 무엇인지를 희미하게나마 짐작할 수 있는 시대였다.

그러니 신문이나 잡지가 편집의 독립성을 지키기란 여간 어려운 일이 아니었다. 그런 가운데서도 뿌리깊은나무는 살얼음판을 딛는 듯이 조심을 하면서도 할 말은 함으로써 편집의 독립성을 지켜냈다. 그뿐만 아니라 광고주들, 사회 집단들, 그리고 개인들과 같은 다양한 이해 당사자들의 영향력으로부터도 자유로워지려고 애썼다.

무엇보다도 뿌리깊은나무는 자기 글을 고치는 데 대한 필자들의 항의에 굴복하지 않고 우리말과 그 짜임새에 맞추어서 원고를 다듬는다는 편집 방향을 끝까지 지켰다. 필자가 자기가 쓴 글을 고쳐서는 안 된다거나, 만약 고친다면 원고를 돌려받겠다며 강력히 항의하는 경우에도 설득은 계속하되 뜻을 꺾지는 않았다. 스스로 편집의 독립성을 지켜낸 것이다.

이 글을 쓰고 있는 필자는 1976년 12월부터 이 잡지가 폐간당할 때까지 다달이 '신문 비평'을 썼다. 그러다가 한 번은 탈이 났다. 1979년 7월호에 쓴, 중앙일보의 기사를 비판한 글에 대해 그때 중앙일보 편집국장이던 김동익 씨가 뿌리깊은나무 발행인 한창기 씨에게 항의하는 편지를 보냈다. 필자는 김 국장이 보낸 글의 내용을 보지 못했다. 다만 한창기 씨가 김 국장에게 보낸 답장의 내용으로 미루어볼 때, 필자의 글이 불공평하다고 격분한 중앙일보 간부들이 필자를 고소하자는 강경론을 들고 나왔다는 것과 그래서 필자에 대한 납득할 만한 조처를 발행인이 취해 달라는 요구였을 것으로 생각된다. 아마도 발행인에게도 책임을 물었던 것으로 보이며, 만약 적절한 조처를 하지 않으면 필자를 고소할 수밖에 없다는 통첩이 아니었나 싶다.

이에 대해 한 사장이 김 국장에게 보낸 답장 사본을 한 부 건네주기에 잘 읽어 보고 지금까지 보관하고 있다. 그 편지 사본을 여기에 모두 싣기에는 너무 길어서 일부만 본래 글 그대로 옮겨보겠다. 이 글을 보면 편집의 독립을 지키겠다는 한창기 씨의 의지를 읽을 수 있을 뿐 아니라 한창기라는 사람의 체취가 물씬 풍긴다.

"만일에 오늘의 언론의 자질을 더 높이 끌어 올리려는 언론인들의 의욕이 이런 현실의
제약 때문에 꺾이는 일이 전혀 없지는 않다면, 때때로 우러러보기도 하고 때때로
비판적이기도 하여 보도의 질을 따지려는 신문 비평이야말로 대체로 언론인들의 꿋꿋한
양심을 거침없이 펼치는 일에 조그마하나마 지렛대가 될 수 있으리라고 생각했습니다…"

한창기의 체취가 실린 편지 한 장

"전화로 말씀을 올렸듯이 저희들의 비평 기사는 대체로 외부 필자들에게 맡겨지고 그 필자들의 의견을 반영합니다. 굳이 제가 이런 말씀을 드리는 것은 발뺌을 시도하려는 것이 아니라, 비평에 나오는 소재의 선택이나 의견의 표현에 저희가 개입할 수 있는 여지가, 필자를 언젠가는 바꾸는 방법에 의해서가 아니면, 매우 한정되어 있는 사정을 알려드리고자 하는 것입니다.

"어찌 예외가 없겠습니까마는, 저희는 대체로 이 땅의 언론인들의 꿋꿋한 양심을 믿습니다. (제가 여기서 언론인이라 함은 언론기관에서 글을 쓰고 편집하는 분들을 일컫습니다.) 그러나 동시에 이 땅의 언론매체들이 이를 엮는 언론인들의 꿋꿋한 양심에도 불구하고 제 구실을 다하고 있지 못하고 있는 것도 사실일 성싶습니다. 이 현상은 흔히 언론인이 아닌 분들의 영향에서 비롯하였다고 보는 이들이 많습니다. 그것이 물론 언론의 자제를 요청하는 시국일 수도 있고 매체가 사업체이거나 사업체의 촉진 수단인 것으로 볼지 모르는 경영진일 수도 있겠습니다. 만일에 오늘의 언론의 자질을 더 높이 끌어 올리려는 언론인들의 의욕이 이런 현실의 제약 때문에 꺾이는 일이 전혀 없지는 않다면, 때때로 우러러보기도 하고 때때로 비판하기도 하여 보도의 질을 따지려

는 신문 비평이야말로—불완전한 사람의 손으로 적은 것이기 때문에 흠이 전혀 없을 수는 없겠지만—대체로 언론인들의 꿋꿋한 양심을 거침없이 펼치는 일에 조그마하나마 지렛대가 될 수 있으리라고 생각했습니다. 이것은 꼭 이번의 경우를 두고 하는 말씀이 아니라, 그토록 말썽 많고, 없었더라면 제 마음이 훨씬 편할 이 신문 비평을 여태까지 실어왔고 또 앞으로도 실을 예정인 저희 편집진의 작정을 제가 말리지 못해온 경위를 사뢰려고 드리는 말씀입니다.

"다시 화제를 유재천 선생님의 글로 돌리겠습니다. 물론, 그분께서 김 선생님의 말씀마따나 선입견에 사로잡혀 그런 글을 적었을 수도 있을 것입니다. 그러나 그분의 비평에 흠이 아무리 많다손 치더라도, 그 비평은 중앙일보가 더 잘 편집되기를 바라는 사랑에서 출발했을 수도 있다는 가망성을—그것이 좀 희박해 보이기는 하겠지만—생각이 깊으신 김 선생님으로서는 인정해주실 수 있으리라고 믿어집니다. 또 여건이 달랐었던들 진리가 아닌 줄을 알아차릴 것을 가지고도 그것이 양심적으로 진리인 것으로 믿고 외치는 사람의 목소리에도 진리를 알고도 외면하는 사람의 태도에서는 보기 힘든 아름다움이 있을 수 있음을 인정해주실 것이옵니다.

어떤 사람들은 권위주의의 억압 속에서 뿌리깊은나무가 한가하게 문화 얘기나 하고 있다고 못마땅하게 생각하기도 했다. 그러나 그 같은 비난은 이 잡지의 겉모양만 보고 하는 말들이었다. 비록 대놓고 큰 목소리로 권위주의 체제를 비난하지는 못했을망정 글의 구석구석에서 유신 독재를 비판하고 변혁을 꾀하는 목소리를 조용하지만 분명하게 내었다. 그것이 긴급조치 9호 아래서 뿌리깊은나무가 꺾이지 않으면서 하고 싶은 말을 하게 하려는 발행인과 편집자의 지혜였다.

"사실 선입견 얘기가 나왔습니다마는, 아마도 엇비슷한 선입견은 저에게도 틀림없이 있을 줄로 아옵니다. 오랫동안에 걸쳐서 중앙일보를 읽어온 저의 머리에 중앙일보 하면 거의 자동적으로 연상되는 것은, 이를테면, 용인자연농원 같은 것입니다. 이것은 중앙일보의 지면이 제 머릿속에 심어준 어쩔 수 없는 생각입니다. 자연농원 얘기가 기업주의 요청으로 실렸다면, 저와 똑같은 독자로 말하자면 그 기업주의 목적은 충족되었다고 할 수 있을지도 모르겠습니다. 그러나 그 신문의 독자가 저처럼 여느 사람이 아니라 비평인이라면 그

보도를 옳지 않게 볼 수도 있겠습니다. 그리고 더 큰 문제는 그 자연농원 얘기가 기업주의 입김말고 편집진의 독자적인 선택으로 이루어졌을 때에 생길 것으로 압니다. 기업주의 장사 심부름을 한다는 비난이 편집진에게 참 억울할 터이기 때문입니다. 김 선생님께서 알려주신 '해운대 기름 기사'의 경우가 그랬습니다. 그리고 유 선생님의 글에 대한 중앙일보 분들의 반응도 이런 억울한 생각에서 출발했을 것입니다.

"제가 이런 말씀을 구태여 드리는 것은 중앙일보가 '큰 집'인 것만큼 누구도 그 진실을 환히 꿰뚫어보기가 힘들다고 생각되었기 때문입니다. 이를테면 대통령이 자기 부인이 누구보다도 똑똑해서 장관을 시켰지만, 국민은 대통령의 행위에 정실이 개입했다고 의심할 수도 있는 사정과 비슷하다고 하겠습니다."

박정희 독재와 뿌리깊은나무의 탄생

1970년대나 1980년대는 한국 출판의 역사에서 매우 독특한 시대로 기록될 것이다. 그 까닭은 이 시기의 한국 출판이 정신사적 변혁의 주역을 담당했기 때문이다. 그 배경은 이 시기의 언론 상황과 밀접하게 연관되어 있다. 1961년 5월 16일 군사 쿠데타로 집권한 박정희 정권은 '개발독재 체제'를 구축했다. 그러면서 언론에 대해 '정부정책 시행의 선도자 구실'을 해 줄 것을 요구했다. 이같은 요청은 정부와 언론 사이에 갈등을 일으키게 되고, 이를 해소하려는 정부의 언론통제 정책으로 언론자유는 크게 제한되었다.

1970년대에 들어와 반독재 민주화운동이 거세어짐에 따라 정권 안보에 위협을 느낀 박정희 정권은 1972년 10월 17일에 계엄령을 선포하고 12월 26일에 유신헌법을 공포함으로써 유신체제를 출범시켰다. 이에 따라 권위주의 국가들에서 나타나는 현상들이 일어났다.

첫째, 정치를 배제했다. 국회를 해산하고 일체의 정치활동을 금지시킨 가운데 노동조합과 같은 이익집단들에게 수직적 통제를 가함으로써 민중 부문과 그들의 동맹자들을 무력하게 만들고, 이들의 정치 접근 통로를 폐쇄해버린 것이다.

둘째, 경제 배제가 일어났다. 경제 참여에 대한 민중 부문의 열망을 무한정으로 축소하거나 연기한 것이다.

셋째, 이러한 정치적, 경제적 배제를 강화하고 유지하기 위해 언론 또한 배제했다. 1974년 1월 8일 긴급조치 1호가 선포된 이후 1979년 12월 9일 긴급조치 9호가 해제될 때까지 약 6년 동안 언론은 정부의 완벽한 통제를 받았다. 특히 이 가운데서도 1975년 5월 13일에 선포한 긴급조치 9호는 완벽하게 언론을 배제했다. 이같은 일련의 통제 아래서 언론은 이른바 제도언론으로 그 성격이 전환되어버렸다. 뿌리깊은나무는 이같이 엄혹한 언론 배제 상황에서 창간되었다.

'민중'의 발견을 주도한 잡지들

이런 상황에서 1970년대에 들어서면서 출판의 정신사적 변혁운동이 뚜렷이 나타나기 시작했다. 이러한 경향은 그 시기에 창간된 잡지들, 예컨대『문학과지성』『창작과비평』『씨올의 소리』그리고 뿌리깊은나무와 비판적 지식인들의 저술에서 잘 엿볼 수 있다. 물론 이 시기의 잡지나 출판물들은 운동의 차원이라기보다 권위주의 체제의 억압으로부터 인간을 해방하려는 체제 비판 작업의 차원에서 변혁을 추구했다고 볼 수 있을 것이다. 그것은 한마디로 민중의 발견과 민중의 의식화 운동이었다고 정리할 수 있다. 이 시기의 이같은 출판운동을 더 잘 드러내기 위해 그때의 사회구조의 변화와 민중론에 대해 간략하게 살펴볼 필요가 있다.

경제개발에 따라 산업화와 도시화가 급속히 일어났다. 그리고 산업화와 도시화에 따른 빈곤계층의 증대는 사회의 불평등 구조를 더 심화시켰고, 이로써 사회적으로 상대적 박탈감이 만연하게 되었다. 특혜, 비리, 부패가 기승을 부리는 상황에서 경제적 배제를 당한 노동자, 농민의 불만이 점차 높아졌다. 그러나 정부의 언론 배제 정책으로 제도언론으로 순치된 신문, 방송은 부패 구조를 고발하는 환경감시 기능을 담당하지 못했을 뿐더러 소외계층의 의견을 반영하거나 그들의 이익을 옹호하는 기능도 수행할 수 없었다. 그들의 최소한의 인권인 생존권의 위협도 외면했으며, 후생 복지의 문제도 외면했다.

이러한 상황에서 비판적인 지성인들이 산업화와 도시화 과정에서 소외당한 사람들, 정치적, 경제적으로 배제당한 사람들의 실존에 관심을 갖게 되면서 이들을 '민중'으로 개념화하였다. 또한 작가들은 산업화, 도시화 과정의 비리를 문학의 형식으로 천착했다.

이 두 가지 작업은 주로 출판을 통해 구체화되었던 만큼 1970년대 출판의 정신사적 변혁운동으로 평가할 수 있을 것이다. 이같은 변혁운동의 중추적 역할을 담당했던 이 시기의 매체로서 뿌리깊은나무,『문학과지성』『창작과비평』
『씨올의 소리』를 들 수 있다.

마침내 쓰러진 칠십년대 변혁의 주역

어떤 사람들은 권위주의의 억압 속에서 뿌리깊은나무가 한가하게 문화 애
기나 하고 있다고 못마땅하게 생각하기도 했다. 그러나 그같은 비난은 이 잡
지의 겉모양만 보고 하는 말들이었다. 잡지에 실린 일반 기사들을 비롯해 각
종 비평을 포함한 그밖의 글들은 비록 대놓고 큰 목소리로 권위주의 체제를
비판하지는 못했을지라도 글의 구석구석에서 유신독재를 비판하고 변혁을 꾀
하는 목소리를 조용하지만 분명하게 내었다.

그것이 긴급조치 9호 아래서 뿌리깊은나무가 꺾이지 않으면서 하고 싶은
말을 하게 하려는 발행인과 편집자의 지혜였다. 이 잡지 필자들의 면면만 보
아도 변혁을 지향하는 저항의 냄새가 짙게 풍긴다. 그래서 뿌리깊은나무는 신
군부의 톱질에 쓰러진 것이다.

뿌리깊은나무는 1970년대의 정신사적 변혁운동의 주역이면서 특히 문화
사적 변혁운동의 주인공이었다. 🐾

샘이깊은물
당돌하고 발칙한 잡지

강준만 전북대학교 신문방송학과 교수. 샘이깊은물의 중요한 필자였다. 말이 글만큼
매끄럽다고 하기 어려운 그는 한창기를 만나면 주로 그의 말을 들었다. 시사적 현안에 관심을
집중하던 그는 다양한 분야를 넘나들며 의외성으로 가득찬 비판과 창의적인 생각을 피력하는
한창기에게 매료되었다. 특히 영남의 호남 차별에 대한 분석은 심층에서 서로 통했던 만큼
이 화제에서 두 사람의 담소는 무거운 대담 수준이었다.

　박정희(1917-1979)와 한창기(1936-1997). 두 사람은 아무 관계가 없는
것처럼 보이지만, 1976년 운명적으로 만난다. 몸으로 직접 만난 게 아니다.
한국 현대사를 무대로 역사적 의미를 가진 행위를 통해 서로 부딪친 만남이었
다. 그건 겉으론 드러나지 않았지만, 향후 심대한 의미를 갖는 문화와 의식의
충돌이었다.

한국인의 정체성을 물었던 잡지

　1976년 3월 한창기는 뿌리깊은나무를 창간했다. 한국 잡지사는 뿌리깊은
나무 이전과 뿌리깊은나무 이후로 구분된다.
　뿌리깊은나무는 모든 금기를 깨기로 작정한 잡지였다. 당시 잡지계에서 꼭
지켜야 할 철칙으로 여기던 것들을 과감히 깨뜨리고도 대성공을 거두었으니
'혁명'이라는 말을 이럴 때에 쓰지 않으면 언제 쓰랴. 이 잡지는 한때 팔만칠
천 부까지 나갔다. 당시 대표적 월간지인 『신동아』의 부수가 이삼만 부에 지
나지 않았다는 점에 비추어 보더라도 그건 대단한 기록이었다.
　뿌리깊은나무가 금기를 깼다는 기록만 남기고 성공을 거두지 못했다면,
한국 언론출판계에 아무런 영향을 미치지 못했을 것이다. 그러나 이 잡지의
성공은 그 자체로서 "나를 따르라"는 외침이 되어 한국 언론출판계에 울려
퍼졌다.

조상호는 『한국 언론과 출판 저널리즘』에서 "이후 많은 잡지와 단행본, 그리고 광고 문안에까지 한글 전용주의와 가로쓰기 편집이 확산됨으로써 뿌리깊은나무는 그 내용은 차치하고라도 형식에서 출판 문화의 한 분기점을 이루게 되었다."고 평가했다.

최정호는 「이 땅에 뿌리 둔 모든 것을 사랑한 세계인」이라는 글에서 "한창기는 우리나라의 언론사에서 여러모로 가장 개성 있고 여러 의미에서 가장 진보적인 잡지를 창간한 발행인으로, 한국 출판계에 '뉴저널리즘'의 새 기원을 연 사람으로 기록되어야 할 것"이라며 다음과 같이 말했다.

"한창기의 '뉴 저널리즘'이 시위 입증한 더욱 적극적인 업적은 뿌리깊은나무의 창간을 통해…19세기 말 서재필 박사가 순한글로 『독립신문』을 창간한 이래 가장 혁명적으로 한국 고유의 언론매체를 창간하는 데 성공했다는 사실이다."

한창기가 주도한 혁명은 잡지의 체제나 형식에만 머무른 게 아니었다. 그것과 결합된 내용은 한국인의 정체성에 관한 심각한 질문을 제기한 것이었다. 1960년대에 장준하의 『사상계』가 있었다면, 1970년대엔 한창기의 뿌리깊은나무가 있었다는 말도 그래서 나온 것이다. 바로 여기서 박정희와의 충돌이 생겨난다.

'박정희식'에 맞선 '한창기식'

1970년대 중반은 모든 국민을 경제발전을 위한 전사로 동원하는 정치경제적 씨스템의 집중도가 최고조에 이른 시기였다. 이른바 '병영국가 체제'가 완성된 시기였다. 박정희는 1972년 10월 17일 '10월유신' 선포를 통해 삼권분립을 와해시켜 삼권을 장악함으로써 조선시대의 왕보다 더 강한 권력을 누렸다.

다수 한국인은 눈에 띄게 달라지는 경제발전의 실적을 목격하면서 내심 뿌듯해 하면서도 '나는 누구인가?' '우리는 누구인가?' 하는 의문에 시달리고 있었다. 수출은 전쟁이되, 성전이었다. 정부가 사실상 주도한 일본인 대상 기생관광에서 잘 나타났듯이, 젊은 여성들의 육체마저 '수출상품'이 되어야만 했고 그들은 달러를 벌어들이는 '애국자'로 불리기도 했다.

나는 누구인가? 우리는 누구인가? 박정희도 이런 의문이 제기되고 있다는 걸 알았을까? 그는 그것마저 해결해주겠다고 나섰다. 언제부턴가 '민족 주체성'을 역설하기 시작했다. 이순신과 세종대왕 찬양을 국책사업으로 추진하더니, 방송마저 '민족 주체성'으로 흘러넘치게 하겠다고 결심했다. 박정희가 텔레비전을 보다가 한마디 툭 던지면 그게 곧 정책이 되곤 했다. 박정희가 방송 용어에 외래어가 너무 많다는 지적을 하자 대대적인 외래어 추방 캠페인이 벌어졌다. 이 캠페인은 너무도 강압적이어서, 정순일은 당시를 회상하면서 "온 세상이 히스테리 현상을 보이고 있었다."고 말했다.(『한국 방송의 어제와 오늘: 체험적 방송 현대사』)

위에서부터 아래로 군사작전식으로 추진된 '우리 것 사랑하기'는 실은 '우리 것'에 대한 모독이었다. 시대정신은 '우리 것' 다시 보기를 요구하고 있었지만, 박정희의 방식으론 그건 기대하기 어려운 것이었다. 박정희식 히스테리만이 계속되었더라면 '우리 것'은 오히려 경멸의 대상이 되었으리라.

한창기의 뿌리깊은나무가 출현한 건 바로 이런 상황이었다. 그건 박정희식 '우리 것 모독'에 대한 소리 없는 저항이었다. 뿌리깊은나무는 창간사에서 다음과 같이 선언했다.

"토박이 문화가 역사에서 얄잡힌 숨은 가치를 펼치어, 우리의 살갗에 맞닿지 않는 고급문화의 그늘에서 시들지도 않고 이 시대를 휩쓰는 대중문화에 치이지도 않으면서, 변화가 주는 진보와 조화롭게 만나야 한다."

이 선언은 곧 한창기의 인생 노선이기도 했다. 최정호가 앞의 글에서 말했듯이, "그의 삶은 의외로 하나의 큰 주제로 시종일관하고 있음을 알 수 있다. 그것은 그가 살다 간 이 땅과 이 땅에 뿌리를 둔 것에 대한 지극한 사랑이다. 그것이 이 땅 백성들의 소리글인 한글이든, 이 땅에서 나온 토기, 옹기그릇이든, 이 땅에 숨어사는 외톨박이든."

계몽도 설교도 아니었다

한창기의 '우리 것 사랑하기'는 하나에서부터 열까지 박정희의 방식과는 정반대되는 것이었다. 강요할 힘도 없었지만, 그는 강요할 꿈조차 꾸지 않았다. 계몽도 아니었고 설교도 아니었다. 아래에서부터 위로 다가가는 방식을 썼지만, '아래'가 갖는 특유의 도덕적 우월감도 없었다. 그는 세련된 포장과 알맹이로 '우리 것'의 값어치를 높여버리는 방식을 택했다. 서양의 독점물로만 알았던 세련과 첨단이 '우리 것'과 조화될 뿐만 아니라 '우리 것'의 본질일 수 있음을 스스로 깨닫게 했다.

'우리 것'이 천대받던 시절, 그건 결코 쉬운 일은 아니었다. 그는 완벽주의를 추구하는 투사가 되어야 했다. 그마저 훗날의 평가일 뿐 당시엔 괴팍한 기인이어야 했다. 그는 단순한 발행인이 아니었다. 그는 잡지에 실린 모든 글을 한자도 빼놓지 않고 다 읽었으며 적극 개입했다. 필자와 싸워 가면서까지 틀렸거나 불명확하거나 어렵거나 번역투인 문장들을 과감하게 손보았다. 뿌리깊은나무 편집장을 지낸 김형윤의 말이다.

"편집실은 하루 내내 문법 논쟁, 표현 논쟁이 벌어지는 곳이었다. 거기에 한창기 씨가 늘 끼여 있었다. 필자한테서 들어온 글은 편집실 안에서 반드시 두세 사람의 손을 거쳐야 했는데 마지막으로 이를 보는 사람이 한창기 씨였다. 그이는 우리 말과 글을 사랑한 사람이었다. 우리 것이니까 무턱대고 사랑한 것이 아니라 언어를 아끼고 사랑하는 사람으로서 사랑했다. 또 대중매체는 초등학교만 나온 사람이면 누구나 막힘없이 읽을 수 있도록 되어야 한다는 철학이 거기에 있었다. 그이는 한글을 우리 민중문화의 그릇이요 기틀이라고 여겼으며, 그 속에서 민족의 얼과 우리 문화의 아름다움을 보았다."(「언제나 고향 길 가던 사람, 한창기」)

이 잡지를 다른 잡지들과 구분하게 해주는 독보적인 특징은 '기품있는 비판정신'이었다. 한국사회에 기품있는 사람도 많았고 비판정신이 강한 사람도 많았지만 그 두 가지를 동시에 갖춘 이를 찾기는 어려웠다. 한창기는 '기품있는 비판정신'을 대변한 이였고, 그의 '일남일녀'는 그걸 드러내는 매개체였다.

그랬다. 한창기의 우리 것 사랑의 뿌리는 언어다. 그는 토속어 되살리기에 앞장섰을 뿐만 아니라 우리 말과 글을 체계적으로 연구한 국어학자였다. 1973년 서울대 신문대학원에서 「우리말 경어법의 사회 언어학적 연구」로 석사 학위를 받은 한창기는 대학에 있는 전문 국어학자들의 오류를 수시로 지적할 수준에 이를 만큼 끊임없이 국어를 연구하였으며 사람들과의 대화에서도 늘 우리 말의 뿌리와 정확한 용법을 화제로 올렸다. 문학평론가 김현의 유고집 『행복한 책읽기 : 김현의 일기』엔 이런 말이 나온다.

"한창기 씨가 어느 날 갑자기 물었다. 건망증이 심하다를 옛날에는 어떻게 썼는지 아십니까? 옛날이래 봤자 일제시대 얘기겠다. 모르겠는데요. 잊음이 많다예요. 동명사형을 그때는 지금보다 훨씬 많이 썼나 보다."

한창기는 왜 갑자기 '건망증이 심하다'를 옛날에는 어떻게 썼는지 아느냐고 물었을까? 그가 늘 염두에 둔 대상은 민중이었다. '대중매체는 초등학교만 나온 사람이면 누구나 막힘없이 읽을 수 있도록 되어야 한다는 철학'이었다. 뿌리깊은나무는 바로 그 철학을 구현했다. 글만 그런 투쟁의 대상이 된 게 아니다. 김형윤은 앞의 글에서 다음과 같이 회고했다.

"한창기 씨는 자신이 만드는 잡지의 시각적인 표현이 어떠해야 한다는 데 뚜렷한 기준을 가진 사람이었다. 그이는 아트 디렉터나 디자이너 또는 사진가들과도 끝없이 논쟁을 벌였다. 그이는 결코 편집실 안에서 명령하거나 지시하는 사람은 아니었다. 직원들과 끝없이 논쟁해서 결론을 이끌어냈다. 종종 논쟁이 싫어서 제 의견을 집어넣고 '사장님'의 주장에 따르는 경우도 없지 않았으나 그런 경우에도 대체로 그이의 의견이 옳았다. 그이는 비록 스스로 선을 긋는 사람은 아니었으나 드물게 훌륭한 아트 디렉터였다. 현대 한국 잡지 디자인의 본이 된 뿌리깊은나무의 시각적인 틀은 그이에게서 나왔다고 해도 틀린 말이 아니다."

그 진보성은 어디에서 나왔나?

한창기는 색채 하나에도 심혈을 기울이는 '괴팍함'을 마다지 않았다. 오늘날엔 당연하게 여겨질 심미적 안목도 당시엔 괴팍함으로 여겨졌을 게 분명하다. 이번엔 남영신의 회고담을 들어보자.

"내가 선생님의 브리태니커 회사에 몸을 담고 있었을 때의 일이다. 편집부에 있던 사원 하나가 하루는 눈물을 글썽거리면서 나에게 하소연을 하는 것이었다. 초콜렛 같은 색 하나 가지고 오시더니 책 표지에 그 색을 사용하라고 해서 인쇄소 사람들과 씨름하여 무려 열다섯 번을 건품으로 만들어 보여드렸으나 마음에 들지 않는다고 퇴짜를 놓으신다는 것이었다. 너무 짙어도 안 되고 너무 옅어도 안 되고 도저히 갈피를 잡을 수 없다는 것이 그의 하소연이었다. 그렇게 여러 번 색을 내게 되면 원가도 턱없이 비싸지는데다 종이도 구하기 어려운 것만 요구해서 정말 힘들어 못하겠다는 것이었다. 결론부터 말하자면 그 초콜렛 색은 우리 전통의 옻칠 색깔이었는데 결국 판소리 전집의 표지에 사용되었고 지금은 여러 책의 표지로 널리 이용되고 있지만 그때까지만 해도 그런 색을 인쇄해본 일이 없던 인쇄소나 편집부 사원은 생판으로 애를 먹었던 것이다. 선생님은 색깔 하나, 무늬 하나하나에 비범한 영감을 가지신 분이셨던 것 같다. 그 자리에 꼭 필요한 색을 알아내시고 그 색이 결정되면 돈이 아무리 들더라도 기어이 그 색을 만들어 책에 사용하셨다. 그래서 다른 어느 책보다 선생님께서 펴낸 책은 원가가 수없이 많이 들게 되어 있었다."(「당대 최고의 문화인, 이제 어디서 만나랴」)

왜 그랬을까? 한창기의 '괴팍함'을 추동시킨 힘의 근원은 무엇이었을까? 그건 소중한 우리 것을 아무 그릇에나 함부로 담을 수 없다는 우리 것에 대한 예의였다. 한창기가 한 일은 '우리 것 사랑하기' 캠페인이 아니다. 사랑은 캠페인이 되는 순간 망한다. 느낌으로 통할 일을 외침으로 대신하는 순간 그건 죽는다. 뿌리깊은나무의 이데올로기가 있다면 그건 '우리 것 사랑하기'가 아니라 '우리 것에 대한 제대로 된 감상'이었다. 이 잡지가 보인 진보성은 의도적인 것이 아니었다. 우리 것을 제대로 보기만 한다면 진보성은 그 시각 자체에서 발생할 수밖에 없는 것이었다.

최근 유행하고 있는 이른바 '공익 마케팅'의 취지에 공감하는 이는 그 근원을 서양에서 찾으려 들겠지만, 그 원조는 한창기다. 그는 30년 이상을 앞서간 인물이었다. 30년 전 그가 열고 만들었던 '판소리 감상회', 『뿌리깊은나무 판소리 다섯 바탕』을 비롯한 음반의 이천년대 판은 아직 나오지 않았다. 이천년대에 할 수 있는, 그에 필적할 만한 아이디어와 사업이 펼쳐지지 못하고 있다는 뜻이다. 그만큼 앞서가는 안목과 현실을 움켜쥐는 재능을 동시에 갖춘 인물이 드물기 때문일 것이다.

샘이깊은물이 하지 않은 것

뿌리깊은나무는 딱 한번 합병호를 낸 적이 있는데, 그건 1980년 6·7월호였다. 신군부의 광주학살에 대한 항의 표시로 휴간한 결과다. 그리고 8월호가 나왔다. 그러나 그게 마지막이었다. 신군부에 의해 강제 폐간된 것이다.

뿌리깊은나무의 강제 폐간은 한창기의 평생에서 가장 큰 타격이었지만, 그는 거기서 주저앉진 않았다. 그는 뿌리깊은나무의 인력으로 우리 것을 복원하고 지키는 문화사업을 본격적으로 펼쳐나갔으며, 그 가운데 대표적인 것이 바로 열한 권에 이르는 『한국의 발견』이다. 이어 한창기는 1984년 11월 여성지 샘이깊은물을 창간했다. 그는 창간사에서 이렇게 말했다.

"저희의 눈에 … 중요한 잡지의 과제로 비치는 것이 늘 하나 있었습니다.

어제와 오늘과 내일의 가정과 사회 그리고 그것들의 어우름을 깊이 파고들어 탐색하고 관찰하는 일입니다.… 가정이 샘이깊은물이 탐색하는 주요 대상에 들고, 실제로 여자들이 많은 가정의 핵심이 되므로 자연히 이 문화 잡지는… 여자들이 더 많이 읽게 될 터입니다. 그러나…이 문화 잡지도 이른바 '여성지'가 아니라 '사람의 잡지'입니다."

샘이깊은물은 곧 '이 나라에서 정기구독자가 가장 많은 여성 잡지'가 되었다. 혹자는 평생을 독신으로 보낸 한창기에겐 일남 일녀가 있다는 말을 하는데, 일남은 뿌리깊은나무요 일녀가 바로 샘이깊은 물이라는 것이다.

샘이깊은물이 1993년 2월호로 지령 백호를 맞았을 때, 편집주간 설호정은 한겨레신문과 한 인터뷰에서 "지령 백호까지 편집해오면서 '하지 않으려고 애써온 일'이 많다."며 "여자의 지성을 깔보지 않으려고 애쓰고, 무책임한 바람기, 허영기를 팔지 않고도 대중이 오히려 더 흥미있어 하고 비판정신이 깃들인 여성지를 만들려고 애썼다."고 말했다.

한국인들의 열등감을 해소하기 위해 민족과 애국으로 무장한 지식인들의
성찰을 위해 '한창기의 법칙'은 유효하리라. 제발 한국을 잘 모르면서 아는 척 하지 말라.
박정희를 넘어서겠다는 사람들이 왜 자꾸 박정희 방식에 매달리는가?
한창기 방식은 안 되겠는가?

겸손이다. 하려고 애쓴 걸 말해야 하지 않나? '비판정신이 깃들인 여성지'는 샘이깊은물이 유일했는지 몰라도 비판정신이 깃들인 잡지는 여럿이었다. 샘이깊은물은 그 내용으로 보아 군이 여성지로 분류할 필요도 없는, 말 그대로의 '사람의 잡지'였다. 이 잡지를 다른 잡지들과 구분하게 해주는 독보적인 특징은 '기품있는 비판정신'이었다.

한국사회에 기품있는 사람도 많고 비판정신이 강한 사람도 많았지만, 그 두 가지를 동시에 갖춘 이를 찾기는 어려웠다. 기품은 어쩐지 진보의 정신에 반하는 것처럼 여겨졌다. 그만큼 한국의 근현대사가 파란만장한 탓이었으리라. 한창기는 '기품있는 비판정신'을 대변한 이였고, 그의 일남일녀는 그걸 드러내는 매개체였다.

이십 년 앞서 기록한 민중의 목소리

기품과 민중은 서로 어울리지 않는 만남처럼 보였지만, 한창기가 만남의 주선자로 나서면서 사정은 달라졌다. 그가 1981년부터 펴내기 시작한 『민중 자서전』 씨리즈는 이름없는 민중 가운데서 주인공들을 골라 그들이 입으로 털어놓는 일생을 녹음하고 글로 옮겨 편집하는 일종의 '구비 역사(오럴 히스토리)'를 선보였다. 주인공이 되기 위해선 다음과 같은 몇 가지 조건들을 충족시켜야 했다.

노인일 것, 가능하면 현대교육과 인연이 먼 문맹자일 것, 그래서 언어 체계가 활자 언론과 방송의 영향을 되도록 덜 받았을 것, 가능하면 전통적인 생업과 예능에 종사했을 것, 유명하지 않은 이름없는 사람들일 것.

한창기의 사후 샘이깊은물은 "그이는 텔레비전의 세례를 덜 받은 후미진 촌구석의 노인들을 한국어와 한국문화의 가장 훌륭한 스승이라 여겨온 터라 그이들이 구술한 '나의 한평생'을 수많은 주석을 달아 책으로 만드는 일에 각별한 애정을 기울였다. 그이가 편집에 참여해 원고를 읽으며 자주 너털웃음과 눈물을 참지 못했던 것이 바로 이 '민중 자서전'이었다"고 했다.

돌이켜 보면 그 또한 놀라운 일이었다. 정부가 이름없는 민중의 목소리를 기록하는 작업의 역사적, 문화적 중요성을 인식하고 적극적인 예산 지원을 함으로써 구술사 연구 프로젝트가 전국 대학들에서 가동되기 시작한 게 최근의 일이 아닌가. 한창기는 정부의 지원 없이 20년을 앞서간 선견지명을 실천한 셈이다.

그밖에도 한창기가 벌인 문화사업의 종류는 무수히 많다. 그는 백과사전을 팔고 잡지와 책을 만들었을 뿐만 아니라 판소리와 민요 전집을 제작했고 차, 반상기, 한지, 쪽물, 옹기의 보급에 앞장섰다.

그는 자신이 '보고 싶고 듣고 싶고 만져보고 싶은데 없어서 만들었더니 결과적으로 의미있는 일'을 한 것이 되었던 사람이다. 그의 기품이 돋보였던 이유이기도 하다. 다른 사람들은 의미와 명분을 미리 앞세워 놓고 그것에 충실하지도 못한 채 삶을 마감한다. 자신이 즐기지도 못하고 실천하지도 않는 것들을 남을 향해 끊임없이 설교하고 계몽하다가 의미도 죽이고 기품도 죽인다.

한창기는 그 반대로 살았다. 그런데 역사는 스스로 떠들어댐으로써 기록에 남은 의미와 명분 위주로 기록된다. 게다가 우리는 정치인과 경제인의 유산만 계산하는 사람들이다. 박정희는 복도 많은 사람이다. 한창기가 이뤄낸 일의 과실까지 박정희 시대의 업적으로 간주되니 말이다. 전두환도 마찬가지다. 두 독재자가 만들어낸 병영국가의 '문화 죽이기'와 충돌하면서 한국인의 기품을 살려낸 한창기는 잡지사나 문화사의 한 페이지로만 기록되니 말이다.

캠페인을 버려라

뿌리의 깊음이나 샘의 깊음은 눈에 보이는 건 아니다. 꼭 눈으로 봐야 할 필요도 없다. 문화와 의식은 두고두고 과시하거나 기념할 수 있는 시각적 업적의 대상이 아니다. 그건 경부고속도로도 아니고 고층건물도 아니다. 그럼에도 우리는 문화와 의식의 영역마저 과시하고 기념하려 든다. 여전히 캠페인의 대상으로 삼으려 든다. 위에서 아래로. 자신을 뽐내면서.

한창기는 제발 그러지 말자는 메시지를 온몸으로 던져주고 떠난 건 아니었을까? 무슨 거창한 의미 부여를 하면서 시끄럽게 하지 말고 괴팍한 기인이라는 딱지 정도는 감수하면서 최선을 다해 그냥 보여주라. 그걸 보는 사람이 스스로 느끼게 만들어라. 기품은 그렇게 해서 탄생하는 것이지, 무슨 연대와 명분과 선언으로 만들어지는 게 아니다.

늘 서양과 비교하면서 한국의 흠만 보기에 바쁜 지식인들은 물론 한국인들의 열등감을 해소하기 위해 민족과 애국으로 무장한 지식인들의 성찰을 위해 그런 '한창기의 법칙'은 유효하리라. 제발 한국을 잘 모르면서 아는 척 하지 말라. 제발 '부정에 대한 부정'으로만 밀어붙이지 말고 스스로 긍정할 수 있는 것들을 찾아내고 제시하라. 박정희를 넘어서겠다는 사람들이 왜 자꾸 박정희 방식에 매달리는가? 한창기 방식은 안 되겠는가? 🐾

한창기에게 띄우는 그림 엽서 / 서세옥

서세옥   수묵추상화가. 간결한 선으로 기호화한 인간군상을 통해 대상을 초월한 보편적 삶의 모습을 명상케 하는 '사람들' 연작으로 잘 알려졌다. 한창기와 성북동 오랜 이웃으로 지냈다. 칠십년대에 한창기가 전통 한지 편지봉투와 편지지를 제작하여 건네준 것을 여태 지니고 있다가 꺼내어 이 엽서를 그렸다.

한창기 사진

글과 사진 강운구 사진가. 강운구와 한창기는 뿌리깊은나무의 창간을 앞둔 1975년에 처음 만났다. 강운구의 사진을 보고 반한 한창기가 청해서 이루어진 만남이었다. 그때부터 '강운구 사진'은 뿌리깊은나무, 『한국의 발견』, 그밖의 뿌리깊은나무 출판, 인쇄물에 꾸준히 게재되었다. 그리고 마침내 1984년 샘이깊은물이 창간될 때 강운구는 샘이깊은물의 모든 사진을 지휘하고 통제하는 상임 사진편집위원이 되었다. 한창기는 사물의 아름다움을 식별하는 강운구의 빼어난 눈썰미를 자기 것처럼 소중히 여겼던 만큼 '강 선생의 눈'을 거치지 않은 사진은 믿지 않았다. 함께한 밥, 커피, 여행, 구경, 이야기, 토론, 논쟁, 그리고 시간의 합이 증명하듯이 한창기와 강운구의 우정은 서로가 서로에게 둘도 없이 깊고 귀한 것이었다.

그이는 스스로에게 닥쳐오는 어둠을 전혀 인정하지 않으려 했다. 이미 주치의로부터 가망이 없다는 선고를 받고 몇 달이 지난, 그야말로 숨이 턱에 찬 상태에서도 그랬다. 그러다 떠나가기 아마 한 달쯤 전부터 온몸을 덮어오는 어둠을 받아들이기로 한 듯했다. 그러고는 한마디씩 천천히, 평생 궁리했던 것을 말하듯이, 자기 장례식의 규모, 절차, 관, 수의, 무덤과 비석의 크기와 모양 같은 것들을 병상 곁에 있는 이들에게 말하기 시작했다. 그러던 어느 날, 나에게 느닷없이 "사진 좀 보여줘." 했다. 거두절미하고 갑자기 한 말이어서 하마터면 "무슨 사진이요?" 하고 물을 뻔했다. 자기 영정이 될 사진을 확인하겠다는 말이었다. 누구라도 그 나이에 영정을 준비할 리도 없고 나 또한 그럴 것을 염두에 두고 찍어뒀을 까닭도 없다.

한 선생은 늘 자세가 반듯했고 매무새가 단정했다. 그리고 사진 찍히는 걸 꽤 좋아했다. 그뿐만 아니라 무엇을 할 때건 카메라가 겨냥하면 만사 제치고 얼른 차려 자세를 하는 게 몸에 배어 있었다. 그러므로 정면 사진 찾기는 어렵지 않을 터였다.

만감이 교차하는 마음으로 이 파일 저 파일을 뒤질 때, 어쩐지 늦추고 싶어서 짐짓 꾸물거리며 며칠을 끌었다. 이젠 그이가 어떤 자기 모습을 좋아할지를 짐작하기는 어렵지 않았다. 그렇더라도 그이가 가장 좋아할 모습을 갈등

1990년, 운니동 가든타워 빌딩 6층에 있던 뿌리깊은나무 출판사 사장실에서 찍은 사진.
이 사진의 주위를 잘라내 얼굴을 크게 하여 영정으로 썼다.

없이 고를 수는 없었다. 추리고 추려서 두 장—양복과 한복 차림—을 인화했다. 며칠 뒤에, 더 어둠이 덮인 얼굴로 누워 있는 그이에게 사진 한 장을 내밀었다. 보자마자 "좋다!" 하고는 자기 모습을 들여다보고 또 보고 했다. 따라서 나머지 한 장은 보여주지 않았다. 그 상황에서 더는 그이를 갈등하게 하고 싶지 않았기 때문이다. 잡지나 책을 만들 때 어떤 사진도 이렇게 명쾌하게 "좋다!" 한 적은 거의 없었다. 그이의 마지막이 아주 가까이에 다가온 때에 마지막으로 그이의 눈에 맞출 수 있게 되어서 기뻤고 또한 그게 슬펐다.

그이는 이 세상의 누구보다 자기 영정을 고를 수 있는 자격이 확실한 사람이다. 구석구석 꼼꼼하게 뜯어보는 분석, 아름답거나 추함을 넘어서 이미지가 풍기는 느낌 같은 것을 파악하는 주관이 확실한 사람이었다. 그리고 자기관리를 지독하게 잘했으므로 여러 사람에게 보일 모습을 챙기는 것은 마땅하다. 한 선생은 스스로를 관리하는 데서 딱 한 가지를 안 했다. 건강 진단을 회피한 것이 그것이다. 그이는 한 이십 년쯤 전에 간염으로 입원해서 치료를 받은 적이 있다. 완치되었다는 판정을 받고 퇴원한 뒤로는 그 '완치' 판정에 집착한 듯하다. 그래서 그 뒤 건강검진을 받으러 병원에 한번도 가지 않은 듯하다. 그

1992년 초가을, 동숭동 문예진흥원
예술극장 앞에서 찍은 사진.
한창기는 키가 훤칠하고 작은 얼굴에
뒤통수가 나온 마늘모상이라
한복이 잘 어울리는 체형이었다.
다듬이질해서 윤이 나는 손명주를
옛날식 바느질로 두루마기까지 속속들이
제대로 차려입고 나서면 옷태가 빼어났다.

1983년 늦여름, 보길도에 갔다가 돌아오는 뱃전에서 찍었다.
그이를 찍은 기억할 만한 첫 사진이다. 날카로우며 동시에 어딘지 쓸쓸함을 보여주는
독특한 프로필이다. 셔터 소리를 듣자마자 그이는 정면으로 돌아섰다.

런 사정으로 그이는 시시각각 어두워지는 얼굴로 병실에 누워서 자기 장례식
을 설계했다. 혼미해져가는 정신을 가다듬으며 몇 마디 하다가 "거…만장이
여러 개 휘날리는 게 보기에 좋더군." 하기도 했다. 며칠 뒤에 그이가 태어나
고 자랐던 집에서부터 직선 거리로 육칠백 미터쯤 떨어져 있는 묻힐 자리까지
는 수많은 만장이 펄럭이며 줄줄이 이어졌다.

첫 사진

팔십삼 년 늦여름에 보길도에 갔다 온 것이 아마 한 선생과 함께 간 첫 번
째 여행인 듯하다. 그때 그이는 브리태니커 한국 지사장이었는데, 뿌리깊은나
무가 폐간된 뒤에, 그 잡지를 만들던 이들과 방대한 인문지리 책『한국의 발
견』을 기획하여 편집하고 있었다. 군사독재정권이 뿌리깊은나무를 폐간한 뒤
에, 잡지사로 온 나라의 여러 독자들이 격려와 위로의 편지를 보내왔다. 그 중
몇 사람의 편지는 한 선생이 오래도록 기억했으며, 물론 답장은 했고, 기회가
닿으면 그 사람들을 만나보고 싶어했다. 그때 보길도에 간 길에도 그런 한 사
람을 찾아서 인사를 했다. (다음해인가에는 지리산 일대를 둘러보러 간 길에
산청의 한 형사를 찾아간 적도 있다. 뿌리깊은나무를 폐간시킨 것은 부당하다
고 정부에 탄원서를 낸 이였다.) 부용동에 고산이 만든 정원과 근처를 구경한
뒤, 여객선을 타고 나오는데 물결이 눈부셨다. 그것을 배경으로 뱃전에 서 있

는 한 선생의 프로필 윤곽이 선명했다. 얼른 한두 번 찍었는데, 셔터 소리를 들자마자 "찍으려면 이렇게 찍어줘." 하면서 카메라를 향해서 정면으로 똑바로 섰다. "역광이라서 정면은 잘 안 나오거든요." 하자 "아 그래? 안 되면 말고." 했다. 날카로우며, 어딘지 쓸쓸함을 동시에 보여주는 독특한 자신의 옆모습을 그이는 알고 있었고 그것을 좋아하지 않았음이 분명하다.

그 뒤 몇 년이 지난 어느 날인가 한 선생이 "어! 그거 무슨 카메라야?" 하며 늘 보아왔던 나의 낡은 라이카 엠포(M4)를 새삼스럽게 보더니 "이거 사줘." 했다. 관심 없을 땐 보이지 않다가, 카메라를 가져야겠다고 생각한 뒤에야 엠포가, 그 여물게 생긴 오밀조밀한 디자인이 눈에 뜨인 듯했다. 나는 이 카메라가 좋긴 아주 좋은 거지만 이러저런 이유로 쓰기가 불편할 것이라며 쓰기 쉬운 다른 카메라를 권했다. 그러나 찍는 게 아니라 아름다운 걸 갖는 게 문제였으므로 (그이는 오디오 기기도 소리보다는 모양이 좋은 것을 골랐다) 나의 설득은 소용이 없었고, 그 다음 여행 때부터는 엠씩스(M6)를 메고 다니게 되었다.(내 오래된 엠포에 해당하는 나중 모델이 엠씩스였다. 두 기계는 모양은 같으나 성능은 조금 다르다.) 한 선생은 찍을 땐, 먼저 안경을 머리 위로 젖

전라남도 보성군 벌교읍 고읍리 지곡 마을의 생가를 떠나 장지로 가는 행렬.
맨 앞은 지혜 스님이고 조카 한무논이 영정을 안고 뒤따르고 있다.

1995년 여름, 한창기는 생애 마지막 여름의
얼마간을 충주호 근처에 머물며 요양했다.
물가로 산책을 가다가 잠시 나무 그늘에서
쉬는 중에 찍었다. 반팔 셔츠에 반바지,
밀짚모자와 지팡이로, 그런 상태에서도
완벽한 차림을 갖추었지만 예전과는 달리
셔터 소리를 듣고도 얼굴을 들지 않았다.

혀 올린 다음에 파인더를 들여다보았다. 꼼짝 않고 있는 풍경이나 사물을 찍
으려고 초점을 맞추는데, 좀 보탠다면, 한 십 분은 걸렸다. 그만큼 그이는 꼼
꼼했다.

한 선생은 전체보다는 세부에 아주 민감했다. 말하자면 숲보다는 잎, 또 그
보다는 잎의 맥과 숨구멍이나 솜털 같은 것까지 늘 주목하고 판단했다. 판단
의 결론은 그것을 스스로가 좋아하느냐 아니냐인 수가 많았다.

막 나온 잡지를 훑어보다가 정상적인 위치에서 영점이삼 밀리미터쯤 더 떨
어져 있는 마침표를 발견하고는 노발대발한 적도 있다. 그까짓 것이라고 할
수 있는 그런 것이 한 선생에게는 큰 사고였다. 그런 한 선생은 말하자면 좀스
러운 구석이 많은 좀팽이라고 할 수 있다. 그러나 "호연지기가 이 나라 다 망
친다."고 개탄하던 위대한 좀팽이였다. 그런데 모든 면에 너무 예민하기 때문
인지, 보기와는 달리 겁이 아주 많았다. 대체로 사람들은 겁을 직시해서 극복
하거나, 아니면 짐짓 모른 척 회피하는 수가 많다. 그래서 한 선생은 잡지를
편집할 때 거의 모든 기사를 꼼꼼하게 다 읽었다. 일반적인 교정과 교열도 물

론 그러는 목적 중의 하나였지만, 그보다는 다 읽고 어느 기자나 외부 필자의 글에도 실수가 없다는 것을 확인해야만 안심이 되었기 때문이다. 한 선생은 아마 나오기 전에 모든 기사를 다 읽는, 이 세상에서 거의 유일한 잡지 발행인이었을 것이다.

그러나 건강검진은 회피했다.

장사 지내는 날, 지곡 마을 선산자락의 한선생이 묻히는 밭은 자리와 주변, 먼 앞산의 높고 가파르며 날카로운 능선을 둘러보던 윤구병이, 풍수공부도 했는지, 혼잣소리인 듯이 중얼거렸다. "한 사장 성질 그대로다, 성질 그대로다." 라고. 그렇다면 그야말로 잘 어울리는 명당이겠다.

눈부신 역광이 한 순간 드러낸 옆모습을 우연히 찍은 것이 기억할 만한 한 선생의 첫 번째 사진이다. 그이는 "얼굴을 보고 성급하게 어떤 사람을 판단하면 안 된다."고 한 적이 있다. 그러나 어쩔 수 없이 사람들은 그이들이 만나는 사람의 인상으로부터 한 순간에 많은 것을 읽는다. 한선생은 날카롭게 보이지만, 대단히 겁이 많은 평화주의자이다. 쎄일즈맨의 '전설'이었기 때문에 눈앞의 실리만을 취하는 사람인 줄로만 알기 쉽지만 꿈이 많은 이상주의자이며, 단순한 것을 좋아하는 매우 복잡하고 정교한 사람이다.

모든 끝

한 사람의 죽음은 그 사람 모든 것의 완전한 끝이다. 그 사람 성질이, 바람이, 한 일이…어떤 것이었건 간에.

한 선생은 참으로 여러 면에서 남다른 사람이었다. 그이는 오십대 중반이 막 지났을 때쯤 지팡이를 두 개나 사 뒀다. 늙으면 꼭 필요한 것이라면서 자랑할 때 나는 "엄병 하시네!" 하고 힐난했다. 몸이 불편할 때가 아니라 모양으로 들고 다니려 한 것이다. 그뿐만 아니라 주변 사람들에게 자기 무덤은 크지 않아야 되고 비석은 지붕 없는 작은 조선 비석에 앞에는 이름만 쓰고 뒤에는 출생과 사망한 연도와 날짜만 적으면 된다고도 했다. 누구 무덤인지 알아보게 하기만 하면 된다면서. (이 말은 물론 병상에서도 또 했다.) 여행길에, 기계로 깎아 새긴 톱자국이 선명한 무궁화 꽃장식 돌을 무덤 정면 한가운데 세우고 둘레에 화강석으로 테를 두른 큰 무덤들 곁을 우연히 지날 때마다 한 선생은 거의 저주에 가까운 말을 퍼부었다. 보기도 싫지만, 정체불명의 무덤양식이라

충주호 물가에 앉아서 먼 산을 바라보다가 앉은 자세를 살짝 바꾸자 옆모습이 보였다. 한창기의 마지막 사진이다.

며 그저 일부에서 그러다 말기를 한 선생은 바랐다. 그러나 그 정체불명의 양식은 점점 온 나라로 퍼져나갔다.

장사 지낸 이듬해에 가 보았더니 터에 비해서 봉분이 너무나 커 보였다. 그리고 무덤 크기로 보아 앞으로 세워질 비석 크기 같은 것도 염려가 되어서 한 선생으로부터 비석 같은 것에 관한 이야기를 들은 적이 있는지를 한 선생의 계씨에게 물었더니 알고 있으니 염려 말라고 했다. 그러고 한 해도 지나기 전에 계씨도 한 선생과 같은 병환으로 이 세상을 떠나 한 선생 아래쪽에 묻혔다.

그간 가까이 지내며 보낸 많은 날들—한가하고 즐거웠던 모임도 많았고, 다투었던 적도 많다. 한 선생이 제기하는 문제들(완벽주의자의 독특한 생각에는 본디 허점이 많다)에 나는 끊임없이 이의를 걸었는데, 목소리가 커지면 그이는 노래졌고 나는 뻘게졌다. 한 선생과 무슨 문제로거나 다툰 이들 중 그이가 용서한 이는 아마 내가 알기에는 나 혼자뿐인 듯하다. 그이 비위를 거슬렀다가는 나이나 지위를 불문하고 그 길로 끝이었다. 아마 객관적으로 내가 여러 수 아래이고 악의가 아니었으며 자기와 다른 미숙한 생각을 주장하는 이이지만 얼마쯤은 더 써먹을 수 있다고 판단했었기 때문에 그랬던 듯하다. 그런 많은 날들의 기억이 그 근처를 지나갈 때면 나를 그 산자락으로 몰고 간다. 어느 봄날도 그랬다.

2007년 봄, 지곡 마을 산자락의 한창기 무덤에 띠 풀꽃이 막 피어났다.

변해 있는 무덤을 보는 순간 눈과 입이 벌어지며 머리 꼭대기로 피가 확 쏠렸다. 기계톱 자국 선명하게 무궁화 꽃을 새긴 돌 장식에 흰 화강암 테두리… 벌어지는 화강암 테두리를 감아 맨 와이어. 조선 임금 무덤의 것보다 더 두터운 듯하고 비율이 어색한 상석… 다행히 아직 비석은 세워져 있지 않았다. 한 선생은 소박한 선비의 무덤이기를 바랐는데 무식한 졸부 꼴이 되어 있었다.

죽은 이를 위한다는 모든 행위는 살아 있는 이들 스스로를 위한 것이다.

이 책도 그렇다. 한 선생을 기린다면서 빚을 갚아보려는 행위이다. (딴사람은 몰라도 나는 그렇다.) 갚기는커녕, 이 어설픈 행위로 더 늘어날 것임이 틀림없다.

마지막 사진

내가 찍은 한 선생의 첫 사진과 마지막 사진이 역광으로 된 옆모습이란 것을 최근에 여기에 쓸 사진을 정리하다가 알게 됐다. 그이가 싫어하는 모습이다.

영정 사진으로 준비했던 두 장 중에 한복차림에 웃고 있는 사진은, 영정으로 쓴 사진보다 겨우 이태 뒤에 찍은 것인데, 모습이 좀 다르다. 웃고 있어서 그럴 뿐만 아니라 살이 좀 쪘기 때문에 인상이 부드럽다. 워낙 마른 사람들이 그렇듯이 그이는 체중이 조금씩 불어갈 때 좋아했다. 그러나 한 해쯤 지난 뒤부터 더는 체중이 붇지 않게 하려고 음식을 조심했다.

나중에 한 선생의 주치의에게 간이 나쁜 사람이, 치명적인 암에 걸린 사람이 왜 체중이 불어났었는지를, 도대체 그 간암은 몇 년 동안이나 진행된 것인지를 물어본 적이 있다. 아마 한 오 년 진행되었을 것이며, 복수가 차면서 서서히 체중이 불어났을 것이라고 했다. 그렇다면 예가 없을 만큼 세심한 그이도 그 주위에 있던 이들도 모두 다 아둔했다. 영정으로 선택된 "좋다!"던 사진은 1990년에 찍은 것이고, 한복 입고 있는 사진은 1992에 찍은 것이다. 주치의 말대로라면 1990년의 모습은 병에 걸리기 직전이고 1992년의 것은 이미 한두 해쯤 진행되었을 때다. 그렇다면 쪘다고 좋아하던 살은 물이었다.

무더위가 한창일 때 한 선생은 그이 생애의 마지막 여름 며칠을 충주호 근처에 가서 요양했다. "물을 보면 좋다."나 뭐 그런 얘기를 누군가에게서 들었기 때문인 듯하다. 그뿐만 아니라 한 선생이나 간병하는 가족들은 며칠 동안이라도 병실로부터 벗어나고 싶었을 터이다. 거기까지 문병을 가자니 공연히 수선스럽게 하는 것 같았고 그렇다고 안 가고 버티자니 내가 답답했다. 찾아 갔는데, 다행히 한 선생이 싫어하는 눈치는 아니었다. 거기는 말이 물가였지 물도 안 보이는 콘도였는데, 서울보다 더 무더웠고 낮인데도 모기가 왱왱댔다. 물가로 산책을 가자며 한 선생은 반팔 셔츠와 반바지에 밀짚모자를 쓰고 지팡이를 들고 나섰다. 그런 상태에서도 호숫가에서 지낼 차림을 완벽하게 챙겨 가지고 왔다.

근처의 호숫가는 노면이 아주 불규칙한 비포장이었으므로 천천히 운전을 해서 물이 보이는 곳으로 갔다. 한 십 분쯤 갔을 때 한 선생이 멀미가 난다고 해서 나무 그늘에서 쉬었다. 주위의 풍경이나 사람에게 관심을 기울일 기력이 없어 보였고, 한마디 말도 하지 않았다. 그이는 지팡이에 모아 얹은 손에 턱을 대고 의지했다. 망설이다가 차로 가서 카메라를 가지고 왔을 때도 같은 자세로 있었다. 셔터 소리를 들었을 터인데, 그전에 흔히 그랬었던 것처럼 똑바로 쳐다보는 자세를 잡지 않았다. 물가까지 가지 말고 그냥 돌아가야 될 것 같았다. 그런데 그이는 "가지, 물 보러." 했다. 가물 때였으므로 마른 바닥을 질러 호수 가운데에 고인 물가에 차를 댔다.

물가의 바위 위로 가서 걸터앉아 먼 산과 하늘과 물을 그이는 바라다보고 또 바라다보았다. 그 처연한 뒷모습을 보며 다시 차로 가서 카메라를 꺼냈다. 아직도 갈등한다. 그때 마지막이 된 이 사진을 찍었어야 했는지, 말아야 했었는지를. 몇 장 찍는데, 앉은 자세가 불편했는지 방향을 조금 바꿨다. 그러자 고개를 숙인 옆 얼굴이 잠깐 살짝 보였다. 햇빛이 내려 쪼이는 한낮이었지만 그이는 어둠에 잠겨 있었다. 아무도 아무 할 말이 없었다. 물도 그 안에 잠긴 산도 한낮의 어둠이 삼켜버린 듯했다.

한창기 사진은 여기까지뿐이다. ◉

생전에 한창기가 좋아하던 선암사 대웅전에서 사십구재를 올렸다. 액자 안에서 그이가 이쪽을 바라보고 있다.
봄이 오느라고 날이 변덕스럽던, 바람 부는 날이었다.

한창기의 잡지

뿌리깊은나무의 탄생
그 정열과 안목과 집념이 산파였다

손세일 동아일보 논설위원이었던 때에 편집위원으로서 뿌리깊은나무의 창간에 깊숙이 참여했다. 이 글에도 적힌 대로 동아일보 기자였으며, 60년대에 잡지 『사상계』 『신동아』의 편집 책임자였다. 한창기와는 논쟁적 교분이랄까를 이어갔으나, 박정희 피살 뒤 언론인에서 정치가로 직업을 바꾸자 두 사람의 교분은 사실상 종료되었다.

나는 한창기와 함께 뿌리깊은나무를 창간한 일을 내 생애에서 가장 보람있는 일의 하나로 꼽는다. 1950년대 말에서 60년대 초에 걸친 전성기 때의 『사상계』의 편집에 관여했고, 1964년에 『신동아』가 복간될 때에는 그 실무작업을 맡았던 나는 『신동아』 사건으로 신동아 부장직을 그만둔 뒤에 동아일보 논설위원으로 재직하면서도 나 자신의 잡지를 펴내고 싶은 꿍꿍이 셈을 버리지 못하고 있었다.

그리하여 '뿌리깊은 나무'라는 제호까지 생각해놓고 있었다. 이처럼 긴 제호는 우리나라나 일본의 잡지에는 없던 무척 생뚱맞은 것이었으나, 나는 한창 모더니즘 문학청년이었던 고등학교 시절에 들은 유럽의 『두 마리의 꼬리없는 원숭이』라는 잡지 이야기를 되새기면서 그 제호를 속으로 여간 자랑스럽게 생각하지 않았다.

창간호가 '제7권 제2호'인 잡지

한창기를 자주 만난 것은 그럴 때였다. 물론 처음부터 잡지 발행 문제를 의논하느라고 만난 것은 아니었으나, 그도 은근히 새로운 모습의 잡지를 펴낼 생각을 하고 있는 것을 알았다. 이 무렵 브리태니커 백과사전이 세계적인 베스트셀러가 되고 있었는데, 우리나라도 예외가 아니었다. 예외가 아닌 정도가 아니었다. 한국은 브리태니커 백과사전이 가장 잘 팔리는 나라의 하나로 꼽혔다. 그처럼 브리태니커 백과사전의 판매 성적이 좋았던 것도 한창기 개인의 능력에 힘입은 점이 컸었다.

이 무렵 한국브리태니커회사는 주로 브리태니커 백과사전 고객들을 상대로 배움나무라는 손바닥만한 잡지를 펴내고 있었는데, 한창기는 이 배움나무를 일반 독자들을 상대로 한 종합 잡지로 확대해서 펴내고자 했다. 정기간행물의 발행 인가가 하늘의 별따기였던 시대에 그것은 아주 유리한 조건이 될 수 있었다. 뿌리깊은나무 창간호가 법적으로는 '제7권 제2호'로 발행된 것은 그 때문이었다.

'뿌리'는 한창기, '깊은나무'는 나?

그러나 뿌리깊은나무를 창간하는 데에는 오랜 시간이 걸렸다. 브리태니커 본사와의 영업상 문제가 주된 원인이었으나, 어떤 잡지를 만들 것인가를 결정하는 문제도 그다지 쉬운 일이 아니었다. 우선 제호부터 문제였다. 한창기는 '뿌리'라는 제호를 생각하고 있었다. '뿌리'까지 생각하고 있는 사람 앞에서 나는 실현 가능성도 별로 있어 보이지 않는 나의 잡지 제호를 언제까지나 숨겨 두고 있을 수는 없었다.

문화 운동을 이끌 멋진 잡지를 내자는 데에는 의기투합했으나, 문화가 무엇인가라는 문제를 두고도 한창기와 나는 논쟁을 많이 했다. 그러나 토박이 문화와 보편적 가치의 갈등, 고급문화와 대중문화의 괴리와 같은 우리 사회의 문화적 모순에 대한 견해 차이는 좀처럼 좁혀지지 않았다. 이 무렵 나는 『이데올로기의 종언』으로 유명한 미국의 사회학자 다니엘 벨의 『자본주의의 문화적 모순』이라는 책에 심취해 있었다.

창간사와 논설의 상호 보완

한창기와 나의 견해 차이는 창간사와 그 다음달 호의 논설에 그대로 반영되어 있다. 한창기는 창간사에서 다음과 같이 적었다.

"뿌리깊은나무는 우리 문화의 바탕이 토박이 문화라고 믿습니다. 또 이 토박이 문화가 역사에서 얄팍한 숨은 가치를 펼치어, 우리의 살갗에 맞닿지 않은 고급문화의 그늘에서 시들지도 않고 이 시대를 휩쓰는 대중문화에 치이지도 않으면서, 변화가 주는 진보와 조화롭게 만나야만 우리 문화가 더 싱싱하게 뻗는다고 생각합니다. 또 우리 문화가 그렇게 뻗어야만 우리가 변화 속에서도 안정된 마음과 넉넉한 살림을 함께 누리면서 '잘 살게' 된다고 믿습니다. 그리고 무엇보다도 우리 문화가 세계문화의 한 갈래로서 씩씩하게 자라야 세계문화가 더욱 발전한다고 생각합니다."

그 다음달 호의 논설 '정통성과 보편주의'에서 나는 다음과 같이 적었다.

"이제는 형식만 남아서 그 형식 자체가 예술품일 수 있는 온갖 전통문화의 유산을 아끼고 가꾸려고 애씀은 갸륵한 일이다. 그러나 남아 있는 형식을 아끼고 가꾸는 일이 곧 전통의 계승일 수는 없다. 지금은 형식만 남았으나 그것은 일찍이 우리 조상들의 삶의 모습이었으며 따라서 그 속에는 기막힌 슬기가 깃들어 있는가 하면 하릴없는 어리석음이 배어 있기도 한다. 그러므로 오늘의 우리에게 주어진 전통 계승의 문제는 조상들의 삶의 슬기를 오늘의 세계의 모든 인류의 삶에 도움이 되게 발전시키는 일이겠다. 지금 우리는 인류가 오랜 역사에 걸쳐서 끊임없이 쌓아온 슬기의 축적을 내 것처럼 쓰고 있는데, 전통 문화의 계승 문제는 말하자면 그런 빚을 조금이라도 갚는 일이 되어야 한다."

사람이 하는 모든 일은 방법 또는 형식이 내용을 규정한다. 잡지를 펴내는 일도 마찬가지이다. 한창기는 뿌리깊은나무가 조금이라도 일본 잡지와 같은 느낌을 주어서는 안 된다고 단호히 주장했다. 나는 그의 편견에 가까운 일본 문화 비평에 전적으로 찬성하지는 않았으나 일본 잡지들과 다른 형식의 잡지를 만들자는 데에는 동의했다.

뿌리깊은나무가 창간되던 때는 이른바 '긴급조치 9호' 시대였다. 권력 쪽에서나 운동권에서나, 의도는 다르면서도 꼭 같이, 전통문화를 추켜세우는 풍조가 일고 있었다. 위의 문장에 이어 나는 다음과 같이 강조했다.

"정부의 문화정책이나 학문과 예술의 분야에서 일고 있는 새로운 물결이 구체적으로 어떤 성과를 거두겠는지는 앞으로 두고 볼 일이다. 아직은 드센 부정의 힘으로만 작용하고 있는데, 행여라도 그것이 당면한 정치적인 필요에 따라 인류가 쌓아온 보편주의의 가치를 부정하는 쪽으로 흐르는 일이 있어서는 안 된다. 보편주의로 하여금 오로지 그 자체의 정통성에만 매여서 가지가지의 새 물결을 아예 거들떠보지도 않게 할지도 모르기 때문이다. 그런 상황이야말로 지성의 위기가 아닐 수 없다."

본받고 싶어한 내셔널 지오그래픽

그러나 한창기와 나의 이러한 강조점의 차이는 결과적으로는 뿌리깊은나무의 열매를 풍성하게 하는 데 도움이 되었을 것이다. 그의 주장으로 내시, 백정, 무당, 땅꾼, 심마니, 유랑극단 배우 같은 '숨어사는 외톨박이'들의 희한한 삶이 소개되는가 하면 나의 주장으로 미술, 음악, 문학, 연극, 영화를 다루는 '예술 비평'이 권두에 실리게 된 것이 대표적인 보기였다.

사람이 하는 모든 일은 방법 또는 형식이 내용을 규정한다. 잡지를 펴내는 일도 마찬가지이다. 한창기는 뿌리깊은나무가 조금이라도 일본 잡지와 같은 느낌을 주어서는 안 된다고 단호히 주장했다. 나는 그의 편견에 가까운 일본 문화 비판에 전적으로 찬성하지는 않았으나, 일본 잡지들과 다른 형식의 잡지를 만들자는 데에는 동의했다.

그가 본으로 삼고 싶어한 잡지는 미국의 『내셔널 지오그래픽』이었다. 종이도 『내셔널 지오그래픽』처럼 얇은 아트지를 쓰고 싶어 했다. 제작비도 제작비지만 그것이 얼마나 저항감을 불러일으킬 것인가는 상상하기에 어렵지 않았다. 그리하여 원색 포토 에쎄이만 아트지를 쓰기로 했다.

한앵보의 '소 이야기', 그리고…

원색 포토 에쎄이는 뿌리깊은나무가 새로 개발하다시피 한 형식으로서 가장 공들여 만드는 지면이었다. 창간호의 쌀 이야기부터 시작하여, 돌과 민속, 안동 수몰지구 모습, 연꽃 같은 주제를 다루어나갔다. 한창기는 소 이야기를 직접 썼다. 그의 필명은 '한앵보'였다. 그러나 이런 것만이 포토 에쎄이의 주제일 수는 없었다. 나는 창간되던 해 크리스마스를 계기로 반정부운동의 메카가 되고 있던 명동성당 이야기를 썼다. 건물 이야기며 한국 천주교의 역사, 미사의 형식과 의미 같은 것을 자세히 적은 다음 마지막으로 다음과 같은 말을 덧붙였다.

"'말씀'은 당연히 현실에 대한 인식과 그에 따른 교회와 신자들의 희망과 사명을 가르친다. 그러나 그 가르침에 대한 풀이는 받아들이는 사람에 따라 다를 수도 있다. 지난 삼일절의 명동교회 사건은 천주교와 개신교의 교직자들과 신자들이 합동으로 미사를 겸한 기도회를 올리고, 그 끝에 대통령의 긴급 조치 제구호에 금지된 내용이 들어 있는 선언문을 낭독한 일이다. 이 선언문에 서명했던 사람들은 구속되거나 또는 불구속의 몸으로 법원의 재판을 받고 있다.

"지금도 명동성당에서는 여느 때와 다름없이 날마다 미사가 올려지고 있다. 그러나 미사를 올리면서 신자들이 외는 예수의 기도문은 한결 절실한 것처럼 느껴진다. ⋯ '뜻이 하늘에서와 같이 땅에서도 이루어지이다'라는 기도의 오늘의 뜻은 어떤 것일까!"

개성있고 유능한 편집 스태프들

뿌리깊은나무의 특징을 잘 나타내 주는 것의 하나는 '차례'의 제일 윗자리를 차지하고 있는 편집위원들의 면면이었다. 각각 전공 분야를 대표할 만한 인물로 꼽히는 김우창, 김정옥, 김형효, 서정수, 예용해, 윤명로, 이규호, 이상만, 최정호, 한완상, 권태준 제씨와 재미작가 김은국, 하와이대 교수 이학수도 포함되었다.

한창기는 나더러 편집위원장을 맡으라고 했으나, 다른 언론사에 재직하고 있는 사람이, 비록 자문에 지나지 않는 회의체라고는 하나, 그 책임자의 자리를 맡는 것은 옳지 않다는 생각에서 사양하고 편집위원의 한 사람으로 참여했다. 그러나 한창기는 편집실 옆에 자그마한 나의 방을 마련하여 실질적인 편집위원장 대우를 해주었다.

두어 해가 지나서 편집위원들을 모두 바꿀 때에도 나는 그냥 남았다. 그러나 실제로 뿌리깊은나무를 그토록 알차고 깔끔하게 꾸며나간 사람들은 윤구병, 김형윤 두 편집장을 비롯하여 개성있고 유능한 편집 스태프들이었다.

천재적 언어감각이 이끈 '국어운동'

창간호를 3월호로 낸 것은 말할 나위도 없이 이 나라 현대사의 기점이 된 삼일운동을 기리는 뜻에서였다. 그리고 뿌리깊은나무의 머릿기사가 시사성을

"뿌리깊은 나무야 뿌리깊은 나무야!"
지난봄에 누가 제 이름을 부르니, 오오년의 잠에서 깨어났습니다.
이제 한살을 더 먹고 나니, 수만명이 군중이 제 이름을 부릅니다.

수십만명

창간 한돌을 맞아 1977년 3월 2일치 동아일보 5면에 실은 뿌리깊은나무 광고와 그 광고 문안을 적은 한창기의 육필

다루는 방법의 본으로 김우창 편집위원으로 하여금 「비범한 삶과 나날의 삶—삼일운동과 근대문학」을 쓰게 했다. 창간하고 넉 달째인 7월은 미국 독립 이백주년이 되는 달이었다. 그 호의 원색 포토 에쎄이 「한국 속의 미국인」은 한창기(한앵보)가 글을 썼고, 나는 「성경과 추잉검—우리에게 미국이란 무엇인가?」라는 제목으로 리드아티클을 썼다.

한창기는 천재적인 언어감각을 가진 사람이었다. 미국에 유학했거나 오랫동안 미국에서 생활한 적이 없는 사람으로서 한창기만큼 영어에 능숙한 사람이 없다는 것이 일반적인 평이다.

그가 한글 문법에 놀라운 조예를 지녔던 것도 영어 문법에 대한 지식에서 연유한 것이었을 성싶다. 나도 한글을 비교적 덜 틀리게 쓰는 사람이라고 자부하고 있었다. 특히 한글 문법에 대해서는 고등학교 시절에 뒷날 한글학회 회장을 지내신 김계곤 선생과 논쟁을 벌여, 선생님으로 하여금 며칠 뒤의 수업 시간에 "지난번 문제는 손세일의 말이 맞다."는 항복선언을 하게

53

도 했었다.

한창기와 나는 그런 점에서도 의기투합했다. 특히 '있어서' '있어서의'와 같이 우리말 구조 속에 스며들어 있는 일본말 구조의 요소를 추방하는 일이 얼마나 중요한 것인가를 논의할 때에는 동지애를 확인하듯이 즐거웠다. 뿌리 깊은나무가 실천한 국어 운동의 목표는 창간사의 다음과 같은 문장에 잘 표현되어 있다.

"조상의 핏줄이 우리 몸을 빚는다면, 그 몸을 다스리는 우리 얼은 우리말이 엮습니다. 그런데도, 여러 왕조시대에 걸쳐서 받들리던 중국말과 일제시대에 우격다짐으로 주어진 일본말의 영향은, 멀리는 세종 임금이 한글의 창제로 또 가까이는 개화기의 선구자들이 『독립신문』의 발행과 같은 운동으로 그토록 가꾸려고 힘썼던 토박이말과 그 짜임새를 얼마쯤은 짓누르거나 갉아먹었습니다. 요즈음 사람들이 흔히 심각한 글이라면 무턱대고 읽기를 꺼리는 탓이 거기에 있을지도 모릅니다. 따라서, 뿌리깊은나무는 그 안에 실리는 글들을 되도록 우리말과 그 짜임새에 맞추어서 지식 전달의 수단이 지식 전달 자체를 가로막는 일이 없도록 힘쓰려고 합니다. 또 우리 말과 그 짜임새를 되살려 새로운 시대에 알맞은 말로 발전시키고자 하는 분들의 일에 보탬이 되려고 합니다."

'등'을 '따위'로 고쳐 쓰는 고집

그러나 토박이말만이 우리말인 것은 아니다. 우리의 '얼을 엮는' 우리말 가운데에는 관념어도 있고 외래어도 있다. 어휘가 많을수록 말이 윤택해지는 것은 틀림없다. 이 점에서 또 한창기와 나는 의견이 달랐다. 대표적인 보기가 '따위'와 '등'이었다. '전' '후' '중' '측' 같은 모든 외자 한자어는 '앞' '뒤' '가운데' '쪽' 같은 우리말로 고쳐 쓰는 것이 바람직하다. 그러나 '등'을 '따위'로 고쳐 쓰는 것은 '비행기'를 '날틀'로 고쳐 쓰는 것만큼이나 억지일 것이다. '따위'는 원래 낮춤말인데, 일본 점령기에 한글운동가들이 고유어를 강조하느라고 '등'까지도 '따위'로 고쳐 쓴 데에서 연유한 것으로 나는 알고 있다. 이 말을 아무리 설명해도 한창기는 고집불통이었다. '따위'를 고집하다가 편집자들이 몇몇 필자에게 곤욕을 치르기도 했으나 그는 막무가내였다.

내가 먼저 주장하여 뿌리깊은나무가 실천한 것도 물론 많다. 우리말 토씨에서 트럼프의 조커처럼 쓰이는 '에'의 쓰임새를 제대로 살려서 쓰게 된 것이 대표적인 보기이다. 표지에서부터 "○월 1일에 발행됨"이라고 적었다. 뿌리깊은나무가 지금까지 발행되고 있었다면 지금쯤은 훨씬 많은 국민들이 '때에'와 '때'를 구별해서 쓸 수 있게 되었을 것이다.

우리말 구조 속에 스며들어 있는 서양 말투도 바로잡기로 했다. 피동사의 남용은 말할 나위도 없고, '필요로 한다'와 같이 우리말의 어법을 '갉아먹는' 번역 말투는 배제하기로 한 것이다. 'ㄱ, ㄴ, 그리고 ㄷ'은 반드시 'ㄱ과 ㄴ과 ㄷ', 또는 'ㄱ, ㄴ, ㄷ'으로 고쳐 쓰기로 했다.

> 그가 한글 문법에 놀라운 조예를 지녔던 것도 영어 문법에 대한 지식에서
> 연유한 것이었을 성싶다. 나도 한글을 비교적 덜 틀리게 쓰는 사람이라고 자부하고 있었다.
> 한창기와 나는 그런 점에서도 의기투합했다. 특히 '있어서' '있어서의'와 같이
> 우리말 구조 속에 스며들어 있는 일본말 구조의 요소를 추방하는 일이
> 얼마나 중요한 것인가를 논의할 때에는 동지애를 확인하듯이 즐거웠다.

'양념' 치고 '화장'이나 하는 일은 안해

뿌리깊은나무가, 아니 한창기가 한국 잡지사에 끼친 가장 큰 공헌은 이른바 편집권을 제대로 실천한 일이다. 모든 간행물의 편집권은 원칙적으로 발행인에게 있다. 문학의 고장 프랑스에서는 유명 작가의 소설도 편집자가 손을 대기도 하고 편집자의 의견에 따라 작가가 줄이기도 하고 고쳐 쓰기도 한다고 한다. 그런데 우리나라에서는 필자의 글은 특별한 경우를 제외하고는 편집자가 손을 대는 것은 금기로 되어왔다. 이러한 관행을 뿌리깊은나무는 깬 것이었다.

비판과 저항이 따랐던 것은 당연했다. 필자들의 글에 획일적으로 손을 댐으로써 개성과 예술성을 훼손시키는 경우가 없지 않았기 때문이다. 그것은 한창기의 지나친 고집과 편집 실무자의 미숙 때문인 점도 없지 않았을 것이다. 그러나 한창기는 얄미울 만큼 당당했다. 창간하고 여섯달 뒤인 1976년 9월호 '편집자의 말'에서 그는 다음과 같이 주장했다.

"우리나라에서는 이제까지 필자가 써 온 글을 놓고 편집자들이 드러내놓고 옳고 그름을 따지거나 좋고 나쁨을 판가름하는 일은 주제넘은 짓으로 치부되어왔습니다. 이러한 편견은 흔히 편집자들을 기술자에 지나지 않는다고 생각하는 데에서 싹텄을 수 있습니다.

"그러나 세상의 평가야 어떻든지 상관하지 않고 참된 뜻에서의 편집자가 해야 할 가장 중요한 일은 좋은 필자를 찾고, 편집자의 생각의 폭을 필자의 그것에 접근시키고, 필자의 생각의 깊이를 다치지 않으면서 그 폭을 일상의 것으로 바꾸어, 필자의 말이 독자에게 제대로 전달되고 이해되도록 다리를 놓는 것이라고 저희 편집자들은 믿어왔습니다.

"많은 사람들이 짐작하는 것과는 달리, 이 땅에는 스스로 대학에서 학생을 가르치거나, 가르쳐 본 경험이 있거나, 그럴 능력이 있는 편집자들이 적지 않습니다. 그리고 그들이 하고 있는, 또 해야 할 일이 주어진 글에 '양념'이나 치고 '화장'이나 하는 일은 아니겠습니다."

한창기의 이러한 주장은 권위를 자랑하는 브리태니커 백과사전이 편집되는 과정을 실제로 보고 터득한 신념이었을 것이다.

한국 광고 — 뿌리깊은나무 이전과 이후

뿌리깊은나무가 한국 문화의 발전에 끼친 큰 공헌 가운데 빼놓을 수 없는 것은 광고의 혁신이었다. 광고문에서부터 디자인에 이르기까지 우리나라의 광고 수준을 한 단계 업그레이드시킨 것이다. 한국의 광고는 여러 가지 점에서 뿌리깊은나무 이전과 이후로 확연히 구분된다. 그것은 오로지 한창기의 안목과 재주에 따른 것이었다고 할 수 있다.

창간되던 해 12월호의 '편집자에게' 난에 실린 다음과 같은 독자의 편지는 뿌리깊은나무의 광고 효과가 어떠했는가를 여실히 말해준다.

"지난호에 실린 어느 백화점의 '화장실' 광고를 보고 하도 재미가 있어서 웃고 또 웃었다. 또 그 골목에 들른 김에 그 시설을 사용하고 나오다가 필요한 것도 샀다. 광고하면 무조건 짜증부터 내는 사람이 있지만, 좋은 광고는 훌륭한 생활정보를 제공한다. 뿌리깊은나무에 나오는 작은 회사들의 광고는—역설적으로, 광고에 돈을 많이 쓴다는 큰 회사들의 광고가 너절한 것과는 달리—아름다워서 늘 나의 눈을 끈다. 세련된 시각 처리나 성실하고 싱그러운 글로 된 광고는 유달리 이 잡지에서 많이 보인다. 이런 광고는 그런 걸 싣는 매체를 돋보이게 한다."

이 편지는 '미즈'라는 여성 전용 백화점의 다음과 같은 광고에 대한 반응이었다.

"남자 화장실도 있습니다. 설계할 적엔 일부러 뺄 뻔했던 남자 화장실을 결국엔 넣기로 했습니다. 여자만의 백화점으로 만들려던 처음 생각을 굽혀서 그랬기보다는 사랑하는 여자에게 줄 선물을 몸소 사고파 하는 남자가 뜻밖에 많은 것을 알고서 그랬습니다. 여기가 여자들만 드나드는 곳이 아니니, 지나실 때마다 들르셔서 저희의 깨끗한 화장실을 쓰셔도 된다고 남자들께 여쭈어 주십시오."

이 광고는 아마 광고 문안까지 뿌리깊은나무에서 만들어서 광고주에게 제시했던 것일 것이다.

역사 속으로 사라졌으나

역사의 고비마다 그 시대를 상징하는 역할을 하고 없어진 이 땅의 많은 잡지들의 경우와는 달리 뿌리깊은나무가 폐간된 것은 '경영난' 때문이 아니었다. 그러므로 뿌리깊은나무는 복간되어야 마땅하다. 그러나 한창기의 그 정열, 그 안목, 그 집념이 없이 뿌리깊은나무가 옛 모습 그대로 발행될 수 있을지는 적이 의심스럽다. 🐾

열여섯 가지 금기를 무시하고 태어난 위험한 잡지

윤구병 변산 공동체 대표. 뿌리깊은나무 초대 편집장이었다. "윤구병이가…", 한창기는 그와 마주보고 이야기를 나눌 때조차 흔히 삼인칭처럼 이렇게 말하였으며, 그 어투에 배인 따스함이 각별했다. 그의 엉뚱함과 지적 호기심 또는 딴전을 높이 평가했던 한창기가 섭섭해 함에도 불구하고 끝내 뿌리깊은나무를 떠나 '철학'을 해서 충북대학교 철학과 교수가 되었고, 뒤이어 그도 접고 변산반도에서 농촌공동체를 꾸리며 오늘에 이르렀다. 『있음과 없음』이라는 철학책을 냈다.

살아 계실 때 한창기 선생은 자기를 '사장님'이나 '선생님'으로 부르지 말고 '씨'라고 부르라고 귀에 못이 박히도록 이야기했지만 나는 한 번도 남이 듣는 데서나 본인이 있는 곳에서 한창기 씨라고 불러본 기억이 없다. (내 기억이 잘못되었을 수도 있겠다.) 나이 차이는 일곱 살밖에 안 났지만 그만큼 내게는 그야말로 선생님 같은 분이었다.

왜 깡패 집단에서 일할 생각이냐고 물은 사람

1972년으로 기억하는데, 친구의 추천으로 브리태니커 회사에 입사 시험을 보러 갔다. 딴 시험은 안 보고 자기소개서 하나 써 가지고 갔다. 딴에는 재미있게 쓴다고 길게 써가지고 갔는데, 그걸 읽은 면접관 가운데 하나가 나한테 대뜸 "아니, 서울대 대학원까지 나온 사람이 어떻게 이렇게 외국 책이나 비싸게 팔아먹는 깡패 집단에서 일할 생각이 났습니까?" 비슷한 말로 아픈 곳을 찔렀다. 속으로 '뭐 이런 사람이 있어?' 하고 배알이 뒤틀린 내가 곧바로 "다른 뜻 없습니다. 밥 빌어먹으러 왔습니다." 하고 퉁명스럽게 대꾸했다.

이 거친 문답이 취직하는 데 걸림돌이 되지 않아서 나는 '불이타니까'(이것도 한창기 선생의 '브리태니커'에 대한 꼰흉내였다)에 입사를 했다. 나중에 알고 보니 나한테 무례한 질문을 함부로 던진 사람이 바로 한창기 사장이었다.

푸른 융단 위를 맨발로 걸으며

내가 입사했을 때 '불이타니까'는 서울 청계천의 삼일빌딩 25층과 26층을 통째로 빌려 쓰고 있었다. 바닥에는 푸른 융단을 깔고, 간부들은 따로 격리된 유리방에 앉아서 미니멀한 책상과 의자에 팔꿈치와 엉덩이를 붙이고 일하던 판이었다.

다들 구둣발로 그 융단을 밟고 다니는데 나는 황송해서 그럴 수가 없어 맨발로 걸어 다니기를 좋아했다. 한창기 선생은 처음에는 멈칫하고 내 맨발을 내려다보더니만 "미스터 윤, 발이 참 편하겠구먼." 하고 그만이었다. 그 뒤로 나는 허가 받은 '맨발의 청춘'이 되었다.

그러나 그 좋던 시절은 오래 가지 않았다. 얼마 뒤에 우리는 그때 제일 좋았던 삼일빌딩에서 중구 영락교회 옆에 있는 낡은 집으로 이사를 해야만 했다.

브리태니커 덕분에 '교양있는' 나라가 되었다?

뿌리깊은나무는 한창기 선생이 삼일빌딩에 둥지를 틀던 무렵부터 내고 싶어 어쩔 줄 몰라 하던 잡지였다.

그때는 한국에서 브리태니커 백과사전이 그야말로 불티나듯이 팔리던 시절이었다. 돈 좀 있는 사람들은, 심지어 영어에 까막눈인 사람들마저 '세계에서 가장 권위있는 백과사전이고 교양있는 구미의 모든 명문가에서 적어도 하나씩은 갖추고 있는 장서'라는 말에 현혹되어 너도 나도 한 질씩 들여놓는 바람에, 한국은 브리태니커를 내고 있는 시카고 대학의 학자들과 편집자 그리고 경영진에게 단번에 세계에서 가장 빠른 시간 안에 가장 많은 독자들이 생겨난 가장 '교양있는' 나라로 비치게 되었다.

'시카고'에다 으름장을 어떻게 놓았냐 하면

그런데 그때 한국은 가난한 '개발도상국'이었기 때문에 외국 사람이 돈을 벌어도 '과실 송금'을 마음대로 할 수 없고, 이익금이 이 땅에 묶여 있어야 했다. 한창기 선생은 그 돈이 은행에 게으르게 잠들어 있는 꼴을 못 보아내고 '시카고 촌놈들'(브리태니커 본사 사람들을 한 선생은 이렇게 부르기도 했다.

물론 하는 짓이 마음에 안 들거나, 자기 요구가 묵살당했다고 여길 때에 한해서 하는 욕이었지만)에게 이 돈을 월간 잡지를 내는 데 써야겠다고 통보했다.

그러나 그 제안이 호락호락 받아들여질 리가 없었다. 나는 잘 나가던 '삼일로' 시절 한창기 선생이 '시카고 촌놈'들 가운데 누구였는지는 몰라도 두 시간 가까이 국제전화로 '꼬시고' '뻥치고' '으르렁거리던' 모습을 생생하게 기억하고 있다. 그 내용은 대체로 이런 것이었다. (내가 영어가 짧아서 다 알아듣기는 힘들었지만.)

"브리태니커를 뒤져 보면 한국에 관한 항목이 그야말로 쥐 불알만하게 실려 있는 바람에 한국 사람들 실망이 이만저만이 아니다. 그래서 지금 브리태니커 불매운동을 벌이려는 '불순한' 기운이 퍼지고 있다. 이쯤 해서 불을 끄려면, '컨슈머리즘'(소비자주의 이 말은 한창기 선생에게 받은 그 많은 교육 가운데 첫 영어 교육으로 기억한다)이 브리태니커 백과사전 판매에 큰 걸림돌이 되기 전에 한국 문화를 제대로 담은 월간 잡지를 하루 빨리 내야 한다."

'시카고 촌놈'들은 돈 잘 벌어주는, 그리고 말을 더듬을 때마저도 미국놈 식으로 더듬는 이 영악한 '조선놈'한테 넘어가서 구렁이 알 품듯이 품고 있던 이익금의 일부를 잡지 발행에 돌리는 것을 마지못해 허락하게 되었다. (그러나 그 돈주머니가 너무나 단단히 묶여 있어서 끈을 푸는 데만 꼬박 4년이 걸린 것으로 기억한다.)

위험한 그 잡지 — 첫째부터 다섯째까지

'시카고'의 허락이 떨어지자마자 신바람이 난 한창기 선생이 일을 저지르기 시작하는데, 잡지 물이나 먹었다는 사람들이 보기에는 망할 짓만 골라서 하는 꼴이었다. 가관이었다.

'월간 교양잡지' 뿌리깊은나무가 창간되면서 당시에 잡지계를 풍미하고 있었던 금기를 깨뜨린 것을, 내가 기억하는 것만 적어보면 얼추 다음과 같다.

첫째, 잡지 제목이, 더구나 월간 교양지 제목이 네 글자를 넘으면 망한다. (그때 가장 이름이 긴 월간지가, 여성지 빼고는 『문학사상』이었다.)

둘째, 제목을 한글로 달면 망한다. ('지성인은 한자와 한문을 선호한다.' 오죽하면 『창작과비평』 같은 진보적인 계간지조차 제목을 한자로 썼을까.)

셋째, 가로쓰기를 고집하면 망한다. (그때 『창작과비평』만 가로쓰기를 고

그래서
뿌리깊은 나무는
어떻게 편집되나?

광고 판매를 위해 만든 뿌리깊은나무 소개 책자인「도대체 뿌리깊은나무란 무엇일까?」. 창간 이듬해에 냈다.

그때 이런 것을 내어 광고 판매를 하는 잡지도, 신문도 없었다.

집했을 뿐, 심지어 여성지들까지 모두 세로쓰기를 했다.)

넷째, 교양지가 국판 크기보다 더 크면 망한다. (왜냐하면 한국에서 본뜬 월간 교양지인 『분게이 슌주우(문예춘추)』 같은 일본 잡지들이 거의 한결같이 국판 크기였기 때문에.)

다섯째, 두툼하지 않으면 망한다. (그때 신문사를 끼고 나오던 월간 잡지들—『신동아』『월간중앙』『월간조선』들—의 두께가 500면 정도였는데, 뿌리깊은나무는 180면에 지나지 않았다.)

그리고, 여섯째부터 열째까지

여섯째, 부록을 곁들이지 않으면 망한다. (월간지들이 너도 나도 단행본 형태의 부록을 끼워주어 독자들을 현혹하던 시절이었다.)

일곱째, 한글 전용하면 망한다. (한자와 영어를 섞어 써야 교양인이 교양있는 잡지로 여긴다고 해서 거의 모든 교양지가 한자와 외국어 낱말로 도배하다시피 하던 판이었다.)

여덟째, 필자 글에 교정 이상의 손을 대면 망한다. ('교과서 글이 잘못되었다고 뜯어고치는 사람 보았느냐, 그런데 교양지에 글을 쓰는 사람들은 지금, 또는 앞으로 모두 교과서에 글이 실리거나 그럴 공산이 큰 사람들이다. 필자들이 잘못된 글을 쓸 수 있다는 생각만 하는 것으로도 천인공노할 짓이다'라는 신화가 지배하던 분위기였다.)

아홉째, 교양지에 광고가 많이 실리면 망한다. ('교양인은 광고를 싫어한다, 교양지는 상품이 아니다, 따라서 자본주의 질서를 드러내놓고 인정하면 그 잡지는 교양인인 독자들에게 외면당한다.')

열째, 편집자들이 필자의 글에 비판적인 시각을 갖고 있으면 망한다. ('필자는 왕이다, 필자의 글에 칼질을 하는 순간에 필자들은 그 잡지에 등을 돌린다.')

자그마치 열여섯째까지 꼽을 수 있었다

열한째, 필자의 글이든 편집진에서 쓴 글이든 제목을 쉽게 쓴다고 길게 늘이면 망한다. (이를테면 '유행의 시대적 고찰'이라고 해야지 '유행은 시대에 따라 어떻게 바뀌나?' 같이 쓰면 안 된다는 것이다.)

열두째, 연재물이 하나도 없으면 망한다. (신문 소설처럼 다음 호를 기다리게 하는 미끼가 없으면 잡지를 계속해서 사 보게 할 동기가 부여되지 않기 때문에.)

열셋째, 표지에 사진, 그것도 무거운 느낌을 주는 의미있는 사진을 쓰면 망한다. (그런데 뿌리깊은나무가 창간호에 일을 너무 해서 손톱이 몽그라지고 쪼글쪼글한 노인의 두 손이 쌀을 한 움큼 쥔 사진을 표지로 내놓다니, 앞날이 훤히 내다보인다는 것이 중론이었다.)

열넷째, 목차에 각별히 신경 써서 길고 다양하게 기삿거리들을 펼쳐 보이지 않으면 망한다. (그래서 당시에 교양 월간지는 여러 면으로 펼쳐지는 목차를 크기가 다른 활자로 울긋불긋하게 꾸몄다. 그런데 뿌리깊은나무는 한쪽에 꼭같은 글자로 목차를 다 때려 박았다.)

열다섯째, 널찍한 여성지 크기이면 망한다. (여성과 교양은 어울리지 않는다는 마초적 여성관이 은연중에 교양지를 보는 남자들 머릿속에 뙤리를 틀고 있던 시절이었다. 여성지를 연상시키는 것만으로도 교양인에게 혐오감을 불러일으킨다는 말이렷다.)

열여섯째, 다달이 특집이 실리지 않으면 망한다. (모든 월간지가 특집 하나만으로도 모자라서 제2, 제3 특집을 마련하여 독자의 눈길을 끌던 때였다.)

웬일로 이렇게 알아듣게 썼느냐는 반응

시시콜콜 늘어놓자면 여기에 '망한다'는 금기가 죽 더 열거될 것이고, 뿌리깊은나무는 이 금기를 죄다 깨뜨렸으니, 창간되자마자 사망 선고를 받은 거나 마찬가지인 잡지였다.

게다가 첫 호가 나가기도 전에 뿌리깊은나무에서 원고 청탁을 받고 글을 쓴 필자들 사이에 흉흉한 소문이 나돌기 시작했다. 편집장이랍시고 앉혀 놓은 윤 모는 서른을 갓 넘겼을 뿐이고 이십대의 새파란 젊은 것들이 감히 대가들의 글에 벌겋게 황칠을 해서 제멋대로 고쳐놓은 꼴을 직접 보았는데(우리는 이백 자 원고지에 만년필로 쓴 필자의 글을 빨간 펜으로 직직 긋고 여백에 잔뜩 고쳐 넣고는 확인해달라고 하는 '염치없는 짓'을 저질렀다) 이런 무례한 자들이 어디 있느냐는 개탄이었다.

그런데 문제는 독자들의 반응이었다. 창간호가 나가자마자 필자들이 독자들로부터 전화를 받게 되는데 한결같이 '선생님께서 이번에 창간된 뿌리깊은나무에 쓰신 글을 읽고 크게 감명을 받았습니다. 전에는 어렵게 쓰셔서 읽기 힘들었는데 쉽고 일목요연하게 쓰셔서 술술 읽히더군요. 앞으로도 좋은 글 많이 써주십시오!' 같은 귀가 간지럽지만 가슴은 잔뜩 부풀게 하는 아부성 칭찬이 이어지니, 필자들의 판단에 혼란이 생기기 시작한 것이다. 어쨌거나 필자들의 반응이 심상치 않으니, 따로 '특단의 조처'를 취해야 했다.

빨간 펜으로 고치고 타자로 다시 쳤다

이 일에 한창기 선생이 발 벗고 나섰다. 그때 브리태니커에는 값이 무척 비싼 전동 타자기가 있었다. 문제는 이 타자기로 다달이 번개처럼 타자를 쳐서 황칠한 필자의 글을 깨끗한 종이에 감쪽같이 옮겨 필자에게 보일 틈을 낼 수 있을까 하는 것인데, 널리 방을 걸고 찾은 결과 조분행 씨라는 대단한 분이 나타났다.

빨간 펜으로 시험지 점수 매기듯이 틀린 글을 직직 긋고 잔뜩 덧칠한 자기 원고를 돌려받고 기분 상하지 않을 필자가 어디 있으랴. 그러나 그 원고지에서 고친 글을 전동 타자기로 깨끗하게 쳐서 필자에게 보이면 반응이 달라지리라는 게 한 선생의 짐작이었는데, 과연 그 짐작은 120퍼센트 정확한 예측이어서 그 뒤로 자기 글 고쳤다고 군소리하는 필자는 가뭄에 콩 나기로 줄어들었다.

뜻밖에 부작용은 다른 곳에서 나타났다. 뿌리깊은나무에 실린 어떤 필자 글이 쉽고 내용도 알차서 원고 청탁을 했는데, 괴발개발 써 보내서 도저히 싣지 못하겠더라는 푸념들이 여기저기 신문과 잡지 기자들 사이에서 터져 나오기 시작한 것이다.

남산의 '하얀 방'에 두 번이나 불려가서

박정희 군사독재정권이 이어지는 동안 뿌리깊은나무는 순수한 문화 잡지임을 자처하고 '우리 문화'라는 테두리 안에 머물러 있으려고 무진 애를 썼지만, 독재자들의 희번덕이는 칼날 같은 감시의 눈길에 걸려 여러 차례 위기에 부딪쳤다.

그러나 그때 한창기 선생 뒤에는 브리태니커 백과사전 본사와 특별한 관계가 있었던 것으로 아는 험프리 미국 부통령이 버티고 있었고, 또 브리태니커 자체가 세계를 주름잡는 막강한 언론기관이어서 한 선생과 뿌리깊은나무는 그럭저럭 무사했다. 남산 중앙정보부에 두 차례나 불려가 책상과 걸상까지 붙박이로 박혀 있는 '하얀 방'의 용도가 무엇인지를 한껏 점잖게 예의를 갖추고 설명하는 정보부 요인들의 브리핑을 받고 겁도 먹었으련만(나도 그때 따라가서 잔뜩 얼었던 기억이 있다) 폐간될 때까지 꿋꿋하게 처음 목소리를 그대로 지켰다.

그 결과는 뒤이은 전두환 군사독재정권에 의한 뿌리깊은나무 강제 폐간이었다. 그들은 구체적 설명 없이 '발행 목적 위반'이 그 잡지의 목숨을 앗는 이유라고 들이댔다.

뿌리 내리자 잘린 나무

나는 뿌리깊은나무에 근무하는 동안 한창기 선생의 속을 꽤나 썩여 드렸다. 혈기방장한 나이에 한창기 선생이 좀더 거세게 독재정권에 맞서지 못하는 것이 불만스러워 한 선생 몰래 사고를 쳤다가 들통이 나서 어떤 때는 인쇄소에서 이미 책으로 묶인 기사를 칼질해야 했다. 그 아픔을 한 선생은 말없이 나와 나누어 가지지 않았을까 싶다.

어쨌거나 내가 초대 편집장으로 있었던 시절에 뿌리깊은나무는 전혀 뿌리 내릴 기미를 보이지 않고 적자에 적자가 누적되어 정말 망하지 않을까 걱정이 태산이었다. 내가 스스로 기획력이 바닥났다고 자신에게 사망선고를 내리고 그만둔 뒤로 김형윤 씨(지금 김형윤 편집회사 대표)가 편집장 소임을 맡았다.

그리고 뿌리깊은나무는 깊이깊이 뿌리를 내려서 1980년 폐간당할 때에는 그때에 가장 많이 팔리던 여성지인 『주부생활』보다 두 곱이 훨씬 넘는 발행부수를 자랑하게 되었다. 그때 『주부생활』의 발행부수가 삼만오천 권쯤이었는데, 뿌리깊은나무는 팔만 부를 웃돌았다.

베고 자기에는 불편한 잡지의
그 편함과 불편함

김형윤 김형윤편집회사 대표. 1975년 9월부터 뿌리깊은나무의 창간 준비에 가담했다.
첫 편집장이었던 윤구병의 뒤를 이어 뿌리깊은나무 폐간 때까지 편집장으로 일했다.
이어 『한국의 발견』의 편집자로, 또 샘이깊은물의 창간 편집장으로도 일했다. 앞뒤로 십 년을
뿌리깊은나무에서 일하며 그의 많은 동료들처럼 그의 발행인을 존경하고 좋아했으나 막상
오늘의 그는 '한창기'를 조금밖에 모른다고 생각한다.

'베고 자기에는 불편한 잡지.'

1978년 2월에 내보낸 그달치 뿌리깊은나무 신문 광고의 헤드라인이다. 나는 그 '베고 자기에는 불편한 잡지'를 편집하는 일에 네 해 반을 보냈고, 그 잡지의 발행처였던 한국브리태니커회사에는 십 년을 몸담았다. 그러면서 1978년 1월부터는 편집장이라는 직책을 가지고 일했다.

한글로만 쓰는 일의 유쾌함

1975년 9월 1일, 내가 한국브리태니커회사에 처음 출근한 날이자, 앞으로 여섯 달 뒤로 예정된 뿌리깊은나무의 창간을 준비하는 일을 거들기 시작한 날이다. 성격도 생각하는 것도 생긴 것도 아주 독특한 인물 윤구병 씨가 편집장, 성격도 생각하는 것도 생긴 것도 윤구병 씨와 아주 다른 인물 한창기 씨가 발행인으로 나를 맞이했다.

한창기 씨는 첫 대면에서 자신을 '미스터 한'이라고 불러달라고 했다. 나는 속으로 조금 웃었고, 그리고 그냥 '사장님'이라고 부르기 시작했다. 우선 '미스터'라는 호칭이 마음에 안 들었고, 그런 식으로 '친한 척' 하는 것보다 월급을 주는 편과 받는 편으로 선을 분명히 긋고 회사 생활을 하는 것이 편하겠다고 생각했다. (한창기 씨는 두 번 다시 같은 요구를 꺼내지 않았다. 다른 직원들도 '미스터'가 마음에 안 들었던지 모두 '사장님'이라 부르는 데 동참했다.)

내가 끼어들었을 때 한창기 씨와 윤구병 씨는 새로 나올 잡지 뿌리깊은나무의 발행 이념이랄까 편집 방향이랄까 하는 것들을 대부분 정해놓은 상태였다. 내 눈에 그 이념 또는 방향의 핵심은 '한글 전용'으로 보였다. 모든 잡지들이, 이른바 여성지들과 단행본들까지도, 국한문 혼용을 해야 책을 만드는 것이라고 생각하던 시대에 내게 한글 전용은 세상을 완전히 다르게 사는 것을 뜻했다. '존재'를 '존재'라고 불러야 '존재' 같다고 생각하는 사람들하고 '존재'를 '있음'이라고 부를 때 무슨 말을 하는지 더 잘 알아듣겠다는 사람들하고 차이는 크다. 나는 '존재'를 '존재'라고 부르는 사람들 틈에서 빠져나와 그것을 '있음'이라고 부르는 사람들 속으로 스며들었다.

나는 예부터 한자에 무척 약했다. 지금도 천자문을 다 안다고 할 수 없다. 어떻게 된 셈이었던지 나는 초등학교 시절을 한자가 내일 아침이면 당장 없어지고 한글만 쓰일 것이라는 단언을 하는 선생님들에 둘러싸여서 보냈다. 그런 분위기는 중학교를 거쳐 고등학교 때까지 이어졌다. 나중에 알고 보니 내 청소년기의 언어교육은 외솔 최현배 선생의 영향권 아래 놓여 있었다. 외솔 선생이 일제시대 감옥에서 구상했다는 '한글 풀어쓰기'를 나는 일찍이 터득해서 그것으로 일기를 썼다.

내 첫 직장은 『문학사상』이었다. 문학과 사상을 다루는 '고상한' 잡지였던 것만큼 한자를 잘 아는 것이 필요한 일터였다. 나는 거기서 용케 버텨내었고 그만두던 무렵에는 편집장이라는 직책까지 가졌지만 뿌리깊은나무로 옮겼을 때 크나큰 해방감에 젖었다.

뿌리깊은나무는 한글을 아는 사람이면 누구든지 읽을 수 있도록 만들자는 잡지였다. 누구든지 읽게 하려면 단순히 한글만으로 표현해서는 안되고 보통 사람들이 쓰는 말과 말투를 써야 한다. 감히 말하건대 '어린 백성'이 제 뜻을 쉽게 펼 수 있도록 하기 위해 한글을 만들었다는 훈민정음 서문이 거짓이 아니라면 잡지 뿌리깊은나무는 한글 창제 530년 만에 처음으로 훈민정음의 정신을 제대로 실천해 나온 공공의 문서이다.

이 잡지의 원고청탁서에는 한글만으로 써주십사는 부탁이 있었고, 써주신 글에 '우리말 어법에 어긋난 부분이 있으면 독자들의 이해를 돕기 위해 고칠 수 있다'는 경고가 포함되어 있었다. '한글 전용'은 한자를 그냥 한글로 옮겨 써서 되는 일이 아니고 한글로만 써서 누구나 무슨 뜻인지 알아듣는 말로 쓰여야 하고, 그 문장이 한글 어법에 맞아야 한다는 전제가 있다. 그래서 '한글 전용'은 '글 손질'이라는 작업의 뒷받침이 따라야 한다.

편집실의 우리는 글을 손질하는 일에 실로 많은 공을 들였다. 들어온 원고는 일단 담당자가 읽으며 원고지 위에서 손질을 했다. 그 손질한 글은 타자기로 깨끗하게 정리되었다. 다음에는 다른 직원이 거기에 손질을 했다. 다음에는 편집차장 또는 편집장이 손질을 했다. 다음에는 위대한 발행인께서 손질을 했다. 그러는 동안에 대개 원고는 한번 더 타자기의 힘을 빌려서 깨끗이 정리되어야 했고, 마지막 손질이 끝난 글은 필자가 읽었을 때 자신이 낳은 아이와 전혀 다른 아이가 되어 있는 경우가 많았다.

창간한 지 한 해가 조금 지나 작가 선우휘 선생한테 원고를 부탁한 일이 있었다. '납북되거나 월북한 문인들의 문제'가 주제였다. 조선일보의 주필이기도 했던 선우휘 선생한테서 원고를 받아온 직원은 선생께서 당신의 원고는 고쳐서는 안 된다고 말씀하더라고 전했다. 그러나 자타가 공히 알아주던 당대 문장가의 글도 손질을 피해갈 수 없었다. 고친 글을 들고 갔던 직원이 돌아와서 전했다. 선생께서는 신문사 편집국 안에서 큰 소리로 화를 내며 남의 아이가 되어버린 자신의 피조물을 공중으로 던져버렸다고. 그러나 선생께서는 나중에 이런 말을 덧붙였다고 했다.

"가져가서 실어라. 그러나 다신 내게 찾아올 생각 말아라!"

이 글을 쓰고 있는 나는 지금 컴퓨터 앞에서 썼던 것을 지우고 고쳐 쓰기를 스무 번도 더 한 것 같다. 나는 글 한 줄을 쓰려면 지우고 또 지워가며 몹시도 끙끙대며 쓴다. 이게 다 뿌리깊은나무에서 남의 글을 손질하며 얻은 병이다. 편집실 식구들은 남의 글만 아니라 같은 직원들의 글도 고쳤다. 아랫사람이 윗사람의 글도 마음껏 칼질했고 발행인의 글이라고 해서 그냥 두지도 않았다. 때로는 서로 얼굴을 붉히고 싸우기까지 하며 고쳤다. 이때 나는 깊이 깨달았다. 아무리 글을 잘 쓴다고 써도 '고칠 것이 있다!'

뿌리깊은나무가 1976년 3월호로 창간했을 때 편집실 식구는 모두 열넷이었다. 그 중에 편집자가 아홉이었고 디자이너가 셋, 사진가가 둘이었다. 네 해 반 뒤인 1980년 8월호로 폐간했을 때의 편집실 식구는 스물셋이었다. 이때 디자이너가 셋에서 다섯으로 늘어 있었고, 편집자가 아홉에서 열여섯으로 늘어 있었다.

'베고 자기에는 불편한 잡지'— 시사 잡지든 여성지든 두께가 적어도 오륙백 면은 넘어야 돈 받고 파는 것인 줄로 알던 시절에 같은 값을 받으면서도 184면짜리로 얇게 만들어져 나오던 이 잡지의 그 얇음을 파는 광고의 헤드라인이었다. 이 얇은 잡지는 그러나 어느 두터운 잡지보다도 많은 일손을 요구했다. 한 호를 만드는 데 버리는 것까지 포함해서 삼만 자 정도의 글이 쓰였는데 만약에 글 손질이 없었다면 적어도 절반의 일손은 없었어도 좋았을 것이다.

한글 세대의 성장으로 요즘은 한글 문장을 잘 쓴다고 할 사람이 크게 늘었지만 1970년대에는 한글 전용을 잘 소화하는 필자가 많지 않았다. 따라서 글들이 대부분 편집실 안에서 무거운 성형 수술을 받아야 했다. 글을 고친다는 것은 어려운 말을 쉬운 말로 바꾸고 어법에 어긋난 문장을 바로잡는 것이 그 요체이다. 그러나 일을 하다 보면 그렇게만 끝나지는 않는다. 주제에서 멀리 벗어났거나 내용이 부실한 글이면 필자에게 새로 부탁하거나 싣는 것을 아예 포기하지만 웬만하면 편집자가 손질하는 과정에서 모자란 것을 바로잡거나 메우는 일도 한다. 그러다 보면 거의 새로 쓰다시피 하게 되는 글도 적지 않았다.

뿌리깊은나무에서 하는 글 손질을 두고 흔히 '한글로 풀어 쓴다'고 말하기도 했다. '풀어 쓴다'는 것은 문장의 길이가 늘어나리라는 암시를 주는 말인데 사실은 '풀어 써'놓고 나면 글의 분량은 오히려 줄어들어 있기 마련이었다. 수식어를 절제하고, 또 무엇보다 주제와 상관없는 대목을 덜어내려는 노력이 그렇게 나타났다.

필자들 중에는 제가 쓴 글이 받은 성형수술을 고마워하는 이들이 많았다. 그러나 직접 대놓고 말하지는 않았지만 그같은 손질이 글의 개성을 죽이고 획일화해서 글맛을 없애버린다고 불평하는 이들도 있었다. 내 경험에 따르면 원래 글맛이 있었던 글은 손질해놓아도 글맛은 그대로 유지되었다. 또 그런 글일수록 필자는 대개 제 자식이 별로 성형되지 않았다는 느낌을 받는 것 같았다.

'획일화'의 불평은 아무래도 한자말과 한문 투 문장에 더 익숙한 분들한테서 많이 나왔다. 뿌리깊은나무는 "교복, 가방, 책 등을 교실에 두고 나왔다"라는 문장을 "교복, 가방, 책 따위를 교실에 두고 나왔다"라고 고쳤다. 이럴 때 '등'을 '따위'로 바꾸는 것이 글 손질의 핵심은 아니지만 자신이 쓴 글이 이 글자 하나 바뀌는 것으로 갑자기 낯설어 보일 수 있다. "당신이 뭘 안다고 나를 가르치려 들어?"도 마찬가지다. 이를 "이녁이 뭘 안다고 나를 가르치려 들어?"로 바꾸면 필자는 머릿속이 멍멍해질 수 있다. 왜 '등'을 솎아내고 '당신'을 '이녁'으로 바꾸는지에는 좀 긴 설명이 필요하지만 뭉뚱그려 말하자면 뿌리깊은나무의 글 손질에는 이처럼 '되도록 토박이말을 쓰려는 노력'도 포함되었다.

나는 앞서 일했던 문학사상에서도 글 손질을 했었다. 편집자들이 으레 하기 마련인 교정과 교열이었는데, 뿌리깊은나무는 그게 상당히 유난스러웠다.

한 사람 한 사람이 국어학자가 되어서 거의 연구하는 자세로 남의 글을 분해하고 재조립했다. 이것은 어쨌든 내게 무척 새로운 경험이었다.

와리스께와 디자인과 한창기의 날랜 눈

뿌리깊은나무로 옮겨서 내가 한 새로운 경험은 하나가 더 있다. 바로 '편집'을 편집자가 하지 않는 것이었다. 문학사상에서 우리는 그것을 '와리스께'라고 불렀다. '와리스께'는 편집의 핵심 작업으로 대개 편집장이 그 일을 맡았다. 편집장은 기획과 원고 부탁, 교정의 책임자이자 와리스께의 책임자였다. 인쇄매체에서 지면을 배정하고 구성하는 일, 영어로는 레이아웃이라는 것이 와리스께인데 나는 그때까지 레이아웃이란 말을 들어보지 못했고, 이어령 선생이나 선배들이 부르는 대로 와리스께라고 불렀다.

우습게도 나는 문학사상 입사 두 해째에 편집장이 되었다. 내가 처음 입사했을 때에 모두 열네댓이었던 직원들이 차례로 회사를 떠나면서 직원이 네댓으로 주는 사이 얼결에 편집장이 내 차례가 되었다. 나는 선배 편집장이 하던 대로 모눈종이 또는 지난호 잡지의 지면에 붉은 줄을 몇 가닥 그어 와리스께라는 것을 해서 인쇄소에 넘겨주며 책을 만들었다. 그러면서 그 와리스께라는 것을 끔찍이 혐오했다.

납 활자를 하나하나 그러모아 책을 만들던 그 활판인쇄의 시대에 사진 식자라는 것도 있었다. 글자 낱낱을 사진으로 찍어 그것으로 '화보'라고 불리던 지면을 만들고 이를 오프셋 인쇄기로 인쇄했다. 화보를 그렇게 만들기 위해서는 찍힌 사진 글자들을 색분해라는 것을 거친 사진이나 그림의 교정쇄들과 함께 이른바 대지에 풀칠하여 붙이는 일이 필요했다. 교정을 보아 원고를 손질할 때는 잘못된 글자 하나하나를 칼끝으로 떼어내고 바꾸어 붙여야 했다. 사진 식자라는 것이 납활자보다 신식 산물임에는 분명했지만 그 작업과정은 더 전근대의 것이었고 더 혐오스러운 것이었다. 학교에 다니면서 미술시간에 한 번도 무엇을 완성해본 기억이 없는 나는 와리스께는 몰라도 풀칠까지는 영 자신이 없어 다른 직원에게 맡겼다.

그런 나에게 뿌리깊은나무는 참으로 경이로운 풍경으로 펼쳐졌다. 여기에서는 편집자가 '편집'을 하지 않았다. 디자이너가 그 번거로운 일을 했다.

디자이너가 잡지를, 책을, '편집'한다는 것은 그때로서는 완전히 새로운 시도였다. 한창기 씨는 서양 잡지들에서 '디자이너'의 중요성을 깨쳤던 것 같다.

그 시절 국내 대학에 아직 편집 디자인에 관심을 가진 전공자가 없었던 상황에서 한창기 씨는 자신이 일찍이 발견한 디자이너 이상철 씨에게 이 일을 맡겼고, 그 자신도 반 디자이너가 되어 책의 제호부터 본문의 글자꼴, 지면 구성에 낱낱이 간섭하였다. 한창기 씨는 오감이 비보통으로 발달한 사람이었다. 특히 눈이 뛰어났다. 그가 선이 비뚤어졌다고 말하면 보통 사람의 눈에는 멀쩡하게 보이는 것이 실제로 자를 대어 보면 일 밀리미터의 십분의 일이 비뚤어져 있기 마련이었다.

형사가 쭈그리고 앉아 가방 안을 뒤적이는 동안 내내 식식거리고 서 있던 한창기 씨는 골목을 빠져나오며 조금 전까지 식식거리던 것을 잊은 듯 내게 한마디 했다.
"그 형산 제 할 일을 했어. 서장한테 편지를 해서 충실한 부하를 두었다고 말해주겠어."
확인해보지는 못했지만 아마 한창기 씨는 편지를 썼을 것이다.

활판인쇄에서는 인쇄기를 돌리다 보면 어느새 지면 속의 선이나 글자가 비뚤어지기 일쑤였다. 한창기 씨는 그것을 용서하지 못했다. 그래서 직원들은 밤에 —인쇄기가 돌아가는 시간은 으레 밤이었다— 인쇄소에 가서 인쇄상태를 점검해야 했다. 서울 도심에 학생들의 데모가 한창이던 어느 날 저녁, 한창기 씨는 형사의 불심검문을 받았다. 종로에 있었던 그 인쇄소의 뒷문 앞 골목에서 나는 한창기 씨와 함께 인쇄소에서 일을 마치고 나올 직원들을 기다리고 있었는데 불시에 형사가 한창기 씨를 좀 보자고 하며 옆건물의 층계 밑으로 데리고 갔다. 나는 따라가서 이 분이 무척 점잖은 분이고, 유명한 기업의 사장님이자 잡지사의 사장님이며, 그래서 함부로 의심해서는 안 되며, 일 때문에 여기 나와 있다고 설명했지만 형사는 위로는 고상한 중절모부터 아래로는 날선 바지를 거쳐 날렵한 구두에 이르기까지 어느 한 군데 빈틈없이 반짝거리는, 데모와는 아무 관련이 없어 보이는 그 신사를 쉽사리 놓아주려 하지 않았다. 그는 신사가 들고 있던 이른바 공공칠 가방을 굳이 열게 해서 내용물을 하나하나 뒤적이고 나서야 미안하다며 일어섰다. 형사가 쭈그리고 앉아 가방 안을 뒤적이는 동안 내내 식식거리고 서 있던 한창기 씨는 골목을 빠져나오며 조금 전까지 식식거리던 것을 잊은 듯 내게 한마디 했다.
"그 형산 제 할 일을 했어. 서장한테 편지를 해서 충실한 부하를 두었다고

71

말해주겠어."

확인해보지는 못했지만 아마 한창기 씨는 편지를 썼을 것이다. 이처럼 자기 감정과 별도로 매사에 균형감각을 잃지 않았던 그는 잡지 디자인에서 '가지런주의'를 추구했다. 가지런하게 놓기, 절대 비뚤어진 것은 용서 못하기가 그의 디자인 관념이었다. 그러면서 그 가지런함을 살짝 흔들고 비트는 일탈을 감행함으로써 지면에 긴장감과 변화를 주고 싶어했다. 이런 감각에서 한창기 씨와 이상철 씨는 서로 통하는 바가 컸고, 오래까지 좋은 잡지를 만드는 데 힘을 모았다.

신문과장의 추억과 계엄령

1979년 10월 26일 밤, 박정희가 피살되었다. 그 몇 달 전쯤이었던가, 한창기 씨는 박정희가 믿었던 사람의 손에 죽게 될 것이라고 예언했다. "밖에서 아무도 손댈 수 없을 때는 안에서 나오는 법이거든."이라고 했던 것 같다. 대통령이 죽은 다음날 계엄령이 내려졌고, 계엄정부는 다음해 7월 정기간행물 172종을 폐간시켰다. 그 시절 유행하던 '사회정화 차원'에서 미풍양속을 해치

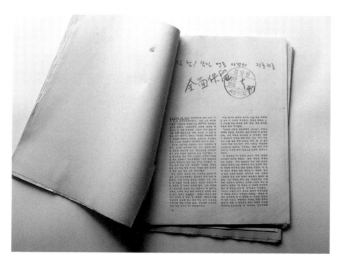

검열본부에서 돌려받은 교정쇄. '십이류' 뒤의 비상계엄 체제에서 모든 잡지, 신문은 계엄군의 사전검열을 받아야 했고 이렇게 '전면보류'로 판정받은 원고는 실을 수가 없었다.

거나 광고 강매, 구독 강요 같은 무리를 저지르던 잡지들을 폐간키로 한다는 것이었다. 베고 자기에는 불편한 잡지도 거기에 끼였다. 함석헌 선생이 하던 『씨올의소리』와 문학 계간지 『창작과비평』『문학과지성』도 끼였다. 그때 폐간됨으로써 뿌리깊은나무는 1980년 8월호를 끝으로 더는 세상에 나올 수 없게 되었다.

나는 군사정부가 한꺼번에 많은 잡지를 폐간시킬 것이며, 그 속에 뿌리깊은나무도 '들어 있을지 모른다'는 소리를 폐간 하루 전날 오후에 들었다. 브리태니커 회사의 부사장이었던 이연상 씨에게 문화공보부의 누군가가 귀띔해주었던 듯했다. 나는 그 소리를 듣고 설마 했었다. 그 막강한 근육질의 군인들이 이따위 작은 잡지의 '있음'에까지 신경을 쓰랴 싶었다. 그러나 그것이 얼마나 안일한 현실인식이었는지 다음날 아침 바로 알게 되었다.

잡지가 폐간되어 더는 나올 수 없다는 것을 깨닫게 된 순간 나는 속으로 '안도의 한숨'을 쉬었다. 다음 호를 준비하지 않아도 된다는 사실이 마음을 허전하지만 가볍게 했다. 대통령이 심복이 쏜 총에 숨진 다음날부터 전국에 비상 계엄이 내려졌고, 모든 잡지와 신문이 계엄군의 사전검열을 받게 되었다. 편집을 끝내고 인쇄 준비를 마친 다음 교정쇄를 만들어 들고 검열본부를 찾아갔다. 검열본부에서는 뺄 것과 넣을 것을 가려서 이틀인가 사흘 뒤에 교정쇄를 돌려주었다. 어떤 꼭지는 내용의 몇 부분을 덜어내거나 글자 몇 자를 빼야 했고, 어떤 꼭지들은 아예 싣는 것을 포기해야 했다. 그 덜어내거나 버리고 남는 빈 자리를 메우는 일이 난감했다.

얇은 책을 더 얇게 만드는 것은 독자들에게 미안한 일이어서 어떻게든 메우자고 하니까 애먼 사람들을 들볶아 급히 원고를 만들게도 되고 마음에 차지 않는 글을 내보내게도 되었다. 계엄이 시작되었던 첫달에는 책 앞의 '차례'에서 빠진 곳을 먹으로 지워서 내보내고, 다음달에는 문장 중에 몇 글자 빠진 곳을 빈 네모 칸(□□)으로 표시하고 내보내는 것이 용서되었으나 그 뒤로는 책 어디서고 검열 받은 티를 전혀 내지 못하게 했다. 계엄이 길어지자 검열에서 생기는 억압감이 점차 더해졌다. 검열에서 빠질 것에 대비해서 미리 여분의 원고를 만들었지만 일하는 내내 검열을 의식하는 것 자체가 억압감을 부르는 일이었다.

계엄령이 내려지기 전에도 잡지를 만드는 일이 저 좋을 대로만 할 수 있는 일은 아니었다. 그때에도 끊임없이 누군가의 시선을 의식해야 했다. 이를테면 유신헌법이나 반공법 또는 간첩을 잊지 않아야 했고, 새마을운동이나 국가 기강 확립에도 유의해야 했다. 학생이나 노동자의 의식화를 부추기는 것을 삼가 도록 애써야 했다. 뿌리깊은나무는 정치 문제를 다루지 않았다. 그런 점에서 시사 잡지는 아니었지만 '시사'를 떠나서 만들어지지 않는 잡지였다.

그 시대에는 문화공보부 안에 신문과가 있어 모든 언론 문제를 관장했다. 1979년 어느날 신문과장이 발행인(사장)을 '부른다'는 전갈이 왔다. 한창기 씨가 그 사실을 알려주었는데 나는 사장을 대신해서 내가 가겠다고 했다. 감히 '과장'이 '사장'을 오라가라 하는 것이 격에 맞지 않다고 생각했고, 또 실무 책임자가 편집장(부장)인 나니까 내가 가는 것이 합당하다고 생각했다. 그러나 과장은 부장을 상대하려고 하지 않았다. 예상 밖으로 '사장'보다 나이가 훨씬 더 많고 훨씬 더 노숙해 보이는 '과장'은 당장에 돌아가서 사장을 보내라고 소리쳤다. 나는 내가 실무 책임자이며 사장은 '책의 내용'에는 전혀 상관 않는 사람이라고 했다. 어떤 내용인지 기억이 나지 않지만 아무튼 긴 실랑이를 하다가 각서라는 것을 한 장 쓰고 돌아왔다.

> 계엄령이 내려지기 전에도 잡지를 만드는 일이 저 좋을 대로만 할 수 있는 일은 아니었다.
> 그때에도 늘 누군가의 시선을 의식해야 했다. 이를테면 유신헌법이나 반공법 또는
> 간첩을 잊지 않아야 했고, 새마을운동이나 국가 기강 확립에도 유의해야 했다.
> 학생이나 노동자의 의식화를 부추기는 것을 삼가도록 애써야 했다. 뿌리깊은나무는
> 정치 문제를 다루지 않았다. 그런 점에서 시사 잡지는 아니었지만 '시사'를 떠나서
> 만들어지지 않는 잡지였다.

두세 달 뒤에 또 각서를 쓸 일이 생겼다. 그때도 내가 나섰는데 이번에는 과장이 끝끝내 나를 상대해주지 않았다. 그래서 돌아갈 수밖에 없었는데 문을 나서려는 내 뒤통수에다 대고 그 노숙한 분은 "쥐도 새도 모르게 다칠 수가 있으니 밤길을 조심하라."는 말을 던졌다. 그러나 과장은 이번에도 한창기를 부르는 데는 실패했다. 부사장이 내 뒤를 이어 들어가서 길게 빌고 각서를 썼다. 나중에 알았지만 그때는 신문과 과장의 한마디에 '민족 언론'임을 자부하는 대신문사의 사장님들도 옷깃을 여미던 시절이었다.

대통령의 피살을 계기로 계엄군의 검열을 받기 전부터, 그러니까 일찍부터, 편집실에서는 자체 검열을 했다. 국가의 위엄을 건드리는 일, 특히 대통령

의 권위에 도전하는 일은 피했다. 이른바 체제 문제를 다루거나 북한의 주장에 동조하는 듯하거나, 학생 데모를 부추길 수 있는 내용도 피했다. 관리들의 미움을 사서 잡지의 수명을 단축하는 어리석음을 저지르고 싶지 않았다.

민중에게 무엇을 보여주고 싶었던가?

뿌리깊은나무는 창간 둘째 호부터 '민중'의 민중됨을 설명하는 글들을 다섯 차례에 걸쳐 실었다. 「민중은 어디 있느냐?」(김형효), 「민중은 어떻게 살아왔느냐?」(김용덕), 「민중이 정치의 주인이 되기까지?」(한배호), 「현실 속의 민중과 소설 속의 민중」(김병걸), 「민중의 삶과 철학」(김인회) 들이 그것이었다.

이 잡지에서 '민중'은 늘 중요한 화두였다. 「민중이 주인인 나라의 법」(한상범, 1987.7), 「민중의 이름과 얼굴」(백낙청, 1979.4)처럼 '민중'을 많이 들먹였다. 나는 '민중'이라는 말을 쓸 때마다 마음에 조금 부끄러움이 있었다. 누가 이 시대에 '민중'이라는 이름으로 불려야 할 사람들인지, 내가 말하는 '민중'이 과연 어떤 뜻을 품어야 하는지 내가 잘 모르고 있다는 자각이 거기에 있었다. 그러면서도 나는 감히 민중에게 전한다는 명분을 가지고 일했다. 민중이 알았으면 좋을 것들, 민중이 사랑하는 것들, 민중이 함께 느끼고 함께 되새길 것들을 다루고 담는다는 명분이 있었다. 아마 나만 그랬던 것은 아니고 편집실의 분위기가 대체로 그러했던 것 같다.

뿌리깊은나무는 창간 후 여섯 달째인 1976년 9월호부터 시작해서 폐간될 때까지 '민중의 유산'이라는 화보를 실었다. 짚신, 담뱃대, 바늘집, 맷돌 같은 민속을 시시콜콜 소개하는 난으로서, 이와 더불어 사라져가는 옛 문물들을 다루는 기사들을 다달이 빠뜨리지 않았다. 전통문화의 재발견과 복원은 이 잡지의 정체성을 설명하는 한 기둥이었다.

뿌리깊은나무에는 음악과 미술과 문학과 연극을 다루는 '예술 비평'이 있었고, 또 '서평'이 있었으며, 거기에 더해 신문과 텔레비전 그리고 광고와 만화까지 다루는 '대중문화 비평'이 있었다. 이 비평난들은 이 잡지의 정체성을 설명하는 또 하나의 기둥이었다. 나는 이 잡지가 우리 문화의 여러 부문에서 비평하는 풍토를 일구는 데 앞장섰다고 기억한다.

이런 맥락에서 나는 이 얇은 잡지가 실은 그 전체로서 하나의 '비평 매체'였다고 감히 말하고 싶다. 책의 대부분 글들, 그 행간에는 사회현상을 비판의 눈으로 들여다보려는 의도가 깃들어 있었다.

뿌리깊은나무는 1972년의 유신헌법과 1974년의 대통령 긴급조치 이후 나라 안에 정치 상황을 둘러싼 긴장감이 날로 더 팽팽해지고 있던 국면에서, 정치를 제외한 경제, 사회, 문화, 여성, 노동, 환경 같은 여러 부문을 두루 아우르겠다고 나선 잡지였다. 창간 초기에는 민속과 문화와 예술에 대한 관심이 앞서는 잡지처럼 보였으나 시간이 지날수록 사회현상에 대한 비판의 시각이 두드러졌다.

경제지상주의에 따른 폐해를 지적하는 것이 '비판'의 가장 대표되는 보기였다. 「근대화의 작은 응달과 큰 응달」(김경동, 1978.4), 「제 몫이 제대로 나누어지는 사회」(박현채, 1978.5), 「오늘의 잘난 사람과 밥벌이」(임재경, 1978.6), 「누가 기업의 독과점을 다스릴까?」(권오승, 1979.1), 「나랏돈과 재벌」(김진현, 1979.6) 같은 기사들이 그런 시각을 반영했다. 「너도 현대아파트를 가지고 싶니?」(박완서, 1978.8), 「투기 바람으로 누가 누구 돈을 먹었나?」(김성두, 1979.2) 같은 기사도 같은 계열이었다.

경제 지상주의의 그늘에서 고통 받는 노동자들의 현실도 자연히 관심의 대상이었다. 「나는 오년 된 실 뽑는 기계」(정연숙, 1978.6)는 "한 주일은 새벽 다섯시에서 오후 두시까지 일을 하고, 그 다음 주일은 두시에서 저녁 열한시까지 일을 하고, 또 한 주일은 저녁 열한시에서 다음날 새벽 다섯시까지 밤일을 해야" 하는, "토요일도 없고 일요일도 없이 기계에 매달려서 실을 뽑는" 월급 6,300원짜리 방적공의 이야기이다. 「우리 회사 뒷간의 낙서」(이교일, 1979.2)는 새마을운동 덕분에 추운 겨울에 한 시간 일찍 출근해야 하고, 퇴근 시간을 삼십 분씩 늦추어 정신교육도 받아야 하는 일급 2,195원짜리 선반공의 하소연을 담았다. 「눈먼 춘미를 위하여」(손춘섭, 1979.3)의 주인공은 용접 불빛으로 눈이 늘 벌겋게 충혈되어 있고, 손은 불똥이 떨어져 물집투성이이다. 그러나 "내가 받는 2,034원의 일급으로 우리 네 식구는 힘겹지만 모두 만족스러워하고 있다." 그의 여동생 춘미는 초등학교 일학년에 실명하였다.

농촌의 실상도 경제 문제에서 빠질 수 없었다. 「촌사람은 정말로 잘 사나?」(정연석, 1978.8)는 보릿고개도 없어지고 초가지붕도 없어지고 농민들이 쌀밥을 먹게 되었다고 선전되는 농촌의 고된 살림살이를 들여다보았다. 「시골 청년은 자꾸 죽는다」(이태호, 1978.10)는 이렇게 말하고 있다. "오늘의 농촌 현실을 비판의 눈으로 보면 아래와 같은 말로 간추릴 수 있을 것이다. '젊은이는 농촌을 빠져나간다. 농촌에 스며든 것은 행정조직과 농약이다.'"

도시 노동자들이나 시골의 농민들이 이 시대에 소외계층이라면 여성도 또 하나의 소외계층이었다. 잡지는 여자들의 처지를 소홀히 다루지 않았다. 「심청이는 되살아나지 않아도 좋다—한국 가족 윤리의 모순」(차재호, 1976.10), 「여자, 그 억울한 사정의 덩어리」(나영균, 1976.10), 「여자를 서럽게 하는 민법」(김주수 1977.2), 「여자답기를 거부해야 옳을 사정」(신혜수, 1978.5), 「여자 팔짜와 여성 해방」(이인호, 1979.5), 「여자의 여자 구실과 어미 노릇」(김경희, 1979.5)처럼 거의 다달이 여자 문제를 다루었고, 이는 1980년대 이후 활발해지는 이 나라 여권운동의 불씨가 되었다.

'두드러기' 1978년 9월치에는 「국회의원의 오입질」이라는 글이 나왔다. 한 여당 국회의원이 열일곱살 짜리 여고생과 원조교제를 했다가 들통이 난 사건을 다룬 것인데 이 글로도 문화공보부의 과장이 화를 낸 일이 있었다. 그 국회의원이 그의 집안 형님이었던 모양이었다. 과장은 차마 사장을 불러들일 일은 아니라고 판단했던지 부사장에게 전화하는 것으로 화풀이를 그쳤다.

뿌리깊은나무는 창간과 더불어 편집위원을 권태준, 김우창, 김은국, 김정옥, 김형효, 서정수, 손세일, 예용해, 윤명로, 이규호, 이상만, 이학수, 최정호, 한완상 해서 모두 열네 분 모셨다. 이 열네 분 편집위원이 1978년 4월부터 권태준, 김은국, 김정배, 김현, 남기심, 손세일, 유재천, 이명현, 이학수, 한완상, 이렇게 열 분으로 줄었다. 이른바 2기 편집위원회가 구성되었다.

1기 편집위원들은 숫자가 많은 탓에, 나이가 고르지 않은 탓이 섞여서 회의하자고 모였을 때 점잔을 빼는 분위기가 지배했다. 그러다 보니 자연히 모임이 잦지 않았고, 모여도 실속이 별로 없었다. 그래서 나이도 삼사십대로 고르게 하고, 관심 분야도 가까워서 말이 서로 편하게 오갈 수 있는 사람들로 편집위원회를 새로 짰다. 열 분 중에 김은국, 이학수 두 분은 외국에 있었으므로 국내의 여덟 분이 실제 편집위원들이었다.

2기 편집위원들은 한 달에 한 번씩 꼬박꼬박 모여서 지난 호 잡지를 평가하고 다음에 나올 잡지의 기획안을 보며 내용과 필자에 대해 의견들을 내놓았다. 그리고 밥을 먹고 술을 곁들이면서 세상 돌아가는 이야기를 했다. 신문에 나지 않은 것들, 세상 사람들이 영원히 모르고 지나갈지도 모르는 이야기들 속에서 편집자들은 잡지의 새로운 소재들을 얻었다.

2기 편집위원회의 구성을 계기로 비평 매체로서 잡지의 시각은 좀더 날이 서는 점이 있었다. 시간이 흐를수록 대학생과 지식인들과 종교인들의 반정권 운동이 날을 세우고 있던 상황과 맥이 닿았다고 할 수 있다. 그러나 잡지는 이른바 운동권과 같은 목소리를 내지는 않았다. 정부를 비판하거나 정부의 행위를 반대하는 것으로 잡지의 명을 재촉하고 싶지는 않았다. 여러 어두운 사회현상들을 '비평'하는 데서 만족해야 했고, 그 비평도 매우 조심스럽게 해야 했다.

한편 그같은 비평은 암시 또는 은유로도 나타났다. 함석헌 선생이 1979년 3월호에 머릿글로 쓴 「못난 석헌이는 우웁니다」가 그 보기이다. 입은 있되 말은 못하고 손발은 있되 행동하지 못하는 지식인의 한심한 처지를 삼일운동 예순 돌에 그 삼일운동을 이끌었던 남강 이승훈 선생에게 아뢰는 형식으로 풀어놓았다. 1978년 4월호에 실린 이현주 씨의 「두 실패자가 쓰고 간 편지」는 중국 소설가 루쉰의 단편 「고독」에 등장하는 위렌쉬와 매월당 김시습에 빗대어 지성이 폭력 앞에 무릎 꿇는 시대상을 이야기했다. "지성이 용납되지 않는 시절, 무언가 억지가 지배하고 폭력이 앞을 서는 시절이 분명히 있다. 그래서 칼 앞에 붓이 꺾이는 시절이 분명히 있다. 그것이 언제까지나 계속되는 법은 없지만, 계속되는 동안만큼은 철저하게 계속된다. 그럴 때에 어차피 지성인이라고 불리는 사람이 걸어야 할 길은 무엇일까?"

1978년 7월호에 실린 「대한민국의 헌법은 뜻이 이렇다」 또한 하나의 암시이자 은유였다. '헌법의 쉬운 풀이'라는 부제가 붙은 이 기사는 대한민국 헌법을 전문에서 시작해서 본문 126조 그리고 부칙 11조에 이르기까지 한문투 문장을 벗겨내고 한글로 풀어써서 보여준다. 이 시도는 유신헌법이란 것이 도대체 어떤 독소를 품고 있는지 국민들이 제대로 알게 하자는 생각과 함께 헌법정신을 일깨우려는 의도를 담고 있다. 이 잡지의 유난스런 '글손질'이 어떤 것이었는지 드러내는 한 보기이기도 한 이 기사의 일부를 옮겨보면 다음과 같다.

(제1조 2항)

大韓民國의 主權은 國民에게 있고, 國民은 그 代表者나 國民投票에 의하여 主權을 행사한다.

→ 대한민국의 주권은 국민에게 있고, 국민은 그 대표자를 시켜서 또는 국민투표로써 그 주권을 행사한다.

(제9조 1항)

모든 國民은 法 앞에 平等하다. 누구든지 性別·宗敎 또는 社會的 身分에 의하여 政治的·經濟的·社會的·文化的 生活의 모든 領域에 있어서 差別을 받지 아니한다.

→ 모든 국민은 법 앞에 평등하다. 아무도 그가 남자이든지 여자이든지, 종교가 무엇이든지 또는 사회에서 지니는 신분이 무엇이든지 정치나 경제나 사회나 문화의 모든 생활 영역에서 차별을 받지 아니한다.

(제45조 1항)

大統領의 任期가 滿了 되는 때에는 統一主體國民會議는 늦어도 任期滿了 30日前에 後任者를 選擧한다.

→ 새 대통령의 선거는 늦어도 그 전임자의 임기가 끝나기 서른 날 전에 통일주체국민회의에서 한다.

(제53조 2항)

大統領은 第1項의 경우에 필요하다고 인정한 때에는 이 憲法에 規定되어 있는 國民의 自由와 權利를 暫定的으로 정지하는 緊急措置를 할 수 있고, 政府나 法院의 權限에 관하여 緊急措置를 할 수 있다.

→ 대통령은 제1항의 경우에 필요하다고 인정하면 이 헌법에 규정이 되어 있는 국민의 자유와 권리를 임시로 정지시키는 긴급조치를 할 수 있고, 정부나 법원의 권한에도 긴급조치를 할 수 있다.

뿌리깊은나무 1980년 여름

이 잡지의 여러 칼럼 중에 '볼 만한 꼴불견'이라는 것도 있다. 눈길을 끄는 풍경 중에 꼴사나워 보이는 것을 골라 간단한 설명을 붙여 내보내는 난이다. 1979년 2월호에는 '제9대 박정희 대통령 각하 취임'이라는 현수막의 글귀를 내보냈다. '제9대 박정희 대통령'은 일찍이 세상에 없었고 제8대 대통령이었던 사람이 이제 막 제9대 대통령에 오른 것이니 '박정희 각하, 제9대 대통령에 취임'이라고 해야 옳다는 내용을 담았다. 형식은 현수막의 표현을 트집 잡는 것이나 영구집권을 꿈꾸는 권력자의 욕심을 꼬집자는 속셈이 거기에 있었다. 청와대인지 문화공보부 안에서였는지 과연 이 트집이 이치에 맞는 소리인지 국어학자에게 물어보았다는 소문이 나중에 들려왔다.

지금 보면 우스갯거리에 지나지 않으나 그 시절로는 이만한 것을 하나 싣자고 해도 두 번 세 번 머리를 굴려야 했다. 정부는 어떤 기준도 내놓지 않았지만 책을 만드는 사람들은 정부의 보이지 않는 생각을 읽어야 했다. 편집자 나름으로 어떤 선을 허공에 그어놓고 그 선을 넘을락 말락 하는 경계까지 감으로써 그 또한 보이지 않는 '민중의 욕구'와 거기서 만나려고 애썼다.

전두환 군사정권은 1980년 봄에 잠깐 '자유'를 국민들에게 돌려주려는 듯한 시늉을 했다. 대학에서 쫓겨났던 학생들과 교수들을 제자리로 돌아가게 했고, 대통령을 꿈꾸는 김대중과 김영삼에게 족쇄를 풀어주고 정치활동을 해도 좋도록 숨통을 터주었다. 검열은 여전히 계속되고 있었지만 이 또한 잠깐 느슨해졌다. 그래서 대통령 긴급조치 1호가 내려진 1974년 뒤로 학교에서 쫓겨났던 학생들의 기막힌 사연들을 다룬 「제적 학생 786명의 지난 여섯 해」(고도원)를 1980년 3월호에 내보낼 수 있었고, 1980년 5월호에는 공산주의 연구가 가능하도록 반공법의 내용을 다시 검토해보자는, 그동안에는 감히 누구도 입을 대서는 안 되었던 「반공법의 존재 이유」(이인호)도 다루는 것이 가능했다.

계엄군의 검열은 그러나 광주 민주항쟁이 있었던 5월에 들어 다시 삼엄해졌다. 광주의 엄청난 비극 앞에 아무말도 못하고 검열이나 받아야 하는 현실에 침묵 시위를 하는 기분으로 6월호를 걸르고 다음 7월치와 묶어서 6·7월 합병호라는 것을 내었다. 이 무렵 단골 필자 중에 한 분이 남북 문제를 다룬 글을 만들어 가지고 온 일이 있었다. 반공법에 걸리는 데 부족함이 없는 내용으로, 감옥에 한번 가보려고 마음먹고 썼구나 하는, 시절 맞추어 경력 관리를 해보겠다는 의도 같은 것이 읽혀서 검열에도 넣지 않았다.

6·7월 합병호에 이어 8월호도 삼엄한 검열에 눌려 숨죽이며 만들었다. 마지막 뿌리깊은나무가 된 8월호에서는 무엇이 검열에서 걸렸는지 일일이 기억에 남아 있지 않은데, 창간호부터 실어왔던 '두드러기'가 빠졌다. 한 쪽짜리 짧은 글이었지만 이 잡지의 '비평 매체'로서 특색을 강조하는 난이었다. 처음에는 한창기 씨가 손수 글을 썼고 1978년 10월호부터는 이광훈 씨가 이어서 맡았다. '두드러기' 1978년 9월치에는 「국회의원의 오입질」이라는 글이 나왔다. 한 여당 국회의원이 열일곱 살짜리 여고생과 원조교제를 했다가 들통이 난 사건을 다룬 것인데, 이 글로도 문화공보부의 과장이 화를 낸 일이 있었다. 원조교제를 한 국회의원이 그의 집안 형님이었던 모양이었다. 과장은 차마 사

장을 불러들일 일은 아니라고 판단했던지 부사장에게 전화하는 것으로 화풀이를 그쳤다.

8월호에서 '두드러기'는 빠졌지만 이현주 씨의 「모세야, 누가 너를 우리의 지도자라던!」이 머릿글로 실린 것은 다행이었다. 이집트를 떠난 지 마흔 해 동안 황야를 떠돌다가 간신히 고향에 돌아올 수 있었던 유대 민족의 고난사를 다룬 글이었다. 이현주 씨는 자유는 대가 없이는 못 얻는다는 교훈을 동시대의 '민중'들에게 들려주고 싶어 이 글을 썼다. 이 '비평 매체'의 마지막 암시이자 은유였다.

잡지의 폐간 뒤에 나는 자청해서 새마을 교육기관이라는 데에 들어가서 한 주간 동안 교육과정을 거쳤다. 공무원은 말할 것도 없고 웬만한 기업의 직원이면 모두 이 교육을 받아야 하는 것으로 알던 시절이었다. 나는 복잡다단한 국정에 여념이 없어야 할 막강한 군사정부가 이따위 작은 잡지의 '있음'에까지 어떻게 신경을 나눌 수 있었는지, 그 막강하면서도 섬세한 시대정신의 한 자락을 혹시 만날 수 있지 않을까 기대했다. 그러나 거기에 그런 것은 없었다. 나는 하릴없는 실업자의 기분이 되어 회사로 돌아왔다. ♠

한창기는 선산에 묻히려고 벌교 고읍의 고향집으로 운구되었다. '사장'의 장례에 전·현직 편집장들이 모였다.
왼쪽부터 윤구병, 김형윤, 설호정이다.

가정 잡지 또는 여성 잡지? 아니…

설호정 샘이깊은물 전 편집주간. 1975년 가을 뿌리깊은나무의 창간을 위해 입사해서,
발행인 한창기 사후인 1997년 6월 말에 사직했다. '다른 직장'에 유혹을 느낀 적이 한번도 없었던 것은,
무엇과도 바꿀 수 없는 뿌리깊은나무 편집실의 창의적이고 유연한 분위기와 그 성과물에 대한 긍지,
그리고 스승 같은 발행인의 '인정' 때문이었다고 생각한다. 발행인 사후에 전개된 '믿기 어려운'
상황들에 제대로 대응하지 못한 것을 '한없이 죄송하게' 생각하고 있다.

　　1983년 4월에 『한국의 발견』 열한 권이 완성되었다. 뿌리깊은나무 폐간 뒤
의 대장정이 끝난 것이었다. 편집실의 미래는 여전히 불투명해 보였다. 『한국
의 발견』이 시작되기 전에 사직한 기자들도 있었으나, 완간된 뒤 편집실은 서
서히 해체 분위기가 되어갔다. 브리태니커의 사업 성적도 썩 좋지는 않아, 어
느 달부터인가는 월급이 감봉되었다. 회사(또는 발행인)는 희망도 절망도 이
야기하지 않았다.
　　암중모색이라고 하나? 『한국의 발견』이 마무리되어가던 즈음에 문화공보
부에 잡지를 발간하겠다는 강력한 의지를 지속적으로 전달하고 있었다. 최선
은 뿌리깊은나무의 복간이었으나 그것은 무망한 일로 여겨졌고, 차선이 뿌리
깊은나무의 반려라고 할 수 있을 만한 여성지였다.

뿌리깊은나무의 반려를 찾아서

　　잠깐 시점을 거슬러 올라가면, 브리태니커 사업의 성장과 함께 뿌리깊은나
무의 발행부수 또한 가파르게 올라 폐간 직전에 이르러서는 칠만을 넘어서고
있었다. 서점 판매부수와 자발적 정기구독자의 수효도 순조롭게 늘고 있었으
나, 브리태니커 사업과 뿌리깊은나무 정기구독을 연계해놓은 씨스템 때문에
판매부수가 더욱 안정적으로 증가할 수 있었다. 브리태니커 구매자에게 뿌리
깊은나무 일 년 정기구독권을 준다든지 하는 식이었다.

그렇게 잘 나가던 1979년 여름쯤부터 뿌리깊은나무 편집실에서는 여성지 발행을 위한 환경조사가 진행되었다. 새로운 유형의 여성지가 시장에서 가망성이 있는지를 검토하는 일이었다. 요컨대, 뿌리깊은나무 발행-편집인 한창기는 뿌리깊은나무의 성공에 고무받아 매체를 다양화해갈 생각을 하고 있었던 것이다.

'여자 뿌리깊은나무'가 필요한 시점이라는 결론 비슷한 것이 나왔던 것으로 기억한다. 여자에게 허영과 섹스어필을 부추기는 잡지가 아니라 여자를 주체적 인간으로 상정한 잡지를 내면 큰 호응을 얻을 것으로 내다보았던 것이다. 정말 부질없는 잡지들이 여자들을 위한다는 이름으로 판치고 있었으니까. 그러나 그런 검토 의견은 지나치게 이상적이었다. 아마 그때 뿌리깊은나무가 별 탈 없이 여성지를 냈다면 이념적으로는 샘이깊은물보다 더 진보적인 여성주의 잡지가 되었을 것이며, 바로 그 점 때문에 상업적으로는 특히 광고주들로부터 철저히 냉대받는 신세를 면치 못해 샘이깊은물보다 더한 곤란을 겪었을 것이다.

그런 검토가 있고 얼마 안 되어 박정희가 술자리에서 그만 부하에게 피살되었다. 새로운 무엇을 시작하기에는 적절치 않은 격랑의 시간들이 흘렀다. 그리고 전두환 패거리에 의해 뿌리깊은나무는 폐간되었다. 영혼 결혼도 아니고 그 마당에 '반려'가 무슨 필요가 있었겠나.

오공세력이 만든 『마당』이라는 잡지 때문에

정권을 잡고 삼 년 지나 사 년에 이르렀을 때 전두환 정권은 어떻든 안정기에 접어들었다. 운 좋게도 매끄럽게 돌아간 경제와, 광주에서 흘린 피를 씻어보고자 내놓은 몇 가지 유화 제스처 곧, 미군정 이후 지속된 야간 통행금지의 폐지, 중고등학생 교복과 머리의 자율화 조처에 더하여 프로야구, 프로씨름의 시작 그리고 무엇보다도 컬러텔레비전의 방영은 한반도 남반부의 대중을 군부독재에 대한 '불필요한' 고뇌로부터 이완시키는 '환상적인' 효과를 불러왔다. 또 오공정권은 아시안게임과 올림픽을 유치하고 준비에 집중하며 온 나라를 그 이벤트에 대한 기대로 부풀어 오르게 했다. 제공된 운동시합을 주로 컬러텔레비전으로 보면서 뱃살이나 늘이고 있는 것을 '스포츠를 즐긴다'고 말하는 우스꽝스러운 세월은 사실 그때부터 시작되었다.

뿌리깊은나무가 폐간되고 한 해쯤 뒤인 1981년 9월에 『마당』이라는 잡지가 나왔다. 국어 전용에 더러 치졸한 수준으로나마 전통을 다루기도 해 멋모르는 사람들이 뿌리깊은나무의 '환생'처럼 착각했던 잡지이다. 뿌리깊은나무 기자들이 뿌리깊은나무와 견주어지는 것조차 몹시 '자존심 상해' 했던 이 잡지는 전두환의 비서였던 정치군인 허화평이 이끄는 현대사회연구소가 사실상의 발행처였으며, 조갑제를 포함하여 지금은 홍익대학교 교수로 재직중인 디자이너 안상수가 그 내용과 형식을 이끌고 있었다. '뒤흘리기'를 본문에 적용한 첫 잡지로 기억된다.

무단정치를 통해 국가를 강력하게 통제하고 있었던 오공정권의 유화적 제스처는 전두환 정권의 이데올로기를 만들었다는 조선일보 기자 출신 허문도가 기획했던 이벤트 '국풍'이 상징하듯이 민족주의에 일종의 '키치'를 결합한 방식으로 구현되고 있었던 것이다.

어째서 '가정 잡지'가 되었나?

자기들 손으로 죽인 것과 같은 이름의 잡지 곧 뿌리깊은나무의 복간은 안 되지만, (노태우가 정권을 잡은 뒤 뿌리깊은나무를 복간시켜주겠다는 전언이 있었으나 발행인 한창기는 "폐간은 자기들 마음대로 시켰지만, 복간은 내 마음대로 하겠다."며 거절했다) 다른 잡지라면 등록을 받아줄 수도 있다는 언질은 앞의 허문도가 차관이고, 동아일보 기자 출신 이진희가 장관이었던 때의 문화공보부에서 나왔다. 허문도가 기자들과 함께 한 술자리에서 대취하여 오공정권에 비판적인 기자들에 대한 격분을 누르지 못하고 종횡무진 활약하다가 바지가 흘러내리는 실수를 하고 업혀 나갔다는 소문이 언론계에 떠돌 만큼 오공 실세들이 안하무인으로 설치고 있던 때였다. 쓸쓸한 뿌리깊은나무에 선심 쓰듯 제안한 '다른 잡지'는, 그러므로 그들의 유화적 제스처의 일환이었음은 말할 것도 없다.

그러나 이름을 바꾼 뿌리깊은나무가 아니라 여성지를 할 의향이 있음을 내비쳤더니, 기왕의 여성지 발행인들이 몹시 반발했다. 그렇잖아도 경쟁이 치열한데 또 다시 여성지의 등록을 받아주면 어떻게 하느냐고 여기저기 탄원을 하고 다녔다고 한다. 언론 종사자가 반드시 언론의 자유를 위해서만 행동하지 않는다는 것은 이렇게 만고의 진리인 것이다. 그 때문에 옹색하게 나온 대안이 '가정 잡지'였다. 대한민국에 '가정 잡지'라는 '장르'가 처음 태어나는 순간이었다.

한창기는 보수적 의미의 '가정'이 한국사회에서조차 하루가 다르게 해체되고 있음을 누구보다 더 잘 알고 있었다. 그는 비록 혼인제도 속에 자신의 인생을 의탁한 적이 없었으나, '바람보다 먼저 눕고, 바람보다 먼저 일어나는' 명민한 시대 감각의 소유자였기 때문에 현대 가정의 다면성 또는 복잡성을 모르지 않았다. 요컨대, 그 정의를 두고도 논쟁이 끊이지 않는 '가정'을 대상으로 한, '가정'을 다루는, '가정'을 독자로 삼는… 이래도 저래도 모호하기 그지없는 '가정 잡지' 샘이깊은물의 등록을 문화공보부에 했다. 그는 어떻든 여성이 주된 독자가 되는 매체를 가지고 싶었던 것이다. 차마 떠나지 못하고 기다리는 기자들도 있었다.

이제 솔직하게 『여성조선』으로 이름을 바꾼 『가정조선』이 샘이깊은물과 동기생이었다. 다른 유력 일간지가 모두 여성지를 가지고 있었으나 조선일보는 여성지가 없었는데 이때 여성지로 가는 징검다리로서 『가정조선』이라는 것을 정기간행물로 등록했다.

샘이깊은물 창간호를 맨 먼저 받아본 사람들

1984년 여름은 가혹했다. 1925년의 을축 홍수에 비견될 만한 대홍수가 서울, 경기 지방은 말할 것도 없고 전국을 물바다로 만들었다. 9월 29일에는 북한에서 보낸 수재 구호물품이 판문점을 통해 전해졌다. 없는 살림을 긁어서 보낸(그때 중국의 조선족들은 어려운 북한 형편을 뻔히 알면서 그 구호물품을 받기로 한 남한 정부를 밉살맞게 여겼다고 한다) 쌀과 자잘한 꽃무늬가 조악하게 프린트된 포플린과 시멘트가 수재민에게 나누어졌다. 새 잡지를 준비하고 있던 샘이깊은물 편집실에도 그 쌤플이 흘러들어왔다. 잡지사다운 분위기가 살아나고 있었다.

그리고 10월 말에 잡지 샘이깊은물 창간호가 세상에 나왔다. 1984년 11월호였다. 창간 후 십 년 동안 그 잡지의 도입부에 자리잡게 된, 주요 뉴스를 깊이있게 다룬 신문 같은 칼럼 '요즈음의 세상 형편'의 맨 첫 기사는 언론인 박권상이 쓴 「북녘에서 온 수재 물자─이 제비 한 마리가 어떻게 왔느냐 하면」이었다. 비록 표지는 한창기가 구해온 '조선 후기에 한 이름 모를 사람이 서툴게 그린 여자 초상화의 상반신'으로 꾸며졌으나 대문을 넘어서자마자 배치된 것은 이렇듯 따끈한 시사 문제였음이 귀띔하듯이 샘이깊은물의 한평생은 '드센 가정 잡지'로 펼쳐질 터였다.

창간호 맨 뒤에 실린 발행-편집인 한창기의 창간사는 '가정의 잡지'도 '여성지'도 아니고 '사람의 잡지'였다. 그것이 샘이깊은물의 정직한 자기규정이었다.

"…이 문화 잡지도 이른바 '여성지'가 아니라 '사람의 잡지'입니다. 따라서 '사람이 사람답게 사는 일'에 관심이 많은 남자들도 탐독할 잡지입니다.

"이 문화 잡지는 뿌리깊은나무 대신 나온 잡지가 결코 아닙니다. … 그러나 뿌리깊은나무가 사라지면서 남긴 텅 빈 마음을 아직도 채우지 못하셨다면, 그 마음이 풍요로운 보람으로 채워질 때까지 우선 샘이깊은물을 받아주시기를 간절히 바랍니다."

'뿌리깊은나무가 사라지면서 남긴 텅 빈 마음을 아직 채우지 못하셨다면'이라? 이 소리는 뿌리깊은나무의 독자를 두고 하는 말일 수밖에 없다. 왜 샘이깊은물의 창간사에 이런 말을 했을까?

뿌리깊은나무가 폐간된 뒤 맨 먼저 한 일이 잡지 값을 선금으로 낸 정기구독자들에게 편지를 띄우는 일이었다. 첫째, 남은 잡지 값을 현금으로 돌려받을지, 둘째, 그만큼을 뿌리깊은나무에서 발행한 단행본으로 받을지, 셋째, 뿌리깊은나무가 복간되거나 새로운 잡지를 낼 때까지 기다렸다가 그 잡지로 받을지를 결정해 달라는 내용이었다. 정확히 기억하기 어려우나 많은 정기구독자들이 다시 잡지가 나올 때를 기다리겠다고 대답을 해와 편집실 식구들을 감격시켰었다.

샘이깊은물은 사 년 넘게 기다려온 그 독자들에게 맨 먼저 발송되었다. 그들의 '텅 빈' 마음을 위하여.

표지? 그 흑백 여자 사진의 사연들

샘이깊은물은 창간호부터 십 년 동안 사륙배판으로 유지되었다. 발행인과 미술편집위원 이상철은 미국의 『내셔널 지오그래픽』의 판형을 가장 아름답다고 생각했다. 그러나 창간 십 주년에 이르러 잡지의 지면 배열을 대대적으로 개편하는 한편으로 판형을 변형 국배판으로 바꾸었다. 사륙배판을 유지하고서는 그렇잖아도 얻기 힘든 광고를 더 얻기 어렵게 된 것이 가장 큰 이유였다. 모든 여성지가 판형을 그렇게 키워놓았기 때문이다.

창간호의 표지는 이미 적었듯이 옛 그림 속의 여자였다. 기억하건대 당초 발행인과 편집장(창간호부터 그 이듬해 3월호까지의 편집장은 뿌리깊은나무의 편집장이었던 김형윤이 맡았고 그 뒤를 설호정이 이었다), 미술, 사진 편집위원들은 현대 여성을 그림으로 그려서 표지로 쓰는 것을 시도하기로 했었다. 몇 화가에게 청탁하여 그림이 왔다. 한마디로 몹시 실망스런 수준이었다. 발행인이 그때부터 황급히 골동가게를 다니며 옛 그림들을 뒤져서 그 '얹은머리 여성'을 찾아냈던 것이다. 그러나 옛 그림에서 여자를 찾는 일은 정말 어렵다는 것을 누구보다도 발행인이 더 잘 알았다. 특히 표지로 삼을 만큼 크게 그린 어여쁜 여자 얼굴을 옛 그림에서 찾기는 더더욱 어렵다고 했다. 그뿐만이 아니라 옛 여자 그림을 표지로 삼음으로써 샘이깊은물에 복고의 그림자가 오버랩되는 것은 소망스럽지 않다는 것이 편집실의 지배적 의견이어서 창간호 다음호부터는 사진으로 가기로 했다. 그럼에도 불구하고 발행인의 발품의 결과로 옛 그림이 십 년 동안 일곱 차례 실렸다. 돌이켜보면 이 또한 훌륭한 자료가 되었다.

아무튼 많은 사람들이 '멋지다'고 생각했던 샘이깊은물의 흑백 표지는, 원색으로도 모자라 금박, 은박을 더하기도 하며 미친 듯이 야해져 있었던 다른 잡지들과의 차별화를 위해 채택되었다. 사실 샘이깊은물의 흑백 표지는 원색 표지보다 더 비싼 인쇄료를 치른 것이었으며, 바로 그러므로 선명도 높은 아름다운 사진으로 등극할 수 있었다. 뒷날 많은 잡지들이 흑백 표지를 시도하고도 성공을 거두지 못한 것은 사진 원고의 질과 함께 인쇄의 질에 숨은 비밀을 몰랐기 때문이다.

초기 얼마 동안은 젊고 '이목구비의 비례가 좋은' 여성을 찾아 찍은 사진과 함께, 사진편집위원 강운구가 칠십년대에 '현장'에서 찍은 여자 사진을 섞어서도 썼다. 촌부인, 또 아이와 함께 한 어머니들은 가난하던 시절이었음에도 밝고 따뜻해 보였다. 어느 해인가는 표지로 나간 사진 속의 아이(어머니에게 업혀 있었다)가 자기라며 어떤 처녀가 강운구에게 연락을 해오기도 했다.

'세상에서 가장 예쁜' 자기 아내를 표지로 내달라는 사람, 유학 가기 전에 기념으로 딸아이를 표지로 내고 싶다는 사람, 그 표지 '아가씨'를 비서로 쓰고 싶으니 연락처를 가르쳐 달라는 텔레비전에 심하게 나왔던 어느 변호사, 바람피는 남편에 대한 '복수' 차원에서 표지로 나가 만천하에 자신의 미모를 알리고자 했으나 문제가 해결되었으니 사진을 내지 말라는 사람… 샘이깊은물의

한창기가 골동가게 옛 그림을 뒤져서 찾아낸 여자 얼굴을 내보냈던 샘이깊은물 표지들.

맨 위 왼쪽이 창간호 표지로, 조선 후기에 한 이름 모를 사람이 서툴게 그린 여자 초상화의
상반신 부분이다. 조선시대의 그림에는 대체로 여자가 드물게 나온다. 오직 한 여자만을
그린 초상화는 더욱 드물다.

이어서 1989년 정월호 표지로, 서울 장충동에 있는 한 당집에 걸린 그림의 한 부분이다.
에밀레박물관장 조자용 씨의 주장에 따르면 이 그림은 관성교가 모시는 관우의 부인이다.
조선시대 중기의 궁중의상과 머리치장을 짐작케 한다.

맨 위 오른쪽과 그 아래 첫 표지는 1989년 11월호와 1990년 11월호 표지로,
조선 후기의 한복 차림 여신상이다. 에밀레박물관장 조자용 씨의 말에 따르면
"홍역이나 천연두를 막는 귀신인 별상 아씨 부신의 초상으로 짐작된다."

한가운데 임을 이고 아들을 업은 아낙 그림이 1992년 11월호 표지이고, 그 다음이
서울 개운사의 감로 탱화에 나온 설 음식을 장만하고 있는 조선시대 여자를 실은
1993년 정월호 표지, 조선시대 감로 탱화에 나오는 부녀자와 아이를 실은
1994년 정월호 표지이다.

런 상황을 툴툴거리는 사람도 있었으나, 발행인의 식견과 탐구심을 넘어서는 필자를 구할 수 없었으므로 그 의견을 따를 수밖에 없었다.

한편으로 '샘이깊은물 살림살이'라는 한 지붕 아래 묶였던 '밥' '몸' '옷' '집' '세간' '저자'는 위에 적은 세 칼럼과 얼핏 중첩되는 듯도 하나, 그 하나하나가 최신 정보들로 채워졌다. 이를테면, 창간호의 '저자'는 「백화점 식품부―늦게 한번 가봐라」이고, '몸'은 「끓인 물도 살아 있다」였다. 이 칼럼 중에 요리 연구인 한복려가 오랫동안 집필했던 '밥'은 나중에 단행본으로 묶여 나왔다.

"현대가 7이면 전통이 3이 되게 해라!" 발행인이 기자들이 잊을 만하면 한 번씩 상기시키는 말이었다. 앞의 칼럼들은 말할 것도 없고 잡지 전체의 글도, 사진도 그렇게 되기를 촉구했다. '전통'을 어느 시점까지로 볼 것인지를 따져보자고 나서는 어느 작곡가와의 논쟁 끝에 발행인이 조금 곤혹스러워하며 내놓은 대답이 '갑오경쟁 이전'쯤이었던 것으로 기억한다. 서양문물의 세례를 거의 받지 않고 농경사회의 가치가 지배하던 세상까지를 전통사회로 보았다는 말이다. 그러나, 어차피 전통이란 자기 경험의 잣대로 재단되는 자의적 추상 개념이기 쉬운 점을 헤아리면 발행인 한창기의 '전통'은 그의 고향인 한반도 서남 해안 지역 농촌공동체 주민의 이십 세기 중반까지의 '인생과 문물'이었음을 부인하기는 어렵다. 또 그것이 샘이깊은물에 주로 투영되었다.

'아들의 아버지' '사람의 몸' '말' …

아들이 쓰는 아버지 이야기인 '아들의 아버지'(나중에는 '딸의 어머니'도 생겼다), 짧은 '민중 자서전'이라고 할 만한 '평생토록 못 잊을 일', 흑백사진과 인터뷰 기사가 곁들여지는 각계각층의 잘난 사람의 '이 사람이 사는 방법'은 샘이깊은물에서 자랑할 만한 흥미롭고 뜻깊은 고정 칼럼으로서 이 잡지가 목숨을 다할 때까지 유지되었다.

특히 '아들의 아버지'는 필자들이 청탁해준 것을 고마워하는 칼럼이기도 했다. 이 칼럼을 쓰면서 세상을 뜬 아버지와 화해한 필자도 있었으며, 아버지의 행장을 친척들을 인터뷰해 되살렸다고 감격하는 필자도 있었다.

또 하나 창간호부터 몇 해 유지되다 사라졌으나 샘이깊은물만의 참신한 칼럼으로 기억되는 것이 '사람의 몸―이 아름다운 공장'이다. 사실 이 칼럼은 발행인이 브리태니커에서 나온 해부학적 도해로 가득한 인체에 관한 책을 보고 아이디어를 내어 생겼다. 곧, 서양 의학이 그렇듯이 인체를 환원주의 관점에서 미시적으로 관찰하는 칼럼이었으며, 그런 만큼 눈, 코, 귀, 이, 간, 심장, 콩팥, 창자, 쓸개, 요로, 자궁, 유방, 위, 뇌, 혈액, 피부… 이렇게 각각의 '부속품'을 세밀히 설명했다.

그밖에 뿌리깊은나무의 편집위원이었던 한완상, 김정배, 이명현, 김현, 유재천, 남기심, 손세일이 모여서 한 가지 주제로 '마음껏' 이야기하는 좌담이랄까나 '말·19○○/○○'이었다. 이 좌담이 시작되는 지면의 한 구석에는 늘 "… 말하는 이가 이름을 의식하지 않고 털어놓고 말할 수 있도록, '말'을 내보낼 때에는 참석한 사람이나 말한 사람의 이름을 밝히지 않도록 하자고 샘이깊은물 편집실에서 부탁했고, 그 편집위원들은 이에 동의했다. 따라서 이 '말'에는 "사람 이름 대신에 기호들만이 쓰인다."라는 편집자의 말이 달려 있었다. 그러나 이 좌담은 이런저런 사유로 그리 오래 가지 못했다. 나중에 이 지면은 '이 인물의 대답'으로 이름을 갈고 다달이 화제를 가진 사람을 대담 형식으로 심층 '면접'하는 쪽으로 성격이 바뀌었다.

창간 십 주년의 지면 개편 때에 새로 생긴 칼럼 중에 '눈에 띄는 좋은 물건'은 유의함직하다. 이 칼럼은, 국산품에 대한 집단 애정 과시가 사그러들 줄 모르던 십몇 년 전에 이른바 글로벌 쏘싱을 통해 유행 상관없이 아름답고 튼튼한 물건들을 몇 개씩 골라 소개했다. 싸구려 사서 조심없이 잠깐 쓰고 쓰레기 만들지 말고 좋은 것 사서 얌전하게 오래 쓰고 대물림하자는 주장이 그 칼럼에 들어 있었다. 환경친화적 소비활동은 그렇게도 하는 것임에는 틀림없으나, '국민 위화감' 조장하는 비싼 물건 권한다는 질책 또는 심심찮게 들었다.

애플컴퓨터가 주목하던 회사

샘이깊은물의 창간에는 취재-편집, 미술, 사진을 통틀어 열여덟 명이 참여했고 그중에 디자이너가 네 명이었다.

초기 얼마 동안 샘이깊은물의 디자인은 오로지 손으로만 했다. 그러다가 신문, 잡지 회사로는 광주의 무등일보 다음으로 애플컴퓨터를 받아들여, 컴퓨터 모니터를 보면서 디자인하게 되었다. 발행인의 선진적 결정이었으나, 이 첨단기계에 적응하기까지 디자이너들은 마우스를 쥔 팔에 쥐가 나도록 연습에 연습을 거듭해야 했다. 애플컴퓨터 한국 대리점에서는 이 영향력 있으나 작은 출판-잡지사의 애플 수용이 자기들의 판매촉진 활동에 의미있는 일이라고 생각했는지 샘이깊은물 디자인실에 견학 손님을 데려오고 싶어했다.

새로 생기는 잡지는 모두 그 디자인과 내용을 흉내내고 싶어하고, 사보 편집자들이 '벤치마킹'의 제1순위로 생각하는 샘이깊은물은 그러나 서점에서의 판매가 그다지 좋지 않았다. 뿌리깊은나무처럼 샘이깊은물도 브리태니커에 딸려 가는 상품으로 더 많이 나갔다. 명색이 여성지와 별 다르지 않은 가정 잡지였으나 아시다시피 비판적 시각을 견지한 소비 정보를, 그것도 지극히 절제하여 싣고 있었던 만큼 광고주들로부터 대접받지 못했다. 그들은 이 잡지를 광고 많이 주어야 하는 여성지가 아니라 일 년에 두어 차례 면피나 하면 되는 '시사 교양'으로 분류해두고 있었다.

게다가 창간 일 주년이던 1985년 11월에 발행인 한창기는 브리태니커를 떠나 뿌리깊은나무 – 샘이깊은물의 사장으로만 남게 되었다. 뒤이어 브리태니커가 샘이깊은물에 해주었던 지원은 줄어들게 되었고, 마침내 브리태니커 고객에게 샘이깊은물 정기구독권이 딸려 가는 제도가 사라졌다.

그런 우울한 나날 속에 샘이깊은물은 브리태니커와 함께 있던 장충동의 사무실을 떠나 창덕궁 앞 운니동의 가든타워로 새로 사무실을 얻어 이사했다. 그러나 몇 해 안 가 사무실의 임대료를 절약하기 위해 다시 성북동의 사옥(발행인이 언젠가 한옥을 지을 요량으로 사둔 집이었다. 그러나 그는 이 집을 샘이깊은물 사옥으로 내주고 자신은 셋집에 살다가 세상을 떴다)으로 이사했다.

발행인은 그즈음 잡지와 광고의 판매 부진으로 깊어지는 경영난을 비사업적 방법으로 타개하려는 시도를 시작했으며, 그것은 거듭하여 성공했다. 맨 먼저 한국 아이비엠으로부터 『뿌리깊은나무 산조 전집』『뿌리깊은나무 판소리 다섯 바탕』의 개발비 지원을 약속받았다. 그는 한국 아이비엠에, 한국인에게서 번 돈으로 한국문화 지원사업을 하여 한국 소비자의 마음을 사면 다시 더 많은 고객이 창출되는 사업의 선순환 구조가 만들어질 것이라는 식의 기나긴 영문 제안서를 냈다. 그밖에 『한반도의 슬픈 소리』도 그렇게 기업의 지원을 받아 개발했다.

그런가 하면 주식회사 미원(지금의 대상)의 지원을 받아 『민중 자서전』 씨리즈를 계속해서 발간해 마침내 스무 권을 채웠다.

기업의 지원을 받는 이런 큰 사업들은 회사의 재정 상태를 뚜렷이 개선시켰다. 더구나 음반 사업에 더하여 십 면짜리 기사 형식 광고의 연간 계약이 풀무원과 맺어졌고, 웅진에서 한국어판 브리태니커에 샘이깊은물의 정기구독권을 얹어 팔기로 결정함으로써 살림이 안정되는 조짐이 보였다. 풀무원 광고는 국내 최초의 본격적인 기사 형식 광고라는 점에서 광고, 홍보 전문가들의 시선을 집중시켰다.

갖은수의와 안동 관이 마지막이었다

1996년 여름에 발행인은 갑자기 병석에 누웠다. 오래된 비형 간염의 결과로 암이 생겼던 것이다.

그는 누워서 입으로 수의를 지었다. 갖은수의로 하되 거죽은 강포(강원도에서 짠 삼베를 이렇게 이른다)로 하고 안은 상주 손명주로 해야 하며 바느질은 한강변 복지아파트의 아무개 할머니가 전통을 안다고 했다. 수의를 서둘러 지어서 먼저 한 가지, 한 가지를 펼쳐놓고 사진을 찍고, 나중에는 다 합쳐서 입혔을 때의 모양으로 해 '총정리'하는 사진을 찍으라고 했다.

관도 짰다. 누운 채로 허공에다 공책을 펼쳐들고 연필로 투시도를 그리고 부분마다 또 따로 그렸다. 자신이 전국 각처를 돌아본 바로는 안동이 전통 널을 짤 수 있는 유일한 곳이니 거기 부탁하라고 했다. 그러나 거기도 알아서 하게 버려두면 관 모서리를 둥그스름하게 궁글려 신식을 만들 위험성이 있으니 부디 그러지 못하도록 유념시키라는 당부가 있었다. 당연히 그것도 미리 짜다가 사진을 찍어야 한다는 숙제를 남겼다.

1996년 겨울이 다가들고 있을 즈음의 일이었다. 병이 깊어 기동을 못한 지 석 달이 가까워 오고 있었다. 그는 마침내 자리에 누워 자기 장례의 여러 절차를 세심히 챙기기 시작했다. 상여는 백상여로 하고, 미리 명주로 만장감을 떠다가 누구누구에게 만사를 부탁하고, 객지 죽음이라 고향 집에 내려가도 방안에 못 들어갈 테니 마당에 짚으로 움막을 지어 상청으로 하고, 진도 당골 김대례와 잽이 박병천에게 '곽머리 씻김'을 부탁하고, 부의는 일체 받지 말고… 기록이 가능한 한 그 모든 것을 기록으로 남길 것을 의중에 두고 하는 지시였다.

그는 평소 현대 한국인의 장례절차가 전통과는 천만리 떨어져 나날이 천격이 되어가는 것을 개탄했었다. 때가 되면 자신의 장례 사진을 포함하여 전통 장례 사진을 모으면 한국인의 전통의례에 관한 좋은 책이 될 것이라며 흐뭇해(?)했다. 발행인의 요청대로, 사진편집위원이었던 강운구와 사진기자 서헌강과 이주연, 미술편집위원 이상철, 편집주간 설호정이 그가 입고 떠날 수의를 사무실 스튜디오에 쎄팅을 해서 한 점 남김없이 사진에 담고 '총정리'까지 끝낸 뒤에, 그것을 배경으로 해 기념사진을 찍었다.

발행인을 따라간 잡지

뿌리깊은나무 – 샘이깊은물 발행 – 편집인 한창기는 1997년 2월 3일 저녁 세상을 떠났다. 그는 그 잘 지은 수의는 입고 떠났지만, 성북동 사옥의 지하실에 미리 당도하여 그를 맞이할 차비를 하고 있었던 관에는 들어가지 못했다. 갖은 수의를 차려 입은 그가 들어가기에는 치수가 좀 작았다고 한다. 부득이 그는 생전에 그토록 싫어하던 신식 관에 누워서 떠났다.

발행인 사후에 몇해 더 샘이깊은물이 나왔다. 그러나 그 샘이깊은물은 한창기의 샘이깊은물과는 달랐으므로 샘이깊은물이 아니었다. 그가 입고 떠난 아름다운 갖은수의와 안동의 조선 관이 한 쎄트로 묶여 '잘 입은 한복'에 실림 직하였건만 '다른 샘이깊은물'이어서 공개되지 못했다. 🐗

한창기의 마지막 복식 컬렉션은 자신이 입고 떠난 수의이다. 병상에서 구술로 지은 완벽한 갖은수의를 그는 먼저 한 점 한 점 사진으로 기록하게 했다. 촬영을 마친 샘이깊은물 사람들이 스튜디오 벽에 걸린 수의를 배경으로 찍었다.

도랑을 파기도 하고 보를 막기도 하고

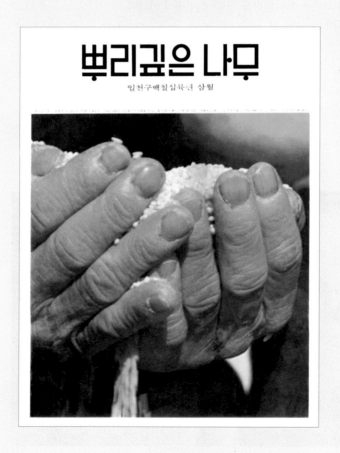

좀 엉뚱해 보이는 이름을 지었습니다. 뜻이 넓을수록 훌륭한 이름으로들 치는 터에, 군이 대수롭잖은 '나무'를, 더구나 뜻을 더 좁힌 '뿌리깊은 나무'를 이 잡지의 이름으로 삼았습니다. 우선 이름부터 작게 내세우려는 뜻에서 그랬습니다. 이 이름은 우리 겨레가 우리말과 우리글로 맨 처음으로 적은 문학작품인 『용비어천가』의 '불휘기픈남군…'에서 따왔습니다.

　　이 땅에서는 '어제'까지도 가을걷이와 보릿고개가 해마다 되풀이되었습니다. 열두 달 다음은 '오늘'과 그다지 다르지 않았고 아들의 팔자는 아비의 팔자를 닮았었습니다. 아마도 쳇바퀴를 도는 다람쥐의 걸음이 이 땅 사람들이 '어제'까지 일하던 모습일지도 모릅니다. 또 그들은 대체로 '숙명'을 받아들였습니다. '숙명'끼리 서로 아우름이 그들이 생각하던 삶의 슬기였습니다. 따라서 그들은 큰 변화를 바라지 않았습니다.

　　그러나 역사는 끝까지 그런 쳇바퀴는 아닌 듯합니다. 이제는 '잘살아 보자'고들 해서 사람들이 변화를 많이 받아들입니다. 이른바 개발과 현대화가 온 나라에 번져, 새 것이 옛 것을 몰아내는 북새통에서 삶의 속도가 빨라지고 있습니다. 마침내 '잘살아 보려고' 받아들인 변화가 적응을 앞지르기도 해서 사람이 남이나 환경과 사귀던 관계가 뒤흔들리기도 합니다. 이 변화 속에서 엇갈리는 가치관들이 한꺼번에 사람들의 마음을 다스립니다. 그러나 개발과 현대화는 우리가 겪어야 할 역사의 요청이라고 하겠습니다. 곧, 이것들은 우리에게 모자라던 합리주의의 터득 과정이겠습니다. 그런데, 합리주의는 개인주의나 물질주의의 밑거름이어서 그것이 그릇되게 퍼진 나라들에서는 인간성의 회복이 외쳐지기도 합니다.

　　'잘사는' 것은 넉넉한 살림뿐만이 아니라 마음의 안정도 누리고 사는 것이겠습니다. '어제'까지의 우리가 안정은 있었으되 가난했다면, 오늘의 우리는 물질가치로는 더 가멸돼 안정이 모자랍니다. 곧, 우리가 누리거나 겪어 온 변화는 우리에게 없던 것을 가져다 주고 우리에게 있던 것을 빼앗아 가는지도 모릅니다. 그러나 우리가 '잘사는' 일은 헐벗음과 굶주림에서뿐만이 아니라 억울함과 무서움에서도 벗어나는 일입니다.

　　안정을 지키면서 변화를 맞을 슬기를 주는 저력—그것은 곧 문화입니다. 문화는 한 사회의 사람들이 역사에서 물려받아 함께 누리는 생활 방식의 체계이겠습니다. 그런데 흔히들 문화를 가리켜 '찬란한 역사의 꽃'이라느니 합니다. 또 문화는 태평세월에나 누리는 호강으로 자주 오해되는 것 같습니다. 이것은 문화의 한 속성으로써 본질을 설명하는 잘못이라고 생각됩니다. 또 이것은 예로부터 토박이 민중이 지닌 마음의 밑바닥에 깔려 내려와서 '어제'의 우리와 오늘의 우리를 이어온 토박이 문화가 외면되고 남한테서 얻어 와서 실제로 윗사람들이 독차지했던 조선시대의 고급문화와 같은 것만이 문화로 받들렸기 때문일지도 모르겠습니다. 그러나 문화는 역사의 꽃이 아니라 그 뿌리입니다. 그리고 정치나 경제는 그 열매이겠습니다. 정치나 경제의 조건이 문화를 살찌우는 일이 있기는 하되, 이는 마치 큰 연장으로 만든 작은 연장이 큰 연장을 고치는 데에 곧잘 쓰임과 비슷할 따름입니다.

뿌리깊은나무는 우리 문화의 바탕이 토박이 문화라고 믿습니다. 또 이 토박이 문화가 역사에서 얄잡힌 숨은 가치를 펼치어, 우리의 살갗에 맞닿지 않은 고급문화의 그늘에서 시들지도 않고 이 시대를 휩쓰는 대중문화에 치이지도 않으면서, 변화가 주는 진보와 조화롭게 만나야만 우리 문화가 더 싱싱하게 뻗는다고 생각합니다. 또 우리 문화가 그렇게 뻗어야만 우리가 변화 속에서도 안정된 마음과 넉넉한 살림을 함께 누리면서 '잘살게' 된다고 믿습니다. 그리고 무엇보다도 우리 문화가 세계문화의 한 갈래로서 씩씩하게 자라야 세계문화가 더욱 발전한다고 생각합니다.

우리 문화는 이 땅에 정착한 토박이 민중이 알타이말의 한 갈래인 우리말로 이 땅의 환경에 걸맞게 빚어왔습니다. 따라서 우리말과 이 땅의 환경은 문화 발전의 수레인 교육과, 문화의 살결인 예술과 함께 뿌리깊은나무가 톺아보려는 관심거리입니다.

조상의 핏줄이 우리 몸을 빚는다면, 그 몸을 다스리는 우리 얼은 우리말이 엮습니다. 그런데도 여러 왕조시대에 걸쳐서 받들리던 중국말과 일제시대에 우격다짐으로 주어진 일본말의 영향은, 멀리는 세종 임금이 한글의 창제로 또 가까이는 개화기의 선구자들이 『독립신문』의 발행과 같은 운동으로 그토록 가꾸려고 힘썼던 토박이말과 그 짜임새를 얼마쯤은 짓누르거나 갉아먹었습니다. 요즈음 사람들이 흔히 심각한 글이라면 무턱대고 읽기를 꺼리는 탓이 거기에 있을지도 모릅니다. 따라서 뿌리깊은나무는 그 안에 실리는 글들을 되도록 우리말과 그 짜임새에 맞추어서 지식 전달의 수단이 지식 전달 자체를 가로막는 일이 없도록 힘쓰려고 합니다. 또 우리말과 그 짜임새를 되살려 새로운 시대에 알맞은 말로 발전시키고자 하는 분들의 일에 보탬이 되려고 합니다.

환경은 문화의 집입니다. 사람과 환경은 긴 세월에 걸쳐서 서로 사귀고 겨루어서 균형을 이루어왔습니다. 그런데 개발과 현대화는 이 환경의 변화를 요구합니다. '더 잘살려는' 사람에게서 변화를 겪은 환경은 공해와 같은 보복으로 사람을 '더 못살게' 하기도 합니다. 또 대중문화의 거센 물결이 이땅을 휩쓸어 우리의 환경을 바꾸고 있습니다. 뿌리깊은나무는 이러한 환경의 변화가 자연의 균형을 잘 지키면서 이루어져야 한다고 믿습니다. 그러므로 뿌리깊은나무는 이 나라의 자연과 생태와 대중문화를 가까이 살피려고 합니다.

우리나라는 이웃 나라의 멍에를 벗고 서른 해를 보내는 동안에, 남녘과 북녘의 분단 속에서나마 눈부신 학문의 발전을 이루었습니다. 그러나 이 학문의 업적이 잘 삭여져서 토박이 민중의 피와 살이 되지는 못했던 듯합니다. 이것은 교육이 질보다는 양에 기울어졌기 때문이며 '생각하는' 공부보다는 '외우는' 공부에 치우쳤기 때문이라고 합니다. 뿌리깊은나무는 이 땅의 교육이 '생각하는' 공부를 시키는 일을 힘껏 거들고 학문과 토박이 민중과의 사이에 있는 틈을 좁히도록 힘쓰겠습니다.

중국의 고급문화에 휩싸였던 조선시대에도 토박이 예술이 있었습니다. 나라를 남에게 앗긴 시절에도 이땅의 흙내음과 겨레의 얼을 잊지 않았던 예술이 있었습니다. 해방이 되고서 오늘에 이르는 사이에 속된 바깥 바람이 일고 상업주의가 번졌을망정 이 땅과 이 시대의 아들과 딸임을 자랑스럽게 여기면서 어엿한 예술인이 된 사람들도 있었습니다. 뿌리깊은나무는 바로 이런 예술을 뭇사람에게 접붙이려고 합니다.

이러한 포부들이 한꺼번에 다 이루어질 수는 없는 줄로 압니다. 잡지의 편집은 아마도 영원한 시행착오일 수도 있음을 이 뿌리깊은나무에 대를 물리고 떠나는 배움나무를 펴내면서 배웠습니다.

이러한 잡지의 구실은 작으나마 창조이겠습니다. 창조는 역사의 물줄기에 휘말려들지 않고 도랑을 파기도 하고 보를 막기도 해서 그 흐름에 조금이라도 새로움을 주는 일이겠습니다. 뿌리깊은나무는 그 이름대로 오래디오랜 전통에 깊이 뿌리를 내리면서도 바로 이런 새로움의 가지를 뻗는 잡지가 되고자 합니다. 🐛

일천구백칠십륙년 삼월 발행-편집인 한창기

『용비어천가』에서 그 이름을 딴 잡지 뿌리깊은나무가
'좀 엉뚱해 보이는 이름'이었다면 샘이깊은물은 '사람들의
예상을 배반하지 않은' 이름이었다.

사람의 잡지

샘이깊은물을 냅니다.

천구백칠십육년 삼월에 이제는 폐간된 월간 문화잡지 뿌리깊은나무를 선보이며 그 창간사에서 '좀 엉뚱해 보이는 이름'을 지었다는 말씀을 사뢰었습니다. 그러나 오늘에야 비로소 나오는 새 문화잡지 샘이깊은물은 이름이 엉뚱하지는 않습니다. 두 이름이 다 한반도 사람이 이녁 말을 적는 글자를 만들어 맨 처음으로 낸 책 『용비어천가』의 들머리에 나란히 버티고 서 있는 구절에서 따온 것임을 지금쯤은 다들 얼른 알아보시기 때문입니다. 그리고 뿌리깊은나무 사람들이 만일에 새 잡지를 낸다면 그 이름은 기필코 '샘이깊은물'이 될 것이라고 내다보신 이들이 이미 많았기 때문이기도 합니다.

이 새 잡지가 '오늘에야 비로소' 나옵니다만, 사실은 저희들은 샘이깊은물을 뿌리깊은나무가 나오던 시절에도 내고 싶어했으나 그럴 사정이 있어서 못 냈던 것입니다. 그러다가 천구백팔십년 팔월부터 뿌리깊은나무 자체가 폐간되었습니다. 그러나 저희 편집진은 헤어지지 않고 똘똘 뭉쳐 남아 그 동안에 종합 인문 지리『한국의 발견』의 편찬과 발간을 어렵게나마 끝냈습니다. 그리고 새로 가다듬은 마음으로 붓을 들어 이 오래 묵은 꿈을 드디어 실현하게 된 것입니다.

저희가 샘이깊은물로 하고자 하는 일은 뿌리깊은나무를 내던 여러 해 전과 크게 다를 바가 없습니다. 다만 그 일을 하고자 하는 까닭만은 저희들이 시련이라면 시련을 겪고 성숙이라면 성숙을 누린 지난 여러 해를 보낸 오늘날에 저희의 눈에 오히려 좀더 뚜렷이 보인다고 사뢸 수 있을 듯합니다.

잡지 하나가 세상의 모든 일을 다 할 수는 없습니다. 또 다 하려다가는 본디 하기로 나선 일 자체를 흐려지게 하기 십상입니다. 저희는 다달이 뿌리깊은나무를 엮어 내면서, 다루지 않을 것을 가려내는 일을, 다룰 것을 결정하는 일 못지않게 중요히 여겼습니다. 잡지의 성격을 단단히 지키는 일이 독자를 가장 잘 섬기는 일이라고 쳤기 때문입니다. 그러나 비록 저희가 다루고 있는 일은 아니지만 저희의 눈에 저희가 다루고 있는 일만큼 중요한 잡지의 과제로 비치는 것이 늘 하나 있었습니다.

그 과제는 이러한 것입니다. 곧 어제와 오늘과 내일의 가정과 사회, 그리고 그것들의 어우름을 깊이 파고들어 탐색하고 관찰하는 일입니다. 이 일을 마침내 샘이깊은물이 하기로 나선 것입니다.

가정은 사회의 근본 단위입니다. 그 단위의 타당성 위에 어머니와 아버지, 지어미와 지아비, 딸과 아들, 아우와 언니가 있으며, 그런 단위들이 모이거나 서로 부딪쳐 더 좋은 사회도 되고 덜 좋은 사회도 됩니다. 그러나 다들 잘 아시듯이 칠팔십년대에 들어 그런 가정의 뜻도 사회의 뜻도 급속히 달라져왔습니다. 학자들은 그것이 산업사회와 탈산업사회가 어차피 몰고 오게 되어 있는 변화 때문이라고 합니다.

무릇 변화는 그 자체의 흔들림 없는 속성으로 말미암아 흔히 이미 있는 전통과 가치관의 와해를 몰고 옵니다. 그리고 그런 와해의 물결은 가정과 사회에 이르러 예리한 심리의 갈등을 일으킵니다. 샘이깊은물이 가정과 사회를 살피면서 특히 변화와 전통을 눈여겨볼 터임도 바로 그 때문입니다.

지난 역사와 다가오는 역사를 서로 만나게 하는 것이 전통이라면, 변화는 그 둘을 서로

샘이깊은물의 고정 칼럼 '이 사람이 사는 방법'에 등장한 사람들. 샘이깊은물은 여자뿐만이 아니라
'사람이 사람답게 사는 일'에 관심이 있는 남자들도 탐독할 문화잡지를 표방하고 나왔다.

갈라서게 하는 것이라고 할 수 있을지도 모르겠습니다. 그 만남도 갈라섬도 사람이 사람답게 사는 일에 이로워야만 우리에게 중요한 줄로 압니다. 그리하여 저희는 전통을 내세울 때에도, 변화를 촉구할 때에도 늘 사람의 사람다운 세상살이를 염두에 두겠습니다.

가정과 사회의 문제는 마침내는 사람의 문제로 귀결됩니다. 따라서 가정과 사회의 전통과 변화는 사람의 전통과 변화를 뜻합니다. 저희들이 여자와 남자의 문제, 학생과 사회인의 문제, 아이와 어른의 문제를 자주 다룰 터임도 그 때문입니다.

샘이깊은물이 다룰 화제들은 작아 보이나마 깊이가 있는 화제들입니다. 뿌리깊은나무가 하던 일이 '넓은 세상'을 바라보는 일이라면, 샘이깊은물이 하는 일은 '등잔 밑'을 살펴보는 일이라고도 할 수 있겠습니다. 가정도 사회도, 또 그것들의 어우름도 가까운 데서 출발하기 때문입니다. 그러니 이 '등잔 밑'은 넓은 세상에 못지않게 흥미로운 관찰의 과녁이 될 줄로 믿습니다.

가정이 샘이깊은물이 탐색하는 주요 대상에 들고, 실제로 여자들이 많은 가정의 핵심이 되므로, 자연히 이 문화잡지는 남자들이 더 많이 읽던 뿌리깊은나무와는 달리 여자들이 더 많이 읽게 될 터입니다. 현대사회의 가정이 반드시 부모와 부부와 자식으로 이루어진 전통 가정인 것은 아닐 바에야 많은 여자들이, 함께 살거나 얹혀 살거나 혼자 살거나, 현대 가정의 핵심으로서 또는 그런 핵심이 언젠가는 될 사람으로서 이 잡지의 내용에 유별난 관심을 보이는 것은 당연합니다. 그러나 뿌리깊은나무가 '사람'의 잡지였지 '남성'의 잡지가 아니었듯이, 이 문화잡지도 이른바 '여성지'가 아니라 '사람의 잡지'입니다. 따라서 '사람이 사람답게 사는 일'에 관심이 있는 남자들도 탐독할 잡지입니다.

끝으로, 사뢸 말씀이 한마디 더 있습니다. 이 문화잡지는 뿌리깊은나무 대신에 나온 잡지가 결코 아닙니다. 되풀이하거니와 오히려 샘이깊은물은 뿌리깊은나무가 하지 않았던 새 일을 하러 나온 잡지입니다. 그러나 뿌리깊은나무가 사라지면서 남긴 텅 빈 마음을 아직도 채우지 못하셨다면, 그 마음이 풍요로운 보람으로 채워질 때까지 우선 샘이깊은물을 받아 주시기를 간절히 바랍니다. ✊

일천구백팔십사년 정월 발행−편집인 한창기

한창기와 브리태니커

한국 직판사업의 아비
설득의 천재

윤석금 웅진그룹 회장. 1971년부터 십년 남짓 한국브리태니커에서 쎄일즈맨으로 일했다. 한국브리태니커에 한창기를 잇는 쎄일즈의 전설들을 수없이 남기고 떠나 웅진을 창업하여 오늘날 매출이 수조에 이르는 대기업의 반열에 올려놓았다. 그가 떠나는 것을 한창기가 몹시 아쉬워했다. 브리태니커 쎄일즈맨 사이에 "윤석금은 독도(무인도)에서도 판다"는 신화가 전해 내려왔다.

1969년 6월 2일 오후 6시. 브리태니커 이백 년 역사에서 처음으로 '동양인'이 지사의 사장으로 취임했다. 엔싸이클로피디어 브리태니커 코리아의 사장이 된 한창기가 바로 그 동양인이었다. 그가 취임 뒤 브리태니커 쎄일즈맨들에게 보냈다는 편지는 오랫동안 전설처럼 전해졌다. 나도 입사하고 나서 이 편지 이야기를 들었다.

"…나는 인습이 만들어낸 사장이란 말을 싫어한다. 이런 뜻에서 나를 이 칭호로써 부르려거든, 차라리 벌거벗은 내 이름을 불러다오…. 너의 형 한창기."

'미스터 한'으로 불러달라는 말이겠는데, 내가 알기에 한 사장의 이런 청을 그대로 받아들인 사람은 쎄일즈맨을 포함하여 사무실 안에는 아무도 없었다. 그럼에도 불구하고 한 사장의 이런 튀는 생각과 행동, 또 그의 젊음이 사무실에 자유롭고 유연한 공기를 흐르게 했다. 한창기에 의해 움직이는 한국 브리태니커는 판매를 예술처럼 창의롭게 하는 그런 특별한 회사였다.

희한한 광고

사업에 실패하고 실업자 신세가 되어 부산에서 바둑으로 세월을 보내고 있던 나는 아는 분의 소개로 브리태니커에 취직을 하게 되었다. 그러나 브리태니커 쎄일즈맨들은 대개 '특별한' 구인광고에 이끌려 브리태니커에 들어왔다고들 했다. 나도 나중에 그 광고들을 보게 되었는데, 그때로서는 정말 보기드 문 참신한 광고였다.

　나이가 몇 살이건, 고향이 어디건, 어느 학교를 나왔건, 지난날 무슨 일을 했건, 스스로 똑똑하다고 생각하는 사람, 능력이 있는데 아무도 안 알아준다고 생각하는 사람은 자기소개서를 써서 사서함 몇호로 보내라….

　'급구 미싱사. 월수 ○○ 보장, 숙식 제공' 같은 한 줄, 두 줄짜리 시커먼 광고가 빽빽히 들어찬 구인 광고 난에서 이런 식의 아리송한 광고가 한눈에 쏙 들어오도록 단정하게 디자인되어 있었다.

　브리태니커 쎄일즈맨을 구하는 이런 광고를 한 사장은 '장님광고'라고 불렀다. 판매원을 뽑는다는 말 한마디 없이 사람을 끌리게 하는 묘한 광고였기 때문이다. 뿌리깊은나무가 창간된 뒤 많은 사람들이 구어체로 쓰인 그 광고의 카피를 높이 평가했다. 그러나 한 사장의 광고 카피는 이미 브리태니커 쎄일즈맨 모집 광고에서부터 빛나고 있었다. 한 달에 한번쯤 신문에 나왔던 그 작은 광고의 힘으로 유능한 판매원들을 모집하여 눈부신 성장을 했으니까.

　사람이 계단을 오르는 사진을 내놓고, 열심히 하면 이렇게 한 계단, 한 계단씩 올라갈 수 있다고 한 광고도 있었고, 사람을 가리지 않고 좋아하고, 다른 사람한테 인상 좋다는 말을 듣는 사람은 다 모여라라고 한 광고도 있었다. 또 내 기억에 남는 광고는 경마장의 달리는 말 사진을 내놓고는 경마에서는 코끝만큼의 차이로 일, 이등이 결정된다, 달려라라고 선동하는 광고였다.

부산 농협빌딩에서 바뀐 내 인생

　1971년 7월 부산 광복동의 농협빌딩 입구에서 나는 머뭇거렸다. 브리태니커의 부산지사가 거기 있었다. 아는 분의 소개가 있었으나 54개국에 지사를 가진 굉장한 회사가 과연 나를 쉽게 받아줄지, 설사 받아준다 한들 한 번도 해본 적이 없는 쎄일즈를 할 수 있을지 마음이 복잡하고 불안했다.

　어쨌건 나는 그 사무실로 들어갔고, 매니저를 만나 두 시간 남짓 교육을 받았다. 미래의 지도자가 되기 위해서는 쎄일즈 경험이 꼭 필요할 것이다. 왜냐하면 쎄일즈는 상대방을 설득하여 자기를 받아들이도록 하는 것이기 때문이다… 대개 그런 이야기였다. 말이야 백번 옳았지만 도무지 자신이 생기지 않아 며칠 동안 사무실에 가지 않다가, 그대로 놀고 있을 수는 없어서 다시 농협빌딩을 찾았다. 내 인생은 그때부터 바뀌기 시작했다고 할 수 있다.

한 사장은 물론 미국 본사로부터 다양한 판매장비들을 지원을 받아 그것을 번역해서 쎄일즈맨들을 교육했다. 그러나 그뿐이 아니었다. 한 사장 스스로의 쎄일즈 경험을 반영한 반짝반짝 빛나는 판매기법이 고스란히 판매조직에 전해지고 있었으며, 쎄일즈맨 조직을 결속시키고 성과를 내도록 동기를 부여하는 섬세한 씨스템이 만들어져 돌아가고 있었다.

잿빛 바지에 감색 블레이저, 그리고 쌤쏘나이트 가방

이를테면 고객을 만나기 전에 차림새는 어떻게 하고, 가방은 어떤 것을 든다는 것이 다 정해져 있었다. 회사의 화장실 입구에는 등신대의 '특별한' 거울이 붙어 있었다. 그 거울에는 수트를 완전하게 갖추어 입고 이른바 007가방을 든 남성의 윤곽이 그려져 있었다. 고객을 만나러 가기 전에 머리 끝부터 발끝까지 차림새를 점검하는 거울이었다.

한 사장은 잿빛 바지에 브리태니커 엠블럼이 수놓인 감색 블레이저를 쎄일즈맨의 겨울, 가을 복장으로 정해놓았는가 하면, 여름에는 잿빛 바지 대신 베이지빛 바지를 입도록 했다. 가방은 쌤쏘나이트 하드케이스를 어디서건 구해서 들게 했다. '미제'가 귀하던 시절에 그 쌤쏘나이트 가방을 어떻게 구했는지 지금 생각해도 신기하기만 하다. 그 가방 속에는 반드시 여벌로 넥타이, 와이셔츠, 손수건, 양말 두 켤레씩을 넣고 다니라고 했다.

아무튼 요새 말로 이미지 메이킹을 이미 사십 년 전에 그렇게도 중요하게 생각했던 사람이 한 사장이었다. 옷 좋아하기로 둘째가라면 서러워할 분이었으니까 자신의 회사를 대표하여 고객을, 그것도 피아노 한대 값과 맞먹을 만큼 비싼 영어 브리태니커를 살 만한 사회 지도층을 만나야 하는 쎄일즈맨들의 옷차림을 어찌 허술하게 두었겠는가.

또 고객에게 0.5초 안에 깊은 인상을 심어야 한다는 것을 뼛속에 새길 만큼 반복 교육하였다. 반지, 시계, 볼펜… 특히 볼펜은 판매 계약을 할 때 고객에게 싸인을 하도록 건네야 하니까 반드시 최고급 미제 볼펜을 지니도록 주문했다. 나는 부산지사에 근무했으므로 그런 경험이 없지만 어쩌다 양말과 구두 색이 안 맞는 쎄일즈맨이 눈에 띄면 몹시 나무랐다고 한다. 그래서 브리태니커 톱 쎄일즈맨들은 대개 기름기가 좌르르 흐르는 장안의 멋쟁이들이었다.

미군 캠프로 가는 새벽 열차 속의 한 사장

내가 입사했을 때 브리태니커는 아침 저녁으로 집회를 했다. 아침에는 잘 팔자고 서로 용기를 주고, 저녁에는 그날 쎄일즈한 것을 각자 보고하면 자그마치 아홉 가지로 등급을 나누어서 판매 성적대로 상을 주었다. 그리고 이 주일의 판매왕, 이 달의 판매왕을 뽑아 미국에서 수입한 볼펜, 넥타이 같은 것을 상으로 주었다. 미제가 귀했던 시절이니 이 정도의 상도 충분히 동기 부여가 되었다. 한 사장은 쎄일즈맨들이 자기들끼리 경쟁하며 준마처럼 달리도록 하는 방법을 알고 있었던 것이다.

또 한 사장은 늘 자기의 쎄일즈 경험을 새로 들어온 쎄일즈맨들과 공유했다. 나도 한 사장이 이른바 아이스브레이킹을 어떻게 했는지 들었다. 그가 미팔군 영내에서 군사판매(주한 미군에게 브리태니커를 팔고 책은 그 미군의 미

한창기 사장이 하나하나 정한 복장 교본대로 차려입은 브리태니커 쎄일즈맨. 철에 따라 잿빛이나 베이지 빛 바지에 감색 블레이저를 입도록 했다. (박태술 소장 사진)

국 집으로 우송해주는 판매제도)를 시작한 뒤 겪은 일이라고 했다.

"이른 아침 서대문 집에서 의정부로 기차를 타고 가면서 늘 졸았다. 졸다가 덜커덕 하고 기차가 멈추면 몸이 앞으로 왈칵 쏠려서 깼다. 의정부 팔군 캠프에 가면 한국 민간인은 지정된 장소에만 있어야 했다. 그러나 그렇게 해서는 사전을 팔 수 없으니까 어떻게 해서건 영내 깊숙이 들어갔다. 점심 시간에는 장교 화장실을 기웃거렸다. 소변을 보고 나서도 화장실을 떠나지 않고 있다가 장교들이 들어와 자기들끼리 서로 이름을 부르면서 이야기하는 것을 듣고는 장교들의 이름을 적어두었다. 그랬다가 그 사람을 다시 만날 때 반드시 이름을 불렀다. '미스터 윌리엄!'이라고 부르는 것에 감격한 미군 장교가 내 첫 손님이 되었다."

또 한 사장은 꼭 만나서 설명을 하고 싶은 사람이 있으면 그 사람의 집 앞 여관에서 자면서 새벽에 문을 두드리라고 했다. 연회에 가면 거기 쫓아가서 또 팔라고 했다. 실제로 브리태니커에는 집 앞에서 며칠 동안 끈질기게 고객을 기다려서 마침내 새벽에 집에서 나오는 고객이 탄 차를 가로막고 설명할 기회를 얻어 판매에 성공한 사람들이 종종 있었다.

한 사장은 자기가 판매하는 물건이 고객에게 유익한 것이라는 확신을 가지면 쎄일즈는 성공한 것이나 마찬가지라고 했다. 그런 확신이 있을 때는 뚫지 못할 장벽은 없다는 것이었다. 나도 브리태니커 쎄일즈를 통해 고객에게 유익한 제품을 팔아 진정한 만족을 준다면 그 고객과는 평생토록 도움을 주고 받는 '친구'가 된다는 믿음을 가지게 되었다.

'내셔널맨' 그리고 '벤튼상'

나는 내 속에 쎄일즈맨의 역량이 있는 줄 정말 몰랐었다. 그런데 입사한 첫 달 브리태니커 백과사전 27쎄트를 팔았다. 연고 판매는 한 쎄트도 없었고 모두 전혀 낯선 사람들을 고객으로 만들었다. 내가 온 정성을 다해 설명을 하니 고객이 마음을 열고 내 말에 귀를 기울였고, 자연스레 판매가 되었다. 그뿐만 아니라 다른 사람들을 소개해주기까지 했다. 그 첫 고객으로부터 소개받은 사람에게 판 것이 24쎄트나 되었다. 고객관리의 중요성을 그 첫달에 뼈저리게 느꼈던 것이다.

그리고 얼마 안 가 나는 삼백명이 넘는 브리태니커 전국 조직원들 중에서 일등을 했다. 브리태니커 한국지사에서 뽑은 그 달의 '내셔널맨'이 된 것이다.

기라성 같은 전국의 쎄일즈맨들을 젖히고 초심자에 불과한 내가 일등을 한 것이 믿기지 않을 정도였다. 그러나 팔월 무더위에도 불구하고 끊임없이 고객을 찾아다니며 무릎을 꿇고 앉기까지 하며 열심히 설명을 해서 얻은 성과였던 까닭에 무엇과도 견줄 수 없을 만큼 보람있고 기뻤다.

그 이듬해인 1972년에는 한해 동안 백 쎄트 이상을 판 사람 중에서 최고의 실적을 올린 쎄일즈맨에게 주는 벤튼상을 받았다. 벤튼은 브리태니커를 중흥시킨 인물인 만큼 세계의 브리태니커 쎄일즈맨들은 이 상을 아주 영예롭게 여긴다. 상금이 이천달러였고, 14금 열돈으로 만든 메달과 18금 핀이 부상이었다. 나는 한 사장에게서 이 상을 받았다.

그리고 브리태니커에 입사한 지 기껏 몇 달 지나지 않아 지구장으로 승진했다. 아주 이례적인 승진이었으므로 브리태니커 안에서 유명해졌다. 한 사장은 요새 식으로 말해 밥그릇 수가 아니라 성과에 따른 보상을 했던 것이다. "매니저는 절대로 일을 홀로 하지 않는다."는 브리태니커의 규율처럼 그때부터 내 밑에 쎄일즈맨 조직을 거느리게 되었다. 서울로 발령을 받았다.

신문로 한글회관 시절

청계천 삼일빌딩에 브리태니커가 있었다. 칠십 년대 초 삼일빌딩은 한국에서 가장 높고 유명한 빌딩이었다. 그런 빌딩을 얻어 사무실로 쓸 뿐만 아니라 삼십 년이 지난 지금 어디다 내놔도 일류라고 할 만큼 멋쟁이로 사무실을 꾸몄다. 책상, 의자는 말할 것도 없고 커튼, 램프까지 낱낱이 상관을 했다고 들었다. 서울사무소에 근무하면서 한 사장을 좀 가까이에서 접촉했으나, 특별히 자주 만나지는 못했다. 쎄일즈 조직은 그 각각이 독립된 회사 같았기 때문이다. 그렇게 서울에서 잠깐 근무하다 지방의 조직을 활성화하기 위해 다시 지방근무를 하게 되었다.

그 뒤 얼마 안 있어 뿌리깊은나무가 창간되었다. 한 사장은 뿌리깊은나무의 편집에 온 정성을 쏟고 있었다. 쎄일즈 조직에서는 한 사장의 그런 변화를 별 달가워하지 않는 듯했다. 애정을 빼앗겼다고나 할까? 그러나 나는 한 사장이 뿌리깊은나무를 발행하고, 잎차와 반상기, 판소리 음반 같은 한국 전통문화사업으로 관심을 넓혀나가는 것을 주의깊게 지켜보았다. 영어 브리태니커의 판매로 부자가 되는 것만이 한 사장의 목표가 아님을 증명하는 의미있는 사업들이었기 때문이다.

1979년 1분기에는 전세계 브리태니커 지역장 중에서 가장 판매를 잘한 사람에게 주는 국제 분기 지역장상을 받았다. 나와 내 조직이 높은 성과를 냈기 때문이었다. 사실 쎄일즈맨으로서의 성공으로 말하자면 한 사장을 크게 부러워하지 않을 만큼 되었으나, 나는 한 사장의 빛나는 창의성과 문화적 안목, 세상에 대한 날카로운 통찰력을 존경했다. 한 사장은 한 사장대로 나를 존중하는 듯했다. 그러나 그즈음 언젠가부터 나는 내 사업에 대한 열망을 품게 되었고 그것을 실현하기 위한 준비를 하기 시작했다.

"윤회장, 윤회장"

브리태니커를 떠나던 날 한 사장이 쎄일즈 조직을 모두 모아놓고 나를 보내는 연설을 했다. 다는 기억하지 못하지만 대개 이런 이야기였다.

우리는 윤석금을 간절히 붙들었지만 그럼에도 불구하고 간다니까 보내주자, 나가서 사업이 성공하기를 빌어주자… 여기를 모교처럼 생각하고 잊지 않기를 바란다. 잘 가라.

그렇게 브리태니커를 떠나 내 사업에 몰입하여 몇해 뒤 한 사장이 브리태니커를 떠났다는 소식을 들었다. 나는 그 소식을 듣고 얼마 뒤 한 사장을 만나러 비원 앞 뿌리깊은나무 – 샘이깊은물 편집실을 찾았다.

"윤 회장, 나는 브리태니커에서 윤 회장 같은 분이 배출된 것이 자랑스럽습니다."

한 사장의 진심어린 이 말에 나는 정말 기뻤다. 그리고 한 사장을 모시고 일했던 날들이 생생하게 떠올랐다. 도전과 성취의 나날이었다.

그 뒤 한 사장과 어느 음식점에서 다시 만났는데, 나를 굳이 상석에 앉히려고 했다. 내가 끝끝내 사양하자 아예 그 자리를 비워놓고 밥을 먹었다. 한 사장은 나를 옛날과는 다르게 대접하려고 그런 배려를 했던 것이다. 그날 한 사장은 브리태니커로부터 판매 지원을 받지 못해 샘이깊은물이 어려움을 겪고 있다는 것을 내게 털어놓았다. 나는 그 무렵 웅진이 판매권을 가지고 있었던 브리태니커 한국어판에 샘이깊은물을 얹어파는 방법으로 샘이깊은물의 정기 구독 확대를 제법 오랫동안 도왔다.

한 사장이 그렇게 빨리 가지 않았더라면, 우리는 다시 만나 의미있는 사업을 함께 할 수 있었을 것이다. 나는 한 사장이 보잘 것 없는 사람에게조차 자

써야 했다. 한국식으로는 대단히 냉정해 보였지만, 그게 브리태니커 본사의 제도였다. 판매사원들은 돈을 벌어 오는 건 자신들인데 왜 차별을 하냐고 항의하기도 했다.

브리태니커가 가장 빛났던 시절은 1969년에서 1971년 사이였다. 사세가 커지면서, 당시 최고 높은 건물이었던 삼일빌딩에 입주해서 전망 좋은 25층, 26층 두개 층을 사용했을 정도였다. 1972년, 오일쇼크를 맞아 경기가 전체적으로 어려워지면서 사세가 좀 줄어들었다가, 한 사장이 퇴임한 1980년대 후반에, 올림픽을 전후해서 또 한 차례 월 20억이 넘는 매출을 기록하는 호황을 맞았다. 그때 번 돈이 한글판 브리태니커 제작의 밑거름이 되었다.

한국브리태니커회사는 대한민국에 현대적인 쎄일즈 기법을 처음으로 도입한 회사이다. 브리태니커가 들어오기 전까지 한국에는 전문적인 마케팅 조직이 없었다. '월부 책장수'라고 불리는 서적 외판원이 있을 따름이었다. 한사장의 마케팅 비결이 무엇이었을까. 나는 무엇보다도 한사장이 한국식으로 다듬어 완성하고 판매조직원들에게 주입한 '브리태니커 사람의 신조'에 그 성공비결이 들어 있다고 생각한다.

반미를 피하자는 명분

뿌리깊은나무의 성공 뒤에는 그 판매를 맡았던 브리태니커가 있었다. 본사에서는 처음엔 반대했지만, 한 사장이 미국 상품만 팔면 반미운동의 영향을 받을 수 있으니, 한국 문화에 기여하는 일을 해야 한다는 명분으로 설득을 해서 결국 승인을 받았다.

초기에는 절반 이상이 반품으로 돌아왔는데 브리태니커가 그걸 다 떠안았다. 브리태니커 백과사전을 주문하는 고객에게 뿌리깊은나무의 정기구독권을 주었기 때문에 판매사원들은 좋아했지만, 회사로서는 원가에 부담이 되는 일이었다. 『월간조선』이나 『신동아』의 정기구독자가 이만이던 시절에 뿌리깊은나무의 정기구독 수가 육만오천을 기록하기도 했다.

뿌리깊은나무의 사회비판적인 내용이 당시 상황으로는 아슬아슬하게 '선'을 넘나들 때가 많았다. 그런 일로 초대 편집장인 윤구병과 내가 언쟁을 벌인 적도 있다. 당시 문화부 신문과에서는 "돌을 던지려면 나와서 던지지, 골목에서 던지고 숨는 것같이 치사하게 기사를 쓴다."고 말하곤 했다. 수록한 기사가 문제가 되어 내가 문화부 담당자를 찾아가서 무마하기도 했다.

끝까지 탐냈던 책상

그는 순경만 와도 긴장할 만큼 겁이 많았지만 목표한 바를 이루는 데에는 비상한 재주가 있는 사람이었다. 욕심도 많았다. 자신의 물건에 대한 애착이 커서, 앰배서더 호텔에서 자신의 손톱깎기가 변기에 빠지자, 오물 탱크를 뒤져서 그것을 찾아냈다는 말도 직접 들었다.

한국브리태니커회사를 창립하던 해에, 외제 책상을 샀는데, 그것이 퍽 마음에 들었던 모양이었다. 그가 1985년에 퇴임을 한 뒤, 내가 그 책상을 이어서 썼고, 브리태니커를 나올 때 후임 여사장이 원하지 않기에 갖고 나와 지금도 쓰고 있는데, 어떤 자리에서 그 사실을 알고 나서는 나중에 한창기 박물관을 만들려고 하니 그 책상을 자신에게 줄 수 없느냐고 몇 번이나 말했다. 아마 그가 지금껏 살아 있다면, 여전히 그 책상을 탐냈을 것이다. 🐾

쎄일즈 전도사의 선창에 따라 외치던
'브리태니커 사람의 신조'

박태술 박스마케팅컨설팅 대표 컨설턴트. 한국브리태니커회사에서 쎄일즈맨으로 출발해서,
국제판매왕으로 뽑히기도 하며 뛰어난 실적을 올려 판매부사장까지 지냈다. 한창기는 광주고등학교
후배인 그가 박정희가 만든 '경상도 세상'에서조차 고향을 배반하지 않고 어디서건 거침없이
구성진 호남말을 쓰며 미국 백과사전 판매사업을 훌륭히 수행한 것을 썩 높이 평가했다.

나는 1968년 6월에 입사했다. 그때 브리태니커 백과사전 스물네 권의 가격은 183,600원이었다. 사치품이었던 피아노 한 대의 값이 십이삼만 원이었으니, 백과사전 한 질 값이 피아노보다 비쌌다. 그때 우리가 주로 판 것은 이른바 화이트 임페리얼 바인딩이라고 하는 스물네 권짜리 백과사전으로서 지도책인 브리태니커 아틀라스 한 권과 서양 인문교양서라고 할 만한 브리태니커 퍼스팩티브 세 권이 부상품으로 딸려 있었다.

한창기 씨가 처음부터 한국브리태니커회사의 사장이었던 것은 아니다. 처음에는 프랭크 기브니 일본브리태니커회사 사장이 한국회사 사장을 겸임했다. 한창기 씨는 총지배인 겸 부사장이었다. 그는 1970년 5월에 사장이 되었다.

실적 따라 달라지던 배지와 넥타이

그는 왜 파는 일에 땀 흘리는 것이 값진지를 이해하게 하려고 애썼다. 많은 이들이 의아해했지만 그가 서울대학교 법과대학을 졸업하였으면서도, 판사나 변호사가 되지 않고 나아갈 길을 바꾼 것은 "자기의 좁은 영역에서 벗어나 더 넓은 세상과 그것의 움직이는 방향을 알아야 한다고 깨달았기 때문"이라고 술회한 바 있다.

판매부서의 문 앞에는 '머리는 잘 빗었는지' '넥타이는 비뚤어지지 않았는

지', 이런저런 점검 목록이 붙어있는 사람 모형의 거울이 있었다. 고객을 만나러 나가기 전에 쎄일즈맨은 그 거울 앞에 서서 자신의 외모를 점검했다. 아침 조회 때는 한창기 사장이 "브리태니커 사람의 신조!"하고 선창하면 모두들 소리 높여, 나는 적극적이다, 나는 합리적이다, 나는 부지런하다 하며 여덟 가지 신조를 외쳤다. 마치 무슨 종교의식 같기도 했다. 아침마다 사람들이 우글우글 몰려들어 진풍경이 펼쳐지니 옆 사무실에서 사람들이 구경 오곤 했다. 그 브리태니커 사람의 신조는 뒤에 여러 회사에서 흉내내어 회사 이름만 바꾸어 사용했다.

판매관리를 위해서 성과에 따라 배지를 달아주었는데, 그 배지에 달려 있는 에메랄드의 숫자가 등급에 따라 달랐다. 한 달에 백과사전을 세 질 팔면 등급이 올라가서 에메랄드가 하나 붙고, 일곱 질을 팔면 두 개가 붙었다. 판매사원끼리는 양복 깃에 달린 배지를 보면 그의 등급을 알 수 있었다. 뒤에는 배지뿐 아니라 넥타이도 등급에 따라 차이가 있었다. 브리태니커의 제도가 그랬다.

한창기와 윤석금

한창기 씨는 사람들을 격려하는 재주가 있었다. 설사 주문에 실패하고 오더라도, 내일이 있다면서 용기를 주었다. 그는 사람의 오장을 녹이는 전법을 잘 썼다. 은색, 금색 파커 볼펜을 갖고 있다가, 오후에 하루 실적에 따라 두 질을 주문받아 오면 은 볼펜을 주고, 세 질을 주문 받아 오면 금 볼펜을 주면서, 사무실에 있는 모든 사람들이 박수치고 격려하도록 했다. 한마디로 쎄일즈의 전도사였다.

한 사장과 관련하여, 지금 웅진그룹의 회장인 윤석금 씨를 떠올리지 않을 수 없다. 윤석금 씨는 부산 사업국에 입사해서 큰 실적을 보였다. 그 뒤에 서울에서도 왕성하게 활동하다가, 1980년에 헤임인터내셔널이라는 회사를 만들어 브리태니커를 떠났다. 전반적으로 브리태니커가 침체해 있던 시절이었다. 윤석금 씨가 같은 조직에 있던 사람들을 이끌고 나가자 브리태니커 판매 조직에 알게모르게 그 여파가 있었다. 윤석금 씨는 브리태니커에서 팔던 상품과 유사한 종류는 취급하지 않았다. 과외가 법적으로 금지되었던 상황에 맞는 교재를 만들어 새로운 시장을 개척했다.

흔히들 한국 쎄일즈 역사에서 독보적인 존재였던 두 사람의 '스타일'을 많이 비교한다. 말하자면 윤석금 씨는 '똥물도 걸러서 쓰는 사람'이었다. 능력이 있건 없건, 지나간 공과와 상관없이 본인이 일하고 싶다고 하면 받아들였다. 한 사장은 한번 밉보면 다시 보지 않았다. 험이나 실수를 쉽게 용납하지 못하는 사람이었다.

영어 백과사전을 팔아 '전통'을 샀다?

한동안 브리태니커 고객들에게 할부금 고지서와 함께 배움나무를 끼워 보내다가 뿌리깊은나무 창간 이후에는 뿌리깊은나무가 그 역할을 이어받았다. 뿌리깊은나무가 재정적으로 브리태니커에 기댄 것은 틀림없지만 브리태니커 쪽에서도 뿌리깊은나무의 존재가 판매에 도움이 되었던 게 사실이다. 영어를 해독하는 사람이 흔하지도 않던 시절에, 지금도 백만원이라는 돈이 큰데 칠십 년대에 한 질에 백만원씩 하는 백과사전을 파는 게 결코 간단한 일이 아니었다. 쎄일즈맨이 고객을 '홀릴 때' 뿌리깊은나무부터 막 설명해나가면서 일년 혹은 이년 정기구독권을 끼워 주는 것이 큰 효과가 있었다. 요즘 말로 말하자면 윈윈 전략이었다고 할 수 있다.

그는 미래를 예측하고 합당한 상품과 조직을 만들어서 시행했던, 뛰어난 마케팅 전략가였다. 뿌리깊은나무 말고 그가 심혈을 기울인 또 하나의 분야가 전통문화 상품이다. 그는 당시 아무도 거들떠보지 않던 전통문화에 관심이 많았

한국브리태니커회사의 들보였던 쎄일즈맨들과 함께 한 한창기. 칠십년대 사진이다. (박태술 소장 사진)

123

다. 토기나 민화, 판소리나 잎차에 대해서, 당시 사람들은 사라져가는 유물로 생각했다. 하지만 그는 그것들을 보존해야 할 중요한 유산이라고 생각했을 뿐만 아니라, 일상생활에서 쓸 수 있는 상품으로 만들었다. 그 덕분에, 아는 사람들은 미국에서 들여온 백과사전을 팔던 한국브리태니커회사가 다른 한국 기업들보다 오히려 한국 전통문화 보존에 더 많이 기여했다고 인정한다.

처음에는 쎄일즈밖에 모르던 한 사장이 뿌리깊은나무 발간 이후, 관심이 그쪽으로 집중되었다. 정확히 말하자면 배움나무를 낼 적부터 이미 절반은 잡지 만드는 일에 마음이 가 있었다. 열 시간 근무하면 브리태니커 일은 한두 시간 정도 하고, 나머지 시간은 온통 뿌리깊은나무에 바쳤다. 회사 사장이라는 사람이, 마침표 하나 넣고 빼는 일을 두고 여러 사람들을 불러 모아 몇 시간 동안 따지고 있기도 했다.

녹차, 아니 잎차의 선구자

특히 우리나라 잎차에 대해서는 한 사장이 선구자나 다름이 없었다. 당시만 해도 차 한잔 한다는 말의 차가 곧 '커피'를 의미하던 때였다. 차를 아는 사람들도 스스로 차를 만들거나 아는 사람들끼리 나누어 즐기는 것이었을 뿐, 그것을 대중을 위한 상품으로 만든 사람은 없었다. 그는 전라도 벌교 사람으로서 차의 전통을 아는 사람이었다. '잎차'도 그가 만든 이름으로, 상표 등록을 해야 했다고 생각한다. 브리태니커는 지리산 자락의 야생차를 채취해 덖어서 만든 잎차를 공급했다. 브리태니커 잎차가 나온 뒤로 큰 회사들이 일본 차나무를 들여와 녹차를 상품화하기 시작했다.

잎차를 만들다 보니까, 찻그릇 또한 변변한 게 없음을 깨달았던 그는, 이름난 도예가를 만나 찻그릇도 전통문화 상품으로 개발했다. 말하자면 생활도자기가 없던 시절에 최초로 생활도자기를 만든 사람이 한창기 씨였다. 그는 이어서 사기 칠첩 반상기를 만들고, 방짜 유기로 옥바리 반상기를 만들었다. 이런 문화상품들은 그때 다른 누구도 생각하지 못했다.

결과적으로 이런 상품들이 큰 수익을 내지는 못했지만 백과사전의 보조적인 상품으로서는 성공했다. 그런 것들이 다 귀중한 문화 자산인데 그가 결혼을 안했고, 후사가 없다 보니 이어받을 사람이 없게 되었다. 안타까운 일이다.

그는 미적 감각이 뛰어났고 날카로웠으며, 옛것에 대한 애정이 남달랐다. 명품을 좋아했지만 집에서는 모시나 무명 바지-적삼을 입는 사람이었다.

결혼을 안했다고?

처음에는 쎄일즈밖에 모르던 한 사장이 뿌리깊은나무 발간 이후, 관심이 그쪽으로 집중되었다. 정확히 말하자면 배움나무를 낼 적부터 이미 절반은 잡지 만드는 일에 마음이 가 있었다. 열 시간 근무하면 브리태니커 일은 한두 시간 정도 하고, 나머지 시간은 온통 뿌리깊은나무에 바쳤다. 회사 사장이라는 사람이, 마침표 하나 넣고 빼는 일을 두고 여러 사람들을 불러 모아 몇 시간 동안 따지고 있기도 했다.

한 사장은 브리태니커 쎄일즈랑 결혼했다가 이혼하고 뿌리깊은나무와 새로 결혼해서 살다가 돌아간 거다. 사람이랑 결혼을 안했을 뿐이지 결혼은 한 거라고 쓰고 싶다. 🦎

젊어서 홀로 된 어머니에 대한 한창기의 효심이 대단했다고 한다. 브리태니커의 중요한 행사에 어머니를 모셨다. 뿌리깊은나무를 창간하기 전 칠십년대 중반이다. (박태술 소장 사진)

뿌리깊은나무 광고 영업
"석달 안에 못 뽑으면 당신이 해야 해"

김길용 전 한국브리태니커회사 부사장. 브리태니커에서는 총무와 행정관리 부서에서
주로 일했으나 뒤에 뿌리깊은나무 광고 영업을 맡았고, 뿌리깊은나무 판소리 감상회를 주관했다.
얼굴빛이 어둡고 마른 '젊은 사장' 한창기와 그가 함께 있으면 처음 보는 사람은 누구든
풍채 좋고 훤한 그가 사장이라고 생각했으며, 한창기는 그런 '오해'를 재미있어 했다.

　나는 대학에서 광고학을 전공했다. 그래서 그랬는지 뿌리깊은나무 창간을
앞두고 한 사장은 브리태니커 총무부장으로 일하던 나에게 광고 영업을 맡겼
다. 처음에 고사했더니 한 사장이 석달 안에 광고부장을 뽑아라, 만일에 못 뽑
으면 당신이 해야 한다고 했다. 사람을 찾아보다가 결국은 내가 그 일을 하게
되었다.

「도대체 뿌리깊은나무란 무엇일까?」를 들고

　오재경 이사장이 고문으로 있던 시절이어서, 거래처가 될 만한 곳을 많이
소개해주었다. 그중에서 럭키 금성의 박 아무개 씨가 했던 말이 기억난다. 광
고 영업은 밑에서부터 올라와야 된다, 내가 광고 하라고 시켜서 하면 한번밖
에 못하지만, 실무자를 설득해서 해야 오래간다는 것이었다.
　김정길, 최광선, 김경희 들과 함께 영업을 시작했다. 뿌리깊은나무가 처음
이만부 찍었을 때, 대교타일, 럭키금성, 반줄 같은 광고로 이십 면을 채워 이백
만 원이 넘는 매출을 올렸다. 회사에서 지원이 많았다. 한 사장이 당신 차를 내
주어 그 차로 종일 돌아다니다가 우리가 늦으면 퇴근을 못하고 기다리곤 했다.
　「도대체 뿌리깊은나무란 무엇일까?」도 광고 홍보를 위해 만든 책이다. 다
행히 뿌리깊은나무에서 미술장을 맡았던 이상철이 광고에 대한 이해가 깊어
서, 어려운 가운데에도 광고 홍보용 자료를 만드는 일에 큰 힘이 되어주었다.

험프리와 하얀 벤츠 소동

1969년 미국에서 험프리 전 부통령이 브리태니커 임원 자격으로 왔을 때 일이다. 험프리가 왔을 때 한 사장과 총리실에 갔었다. 얘기를 하는데, 미국 유학도 안한 사람이 영어를 그렇게 잘하니까 험프리가 어디서 영어를 배웠느냐며 놀랐다. 삼일빌딩에서 영어를 하면, 사람들이 다 쳐다보곤 했다. 험프리는 1969년 10월 28일에 와서 11월 1일 갔다. 그 날짜를 내가 아직도 정확하게 기억하는 사연이 있다.

그때 회사에는 지프차밖에 없었다. 한 사장은 브라운 포드 스테이션 웨건을 타고 있었다. 그것도 짐차다. 그래서 외무부에 말했더니 처음에는 의전용차를 내주겠다더니 국영차를 일반 상사 임원에게 내줄 수 없다고 했다. 미국 대사관에서도 거절당했다. 험프리가 당시 미국 대통령 닉슨의 정적이었기 때문이었다. 삼성 이병철 씨의 벤츠 600을 빌리려다가 실패, 조흥은행에 얘기했지만 역시 실패했다. 마침내 시경 사람들과 의논하여 뉴코리아 호텔에서 고객에게 빌려주는 영업용 하얀 벤츠를 빌리고, 거기에 브리태니커 직원 박기근의 자가용 번호판을 붙여서 의전용으로 썼다. 마침 내 결혼식이 험프리가 떠나는 11월 1일이었다. 험프리가 금일봉 주고 떠난 뒤에 나는 그 하얀 벤츠를 타고 가서 결혼식을 했다.

해외 공보관장 또는 서울시장

어느 해 크리스마스였다. 오랜만에 오재경, 이연숙, 곽소진 씨가 찾아와서, 이런저런 얘기를 나누다가, 한 사장에게 꿈이 무엇이냐고 물었다. 그는 가장 하고 싶은 것이 두 가지가 있다고 했다. 하나는 한국을 외국에 알리는 해외공보관장인데, 우리 문화에 대한 관심도 있고, 영어도 좀 하니 해낼 수 있겠다는 것이었다.

또 하나는 서울시장이었다. 기회가 된다면, 외국 여기저기에서 본 도시의 아름다움을 서울에서 구현하여, 서울을 국제적인 문화도시로 만들고 싶다는 얘기였다.

아쉽게도, 그가 일찍 가는 바람에 그 꿈은 이루어지지 못했다. ●

그 유명한 광화문 영어학교의 탄생

천재석 한국브리태니커회사 전무와 웅진씽크빅 전무를 지냈다.
한국어판 브리태니커 백과사전의 편집장을 맡았다. 서울 법대를 나와 '고시'를 하지 않고
한국브리태니커에서 일한 경력이 한창기와 같다.

한창기 사장은 위대한 쎄일즈맨이었을 뿐 아니라, 미래를 내다볼 줄 알았다. 이미 육십년대 회사 초창기부터 영어교육의 필요성을 강하게 주장했다. 영어로 된 백과사전을 팔아야 했기 때문이기도 했겠지만 이것은 그의 신념이었다. 판매사원들에게 지금 고객들은 영어로 된 백과사전을 못 읽더라도, 이삼십 년 뒤에 그 자손들은 다 보게 될 것이다. 후손들을 위해서 영문판 백과사전이 꼭 필요하다는 걸 설득하라고 강조했다.

"이 나라에서 맨 처음으로 영어교육을 제대로 시키는 곳"

1968년에 브리태니커 임원 자격으로 한국을 방문했던 휴버트 험프리 전 미국 부통령에게 한 사장이 조언하여 브리태니커 회장이던 윌리엄 벤튼이 극동의 영어교육을 위해 백만 달러를 기부하겠다고 발표했다. 극동이라면 일본과 한국을 의미할 때였고, 일본이 전세계 매출의 삼분의 일을 달성했던 시기였다. 한국에 20만불을 할애하겠다고 했지만, 실제로 자금이 오지는 않았다.

한 사장은 결국 한국브리태니커회사가 출연해서 언어연구를 지원하는 비영리 재단법인인 언어교육을 만들도록 했다. 이 재단을 바탕으로 여러 대학에 연구기금을 주고, 교육위원회 추천을 받아 초등교사들에 대한 영어교육을 무료로 했다. 이 재단의 부설 학원이던 언어교육학원은 당시로서는 획기적이었던 원어민 교육을 실시해서, 각계각층의 많은 사람들에게 큰 인기를 끌었다.

이른바 고관대작의 부인들도 여기에서 영어공부를 했다.

"이 나라에서 맨 처음으로 한 학급에 열명 안팎의 학생만을 등록시키고 영어공부를 제대로 시켜온, 학원에 나가 영어회화 졸업을 하기로 작정하신 이라면 외면할 수 없는 곳" "선생은 모두 자격있는 서양 사람이요, 학생은 모두 사귀어둘 만한 여러 계층의 남자와 여자들인 곳."

샘이깊은물에 실었던 언어교육학원의 광고이다. 이 광고 문안 또한 한 사장의 작품임은 말할 것도 없다.

그때 그 험프리가 한 사장의 영어에 대단히 감탄하면서, 이제까지 만나본 동양 사람 중에서 가장 영어를 잘하는 사람이라고 꼽기도 했다는 건 널리 알려진 얘기이다. 시카고의 브리태니커 본사에서도, 차기 브리태니커 전체 사장은 분명히 로이 한(한창기 사장의 영어 이름)이 하게 될 것이라고들 했다.

다섯 배로 늘린 한국 항목

한창기 사장은 브리태니커 백과사전을 들여와 한국 사람들이 세계에 눈뜨게 하는 데에도 이바지했지만 전세계에 한국이라는 나라를 제대로 알리려고 애쓰기도 했다. 브리태니커 백과사전이나 브리태니커 아틀라스에 '타께시마'로 표기된 것을 독도로 고치게 한 것도 한 사장이었다. 기록에 남겨야 할 대목들이라고 생각한다.

한국브리태니커회사가 초기에 판매한 브리태니커 백과사전 14판에는 한국 관련 기사가 13면밖에 없었다. 그러다 1971년 브리태니커 본사에서 백과사전의 전폭적인 개정작업이 진행되자 한국 관련 항목을 기획하기 위해 '코리아 커미티(Korea Committee)'를 만들어 각계의 권위자들에게 집필을 의뢰했다. 고려대의 김준엽 교수가 이 작업을 이끌었다.

이 커미티가 한국 관련 항목을 선정하여 브리태니커 본사에 제안한 결과, 브리태니커 15판에서는 70면이 넘게 늘어나는 전면적인 개정이 이루어져 큰 화제를 모았다. 항목수로는 27개 항목에서 139항목 정도로 늘어났다. 이런 인연으로, 뒤에 한국어판 브리태니커를 펴낼 때 김준엽 박사가 편집위원장이 되었다.

엔브코, 배움나무, 엉겅퀴

뿌리깊은나무는 브리태니커의 이른바 고객 만족에 크게 기여했다고 생각한다. 다른 상품은 한번 팔고 나면 그만이지만 브리태니커는 이 년 동안 다달이 정기적으로 뭔가 유익한 읽을거리를, 그것도 처음에는 배움나무였다가 이어서 뿌리깊은나무라는 시대가 주목하는 잡지를 보냈다. 고객들이 이 회사는 이 년 동안이나 챙겨준다는 느낌을 받게 되었다.

뿌리깊은나무의 전신이라고들 하는 배움나무는 브리태니커 판매조직의 성과를 내부적으로 공유하고자 만든 것이었다. 처음에는 엔브코(엔싸이클로 피디어 브리태니커 코리아의 약자)라는 이름이었는데, 뒤에 배움나무로 바뀌었다.

배움나무에는 사장이 직원들에게 하고 싶은 격려사와, 그달의 동정, 사업 단들의 성과가 수록되었다. 그러다가 곧 고객들을 위한 교양지로 바뀌었고, 이것이 뿌리깊은나무로 이어진다. 배움나무가 교양지가 되고 나서 내부 사원들을 위한 사내보로 엉겅퀴를 만들었다. 판매대리인용으로 판매관리실에서 만들었다.

다 존경할 수는 없었던 상사

한 사장을 쎄일즈와 마케팅 전략의 귀재로 존경하지만 그 시절, 한 조직의 구성원으로서 상사인 그의 모습이 다 좋게 보였던 것은 아니다. 특히 외국 출장길에 고급 구두며 셔츠 같은 것을 욕심껏 사들고 오는 모습에 거부감이 있었다. 물론 그렇게 사온 셔츠를 소매가 너덜거릴 정도로 입었다고 하는데 그 또한 자기 것에 대한 집착이 심했던 면모를 드러내는 것이 아닌가 싶다. ✿

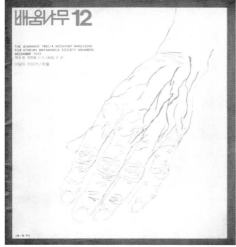

브리태니커 사내보로 출발했다가 뒤에 고객들을 위한 교양지로 바뀐 배움나무.
한창기는 뿌리깊은나무 창간호에 '뿌리깊은나무에 대를 물리고 떠나는 배움나무'라고 적었다.

친구가 본 한창기
중앙우체국 사서함 690호에서 시작한 사업

박오규 월드마케팅 고문. 한창기와 초등학교부터 고등학교까지 같이 다녔다.
브리태니커 초기에 합류하여 판매 분야에서 일했으며, 사업단장을 지냈다.
도서출판 한벗을 경영했다.

한창기와 나는 고향이 같고 초, 중, 고등학교 동창이다. 그는 보성 벌교에서 십리 정도 떨어진 고읍리에서 태어났다. 고읍이 먼저 있었는데 신작로가 나면서 벌교가 커졌다. 나는 고읍 1구에 살았고, 2구에 그가 살았다. 그는 관립학교를 다니다가 초등학교 입학이 한해 늦었다. 1936년생이니 나보다 한 살 많다. 학교가 멀어서 들판을 건너 걸어다녀야 했기 때문에 봄이면 종달새를 보느라고 늦고, 여름이면 소를 돌보느라 늦곤 했다.

그는 초등학교 2학년 때 아버지가 돌아가시고 편모 슬하에서 컸다. 이남이녀 중 장남이다 보니, 할머니의 정성이 극진했다. 해방되던 해 입학해서, 한 학기 동안 일어 공부를 좀 하다가 해방을 맞았다. 순천중학교에도 같이 다녔다. 집에서 육십 리 정도 떨어진 거리였으므로 하숙을 했다. 명절에나 주말이면 걷거나 후생사업을 하는 군인 트럭을 얻어 타고 귀향했다.

판사나 변호사는 엘리뜨가 할 일이 아니라는 생각

1954년에 광주고등학교에 입학했는데, 그때만 해도 전후의 어려운 시절이어서 고등학교를 서울로 다니는 사람은 없었다. 그는 공부도 잘했고, 똑똑했다. 급장도 했다. 3학년 때에 전교 학생회장(당시는 '학도호국단 운영위원장'이었다) 선거에 현재 민주당 대표인 박상천과 나란히 출마하여 당선됐다.

브리태니커에서 함께 일했던 박태술이 일 년 후배였는데, 한창기의 선대

위원장을 했다. 당시 3학년은 박상천을 지지했고, 1, 2학년은 한창기를 지지해서 간발의 차이로 한창기가 당선되었다고 들었다. 한창기와 박상천 둘 다 서울법대에 입학했는데. 박상천은 고시공부를 했지만, 한창기는 고시공부엔 뜻이 없었다. 그는 자신이 엘리뜨라고 생각했고, 엘리뜨라면 변호사나 판사보다 더 중요한 일을 해야 한다고 생각했다.

나는 1968년에 브리태니커에 입사했다. 한창기는 마포 아파트에서 어머니와 살았는데, 새벽에 일어나면 밥은 별로 안 먹고 담배를 피우고 커피를 마셨다. 날이 밝으면 중앙우체국이나 국제우체국에 가서 사서함을 확인하고, 고객이나 브리태니커 본사에서 온 우편물을 한 보따리씩 찾아, 그때 내가 명동에서 하고 있던 출판사 사무실에 와서 열어보곤 했다. 브리태니커의 사서함 CPO 690호는 그때부터 사용하던 것이다.

한 이 년 동안 혼자 브리태니커 판매를 해보다가 내 사업을 접고, 브리태니커에 입사했다. 몇 년 뒤, 경기가 갑자기 안 좋아지고, 이런저런 사정이 있어 1972년에 그만두었는데 그때 내가 담당했던 950사업단을 대구에서 올라온 윤석금 씨가 맡았다.

까스명수만 먹어도 빨개지던 얼굴

한창기는 젊을 땐 서양 것을 좋아했지만, 나이 들어서는 한국 것을 좋아했다. 술을 전혀 못했고, 까스명수만 먹어도 얼굴이 빨개졌다.

한창기의 꿈은 아마도 책에 있었던 것 같다. 고등학교 때, 한창기는 학생회장을 했고, 나는 학교 신문사, 학예부장, 교지 편집장을 했지만 그는 그 무렵에도 자신이 돈을 벌면 잡지사나 신문사를 했으면 좋겠다고 했다. 책 만드는 것에 매력을 느꼈던 것 같다. 그러기에 한창기의 마음이 브리태니커 초기에 '판매'에 몰두하다가, 뿌리깊은나무가 나온 뒤에는 결국 '책'으로 옮겨졌을 것이다. 내가 회사를 그만둔 뒤에도 가끔 그의 집에 가보면, 그는 잠도 안 자고 뿌리깊은나무의 교정지를 들여다보고 있었다. 내가 경영했던 출판사에서 낸 책을 갖다 주면, 꼼꼼히 읽고 오자를 찾아서 알려주곤 했다. 책에 대한 그 지극한 애정 때문에, 그가 결국 결혼을 못한 것이 아닐까 생각하기도 한다. ◉

다시 보고 싶은 한창기의 골동

참석자	**곽소진** 한국저작권센터 회장
	송영방 화가. 우현이라는 아호를 쓴다.
	양의숙 고미술 전문화랑 예나르 대표
	장종민 국립창극단 고수
사회	**설호정** 전 샘이깊은물 편집주간

한창기는 전문가들 사이에 잘 알려진 한국 고미술 수집가였다.
젊디젊은 삼십대부터 죽음이 지척에 다가와 있었던 마지막 남은 몇 날까지
골동에 대한 관심을 놓지 않았다. 아직 정확히 그 수효와 내용이
밝혀진 적이 없으나, 그의 눈썰미로 미루어 짐작컨대 심미적 관점에서는
한국 고미술의 새로운 지경을 열어줄 만한 출중한 컬렉션일 것이라는
평가가 지배적이다. 이 좌담은 그를 골동에 입문시킨 분, 그의 골동 친구,
그리고 그의 골동 수집 습벽을 지켜본 한 고미술 화랑 대표의
'기억'의 편린들로 이루어졌다.
그의 마지막 컬렉션은 병상에 누워 인사동의 한 골동상에서 열린
고미술전 카탈로그를 보고 오매불망하다가 끝내 남의 손을 빌려서
사들이고야 만 아름답고 기품있는 장롱과 백자였다고 한다.
그가 세상을 뜬 병실 침대 밑에서는 그가 만지작거리다 둔
그 백자가 발견되었다고 한다. ─ 편집자

곽소진/ 한 사장을 처음 알게 된 육십년대에, 나는 미국 대사관 다니면서 가장 비미국적인 사람이었고, 한창기 씨는 브리태니커회사 다니면서 가장 미국적인 한국 사람이었습니다. 지붕 없는 파란 포드차를 타고 종로바닥을 누볐어요. 도저히 한국에서는 보기 힘든 장면이었죠.

설호정/ 두 분이 어떤 연유로 만나게 되었습니까?

한창기 컬렉션의 시작

곽소진/ 내가 근무한 미 대사관 바로 옆 삼성빌딩으로 브리태니커회사가 이사해 온 뒤에 한 사장이 몇 차례 내 사무실로 찾아왔어요. 첫인상이 미안하지만 아주 안 좋았어요. 얼굴은 시커멓고 옷은 엘에이에서 나온 남자같이 입은 배싹 마른 청년이었죠. 나는 그때 불쑥 찾아온 잘 모르는 사람은 잘 만나지 않았습니다. 그러기에는 장안에서 아주 바쁜 사람의 하나였고, 미국 가기 어려운 때라 이러저러한 청탁을 하려고 찾아오는 사람들이 대부분이었기 때문에 더 그랬어요. 여러 번 거절했으나 끈질기게 또 왔어요. 유명하잖아요? 한 사장이 끈질긴 거. 나중에는 미안해져서 한 십 분 커피라도 한잔 하자고 했어요. 길 건너 반도호텔 커피숍 스탠드에 나란히 앉았는데, 이야기를 해보니 첫인상하고 전혀 다른 사람으로 보였어요. 그래서 상대방을 새로 봤고, 그때부터 사귀었습니다. 한 사장도 나를 함락시키더니 공세가 심했어요. 자주자주 만나게 되었죠.

설호정/ 곽 선생님을 통해서 한 사장님이 예용해 선생님을 알게 되었고요.

곽소진/ 한 사장이 미국에 대해 많이 아는 만큼 한국적인 것에도 더 관심을 돌렸으면 하고 바라던 터에, 당시 한국일보 논설위원이자 문화재 전문위원이었던 예 선생님이 나하고 가까이 지냈으니까 자연스럽게 연결이 되었죠. 그런데 어느 날 보니 나를 빼놓고 둘이 인사동에 돌아다니더라고요. 그전에 나도 한 사장을 데리고 골동 가게에 더러 다녔지만 하나는 신문기자, 하나는 사장이니까 직장에 매인 나와는 처지가 달랐어요. 날마다 아침부터 저녁까지 둘이 하도 짝짜꿍이라, 나중에는 질투가 날 정도였습니다. 그게 한 사장 골동의 시작이에요. 그때부터 전통 되돌아보는 일에 큰 관심을 가졌어요.

설호정/ 곽 선생님과의 교분도 세월과 함께 더 깊숙해졌지요?

곽소진/ 브리태니커 사업이 잘되어서 나중에 삼일빌딩으로 옮긴 다음에 나더러 한 사장이 브리태니커에 와서 일해달라는 제의를 했어요. 미국 문화원은 이중 직업을 갖는 것을 허락하지 않지만 인사과에 이야기해서 퇴근 후 저녁시간에 일할 수 있도록 허락을 받았어요. 알고 보니 한 사장 꿈은 골동보다는 잡지였어요. 구상을 들어보니 대중문화를 다루는 잡지를 할 생각이더라구요. 내가 이렇게 충고했죠. "한 사장, 미국 기업에서는 번 돈의 일부를 그 지역에 도움이 되는 사업을 하는 방식으로 환원합니다. 기왕 잡지 할 바에는 우리 문화에 도움이 되는 잡지를 만드는 게 좋겠어요." 칠십년대, 한국 내에 전통 붐이 일었던 무렵이죠. 그 선봉이 아카데미하우스 강원룡 박사였고, 내가 거기 프로그램에 위원으로 관여를 했어요. '한국의 재발견'이라는 주제로 워크숍을 할 때도 참여했고. 그런 예를 들면서 전통문화 살리는 데에 도움되는 잡지를 하라고 귀띔해줬죠. 그러나 한 사장이 그 말을 그렇게 심각하게 듣고 구현할 줄은 꿈에도 생각 못했습니다. 한 사장은 제일 먼저 판소리에 관심을 기울이기 시작했는데 판단이 빠른 분이니까 조금조금 들어도 빠르게 흡수하고 생각을 발전시켜나갔어요. 나는 하나의 계기를 준 정도죠.

설호정/ 거의 아무도 민화에 관심을 두지 않았던 칠십년대 중반에 브리태니커에서 '한국 민화의 멋'이라는 전시회를 열었습니다. 이것도 곽 선생님의 조언이 반영된 것인가요?

곽소진/ 회사가 들어 있던 삼일빌딩에 큰 홀이 있었죠. 브리태니커 고문으로 삼일빌딩을 드나들면서 그 홀을 전시장으로 쓰면 좋겠다는 생각을 했어요. 우리나라에 그런 공간이 드물었으니까요. 당시 조자용 씨의 에밀레 미술관이 김포공항 가는 길목 등촌동에 있었습니다. 내가 그분을 통해서 한국의 민화를 접하고 한 사장에게 전시회를 제안했어요. 삼일빌딩의 그 홀에서 처음으로 민화전을 열었습니다. 그게 계기가 되어 나도, 한 사장도 민화에 대해서 새로운 시각을 가지게 되었어요. 그 전시회 카탈로그가 어디 지금도 남아 있을 텐데요.

"거북아, 부디 잘 있거라"

설호정/ 한 사장님의 골동 컬렉션을 아는 사람은 우선 '토기!' 그럽니다. 특히 백제 것이 많은 걸로 알려졌는데, 토기부터 입문하셨습니까?

곽소진/ 그 당시에 토기가 골동 중 가장 쌌어요. 이쁜 토기 있으면 나도 하나씩 샀죠. 그러니까 예 선생님 만나기 전에 나와 토기에 우선 입문을 한 셈이죠. 나는 인사동에 한 달에 한 번 정도 나가서 통인, 청호, 송천당 같은 가게를 둘러봤어요. 내가 비싸서 못 사는 걸 한 사장은 샀어요. 그분은 뭐든지 했다하면 밑바닥까지 긁어야 성에 차는 성품이니까. 나중에는 대전, 전주, 광주, 부산, 대구까지 전국의 골동 가게를 돌아다니면서 좋은 토기를 크고 작고 할 거 없이 사 모으더라구요.

설호정/ 우현 선생님은 한 사장님 경쟁자셨잖아요?(웃음)

송영방/ 경제적 여유로 볼 때 경쟁 상대가 안 되었어요. 내가 돌을 좋아해서 돌을 모으기 시작했는데 한 선생이 어느 날 "너는 왜 그리 썩돌을 모으냐?"고 물어요. 나는 동양화가이고, 산수화의 요소는 돌과 나무와 물이다. 그래서 그랬는지 돌이 좋아져서 모으기 시작했다고 답했죠. 어느 날 한 선생이 "그거 얼마씩이야?" 하고 묻기에 작은 돈으로도 모을 수 있다고 이야기해줬어요. 자기도 돌의 매력을 알게 되었던가 봐요. 그러고는 돌 수집에 나보다 더 열심이었어요. 장한평, 인사동을 함께 경쟁적으로 다녔죠. 그때 참 즐거웠어요. 한 선생 보고 싶군요.

양의숙/ 석물에 관심을 가지면 골동의 끝을 보았다고 할 수 있습니다.

송영방/ 금석이 마지막 단계라고 하죠. 닳고 닳아서 오래된 옛날 돌들인데, 사실 썩돌, 썩은 돌이라고 불러서는 안 됩니다. 풍마운세가 된 아름다운 돌들이죠. 그 곰삭은 맛 때문에 모으기 시작했어요.

장종민/ 양 선생님은 고인의 소장품들을 어떻게 보십니까?

양의숙/ 도자기와 그림은 잘 안하셨습니다. 소위 조선시대 겸재 정선이니 이런 전형적 전통화는 잘 안하셨어요. 거기에도 나름의 완벽한 미가 있지만 고인은 민속 쪽을 좋아하셨습니다. 그 이유는 도자기. 그림은 명품이면 값이 아주 비싸지만 민속품이나 목기 같은 것은 작은 돈으로도 구입할 수 있고 십만 원짜리에도 나름의 아름다움이 배어 있는 게 많았기 때문이라고 봅니다. 저는 고인이 처음 골동 시작하실 때 도자기가 토기보다 쌌으면 도자기도 하셨을 거라고 생각해요.

송영방/ 내가 가진 돌 중에 부여에서 가져온 연화대가 하나 있습니다. 백제 연화 받침은 신라 것에 비해서 꽃잎이 큽니다. 조각이 너그럽다 그럴까, 시원스럽다 그럴까, 쌍선을 쳤어요. 그거 보고 한 선생이 군침을 삼키더니 "자네 그거 나하고 교환하지 않겠나?"고 물어요. 자기는 마한 사람이라고, 백제 사람임을 강조하면서, 꼭 그 연화대를 가져야겠다고. 내가 "당신 거 교환할 게 있어야지." 하고 약을 올렸어요. 그랬더니 나를 자기 집 마당으로 불러서 자기가 그동안 모은 것들을 다 보여줘요. 하나 마음에 드는 게 있었어요. 거북이인데, 헌 돌 위에 한 덩어리 동그란 대가리 같은 게 붙어 있는 원시적인 모양이에요. 아주 오래 전에 어느 영감님이 쇠끝으로 눈과 콧구멍을 만들었으리라 생각되는. 내가 "이거하고 바꿀까?" 해서 성사가 되었어요. 한국공예 사장이 중재를 해서 운반까지 다 해주었죠. 나중에 보니 그 거북이가 편지와 함께 왔어요. 아주 재미있게 썼어요. "수천 년 묵은 거북아, 너는 오늘 비로소 송가 놈의 집으로 시집가는구나. 그러나 그 욕심 많은 송가한테 가더라도 내가 가끔 들리면 나를 보고 미소 지어야지 외면해선 안 된다. 부디 잘 있거라." 그 편지를 화실을 여러 번 옮기면서 잃어버렸어요. 다른 건 팔았어도 그 거북이는 그냥 가지고 있습니다. 한 선생은 그만큼 그 거북이를 나한테 주면서 애틋한 마음이었던 듯해요. 우리 집에 오면 쓱 한번 보고 갔어요. 지금도 그 거북이 보면 한 선생 생각이 납니다.

한 폭의 그림 같던 골동가 트리오

장종민/ 장한평 서쪽 끝에서 시작해서 동쪽으로 가게가 다닥다닥 붙어 이어지는 골동 거리가 한 2킬로미터 됩니다. 송 선생님하고 한 사장님 두 분이서 차에서 내리면 누가 빨리 걷나 앞서거니 뒤서거니 경쟁을 하세요. 좌악 한 눈에 훑어보고 찍어서 들어가는데 서로 같은 집에 들어가시는 법이 없죠.

양의숙/ 한 선생님과 우현 선생님이야 어느 경지에 이르셨고 서로 안목을 인정하니까 경쟁하면서도 즐기셨을 겁니다. 초심자들의 경쟁은 달라요. 들어올 때 웃으면서 들어온 두 사람이 이만 원짜리 토기 하나에 똑같이 눈이 가면 아무리 친해도 양보 못합니다. 미묘한 기류가 흐르죠. 그럴 때는 중간에서 제가 중재를 잘해야지 자칫하면 서로 감정이 상합니다. 그런 거 보면서 저는 아름다움이라는 건 이렇게 무섭구나, 굉장한 힘이다, 하는 걸 느껴요. 그 아름다움을 놓치고 싶지 않은 마음이 어떻게 보면 욕심일 수도 있지만요. 한 선생님도 거기 빠져서 일생을 바치고 가셨습니다. 고미술 보면서 우리가 추구하는 게 아름다움의 끝을 보는 기분입니다. 공예과 교수님들, 열심히 작품 하다가 저희 집에 오셔서 고미술, 골동을 대하면 자기 작품의 끝을 보는 거 같아서 자기 작품에 대해서 자신이 없어진다고 해요. 우리 것의 아름다움에 접근해보지 못한 사람은 그 말을 이해하지 못합니다.

송영방/ 한 선생이 그렇게 깍쟁이 같아도 너그러울 때도 있어요. 장한평 돌아다니다가 둘이 같은 물건을 짚으면 내 얼굴 쓱 쳐다보고는 "고얀 놈, 내가 양보해야지." 그럽니다.

양의숙/ 한 사장님, 우현 선생님, 장종민 선생님, 이렇게 트리오가 옷도 비슷하게 입고 다니던 모습이 한 폭의 그림처럼 참 좋아 보였습니다. 앞으로 고미술계에 한 사장님 같은 분이 얼마 후에나 나타날까요? 지금까지는 없습니다. 우현 선생과 한 선생은 골동 없다면 안 가까워지셨을 거예요. 두 분 다 개성이 너무나 강하신 분들인데 골동이라는 한울타리 안에서 같은 아름다움을 추구하고 공유하셨죠.

송영방/ 싸우고 나면 한 일주일 안에 전화가 와요. 다시 만나자고. 『씨올의 소리』함석헌 선생이 돌아가셔서 그 댁 방문했을 때 대나무를 한 포기 얻어왔대요. 참대도 아니고 시누대였어요. "함석헌 옹이 기르던 의미있는 거니까 꼭 길러. 내가 집 다시 지으면 옮겨갈 거야." 신신당부하고 우리 집에 심었어요. 그게 잘 자랐는데 어느 해 봄에 아내가 뿌리까지 다 뽑아서 내다버렸어요. 설마 일부러 그걸 뽑아 없앨까 싶어서 내가 아내에게 그런 이야기 안했었거든요. 시누대야 흔하디흔하니까 내가 약아빠진 사람 같으면 얼른 다시 심어놓고 그것인 양 했으면 되었지만 그럴 수는 없기에 사실대로 솔직하게 이야기했어요. 당장 달려와서 흔적도 없이 사라진 것을 확인하고는 내가 용서를 비는데도 불 같이 화를 내고 차려놓은 밥도 안 먹고 갔어요. 다툼이라기보다는 내가 크게 실수한 사건인데 지금 그 기억이 나네요.

양의숙/ 두 분은 처음에 어떻게 만나셨어요?

송영방/ 내가 젊어서 삽화를 많이 그렸어요. 어느 책에서 봤는지 그것을 보고 한 선생이 나를 찾아왔어요. "한국 사람을 한국 사람처럼 그리고, 서양 사람을 서양 사람처럼 그리는 화가가 좀처럼 없는데 당신이 그렇다"면서 자기가

신라시대 연화대. 좌담 내용에 나오는,
한창기가 친구 송영방에게 돌 거북이를 주고 교환한
연화대와는 다른 것이다.

영어책을 내려는데 그런 삽화가 필요하대요. 나는 그때 삽화를 더는 안 그리려고 마음먹었던 터라 거절했어요. 그런데 계속 조르는 거예요. 집념이 강한 사람에게는 지게 돼 있죠. 할 수 없이 허락하고 지루하게 그렸어요.

드물게 흥정에 냉철했던 수집가

양의숙/ 고미술 좋아하는 사람들 중에는 중요한 순간에 이성을 잃는 사람들이 많은데 한 선생님은 끝까지 이성을 잃지 않으셨어요. 그 점이 특별하셨습니다.

설호정/ 그 정도면 때로는 이성을 잃으셨던 것 아닙니까?

양의숙/ 보통 사람이 볼 때는 그럴지 모르지만 사고파는 사람 입장에서 볼 때는 그분은 어떤 순간에도 이성을 지키셨습니다. 오히려 파는 사람이 무너져야 거래가 되는 드문 경우였죠. 대개는 정말 좋으면 무턱대고 소유하고 싶은 마음이 앞서서 자기 생각을 무너뜨리는데, 한 선생님은 자기관리가 철저했습니다. 팔고 사는 사람들 관계에서 드물게 아주 냉철한 분이었죠. 그러니 우리 집에 들어오시면 내가 좋아하고 그 안목을 믿으면서도 굉장히 어려운 싸움이

담쟁이가 우거진 성북동 집 마당에서 자신이 수집한
돌사람들과 더불어 기념사진을 찍은 한창기

시작되기 때문에 정말 많이 힘들었습니다.

장종민/ 그러면 파는 쪽에서 아예 비싸게 부르는 방법도 쓰지 않습니까?

양의숙/ 저는 그러지 못했습니다. 이를테면 하루는 우리 가게에 오셨는데 유기 요강이 있었습니다. 높이가 5-6센티밖에 안 되고 볼도 좁은데 그 이전에도 이후로도 그보다 아름다운 것을 못 봤을 만큼 아주 아름다운 가마요강이었어요. 마치 조선시대 초기 백자를 보는 듯했어요. 너무너무 힘들었어요. 다른 손님 같았으면 그냥 나가시라고 하고 싶은데 한 선생님께 그럴 수도 없고, 끝까지 붙잡고 진을 딱 빼시더라구요. 나중에는 "아유 알았습니다." 내가 불렀던 가격에서 꽤 물러설 수밖에 없었습니다.

장종민/ 그래도 어느 시점 지나면 또 금방 포기하실 때도 있었어요. 그러고 나면 "저거 빨리 누가 안 사나?" 하셨죠.

양의숙/ 포기하고 돌아서도 다시 만날 수 있을 거라는 판단이 들면 포기하시지만 영 못 만나겠다 싶으면 결코 포기하지 않으셨습니다. 그런데 그 판단이 아주 정확하세요. 끝까지 고수해야 할 것은 고수하세요. 거기 맞서려면 아예 안 볼 작정해야 하니까 결국은 파는 쪽에서 양보해야 했죠.

곽소진/ 포기하는 경우에도, 자기만큼 그 물건의 가치를 알아보는 사람이 없으니 아마 자기 말고는 아무도 안 사가리라고 믿었는지도 모르죠.

장종민/ 그러다 보니 나중에는 "저거는 한창기 씨가 보고 간 거예요." 그 말 한마디에 그 물건이 절대적인 인정을 받기도 했어요.

송영방/ 한 선생이 늘 하는 조크가 "반성해, 반성해"였어요. 장사하는 사람들 반성하라고. 가격 내리라고. 그리고 "이거 경주 가서 발로 차고 샀다"는 자랑도 곧잘 했고요.

장종민/ 마음에도 없는 물건들만 이것저것 가리키면서 공연히 물어보다가 나가면서 맨 마지막에 진짜 눈독 들인 물건 발로 차듯이 "이거 얼만데?"하고 마치 딴소리 하는 것처럼 물으셨죠. 그렇지만 상인들도 이내 그 수법을 알아챘죠. 양 선생님은 드물게 냉철하신 분이라고 하셨지만, 이따금 인사동 함께 다니시던 강운구 선생님 같은 분은 오히려 한 사장님이야말로 상인을 못 다루고, 자기 마음 다 들키면서 무리를 해서 오히려 손해 볼 때가 많았다고 하세요. 우현 선생께는 백만 원 부를 물건을 한 사장께는 이백만 원 불렀을 수도 있다는 거죠. 그러면 백만 원 깎고 기분 좋아하시지만 사실은 줄 돈 다 주고 사신 거잖아요. 차라리 "이거 꼭 갖고 싶다. 싸게 다오." 이실직고하면 진실로 대화가 되기도 하는데 실속도 못 차리시면서 상인들이 당신한테 넘어간다고 믿으셨다는 거죠. 그러나 저러나 그 재미가 없었으면 어떻게 사셨을까요? 일주일에 서너 번은 장한평 가셨으니까요. 제가 가끔 알 만한 분들한테 농담합니다. 그 어른은 돈 버는 법은 안 가르치고 쓰는 법만 가르치고 가셨다고.

양의숙/ 이십대 후반에 한 사장님과 처음 만났습니다. 예용해 선생님이 제 대학원 스승이시고 제가 선생님이 사시던 이문동에 살아서 주말에 댁으로 자주 놀러 갔어요. 사모님이 떡국도 끓여주시고. 결혼해서 골동 일을 시작하자 예 선생님이 걱정되어 보러 오시는데 옆에 얼굴 기다란 남자가 늘 따라왔어요. 어느 날은 그분이 이만오천 원짜리 선추를 하나 사더니, 내가 포장하는 동안에 브리태니커를 내놓고 내게 사라고 권하는 거예요. 나는 늘 예 선생님 동행으로만 알았지 뭐하는 분인지도 몰랐다가 너무 당황했죠. 점잖고 선비 같으신 예 선생님이 얼굴이 빨개져서 그분을 데리고 나가셨어요. 싸놓은 선추도 그대로 둔 채로 그냥 가셨죠. 제 기억에 브리태니커 가격은 선추의 열 배쯤 됐어요. (모두 웃음)

그림 안 그리는 화가

설호정/ 아름다움에 대한 안목은 스스로 터득하는 것이겠죠?

송영방/ 내가 그림을 그리지만 한 선생은 그림 안 그리는 화가나 마찬가지입니다. 자기보다 위 연배 화가의 그림을 보다가도 싸인이 자기 눈에 알맞다고 여겨지는 위치보다 좀 위로 올라가 있으면 망설이지 않고 지적을 했어요. 지적받은 사람이 승복하지 않을 수 없어요. 눈썰미가 선천적이니까. 그런 의미에서 한 선생을 친구지만 존경했습니다. 싸인도 화중일점이라고 화면의 한 부분인데, 제자리가 아니면 화면 전체 조화가 깨집니다. 그런 거 발견하는 게 한 선생이에요. 도장 찍은 자리도 굉장히 따져요.

곽소진/ 토기의 아름다움도 나나 예 선생이 먼저 알았다 뿐이지 한 사장이 한번 알고 나서는 제대로 길을 갔어요.

양의숙/ 함께 다니면서도 많이 배우셨겠지만 미감은 타고난 거죠.

송영방/ 예 선생이 기초만 잡아줬죠.

설호정/ 대별컨대 예 선생님은 수집품으로 유추하자면 포멀한 것, 이른바 명품을 좋아하셨고, 한 사장님은 특별한 경우를 빼고는 싸고 아름다운 물건들을 사 모으셨다. 그래서 한 사장님 소장품은 그 하나하나도 뛰어나지만 어느 한 부분이 아닌 컬렉션 전체를 보아야 진면목을 알 수 있다는 평가에 대해서는 어떻게 생각하시는지요?

곽소진/ 예 선생 만나고 난 뒤에 나중에는 분청 쪽으로도 많이 샀습니다. 백자는 안했죠. 아주 일품인 것 여남은 개 정도나 있을까요. 지나치게 비싸고 포멀하다는 점이 그분이 백자를 멀리한 이유라고 볼 수도 있어요.

장종민/ 장식적이어서 보통 사람이 아름답다고 평가하는 것이 도리어 한 사장님 눈에는 안 찼어요. 생략적이고 단순한 것, 사람들이 관심을 미처 안 가져서 값이 안 비싼 것들을 좋아하셨죠. 그러니까 상인 다루는 방법을 잘 알았다기보다는 안목이 탁월해서 싸게 잘 사셨던 거죠. 그런 것들이 나중에는 다 아름다운 물건으로 평가 받았으니까요.

양의숙/ 한 선생님 컬렉션은 아이템마다 명품입니다. 그게 그분의 안목을 말해줍니다. 누가 가르쳐줘서 생긴 안목이 아니라 스스로 배우고 익혀 이룬 안목입니다. 직업상 골동 수집가들을 많이 대해보면 안목이 어느 정도 기준치까지는 생기지만 그 이상 뛰어난 사람은 극소수입니다. 삼십 년을 해도 일정한 수준을 넘어서는 이는 드뭅니다. 한 선생님은 뛰어난 분에 듭니다. 대표적

마당에 서 있는 여러 석물들과 손명주 두루마기 차림의 한창기. 오른쪽 뒤 나무 사이로 고려 때 장군석이 보인다.

인 예로 강화반닫이 굉장한 명품을 소유하셨습니다. 값도 비싼 것이고 아주 아끼셨다고 알고 있습니다.

설호정/ 집무실에 두셨죠.

곽소진/ 한창기 씨 소장품이 많지만 내가 가장 부러워한 것은 민화하고 목기입니다. 민화는 병풍, 책걸이, 모란꽃… 헤아릴 수 없을 정도였죠. 모두 최고였어요.

송영방/ 그림은 동양화, 서양화, 추상, 구상 한쪽으로 치우침 없이 폭넓게 좋아했어요. 내가 한창기 컬렉션에서 가장 놀란 것은 출토벼루입니다. 나보다 일찍부터 모았어요. 그 영향으로 나도 출토벼루 모으기 시작했어요. 석물도 많이 모았는데 그 중에 장군석이 하나 기막힌 게 있습니다. 고려시대 왕릉에서나 볼 수 있는 통통한 물건이에요. 화강암은 섬세하게 쪼아서 형상을 표현할 수가 없으니까 몸매가 뚱뚱하죠.

양의숙/ 돌이 뚱뚱하다는 것은 쉽게 말해서 앞선 시대 것이기 때문입니다. 얇고 각이 진 것은 그보다 뒤에 만든 것입니다. 네모를 만들어서 각을 파서 들어간 거죠.

송영방/ 화강암으로는 형상을 마르게도 표현 못하고 동작하는 조각도 못해요. 왜냐면 화강석의 특성은 섬세하게 쪼면 떨어져 나가거든요. 손가락 같은 섬세한 표현은 전혀 할 수 없습니다. 그러니 몸매도 뚱뚱해질 수밖에요.

설호정/ 곽 선생님 소장품 중에도 한 사장님이 탐내신 게 있었죠?

곽소진/ 첨성대같이 생긴 신라시대 토기. 기대(받침). 아주 예쁘게 무늬도

브리태니커-뿌리깊은나무가 펴낸 1983년 달력에 실린 돌사람 사진들

다고 생각한 골동을 다른 사람에게 구입하도록 권유하시기도 했어요. 나도 일선에서 일하면서 젊은 날에는 좋은 것이 눈에 들어오면 내가 가져야 한다는 생각에 괴로웠는데 이제 특별한 사람, 누릴 자격 있는 사람이 가져야 한다고 생각하니 어느 순간 마음이 편해졌어요. 한 사장님도 돌아가시기 오륙년 전부터 많이 풀어지셨습니다. 어쩌면 끝까지 소유하지 못하고 놓고 세상을 떠날 것을 예감하셨던 것일까요?

병상에 누워 집 뜰의 탑 맞추기

장종민/ 부여 가서 돌을 대대적으로 찾아오신 적이 있습니다. 석탑하고 같이. 사십 개 가까이 되는 돌을 한꺼번에 실어 와서 한군데 모아놓으셨어요. 돌아가시기 직전에 성북동 사무실 뜰에는 옥계석이며 탑들이 이리저리 흩어져 있는 상태였습니다. 병상에서 어느날 조동화 선생을 성북동에 모시고 가서 탑을 맞춰놓으라고 당부하셨답니다. 조동화 선생이 탑에 대해 많이 아시니까요. 내 생각에 이것저것 합치면 탑이 두 기 정도가 더 완성될 만큼 성북동 뜰에 있었습니다. 조동화 선생님이 보시고는 이렇게 이렇게 모으면 되겠다고 사람 사서 작업할 때 와서 봐주시겠다고 하셨다는데 그 뒤로 한 사장님이 다른 지시를 하지 않으셔서 실행에 옮기지는 못했다고 들었습니다. 고인이 병중인 것을 주위에 결코 안 알리셨으니까 조동화 선생님은 "갑자기 맞춰서 팔려고 그러나?" 하셨대요. 한 사장님은 병원에 누워서도 성북동 뜰에 석물이 뭐가 있는지 환히 아시고 그중 탑 부속들을 골라 맞추면 흰칠하고 장대한 탑이 두 기 이상 될 것이다, 그런 생각을 하신 것이죠. 병이 상당히 깊으셨을 땐데. 하기야, 돌아가시기 한 달 전에도 골동을 사셨으니까요.

양의숙/ 소장품들이 한자리에 잘 모아져 있었으면 현재 시점에 우리나라 고미술의 아름다움을 훨씬 업그레이드시킬 만한 컬렉션입니다.

박물관을 기다리며

곽소진/ 소장품 목록이라도 볼 수 있으면 하는 아쉬움이 큽니다. 평소에 소장품 하나하나에 대해 구술해서 녹음이라도 해두라고, 그러면 나중에 사진만 찍으면 책이 되지 않겠냐고 했는데 그것도 못했습니다.

송영방/ 소장품이 박물관으로 공개된다면 괜찮은 박물관, 아주 성격이 분

고려 때의 돌부처. 한창기의 성북동 집 복도의 창에서 잘 보이는 자리에 놓여 있었다.

회한 또는 그리움

그를 생각하며, 간절히 간절히 바라는 일

곽소진 한국저작권센터 회장. 삼십대의 젊은 한창기와 만나 긴 우정을 나눴다.
한창기를 골동에 입문시켰고 언제나 필요한 고언을 서슴지 않은 인생 스승이기도 했다.
80년대 후반에 미국 대사관을 정년퇴임할 때만 해도 평생 할 직장 생활은 그것으로 다했다고 여겼다.
그러나 한창기의 강권에 못 이겨 뿌리깊은나무 부사장 자리를 수락하고 곧이어 뿌리깊은나무 저작권
사무소의 설립을 주도하면서 한국 출판저작권 업무 매뉴얼을 처음으로 쓰다시피 했다.

그는 나를 '곽 선생'이라고 불렀고 나는 그를 '한 사장'이라고 불렀다. 그가
세상을 뜨기까지 우리는 그 호칭으로 삼십 년 넘게 우정을 쌓았다. 그의 청으
로 일찍이 브리태니커 한국지사 초창기에 고문 직책을 맡은 적이 있다. 정식
으로 미국 대사관 인사과의 허가를 받고 퇴근 후 한두 시간을 삼일빌딩 브리
태니커 사무실에 머물렀다. 그로부터 이십 년 뒤, 내가 미국 대사관을 정년퇴
임하자 그는 이번에는 뿌리깊은나무 출판사의 사장이 되어달라고 했다.

뿌리깊은나무는 곧 한창기

"내가 사장이 되면 한 사장은 어떻게 합니까?"
"제게는 뿌리깊은나무 발행인 자리가 있지 않습니까?"
"뿌리깊은나무 사장 할 사람은 오로지 한 사장밖에 없어요. 아무나 해서는
안 됩니다. 뿌리깊은나무는 곧 한창기인데 그 둘을 떼어놓을 수는 없지요."
내가 굳이 사양하자 한 사장은 우리 둘과 절친한 고 예용해 선생의 힘을 빌
렸다. 예 선생이 우리 집까지 찾아와 한 사장의 제안을 받아들이라고 권유하
니, 그 마음을 더는 뿌리치기가 어려워졌다.
"내가 졌어요. 그 대신에 직함은 부사장으로 합시다. 그 직함으로 충분해
요."
창밖으로 운현궁 뜰이 내려다보이던 그 부사장실이 오늘날의 한국저작권

센터(KCC)의 모태가 되었다.

나를 청년 시절로 돌아가게 한 '디알티'

　뿌리깊은나무 저작권 사무소는 1988년 11월에 정식으로 출범했다. 국제 비즈니스라 뿌리깊은나무의 영문 표기 첫 글자를 딴 '디알티 인터네셔널'이라는 영어 이름도 내걸었다. 그 당시 우리나라는 국제저작권협약에 가까스로 가입한 저작권 후진국이었다. 국제저작권 업무량과 그 중요성은 날로 늘어날 것이 예상되는 상황이었지만 출판 관계 국제 비즈니스 경험이 있는 사람은 거의 전무했다.

　나는 이미 그 여러 해 전에 국제저작권 시대에 대비해서 세워진 한 저작권 회사의 고문을 맡은 경험을 가지고 있었다. 시사영어사 민영빈 사장과 범문사 유익형 사장이 출자해서 만든 회사였다. 그리고 시간을 한참 거슬러 올라가 1950년대에 미국 정부가 주한 미 대사관 해외공보처를 통해 벌였던 '도서 번역 프로그램' 사업의 담당자로서 주로 미국의 문학서적, 철학서적을 국내에 번역 출간하는 일에 깊이 관여했다. 미국의 정책과 문화를 이해시키는 데에 도움이 되는 책을 골라 제대로 잘 번역해서 펴내는 이 프로그램을 통해 빈곤 했던 한국인의 교양도서목록이 조금씩 늘어났다고 해도 과언이 아니다. 잡지 『사상계』에서 펴낸 백권의 '사상문고'가 이 프로그램의 한 결과물이었다. 한국의 종이생산 능력이 갱지 수준을 면치 못했던 때에 잡지 『사상계』가 썼던 매끈한 신문용지도 미 대사관 해외공보처가 지원한 것임은 잘 알려지지 않은 사실이다.

　한 사장은 나로 하여금 나라 만들기 초창기에 미국 공무원으로서 수행했던 이러한 숨은 역할을 되살리게 만들었다. 그때는 정부 예산을 집행했으나 이제는 개인 사업인 점이 다르다면 달랐다. '디알티'가 기반을 잡기까지는 한 사장이 기대했던 것보다 훨씬 더 많은 시간과 돈이 필요했다. 내가 일인다역을 하며 최소한의 인원과 경비로 버텼어도 투자자 입장에서 보면 만족과는 거리가 멀었을 터이다. 일관된 사업원칙을 지켜 국내외 출판계와 저자들에게 '대한민국에서 가장 믿을 만한 저작권 회사는 디알티다.'라는 믿음을 심어주는 데에는 성공했다. 그러나 한 사장 살아생전에 흑자를 보여주지는 못했다.(한 사장이 세상을 뜬 후 회사 이름을 한국저작권센터로 바꾸어야만 했다. 에이전시 업무에서 이름은 가장 큰 재산이다. 어쩔 수 없는 개명이었다.)

'댄디보이'와 두 시간 만에 친구가 되어

1970년대 초에 내가 근무하던 빌딩 바로 옆으로 한국브리태니커회사가 이사해 오면서 우리의 인연은 시작되었다. 반도호텔 커피숍 스탠드에 마주 앉아 이야기를 시작했을 때 장안의 유명한 댄디보이, 문화계의 희한한 인물로 얼핏 소문만 들었던 그에 대한 나의 선입견은 완전히 깨졌다. 브리태니커 쎄일즈맨으로서의 족적 외에는 미군 부대에서 영어 성경을 팔았다는 전력밖에는 아는 바가 없는 이 댄디보이에게 어느새 마음을 열고 성실하게 대화에 임하고 있는 나를 발견했다. 고작 두 시간 만에 말이다. 이 또한 그의 능력이다. 장안의 인맥이 가장 두툼한 축에 들었던 나는 그 뒤로 많은 만남에 한 사장을 동반했다. 그는 내게 그랬듯이 독창성과 유머와 기지가 번득이는 다양한 화제로 자리를 풍요롭게 만들면서 초면인 상대방을 자기편으로 만들곤 했다.

미국 대사관 문정관실 어드바이저로서 내 일의 대부분이 사람 만나는 일이었기 때문에 나도 사람은 어지간히 볼 줄 안다고 생각했다. 그러나 그는 나보다 사람을 파악하는 능력이 한 수 위였다. 눈치도 빨랐다. 상대방을 딱 마주하고 몇 마디만 나눠보면 무슨 생각을 하는지, 어떠한 사고방식을 가진 사람인지 뚫어보는 능력을 지녔다. 관심법을 쓰나 싶을 정도였다.

전통에 눈뜬 '죄'

내가 처음 그를 알게 되었을 때 그는 아주 우수한 소재를 가지고 있지만 미처 다 닦지 못한 상태였다. 그것을 발현케 하는 촉매제 역할을 한 것이 나와 한 사장보다 먼저 세상을 떠난 문화재 위원 예용해 선생 정도가 아니었나 싶다. 나와 예 선생을 만난 '죄'로 그는 확 달라졌다. 한국 전통문화의 중요성에 활짝 눈을 떴다.

한 사장과 알고 지낸 초기는 내가 한창 신라 토기, 백제 토기를 모을 때였다. 내가 그런 수집 취미를 가진 것에 그는 충격을 받는 듯했다. '미 대사관 다니는 친구가 토기를?' 속으로 그랬는지도 모르겠다. 우리는 한국의 전통공예품 중에서도 가장 가식없는 미적인 형태를 고스란히 간직하고 있는 토기에 대해 많은 이야기를 나눴다. 한 사장은 미적 감각이 아주 예민했다. 공무원 생활에 매여 있는 나보다는 신문사 논설위원으로 상대적으로 시간이 좀더 자유로웠던 예 선생을 따라 하루가 멀다 하고 인사동을 드나들면서 토기, 백자, 민화를 통해 한국 전통의 미를 열정적으로 섭렵해나갔다.

일등에 대한 집념

브리태니커로 크게 성공하면서 그는 두 가지 소망을 키웠다. 하나는 값비싼 미국 백과사전을 부자들에게 팔아서 돈 번다는 장안의 안 좋은 평판을 뒤집는 것이었고, 또 하나는 잡지를 창간하는 것이었다. 나는 그에게 잡지 창간을 통해 세상의 평판을 뒤집으라고 귀띔해주었다. 그것도 한갓 엔터테이닝에 충실한 잡지가 아닌, 사회에 공헌하는 잡지를 만들라고 제안했다. 우리는 번 돈의 일부를 사회에 환원하는 외국 기업의 풍토에 대해 많은 이야기를 나눴고, 그 시대 상황에서 한 사장 몫의 사회환원은 전통문화에 대한 사람들의 관심을 일깨우는 기능을 할 잡지를 펴내는 일이라는 결론을 이끌어냈다. 그 결과물로서 잡지 뿌리깊은나무가 거둔 성과와 영향력은 내가 예상했던 것보다도 훨씬 더 알차고 컸다.

그는 자신의 미적인 감각, 그 누구도 속일 수 없는 눈썰미로 뭐든지 최고를 갖고 싶어했고 최고로 만들고 싶어했다. 성북동에 이 나라 최고 대목의 힘을 빌려 집을 지을 때 한지 미닫이문틀 한쪽의 미세한 오차가 그의 눈에 잡히자, 이미 완성되어 종이만 바르면 되는 단계인 거실의 문틀 일고여덟 쌍을 모조리 버리고 새로 짜게 하는 모습도 보았다. 그의 고향 징광에 차밭을 일구어 전통 제다 방식을 되살린 '가마금 잎차'를 상품화하기까지, 또 놋그릇이나 조선백자 반상기 같은 전통문화 상품을 완성해 세상에 내놓기까지, 발행인으로 다달이 잡지 한 권을 펴내는 일상적인 업무에서조차, 그는 자기 손아귀에 들어간 것이면 뭐든지 최고 자리에 놓일 상태로 만들지 않고는 스스로 견디지를 못하는 성품을 남김없이 발휘했다. 타협이란 어림도 없는 소리였다. 그만큼 자기 자신에게도 엄격했다.

한 사장의 일등에 대한 집념이 유난한 만큼 사람들은 한 사장 앞에서 대개는 듣기 싫은 소리 하기를 삼갔다. 불만이 있어도 참았다. '그 성질을 자칫 잘못 건드리면 큰일 난다'고들 여기는 듯했다. 나는 예외였다. 남들은 하지 않는 이야기, 못하는 이야기도 피하지 않고 다 해야만 했다. 그는 또 나의 그런 점을 중요하게 생각했다. 나중에는 내가 동의하지 않을 말을 해놓고는 곧 "지금 제가 한 말이 마땅치 않으시지요?"라고 먼저 내 마음을 짚어낼 정도였다. 내 눈매를 보고 마음을 읽었을까?

157

한창기 미술관을 꿈꾸고 준비하던 나날

브리태니커를 그만둔 뒤로 그는 흑자 내지 못하는 사업체만 가진 사장이었다. 형편이 어려울 적에 왜 골동품 팔아서 회사 살림에 보태지 않느냐는 비난의 소리를 간혹 듣기도 했다. 그러나 한 사장에게 자신의 소장품은 돈의 가치로 환산할 수 있는 간단한 물건이 아니었다. 그것 없이는 자기 존재가 없는데 그렇게 이별할 수 있는 문제인가? 또, 잡지 살림이 적자인 것은 그가 만든 잡지의 비대중성, 사업구조의 문제지 가진 것 팔아서 끌고 나갈 일은 아니었다.

둘이 있을 때 한 사장은 이따금 "나는 곽 선생이 부럽습니다."라는 말을 했다. 한 사장만한 사람이 내 어디가 부러워서 그렇게 말했을까? 결혼해서 아내와 자식이 있는 것? 생각해보니 내가 가졌으나 그는 가지지 못했던 것이라면 그것밖에 없었다.

인사동에서 한 사장의 영향력은 컸다. 어느 가게에 들어가 골동 한 점을 슬쩍 만지고 나갔다 하면 '한 사장이 만지고 간 물건'이라는 입소문과 함께 그 골동품의 가격이 오를 정도였다. 그런 누구나 알아주는 눈썰미로 그가 얼마나 많은 최고품을 소장했는지 나는 안다. 그 소장품들의 국가적인 가치는 국립중앙박물관이 인정한 터이다.

그는 때가 오면 미술관을 만들어서 그것들을 잘 진열 보관하여 많은 사람들이 볼 수 있게 하겠다는 꿈을 가지고 있었고, 그 꿈을 실행에 옮길 실제적인 준비도 차근차근 하고 있었다. 드문 일이기는 하지만 기분이 나면 내게 자신의 소장품들을 보여주기도 했는데, 꺼내놓는 것 하나하나가 일품이었다.

그의 소원을 풀어줘야 할 책임

일본 아시아민족조형문화연구소 카네꼬 소장은 평생을 아시아 여러 나라를 돌아다니며 문화재급의 민속품을 수집해온 나의 친구이다. 그의 나이 여든 살이 차올 무렵에 나는 그에게 진지하게 이런 권유를 했다. "소장품들을 그것들이 있어야 할 곳으로 반드시 돌려보내세요. 그게 생전에 하셔야 할 가장 중요한 일입니다." 아시아 여러 나라 중에서도 특히나 한국에 대해 각별한 마음을 가지고 있는 카네꼬 소장은 내 권유를 진지하게 받아들여 자신의 소장품 일천이백 점을 한국의 국립중앙박물관에 기증했다. 그는 이어서 그동안에 민속품을 수집하면서 손수 찍은 사진 필름 수만 장을 우리나라 국립민속박물관에 기증했다.

　그의 품을 떠난 진귀품들은 국립중앙박물관 기증관 한쪽에 카네꼬 카즈시게라는 그의 이름과 함께 영구히 보관되어 오늘도 수많은 관람객을 맞는다. 또 그가 기증한 동남아 민속품과 필름은 바야흐로 가속하기 시작한 세계의 '지구촌' 시대에 그 진가를 더욱 빛내게 될 것이다. 그러한 공로로 그는 올해 대한민국 옥관 문화훈장을 수상했다. 나는 소장품의 사회환원을 통해 보람과 영예를 누리고 있는 카네꼬 씨를 바라보며 새삼스레 한 사장 생각에 통한을 금할 수가 없다.

　물론 황망히 세상을 뜬 몇 해 뒤에 그가 문화예술계에 끼친 영향을 기려 대한민국 보관 문화훈장이 추서되기는 했다. 그러나 그가 인정받아야 할 공적은 그보다 훨씬 더 크다. 탁월한 감식안으로 선택했던 수많은 소장품들을 오늘과 후대의 사람들이 널리 함께 누리게 된다면, 그 공적이야말로, 전통문화에 대한 사회의 관심을 일깨우는 초석을 놓았던 고인의 공적의 마땅한 '대미'가 될 것이다. 세상을 뜨기 얼마 전부터 "만일 미술관을 짓는 것이 불가능하면 그때는 국립박물관에다 기증했으면 좋겠다."고 거듭 당부했던 한 사장의 목소리가 아직도 내 귓전에 맴돈다.

　나는 지난 십 년 동안 고인의 소장품들을 다시 대면하지 못했다. 그게 원통하고 아쉽다. 하루 빨리 그가 남기고 간 소장품들이 있어야 할 곳에 놓이게 되기를 바라는 마음이 간절하다. 내가 아는 그의 수집품은 모두 제1급품이고, 국내외의 내로라하는 미술관에 전시되어 있는 한국의 미술품과 어깨를 나란히 하고도 남음이 있는 것들이다. 만일 한 사장의 소장품이 이제라도 국립박물관에 영구히 전시된다면 이것은 한씨 가문의 명예임은 말할 것도 없고, 나아가 국립박물관의 전시에 빛을 더하고 세계문화유산으로서 온 세계 미술애호가의 예찬을 받을 것임을 나는 감히 확신한다. ❀

그 민족의 보배들은 지금 어디에?

카네꼬 카즈시게 일본 아시아민족조형문화연구소장. 평생 수집해온 아시아 여러 나라의 민속조형품을 국립중앙박물관에 기증하였다. 한국저작권센터 곽소진 회장으로부터 한창기의 생애를 기리는 책이 만들어지고 있다는 소식을 듣고 부랴부랴 이 글을 기고해주었다.

곽소진과 나의 깊은 관계가 시작된 지 벌써 45년이란 세월이 흘렀다. 그는 한국에 있는 나의 극친한 친구다. 그의 소개가 없었더라면 예용해, 이대원 제 씨를 비롯해 역대 국립중앙박물관장, 그리고 서울대학교의 김원용 박사와 같은 많은 한국의 대표적인 지성과 만나지 못했을 것이다. 한창기도 그 중의 한 사람으로서 내게는 잊을 수 없는 귀중한 존재이다.

내 넋을 빼앗았던 조선 소나무 한옥

그는 경복궁에 가까운 언덕 위의 고급 주택가에 새로 지은 호쾌하고도 소쇄한 집에 살았다. 그것은 조선 소나무로 만든 광대한 전통 한옥이었다. 정문까지 나와 맞아준 그의 뒤를 따라 방안에 들어서니 손으로 만든 한지를 바른 독특하게 짠 미닫이문이 바깥 빛에 빛나고 그 싱싱한 나무향기가 온 방에 가득 찼다. 미닫이 곁에 아래위로 여닫이 할 수 있는 덧문이 처마에 걸려 있는 그 오밀조밀한 꾸밈새에 나는 감동했다. 그 분위기는 마치 우리나라의 헤이안 시대(794-1185) 귀족들의 저택을 연상케 했다. 참으로 아름다운 집이었다.

방마다에 놓여 있던 장이나 반닫이, 사방탁자와 같은 한국의 특유한 가구들도 모두가 일급품이었다. 마치 일급 박물관의 전시실에 있는 느낌이었다. 잠시 넋을 잃고 있었더니 그가 "바깥도 보실래요?" 하면서 미닫이를 열어 주었다. 옮겨 심어놓은 젊은 소나무들 사이사이에 놓인 석조 조각물들이 적어도 고려 아니면 조선조 초기까지 되오르지 않나 싶은 격조 높은 일품들뿐이었다.

한창기 소장품을 감상했던 행운

나는 한국의 여러 곳을 여행 다니며 많은 전통 건물을 보았다. 그래서 많은 격조 높은 위대한 건조물에 감격하여 눈여겨 보았지만 그가 산 집은 단순한 모조품과 달라 그 역사적 배경을 충분히 고려하면서도 거기에 현대성을 슬기롭게 가미한 점을 높이 평가하고 싶다. 그 뒤에도 여러 번 그와 만날 기회를 가졌는데 그때마다 그가 수집한 수많은 민족조형을 보고 그의 넓은 안목과 투철한 눈썰미에 놀랐다.

때로는 앞서 말한 예용해 씨와 같은 한국문화재에 대해 높은 안식을 가진 전문가들과 같이 방문해서 한창기의 소장품을 감상하며 "참으로 훌륭한 '것'을 수집했구나" 하고 서로 감탄했던 일이 어제 일같이 생각난다. 과연 그는 높은 안목을 가진 진정한 달인이었다.

나는 한국을 돌아다니면서 만나게 된 사람들, 작품들, 그리고 그것들을 만

한창기는 성북동 한옥 앞마당을 안에서
내다보기 좋게 구성했다. 사랑방에 앉으면
석등이 눈에 들어왔다.

든 장인들의 기술을 보고 관찰하며 그 위대한 작업정신에 감탄했다. 그래서 거기에 크게 자극된 나머지 마침내는 거의 아시아 전역에 걸쳐 사십 년 동안 돌아다니게 된 것이다. 서로 다른 자연환경 속에서 만들어진 여러 민족의 생활 실태를 살펴보고, 일본 사람들이 별로 주목하지 않았던 귀중한 자료들을 수집할 수 있었다. 그리하여 이천년에 한국국립중앙박물관이 용산에 장대한 구상의 신관을 짓는데 내 수집품을 기증할 의향이 없느냐는 곽소진의 상의를 받았을 때 주저 없이 승낙하였고, 마침내 당시 국립박물관 지건길 관장이 아시아 민족조형에 역점을 두는 아시아실 신설의 준비 일환으로 그 기증을 선뜻 받아주었다. 이 기증이 성사되기까지에는 처음부터 끝까지 곽소진의 중개 역할의 힘이 컸었다.

문화를 사랑하는 한국의 벗들에게

한창기는 너무 일찍이 1997년에 많은 사람들이 애석해하는 가운데 이승을 떴다. 그 비보에 접한 나는 한국 문화를 빛낼 커다란 별을 잃었구나 하고 애석하게 여겼다. 그리고 십 년이 흐른 오늘, 그가 수집한 저 위대한 민족의 보배들은 어디에 묻혀 있는지? 만일 그가 오늘날까지 건재했더라면 그 수집품을 국립중앙박물관에 기꺼이 기증하지 않았을까? 그래서 많은 관람객들을 즐겁게 했을 것이다. 한국 문화를 사랑하는 한국의 벗들이여, 그가 가졌던 국보적 수집품을 한국인은 물론 세계의 많은 애호가들이 즐겁게 감상하게 될 날이 멀지 않았기를 바라는 마음이 절실하다. (번역 / 곽소진) 🐾

미안함, 그리움, 아쉬움

박원순 아름다운재단 상임이사. 뿌리깊은나무 - 샘이깊은물의 법률 고문이었다. 한창기가 유언을
병상에서나마 정리할 수 있도록 절차를 마련했으며, 한창기 유언 집행인의 한 사람이 되었다.
1996년 깊은 가을, 한창기가 고통 속에 맞은 이승에서의 마지막 추석을 병실에서 함께 보냈다.
'버튼 다운 셔츠'를 생전 처음 입어보도록 권하고 선물한 사람이 한창기인 사실이 함축하듯이
두 사람의 교분은 매우 사사로운 영역에까지 이르는 각별한 것이었다.

　백년을 사는 사람이 드물다. 그렇게 이 땅에 태어났다가 누구나 이 땅을 떠
난다. 이별은 정해진 이치이다. 한 시대를 같이 살다가 더러는 자신보다 앞서
떠나보내기도 한다. 한 시대를 동시에 살았다는 것은 얼마나 대단한 인연인가.
그러나 하루에도 여럿의 부고를 받기도 하지만 우리는 그 모두를 안타깝게 생
각할 겨를이 없다.

　우리와 이별한 때는 물론이고 그 이후 늘 가슴에 담아두는 사람들이 있다.
부모나 형제가 그러하고 아주 특별한 친구나 인연을 맺은 사람들이 그러하다.
그 중에 한창기 사장님이 있다. 그가 우리 곁을 떠난 뒤로 벌써 헤아리기도 힘
들 정도로 오랜 세월이 지났지만 그는 늘 내 마음 한가운데 떠나지 않은 채 남
아 있다. 그리움과 아쉬움 때문이다.

　한창기 사장님을 떠올릴 때는 늘 미안함이 앞선다. 무엇보다는 내가 그에
게 준 것은 없고 그는 늘 나에게 준 분이기 때문이다. 뿌리깊은나무의 법률고
문이었던 나는 늘 중요한 미팅에 초청을 받았고 곁에서 그분의 사랑을 받았
다. 매년 연말이나 연초 회사 전체의 직원들이 모인 자리에 초청을 받았다. 그
리고 그는 늘 사람에게 주는 것을 좋아했다. 재치있는 말과 유머로 사람들에
게 즐거움도 주었지만 물질적으로도 그랬다. 몇 사람을 데리고 백화점에 가서
셔츠나 물건을 사 주시기도 했다. 물건이 중요한 것이 아니라 주변 사람들에
게 무엇인가 주고 싶은 마음을 읽을 수 있어 늘 미안한 마음이었다.

늘 받기만 했다

그에게서 얻은 것이 어찌 그런 사소한 물건 따위뿐이었겠는가. 그와 자주 만났던 시절에 나는 겨우 삼십대 중반의 청년이었다. 시대를 읽고 비평하던 그 탁월한 코멘트와 위트는 늘 나에게 세상을 새롭게 보는 눈을 키워주었다. 사실 그가 오히려 나보다 더 젊었다. 적어도 마음과 정신의 측면에서 보면 그는 늘 날카로웠고 정확했고 열정이 있었다. 나도 많은 사람을 접해보았지만 한창기, 그분보다 더 세상을 잘 읽는 사람은 없었다고 단언할 수 있다. 그러한 지혜와 혜안이 바로 그 어둡던 시절 뿌리깊은나무, 샘이깊은물과 같은 등대를 켜놓을 수 있지 않았을까.

나중에 안 사실이지만 적어도 그의 곁에서 함께 일을 했던 사람들은 모두 그 방면에서 전설이 되고 신화가 되었던 것은 주지의 사실이다. 사진의 강운구 선생이나 편집의 김형윤 선생, 윤구병 선생, 설호정 선생, 이가솜씨의 이상철 선생 들이 바로 그렇다. 그분들이 본래 탁월하기도 했겠지만 한창기 사장님의 곁에서 더욱 그 탁월함이 빛나지 않았을까 싶다. 별은 본래 서로 마주보며 더욱 빛나는 존재이기 때문이다. 이 분들과 친해지게 된 것도 나의 삶에서는 큰 행운이다. 내가 하는 일에 이 분들이 이런저런 시기에, 이런저런 일을 도와주면서 큰 도움이 되었기 때문이다.

한창기 사장님께 배웠던 또 하나의 큰 힘은 작게 썰어서 분석하고 생각해볼 수 있게 한 일이었다. 한번은 내가 샘이깊은물 직원들에게 저작권법에 대해 강의를 한 적이 있었다. 한참 강의를 하고 난 뒤 그가 나에게 송곳 같은 질문들을 쏟아냈다. 법의 문장 하나하나를 꼬치꼬치 물어보는 것이었다. 법률가인 내가 답하기 어려운 것들뿐이었다. 그러고 보니 우리나라 법의 문장 자체가 문제였다. 나는 그때 어떻게 사물을 보아야 하는지, 어떻게 질문을 해낼 수 있는지를 배웠다.

유산을 제대로 간직하지 못한 죄

영원히 함께 할 것 같은 그가 어느 날 병석에 앓아누웠다. 가끔 병문안을 가 보았지만 낫기는커녕 점점 더 악화되어갔다. 그러던 어느 날 한 사장님은 나와 또 다른 두 분을 유언집행인으로 정하고 돌아가시고 말았다. 다른 두 분이란 곽소진 선생과 한 사장님의 동생이었다.

한 사장님의 뜻이란 바로 한 사장님이 이 세상에서 남긴 것을 잘 보존하고
발전시키는 일이었을 것이다. 무엇보다도 그가 이 세상에 귀하게 남긴 것은
그의 섬세하고 탁월한 눈과 감각으로 모은 각종 민속문화재였다. 곽선생과 나
는 이 문화재를 국립박물관에 기증할 터이니 그 대신 한창기 사장님의 이름을
단 컬렉션 또는 갤러리를 만들어달라는 제안을 했고 국립박물관에서는 흔쾌
히 그렇게 하겠노라고 응답해 왔다. 그뿐 아니라 사실상 이십억대의 돈을 따
로 주겠다는 이야기까지 있었던 것으로 기억한다. 그러면 그 돈으로 한창기
기념 사업을 하는 것이 좋겠다고 하였다.

그런데 한 사장님의 가족과 동생은 한사코 국립박물관에 보내는 것은 반대
하였다. 자신들이 직접 박물관을 세우고 기념사업을 하겠다는 것이었다. 주변
에서는 이러한 가족들의 입장에 또 반대하는 분위기였다. 어려운 진통의 세월
이었다. 가족들은 주변의 사람들까지 동원하여 강력하게 자신들의 입장을 폈
다. 당시 한창기 사장님이 모아오셨던 문화재 목록을 만들어 문화부에 신청까
지 한 상태였다. 가족들이 직접 기념사업을 하고 박물관을 만들고 재단을 설
립하겠다고 나서고 실제 그렇게 진행하는 마당에 더이상 우리가 반대하기가
힘들었다. 결국 일은 가족들이 원하는 방향으로 추진되고 말았다. 나는 그들
이 제3자인 나 못지않게 잘해주리라고 기대하고 그렇게 믿었다.

저 세상에서 어떻게 뵐까?

문제는 그 이후였다. 재단은 만들어졌지만 박물관은 지금까지 서지 못했
다. 오랜 기간 동안 한 사장님과 좋은 분들의 정성과 재능으로 번성했던 샘이
깊은물까지도 문을 닫았다. 가족들이 직접 경영하면서 좋은 사람들이 하나둘
씩 떠나버렸기 때문이었다.

결국 한창기 사장님의 기념사업은커녕 그분이 남겼던 재산, 정신적 재산마
저 사라져버린 것이다. 유언집행인의 한 사람이었던 내가 늘 가슴에 죄송함을
가지고 살게 된 것은 이 때문이다. 그때 좀더 강력하게 고집을 부려서 국립박
물관행을 관철하고 따로 재단을 만들어 거기서 샘이깊은물을 출판하였더라면
달라지지 않았을까 하는 아쉬움을 버릴 수가 없었던 것이다.

한창기 사장님을 생각하면 이런 죄스러움과 아쉬움이 늘 가슴에 남는다.
그를 그리워하고 아쉬워하면서 저세상에서 어떻게 그분을 뵐까 노심초사하게
된다. 🐾

끝내 나를 울린 그 환자

홍기석 서울 논현동의 닥터홍 내과의원(서울 PET/CT 센터) 원장. 이십 년 동안
한창기의 주치의로서 한창기가 최후까지 가장 신뢰하고 의지했던 의사였다. 샘이깊은물 기자였던
김연옥이 정리한 이 구술을 통하여 한창기와 쌓았던 교분은 스스럼없이 털어놓았으나
그의 병세에 대한 구체적인 대목에서는 말을 아꼈다.

1996년 8월. 막바지 휴가철이었다. 한창기 씨는 일본 여행 중이었다.
서울의 샘이깊은물 사무실에서 받은 전화의 내용은 이랬다.
"걷는데 배에서 물주머니가 왔다갔다 한다. 일정을 당겨 돌아가야겠다.
닥터 홍한테 전화해서 병원으로 바로 가겠다고 해라."

그것이 시작이었다.
병세는 처음부터 돌이킬 수 없었다. 여행을 중단하고 돌아온
그를 진단한 홍기석 씨는 "만져보니까 바로 알겠더라." 했다.
길면 석달이었다. 그러나 서울 바닥에서 그가 몸져 누웠다는 걸
아는 사람은 극소수였다. 가족 말고 병실에 드나들 수 있는 사람은
열 명이 채 안 되었다. 아무에게도 알리지 말라는 환자의 뜻이 완강했고,
이듬해 2월 사람들은 느닷없는 부고를 받아야 했다.

돌연한 죽음 앞에서 흔히들, 그 지경이 되도록 몰랐다니, 또는
정기검진도 안 받았나…하기 쉬운 말들을 한다. 스물아홉 살 때부터
그의 주치의였으면서도 정작 치료는 한번 제대로 해보지도 못했던 사람,
제 병원에서 그를 보냈으되 끝내 문상은 하지 않은 사람.
내과 의사 홍기석 씨에게 한창기라는 인물은 어떤 환자였나. ―편집자

166 회한 또는 그리움

조직검사를 거부한 똑똑한 간염 환자

1976년이었나. 한 사장이 비형 간염으로 서울대 병원 특실에 입원하셨을 때 내가 담당 레지던트 이년차였다. 주치의는 한용철 박사였다. 그때는 간염 환자 들어오면 무조건 침생검이라고 간조직을 떼어서 하는 검사를 했는데 한 사장이 절대 안한다는 거였다. 왜? 이미 만성간염이라고 진단이 나왔는데 그 조직검사를 해서 나을 수 있는 거라면 하겠다. 그런데 고칠 방법이 없다면서 왜 하느냐는 거였다. 한용철 박사가 굉장히 스마트한 사람이다. 그분은 폐 전문이면서도 한 사장 주치의를 하셨는데 그것도 말 된다면서 하지 말라고 하셨다. 그게 내겐 아주 흥미로운 일이었다. 만일 김정룡 박사였다면 끝까지 시켰을 거라고 생각한다.

레지던트 이년차더러 주치의를 하라니!

병실에 이상한 것들을 갖다 놓으셨다. 형용이 흐릿한 화강암 불두, 무덤에서 나온 신라시대 유리잔 같은 것들. 궁금해하면 자상하게 설명해주곤 하셨다. 그러고 나서 퇴원하셨는데 얼마 뒤에 날 찾아오셨다. 저녁을 사주시면서 주치의를 해달라고 말씀하셨다. 그런 사회 저명인사가 레지던트 이년차에게 주치의를 해달라니 말이 되나? 그런데 "서울대 병원에서 내과 트레이닝 받고 있으니 훌륭한 의사 될 거고 내 주치의를 할 자격이 충분하다." 하셨다.

주치의를 시켜놓고는 병원에는 안 오시면서 여기저기 데리고 다니면서 처음 먹어보는 걸 많이 사주셨다. 조선호텔에서 캐비어 처음 먹어주셨고, 페킹덕도 그와 처음 먹었다. 술을 안 드셔서, 나는 이런 것 사주시는 것보다 요정 가보는 게 소원이라고 했더니 그냥 웃으셨다. 국군서울지구병원에서 군의관 할 적에는 그 숙소가 성북동이어서 댁에도 자주 놀러갔다. 옆에 앉혀놓고 차는 몇 도에서 어떻게 마시는 건지, 다식 맛이 뭔지 가르쳐주셨다.

성북동에서 들은 못 잊을 「반야심경」

어느 날은 서울역 앞 동자동에 있던 뿌리깊은나무 사무실에 들렀다가 마침 그날 열린 판소리 감상회에서 난생처음 판소리를 들었다. 「심청가」였는데, 그때까지 음악이라는 건 서양 고전음악뿐이던 내게 대단한 충격이었다.

167

나중에 한사장의 성북동 집에서 선암사 지허 스님의 「반야심경」을 들었을 때도 그랬다. 교회 다니는 집안에서 자란 내가 반야심경을 들으며 「그레고리안찬트」를 뛰어넘는 소리라고 느꼈다. 골동, 음식과 차, 소리… 당신이 이끄는 대로 꽉꽉 받아들이는 걸 보며 즐거워하셨다. 젊은 날, 나는 그의 좋은 제자였다. 내게 그는 아주 불량한 환자였지만. 이렇게 바꾸어 말할 수도 있다. 내가 그 사람한테 의사로서 해준 건 아무것도 없지만 그는 내게 정말 많은 걸 준 환자였다.

그러면서 병원에는 오지 않았다

외국에 가서도 어디 아프면 낮이고 밤이고 전화하면서 내 병원에는 왜 그렇게 오기 싫어하셨을까. 항상 두려웠던 거라고 생각한다. 나중에는 심지어 감기약, 설사약도 전화로 지어갔다. 병원 오라고, 와서 검사 받으라고 하는 소리 듣기 싫어서. 그럼에도 불구하고 내 책임이 중하다고 통감한다. 무슨 수를 써서라도 모셔다가 치료를 꾸준히 했어야 했다. 그랬다면? 지금도 사시지 않았을까 한다. 1980년대 초반만 해도 간염은 치료랄 게 없는 병이었다. 의사가 할 수 있는 말은 술 마시지 말고 밥 잘 먹고 푹 쉬어라, 이게 다였다. 한국에서 비형 간염 치료가 본격적으로 시작된 게 1986년쯤이고 그로부터 나날이 발전하여 그 시절과 지금은 수준 차이가 엄청나다.

그 환자 때문에 시작한 간염 탐구

원래 소화기 내과 전공이 아닌 내가 간염 전문이 된 것도 가장 큰 계기가 한사장이었다. 한 사장 때문에 간에 더 집중했고 외국 쎄미나를 쫓아다니면서 첨단의 치료법을 배워 와 바로바로 적용했다. 그 치료법들을, 정작 그걸 탐구하게 한 이에게는 한번 써보지도 못한 것이다. 딱 한번, 서울내과병원을 열고 얼마 안 되었을 적에 이박삼일인가 입원해서 정밀 검진을 하시기는 했다. 그때 정말 행복한 검사 결과를 얻으셨고 그걸로 병원 출입을 끝내셨다. 그 뒤로는 행여라도 나빠졌다는 소리, 듣고 싶지 않았던 것이다.

처음에 일본 여행중에 배에 물주머니가 돌아다닌다고 하셨지만 사실은 고환이 부은 거였다. 군의관을 같이 한 내 동기가 적십자병원 비뇨기과에 있었다. 그 병원이 공항에서 가까우니까 일본서 도착하는 대로 우선 그리로 가시게 했다. 동기가 보더니 이건 비뇨기과의 문제가 아니라고 "홍기석한테 가시지 요." 했다고 한다. 이미 복수가 손댈 수 없을 만큼 찬 상태였다. 그 주말을 보내 고 월요일 새벽에 우리 병원에 오셨다. 간에 손을 대니까 이미 덩어리가 만져 졌다. 기가 막혔다. 그날은 간경화라고 말씀드리고 입원을 하시게 했다. 그러 고는 이제부터 나와 여섯 달 동안 간 치료 하시자고 했다. 그러려면 주변 정리 하셔야 한다고 말하고 돌아서는데 내 눈이 젖었다. 너무 늦었으니까.

골동, 음식과 차, 소리 … 당신이 이끄는 대로 꽉꽉 받아들이는 걸 보며 즐거워하셨다. 젊은 날, 나는 그의 좋은 제자였다. 내게 그는 아주 불량한 환자였지만. 이렇게 바꾸어 말할 수도 있다, 내가 그 사람한테 의사로서 해준 것은 아무 것도 없지만 그는 내게 정말 많은 걸 준 환자였다.

굿만 빼고 다하자!

그러나 길게 감출 수는 없었다. 간 사진을 직접 보겠다고 하셨다. 화요일 저 녁에 사실대로 말씀드렸다. 나중에 복잡해진 사정은 모르겠지만 당장 그 이튿 날 브리태니커 사장, 변호사, 회사 사람들 불러 필요한 얘기를 하시겠다고 했 다. 그분 성품에 정확하게 일처리를 하셨었지 싶다. 그러면서도 속으로는 반신 반의하셨을 거다. "내가 벌떡 일어나면", "내가 간 바꾸면" 그런 말씀을 자주 하셨다. 사람은 그런 존재다. 죽기 삼십 분 전의 환자도 부정한다. 나는 아닐 것이다… 담당의사인 나부터도 굿만 빼고는 다 하자는 심정이었다. 아산병원 에 의뢰해봤지만 간 이식도 불가능하다고 했다. 병실에는 침 놓는 사람이 드나 들었다. 마침 그때 필동 중대 부속병원의 누가 획기적인 치료법을 개발했다고 떠들썩하게 보도되어 그리로 옮기기도 했지만 곧 우리 병원으로 도로 오셨다.

인터콘티넨탈 호텔의 마지막 외식

그해 11월 말쯤이었다. 이미 피골이 상접해 있었고 누워서 말 한마디 하려 고 해도 온 얼굴을 다 찡그려야 할 만큼 기력을 잃으셨을 때였다. 평생 사주시 는 것만 먹었는데 처음으로 저녁 한번 대접하겠다고 제안했더니 선뜻 텟빠야

끼를 먹자고 하셨다. 상상 속의 식욕일망정 드시겠다고 하니 감격스러웠다. 성북동 집에서 옷이 날라져왔다. 그날따라 갖은 모양을 다 내셨다. 최고의 와이셔츠에 양복과 바바리 코트, 무릎까지 올라오는 목이 긴 실크 양말. 지팡이도 근사한 걸 드셨다. 늙으면 쓴다고 좋은 지팡이들을 사 모으셨다는데 결국 그날 한번 드신 게 아니었을지? 인터콘티넨탈 호텔 지하 일식당으로 갔다. 당연히 음식은 몇 젓갈 못 드셨다. 온전히 앉아 있는 게 이미 불가능했다. 음식점에서 나오면서 함께 갔던 분이 그랬다. "그 한창기가 저렇게 돼도 되는 거냐?" 그것이 격식을 갖춘 그의 마지막 외식이었다. 그러고 나서 얼마 안 가 간성 혼수에 빠져 들어갔다.

> 당연히 음식은 몇 젓갈 못 드셨다. 온전히 앉아 있는 게 이미 불가능했다.
> 음식점에서 나오면서 함께 갔던 분이 그랬다. "그 한창기가 저렇게 돼도 되는 거냐?"
> 그것이 격식을 갖춘 그의 마지막 외식이었다. 그러고 나서 얼마 안 가
> 간성 혼수에 빠져 들어갔다.

문상을 못 간 사정

돌아가시고 나서 장지인 벌교로 옮기기 직전까지 샘이깊은물 편집주간이 내가 안 왔는지 몇 번이나 물었다고 들었다. 수련의 할 적에 선생님들 보면 자기 환자 죽으면 문상을 안 갔다. 지금도 아마 그러지 않을까 한다. 아무리 그래도 한 사장한테는 안 가면 안 된다는 생각을 하면서도 이상하게 가지지가 않았다. 나도 죽음이 무서웠나? 돌아가신 거 확인한 의사가 난데 문상이 부질 없다고 느꼈나? 병원 개업할 적에 윤명로 선생의 「균열」이라는 그림을 선물로 주셨다. 그 작가의 최고 작품 중 하나로 꼽히는 걸로 안다. 뿌리깊은나무 신문로 시절에 사장실 벽에 걸려 있던 거다. 자기 방에 걸었던 그림을 떼어주는 게 쉬운 일이 아닌데 그걸 주셨다. 그런데 한 사장 돌아가시고 나서 그 그림 보고 있는 게 힘이 들어서 팔아버렸다. 문상을 안 간 것, 굳이 설명하자면 그 비슷한 맥락이 아니었는지 모르겠다. 얼마 뒤에 선암사 가는 길에 그가 누워 있는 벌교에 들렀다. 하루 자고 왔다.

지석영의 친필 서한에 얽힌 사연

연건동의 서울대학교 의학박물관에 종두법을 이 땅에 처음으로 보급한 지석영 선생이 1928년에 조선 종두 오십 주년 기념식에서 표창을 받고 일족인 지창영이라는 이에게 보낸 친필 서한이 전시되어 있다. 그 전시물의 이름표에 적힌 기증자 이름이 '홍기석, 한창기'이다. 군의관 시절에 한 사장이 인사동에서 구해준 것을 오래 가지고 있다가 그 박물관에 기증한 것이다. 박물관의 시계탑 건물에 있는 기증자 벽에도 우리 두 사람 이름이 함께 올라 있다. 한 사장이 병원에 입원해 있을 땐데 그걸 기증했다고 박물관 쪽에서 나 하나, 한 사장 하나 감사패를 만들어 주겠다고 했다. 병실에 가서 그 얘기를 하니까 "그놈의 감사패라는 것처럼 귀찮고 보기 싫은 것 없다. 그걸 어디다 둬. 그러지 말고 종이로 하라고, 감사장 만들어서 보내라고 해라." 하셨다. 그 감사장을 병실에서 내가 전해드렸다. 얼마 전에 삼성서울병원에서 환자를 많이 보내줬다고 감사패를 준다고 연락이 왔다. 내가 그랬다. "감사패라는 것처럼 귀찮고 보기 싫은 것 없다. 정 주려면 감사장 만들어 보내라." 나는 이렇게 그를 닮아 가고 있다. 🌸

그리운 한창기
바람 부는 날, 또는 잠깐 이성을 놓아버린 날

서화숙 한국일보 편집위원. 이 신문 문화부의 출판담당 기자였던 1988년 한창기를 처음 만났다. 1991년 가을 긴 인터뷰를 하였으나, '언론 노출'을 몹시 꺼리던 수줍은 한창기의 완강한 '사양'으로 기사화할 수 없었다. 병석에 눕기 전까지 세대를 뛰어넘어 '문화적 교분'을 나누었다. 뿌리깊은나무 - 샘이깊은물 사무실이 있었던 성북동에 살고 있었으므로 언론인으로는 맨 먼저 한창기의 부음을 들었다.

삼 년 전 그날 나는 술에 몹시 취했던 성싶다. 택시를 타고 반포대교를 건너는데, 불현듯 택시 안에 한창기 선생이 같이 타고 있다는 느낌이 들어 가슴이 쿵쾅 뛰었다. 택시 안으로는 여름 강바람이 사정없이 몰아치고 있었다. 나는 한창기 선생이 그리워서 꺼이꺼이 울었다.

'불고기' 약속은 못 지켰는데

한창기 선생을 마지막으로 뵌 때는 돌아가시기 일년 전쯤이었다. 그때 우리집은 뿌리깊은나무사의 성북동 사무실에서 걸어서 십분 거리 안에 있었다. 한창기 선생, 또 다른 샘이깊은물 편집실 분들과 함께 어디를 가거나 오던 중이던 밤이었다. 내가 저기가 우리집이라고, 앞집에 가려서 마당 등에 위층 부분만 덩그러니 비치는 집을 가리켰다.

잘 보이지도 않는 집을 한 선생은 "참 좋다."고 했다. 기운이 힘차다고, 좋은 일이 많이 생길 집이라고 덕담을 했다. 어쩐지 그 덕담이 나는 한창기 선생답지가 않다고 느꼈다. 예리한 사람이 착한 할아버지가 된 것처럼 어색했다.

곁에 있던 누군가가 더 이상한 소리를 했다. 한창기 선생이 주머니에 과자나 사탕 같은 것을 들고 다니면서 아이들을 만나면 나눠준다고 했다. 나는 착한 할아버지 같은 한창기 선생보다는 예지가 번득이고 다층적이고 냉소적인 유머를 구사하고 문화에 대해 해박한 한창기 선생을 좋아했기에 그런 변모가 반갑지 않았다. 아무튼 언제 불고기를 구워서 집으로 한번 모시겠다고 했다.

"한 사장님 돌아가셨어요."

불고기를 먹자던 약속은 지키지 못했다. 그때 나는 일하랴, 겨우 돌을 넘긴 셋째를 돌보랴 시간이 많지는 않았다. 그러던 중 선생이 암에 걸렸다는 소식이 들려왔다.

나는 병원에 가보지 못했다. 정확히 말하면 피했다고 하는 게 맞을 것이다. 사랑하는 이들이 연속해서 암으로, 당뇨합병증으로 세상을 떠나던 시절이었다. 나는 친한 이들이 앓는 모습을 보지 못한다.

그러다가 깊은 밤에 샘이깊은물 설호정 주간한테서 집으로 전화가 걸려왔다. "한 사장님 돌아가셨어요."

나는 뿌리깊은나무사가 있는 집으로 한달음에 달려갔다. 왜 살았을 때 이렇게 달려가지 않았던가 수없이 자책했다. 안에 불이 훤했다.

"여기가 아랍에미리트 대사관저였는데…" 대리석 거실을 보노라니 한창기 선생이 사무실을 소개하던 소리가 들리는 듯했다.

첫 만남 ─ 모즈룩과 코의 점

한창기 선생을 처음 만난 것은 1991년 내가 한국일보 출판담당 기자일 때였다. 그때 뿌리깊은나무사에서 펴낸 『민중 자서전』을 신문에 크게 다루자 전화가 걸려왔던 성싶다.

한번 사무실로 놀러오라고 해서 간 곳이 창덕궁 맞은 편의 빌딩이었다. 그는 모즈룩이라 부르는, 몸에 딱 맞는 영국풍의 양복을 입고 있었다. 코 한쪽에 커다란 점이 있어 다소 촌스럽게도 보이는 얼굴은 진지한 표정과, 반듯한 가르마, 김구 형의 동그란 안경으로 기묘한 격식이 느껴졌다. 사무실 어귀에 커다란 낡은 금고가 눈에 띄었는데, 한창기 선생은 화신백화점을 세운 박흥식의 금고라고 했다. 그러고는 인사동 영희집으로 점심을 먹으러 갔다.

한창기 선생은 대학 시절 내 우상이었다. 나는 1980년에 폐간된 잡지 뿌리깊은나무의 애독자였고 그가 만든 『한국의 발견』은 이사다닐 때도 꼭 챙겼다. 어떻게 한 인간이 이토록 르네쌍스적으로 다방면에 유식하면서도 가장 근본적인 것에 대한 관심을 놓지 않을 수 있는가, 민중에 대한 애정을 그렇게 재미있게 표출한 책을 만들 수 있는 재능은 또 무엇인가. 내게 그는 경외의 대상이었다. 출판담당이 되어 그런 분과 함께 식사를 할 수 있다는 것이 참으로 경이로웠다.

안국동과 인사동의 기억들

한창기 선생은 입맛을 다셔가며 이야기도 참 재미있게 했다.

한국인의 생활음과는 동떨어진 외래어가 아니라 '난닝구'와 '빤쓰' 같은 입말을 써야 하는 이유를 설명하기도 했고 당시 화제인 문화 개방을 소재로 이미 들어와 있는 브리태니커 같은 외국 출판사는 상관없으면서 새삼 출판시장 개방에 법석을 떠는 것은 무엇이냐는 이야기도 했다. 어떻게 그가 판소리와 차와 옹기를 오늘에 되살리는 데 힘쓰게 되었는지도 들었다. 그는 천연 염색에 쓰기 위해 보급하고 있다는 쪽풀씨를 주었다. 아무 데나 뿌리면 번성할 것이라고 했다.

그렇게 시작된 한창기 선생과의 인연은 꽤 오래 갔다.

한 선생은 나를 불러 맛있는 것을 먹이고 문화에 대해 가르쳐주기를 좋아했다. 창덕궁 맞은편에서 안국동이나 인사동의 밥집으로 걸어갈 때면 골목에 있는 것들을 하나 하나 일깨워주었다. 목포집의 떡갈비를 먹으러 가면서는 오래된 여관과 건물 담에 붙은 조그만 봉황 장식 꽃 장식을 눈여겨보게 했고 삼청동 쪽으로 나갈 때면 미국 대사관 직원 숙소에 새로 만든 돌담의 미감에 대해 이야기하기도 했다.

그는 나더러 생활문화에 눈 돌리라고 거듭 권하면서 우리 음식을 제대로 만드는 집을 기록해두는 것도 의미가 있다고 강조했다. 그때는 귀 기울여 듣지 않았는데 1990년대 중반에 들어 그런 것들은 모두 신문의 주요 소재가 됐다.

미스 반 데어 로에의 가죽의자에 앉아

나는 한창기 선생이 일깨워주는 것보다는 한창기 선생 자체를 인터뷰하는 것이 목표였다. 그는 1980년에 강제 폐간된 뿌리깊은나무 대신 1984년 샘이 깊은물을 창간해서 필명으로 글을 쓰는 것을 제외하면 공식적인 언론매체에는 전혀 얼굴을 드러내지 않았다. 그때 한국일보에는 '문화인 예술인'이라는 장문의 인물 탐색 기사가 있었는데, 나는 우상인 그를 다루고 싶었다.

창덕궁 맞은편의 가든타워 8층 사장실에서, 미스 반 데어 로에의 가죽의자가 있고, 음양오행도 목판 탁본이 있는 그곳에서 오후 두 시에 시작한 인터뷰는 가을해가 다 떨어져서 방안이 컴컴하도록 계속되었다. 나는 인터뷰라고 생각하고 그는 대화라고 생각한 것인지도 모르지만 나는 묻고 그는 답하면서 시간을 잊었다.

전남 벌교에서 청주 한씨 가문의 맏아들로 태어난 그는 서울 법대에 가기 위해 서울로 올라온 후 재동, 계동, 원남동, 이화동 같은 사대문안의 영역에서 거의 평생을 머물렀다. 계동의 하숙집에서 동숭동에 있었던 서울대 법대까지 매일 걸어다니면서 보는 궁궐 담과 오래된 한옥들에서 그의 미감이 어떻게 달라졌는지, 브리태니커에서 서양의 문화를 접하면서 오히려 한국 문화의 독특함에 눈뜨게 된 연유는 무엇인지 이야기했다.

그는 가장 아름답고 정확한 우리말을 찾기 위해 영문학자 이양하의 영한사전도 본다고 말했다. 그 스스로 문화를 만들어나간 뿌리깊은나무 시절을 상세히도 기억하고 있었다. 그리고 물론 그 잡지가 폐간되던 시절의 아픔도. 그가 그 잡지의 폐간으로 입은 손실이 몇십억이라고 수치를 정확히 들이댈 때 나는 돈에도 밝은, 사업가로서의 한창기를 충분히 느꼈다.

기사는 끝내 쓰지 못하고

우리는 불도 켜지 않고 그렇게 오래 이야기를 했다. 이야기를 나누다보면 상대방의 영혼에 풍덩 빠진 듯한 순간이 온다. 나는 그때 그랬다고 느꼈다.

나는 일어나면서 인터뷰 기사를 쓰겠다고 했다. 그는 쓰지 말라고 했다. 거기서 끝났다면 나는 그렇게 화가 나지 않았을 것이다. 그는 내게 음양오행도 탁본을 선물할 테니 쓰지 말라고 했다. 그에게 판소리전집을 얻었던 내게는 이것이 나를 놀리는 소리로 들렸다. 나는 그 날로 수첩을 덮고 나왔고 다시는 한창기 선생을 만나지 않았다. 그 때가 아마도 1992년 어름이 아닐까 싶다.

언제 다시 한창기 선생을 만나게 되었는지는 기억이 나지 않는다. 1995년? 1996년? 왜 다시 만나게 되었는지도 모르겠다. 내가 보고 싶어 한다는 말을 설호정 주간이 전했던 모양이다. 한창기 선생이 밥을 먹자고 했다. 그 밥! 약속한 신라 호텔로 가니 중앙대학교 교수였던 무용평론가 정병호 선생이 동석했다.

그 사이 뿌리깊은나무는 성북동으로 이사를 갔다. 우리집도 쌍문동에서 그 동네로 옮긴 터였다. 한창기 선생은 새로운 사무실을 보여주고 싶어했다.

다시 이어진 문화특강

그 다음부터 다시 한창기 선생은 나를 맛있는 집에 데리고 다니면서 문화특강을 했다. 거기에는 한창기 사단이라 불릴, 다른 문화인이 한두 명쯤은 늘더 꼈다.

덕분에 어린 시절, 계몽사 아동문학전집의 삽화가로 꿈에서나 볼까 싶은 송영방 화백도 만났다. 그가 그린 『작은 아씨들』의 낭창낭창한 그림을 나는 얼마나 좋아했던가. 어느 날 저녁 한창기 선생이 집에서 밥이나 먹자고 해서 갔더니 이미 집에 송영방 화백이 와 있었다. 오래된 찬모 같은 아주머니로부터 길이 잘난 맛있는 밥상을 받았다.

선이 가늘고 우아한 그림과 달리 송영방 화백은 우스갯소리를 아주 잘했다. 나는 등짝을 쳐대며 웃었고 허리를 꼿꼿이 펴고 양반다리로 앉은 한창기 선생은 따라 웃으면서도 송영방 화백한테 "그 이야기도 있잖아" "저 이야기도 있잖아" 하면서 계속 추임새를 넣어주는 걸 잊지 않았다.

그는 이 사람한테 들은 재미있는 이야기는 저 사람한테도 들려주고 싶어했다. 성북동에 뽕나무를 되살리려는 그의 이상은 성북초등학교에 뽕나무가 심어지고 선잠단지가 단장이 되는 것으로 실현됐다.

그에게는 사람을 깨우쳐주려는 천성이 있었다. 그는 나를 깨우쳐주려 했으나 나는 즉시 써먹을 기사거리를 더 중시했다. 그래서 나는 그를 사숙할 수 있는 소중한 시간을 낭비했다.

그분이 정녕 떠났는가?

어느 날 암으로 몸져 누웠다는 이야기를 듣고는 끝이었다. 나는 무서웠다. 아픈 한창기, 나약한 한창기를 볼 용기가 없었다. 나는 아직도 한창기 선생의 죽음을 믿지 못한다. 바람이 몹시 불거나 내가 이성을 놓아버릴 때면 내 옆에 한창기 선생이 살아 있다고 느껴질 때가 있다. 🐾

뿌리깊은나무-샘이깊은물
전설로만 떠돌게 할 것이냐?

장경식 한국브리태니커회사 이사. 1992년 봄에 한국어판 브리태니커 백과사전 편집진에 합류했으나 한창기를 만난 적이 없다. 오래 전부터 책상 옆에 뿌리깊은나무 창간사를 복사해서 붙여놓고, 때때로 읽는다.

잡지 뿌리깊은나무가 한 일을, 이미 아는 사람은 안다. 문화에 대한 관심이 깊었고, 우리말을 살려 썼으며, 한글로만 표기했고, 잡지 디자인의 모범을 보였다. 토박이 문화를 되살리는 데 관심이 많았고, 전통문화 상품을 만들기도 했다. 이 잡지는, 이 여러 일을 통해서, 도대체 무엇을 하려고 한 것일까.

근대 합리주의에서 찾은 길

이 잡지는 무슨 일이든, 제대로 하려 했다. 모든 것을 따져 묻고, 근본을 밝히며, 꼼꼼하게 낱낱을 새로 정리하는 길을 택했다. 제대로 하려다 보니, 관행에 젖어서 새롭게 따지는 일에 익숙하지 않은 이들에게 보여줄 기준이 필요했다. 이 잡지는 그것을 문화라고 생각했다.

뿌리깊은나무 목차의 맨 위에는 "한국의 문화 발전에 참여하는 분들에게 바치는 월간 잡지"라는 말이 적혀 있었다. 뿌리깊은나무가 정치나 경제가 아닌 문화를 이처럼 중요하게 생각했던 까닭은, 창간사에서 밝힌 대로, 문화가 역사의 꽃이 아니라 그 뿌리이며, 정치나 경제는 그 열매이겠기 때문일 것이다. 당시 사람들은, 온갖 방향으로 무리하게 가지를 당기거나, 심지어 온갖 바깥 나라에서 꺾어온 가지로 접붙이기를 했다. 이 모두가, 뿌리와 둥치의 사정을 제대로 살피기보다는 성급하게 꽃부터 피우려 하거나, 꽃도 피우기 전에 열매부터 맺게 하려는 욕심들 때문이었다.

일제 강점은 일본 문화의 흔적과 언어의 오염을 남겼고, 전쟁과 분단 과정에서 쏟아져 들어온 미국을 비롯한 서구문명은, 전통문화를 급속하게 소멸시켰다. 생활문화뿐 아니라 정신세계에도 서구문화의 영향이 급속히 퍼졌고, 산업화 과정에서는 많은 갈등과 모순이 발생했다. 인습은 여전하면서도 문화적으로는 자기부정이 더욱 심해졌다.

이 잡지는 이런 문제들을 풀기 위한 길을 근대 합리주의에서 찾았다. 이치에 맞는 사고와 의사 표현을 할 수 있다면, 일제 강점과 분단으로 나라 전체에 뿌리내린 왜곡된 문화와 인습에서 벗어나, 제대로 된 근대국가로 나아갈 수 있지 않을까 생각했다.

이러한 자각은, 근대를 맞아 새롭게 국가의 틀을 다지는 과정에서 다른 여러 나라에서도 나타났던 사례들과 매우 비슷하다. 제대로 된 근대국가를 이루기 위해서는 근대의 사고를 하는 국민이 있어야 한다. 사람들을 혈연과 지연으로 얽힌 좁은 공동체에서 끌어내어, 국가라는 이름의 공동체에 편입시키고, 공동의 목적을 갖도록 하기 위해서는, 무엇보다 국민으로서 자긍심을 갖도록 하는 것이 중요하다. 이를 위해서 가장 긴요한 것이 전통과 문화이다. 이 잡지는 문화가 그 바탕에서 작동하고 있음을 알았고, 전통이 문화의 핵심임을 깨달았다. 따라서 전통을 호출하여 근대성의 요소로 삼으려고 했다.

　　　　　되살릴 가치가 있는 전통문화를 근대의 눈으로 골라내었고 골라낸 전통문화는
　　　　　근대의 방법과 기술로 정리했다. 판소리 전집에 붙인 사설집이나 민중 자서전에 기록된
　　　　　내용은 거의 완벽하게 원형을 살렸지만 기록의 방법과 원전 비평의 수준은
　　　　　가장 근대적이었다. 잎차나 방짜 유기 또한 전통적인 방법으로 재현했지만 포장이나
　　　　　디자인은 가장 근대적이었다.

뿌리깊은나무의 부대사업으로 판소리 감상회와 민화 전시회를 열고, 잎차와 방짜유기를 복원해서 보급했던 것은, 근대화의 과정에서 관심의 사각에 있던 전통문화 유산을 되살리는 계기가 되었던 것만으로도 충분히 상찬받을 만한 일이지만, 내면에는 더 깊은 뜻이 있었을 것이다. 뿌리깊은나무는 모든 전통문화를 복원하려고 하지는 않았다. 되살릴 가치가 있는 전통문화를 근대의 눈으로 골라내었고, 골라낸 전통문화는 근대의 방법과 기술로 정리했다. 판소

리 전집에 붙인 사설집이나, 민중 자서전에 기록된 내용은 거의 완벽하게 원형을 살렸지만, 기록의 방법과 원전 비평의 수준은 가장 근대적이었다. 잎차나 방짜 유기 또한, 전통적인 방법으로 재현했지만 포장이나 디자인은 가장 근대적이었다. 뿌리깊은나무는 국민을 근대 합리주의의 세계로 이끌기 위하여, 필요한 전통과 문화를 선별하고, 이를 근대의 모양으로 다듬어가는 일을 통해 새로운 전통을 발명하려 했던 것이다.

새로운 글쓰기를 제시했다

한글 전용을 비롯한 글쓰기에 대한 이 잡지의 생각도 같은 바탕에서 시작했을 것이다.

제삼공화국이 들어선 후, 한글 전용이 각종 공문서 작성의 기본 규칙으로 제정되었지만, 이를 주장했던 대통령 자신의 메모는 여전히 한자로 되어 있었다. 사상과 문학의 최전선에서 새로운 근대의 담론을 담아내려고 했던 몇몇 잡지들조차 정작 자신들의 정체성을 드러내는 제호는 한자로 표기했고 본문에도 한자를 노출시켰다. 한글 전용이 국민 정체성의 기본이라는 생각을, 적어도 그 당시의 지식인들은 하지 않았다. 말과 글 자체의 가치를 문화의 원형으로 인식하고 이를 실천했던 매체는 실로 찾기 어려웠다. 뿌리깊은나무는 국민의 정체성을 담아낼 수 있는 글쓰기를 위한 구체적인 방법을 찾고, 실천했다. 표기를 한글 전용으로 하기도 했지만, 이 잡지에서 더 관심을 가졌던 것은 우리말의 원형으로 참고할 수 있는 '토박이 말'을 살려 쓰는 일이었다. 하지만 토박이 말에는 근대화 이후에 공용어로 정착된 많은 개념어들이 존재하지 않을뿐더러, 그 쓰임도 사뭇 달랐다. 이 잡지는 무조건 토박이 말을 따라 쓰려고 하지 않았다. 되도록 토박이 말을 살려 쓰되, 그 쓰임을 키워서 난해한 전문용어나 일본식 한자어로 오염된 우리말을 대신할 새로운 글쓰기를 제시하려고 했다. 이 잡지에서 부대사업으로 펴낸『민중 자서전』과 같은 기획은, 바로 그러한 토박이 말 발굴과 정착의 한 시도였겠다.

뿌리깊은나무의 글쓰기는 이러한 목적과 동력으로 기획되었다. 이 잡지는 이런 신념을 바탕으로, 어려운 글을 쉽게 풀어 쓰기로 하고, 표기는 한글, 표현은 토박이 말을 살려 쓰려 했다. 하여, 관념적인 문장 가운데 흔히 토박이 말이 섞여 쓰임으로써, 사실상 새로운 글쓰기가 발명되었다. 전통적으로는 한 문장 혹은 한 글 안에서 서로 어울려 쓰이지 않았던 어휘들이 뒤섞여 사용되기도 했다. 이것의 옳고 그름을 따지기에 앞서, 분명한 것은 이런 문장이 그 이전에는 없었던 새로운 문체, 또는 글쓰기라는 사실이다. 이는 적어도 참된 우리말 문장을 쓰려면 어떠한 뜻으로 시작해서, 어떤 방법이 시도되어야 하는 가를 보여주는 진정한 한 사례였다.

> 이 잡지는 근대의 외투를 입었으면서도 국민의 내면에 잠복해 있는 전근대성을
> 끊임없이 떠올리고 지적하여, 제대로 된 근대를 지향하도록 하려 했다. 뿌리깊은나무에서
> 지향한 글쓰기와 전통문화 복원의 노력 또한 과거로 돌아가자는 것이 아니라
> 전통의 유산을 근대로 호출하여 근대의 요소로 전유하려는 시도였다. 다시 말하면
> 근대 한국에 필요한 전통이 무엇이며 그것을 어떻게 전통화하려는 것인지에 대한 기획이었다.

뿌리깊은나무의 발행-편집인 한창기를 비롯, 당대의 소장학자들로 구성된 편집위원들에게는 합리주의라는 도구로 표면화한, 진정한 근대정신에 대한 지향이 있었던 것으로 보인다. 이 잡지는 근대의 외투를 입었으면서도 국민의 내면에 잠복해 있던 전근대성을 끊임없이 떠올리고 지적하여, 제대로 된 근대를 지향하도록 하려 했다. 뿌리깊은나무에서 지향한 글쓰기와 전통문화 복원의 노력 또한, 과거로 돌아가자는 것이 아니라, 전통의 유산을 근대로 호출하여 근대의 요소로 전유하려는 시도였다. 다시 말하면 근대 한국에 필요한 전통이 무엇이며, 그것을 어떻게 전통화하려는 것인지에 대한 기획이었다.

당시의 여러 시사종합 잡지들이, 겉으로는 근대를 향유하면서도, 그 속에 존재하는 전근대의 관습에 대해 일말의 갈등도 느끼지 못하고 있었다면, 뿌리깊은나무는 바로, 근대성이야말로 내포에서부터 외연에 이르기까지 일치하여야 한다는 강박과도 같은 계몽의 책임감을 갖고 있었다. 근대를 계몽하여야 하는 처지이므로, 이 잡지는 결국 문화 비평의 눈을 갖고 당대의 모든 것에 대해서 끊임없이 발언할 수밖에 없었다.

못 만날 뻔한 『한국의 발견』과 샘이깊은물

이 잡지의 이러한 포부는 창간사에서 '예언'했던 것처럼 결국 다 이루어지지는 못했다. 폭압의 시절에 문을 닫았던 뿌리깊은나무의 전통이 『한국의

발견』으로 되살아난 일이나, 샘이깊은물로 이어진 것은, 아쉬우면서도 반가운 일이었다. 뿌리깊은나무가 계속 발간되었다면 이 빼어난 지리지와 잡지를 혹시 만나지 못했을 수도 있었을 것이다. 샘이깊은물마저도 문을 닫게 한, 겉치레의 풍요로움 속에서 오히려 날로 척박해져가는 이 땅의 현실을 보면, 이제 뿌리깊은나무의 복간은 어려운 꿈이 되었다. 혹시 복간이 되더라도, 시대가 바뀌었으니 이제 이 잡지의 일은 창간 당시와 같을 수는 없을 것이다. 이 잡지가 하던 일을 다만 떠도는 전설로 내버려둘 것이냐, 아니면 다시 오늘로 불러내어 더 새로운 일을 하도록 만들 것이냐 하는 것이, 이제 우리와 같은 뒷사람들이 오래 되새기며 풀어야 할 일로 남았다. ✿

토박이 문화는 우리 삶의 뿌리

최일남 이 인터뷰를 진행했던 최일남은 그 뒤 나온 샘이깊은물에 자주 글을 썼다.
한창기는 그를 가리켜, '형사 콜롬보'처럼 이 구석 저 구석을 기웃거리며 문제의 본질을
'잘근잘근 씹는' 양심적인 언론인이라고 평가했다.

이 기사는 1984년 4월호 『신동아』에 실렸다. 동아일보 논설위원이었던
소설가 최일남이 한창기를 대상으로 여러 시간에 걸쳐 했던 인터뷰의
기록이다. 인터뷰가 있었던 1984년 연초는, 1980년 8월호를 마지막으로
폐간된 뿌리깊은나무의 복간을 위해 문화공보부의 '여기저기'를
탐색하는 과정에서 자기들(전두환 정권의 주역들) 손으로 폐간한 잡지와
"같은 이름으로 복간"은 곤란하다는 소리를 들은 뒤였다.
또한 그 군인들이 광주에서 지은 '원죄'를 잊히게 하려고 컬러텔레비전
방송 도입, 야간 통행금지 폐지, 프로야구 창설 같은 책략을 펼치고 있었으나
사실상의 언론 검열은 진행형이었다. 이런 '환경'을 유념한 듯한
한창기의 유보적이고 엉뚱한 대답이 흥미로우며, 참신하고 빼어난
언어능력이 더없이 생생하다. 최일남이 허락하여 여기에 싣는다.—편집자

미 8군서 한국어 강사 노릇

삐그덕거리는 낡은 목조 계단, 희미한 조명, 그리고 콧구멍만한 방에서 7-8명의 기자들이 원고지와 씨름하고 있는 보통의 잡지사나 출판사를 연상하고 있던 나로서는, 비록 전세이기는 해도 우선 사무실(사무실이라기보다는 사옥)이 퍽 근사하다는 인상을 받는다. 앰버서더 호텔 건너편, 그 전 동북중학 교사의 3분의 2를 차지하고 있다. 객쩍은 애기가 될지 모르겠으나, 운동장은 또 안성맞춤의 주차장으로 이용하고 있어서, 한창기가 대표하고 있는 한국브리태니커회사와 뿌리깊은나무사는 이래저래 규모가 어지간하다는 느낌을 준다.

그래서 그런지 그도 예외 없이 바쁜 몸인가 보다. 약속 시간을 당기고 늦춘 사실이 그렇다.

"보통 날은 비실비실한데 오늘은 좀 바빴습니다."

그런데 말입니다. 어찌 보면 요새 사람들은 바쁘다는 것을 너도나도 입에 달고 다니고 있고, 그래야만 현대인으로 행세하는 것 같은 생각을 가지고 있지 않나 싶어요. 마치 한가하면 어떤 대열에서 자기만이 외톨이로 남는 듯한 두려움을 떨쳐버리지 못합니다. 실상 알고 보면 그 '바쁨의 질'이라는 것이 별 것 아닌 수가 많은데도 말입니다. 물론 한 사장이 그렇다는 것은 아니구요.

"농촌 생활에서 시간을 무디게 생각하는 사람들보다는 도시 사람에게 그런 속성이 있지요. 특히 서울은 어지간한 공화국 규모가 아닙니까. 넓은 땅 속에서 많은 사람들이 빽빽이 들어서서 살면서도 생활은 농촌스타일을 지켜가자니까 특히 그런 것 같습니다. 가령 제사를 지내기 위해서 역촌동 사람이 강남으로 가기도 하고, 영등포 사람이 수유리로 가기도 하는 예가 그럴 것입니다. 작은 공간에서 살던 사람들이 큰 공간에 와서도 그 전의 행위를 하려 들다 보니 자연히 시간을 예리하게 쪼개 쓸 수밖에요. 그러나 제 경우는 약속이라는 제약이 생리적으로 즐겁지 않습니다. 되도록 내 시간을 많이 가지려고 애씁니다. 오늘 어쩌다가 바쁘다는 인상을 주었습니다만."

애기의 순서가 좀 빠를지는 모르나 나는 우선 그가 어떻게 해서 브리태니커사와 인연을 맺게 되었는가를 물어보았다. 어차피 책을 파는 일이기는 하나 특이한 쎄일즈 방법이나, 그후 그가 뿌리깊은나무라는 개성이 진한 잡지를 만든 것과 관련하여, 이 대목은 좀 독특한 삶의 궤적을 긋고 있는 그를 이해하는 데 있어 퍽 중요하다고 믿었기 때문이었다.

"뭐 머슴살이를 하고 있는 셈이지요. 제가 브리태니커를 시작하기 전에도

그와 유사한 조직이 있다고도 할 수 있고 없었다고도 할 수 있습니다만. 아무
튼 저는 대학을 졸업하고 몇 군데 짤막한 취직을 한 일이 있었습니다. 1961년
전후였는데, 한국에 나와 있는 미국 항공사에도 있었고, 미8군에서 한국어 강
사 노릇도 했으며, 그런 것 저런 것이 인연이 되어 주한 미군에서 성경책을 파
는 일도 했습니다. 그러다가 세계에서 사람 손으로 된 제일 좋은 책이란 소리
를 듣고, 브리태니커사에 취직하려고 편지를 냈습니다."

미국 본사로 편지를 냈는데 답장은 캐나다에서 왔다. 동경에 있는 아시아
지점장으로 나갈 사람이 동경에서 만나 얘기하자는 것이었다. 출국 수속이 복
잡해서 못 간다고 했더니 훨씬 후에 그가 서울로 왔다. 서울서 만난 그는 당장
한창기를 채용해주지는 않았다.

"그 이유는 설명해주지 않았습니다만. 제가 중견 사업가쯤 되는 것으로 알
았다가, 막상 만나 보니 새파란 어린 녀석이라서 그랬던 것 같습니다. 나중에
소문을 들으니까 8군을 시장으로 삼고 그 사업을 하고 있던 미국 사람이 수만
달러의 손해를 본사에 끼치고 떠났다고 그래요. 저는 다시 편지를 냈습니다.
몇 년 전 편지를 냈던 사람이다, 아직도 그 소망을 가지고 있다, 그런 내용이
었지요. 그 편지를 받고 본사에서 사람이 나와 그때부터 브리태니커 일을 시
작했습니다."

브리태니커 한국 판매 책임자

1963년이었다. 여전히 주한 미군을 상대로 팔다가 가만히 생각하니까, 아
무래도 출판 언저리에서 일을 할 바에는 핏줄을 이어받은 사회 쪽에서 일하는
것이 좋겠다 싶어 지점 설치를 유도, 1968년에 개설 허가를 받았다.

"처음에 만 달러 정도를 운영 자금으로 보내 왔습니다. 우리나라의 법은
과실 송금을 허용받는 회사는 외자도입법 요건을 갖춘 업체라야 합니다. 이를
테면 공장을 설치한다든가, 차관을 들여왔다든가 하는 경우지요. 그래서 저희
들 경우는 지금도 책값만 받아가지 이익금을 송금할 수 없습니다. 우리는 외
자도입법에 해당이 안 되니까요. 본사 측에서 보면 아들이 번 돈을 못 가져가
는 셈인데, 처음엔 그런 것 저런 것을 모르고 시작했지요. 작년과 올 들어서는
손해가 많이 났습니다만, 이윤이 있을 때는 여기 떨어지지요. 그들의 입장에
서 본다면 못 가져가는 이익이나마 그것도 재화의 일부로 보고, 우리가 더 경
제발전을 하면 그걸 가져갈 날도 올 것이라고 믿는 거죠."

이 부분은 한 사장의 십팔번일 테고, 제가 간접적으로 피알하는 것 같아서 민망하기도 합니다만, 브리태니커 사전은 어느 점에서 그렇게 평판이 나 있습니까?

"허허. 책에 글자 하나를 앉히기 위해서 그만큼 노력과 품을 들입니다. 지금 나온 것이 15판인데, 개정판의 경우는 그 전 것을 전혀 참조하지 않습니다. 아무래도 미국 중심이기는 하나 필진으로는 세계의 석학 5천 명이 동원되었습니다. 7백 단어가 넘지 않는 소항목과 대단히 길고 자상한 대항목으로 나뉘는데, 원고가 들어오면 그대로 싣지 않고, 용어나 스펠링 하나 하나, 그리고 설명과 주장이 어느 쪽에 치우치지 않고 보편타당성이 있는지 없는지를 세밀히 검토합니다. 물론 수용하는 단어가 너무 학술적이 아닌가도 검토해서 원고를 다시 만듭니다. 그걸 필자에게 다시 확인시킵니다."

그 5천 명 필자 중에 한국인은 몇 사람이나 됩니까?

"열댓 분 됩니다. 한국 항목 편집위원장인 김준엽씨를 비롯하여 함병춘, 한태동, 한배호, 여석기, 이광훈, 손세일 씨, 그런 분들이지요."

세속적인 관심입니다만 원고료도 그만큼 비쌉니까?

"길이에 따라 다릅니다. 국내보다는 높으나 그다지 많지는 않습니다. 한편에 5백 달러에서 1천 달러쯤 될 겁니다. 그리고 새 판이 나오면 그 책을 할인해서 살 수 있는 특권을 주지요. 그런 것보다는 명예로 생각하지요."

창조도 장사도 나를 파는 작업

지금 자랑을 잔뜩 늘어놓으셨는데, 그럼에도 불구하고 한국 항목은 형편없다는 말이 있던데요. 특히 한국전쟁이 절반 이상을 차지한다든가.

"그런 인상은 14판까지를 두고 하는 소리입니다. 그동안은 한국에 대해 미흡했죠. 허나 14판 자체도 나중에 많이 바뀌었고, 15판은 훨씬 나아졌습니다. 가령 소항목에는 안동이 나오는데, 안동은 전통적으로 안동포와 안동 소주로 유명하다고 적혀 있을 만큼 배려가 되어 있습니다."

한동안은 브리태니커의 한글판이 나온다는 소문도 있었다.

"있었습니다. 그것의 첫 시발은 돌아가신 험프리 미국 부통령이 그 자리를 그만두고 브리태니커의 이사로 있다가 한국에 왔을 때였습니다. 김상만 동아일보 명예회장과 만나, 동아일보의 50주년 기념사업으로 한다고 신문에 발표까지 했지요. 그런데 유신이다 동아사태다 해서, 여건이 무르익지 않아 중단

185

되었습니다.

이제는 우리 독자적으로 하자 해가지고, 본사의 사업승인을 받아 지금 기초적인 작업을 하고 있습니다. 한국판에서는 현행 브리태니커에서 50퍼센트는 들어내고 그 부분을 한국 항목으로 채우려고 합니다."

그건 그렇고, 브리태니커는 꼭 갖추어야 할 사람은 돈이 없어 사지 못하고, 장식용으로 필요한 사람들, 심지어는 지적 '속물'들이 많이 사는 경향이 있다고도 들리던데요.

"저도 들었습니다. 처음 몇 해 동안은 그것이 부분적으로 사실이었다고 믿습니다. 책을 거꾸로 꽂아두는 사람도 있다고 들었으니까요. 허나 지금은 많이 달라졌습니다. 지난 10년 동안 우리나라 산업을 일군 사람들, 예를 들면 기업체의 과장이나 계장, 영어사전 하나 놔두고 심각하게 공부하던 사람들이 고객으로 많이 바뀌었습니다. 그리고 브리태니커 판매는 우리 사업 활동의 25퍼센트밖에 안 됩니다."

나머지 75퍼센트는 영어 학습자료, 그리고 역시 그가 대표로 있는 뿌리깊은나무의 이름표를 단 문화상품들인데, 여기서 자세히 언급할 일이 아닌 것 같다.

또 한 가지, 브리태니커는 그 쎄일즈 방법이 좋게 말해서 독창적이랄까, 나쁘게 말하면 극성맞은 데가 있더군요. 저도 겪었습니다만 아주 그럴듯한 접근 방법으로 말입니다. 어떤 때는 성가실 정도더군요.

"두 얼굴을 가진 질문이신데… 저는 그것을 칭찬해주는 말로 생각하겠습니다. 요새 사람들은 잘살아보자는 생각들을 가지고 있지 않습니까? 그런데 우리는 또 옛날부터 사농공상의 사상이 뿌리 깊어서 물건을 파는 것은 부끄러운 일에 속했습니다. 지금도 자기 할머니가 소금 장사했다면 부끄러운 일로 칩니다. 허나 지금은 팔지 않는 것이 없습니다. 뜻을 팔고 아이디어를 팝니다. 목사가 설교하는 것도 자기 뜻을 파는 것이고, 국회의원이 유세를 하는 것도 결국은 자기 뜻을 파는 행위로 봅니다. 나는 그렇게 세상을 보는 거지요."

여기서 그는 그의 장기인 쎄일즈 철학을 길게 설명했다. 근대 산업사회에서는 판매 자체를 생산이라고 한다는 얘기, 초창기에는 대기업의 사주까지도 자기가 하는 일은 물건을 파는 것이 아니라, 그런 것은 밑에 있는 허드레 것들이 하는 일로 여겼다는 얘기, 장사도 정정당당하지 못하고 내 처지가 이 모양이 꼴이니 하나 팔아 주십쇼 하는 입장이 강했다는, 잘못된 얘기들을 풀이해 나갔다.

구조가 있어서는 안 되겠다 싶었지요. 레이아웃도 시각적으로 잘 되었었습니다. 오랜 기간의 경험을 바탕으로 우리나라 책이나 잡지의 어지러움을 정리하고 시각적으로 많이 정돈되어 있었다고 봅니다."

이미 죽은 잡지 놓고 자꾸 말하는 것이 안 되었습니다만, 그 잡지의 또 하나의 특징은 세상에서 말마디나 하고 글줄이나 쓴다는 사람들의 글도 편집부에서 고친 일이지요. 저는 그런 축에는 못 들지만, 그런 일을 겪고 나니까 좀 불쾌하기도 하더군요.

"저는 잡지를 발행하기 전부터 해외여행 할 때마다 잡지사 친구들을 늘 만났습니다. 에디팅이라는 것을 흔히 가위로 상징하지 않던가요? 따라서 레이아웃 정도로 많이 생각하는 것 같아요. 그런데 제가 어깨 너머로 본 편집이란 것은 가령 대학 학술지에서부터 『코스모폴리탄』이나 『뉴요커』, 또는 지방지에 이르기까지 그렇지가 않아요. 우리나라는 글을 받아오면 그대로 싣는 것을 원칙으로 생각하는데, 그들은 그렇지가 않았습니다."

여기서 그는 자기가 잘 아는 사람이자 카와바따 야스나리의 『설국』을 번역한 싸이덴스티커의 말을 인용했다. "모든 필자는 자기가 적은 글에 너무 가까워 그 흠을 모른다. 편집기능이라는 것은 바로 그 흠을 발견하는 것이다."라고 말했다는 것이다.

"모든 사람은 자기 글을 한 자도 바꿀 수 없는 성서라고 생각하기 쉽습니다. 그러면서도 남의 글은 흠이 보이거든요. 뿌리깊은나무에서는 이것이 아무리 문화종합지라고 하더라도 가능하면 국민학교만 나온 사람도 알아듣게 하자는 것이었습니다. 많은 경우 해방 후의 지식계급들은 품사와 단어군을 쓰면 일본 것을 직역하는 수가 있었습니다. 이를테면 이 나라 사람은 아무도 쓰지 않는 '그녀'라는 말을 그 여자의 뜻으로 쓴다든지, '내가 감격하리만큼'이라는 말을 쓸 때, 편집자들은 대개 '감격할 이만큼'이라고 쓰거든요. 허나 '이만큼'은 '감격하리만큼'과는 뜻이 다르지요. 그 말은 그러니까 '감격할 만큼'이라고 써야지요."

그것은 바로 일본에서 온 비문법적인 표현이라고 생각하고 있다. 그리고 이런 일본어의 구조적인 침범을 몰아내자는 방침을 세웠다.

"도시에 사는 지식 계급일수록 그런 오류가 많고, 오히려 시골 촌부가 티없는 한국말을 씁니다. 어려운 것을 쉽게 표현하고, 한글 전용 잡지니까 한자말을 그대로 한글로 옮겨놓으면 더러 식별이 더디기 때문에 쉬운 말로 고쳐 쓰기도 한 것입니다."

따라서 원고가 들어오면 제일 먼저 뉘를 골라내고, 필자가 하고자 하는 말이 좋기는 하지만 논리적으로 조리가 안 맞거나 이치에 틀리면 필자에게 보내 보완도 시키고 편집실에서 한 손질에 필자의 동의를 얻도록 했다. 그러다가 더러 마감시간에 쫓겨 의논을 못하는 수도 있었다.

"바로 최 선생님의 경우가 그런 경우 같은데, 원칙적으로는 필자의 동의를 얻어야겠죠. 더러는 실수도 있었으나 필자의 커뮤니케이션을 거들고 국어 사랑에도 공헌했다는 것, 그리고 한글만으로도 수준 높은 의사소통이 가능하다는 것을 보여주기는 했습니다. 저희들이 하는 일이 대체로 서구사회에서 하는 저널의 패턴을 따랐다고 봅니다. 편집자를 만족시키지 못하는 글은 독자도 만족시키지 못한다, 나에게 맛없는 음식은 남에게 주지 않는다는 생각이었습니다."

이 말 끝에 그는 하와이대학에 있는 이학수씨와 일본 시사종합지 『문예춘추』 주간에게서 들은 얘기를 첨가해주었다. 이 교수의 경우는 학술논문을 쓰면서 단순한 펑크추에이션이나 단어 때문에만도 편집자와 얼마나 많은 편지와 원고가 왔다갔다 했는가를 말하는 것이었으며, 『문예춘추』 주간의 말은 "편집자가 흔히 저지르기 쉬운 잘못이나 오해는, 나는 이 원고가 재미없어도 독자는 재미있다고, 또는 나는 이 맛을 알지만 무지몽매한 독자는 그것을 알지 못할 것이라는 함정에 빠지기 쉽다."는 것이었다.

뿌리깊은나무의 그런 태도에 대해 우리 사고방식으로는 건방지다든가 도도하다는 얘기가 나옴직도 했을 텐데요.

"그런 얘기나 저항도 많았습니다. 그러나 근본은 좀 고답적인 것 같지만 우리 매체에 실리려면 이랬으면 좋겠다는 것이었지요. 그러나 싫으면 싣지 않는다는 것이었습니다. 그 때문에 원고료만 주고 쓰지 못한 것도 많았습니다. 그런데 놀라운 것은 시간이 갈수록 우리들의 그런 노력에 대해 이해와 평가를 해주는 분이 늘어난 것이었고, 명성있는 필자가 오히려 우리의 잔손질을 호의적으로 받아주었다는 사실입니다. 다만 시나 소설은 손을 안 댔지요. 저는 지금도 하다못해 잡문을 쓰더라도 흠이 있을 것이라는 생각으로 반드시 딴 사람에게 보이곤 합니다."

법 공부 생리에 맞지 않아

멍청한 질문이 되겠습니다만 뿌리깊은나무가 폐간된 이유는 아십니까?

"통고문에 적혀 있던 이유는 발행 목적 위반이었습니다. 어떤 상황을 가리켜 발행 목적 위반이라고 했는지는 잘 모르겠습니다."

복간시키고 싶습니까?

"물론이죠. 등록을 받아주는 사람이 아니기 때문에 제가 뭐라고 할 수는 없으나, 복간시켜주었으면 하는 것이 간절한 소망이지요. 그 잡지가 나오던 70년대는 80년대와는 시대 요청에 따르는 언론 분위기가 달랐지요. 저희들 경우는 문화종합지로 키우려고 애쓰면서, 무엇을 싣느냐보다 무엇을 싣지 않느냐를 중요시했습니다. 그것의 하나가 정치였고, 끝까지 같은 정체를 유지하려고 애썼습니다. 변신하지 않고 처음 군혔던 성격을 유지하려고 말입니다. 70년대의 분위기는 다들 아는 일이었고, 나중에 시대의 요청이 달라지면서 우리가 하는 일이 도드라지게 보였을 것입니다."

이건 좀 다른 얘기입니다만, 언제부터 그렇게 국어 공부를 했습니까? 더구나 법과 대학 출신이….

"말 공부를 했는지 안 했는지는 모르겠으나 일찍부터 국어에 대한 애착이 있었습니다. 우리 국민치고 국어를 모르는 사람이 어디 있겠습니까. 지금도 언어 쪽 저널은 눈에 띄는 대로 부지런히 읽습니다. 일종의 아마추어 언어학이랄까, 그런 쪽에 관심이 있습니다. 가까이 사귀는 국어학자 중에는 더러 저에게서 탐구 과제를 귀띔 받아가는 분도 있습니다. 그런데 세상에서 가장 어려운 언어가 국어인 것 같아요."

국어에 대한 그런 연유로 해서 대학을 나온 지 10년 만에 들어간 서울대학 신문대학원의 석사논문 제목도 「한국어 경어법의 언어사회학적 연구」였으며, 한때는 촘스키의 변형생성문법 같은 데 한눈을 판 적도 있다.

좋은 대학의 법대를 나왔으면 남들처럼 판검사나 법조계로 나가서 깃발 날릴 일이지, 왜 고단한 책장사나 잡지쟁이의 길을 택했습니까?

"그런 것이 하기 싫다는 결론을 내렸기 때문이죠. 집안의 막연한 기대 때문에 법대를 들어갔는데, 그게 싫어서 고시도 보지 않았습니다. 논 팔고 소 팔아 대학에 간 농촌의 아들로 치자면 적어도 판검사나 행정관리가 안 됨으로써 고향을 배반한 사람입니다. 시골 사람들은 자기 집안에서 끗발 있는 사람이 나와 가지고 일족을 그 품속에 안아주기를 바라는 것 아닙니까? 더구나 저는 '낮사람' '밤사람'이 왔다 갔다 하는 혼란스런 세상을 겪었으니까, 어느 집안이나 자식이 힘 있는 사람이 되기를 바라는 때였지요. 허나 피동적으로 법대에 들어갔더니 아무리 생각해도 제가 갈 길이 아니라는 생각이 들었습니다.

책 읽는 고시공부가 상징하는 괴로움을 이겨낼 수 있을 것인가 하는 문제에다가, 그 당시는 또 관계에 진출 승진하기 위해서는 사바사바나 돈이 상관되는 때였으니까 그것도 걸리고 그랬습니다. 정의를 상품으로 흥정하는 시대였으니까요. 그래서 종교적인 탐색 쪽으로 기울어 교회나 절을 찾아다니며 사색과 방황을 많이 하다가 졸업했습니다."

현대의 쎄일즈 정신

또 본론으로 들어갑시다. 현대에 있어서의 쎄일즈 정신이라는 것은 뭡니까?

"저는 땀 한 방울 흘리고 밥 한 끼 먹는 연습을 초창기에 했습니다. 궂은 일 속에서도 일하는 태도에 따라 자랑스런 근로가 될 수 있다는 것을 그때 배운 거지요. 제가 20대 때였는데, 미군부대 언저리에 가서 미군부대에 취직했다가 이런저런 부정으로 쫓겨난 사람들을 1백50명 가량 보았습니다. 그들은 찰리니 쟈니니 하는 미국 이름을 가지고 당구나 치고 지내는 사람들이었는데, 그들을 '개전'시켜가지고 책을 팔게 한 거죠. 지금은 나보다 훨씬 성공한 사람이 많습니다. 저는 요즘에도 기회가 있으면 더러 가방을 들고 나가서 제 상품 설명을 하고 팔아보기도 합니다. 저희가 낸『한국의 발견』이란 책도 저 혼자 백여 질을 팔았습니다. 고객들한테 무릎 꿇고 설명을 합니다. 저울에 달아 팔면 비싼 책일지 모르나 저희들이 들인 품으로는 제일 싼 책이라고 말입니다. 뿌리깊은나무도 직원들한테 정기구독을 받아오라면 주저주저했어요. 그것도 저 혼자 사백 구좌를 확보했습니다."

그쪽으로는 도사시군요.

"그 칭호는 제가 받을 자격이 없다고 생각합니다. 다만 판매라는 것이 부끄러운 일이 아니라 자랑스런 일이다, 우선 상품이 좋아야 하고, 그것을 가장 정직하고 설득력 있는 방법으로 판매하는 것이 우리나라 근대화를 촉진하는 일에도 중요한 몫을 하고 있다고는 생각합니다.

"우리들의 이런 일이 많은 기업인들이나 개인들의 판매방식에 영향을 미친 것도 같습니다. 단순히 판매뿐만 아니라 판매촉진 자료로서의 편지 보내는 내용이랄지, 매매 계약을 국어로 작성하는 거랄지, 광고내용까지도 좀더 설득력 있고 시각적인 처리에 신경을 쓴다든지 하는 점에서 그렇습니다. 우리나라 신문 광고는 70년대 중반까지만 해도 군사 구호로 우격다짐하는 격이었거든요. 좀 자화자찬 같습니다만."

잡지 저널리즘에 종사해보니까 어떤 생각이 들던가요?

"잡지를 하기 전과 한 후의 생각은 근본적으로 달라진 것이 없습니다. 우리에게 없는 것을 이 사회에 배달하기 위해서였으니까요. 잡지의 어려움이 무엇이라는 것은 나중에 새롭게 알았죠. 제때에 내야 한다는 것이 우선 어려운 점인데, 그 점에서는 언론의 속성 그 자체가 영원한 미완성품임이 아닌가 싶습니다. 늘 잘해보자는 생각을 부분적으로밖에 실현할 수 없는 것이 아닐까요. 기성 언론에 대한 불만이 있다면 당사자들은 다 부인하겠지만, 신문 잡지들이 기본적으로 체제나 형식면에서 그리고 내용까지도 아직 일본시대의 전통을 이어받고 그것을 본으로 삼고 있다는 것입니다.

"대학을 나오고도 신문을 못 읽는다는 말이 있는데, 그것은 기성세대가 일본 전통을 이어받았기 때문에 그들을 억지 무식쟁이로 만든 측면도 있습니다. 뿌리깊은나무가 나온 뒤로, 여러 잡지들이 그것의 모방 쪽으로 흐르는 것 같더군요. 사보까지도 그렇습니다. 저 개인으로는 그것이 대단히 즐겁고 기뻐할 일이지요. 허지만 지금도 얼마든지 독창적이고 새로운 것을 만들 여지는 많다고 봅니다. 역사와 자연이 달라지는 것을 따라, 새롭게 출발할 잡지가 여럿 있다고 봅니다. 그런데 어떤 교과서나 스승을 놓고 그것만 따르는 일이 너무 많습니다."

너무 잡지 얘기를 많이 하는 것 같아 이 방면에 관심이 적은 독자에게는 대단히 미안한 일이나 한 가지만 더 묻고 다른 얘기로 옮겨가고 싶다. 그것은 요즘 봇물 터진 듯이 쏟아져 나오는 잡지에 대한 진단과 그 전망이다.

"많이 나올수록 좋다고 생각합니다. 스스로는 잡지를 하지도 못하고 있기 때문에 설득력이 없을지 모르겠으나, 속된 말로 이걸 하면 돈 좀 벌 수 있으리라 생각하는 사람마저도 하고 싶은 소리가 있어서 잡지를 하는 것이 아니겠습니까. 말하자면 창조 의욕이 넘치는 인간의 본능 때문에 하는 것이라고 봅니다.

"과당 경쟁이라는 말이 나옴직합니다만 거꾸러질 것은 거꾸러지고, 버틸 것은 버티게 되겠지요. 요컨대 사회의 부름이 허용하는 한도 안에서 창조 의욕을 펼치게 하는 것이 중요하다고 봅니다. 다시 말하면 그런 창조 의욕을 가진 사람들이 세상 사는 것이 재미있다고 성취감을 느끼며 살게 하는 일이 되지 않을까요. 그들이 하고 싶은 일이 그른 일이 아닐 바에는 얼마든지 나오는 게 좋다고 봅니다."

대단히 죄송합니다만, 한 사장 스스로도 자신이 명사 축에 든다고 생각해

보신 적이 있습니까? 더구나 이렇게 『신동아』에서 인터뷰하자고 찾아오기도 했고.

"그렇지 않습니다. 어쩌다가 제가 하는 일이 노출이 되어가지고 사람들이 알게 되는 것은 불가피하겠으나, 근본적으로 수줍은 사람입니다. 많은 거만한 사람도 알고 보면 그 거만이 수줍음에서 나오는 수가 많다고 봅니다. 명사라는 말을 제가 즐겨하는 것도 아니고, 제가 그렇게 되기를 바라는 것도 아닙니다. 하지만 제가 하는 일이 많은 사람들의 호응을 받아서 제가 하는 일이 그만큼 성장했으면 하는 소망은 간절합니다.

"이런 얘기가 있습니다. 이름은 잊어버렸지만 서양의 어떤 물리학자가 노벨상을 받았답니다. 그러자 역시 노벨상을 받았던 선배 물리학자가 이렇게 말하더랍니다. '자네는 이미 없네. 다시 말하면 무명성이나 익명성이 주는 특전과 재미를 영원히 상실했네. 참 안됐네' 그러더랍니다. 명사가 뭐가 좋겠습니까."

특히 한국에서의 명사라는 말에서는 어떤 뜻을 떠올리고 있을까.

"더러는 얄궂은 운명의 장난으로, 더러는 하늘의 은혜라고 생각하는 사람도 있겠습니다만, 어쩌다가 이름이 많이 알려진 경우가 아닐까요? 그 사람의 업적과 정비례하는 것은 아닌 것 같아요."

지식인과 지성인의 차이

그와 관련해서 한 마디 또 보태겠습니다만, 세상에서는 지식인과 지성인은 기능과 뜻이 다르다, 이렇게 생각하는 사람도 있지요.(여기서 그는 한참 생각에 잠겼다.)

"이 두 낱말처럼 말하는 이와 듣는 이에 따라 뜻이 다른 말은 드문 것 같습니다. 제 느낌으로는 두 낱말은 서로 대치가 가능한 말로 이해되는 것이 아닌가 싶네요. 그 차이가 뭘까요. 우리나라에서 지성인 하면 문학인, 언론인 내지 그와 유사한 사람들을 일컫는 것 같더군요. 물론 대학교수도 포함해서 말입니다. 반면 지식인이라고 해서 기술자만을 의미하는 것은 아니고, 실질적으로는 두 개를 혼용해서 쓰는 것 같더군요. 결국 모든 지식인이 지성인으로 되어가는 것이 옳겠지요."

선진국을 따라잡자고 애쓰는 우리로서는 바로 그 지식인에 대한 기대도 크고 역할도 중요시되는 것 같습니다. 비판세력으로 남아 있어야 한다는 말도 있고, 동참해서 무슨 일을 이룩하는 데 협력해야 한다는 말도 있고.

"많은 사람의 경우 성취감도 느낄 것이나, 자기 하는 일이 밥벌이의 수단이 되는 것도 부인할 수 없습니다. 누구를 위해서 무슨 일을 할 것이냐를 물으신다면 자기가 하는 일이 동시적으로 사회를 위한 것이라면 가장 이상적이겠지요. 구체적으로 얘기하자면 일반적으로 윤리적 도덕적 성숙도를 가정하기가 쉬운데, 그것은 별개 문제로 치더라도, 자기 스스로도 모르는 사이에, 그리고 더러는 자기 의도 없이도 남에게 영향을 많이 끼치는 수가 있겠죠. 그런 영향이 전체 사회의 흐름을 좋은 방향으로 이끌어가도록 하는 일을 하는 것이 좋겠습니다. 저 자신이 지식인인지 지성인인지는 모르겠으나, 제가 하는 일이 가능하면 사람들의 삶의 질을 긍정적으로 살찌게 하는 일이었으면 좋겠다는 생각을 갖고 있습니다. 그런 점에서 실패는 자주 하지만 노력은 많이 합니다.

"꼭 말씀드리고 싶은 중요한 것이 있습니다. 우리나라에는 가난 숭배라고 부르는 사회적 흐름이 있다는 것이 그것입니다. 청빈사상을 말하는 것이 아니고, 어떤 사업에서 돈을 많이 잃어버려야만 문화사업이라고 치는 예가 그렇습니다. 손해를 봐야 뜻깊은 일로 쳐주고, 성공해버리면 장사했다고 합니다. 문화사업이 실패하면 칭찬하고, 성공하면 상업행위로 몰아붙이는 것이 그 예입니다. 이것은 옳지 않습니다. 뜻깊은 일일수록 성공하고 장사가 잘돼야 한다고 생각합니다. 그런 점에서 저희는 골로 갈 일을 많이 했습니다. 판소리 전집 같은 것이 그것입니다."

정치에는 관심이 없다고 말한다.

"대체로 관심이 없습니다. 상대적으로 딴 데 더 관심이 많아서. 다시 말하면 제 생활과 밀착된 일에 관심을 쏟다보니 그런지도 모르지요."

그것은 혹시 정치에 대한 염증 때문입니까?

"그런 결론을 내리려면 한참 생각해봐야겠는데요. 제 경우 정치로부터의 이별은 간단합니다. 남 앞에서 내가 잘났다고, 나만이 당신들의 운명을 책임진다는 말을 할 수 있을 것 같지 않아서입니다."

정치에는 관심없어

해직기자에 대한 소식은 아직 감감하지만, 신문에서는 부분적으로나마 이루어진 대학교수 복직이나 제적 대학생들의 복교 또는 정치인들에 대한 해금을 가리켜 '봄'이 왔다고 말한다. 그는 이것을 어떻게 받아들이고 있을까.

"세상의 어떤 영역에 오는 봄이든, 봄은 좋은 것이지요. 국민으로서 부끄러운 일이나 해금된 분들의 이름도 챙겨보지 못했습니다. '금'이란 것이 부정적이고 '해'라는 것이 긍정적인 것이라면 해금은 좋은 것이 아니겠습니까."

우리나라 정치가 잘 되어가고 있는지 잘못 되어가고 있는지에 대해서도 관심이 없을까.

"잘 모르니까 대답을 못합니다."

그런 일에 끼어들고 싶지 않아서 그렇습니까?

"그런 질문 자체도 풀이가 필요한 질문인데… 정치라는 것이 사회를 제약하고 우리가 거기 얽혀 있는 것일 테니까 국민치고 관심이 없달 수는 없겠으나, 제 경우는 거기 대해서 생각하고 관찰하고 하는 것을 별반 안한다는 거지요. 국회의장이 누구고, 장관 경질 얘기가 나오면 다음에 누가 될 것인가도 점쳐보지 않습니다. 장사 아닌 딴 일을 해도 그런 태도는 마찬가지일 것입니다. 하지만 정치와 연관된 국가적 분위기, 가령 사람들의 얼굴에 웃음꽃이 피었다든지, 그늘이 드리워 있다든지 하는 것은 제가 겪어야 할 분위기의 일부분이기 때문에 관심이 있습니다. 그것은 또 바로 제가 누리거나 겪어야 할 삶의 환경이니까요. 웃는 얼굴이 많아야 좋을 것은 물론이죠."

특히 우리나라 중간계층의 그런 정치적 무관심은 어디에 연유하는 것일까요.

"그건 모르겠는데요. 최선생이 그런 것이 있다고 옳게 목격하였다면, 저는 그 부류에는 속하지 않는 것 같습니다. 저의 정치적 무관심은 지난 5-10년이 아니라 대학시절부터 싹텄다고 봅니다."

의식구조라는 말은 너무 흔히 써먹어서 이제는 닳아빠진 말이 되었는데, 그럼에도 불구하고 다시 써먹는다면, 한 선생 자신은 한국인의 의식구조를 어떻게 파악하고 계십니까? 좀 구름 잡는 얘기 같기는 합니다만.

"제가 어떻게 그걸 파악하겠습니까? 그걸 파악하는 것을 업으로 삼고 있는 사람조차도 다 파악했다고 우길 수는 없을 것으로 압니다.

"다만 제 한정된 소견으로는, 의식구조란 말 자체가 모호한 것이 아닌가 싶어요. 심리학자이신 서울대학의 조명환 교수는 의식구조라는 말을 '마음새'라고 썼으면 좋겠다고 하는 것을 들은 일이 있습니다. 마음씨, 마음보라면 사람의 소행, 윤리성과 관련시켜서 싫고, 탈윤리적 언어로 '마음새'를 썼으면 좋겠다는 것이었습니다.

"해방 이후 쪽으로 보자면 이 말조차도 진부한 것이기는 합니다만, 스스로를 얕잡는 엽전 따위의 말이 있지 않았습니까. 우리 스스로 우리의 '마음새'를 부정하고, 우리가 형성한 문화를 얕잡아보고 외국의 저급 대중문화를 새 고급 문화로 받들다가 70년대 후반 물질적인 팽창이나 근대화와 더불어 잘 살아보자는 사상과 연관해서 긍정적 자기존중이라는 게 싹텄지요. 그 무렵 학자는 학자대로, 통치세력은 통치세력대로, 에고 부스팅이라 할까, 자기존중과 연관되는 캐치프레이즈가 많이 나왔습니다. 그런 것이 대단히 중요하고 내셔널리즘의 태동이라고 봅니다."

그러나 그것을 위험스럽게도 느낀다. 그것이 우리라는 것을 묶는 동아리 역할도 하겠지만, 우리라는 울타리를 벗어난 사회에 있는 사람들에 대해서는 대단히 배타적인 경향을 만든 것이 아닌가도 보기 때문이다. 우리 아닌 사람에게는 미국놈 일본놈 하듯이 놈자를 붙이면서, 저쪽은 놈이고 짐승이고 적수라는 관념을 심어주기도 쉬웠다. 우리가 살 길이 무역이고 국제협력이라면, 그런 집단적인 훈련에만 눈을 팔 것이 아니라, 저쪽 사람들도 사람됨을 인정하고, 그 사람들의 문화도 알고 이해해야 한다고 생각하는 것이다.

"배타적으로만 흘러서는 위험합니다. 그런 배타성을 통치체제가 더러 이용하는 낌새를 과거에 가끔 보아왔습니다. 그것은 위험한 현상입니다. 우리 '마음새'가 아무리 독특하다고 한들 지구촌의 딴 민족과 99.9퍼센트가 같고, 나머지 0.1퍼센트를 가지고 얘기를 하는 것이 아닌가 하는 생각이 듭니다. 그 0.1퍼센트를 잘 다듬어야지요. 자세히 들여다보면 그 속에 온 세계가 흠모할 것들이 있으리라고 보고, 그 안에 부정적인 요소가 있다면 그것도 우리가 부정할 것만은 아니고, 다른 민족도 엇비슷한 흠을 가지고 있는 것이라고 생각할 수도 있습니다. 흔히 동서가 다르다고 하는데, 서양 사람 눈은 뒤통수에 달렸나요? 우리 회사에서는 매년 5-6명의 직원에게 세계여행을 시키는데, 그들이 갔다 온 뒤의 공통적인 대답이 사람 사는 곳에는 닮은 것이 훨씬 많다는 것이었습니다."

독신의 불가지론자

1936년 전남 보성군 벌교읍 고읍리에서 태어났다. 아버지는 일찍 돌아가셨는데(1946년), 농사도 짓고 한서를 읽는 한편, 호마 한 필을 사가지고 읍내에 나갈 때마다 타고 다니는 한량이었다. 따라서 그는 편모 슬하에서 자라 순천 중학교에 입학하면서 이미 객지 생활을 시작했다. 다시 광주고등학교를 거쳐

서울법대에 들어갔는데, 특별히 고학한 일은 없었고, 집에서 하숙비를 대줄 정도는 되었다. 그 어머니도 9년 전에 돌아가셨다. 4남매의 장남으로 위로 누 님이 한 분 있고 밑으로 남동생과 여동생이 있다.

"대학을 나온 후 내가 축낸 재산은 다 집에 보태주었습니다."

그러느라고 고생도 많았다. 아침 7시에 집을 나와 밤 12시에 들어가는 생 활이었다. 종일 걸어 고객을 만나는 것이 일이었다. 동두천 같은 데서 방을 하 나 얻어 삿자리 깔고 라디오 하나 놓고 밥은 외상으로(월말에 갚아주기로 하 고) 돈까스 같은 걸 사먹고 지냈다.

"지금 생각하면 고생이었으나 당시에는 고생한다는 생각이 없었고 마음이 풍요로웠습니다."

아직 독신인 것도 그를 조금은 특이한 사람으로 치부하도록 여기게 하는 것이다. 생래의 독신주의자는 아니고 어떤 믿음이라든가 더구나 성도착증 같 은 여자기피증이 있어서도 아니다. 서너 번 결혼할 기회가 있었으나 그것이 성사를 이루지 못하고는 어쩌다가 그렇게 되어버렸다. 그래서 지금은 '엄찬모 시하'에서 산다.

이것은 나중에 대담이 끝나고 저녁을 들면서 한 얘기라 여기서 다 적는 것 이 어떨지 모르겠으나, 나이가 들면서 '종족보존'의 생각이 움트기도 해, 꼭 총각으로 늙는다는 보장은 없다고 말했다. 술은 못하고 줄담배로 하루 두 갑 을 피운다. 종교에 대해서는 이렇게 말한다.

"지금 이 순간 가장 가까이하는 종교가 무엇이냐고 물으신다면 그것은 불 교입니다. 절에 자주 가는데, 특히 선암사는 심리적으로 가까운 절입니다. 가 끔 가서 자고 오기도 해요. 한마디로 저는 불가지론자입니다. 우주질서나 신 의 개념에 대해서 정확하게 정의를 내리지 못하고 있습니다. 신의 존재라는 말을 왜 쓰기 싫어하느냐 하면, 제 눈에 안 보이는 손이 있다고 귀결지은 지 오래이나, 그이 또는 그것이 무엇인지 아직 정확히 모르기 때문입니다.

"절에 가서 제가 하는 일은, 불상을 나무로 만든 부처님의 형용이라고 느 끼지 않고, 안 보이는 우주질서나 안 보이는 손에 대한 순응의 표시로 절하고 명상하는 것입니다. 그러니까 불자라고 자처하는 분들이 말하는 신도는 못 됩 니다. 다시 얘기하지만 저는 불가지론자인데, 서양 사람이 말하는 애그너스틱 은 아닙니다. 신의 존재나 우주질서는 인정하니까요. 다만 그것을 신이라고 할지, 우주질서라고 할지를 모릅니다. 그러니까 엄밀한 의미에서는 불가지론 자가 아닐지도 모르지요."

요즈음 신문은 어떤 기능을 수행하고 있는지에 대해서도 물어보았다.

"대답하지 말라고 물으시는 질문이 대단히 많은데요. 구독을 하니까 보지요. 석간 2개, 조간 2개를 보는데, 헤드라인만 대강 스치고 4개의 신문 중 하루에 한 기사 정도를 읽습니다. 그걸 읽고 저한테 유익했다고 생각하는 점은 많습니다."

텔레비전도 꽤 보는 편이다.

"볼 가치가 없어서 볼 것이 못 된다고 대답했으면 좋겠습니다만 멍청하게 텔레비전 앞에 앉아 있는 수가 많습니다. 한 주일에 두 번 정도는 한 프로를 끝까지 봅니다."

그 프로를 기억할 정도로 충실한 시청자는 아니다. 틀어서 흥미 있으면 보고 듣는 편이다. 「TV문학관」을 자주 보았으나 요즈음은 질이 떨어진다는 인상을 받고 있다.

책은 많이 읽으시겠습니다.

"그렇지도 못해요. 허나 책 아닌 것을 읽기는 많이 읽습니다. 제가 끌고 가는 두 회사에서 나오는 인쇄물을 많이 봅니다. 『한국의 발견』이란 책을 낼 때도 몇 만 장의 원고를 다 읽었으니까요. 또 서양 사람 회사에서 일하다 보니까, 어떤 일의 과정을 글로 써야 할 경우가 많습니다. 그들은 과정을 우리처럼 말로 하지 않고 사변적으로 글로 만드는 일이 많습니다. 그래서 제 이름으로 나가는 편지나 리포트는 제 스스로 다 씁니다. 아무튼 글자를 보는 일은 제 삶에서 많은 시간을 빼앗습니다. 그러다보니까 문학에는 문외한이나 다름없습니다."

민중의 삶에 관심 가져

그가 내는 책들은 대개 이름없는 사람, 괴짜, 토박이들을 다룬 것이 많다. 그 내력이야 앞에서 대강 설명이 되었지만, 왜 그런 쪽에만 시각을 돌리는지 다시 한 번 다짐하고 싶었다.

"『숨어사는 외톨박이』라는 책들을 냈는가 하면 전통사회의 흙에 가까운 직업에 종사하면서 현대를 사는 사람들을 찾아내어 입으로 구술하는 '구비문학'을 책으로 묶어서 네권까지 나왔습니다. 『뿌리깊은나무 민중 자서전』이라는 것들이지요. 『숨어사는 외톨박이』는 일본 평범사에서도 5판까지 나왔습니다. 전통사회의 삶에 밀착된 사람들, 세상이 알아주거나 말거나 독특하고도 획기적인 삶을 살아오는 사람들의 얘기를 남기는 것은 우리 시대가 정리해주어야 할 일들이라고 생각했기 때문이죠. 『민중 자서전』에 오른 이들이 제암리에서 살아남은 할머니, 목수, 설장구 치는 분들인 것도 그 때문입니다. 그 분들에게 그 지방 사투리로, 말하자면 그 사람의 언어로 말하게 함으로써 언어의 역사 기록도 되고 문화인류학적인 관심도 높이는 결과가 되겠죠. 말하자면 오럴 히스토리랄까 하는 것입니다. 나중에 알고 봤더니 미국에도 그런 책이 있더군요. 터클(Tuckel)이란 사람의 『워킹(Working)』이란 책이 바로 그 겁니다."

방금 민중이란 말을 쓰셨는데, 이 말이 굉장히 많이 쓰이더군요. 한 선생은 이 말에서 어떤 뜻을 상기하십니까?

"어쩌다가 시대적 요청 때문에 생겨난 말 아니겠어요? 함석헌 선생은 『뜻으로 본 한국 역사』에서 피플이란 말을 씨울이라고 했는데, 피플이란 말은 인민이 제일 가깝지요. 그런데 좋은 말은 공산당들이 먼저 써버려서 그 말을 피하자는 것이 알게 모르게 이루어진 국민적 약속이니까 그 말 대신 나온 것이 민중이란 말이 아닌가 싶어요. 저는 동아일보에 동무라는 말을 많이 씀으로써 그 말이 결코 그들의 전용물이 아니라 우리가 역사에서 물려받은 단어임을 확인하고, 그것을 우리 것으로 만들자고 주장한 일도 있습니다.

"사람들은 또 민중이란 말을 지배계급에 대응하는 말로서 사용하는데, 저는 그런 뜻으로는 안 씁니다. 제가 의도하는 것이 그것이 아니기 때문입니다. 제가 '민중 자서전'이란 말을 붙이고 그들의 삶을 다룰 때는, 흙에 가까운 전통적인 삶에 정신적으로 밀착해 있는 사람으로 생각한 것입니다."

그 민중은 믿을 만한 것인가 하는 말도 있더군요. 굳은 삶의 의지를 펴나가는 한편으로, 쉽게 대세에 휩쓸린다는 점에서 그런 말이 나온 게 아닌가 짐작됩니다만.

"현대사에서는 다분히 있을 수 있는 현상이라고 봅니다. 왜냐? 우리가 어렸을 때만 해도 라디오를 듣는다는 것은 대단한 특권으로 치부되었습니다. 그런데 지금은 텔레비전이 있지 않아요? 신문은 말할 것도 없고. 돈 있는 사람은 돈을 써가지고 스스로도 모르는 사이에 사람들이 어느 쪽에 쏠리게 만듭니다. 자기 판단에 따라 좋고 싫음을 구별하는 것이 아니라, 피동적으로 행동하게 만들고 있어요. 그런 점에서 여론의 대량조작이 가능하게 됐습니다. 이른바 대중문화도 그래서 출발한 것이라고 교과서에 적혀 있던데요."

좀 허황한 얘기 같지만 우리나라의 민주주의와 그 수준에 대해서도 물어

보았다.

"각국의 민주주의 정도를 비교해본 일이 없어서 잘 모릅니다. 다만 우리는 민주주의의 가치라는 것이 대단히 좋은 것이라는 교육이랄까 세뇌를 받아왔고, 그것이 현재까지는 매우 괜찮은 것이기 때문에 심지어 공산주의 국가에서도 그 이름을 내세우고 있지 않습니까. 많으면 많을수록, 성장하면 성장할수록 좋은 거지요. 흔히 한국인들에게 민주주의를 수행할 능력이 있느냐는 말이 우리 스스로나 외국인의 입에서 더러 나오기도 합니다만, 우리에게는 그런 능력이 있지요."

가진 자, 안 가진 자라는 말이 있고 그것의 간격이 벌어지는 것을 걱정하는 사람도 있더군요.

"요즘 신문에 대만 얘기가 많이 나지요. 대만서는 균부라는 말을 쓰는 모양이던데 국가적으로 고루 사는 모양이지요. 우리보다는 말입니다. 경제 성장과 함께 부가 창출되고, 텔레비전, 라디오, 자동차 해서 과거에 우리가 누리지 못하던 온갖 것들을 지금은 훨씬 많은 사람들이 누리고 있다는 점에서 삶의 질이 향상되었다고 볼 수 있습니다. 하지만 많은 시골 사람이 도시로 몰려 정신적으로 고향이 없는 떠돌이가 되었다고도 볼 수 있습니다. 그들은 손에 흙 묻히기 싫어하고 다른 정도의 삶을 누리거나 겪고 있는데, 그들이 얻는 것도 있겠지만 잃은 것도 있을 것입니다. 물질적인 삶이 반드시 냉장고나 텔레비전으로 대치될 수 있을 것인가 하는 의문도 있습니다.

"그건 그렇고, 고루 잘사는 문제는 문제대로 존재한다고 봅니다. 엊그저께 문교부 장관으로 애쓰다가 나오신 이규호 선생을 오랜만에 만나서도 똑같은 얘기를 했는데, 한국이 본받는 일본 재벌의 주주들은 국민 다수로 꽤 많이 바뀌었습니다. 따라서 재벌의 총수라는 사람도 사주가 아니고, 주주총회를 상전으로 삼는 머슴들입니다. 월급을 받아 사는 것도 검소합니다. 그런데 우리 재벌은 가족 단위지요. 커진 기업의 덩어리가 아직도 그들의 손에 있습니다. 다행히 소유와 경영이 분리되는 경향은 있습니다만."

사람 기르는 교육 필요

통일에 대해서 생각해본 적이 있습니까?

"그런 방법을 저는 모르겠습니다. 빠를수록 좋지요."

일부러 그러는 건지, 사실이 그런 건지, 이런 쪽의 얘기를 던지면 대답이 아주 간단하다.

우리나라의 장래를 낙관하십니까?

"비관하는 점도 있어요. 나라에 큰일이 생긴다는 그런 비관이 아니고, 사업에 몸담고 있으면서 자가당착일지는 모르겠으나, 지금의 교육이 하우 투 쪽으로, 다시 말하면 너무 기술만 기르는 쪽으로 흐르는 것도 그렇습니다. 부모들도 어떻게 하면 이놈을 돈벌이 잘하는 놈으로 키울 것인가에 생각을 기울이는 것 같습니다. 돈벌이 기술을 축적하는 것도 중요하지만 사람됨의 훈련에 소홀해서는 안 되지요. 부모들이 자식의 독서에는 관심이 없고 어떻게 하면 시험을 잘 치르게 할 것인가만 생각하는 것 같습니다. 그 결과가 요즘 나타나고 있습니다. 신입사원을 모집해서 일을 시켜보면, 고생한 사람, 또는 헌 교육을 받은 사람과 이른바 근대적인 새 교육을 받은 사람은 직장에서 일하는 데 차이가 많습니다. 근래 대학을 나온 젊은이들은 어떻게 하면 손을 덜 움직이고 열매를 많이 따먹느냐에 관심이 있습니다. 물론 우리나라 장래에 대해서는 낙관하는 점도 많지요."

일의 성질상 그는 '문화인'이라는 사람들을 많이 만날 것이다. 그들에게서는 어떤 이미지를 얻고 있는 것일까.

"저는 극에서 극을 만나거든요. 판소리 고수인 김명환 씨를 자주 만나는가 하면, 첨단산업인 컴퓨터 일에 종사하는 사람과도 만납니다. 노인네를 만나고, 강강술래를 하는 사람을 만나고, 현대무용 하는 사람을 만나기도 합니다. 그분들을 어떻게 생각하느냐? 무슨 얘기가 먼저 튀어나와야 할지 모르겠는데요. 대단히 훌륭한 사람도 많고, 더러는 나태한 사람도 만납니다. 그런가 하면 때로는 알맹이가 없는 사람도 만납니다. 세상에서 점찍어 주는 부류에 속하지만, 문화적으로는 빈털터리인 사람도 만납니다. 따라서 한마디로는 말할 수가 없습니다. 다만 그분들에게서 공통으로 귀동냥한 것이 있다면, 첨단 예술가나 전통 예술가나, 우리 전통문화를 한반도의 흙의 문화에 밀착된 문화로 되살려야겠다는 소망이 대단히 강렬하다는 것입니다."

레포츠라는 말을 들어보셨습니까? 레저와 스포츠의 합성어인데, 그 말이 상징하고 있는 것처럼 우리 사회는 그것들이 판을 치고 있어서 어떤 분들은 이런 '반지성적인 풍토'를 개탄도 하더군요.

"그런 요구가 다분히 있지요. 텔레비전의 스포츠 중계도 개인적으로는 별로 흥미가 없습니다. 도시 속에서 부비고 살다가 주말이 되면 산으로 관광지로 온천장으로 가는 풍속이 제 마음을 즐겁게 하는 요소는 아닙니다. 그런 것이 도시의 메마름을 충족시켜주는 것이라면 그런 충족은 나날의 생활에서 얻으려고 노력하는 것이 훨씬 좋다고 생각합니다. 그러니까 모자라는 것을 얻기 위해서 멀리 갈 필요가 없다면 더 좋다고 생각하는 것이지요. 스포츠 활동이 도시 사람들의 넋을 한군데로 빨아올렸다면 그런 넋이 골고루 여러 분야에 퍼졌으면 좋겠다 이겁니다. 사람이 풀 냄새를 맡기 위해 먼데로 나가는 것보다는 가까이에 공원 같은 것이 있어서 그 일을 할 수 있다면 더욱 좋겠고, 텔레비전에서 똑같은 것을 바라보고 똑같은 반응을 보인다면, 그것은 국민 생활의 획일화를 의미한다고 생각합니다.

"그보다는 스스로 체험하고 스스로 운동하는 것이 좋겠습니다. 너무 이상적이랄지 모르겠으나, 사람이 사는 공동체는 좀 작았으면 좋겠습니다. 제사를 지내기 위해 먼 곳까지 가면서 이웃 사촌 집에 안 가는 것보다는, 관계하는 사람이 거리적으로 서로 가깝게 사는 사회가 그립습니다."

잡지에 대한 그의 집념은 대단해 보인다. 그렇다면 뿌리깊은나무가 죽은 마당에 다른 잡지를 낼 수도 있지 않을까.

"뿌리깊은나무를 하고 싶지요. 딴 잡지 생각은 안해봤습니다. 저는 잡지를 하고 싶은 행위 때문에 잡지를 한 것이 아니라, 뿌리깊은나무에 나타나 있는 어떤 의욕 때문에 잡지를 한 것입니다. 딴 잡지를 한다 한들 근본적으로는 뿌리깊은나무를 다시 하고 싶은 것입니다. 만일 이번에 다시 한다면 그전보다 훨씬 잘할 것 같아요. 그 잡지가 흠도 있겠으나 공이 있다면 말입니다."

얘기를 듣다보니까 한 사장의 언변에 눌려서 한 사장의 사업이나 아이디어를 적잖이 대변해준 것 같은 느낌이 듭니다. 『신동아』 독자들이 저한테 욕하겠는데요.

"허허, 떨굴 것은 다 떨구세요."

이 인터뷰에서 자신이 어떻게 묘사되기를 바랍니까.

"잘 묘사되었으면 좋겠습니다. 허튼 소리는 빠지고, 그럴싸한 말만 실어주었으면 좋겠습니다. 그건 그렇고, 저는 저대로 최 선생님을 인터뷰했습니다."

아이고 두렵군요. 🔥

정말 특별한 사장

가야 토기 한 점과 상아색 필통

김정배 고구려연구재단 이사장. 전 고려대학교 총장. 뿌리깊은나무 편집위원이었다.
편집위원들 거개가 날카로운 비판정신으로 무장한 임전무퇴의 논쟁 선수들이었던 만큼
회의에서 언성이 높아지는 일이 종종 있었으나, 그는 언제나 쟁점에서 한발 비켜 있다가 회의를
화해롭게 마무리짓는 역할을 했다. 그래서 한창기는 그를 평화주의자라 했다.

어느 해였나, 뿌리깊은나무 편집회의를 마치고 저녁을 먹는 자리였다. 화제가 신라 토기였다. 마침 그때 내 학교 연구실에 가야시대 오리 모양 토기가 한 점 있었다. 내 방에 들른 많은 사람들이 이 방에는 유물이 많이 있을 것 같은데 어쩌면 한 점도 없냐고 말들 하기에 하나 갖다놓은 거였다.

십만원짜리 수표 한 장의 사연

그 이야기를 하자 한 사장이 대번에 관심을 보였다. 구경하러 한번 오시라고 했더니 얼마 뒤에 과연 한 사장이 그 토기를 보러 왔다. 요모조모 뜯어보며 처음 봤다고, 자기는 이런 것 없다고 했다. 그렇다면 가져가시라고 했다. 예나 이제나 나는 유물이라는 건 거기에 애착이 있는 사람이 보관하고 간직하는 것이 바람직하지, 그것을 공부하는 학자가 욕심을 부리는 것을 금기로 여긴다.

며칠 뒤에 한 사장에게서 편지가 왔다. 봉투 속에는 십만원짜리 수표가 한 장 들어 있었다. 아무리 호의라고 하더라도 그냥 받는 건 부담스러우니 소액이지만 받아달라는 내용이었다. 70년대의 십만원이라면 지금은 한 백만원쯤 되는 돈이었을 게다. 한동안 전화로, 또 편집위원회의 일로 만났을 때, 한사코 받으라는 쪽과 못 받는다는 쪽이 승강이를 벌였지만 결국은 그 일은 한 사장의 뜻대로 결말이 났다. 한 사장 같은 골동품 애호가야말로 소장할 자격이 있다고 생각하여 선뜻 내어준 거지만 끊고 맺는 것이 분명한 그 성격의 한 단면

을 본 듯한 기분이었다.

닛꼬오와 엘에이의 길거리에서 마주치다니!

이런 일도 기억이 난다. 칠십년대 후반 토오꾜오와 닛꼬오에서 회의가 있어 일본에 갔을 때였다. 토오꾜오 길거리에서 우연히 한 사장을 만나 반갑게 인사를 하였다. 나의 일본 체류 일정을 묻기에 간단히 알려주고 헤어졌다. 그러고 나는 닛꼬오로 갔다.

저녁에 목욕을 하고 옷을 갈아입으려는데 종업원이 전화를 받아보라고 했다. 전화를 건 사람은 한 사장이었다. 호텔에 묵은 것도 아니고 일본식 여관이었는데 어떻게 토오꾜오에서 그곳까지 수소문해서 전화를 한 것인지, 지금도 그때 놀랍도록 고마웠던 안부전화를 잊지 못하고 있다. 토오꾜오에서 같이 밥을 먹었어야 했는데 서로 시간이 없어 회동을 못했고 그렇다고 자기가 닛꼬오까지 갈 수는 없으니 서울에서 밥을 먹자며 전화를 끊었다.

그러고 보니 외국 땅에서 우연히 만난 적이 또 있다. 팔십년대 중반이었나? 미국 로스앤젤레스 한국 영사관에서 또 한 사장과 마주쳤다. 원색의 줄무늬 셔츠에 사파리를 입고 챙이 짧고 뒤로 약간 젖혀진, 내 눈에는 서양 영화에 나오는 뱃사람들이 쓰는 모자같이 생긴 걸 쓰고 있었다. 손에는 작은 서류 가방을 들고 있었다. 자기 차림새가 어떠냐고 묻기에 미국 젊은이의 냄새가 물씬 풍긴다고 하자 특유의 너털웃음을 지었다.

서로 일정에 쫓겨 차 한 잔도 마시지 못하고 바로 헤어졌다.

그날 저녁, 한 사장이 또 내가 묵는 호텔로 전화를 걸어왔다. 어디서 묵는다고 알려주지도 못하고 헤어졌는데 이번에도 나를 찾아낸 것이다.

성공한 쎄일즈맨의 집념이라지만

이런 이야기를 하면 한 사장을 잘 아는 이들은, 한 사장이 원래 누구를 찾아야겠다고 생각하면 어떻게 해서라도 끝까지 찾아내고야 마는 사람이라고도 하고 그런 거야말로 성공한 쎄일즈맨다운 집념이라고 말한다. 하지만 나는 한 사장이 정이 많은 사람이어서 그랬다고 생각한다.

하기야 그의 쎄일즈맨 기질이라면, 나도 그 현장을 본 적이 있기는 하다. 내장산의 한 호텔에서 열린 브리태니커 쎄일즈맨 교육에 특강 강사로 갔을 때

일이다. 그때 연금 상태의 야당 지도자였던 김영삼 씨 일행과 마주친 것이다. 나중에 한 사장이 내게 짓궂은 웃음을 머금고 이렇게 말했다. "김 선생은 특강 했지만, 그 사이에 나는 한 건 했다"고. 어느 사이에 그쪽에 브리태니커 상품을 한 질 팔아치운 것이었다.

한방에서 자본 사람들의 고민

한 사장은 특히 백제 문화와 유적을 남달리 사랑하고 아끼며 유적 보존에 관심을 기울였다. 때로 기자들과 유적 답사를 하였는데 특별한 일이 없으면 편집위원들도 함께 가곤 하였다. 공교롭게 숙소에서 방을 배정하다 보면 몇 번이나 한 사장과 한방을 쓰게 되었다.

> 내장산의 한 호텔에서 열린 브리태니커 쎄일즈맨 교육에 특강 강사로 갔을 때 일이다. 그때 연금 상태의 야당 지도자였던 김영삼 씨 일행과 마주친 것이다. 나중에 한 사장이 내게 짓궂은 웃음을 머금고 이렇게 말했다. "김 선생은 특강했지만 그 사이에 나는 한 건 했다"고 . 어느 사이에 그쪽에 브리태니커 상품을 한 질 팔아치운 것이었다.

여행을 함께 가면 그 사람의 모든 습성을 자연히 알게 된다. 그는 자면서 이를 가는 습관이 있었다. 참고 넘어갈 수 있는 정도가 아니었다. 멋쟁이 한 사장에게 이런 면모가 있구나 하면서도 다음에 또 방을 함께 쓰게 될 때는 걱정이 되었다. 그렇다고 내가 객지에서 방을 같이 쓰지 못하겠다고 거절할 만큼 모난 사람은 아니어서 그대로 참고 자곤 했지만 그걸 아는 인사들은 아침이면 잘 잤느냐고 웃으며 묻곤 했다.

냄새에도 예민했다

청결에 대해서는 꽤나 신경을 쓰는 편인 내가 보기에도 그는 결벽증이 있나 싶을 정도로 씻고 갈아입는 일에 부지런했다. 그러면서도 아침에 속옷을 갈아입을 때마다 혹시 안 좋은 냄새가 나는 것 아닌지 마음이 쓰인다면서 웃었다.

독신생활을 오래 해서 그런 건지 미각뿐만이 아니라 후각도 상당히 발달한 사람이었다. 문화의 향취를 느끼고 전통에 뿌리내린 고급문화를 창출해나간 데는 그런 타고난 감각도 바탕이 되었던 듯하다.

그는 한마디로 최고급 생활문화를 추구한 종합 예술인이었다. 우리나라 전통의 문화를 구석구석 이해하여 재현할 만한 가치있는 분야를 오늘의 실생활에 맞게 재구성하느라 심혈을 기울인 사람이다. 내 책상 위에는 브리태니커와 뿌리깊은나무가 나란히 쓰여 있는 소박한 상아색 필통이 하나 있다. 언젠가 한 사장에게서 선물로 받은 것일 게다. 책상 서랍에는 한 사장이 아끼고 자랑하던 한지로 된 봉투와 편지지가 여전히 있다.

한 시대 우리 문화계를 휩쓸던 풍운아의 잔영이다.

관찰자, 그리고 합리주의자 앵보 선생

이명현 서울대 명예교수. 지난 2007년 8월 말에 정년 퇴임했다. 뿌리깊은나무와 샘이깊은물 편집위원이었고 교육부 장관을 지냈다. 광주 민주화항쟁 뒤에 전두환 군부독재에 의해 대학에서 해직당해 어려운 세월을 여러 해 보냈다. 그 시절 시간이 넉넉하니까 『한국의 발견』을 만들고 있던 뿌리깊은나무 편집실에 자주 들렀으며, 한창기와도 각별한 친분을 나누었다. 일종의 동병상련이었다.

앵보는 한창기 선생의 자작 호이다. 그는 아이 적에 늘 '앵앵' 우는 아이로 동네에 소문이 자자했다고 한다. 그래서 그가 잡지에 글을 쓸 적에는 '한앵보'라는 필명을 쓰곤 했다.

내가 한앵보 선생과 더불어 고락을 같이 한 것은 천구백칠팔십년대였다. 물론 그 인연의 끈은 뿌리깊은나무와 샘이깊은물이다. 처음에는 뿌리깊은나무 필자의 한 사람으로 시작해서 그 다음에는 두 잡지의 편집위원으로 앵보 선생을 만나곤 했다.

괴짜한테서 괴짜를 소개받았다

우리 시대의 괴짜 앵보 선생과 나를 연결시켜준 사람은, 그이야말로 괴짜가 아니라면 손을 번쩍 들고 항의라도 할 윤구병 교수다. 말하자면 괴짜를 통해 괴짜를 만난 셈이다. 윤구병 교수는 내가 대학 4학년 때 지금은 대학로로 변신한 옛 서울 문리대 도서관에서 처음 만난 사람이다. 그는 그때 머리를 빡빡 깎은 대학 초년생이었다.

윤구병은 뿌리깊은나무의 초대 편집장으로 나를 그 잡지의 글꾼으로 동원한 셈이다. 뿌리깊은나무에 실리는 모든 글은 뿌리깊은나무식 문장으로 탈바꿈하게 되는 것이 유별난 점이었고 그래서 어떤 필자는 그런 편집 방향에 매우 불쾌한 반응을 보이기도 했다. 그러나 나의 글은 비교적 편집진에게 큰 수고를 끼치지 않고 통과되는 듯했다.

뿌리깊은나무는 자신만이 지닌 냄새와 취향을 드러내는 '독특한 문헌'으로 나오자마자 한국 출판계의 새로운 현상으로 자리잡았다. 겉보기에는, 글의 논리적인 완결성을 추구하는 점에서나, 일본 것을 그대로 흉내내던 일반 잡지의 태를 완전히 벗어버린 깔끔하고 세련된 체제를 보아서 서양의 느낌이었는데, 속은 김치와 된장 냄새가 푹푹 풍기는 잡지였다. 서양과 동양의 융합이라고나 할까. 어쩌면 이것이 바로 한앵보 선생이 지닌 특색의 알맹이라고 나는 본다.

전통과 현대의 절묘한 융합은 그가 지어 살던 집에서도 드러났다. 그는 한옥 집을 짓는 데 여러 해에 걸쳐 꽤나 정성을 들였다. 예를 들어 문고리 하나도 전통 한옥 문고리 제작의 최고 전문가를 전국에 수배해서 만드는가 하면, 때로 그 최고 전문가 몸이 불편해서 드러누워 있으면 그 사람의 건강이 회복될 때까지 몇 달이고 기다려서라도 진짜배기 부품을 얻어다가 집을 지었다. 그래서 그 한옥을 완성하기까지 여러 해가 걸렸다. 그러나 난방시설 같은 생활의 편의를 위한 장치들은 가장 현대식으로 꾸며놓았다.

'폐간'과 '해직'의 동지가 되어

1980년 봄, 한국 땅에 너무나 오랜 만에 진짜 '봄'이 찾아온 걸로 여기고 온 백성들이 가슴을 젖히고 기쁨을 만끽하는 듯했다. 그러나 그 기쁨은 5월에 내린 서리로 꽃을 피우지 못했다. 전두환이 이끄는 군부가 선포한 계엄령이 온 나라를 일시에 얼어붙게 했다. 그때 뿌리깊은나무도 얼어 죽었다. 그리고 서울대학교에 뿌리내린 나의 교수직도 얼어 죽었다. '폐간'과 '해직'의 된서리를 맞고 한 선생과 나는 거센 풍랑을 만난 배를 같이 탄 동지가 되었다.

그렇게 갑자기 백수가 되고 나서 그의 차를 타고 영남과 호남 지역을 다니며 여행했던 기억이 난다.

그는 독신이었다. 그 당시 같은 홀몸 신세였던 나에게 혼자살이의 자유로움에 대해 숨은 이야기를 들려주곤 했다. 그 자유스러우면서도 성숙한 '탐험 정신'은 가끔 나를 초라하게 했다.

여행길에서도 그는 어느 마을에 들르더라도 후미진 골목길의 고물상, 골동품 가게를 찾아내곤 했다. 관심이 없는 내가 차에 앉아 기다리면 이윽고 그는 내가 보기에 별것도 아닌 낡은 물건을 사가지고는 차 타고 가는 내내 손바닥에 올려놓고 요리조리 호호 불며 다시 만난 옛 애인을 쓰다듬듯이 하는 것이었다. 나중에 안 사실인데 앵보 선생은 토기 수집가로도 손꼽히고 있었다.

밥집도 아무 데나 들어가지 않았다. 어느 시골에 가더라도 거기에서 우리 전통음식을 가장 제대로 하는 집을 찾아내곤 했다.

한앵보 선생의 고향 인근에 있는 선암사에도 같이 가서 며칠을 묵었다. 북적대는 관광객들의 시달림을 벗어난 듯한 선암사의 평화로운 정적이 당시 광란하던 시국의 번뇌로부터 나를 잠시나마 자유롭게 해주었다. 그때 한 선생의 만류가 없었더라면 아예 머리를 깎고 그 절에 눌러앉았을지도 모른다.

선생은 가고 나는 늙었다

한국의 지난 칠팔십년대는 산업화의 열기와 민주화의 열기가 극심하게 교란하던 질풍노도의 시대였다. 당시 민주화운동의 전열에서 뛰었던 낯익은 젊은 얼굴들이 시간이 만들어놓은 주름살을 보이며 오늘 한국의 정치무대 위를 오간다.

그 사이에 한앵보 선생은 이 어지러운 세상을 뒤로 하고 저 멀리 떠나 버렸다. 그리고 나도 어느 사이에 나의 본업인 대학 교수직을 떠나 자유로운 늙은이로 변해버렸다. 시간의 놀라운 힘 앞에 그저 숙연해질 뿐이다.

그는 칠팔십년대, 한국 사람들이 산업화와 민주화라는 지극히 어려운 역사적 과업을 동시에 수행하느라고 진땀을 흘리던 시대에 한국의 문화적 정체성을 굳게 지키면서도 문화적 자폐증에 갇히지 않은, 열린 지성의 자리를 굳게 지키려 했던 당대 문화의 거인이라 할 만하다.

무엇보다도 그는 한국사회에서 보기 드문 합리주의자였다. 호남 사람이면서 정치적인 태도는 끝까지 양쪽에 거리를 두는 관찰자였다.

오늘은 문명사적 대전환기다. 그런 전환기에 아직도 폐쇄적 민족주의라는 정신적 자폐증을 앓고 있는 오늘의 군상들에게 모름지기 한창기 선생은 큰 가르침을 말없이 던져주고 있는 호남의 거인이라 하지 않을 수 없다.

오늘의 이 땅의 혼미한 정신적 상황을 보며 한창기 선생의 부재를 더욱 아쉬워한다. 가장 한국적이면서도 가장 세계적인 '줏대있는 열린 한국 사람'이었기 때문이다. 🦍

짧은 '두드러기'의 긴 추억

이광훈 언론인. 경향신문에 '이광훈 칼럼'을 연재하고 있다. 뿌리깊은나무의 한 면짜리 고정칼럼 '두드러기'의 처음 필자는 한창기였다. 군사문화에 대한 증오심이 유전자에 새겨져 있는 듯이 보였던 그는 이 짧은 칼럼에서 그만의 고유한 풍자정신을 한껏 번뜩였다. 그러나 이 비판적 칼럼의 필자가 발행인인 것은 적절치 않다는 기자들의 의견을 받아들여 이광훈으로 바꾸었으며, 그는 '두드러기'의 정신을 폐간 때까지 잘 이어갔다.

1979년 신군부가 확실하게 권력을 찬탈하는 분기점이 되었던 12·12사건 이틀날 나는 뿌리깊은나무의 한창기 사장과 광화문의 어느 밥집에 앉아 있었다. 무형문화재 보유자인 명고수 김명환도 자리를 같이했다. 그 자리에서 전날 저녁에 있었던 군부의 권력이동이니 '3김'의 동정 들을 화제에 올려놓고 담소했지만 한창기 사장은 좀처럼 굳은 표정을 풀지 않았다.

서리를 밟으며 얼음을 생각했나?

그때만 해도 박정희의 갑작스러운 죽음으로 유신독재는 끝나고 도도한 민주화의 물줄기가 새 시대의 역사를 이끌어가는 것이 아무도 거스를 수 없는 시대정신처럼 되어 있던 시점이었다. '서울의 봄'이 오면 민주적인 절차에 따라 이른바 '3김' 중의 한 사람이 새로운 역사를 열어가는 지도자가 될 것이라고 굳게 믿고 있었다.

그런 상황에서 하룻밤 사이에 계엄사령관이 체포되고 대통령의 인사권이 무력화되는 사태가 일어난 판에 기껏 여염에 떠돌아다니는 시시한 도청도설 따위를 화제 삼는 것이 한 사장에겐 못마땅했을 것이다. 오랜만에 함께 한 점심 자리는 무거울 수밖에 없었다. 자리에서 일어나며 한창기 사장이 했던 한마디가 지금도 선명한 기억으로 남아 있다.

"앞으로 어려운 세월이 될 것 같습니다. 부디 자중자애합시다."

그날 한창기 사장은 "서리를 밟으면 그 뒤에 올 얼음을 생각하라."는 옛말을 떠올리고 있었을까. 그 이후에 일어난 '정변'은 우리가 익히 알고 있는 그대로였다. 계엄이 전국적으로 확대되고 '3김'들에 대한 정치적 탄압, 그리고 광주의 5월 민주항쟁….

제목만 보아도 그 격동기가 그려진다

그해 여름 한창기 사장이 그토록 애지중지하던 뿌리깊은나무도 신군부에 의해 숨통이 끊어졌다. 내가 매달 쓰던 한면짜리 단평 '두드러기'도 뿌리깊은나무와 함께 순장되는 운명을 맞았다.

지금까지 삼십 년 가까이 기명 칼럼을 쓰고 있지만 뿌리깊은나무의 단평 '두드러기'는 그동안 써온 글들 가운데 가장 공을 들인 칼럼이었다. 처음으로 이름 석 자를 걸고 본격적인 시사 단평을 쓴 것이다. 채 열 장도 안 되는 짧은 글이었지만 그 속에 쏟아 부은 정성이 크고 깊었다.

> 오랜만에 한 점심 자리는 무거울 수밖에 없었다. 자리에서 일어나며 한창기 사장이 했던 한마디가 지금도 선명한 기억으로 남아있다. "앞으로 어려운 세월이 될 것 같습니다, 부디 자중자애합시다." 그날 한창기 사장은 "서리를 밟으면 그 뒤에 올 얼음을 생각하라."는 옛말을 떠올리고 있었을까.

뿌리깊은나무가 폐간된 것은 1980년 8월이었지만 1987년 10월 정음사에서 낸 내 첫 칼럼집 『메시아의 모범답안』에는 1980년 5월치 '두드러기'까지만 실려 있다. 그때까지만 썼는지 아니면 6·7월호에 쓴 것이 함량 미달이라서 뺀 것인지 벌써 이십 년도 더 된 일이라 기억이 흐릿하다. 다만 한 가지 5월부터 계엄이 확대되면서 신문, 잡지에 대한 검열도 그전보다 훨씬 더 강도가 높아졌고 그에 따라 '두드러기'의 붓끝도 조금 무디어졌을 것이라는 생각은 든다.

「카드섹션과 민주교육」「카터 앞에서의 면접시험」「소리만 요란한 부패척결」「'직업적 회개꾼'의 뉘우침병」「고발정신과 고자질 공부」… 당시에 썼던 '두드러기'의 제목만 봐도 유신체제가 파국을 향해 가쁜 숨을 몰아쉬고 언론에 대한 신군부의 목 조르기가 시작되던 정치적 격동기에 당국에 꼬투리를 잡히지 않으면서 하고 싶은 말을 해야 했던 고심의 흔적을 찾아볼 수 있다.

그 잡지에 글을 쓰면서 생긴 버릇

비록 짧은 기간이었지만 '두드러기'가 뿌리깊은나무 독자들의 사랑을 받을 수 있었던 것은 한창기 사장의 유별난 우리말 사랑과 편집자들의 땀이 있었기 때문이다.

그때 뿌리깊은나무에 실릴 외부 필자들의 모든 원고는 사장을 비롯한 전 편집진의 검토와 수정 과정을 거치곤 했다. 물론 필자에 따라서는 더러 왜 남의 글을 함부로 고치느냐며 항의하는 일도 있었다고 한다.

내가 썼던 '두드러기'도 그런 과정을 거쳐서 독자들 앞에 선보였던 것은 더 말할 것도 없다. 다만 뿌리깊은나무에 글을 쓰면서 나중에는 따로 얘기하지 않더라도 한자어보다는 우리말을 찾아 쓰는 버릇을 가꾸게 되었다. 비록 뿌리깊은나무는 폐간되었지만 그 뒤 샘이깊은물이 창간되었을 때도 이런 제목 저런 제목으로 기고했던 적이 있다. 샘이깊은물이야말로 뿌리깊은나무의 얼과 전통을 이어받은 잡지라는 생각 때문이었다.

아까운 사람, 흘러간 시대

뿌리깊은나무도 한창기 사장도 이제는 모두 흘러간 시대의 흔적으로 남아 있을 뿐이다. 언제부터인가 샘이깊은물도 볼 수 없게 되었다. 많은 사람들이 너무 일찍 이승을 뜬 한창기 사장을 아까워한다. 한 사장은 짧은 기간 동안 참으로 많은 일을 하고 떠났다. 짧은 기간에 너무 많은 일을 했대서 빨리 데려간 것일까. 그러나 그가 남기고 간 발자취는 오랫동안 지워지지 않을 것이다.

다만 한 가지 아쉬운 것은 짧은 기간이지만 뿌리깊은나무에 '두드러기' 말고도 많은 글을 썼지만 그 글이 내게는 단 한 편도 남아 있지 않다는 점이다. 그나마 '두드러기' 몇 편이 남아 있는 것은 일찌감치 칼럼집에 수록해놓았기 때문이다. 이리저리로 이사 다니는 바람에 잡지도 통째로 없어졌고 따로 오려 놓았던 글들도 없어지고 말았다. 지금 다시 찾는다 해도 그 치졸하고 거친 글이 오히려 부끄러움만 더할 것이지만 그래도 한때, 한자, 한자 힘들여 쓴 글들이 흔적조차 찾을 수 없으니 때때로 허전한 생각이 들 때가 있다. 🐾

내가 그분 제삿날 굶는 까닭

송현 시인. 한글문화원장. 이 글에 한창기와의 인연이 소상히 나와 있다. 비판적 사색가의 면모가 두드러졌던 한창기는 실행력이 뛰어났던 '싸움닭'인 필자를 유쾌하게 생각했으며, 한글 전용, 한글기계화에 대해서는 동지였다고 할 수 있다.

나는 일년에 나흘, 네 분 스승의 기일에 단식한다. 그 네 분은 함석헌 선생과 공병우 박사, 라즈니쉬, 한창기 사장이다.

박정희에게 보낸 편지 때문에

1976년 서라벌 고등학교에서 국어 선생질을 할 때이다. 박정희 군사독재 정권의 그 살벌한 시절에 한 사장님은 뿌리깊은나무라는 월간 잡지를 한글 전용을 하여 창간했다. 당시로서는 대단히 파격적이고, 최첨단 멋쟁이 잡지였다. 이 잡지를 내가 수업하는 교실마다 들고 다니면서 학생들에게 홍보를 하였다.

학교를 그만두고, 공병우 한글기계화연구소로 가서 한글기계화 연구를 하던 어느 날, 한글기계화 글자판 통일을 위해서 박정희 대통령에게 건의서를 보냈다. 두어 달이 지나도 아무 답이 없어서 이번에는 "민주주의란 국민이 주인이고, 대통령이 종이 아닙니까. 건의서를 보냈는데, 기면 기다 아니면 아니다 하고 대답을 해야지, 왜 아무 대답이 없습니까! 주인의 건의를 이렇게 무시하는 것이 민주주의입니까…?!"라는 요지의 항의 편지를 보냈다.

그러자 청와대에서는 내게 사과하고 그 건의서를 과학기술처에 넘겨도 좋겠냐고 물어왔다. 그러라고 하자, 얼마 뒤에 과학기술처가 엉터리 답변을 보내왔다. 그래서 '한글기계화 글자판 통일'을 위해서 '순교'할 각오를 하고 과학기술처 장관에게 편지로 따지고 들자 장관이 나를 불렀다. 장관에게 불려가서 공식 대담한 내용을 담아 유인물 삼천 부를 만들어 전국에 우편으로 뿌렸다.

처음으로 걸려온 전화

그 편지에 대한 첫 반응이 뿌리깊은나무 한 사장님의 격려 전화였다.

"이 어려운 시절에 과학의 진리를 위해서 송 선생이 용기있게 싸우고 있는 것을 보고 가만히 있을 수가 없어서, 격려 전화를 하였습니다. 우리 잡지에 지면을 드릴 테니, 그 유인물에서 못다 한 이야기라도 있으면 마음껏 써 보세요. 그래서 더 많은 사람들에게 알려야 할 것이 아닙니까…."

그 전화가 한 사장님과 최초의 인연이다. 마침내 뿌리깊은나무 1977년 9월호에 「어느 관리와의 다툼」이란 제목의 글을 발표하였다. 보잘 것 없는 내 글이 그 잡지에 실리니, 글이 권위가 있어 보였고, 반응도 엄청났다. 전국에서 격려 전화와 편지가 엄청나게 많이 왔다. 그 바람에 나는 그 잡지가 얼마나 대단한 잡지인가를 실감했다.

그 일이 있은 뒤로 한 사장님은 나에게 기회가 있을 때마다 그 귀한 잡지의 지면을 주었다. 내가 그 잡지에 글을 발표하고 나면 다른 잡지나 사보에서 원고 청탁이 느는 것을 체감할 수 있었다. 그 잡지에 글을 한 꼭지 발표할 때마다 내 원고료도 불어나고, 나도 쑥쑥 자라는 것 같았다.

그분 앞에 벗고 섰다

한 사장님이 내게 베푼 사랑은 이루 말로 다할 수가 없다. 하루는 아침 일찍 한 사장님이 내게 전화를 걸어왔다. 시간이 괜찮으면 성북동에 있는 자신의 집으로 잠시 들렀다 가라는 것이었다. 나는 무슨 영문인가 하고 잔뜩 긴장을 하고 갔다. 이층 안방으로 나를 안내하더니, 옷장의 문을 열고는 이렇게 말하였다.

"여기 있는 내 옷 중에서 송 선생이 마음에 드는 것이 있으면 다 드리겠습니다."

그 집 옷장을 안 본 사람은 상상이 되지 않을 것이다. 성북동 집 그 넓은 이층의 안방의 한쪽 벽 이쪽부터 저쪽 끝까지가 붙박이 옷장이었다. 거기에 한 사장님의 양복이 꽉 차 있었다. 아는 사람은 다 알지만, 그 시절 우리나라에서 그처럼 깔끔하고 세련된 멋쟁이가 또 누가 있었는가. 그 눈썰미와 그 까다로운 감각의 국제 신사가 입던 최고급 양복들이 셀 수도 없이 많이 걸려 있었다.

나는 어릴 때 그렇게 가난하게는 안 살았는데도, 촌놈 근성이 있어 그랬는지, 사양하는 체도 않고 좋아라고 한 사장 앞에서 옷을 덜렁 벗었다. 상의는 와이셔츠, 하의는 팬츠 바람이 되었다. 한 사장님은 이런 나를 물끄러미 보고 빙그레 웃었다.

아직 간직하고 있는 양복 일곱 벌

염치도 없이 나는 왼쪽부터 시작해서 한 벌, 한 벌 꼼꼼히 뒤져가며 색상이 마음에 들고 고급스럽고 좋은 것만 쪽쪽 뽑아서 입어보고, 그중에서도 최고급만 골라서 한쪽 옆에 따로 놓았다. 한 사장님이 진정으로 나를 사랑했기 망정이지 그러지 않았다면 내가 얼마나 얄밉고 한심해 보였을까!

한 사장님은 아랫목에 비스듬히 앉아 내가 입은 옷이 어디가 어떻게 어울리는지 안 어울리는지 일일이 평가해주었다. 몇십 벌을 입어보고, 내가 따로 뽑아서 한 옆에 놔 둔 것이 나중에 세어보니 자그마치 일곱 벌이었다. 그는 사람을 불러 "이 옷을 잘 싸서 송현 선생 사무실로 갖다주라."고 일렀다.

그 옷은 옷이 아니다! 한 사장님의 사랑의 징표이다. 그러니 함부로 입을 수가 없었다. 첫째는 아낀다고 그랬고, 둘째는 그런 고급 옷을 입고 나갈 기회가 별로 없었다. 그래서 입어보지도 못하고 옷장에 걸어두었는데, 이제는 배가 많이 나와 아예 입을 수 없게 되었다. 그 옷을 지금도 말짱하게 잘 보관하고 있다.

이런 분을 다시 본 적이 없다

나는 한 사장님만큼 우리말과 글을 진정으로 사랑한 사람을 본 적이 없다. 그 사랑을 뿌리깊은나무와 샘이깊은물이란 잡지를 통해서 철저하게 실천했다. 요즘 나오는 잡지가 아주 세련되었는데, 이것도 알고 보면 한 사장님이 이미 약 삼십 년 전에 뿌리깊은나무를 만들어서 선을 보였기 때문이다.

잡지의 세련됨뿐만이 아니라, 잡지를 어떻게 만들며, 필자를 어떻게 예우

해야 하며, 문장을 어떻게 써야 하며, 어떤 글을 실어야 하며, 어떤 글은 싣지 말아야 하며, 사진을 어떻게 찍어야 하며, 사진을 어떻게 보관해야 하는지에 이르기까지 그의 손길과 마음이 직접 미치지 않은 곳이 없었다.

또 한 사장님만큼 문화적 심미안과 날카로운 비평안을 가진 분을 본 적이 없고, 한 사장님처럼 우리 전통문화를 소중히 여기고, 이를 보존하기 위해서 노력한 사람을 본 적이 없다. 한 사장님만한 미식가를 본 적이 없고, 한 사장님처럼 세련된 감각의 양복과 한복을 잘 입는 멋쟁이를 본 적이 없다. 한 사장님처럼 말을 조리있고 설득력있게 잘하는 사람을 본 적이 없다.

그 옷은 옷이 아니다! 한 사장님의 사랑의 징표이다. 그러니 함부로 입을 수가 없었다, 첫째는 아낀다고 그랬고 둘째는 그런 고급 옷을 입고 나갈 기회가 별로 없었다, 그래서 입어보지도 못하고 옷장에 걸어두었는데 이제는 배가 많이 나와 아예 입을 수 없게 되었다. 그 옷을 지금도 말짱하게 잘 보관하고 있다.

나를 키워준 뿌리깊은나무의 '화장'

그리고 무엇보다 한 사장님처럼 글을 논리적으로 잘 쓰는 사람을 본 적이 없다.

말이야 바른 말이지, 한 사장 때문에 큰 사람이 어디 한 둘인가! 괴발개발 써온 글, 문장도 되지 않는 글을 쓰는 대학 교수나 문사들 중에 한 사장 덕 본 사람이, 어설픈 예술가 중에 그의 덕을 본 사람은 또 얼마나 많은가!

예나 지금이나 내가 쓴 글은 거칠고 흠이 많다. 사실 유신독재의 서슬이 시퍼렇던 시절에 청와대, 과학기술처, 체신부 들을 겁도 없이 공격하는 내 글에는 흠도 많았고, 거칠기 짝이 없었다. 그대로는 도대체 물건이 되지 않을 것들이었다. 그런데도 뿌리깊은나무 쪽 사람들이 잘 다듬고 조금만 화장을 하면 제법 쓸 만한 물건이 되곤 했다.

그 좋은 무대를 내게 제공해주지 않았다면 나같이 사교성 부족하고 독선적이고 고집 센 사람은 절대로 크지 못했을 것이다. 내가 그동안 글줄 팔아 밥술 먹고, 라디오나 텔레비전 방송에 얼굴을 내밀고, 강의도 하고, 마침내는 교육 전문 케이블 텔레비전의 간판프로인 '케이블 스쿨 가정교육'의 사회자까지 몇 년째 할 정도로 성장한 것도 알고 보면 한 사장님 도움이 가장 크지 싶다.

그 하루를 굶으면서

나는 스승이 돌아가신 날 단식을 하면서 배가 고플 때마다 이를 악물고 그분들이 내게 베푼 사랑에 감사하고, 그분의 훌륭한 생각과 멋지고 아름다운 삶의 궤적을 반추하면서 내 삶을 점검한다. 스승을 생각하고, 스승과 함께 보낸 아름답고 금쪽 같은 날들의 추억과 함께 나눈 소중한 대화를 반추하고, 스승이 쓴 책을 읽고, 스승에게 받은 선물들을 만지작거리면서 영원히 스승을 잊지 않겠다고 다짐한다.

나는 그날보다 하루를 더 경건하게 보낸 적이 없고, 그날보다 가슴 벅차게 하루를 보낸 적이 없다. 일년 중에 내 몸과 마음이 가장 맑고 경건해지는 경축일이고, 스승을 만났던 행운과 스승에게 받은 사랑에 가슴 벅차오르는 축제일이고, 은혜의 백분의 일도 갚을 수가 없고, 보고 싶어도 볼 수 없어 목이 메는 기일이다.

그날 나는 아무도 모르는 상주가 된다. 🐾

한 사장 금 삭은 출토 벼루를 같이
보았드라면   머저 본 사람이 임 자지
옷 소매에 넣고 가끔 꺼내서
어루만졌으면 . . . .

송영방 동국대학교 예술대학장 역임. 한창기가 브리태니커에서 펴낼 영어 학습서에 삽화를 그려달라고 찾아와 처음 만났다.
한창기는 사물의 됨됨이를 정확히 꿰뚫어 묘사하는 그의 데쌩 솜씨를 세상에서 가장 신뢰했다.

별난 우리 발행인

닫힌 세상을 열어젖힌 외톨이

강창민 시인. 뿌리깊은나무 기자를 그만둔 뒤 서경대학교 교수가 되었다. 『한국의 발견』 〈제주도〉 편의 편집자였다. 시집으로 『비가 내리는 마을』『물음표를 위하여』 『작은 풀꽃처럼 주저앉아』가 있다. 한국의 시인 또는 시가 한국어의 파괴를 선도하고 있다는 생각을 바꾸지 않는 한창기와 '외롭게' 맞서는 소임을 하느라고 애환이 많았다.

뿌리깊은 나무는 내 첫 직장이다. 1976년 1월 5일 월요일부터 출근했다.

1월 4일 일요일 아침 열시까지 사무실로 오라는 전갈을 토요일 밤에 받았다. 서울역 앞 동자동 사무실에는 일요일인데도 사람들이 나와 조용히 창간 준비작업을 하고 있었다. 한창기는 그날 칸막이가 쳐진 방에서 나를 마주 앉혀놓고 세 시간 동안, 내가 며칠 전에 써낸 원고지 스무 장쯤 되는 자기소개서를 '작살냈다'.

발기발기 찢기는 내 글

그 소개서의 내용이 유치했을 것이다. 정의롭게 살고 최선을 다한다는 투의, 정의도 최선도 무엇인지 모르면서 착한 체, 잘난 체한 글이었을 것이 뻔했다. 발기발기 찢기는 내 글을 보며 얼이 빠졌다. 화도 나고 부끄럽기도 했다. 그러나 뭐라고 대들 만한 꼬투리를 딱 잡을 수도 없어 얼굴만 붉히며 그저 듣고만 있었다. 취직이 글렀다고 생각했다. 그런데 편집부장이던 윤구병 씨가 나를 불러 그 다음날부터 출근하라고 했다. 그날부터 한창기와의 '악연'이 시작되었다.

그 당시 나는 『현대문학』에 초회 시 추천을 받은 시인 후보생이었다. 마음이나 생각이 열린 자유분방한 사람이라고 스스로 평가하고 있었다. 그날 이후, 그 생각이 얼마나 터무니없는 것이었는지 자주 확인할 수 있었다.

226 별난 우리 발행인

토요일이나 일요일도 없는 근무, 제시간 퇴근은 꿈도 꾸지 못했던 그 시절! 원고 마감의 분주함과 다급함 때문에 속이 바싹바싹 타는 냄새, 인쇄소에서 밤을 새며 듣던 윤전기 소리! 그 시절, 나는 어느 하나도 가지런하게 정돈되어 있지 않았다. 내 일상사처럼 머리칼은 언제나 부스스했고, 행동과 감정은 거칠었다. 자주 격정적이었고 부질없이 분개했고, 시도 때도 없이 외로움을 탔다. 그러면서도 일에 매달렸다. 디자이너 김종수와 사진기자 이남수와 함께 자주 통금에 빠듯한 시간까지 일에 빠졌다. 그러나 그 꼴도 한창기의 눈에 거슬렸을 것이 분명했다. 일을 사랑한 것이 아니라 무엇인가에 취하지 않고는 못 견디는 집착이었으므로!

사표를 서너 번 냈다

나도 그를 눈꼴시어했다. 그의 행동과 삶의 양식을 받아들이기 어려웠다. 그 자유분방함, 오만한 자신감, 파격적인 발상, 터무니없이 핏대를 올리며 펴는 자기 주장, 좀처럼 굽히지 않는 고집, 해박한 지식, 궤변에 달변, 다방면에 걸친 집요한 관심, 인정머리 없는 태도, 영악한 이기심 들이 정말 싫었다. 어떤 문제를 제기해도 늘 준비가 되어 있는 것 같은 막힘없음도 그랬다. 그를 별난 세계의 별난 사람쯤으로 치는 것이 편했다. 그러지 않고서는 견딜 수가 없었다.

그도 나를 탐탁찮게 보는 듯했다. 제멋대로인 촌스러움, 새로운 것을 잘 받아들이지 않는 완고함, 제 주장을 밖으로 제대로 펼치지 못하는 소심함, 터무니없는 고집, 아는 체, 너그러운 체하는 엉터리 자존심, 착한 체하는 값싼 연민 들이 거슬렸을 것이다.

물론 사표도 서너 번 냈다. 정말 작정을 하고 보따리를 쌌지만 본뜻이 그게 아니어서 그랬는지 번번이 제자리로 되돌아왔다. 사장인 그가 무슨 의견을 내거나 지시를 하면 나는 적개심을 숨기느라 얼굴을 붉혔다. 나와는 전혀 다른 종류의 사람이라고 치부하는 것이 편했다. 실은 그때 그를 심하게 시기하고 질투했다. 다만 그때는 몰랐다. 한참 뒤에 알았다. 내 미숙한 꼴의 선상이 그의 모습이었고, 내가 꿈꾸던 세련된 모습이 바로 그의 태도일 수 있다는 것을! 실제로는 그를 무척 흠모하고 그를 추앙하고 있었던 셈이었다. 직장을 그만둔 뒤에 여실히 깨달았다.

떠나서도 벗어나지 못한 그의 그늘

1980년 국보위에서 잡지를 폐간시켜, 『한국의 발견』을 시작할 즈음인 1981년 3월에 나는 회사를 그만두었다. 그리고 뒤늦게 대학원에 들어갔다. 회사를 그만둔 뒤에도 나는 그의 그늘에서 벗어나지 못했다. 틈만 나면 그를 떠올렸다. 이야기판이 벌어지는 곳이면 언제나 내가 얼마나 별난 잡지사를 다녔으며, 얼마나 지독하게 별난 사람 밑에서, 얼마나 혹독하게 고생했는지 입증을 받으려 안달이 난 사람 같았다.

그러나 한참 그러다보면 욕을 한다고 하면서도 어느 틈에 찬사로 바뀌었다. 세상에 이런 사람도 다 있다고 운을 떼어서는, 그가 얼마나 해박하며, 얼마나 섬세하고 까다롭고, 얼마나 다양하고, 얼마나 비범한지를 정신없이 늘어놓곤 했다. 그러면서도 샘이깊은물의 원고 청탁을 받거나, 회사 근처를 지나가다가 사무실에 들러서 다른 동료들은 찾았지만 그를 찾아 인사를 하는 일은 없었다. 평소 정이 많은 체하고 살았으나 실제로는 그에게 정 떨어질 행동만 골라 했다.

진정 '생각이 열린 사람'

그 뒤, 다른 삶을 살았다. 대학교수도 되었다. 그러면서도 역설적이게도 그를 잊지 않고 살았다. 그처럼 생각에 막힘이 없고, 폭넓은 지혜를 가지기를 원했다. 어떻게 하든 주눅 들게 하는 그를 극복하고 싶었다. 한동안은 어떤 문제에 봉착하거나 어떤 일들을 처리할 때 그를 떠올렸다. 그의 일처리 방법이나 때로는 표정이나 손짓까지 내 방식으로 전환해서 썼다. 그리고 한참 세월이 지난 뒤 알았다. 그가 '생각이 열린 사람'이라는 것을.

어떤 한 분야에 대해 통달한 사람을 전문가라고 한다. 학습이나 숙련으로 다른 사람보다 지식이나 경험이 더 많다고 할 수 있다. 그러나 '생각이 열린 사람'은 전문가와는 다르다. 지식이나 경험만이 아니라 어떤 사물의 이치를 꿰뚫어볼 수 있는 눈을 가진 사람, 사물의 근본 구조나 본질에 대한 지혜를 갖춘 사람을 뜻한다. 물론 도덕이나 윤리의 기준에서 말하는 것이 아니다.

우리가 살아가면서 지식이나 경험이 많은 사람은 쉽게 만날 수 있어도 '생각이 열린 사람'을 쉽게 만날 수 없다. 그런 사람들은 흔히 깊은 사원에 은둔해 있거나 자신을 잘 드러내지 않는다. 물론 그 열림에도 여러 단계가 있다. 아무튼 분명 그런 이들이 한 차원 높은 곳에서 이 사회를 이끌고 우리를 정화된 세계로 이끌어가는 것만은 분명하다.

> 나도 그를 눈꼴시어했다. 그의 행동과 삶의 양식을 받아들이기 어려웠다.
> 그 자유분방함, 오만한 자신감, 파격적인 발상, 터무니없이 핏대를 올리며 펴는 자기 주장,
> 좀처럼 굽히지 않는 고집, 해박한 지식, 궤변에 달변, 다방면에 걸친 집요한 관심,
> 인정머리 없는 태도, 영악한 이기심 들이 정말 싫었다.

생각을 연다는 것은 노력한다고 다 이루어지는 것은 아니다. 드물게는 타고 난 경우도 있고, 그런 자질이 있는 사람이 각고의 노력을 통해 그 열림을 이루기도 한다. 그 열림의 핵심은 대승적 차원의 인식이라고 할 수 있겠다. 그 인식이 깊게 사무쳐 생각이 열리게 된다. 그러니 제 오지랖만 거머쥐고 있던 내 젊은 시절에 어찌 그런 경지가 받아들여졌을 턱이 없다. 욕망과 감정의 수렁 속에서는 생각을 열 수가 없다. 해박한 지식 같은 것으로는 해결될 수 있는 경계가 아니다.

그를 왜 기리는가?

그는 그 열린 생각으로 '한국의 문화 발전에 참여하는 분들에게 바치는 월간 잡지'이고 '알 권리와 생각하는 자유가 소중한 사람의 잡지'인 뿌리깊은나무를 펴내고, 사라져가는 문화의 흔적을 되살리고 그 소중함을 일깨우려 들었다. 이제 와 생각해보면, 그도 자신이 생각이 열린 사람이라는 자각을 하지 못하고 한 생을 살다가 간 것 같다.

그러나 그를 아는 우리들은 생각이 열린 그가 남긴 업적이 얼마나 생각이 닫힌 세상을 열어젖히는 데 이바지했는지 안다. 생각이 열린 사람을 소중히 알고, 우리 자신도 그처럼 열리기를 기원하는 삶을 살아야 한다는 것을 각성하게 해준다. 그를 기리는 것은 사사롭게 개인 한창기를 기리는 일만이 아니다. 그처럼 열린 생각이 세상을 정화하고 아름답게 한다는 것을 다시 한번 기억하는 일이다. ❀

'곽씨 부인 상여 나가는 대목'을
언제 다시 불러드리나

김명곤 뿌리깊은나무 기자였다. 극단 아리랑을 창단한 연극인이자
「서편제」로 유명해진 영화배우이다. 2000년부터 6년 동안 국립극장장으로 일했고,
곧이어 문화관광부 장관을 지냈다. 명창 박초월에게 판소리를 사사받고 있던
1977년, 78년 즈음 뿌리깊은나무에서 일했으며, 기사를 쓰다가도 답답증이
솟구치면 책상을 북삼아 두드리며 토막소리를 했다. 한창기는 어쩌다 마주치는
이 정경을 썩 즐겼다.

대학 졸업 후 일년쯤 지난 1977년 3월 무렵이었다. 연극반에서 '미친 삼년'의 세월을 보낸 탓에 그때까지도 연극에 빠져 허우적거리며 예술가 지망 백수로 빈둥거릴 때였다. 그러면서도 장남이란 의무감 때문에 연극을 직업으로 삼을 생각은 하지 못하고 열심히 취직자리를 알아보던 중, 뿌리깊은나무의 기자 공모 광고를 우연히 신문에서 보게 되었다. 마침 그 몇 달 전에 서점에서 산 뿌리깊은나무의 우리 문화에 대한 애정 어린 탐색이 내 취향과 딱 들어맞아서 애독자로 지냈던 터라 주저하지 않고 서류를 내고 시험을 봤다. 다행히도 연세대학교 출신의 재원인 김인숙 씨와 함께 합격해서 대망의 첫 직장을 다니게 되었다.

노발대발하여 원고를 던지는 필자들 때문에

한창기 사장님을 비롯해서 윤구병 편집부장, 김형윤, 설호정, 강창민, 박종만, 김영옥 같은 내로라하는 문장가들이 모여 있던 잡지사인지라 동료나 선후배들과도 즐겁게 지냈고, 취재하고 글 쓰는 기자로서의 일도 무척 재미있었다. 다만 유일하게 내가 싫어했던 일이 하나 있었으니 그것은 필자들에게 받아 온 원고를 손질하는 일이었다.

뿌리깊은나무의 글 고치기는 글쟁이들 사이에서 악명이 높았다. 한글 전용, 가로쓰기, 지식인 언어와 민중 언어의 조화, 국어의 얼개와 어휘에 대한

탐구를 통한 편집과 교열—이것이 뿌리깊은나무가 남의 글을 고치는 '당당한' 이유였다. 그러나 당대 이름난 문장가들의 글이 형체를 알아볼 수 없을 정도로 사정없이 뜯어 고쳐져서 재조립이 되다보니 그런 일을 처음 당하는 필자들 중에는 노발대발하고 원고를 집어 던지며 화를 내는 이도 있었다. 그래도 정성을 다해서 설명하면 대개는 누그러져서 포기하곤 했다.

글을 다듬어가는 동안 문장 공부도 많이 하고 글에 대한 무서움도 알아갔지만, 기본적으로 내 글을 쓰는 시간보다 남의 글을 다듬는 시간이 많다보니 일 자체에 대한 의욕은 많이 감소되었다.

조상현, 정권진, 오정숙 … 그분들의 소리판

그 대신 회사에 대한 애정과 일에 대한 나의 의욕을 북돋워준 멋진 프로그램이 있었다. '브리태니커 판소리 감상회'가 그것이다. 칠십 명쯤 앉을 수 있는 회의실을 임시 공연장으로 만들어 일주일에 한 번씩 한 시간쯤 명창들을 초청해 「춘향가」나 「심청가」나 「흥보가」나 「수궁가」나 「적벽가」의 완창을 무료로 감상하는 공연이었다. 대부분의 완창이 서너 시간씩 걸렸기 때문에 한 작품을 두 차례, 또는 서너 차례에 나누어서 진행하였다.

그 무렵에 조상현, 정권진, 성우향, 오정숙과 같은 쟁쟁한 명창들의 소리를 완창으로 들을 수 있는 기회는 그리 많지 않았다. 북도 김명환, 김득수, 김동준 같은 최고의 고수들이 쳤으니 정말 귀하디귀한 소리판이었다. 나는 특별한 일이 없는 한 그 감상회에 빠지지 않았다.

그때 '감상'한 명창들의 소리와 소리판을 끌어가는 솜씨는 연극 지망생이었던 나에게 오랫동안 소중한 자양분이 되어 주었다. 1974년부터 시작해서 1978년까지 백 회 동안 계속된 판소리 감상회는 한창기 사장이 아니면 생각해 낼 수 없는 기획이었다고 생각한다.

그 감상회를 바탕으로 『뿌리깊은나무 판소리』가 나왔고, 그뒤 『뿌리깊은나무 판소리 다섯 바탕』 『뿌리깊은나무 산조 전집』 『뿌리깊은나무 슬픈 소리』 같은 주옥 같은 음반들이 여럿 만들어진 것 또한 한 사장의 탁월한 안목과 기획력 덕분이라고 본다.

한창기 사장은 내가 박초월 명창에게 판소리를 배우고 있다는 것을 어렴풋이 알고 계셨던 모양이다.

한번은 '숨어사는 외톨박이'난을 맡게 되어 전라북도 전주에서 상여소리꾼으로 평생을 살아오신 분의 삶을 취재하고 회사에 돌아오니 한 사장님이 편집실에 들러 상여소리꾼에 대해 이것저것 물어 보시다가 갑자기 "소리를 배운다니 상여소리도 할 줄 아나?" 묻는 것이었다.

"할 줄 알죠."

"한번 해보게."

한창 판소리에 열이 오른 새끼 광대였던 나는 말이 떨어지기가 무섭게 책상을 두드리며 심청가 중 '곽씨부인 상여 나가는 대목'을 불렀다. 느닷없는 소리판에 동료 기자들과 함께 한 사장님도 박수를 치며 무척 즐거워하셨다.

> 결국 나는 일년 만에 회사를 그만두었다, 한 사장님은 사직서를 들고 찾아간 내게 농담처럼 "광대 노릇 하려고 글을 배신하다니!" 하셨다. 연극병이 깊이 든 나의 귀에는 서운해 하신 말인지 격려 차 하신 말인지 잘 구분이 되지 않았다. 아마 격려보다는 서운한 심정을 토로한 말이 아닌가 싶다.

연극병으로 회사를 그만두고 나서

그런데 직장생활을 하는 중 나에게 병이 생겼다. 뼛속 깊이 스며든 '연극병' 때문에 도저히 견딜 수 없는 상태가 된 것이다. 마치 철창에 갇힌 맹수처럼 사무실이 답답해서 미칠 것 같고, 우울증에 불면증이 겹치면서 소화장애가 왔다. 연극과 판소리에 대한 갈증으로 가슴 속에 불길이 활활 타올랐다.

결국 나는 일년 만에 회사를 그만두었다. 한 사장님은 사직서를 들고 찾아간 내게 농담처럼 "광대 노릇하려고 글을 배신하다니!" 하셨다. 연극병이 깊이 든 나의 귀에는 서운해 하신 말인지 격려 차 하신 말인지 잘 구분이 되지 않았다. 아마 격려보다는 서운한 심정을 토로한 말이 아닌가 싶다.

나는 잠시 배화여고의 독어 교사를 하다가 그 노릇도 그만두고 연극에 전념하게 되었는데 그 훌륭한(?) 결단의 후유증으로 오랫동안 생계의 위협에 시달리게 되었다. 그런데 기아선상에서 헤매던 그 무렵의 나를 구해준 것은 결국 뿌리깊은나무와의 인연이었다.

『한국의 발견』 시리즈 중 〈전라북도〉 편을 맡아 이년쯤 연명을 했고, 『뿌리깊은나무 민중 자서전』 중 임실의 장구잽이인 신기남의 구술을 채록한 〈어떻게 허먼 똑똑헌 제자 한 놈 두고 죽을꼬?〉와 가야금 산조의 명인인 함동정월의 구술을 채록한 〈물은 건너봐야 알고, 사람은 겪어봐야 알거든〉 편을 집필하며 연명했다. 다행히 그 일들이 끝날 무렵부터는 배우 일로 조금씩 출연료를 받은 덕분에 굶주림은 면하게 되었다.

그 뒤로 한참 동안 연극과 영화 일로 분주히 보내느라 자주 뵙지 못하다가 「서편제」로 세상에 이름을 낸 얼마 뒤 회사에 인사 갔을 때의 일이다. 내가 입은 양복을 이리저리 살펴보시더니 배우를 하려면 양복 입는 법을 알아야 한다면서 아메리칸 스타일과 유러피안 스타일의 양복이 어떻게 다른지 그림을 그리면서 설명해주고 나서, 나한테는 아메리칸 스타일이 어울릴 것 같으니 미국에 가게 되거든 꼭 '브룩스 브라더스' 매장에서 양복을 사입으라고 충고하는 것이었다. 아직까지 '브룩스 브라더스' 양복을 입어보지 못했지만 그 자상한 가르침을 언젠가는 실천할 생각이다.

브룩스 브라더스 양복을 입어라

한번은 한국에 들어와 있는 이태리 양복 매장을 소개한 뒤 샘이깊은물의 편집장 설호정 씨와 편집 디자이너 이상철 선생에게 나를 데리고 가서 옷을 골라주라고 지시(?)까지 했다. 그때 두 분이 골라준 이태리제 캐주얼 황토색 윗도리와 감색 바지가 어찌나 맘에 드는지 나는 단추가 떨어지고 허름해진 그 옷을 십오 년이 지난 지금까지 즐겨 입는다.

또 「서편제」에서 내가 입고 나온 한복이 맘에 들지 않는다고 전통을 좇아 정갈하게 지은 무명 한복 한 벌을 선사해주고, 한복 입는 법에 대해 세세하게 설명해주신 적도 있다. 물론 샘이깊은물의 한복 소개 난에 사진을 찍는 마케팅도 빠뜨리지 않으셨다.

그 뒤로도 종종 집사람과 함께 아이들을 데리고 인사를 가면 아끼던 넥타이나 구두를 선물로 주시기도 하고, 어린 딸을 무릎 위에 앉혀놓고 우리말 교육을 시키기도 했다.

그분이 계셨으면 '6한'을 뭐라실까?

뿌리깊은나무와의 인연은 일 년밖에 맺어지지 않았지만 한창기 사장과의 인연은 돌아가실 때까지 이어졌다. 그것은 아마도 한창기 사장이 추구했던 우리말과 전통문화에 대한 사랑에 나도 함께 심취했고, 그러한 일을 예술현장에서 실천해온 내 삶의 궤적과 맞물렸기 때문이 아닌가 생각된다.

　장관 재직 시절에 내가 적극적으로 추진했고, 장관직을 떠난 지금도 평생 동안 추진하고 싶은 '민족문화 원형 발굴사업'이나 '6한' 곧 '한글, 한지, 한식, 한복, 한옥, 한국음악'의 세계화 사업은 한창기 사장으로부터 영감을 얻은 바 크다. 좀더 살아 계셨더라면 내가 하고자 하는 일들에 대해 놀라운 식견으로 조언과 비판을 아끼지 않으셨을 텐데 이승에 안 게시니 아쉽고 그립다. 🐢

꿈 너머 꿈이 된 그분의 말
"돈을 낙엽처럼 태울 줄 알아야 한다"

고도원 '고도원의 아침편지' 대표. 뿌리깊은나무 기자였으며 『한국의 발견』 〈서울〉 편의 필자였다. 중앙일보 정치부 기자였다가 '국민의 정부' 시절 청와대 연설담당 비서관을 지냈다. 뿌리깊은나무의 젊은 기자였던 시절 회식 자리에서 부르는 윤복희의 '여러분'이 절창이었다.

돌아가신 한창기 사장님을 생각하면 맨 먼저 두 가지 생각이 머리를 스친다. 하나는 오늘의 나를 있게 한 좋은 스승이자 은인이셨다는 고마운 생각이고, 다른 하나는 내 인생의 좌우명과도 같은 평생의 값진 화두 하나를 던져주고 가신 것이다. 그것은 "사람이 의미있는 일을 위해서는 돈을 낙엽처럼 태울 줄 알아야 한다."는 말씀이다.

'좋은 스승이자 은인'의 이야기는 내가 가장 팔팔하던 이십대 시절, 그러나 가장 절망스런 시간을 보내던 때로 돌아간다. 70년대 초 연세대 대학신문 (연세춘추) 편집국장 노릇을 하다 여러 차례 필화사건을 겪고 마침내는 긴급조치 9호로 제적되면서 깊은 절망의 계곡으로 떨어졌다. 수배받고 콩밥 먹고 강제 징집을 당해 군에 입대했다. 군대 삼년 갔다오니 갈 곳이 없었다. 제적생의 꼬리표가 붙은 이력서를 받아주는 곳이 없었다.

이력서가 필요 없는 장사를 시작하기로 작정했다. 가장 쉽게, 제일 먼저 포장마차를 알아봤으나 생각지도 못한 거대한 세계가 그 안에 있다는 것을 알게 되고 깜짝 놀랐다. 아무나 할 수 있는 일이 아니었다. 그 다음 알아본 것이 문방구였다. 나로서는 당시 거금이었던 오십만원으로 계약금에 중도금까지 치렀으나 사기를 당하고 말았다. 하늘이 노랗다는 것을 그때 알았다. 아무리 팔팔하고 젊은 사람도 그 자리에 털썩 주저앉을 수 있다는 것을 알게 되었다. 그 다음 시작한 장사가 웨딩드레스 대여업이었다. 나는 빵떡모자를 눌러쓰고 근사한 '웨딩드레스 디자이너'가 되어 이화여대 입구 아현동 고개에 '행복의

235

문'이란 간판을 걸고 장사를 시작했다. 돈을 제법 벌었으나, 아내가 두 차례의 유산을 겪었다. 그것도 팔개월을 넘긴 유산이었다.

수돗물을 많이 쓴다(웨딩드레스 대여업은 장사가 잘될수록 빨래거리가 엄청나다)는 이유로 쫓겨나 여섯 차례나 전셋집을 옮겨 산동네 꼭대기 집에 오르락거리면서 두 번이나 유산을 했던 것이다. 아내는 나중에 하얀 것만 보아도 노이로제가 걸렸다.

그때쯤 한 무명잡지에서 전화가 걸려왔다.그 잡지사에서 일할 생각이 있느냐는 내용이었다. '있다마다요~!' 나는 외마디 소리를 냈다. 그러나 다시 연락하겠노라는 전화는 끝내 오지 않았다. 일주일을 기다리다 포기했지만 육개월 환청에 시달렸다. 자다가도 전화벨 소리에 깜짝깜짝 놀라 깨곤 했다.

그즈음에 창간된 뿌리깊은나무의 기자를 시작하게 되었다. 졸업장도 없는 나를 선발해준 것이다. 당시 1차시험을 마치고 김형윤 편집장이 "사장 면접 때 혹시 물으면 대학 졸업을 했다고 대답하라"고 일러주었다. 아, 그 감사함이란….

그래서 졸업장이 없는 채로 입사하게 되었는데, 영문도 모르는 브리태니커 인사부(당시는 뿌리깊은나무 기자들을 브리태니커 인사부에서 관리했다) 사람들이 이따금 나에게 전화를 걸어 "다른 서류는 다 있는데 왜 대학 졸업장을 가져오지 않느냐?"고 채근을 하곤 했다. 그때마다 적당히 둘러댔는데, 육개월 후 들통이 나고 한창기 사장에게까지 보고가 되고 말았다. '아, 이제 이곳도 떠나야 하는구나' 비장한 마음으로 사장 방에 갔는데, 아니 이럴 수가! 한 사장은 "더 열심히 하라"며 십만원이 든 봉투(당시 한달 월급이 십만원)를 주셨다. 그날 이후로 나는 다시 태어났다. 온 몸에서 신바람이 일었다. 혼신의 힘으로 뿌리깊은나무 잡지의 기사를 열심히 열심히 썼다.

두 번째 이야기. "돈을 낙엽처럼 태울 줄 알아야 한다."는 말은 그로부터 한참 후 어느 날 우연한 기회에 듣게 되었다. 한 사장의 친구 한 분이 초기 경영난에 처한 뿌리깊은나무를 걱정하면서 도대체 어찌할 것인가를 묻자 그 자리에서 단박에 토해낸 한 사장의 대꾸였다. 그때 나는 무언가로 머리를 한대 맞은 듯한 충격을 받았다. 그 느낌은 실로 오랫동안 나를 전율케 했다. 2001년 8월 1일 아침편지를 시작하고, 회원 수가 이십만 명 정도가 되었을 때 '위기'가 찾아왔다. 지속해야 하느냐 마느냐, 유료화를 해서 상업적으로 가느냐 마느냐의 기로에 서게 된 것이다. 오랜 고심 끝에 '상업성'을 배제하기로 하고, 그래서 세우게 된 것이 문화재단이었는데, 재단 설립을 위해서는 오억원의 기금이 필요하게 되었다. 나는 내 아내와 장성한 아들, 딸에게 한 사장의 이야기를 들려주면서 "이제 나도, 이 애비도 의미있는 일을 위해 돈을 낙엽처럼 태우고 싶다."고 말했다. 그래서 우리도 정말 어렵게 어렵게 마련한 집을 기증하고 문화재단을 만들어 오늘에 이를 수 있게 되었다. 이것은 아침편지를 쓰면서 생겨나는 꿈과 그 꿈이 이루어져가는 과정에서 생겨나는 모든 재화들을 개인의 것으로 사유화하지 않고 공공의 재산으로 대물림하겠다는 나와 우리 가족들의 다짐이고 목표이며, 나의 꿈이자 '꿈 너머 꿈'이기도 하다.

한창기 사장은 내 인생의 그림을 그려가는 이십대의 출발점에 좋은 스승과 은인이 되어주셨고, 돈은 어떻게 벌어서 어떻게 써야 하는지의 방법과 '정신'을 심어주셨다. 감히 고백하자면, 매일 아침 185만 명에게 배달되는 아침편지에서 혹여 어떤 향기가 나고 있다면, 그것은 한창기 님이 내 영혼에 남겨주고 가신 향기일 것이다. ◐

"걱정 마, 죽을 때까지 먹여살릴 테니까"

안혜령 뿌리깊은나무 기자였고 『한국의 발견』〈경기도〉 편 필자였다. 2003년에 충청북도 괴산으로 이사하여 농사를 짓고 산다. 전국귀농운동본부 운영위원으로 『귀농통문』에 연재한 글을 모아 『농부의 밥상』이라는 책을 냈다.

무식하게도, 입사시험을 치르기 전까지 나는 뿌리깊은나무라는 잡지를 몰 랐다. 친구의 귀띔으로 날짜 맞추어 시험을 치르고, 다행히 합격하여 잡지사 기자라는 것이 되고 나서도 한동안 이 잡지에 대해 아는 바가 없었다. 마찬가 지로 그 발행인에 대해서도 한창기라는 이름 석 자나 겨우 외고 있었으니, 갓 대학을 졸업한 풋내기 신입사원에게 사장이라는 존재는 멀고도 까마득한 어 르신일 뿐이었다. 게다가 어쩌다 마주치는 그분은 우리나라에서는 보기 드문 멋쟁이 신사였으니, 속에 든 것 없이 눈만 삐딱하던 내게는 좀 불편한 사람이 기도 했다.

'서울의 봄'에 사라진 남편 때문에

그 불편함이 가신 것은 입사한 이듬해, 1980년 늦봄이나 초여름이었을 게 다. 그해 4월 말께 나는 결혼을 했는데, 남편은 편집부 선배의 친구로, 입사하 고 나서 만난 사람이었다. 그러고 보니, 뿌리깊은나무는 내게는 안팎으로 삶 의 새로운 첫 장을 열게 해준 셈이다.

식을 올린 그 계절은 이른바 '서울의 봄'이었다. 그 봄, 5월의 어느 날 밤에 남편은 사라졌다. 그 밤에 국가비상사태라는 것이 선포되었고 하룬가 이틀 뒤 에 광주 민주화항쟁이 일어났다. 뒤에 알고 본즉, 남편은 예비검속에 걸려 미 리 구금된 것이었고, 지금 경찰청사가 들어서 있는 합동수사본부에 갇혀 있었던 것인데, 갓 결혼한 신부였던 나는 한 석 달을 남편의 행방을 모른 채 지내야 했다.

남편의 행방을 알기 위해 여러 사람들이 애써주셨는데, 그중에 한창기 사장도 계셨다. 그 사장님은 철딱서니없는 어린 직원의 마음도 도닥여주셨으니, 어느 날인가, 편집실에서 남편이 도망 다니는 한 선배의 전화를 받다 말고 느닷없이 한바탕 눈물을 쏟는 내게 큰소리치시는 것이었다.

"걱정 마. 안혜령이 늙어 죽을 때까지 먹여살릴 테니까."

물론 농담이었겠으나, 그 마음 씀씀이가 너무도 고마워 나는 다시 한번 눈물을 쏟았다.

마지막 공채 기자가 되어

석 달 뒤에 남편은 풀려났으나, 뿌리깊은나무는 그해 여름, 언론 통폐합 조치 때 폐간되었다. 희미한 기억에도 모두가 아연하고 침통했던 순간이 떠오르고, 지금도 가슴이 저리다. 잡지가 폐간됨으로써 나를 포함해 그 전해에 입사한 다섯 명은 마지막 공채 기자가 되었다.

몇 달인가 크게 하는 일 없이 보낸 뒤에 『한국의 발견』 씨리즈가 기획되었고, 나는 〈경기도〉 편을 맡아 하고 나서 뿌리깊은나무를 그만뒀다. 그 뒤로 이런저런 직장들을 다녔는데, 이상한 일이지, 늘 마음은 뿌리깊은나무로 향하고 있었으니, 마치 그곳이 내 뿌리인 양 마음이 편안했다. 샘이깊은물로 바뀐 뒤에도 가끔 장충동 사무실을 찾았는데, 한결같이 멋쟁이인 한창기 사장님을 보고 나면 괜히 뱃속이 든든해지는 것 같았다. 워낙이 매사에 늦된 사람이라 다나이 들고 나자 깨닫게 된 일인데, 마치 친정나들이를 다녀온 것 같았다고나할까.

그 판소리를 들으며 다시 운다

한창기 사장님을 새삼 존경까지 하게 되었다면 웃을 사람이 있을지도 모르겠으나, 뒤늦게 뿌리깊은나무 판소리 선집이며 국악 씨디를 새겨 들으면서 나는 또 울었다. 이 아름다운 소리들을 남기고 가셨구나, 이토록 값진 일들을 요만큼만 하시고 가시다니. 인사동을 들락거리던 시절, 길에서 찻집에서 우연히 만나면 씩 웃으시면서 반가워하시던 모습이 떠오른다. 참 잘난 사람이었다. 🐞

'출판사' 뿌리깊은나무

『뿌리깊은나무 민중 자서전』 스무 권
한국 출판계의 '오래된 미래'

이상룡 뿌리깊은나무 기자였다. 구술문학 씨리즈 『뿌리깊은나무 민중 자서전』 중
〈조선 목수 배희한의 한평생 ─ 이제 이 조선톱에도 녹이 슬었네〉를 취재, 편집했다.
한창기는 이 책을 그에게 맡기면서 '목수의 아들'이니까 잘할 것이라고 했다. 이 책은 배희한과
'함께' 서울 성북동에 집을 지어본 한창기의 섬세하고 송곳 같은 조언이 더해져 한옥에 관한
발군의 자료집으로 완성되었다. 배희한은 이 책으로 무형문화재 74호 대목장으로 지정되었다.

"책꽂이에 결가부좌를 틀고 맑고 그윽한 눈으로 책 식구들을 품어 주는 큰
스승 같은 책…"

도서출판 보리의 대표이사 정낙묵 씨가 2004년에 어느 신문에 실은 글의
한 부분이다. 그런가 하면, 인터넷을 이리저리 훑어보면 이런 글도 발견할 수
있다.

"…학생인 제게 그리 많은 돈은 없었거든요. 나중에 커서 돈 많이 벌면 그
때 사야겠다 생각했는데… 이 책을 다 읽지 못한 그 한을 꼭 풀 겁니다."

"추운 겨울, 바람을 맞으며 헌책방을 쏘다녔다. 인터넷 서점을 다 뒤적여
서 헌책 몇 권을 찜해놓고, 벼르고 별러 시간이 나자마자 국립도서관에 가서
무려 십만 원을 주고 책 한 권을 통째로 복사했다."

용돈에 쪼들리던 고등학생 시절에 이루지 못한 일이 성인이 된 가슴에 한으
로 남아 있는 사람이나, 헌책방과 인터넷 서점을 다 뒤져 보았으나 끝내 구할
수 없었던 책을 국립도서관에서 거금 십만 원을 주고 복사할 수밖에 없었던 사
람이 애타게 찾은 책이 바로 『뿌리깊은나무 민중 자서전』 스무 권이다. 정낙묵
씨의 책꽂이에서 당당하게 스승의 반열에 오른 그 책이기도 하다.

'유급 휴가' 한 달을 앞두고 강제 폐간

필자는 『민중 자서전』 두번째 책인, 〈조선 목수 배희한의 한평생—이제

이 조선톱에도 녹이 슬었네〉의 편집자이다. 앞질러서 말하건대, 필자로서는 위의 글들처럼 인터넷에 뜬 독자들의 칭찬이 고맙기 그지없지만, 또 한편으로는 창피스럽고 민망스럽다. 물론 그렇다고 해서 『민중 자서전』에 대한 자부심이 대수로운 게 못 된다는 말은 결코 아니다. 다만 독자들의 찬사를 내숭스레 '그러하노라'라고 자처할 만한 처지가 못 된다는 말이다.

1980년으로 되돌아가 보자. 신군부 세력이 권력의 전면에 등장했던 그해 7월에 이른바 국가보위비상대책위원회는 발행 목적에 위배되는 기사들을 실었다는 죄목으로 뿌리깊은나무의 정기간행물 등록을 취소시켰다. 현대판 분서갱유라고 일컬어지는 강제 폐간조치였다.

그즈음 뿌리깊은나무는 판매부수 십만 부 돌파를 코앞에 두고 자못 들뜬 분위기였다. 더욱이 한창기 사장은 그해 안으로 판매부수가 십만 부를 넘으면 이듬해부터 '유급 휴가'를 한 달씩 주겠노라고 했던 터라, 편집부 식구들은 먹

샘이깊은물에 실렸던 『뿌리깊은나무 민중 자서전』 광고. "이런 형태의 문학을 서양에서는 구비 역사라고 합니다."라는 구절이 보인다.

어 보지 않아도 단맛이 확 도는, 그 보너스를 목을 빼놓고 기다리던 참이기도 하였다. 그런데 강제 폐간조치로 유급 휴가는커녕 스무 명도 더 되는 식구들이 먹고살 방도마저 하루아침에 죄다 빼앗긴 꼴이 되고 말았다.

보따리를 싸서 뿔뿔이 헤어져야 하나?

털어놓고 말하자면, 그 사변이 터질 때까지 우리는 뿌리깊은나무가 권력층의 눈 밖에 나 있을 법하다는 진단을 당연한 것으로 받아들였다. 한술 더 떠서, 그런 평가 진단이 무슨 훈장이라도 되는 양으로 어깨가 으쓱해지기까지 하였다. 그러나 막상 강제 폐간을 당하고 보니 시절을 한탄해도 하릴없는 노릇이었다.

그도 그럴 것이, 한창기 사장 그이는 마치 족집게처럼 독재권력이 해코지할 빌미로 삼을 여지를 보이는 일은 경계해야 한다고 벌써 여러 차례 경고해 오던 터였기 때문이었다. 설마설마 했던 것이 기어코 들이닥치고 만 것이었다.

> 헌책방과 인터넷 서점을 다 뒤져보았으나 끝내 구할 수 없었던 책을 국립도서관에서 거금 십만 원을 주고 복사할 수밖에 없었던 사람이 애타게 찾은 책이 바로 『뿌리깊은나무 민중 자서전』 스무 권이다.

'서울의 봄'은 오간데 없고 편집실도 스산하기만 했다. 부엉이 곳간과도 같은 옹골진 살림이 창졸간에 결딴이 난 셈이었다. 그럼에도 불구하고 한창기 사장은 이렇다 하게 자신의 의중을 드러내 보이지 않았다. 좀처럼 그 속내를 들여다보기 힘든 그이였지만, 무슨 요량을 하고 있는지 답답하기만 했던 편집부 식구들은 그이가 편집실에 나타날 때면 꼼짝없이 자라목이 되고 말았다. 언제 보따리를 싸서 뿔뿔이 헤어져야 할지 암담했던 그해 여름, 하루 해는 왜 그리 길고 또 무더웠던지….

꿈틀거리기 시작한 한앵보 본색

우리 잡지 역사가 새롭게 씌어질 여건을 두루 갖춘 당대의 명품인 뿌리깊은나무를 더는 간행할 수 없게 된 그이의 심정이야 오죽했을까. 기가 막히고 억장이 무너져도 그렇게 무가내로 당하는 경우가 어디 또 있을까마는, 그이는 흔들리는 모습을 보이는 법이 없었다. 결코 그럴 수도 없고 그러하지도 않았 겠지만, 마치 올 것이 왔다고 여기는지, 아니면 뻔히 보면서도 당했다고 자신 을 나무라는지, 담담하게 또 한편으로는 골똘하게, 무엇인가를 작정하고 있는 듯했다.

그리고 그리 오래 지나지 않아서 그이는 아무 일도 없었다는 표정으로 새 일감들을 내밀었다. 아무렴, 무지막지한 권력에 휘둘리는 통에 깐깐했던 줏대 가 엔간히 상했을지언정 시키는 대로 고분고분 물러설까 보냐. 밉지 않은 고 집쟁이 '한앵보' 그이의 본색이 또 한차례 꿈틀대기 시작했다.

『민중 자서전』 씨리즈가 본격적으로 속도를 낸 것도 그때였다. 그 주인공 들이 저마다 애달프고 고달픈 곡절을 숱하게 넘고 돌아서 왔거니와,『민중 자 서전』 씨리즈도 또한 나름대로 분하고 원통한 사연을 딛고 일어나 비로소 그 모습을 드러내 보인 것이었다. 그리고 거기에는 한창기 그이의 소망과 꿈이 있었다. 그 소망과 꿈은 이제 혼이 되어 우리 곁에 있게 되었지만 말이다.

뜨거운 목소리는 있되 매끄러운 혀는 없는 사람들

정직하게 말하건대,『민중 자서전』의 성격에 대해서 한창기 사장의 생각과 편집부의 생각이 꼭 일치하지는 않았다. 편집부의 생각이 '기자의 것'이었다 면, 한창기 그이의 생각은 '인문학도의 것'이었다고 말할 수 있다.

제국주의 일본이 저질렀던 제암리 학살사건을 증언한, 제1권 〈두렁바위에 흐르는 눈물〉이 보여주듯이,『민중 자서전』은 '이름 없는 한국인이 쓴 구술 역 사책'으로 출발했다. 곧 "뜨거운 목소리는 있되 매끄러운 혀는 없는 사람들, 숨막히는 체험은 있되 정연한 문장의 표현은 모르는 사람, 그런 사람들에게 녹음기를 열어놓고 어눌한 음성으로나마 말을 털어놓게 하여 기록으로 옮긴 책"이었다. 그리하여 "아무도 귀담아 듣지 않고, 아무도 거들떠보지 않는 이 름 없는 민중의 고백 속에 진실된 역사의 증언이 있음이 이제 증명될 것"이라 고 내다보았다.

위의 대목이 내비치듯이,『민중 자서전』은 '밑으로부터의 역사' 또는 '기존 역사에 대한 대안적인 역사 쓰기'라고 일컬어지며 요새 부쩍 도드라지는, 역 사-인류학자들의 주요 연구대상인, 이른바 '구술사'와 거의 맞아떨어진다. 이

마적에 한국학중앙연구원 윤택림 교수도 "팔십년대 초 뿌리깊은나무는 종래의 역사학에서 배제되었던 민중들의 구술 생애사를 처음으로 출간했다. 이것은 저널리스트들이 역사학 밖에서 구술, 채록을 시도한 것이었다."라고 증언함으로써 『민중 자서전』이 '구술 역사책'임을 입증했다.

토박이말에 집중된 그의 관심

그런데 한창기 그이의 생각은 편집부와 좀 달랐다. 그이의 생각이 아니라 식견이라고 해야 옳겠다. 이를테면, 문화인류학자 윤택림 교수가 "『민중 자서전』은 다양한 민중들의 삶을 채록했는데, 구술의 텍스트화에서 구술(방언)의 재현에 특별히 관심을 두었다."며 제대로 꿰뚫었던 바대로, 한창기 그이는 역사보다는, 편집부가 '어눌한 음성'이라고 비유해서 가리킨, 바로 우리 토박이말에 훨씬 더 큰 가치와 비중을 두었다.

흔히 '일흔살을 넘은 사람은 이야기 보따리'라고 말한다. 그래서 산전수전 다 겪고 늘그막에 이른 아무개의 한평생 이야기라고 하면 소설보다 더 감동적인 요소가 많겠다고 기대할 수 있으며, 또한 실제로 그런 기대가 틀리지 않음을 『민중 자서전』이 잘 보여주었다. 『민중 자서전』이 완간된 뒤로 이를 나름대로 본뜬 책들이 여태껏 간단없이 나오는 것도 그 때문이리라.

더 나아가서, 입에서 입으로 전해오는 '옛날 이바구'를 문학의 반열에 올려놓고 탐구하는 연구자들은 『민중 자서전』을 구술문학 또는 서사문학의 갈래로 취급하여 소중하게 다룬다. 서강대학교 김현주 교수는 지난 1997년에 논문 「일상 경험담과 민담의 구술성 연구」에서 "일상 구술 서사체의 텍스트로서는 뿌리깊은나무에서 출간한 『민중 자서전』을 선택했는데, 그 이유는 현재로서는 이보다 더 신용할 만한 구술 텍스트를 구득할 수 없기 때문이다."라고 하여 그 가치를 높이 평가했다. 그런데 그이가 그 논문을 쓴 뒤로 『민중 자서전』보다 더 신용할 만한 '텍스트'가 나온 바 없고, 또한 앞으로도 나올 여지가 거의 없다고 본다면, 이른바 구비문학 연구자들한테는 『민중 자서전』이 두고두고, 하나밖에 없는, 신용할 만한 귀한 존재로 남을 것임은 틀림없는 일이다.

수많은 학자들의 '스승'이 된 기록

『민중 자서전』을 신용할 만한 기록물로 인정하는 이들은 여러 분야에서 숱

『뿌리깊은나무 민중 자서전』 스무 권. 1981년 3월, 제암리 학살사건의 증인 전동례의 한평생을 담은 〈두렁바위에 흐르는 눈물〉을 첫 권으로 발간하여 1991년에 완간했다.

하다. 읽는 이에 따라서 바라는 바와 받아들이는 바가 사뭇 다른데, 생물학의 용어로 말하자면, 다면 발현이나 다면 작용을 일으키는 책이라고 할 만하다. 마치 자유자재로 조화를 부린다고나 할까.

역사학자, 문화인류학자, 국어학자, 언어학자, 문학자, 민속학자, 사회학자들이 공통반에 속하는 전문가 집단이라고 한다면, 건축학, 수산학, 조선공학, 농업학, 산업학, 섬유공학, 가정학, 여성학, 전통음악학, 무용예술학, 지리학, 종교학 따위를 연구하는 이들은 특수반에 속한다고 말할 수 있겠다. 그리하여

『민중 자서전』을 연구 밑천(!)으로 삼아 많은 논문들이 빛을 본 바가 있거니와, 장차 대를 이어서 우리 것을 찾고 지켜내는 연구 성과물들이 나올 것임은 틀림없는 일이다.

물론 『민중 자서전』이 그런 전문 연구자들을 특별하게 생각해서 그 방면의 지식이나 정보를 제공하기 위해서 출판된 책은 아니다. 그보다 훨씬 더 많은, 우리 문화 발전에 참여하는 사람들, 곧 뿌리깊은나무를 키워준 독자들과 또한 장차 그들한테서 우리 것을 대물림 받을 자식과 손자 들을 위한 책이라고 해야 옳겠다.

거기에 더하여, 피지배계급으로서 일반 대중을 이르는, '민중'의 자서전이라고 이름 지음으로써, 낡은 계급권력이 밀려난 자리를 이른바 신식 교육과 외래어로 무장하여 잽싸게 차지한, 신종 권위주의 지배구조에 눌려 숨통을 죄이고 마침내 씨를 말리게 된 우리 것을 변질되지 않은 토박이 입말로 온전하게 살려내려고 한 문화 창의문이며 궐기문이기도 했다.

전남 보성 출신 서울말 전문가?

한양대학교 서정수 교수는, "표준말의 중요성만을 지나치게 강조하다 못해 값진 토박이 말씨를 너무 가볍게 여기고 있다. 획일주의를 으뜸으로 삼아 온 군사문화의 영향도 한몫을 했겠지만, 토박이 문화에 대한 사랑이 모자란 사람들의 옅은 생각에도 원인이 있다. 이렇게 나가다가는 우리의 참모습과 뿌리는 어디론가 가버리고 한낱 떠돌이 문화만 남을 것이다."라고 분통을 터뜨렸다.

천번만번 지당한 말씀이다. 그런데, 모르긴 몰라도, 한창기 그이의 걱정은 그보다 몇 길은 더 깊을 성싶다. 아무렴, 그렇고말고. 『민중 자서전』에 '문 밖 서울내기' 조선 목수 배희한 노인과 '여든 먹은' 이규숙 계동 '마님'과 서울 토박이 한상숙 부인이 저마다 주인공으로 나선 연유가 무엇이더냐. 북촌 말씨와 광통방 말씨가 다르고 사대문 안과 밖이 다르며, 거기에다 남대문 바깥 말과 동대문 바깥 말이 서로 다른 것을 한창기 그이가 아니었으면 시방 뉘라서 일러주겠느냐.

신식 교육과 그에 더불어 묻어온 외래어 앞에 전라도말이나, 경상도말이나, 서울말이나, 때 묻고 망가지기는 피차 마찬가지였고, 따지고 보면, '교양 있는 사람들이 두루 쓰는 현대 서울말'로 고시한 표준말이라는 것도, '신식 떳

국'으로 치자면, 강원도 정선말보다 때가 더 묻었으면 묻었지 덜 묻었을 리가
만무할 터인데, 한창기 그이가 누구보다 더 서울 토박이말에 애착을 보인 까
닭도 그 때문이겠다.

'이마적'에 새삼 그리운 그이

필자는 '이제에 가까운 얼마 동안의 지난날'이라는 뜻으로 썼던 서울 토박
이말 '이마적'을 조선 목수 배희한 노인한테서 듣고 배웠으며, 짐짓 유식한 척
하며 즐겨 쓴다. 한창기 그이도 무척 좋아라 하며 '이마적'을 곧잘 썼다. 참한
토박이말을 찾아내곤, 왜 그리도 좋아하는지, 연신 싱글벙글하던 모습이 지금
도 눈에 선하다.

앞서 밝힌 대로, 뿌리깊은나무가 강제 폐간된 뒤에 '생존 방편'으로 떠맡은
일이어서 '밥값 눈치'를 아니 볼 수 없었고, "원고가 너무 늦다"는 편집장의
닦달이 한두 달도 넘게 그치지 않았지만, 그이는 도리어 서둘러서 할 일이 아
니라는 눈짓을 슬쩍슬쩍 던지며 싱긋이 웃곤 했다. 수월한 일이 아님을 훤히
내려다보고 있었던 셈이다.

속된 말로, '눈물 젖은 빵'을 씹으며 만든 책이어서 그랬을까. 〈이제 이 조
선톱에도 녹이 슬었네〉가 다 되었을 때에 그이는 퍽 대견해했다. 좀처럼 듣기
어려운 칭찬도 들었다. 특히 책이 나온 그 이듬해에 문화재위원회가 그 책만
가지고 심사하고 논의하여 배희한 노인을 중요무형문화재 74호 대목장 기능
보유자로 지정했을 때는, 마치 당신이 광영을 누리는 듯이, 얼마나 좋아하던
지 새삼 그이가 그리워진다.

그 스무 권은 국보급 문화재

이마적에 도서출판 보리 대표이사 정낙묵 씨는 『민중 자서전』을 일러 우리
출판계의 '오래된 미래'라고 정의했다. 참으로 그러하지 않으냐. 한창기 그이
또한 과거가 아니라 미래로 남아 있다. 그리고 그 미래의 끝이 어디일지 아직
보이지 않는다. 그래서 『뿌리깊은나무 민중 자서전』 스무 권을, 여느 문화재
보다 더 소중한, 국보급 문화재로 지정할 날이 언젠가 반드시 있을 것임을 굳
게 믿는다. ⬤

『한국의 발견』열한 권의 탄생

김형윤 폐간된 뿌리깊은나무의 편집장으로서, 한순간에 일을 잃은 편집실의 기자, 사진기자,
디자이너들의 취재력을 살려서 할 수 있는 출판 일을 한창기와 더불어 깊이 고민한 끝에
『한국의 발견』을 기획하게 되었다. 한 달, 한 달 일을 털어내고 새로운 일을 해버릇한 기자들에게
『한국의 발견』 일은 끝이 보이지 않는 터널처럼 여겨졌고 실제로 두해 반이나 걸려 통과했다.
그러나 그 터널의 끝에는 여전히 편집실의 불투명한 미래가 기다리고 있었다.
이 책 출간 뒤 기자들이 많이 흩어졌다.

폐간으로 잡지를 만드는 일을 더는 못하게 되니 1980년 여름은 하루하루
가 편하게 흘러갔다. 회사를 그만두어야 하나 어째야 하나 고민해보는 여유도
생기고, 사무국 사람들(잡지 편집실 식구들은 발행처인 한국브리태니커회사
의 관리부문 사람들을 이렇게 불렀다)의 눈치를 보는 여유도 생겼다. 잡지 일
로 밥 먹었던 사람 수가 결코 만만치 않은데 이연상 부사장을 비롯한 사무국
사람들은 걱정하지 말고 같이 살 도리를 찾아보도록 하자며 '뿌리 식구들'을
다독여주었다. 나는 잡지의 폐간이 편집 책임자인 내 탓이 절반인 것 같아서
마음이 무거웠던 터에 이들의 다독임이 큰 힘이 되었다.

돈 될 백과사전보다 지리지에 기운 한창기

한창기 씨는 아주 멀지 않은 장래에 뿌리깊은나무를 다시 할 날이 올 것으
로 보고, 그때까지 출판 일을 하면서 시간을 쓰기를 원했다. 나는 어떤 책을
만들 수 있을까 찾아보기 시작했다. 그래서 만든 '안'이 두 가지였다. 하나는
청소년들을 위한 백과사전이었고 다른 하나는 인문지리지 『한국의 발견』이었
다.(『한국의 발견』이라는 제목은 처음의 구상 단계에서 만들어졌다.)
나는 한창기 씨가 백과사전을 선택하리라 예상했고 나도 또한 그러기를 바
랐다. 그 쪽이 더 돈이 될 것 같았기 때문이다. 그러나 한창기 씨는 나의 예상
또는 기대를 깨고 서슴없이 『한국의 발견』에 표를 던졌다. 나는 『한국의 발견』

도 많았다.

책이 발간되었을 때 세상의 반응은 따뜻했다. 환호하는 듯한 분위기가 있었다. 신문이나 방송이 서평을 잘하고 책 소개를 잘 해주었다. 그러나 팔리는 속도는, 한해 만에 재쇄를 했으나, 만든 사람의 욕심에 부응하지는 않았다. 인문지리지라는 개념은 지금도 일반인들에게 익숙하지 않지만 그때는 여행서 같은 것도 전무하던 시절이었다. 일반인들보다는 신문사나 방송국의 사람들이 기사 만들 때의 참고자료로 애용하였다.

지금은 신문사나 방송국의 누구도 이 책을 뒤적이지 않는다. 그만큼 '자료'가 많아진 덕분이다. 그러나 『한국의 발견』이 서가에 있는 사람들은 이 책의 어디든 한번 열어보기 바란다. 그것은 이 시대의 『동국여지승람』이다. 귀한 책이다. 🐾

샘이깊은물에 실렸던 『한국의 발견』 광고.
〈서울〉 편의 표지 얼굴이 뿌리깊은나무
미술편집위원 이상철이다.

우리 현대사가 기억해야 할 이름

김형국 서울대 명예교수. 잡지 뿌리깊은나무와 『한국의 발견』의 필자였다.
샘이깊은물의 편집위원이었다. 한국의 문화와 예술을 사랑하는 사람으로서 한창기와 오랜 벗으로
지냈으며 그에게서 많은 것을 배웠다고 한다. 한창기의 성북동 집에서 격식은 잔뜩 갖추었으나
빌린 손이 만들어 미지근해진 한식을 자주 얻어먹었던 기억을 잊지 못한다.

내가 한창기의 얼굴을 처음 본 것은 1960년대 말이다. 그는 대학을 졸업하고 미 팔군을 상대로 비행기 표 같은 것을 파는 쎄일즈맨으로 출발해서 뒤이어 브리태니커 백과사전으로 한국 시장을 파고드는 데 크게 성공해 있었다.

나는 그때 서울대 행정대학원 조교로 있었다. 1969년 10월 29일, 학교에서 직전 대통령 선거에 실패한 뒤로 공직에서 물러나 미국 브리태니커 본사의 고문으로 있던 전 미국 부통령 험프리의 특강이 열렸다. 그때 한창기가 험프리와 동행했다. 이때는 서로 인사를 나눌 기회를 못 가졌다가 1976년 뿌리깊은나무가 창간하고 나서 나는 필자로서 다시 그를 만났다.

국어가 청산유수여서 영어도 잘했다

한창기는 미국 유학을 하지 않았어도 영어가 특출했다. 어떻게 영어를 배웠는가를 물은 적 있었다. 벌교에서 초등학교를 나와 순천에서 중학을 다녔는데 하숙집에서 당시만 해도 귀물에 속하는 라디오를 처음 보고 호기심이 만발하여 이리저리 틀어보는데, 거기서 오끼나와에서 보내오는 '미국의 소리' 방송을 들었다 한다. 우리말 방송에 이어 영어 방송에도 귀를 기울여보는데 "디스 이즈 더 보이스 오브 아메리카"라고 방송의 처음과 끝에 알려주는 영어 발음을 듣고는 "지수 이주…"로 읽는 중학 선생의 일본식 영어 발음과는 딴판임을 눈치챘다. '디스'라 할 때 아래윗니로 혀를 물듯이 말하는 것이 정통 발

음임을 스스로 깨닫고는 라디오를 통해 발음을 제대로 익히기 시작한 것이 영어를 깨치게 된 계기라 했다.

우리말을 잘하는 사람이 영어를 잘하기 마련이라는 것이 영문학자 김우창의 지론이다. 그래서 잡지 뿌리깊은나무의 편집위원을 지낸 적도 있는 김 교수는 영어를 잘하자면 국어교육을 함께 잘 시켜야 한다는데, 우리말도 청산유수인 한창기의 경우야말로 김 교수의 지적을 증거해줄 만한 사람이었다.

뿌리깊은나무를 발행하면서 한창기가 우리 문화계에 던진 파문은 컸다. 사라져가는 문화유산에 대한 재조명과 재인식을 다룬 내용도 참신했지만, 그에 못지않게 잡지를 한글 전용으로 만드는 방식에서 유별났다. 이는 국한문 혼용이 아닌 한글 전용으로는 우리 글을 제대로 적을 수 없다고 알고 있던 그때까지의 세간 인식을 크게 바꾸어놓은 계기였다.

비명횡사한 잡지의 기자들

『용비어천가』 머리말에서 '뿌리 깊은 나무는 바람에 흔들리지 않는다'고 적었다. 하지만 잡지 뿌리깊은나무는 1980년 8월, 5공의 언론 학살에 비명횡사하고 말았다. 드러내놓고 정부와 사회를 비판한 것은 아니었지만 논조의 행간에 억하심정이 깔려 있다고 보았는지 유명무실한 잡지들과 함께 폐간되었다.

월간 뿌리깊은나무는 당시에 유명 신문사들이 함께 펴내는 어느 시사 월간잡지보다도 판매부수가 많았다. 한창기의 말로는 칠만 부가 나간다 했다. 단행본을 만들어 지금도 만 부가 나가면 수지가 맞는다고 하는데, 칠만 부를 발행한다면 매달 베스트셀러를 내는 셈이었다. 지금 생각해 보면 이 폐간 사건이 한참 '잘나가던' 한창기의 운세를 꺾어놓는 고비가 되고 말았다.

그 전에 여러 차례 뿌리깊은나무에 기고한 인연이 있어 이 잡지 편집기자들과 가까이 지내고 있던 나에게도 폐간은 큰 충격이었다. 좋은 매체가 사라진 데 대한 아쉬움에다 그동안 사귀었던 편집기자들의 앞날이 궁금해서 자주 그 출판사로 찾아갔고 간 길에 한창기도 만났다. 그도 잡지에 대한 애착이 깊은 나머지 조만간 잡지 복간을 기대하면서 편집진을 해체하지 않고 유지할 수 있는 방도를 모색하고 있다고 했다.

그 방도의 하나로 편집기자들을 주요 필진으로 삼아 신판 한국 지리지를 발간하겠다는 계획을 구체화했다. 그렇다면 국토 공간구조에 대한 연구가 나의 전공이기 때문에 지리지를 만들 수 있는 편집 체계의 마련에 일조하겠다고 자청했다. 삼 년에 가까운 작업 끝에 드디어 시-도별 지리서를 집대성하여 모두 열한 권의 『한국의 발견』이 발간되었다. 시-군의 연혁과 현황에 대한 각론은 잡지 기자가 주요 필자들이고, 각 권마다 등장하는 총론들은 대체로 외부 전문인사들이 집필했다.

무등산도 모르면서 광주를 쓰다니

나도 여러 편을 적었다. 내 고향 이야기도 적었고, 서울, 대전, 광주, 울산 같은 대도시 이야기도 집필했다. 대도시 사정은 전문지식이 있어야 체계적으로 파악할 수 있다고 여겨 내가 집필을 자청하고 나선 일이기도 했다.

광주는 처음 잡지 기자가 집필했다. 그런데 원고를 읽어본 한창기는 마땅하지 않다며 나에게 새로 적어주기를 청했다. 순천에서 중학을 다녔고 광주에서 고등학교를 다녔던 그가 아는 광주의 사정이 적절하게 표출되지 않았던 듯하다.

그 청을 받고 처음으로 광주에 가서 한창기가 소개한 향토 사학자로 널리 이름나 있는 김정호—그때 광주일보의 조사부장을 맡고 있었고 훗날 무등일보의 편집국장을 거쳐 농업박물관 관장으로도 일했다—를 만났다. 먼저 현지 사람의 현지 사정 소개를 듣고 나서 빨리 광주의 울타리 안으로 들어서기 위해서였다.

듣던 대로 향토 사랑이 극진한 분임을 금방 느낄 수 있었다. 향토 사랑이 극진한 나머지 초행길의 광주에 대해 더구나 경상도 사람이 어떻게 글을 적을 수 있을지, 하면서 뜨악하게 여기는 표정도 읽을 수 있었다. 그러면서 대뜸 "무등산도 올라가보지 못한 사람에게 어찌 광주를 쓰게 했는가. 한창기 그 사람, 참 맹랑한 사람이네." 하고 혼잣말로 중얼거리기도 했다.

익숙치 못한 도시에 대한 이야기라 내 딴에는 열심히 적었다. 힘들인 공력이 효험을 냈던지 나중에 그 글을 읽었던 교수 한 분은 전화로 초면이라고 스스로 소개하면서 함께 목포에 대해 연구하자고 제의했다. 경상도 사투리를 버리지 못하는 내 말을 전화로 듣고는 멈칫 멈칫 통화를 이어가는데, 이 분—중앙대 부총장을 거쳐 국민의 정부 시절 농림부장관을 역임했고 지금은 상지대 총장으로 있는 김성훈—하고 친해져 훗날 들은 바로는 그 글을 읽고 내가 전라도 사람인 줄 알았다는 것이다.

『한국의 발견』─현대판 『동국여지승람』

이처럼 『한국의 발견』은 궁여지책으로 탄생한 것이다. 그런데 '궁하면 통한다' 했던가, 이 책의 출간은 역사적으로도 퍽 의미있는 성취가 되었다. 15세기 말 조선시대 성종 연간에 간행한 전국 규모의 지리지 『동국여지승람』 이후 몇 세기 만에 처음으로 집대성된 지리지로 나타나, 현대판 『동국여지승람』으로 자리잡는다.

각도의 지리적 자료와 기록을 집대성한 『동국여지승람』이 각 도, 각 읍의 연혁, 씨성, 산천, 성곽, 토산, 누정, 학교, 역원, 봉수, 신앙, 건물, 고적, 인물, 제영에 대해 수록하고 있듯이, 『한국의 발견』도 도-시-군별로 향토의 문물과 사정을 종합하고 있다. 한마디로 이 지리서는 반만년의 전근대에서 근대로 구조적 대변혁이 이루어지던 시점의 우리 사회 모습을 땅과 연계시켜 살펴본 것이다.

지리서의 발간은 옛날이나 지금이나 막대한 인적, 재정적 역량을 상당 기간 지속적으로 집결할 수 있어야 가능한 일이다. 그래서 국사 간행처럼 나라가 맡기 일쑤인데, 『한국의 발견』은 한쪽 날갯죽지가 떨어진 개인 출판사가 일궈낸 것이니 참으로 가상한 일이 아닐 수 없다. 이 성취가 얼마나 큰 의의를 지니는가는 세계 무역 십대국 안에 든다는 나라의 시-도에서 『한국의 발견』 이후 아직도 내실있는 도지 하나 반듯하게 출간하지 못한 오늘의 사정이나, 지역학에 입문할 필요가 있을 때 맨 먼저 연구자들이 들춰보는 책이 바로 『한국의 발견』이 되고 있는 현실을 보면 알 수 있다.

한창기는 뿌리깊은나무의 복간을 바랐지만 그것의 실현이 어렵다는 것을 알고 그에 대신할 잡지의 발간을 추진했다. 잡지 발행을 정부가 엄격히 통제하면서 아주 드물게 선심용으로 허가를 내주곤 했다.

새 잡지 샘이깊은물의 창간

뿌리깊은나무가 폐간된 지 사 년 만인 1984년, 우여곡절 끝에 드디어 여성 독자를 겨냥한 샘이깊은물의 발행 허가가 났다. 샘이깊은물이 창간되자 나는 편집위원으로 참가했다. 빙산처럼 밖으로 드러난 실체는 작지만 한국사회를 움직이는 거대 저류인 전라도 편견에서 한창기에게 울타리가 될 만하고 동시에 좋은 필자이기도 한 '실력있는' 여론 형성자를 편집위원으로 모셔야 한다고 몇 분을 그에게 추천해서 함께 편집위원으로 일했다. 정범모, 한승수, 김진현, 권태완이 그런 분인데 한국 미래학회 활동을 통해 내가 만났던 선배들이다.

논조는 뿌리깊은나무의 전통을 그대로 이어받아 논설 같은 난을 통해 은근한 사회비판은 계속되었다. 어느 날 언론 동태를 감시하고 있던 정부기관이 그런 사회비판을 트집 잡아 우회적인 압력을 가해왔다. 그동안 그 판매가 적잖이 한창기에 도움을 주고 있던 『한국의 발견』에 실린 사진을 꼬투리로 잡고 나선 것이다.

『한국의 발견』에서 진해, 원주 같은 이른바 군사도시에 관해 실은 도시 경관 사진이 군사기밀 보호에 관련된 법을 위반했다며 『한국의 발견』을 더이상 판매할 수 없고 판매된 책도 강제 회수되어야 한다고 엄포를 놓고 있었다. 군부대가 다수 자리잡은 도시의 시가지 사진은 그 자체로 기밀 누설에 해당한다는 것이었다. 한창기는 부랴부랴 정부 당국에 들어가서 여러 가지로 해명을 하고 나섰는데, 거기엔 비록 자신이 전라도 출신이지만 정치색에선 편견이 없다고 말하고 그 증거의 하나로 5·18로 정치적으로 민감해진 광주에 대해서도 경상도 출신에게 글을 쓰게 했다는 정황도 말했다는 것이다. 이 말을 정부가 수용해서 당초의 트집이 뒤탈 없이 유야무야되었는지는 모르겠지만, 언젠가 한창기가 그 말을 들려주어서 내가 알게 된 사실이다.

한편 나는 『한국의 발견』 출간과 샘이깊은물 발간 사이에 뿌리깊은나무 출판사의 청으로 고삼 학생을 상대로 대학과 대학의 학과 특성을 소개하는 책 『대학에서 나는 무슨 공부를 하여 어떤 사람이 될까』를 편집해서 출판하기도 했다.

우리 시대의 외톨박이

샘이깊은물이 창간된 지 일 년 만에 편집위원 제도가 없어지고, 또 이 여성지의 특성으로 볼 때 나 같은 남성이 기여할 수 있는 여지가 없다고 여겨지자 내가 잡지사로 출입하는 경우는 거의 없어지고 그만큼 한창기를 만날 기회는 아주 드물어졌다. 일 년에 한두 차례 미술 전시장 같은 데서 우연히 마주치는 정도였다.

그 사이 그는 입신의 주춧돌이던 브리태니커에서 손을 떼게 되었고, 무슨 연유인지는 몰라도 샘이깊은물에서 몇 명 편집기자들이 노조를 결성하여 소모적인 노사 갈등을 표면화했다는 것이다. 노사 갈등 끝에 창덕궁 앞에 있던 사무실을 줄여서 성북동 주택가로 이전했다는 소식도 뒤늦게 들었다.

결국, 월간지 뿌리깊은나무의 폐간 이후 그의 사업운은 내리막길을 걸어온 셈이다. 여기엔 학연, 지연을 찾고 인맥을 쫓아다니는 한국식 처세가 그의 체질이 아니었던 점도 작용했지 싶다. 그가 다녔던 서울대 법대의 동기생이나 선후배하고 어울리고자 했다면 이른바 '육사당' 다음으로 '법대당'이라 하던 집권당 안팎의 권력자와 얼마든지 내통 또는 담합하면서 진로를 새로 모색하고 개척할 수 있었을 것이다. 하지만 그가 법대 출신 권력층과 사귀는 것을 나는 전혀 보지 못했다.

그의 교우 범위는 지극히 제한적이어서, 아니 폐쇄적이어서 고작 그가 펴내는 간행물의 필자나 잡지사 일에 깊이 관련되어 있거나 또는 그의 취향과 죽이 맞는 인사 이를테면 동양화가 송영방을 비롯해 채 열 손가락에 지나지 않았다고 나는 알고 있다.

똑 부러지게 말을 잘하고, 글을 적을 때면 분명한 논지와 꽉 짜인 문장으로 쟁점을 꼬치꼬치 파고들었지만 (자신의 매체에 스스로 글을 적는 것은 신사적이 아니라 여기는 결벽증 때문에 그랬지 싶은데 어쩌다 글을 적을 때는 '한앵보'라는 필명을 썼다. 어릴 때 무척 울어 부모나 주위에서 놀린다고 지어준 별명이 '앵보'였다고 한다) 이런 외향적 적극성은 그의 진면목이 아니었던 모양이다. 퇴기나 백정 같은 사라져가는 직능인들의 삶을 정리한 책을 그의 회사에서 『숨어사는 외톨박이』라는 제목으로 낸 적이 있는데, 한창기야말로 현대판 '외톨박이'이었다.

게다가 술은 입에도 대지 못했기에 여느 사람처럼 한잔 술에 시름을 풀 줄도 몰랐다. 이처럼 내면으로 침잠한 나머지 자못 퇴행적이었다 싶은 그의 성품이 결국 그의 때이른 죽음을 재촉한 요인으로 작용하였지 싶다.

홍송 한 토막과 가죽 의자

나는 지금 한창기와의 인연을 말해주는 두 물증을 지니고 있다. 하나는 어른 주먹만한 홍송 나무토막이고, 또 하나는 사무용 가죽 의자다. 소나무의 결이 아름다운 나무토막은 그와 함께 골동가게로 나갔다가 구했던 불두의 받침대를 만들 수 있도록 집에서 찾아다 준 것이고, 의자는 사무실에서 그가 애용하는 의자가 좋다고 말했더니 역시 집에 여분이 하나 더 있다면서 나에게 보내준 것이다.

의자는 수입품이고 값을 말하면 남들은 지나친 호사라 나무랄 만하지만 내가 더없이 아끼는 신변품이다. 나같이 책상에 줄곧 앉아 있는 '책상물림' 직업에는 의자는 의사의 청진기처럼 직업적 무기라 할 만하다. 한여름에 줄곧 앉아 있어도 가죽방석 부분이 습기를 잘 빨아들이기 때문에 엉덩이에 땀이 배지 않을 만큼 기능적이고, 이십 년 넘게 사용하니 가죽은 오히려 반지르르하게 더욱 윤이 난다.

나무받침이나 의자 가죽받침처럼 그의 한평생 행적은 이 시대에 여러 문화 인사에게 뒷받침이 되어주었다. 큰 산은 자락이 넓다더니 그를 도와 일했던 사람들 가운데서 이름난 출판사를 경영하는 사람이 여럿 나왔고, 그의 안목에 의해 계도되어 자라나서 실력을 인정받게 된 필자, 디자이너, 사진작가도 다수 나왔다. 이 시대 우리 사회에서 '한창기 사단'이라 이름 해도 좋을 인재 발굴이요, 인재 육성이 되고 있다.

그러나 역시 한창기는 그가 인재를 길러낸 점보다는 스스로 일을 일궈내는 데 아무도 흉내낼 수 없는 독보적이고 창의적인 인물이었다. 『한국의 발견』이나 월간지 뿌리깊은나무 출간은 말할 것 없고 그가 주관했던 공연을 바탕으로 한 『뿌리깊은나무 판소리 다섯 바탕』『뿌리깊은나무 팔도 소리』 전집 같은 음반의 출간은 가히 기념비적 업적이라 할 것이다.

이를테면 판소리 음반의 경우, 판소리에 관련된 완벽한 문자 정보를 곁들이고 있는 것은 전무했고 아직도 후무한 실정이다. 판소리의 전통이 기방 같은 데서 문자속 없는 기능 보유자들에 의해 구전되어왔기 때문에 연희자가 한문에서 유래한 가사의 뜻을 거의 알지 못한 채 부르는 폐단이 있음을 알고 가사를 일일이 옮겨 적고 뜻을 해설해주고 있다. 여기에다 영어 해설도 빠뜨리지 않고 있다. 우리 전통문화의 세계화를 위해 나라도 하기 힘든 아주 뜻있는 밑바탕을 깔아준 것이다.

일찍이 세계인이었다

빛이 강하면 그늘이 짙다 했는데 남보다 앞서 독창적인 경지를 개발한 그에 대해 허물을 말하는 사람도 있다. 그러나 막상 허물이라 해보았자 총각 홀아비로 늙는 것에 대한 수군거림, 아니면 그에게 골동을 팔고 값을 더 받았으면 하는 욕심이 차지 않아 나오는 뒷소리가 아니었나 싶기도 하다. 수군거림,

뒷소리도 허물은 허물이라 치더라도 한창기는 단연 시대의 전위에 섰던 인물이다.

지구화시대가 도래하여 이제 많은 시민들에게 기대되는 역할은 '세계인'이라 하겠는데 한창기야말로 진작 세계인이었다. 그런데 정치경제학에서는 국제적 시장정보에 민감하게 반응하고 그 결과로 부를 축적해서 세계를 안방처럼 누비는 세계인들은 거개가 자신의 뿌리를 잊고 마는, 이른바 '몰장소적 엘리뜨'가 되기 쉽다고 비판하고 있다. 한창기는 달랐다. 세계로 눈을 돌린 것은 시장을 확보하는 일임과 동시에 우리 스스로를 제대로 볼 수 있는 거울을 찾는 일이었다. 세계시장의 일원이 되는 길을 통해 우리의 뿌리에 대한 정당한 평가와 창의적 안목으로 우리 문화의 전승에 애썼던 문화인사였던 것이다.

그리하여 우리 사회가 산업시대와 민주시대의 진입에 성공한 다음으로 고대하는 문화시대 도래의 정당성과 가능성을 예비해준 사람이다. 그런 점에서 경제시대의 총아인 대기업가를 비롯한 혁신적인 인물군과 동렬에서 우리 현대사가 반드시 그 공적을 기억해야 할 문화계의 기린아였다고 나는 보고 있다. 🐚

푸른 입술의 '반중'
지켜지지 못한 그와의 약속

윤후명 소설가. 『한국의 발견』〈충청남도〉 편의 필자였으므로 자주 편집실에 들렀다.
편집실이 집무실이다시피 했던 한창기와는 그렇게 만났다. 한창기는 한국 소설가와 시인의 문장에
할 말이 한이 없었던 만큼 문법 이야기를 많이 주고받았다. 소설가로서는 드물게도 뿌리깊은나무
편집실의 리라이팅에 열린 태도를 가졌으며, 한창기는 이를 높이 평가했다

아마도 1980년인가, 그는 내게 한 통의 편지를 보내옴으로써 각별한 관심
을 보였다. 무엇 때문이었는지는 모르나 인편으로 보내온 그 편지의 내용은,
급한 일이 있어서 오늘 약속을 못 지키게 되었다는 것, 며칠 뒤 서세옥 선생
과 점심을 먹기로 했으니 함께 어울리면 어떻겠느냐는 것, 언제 남도 지방으
로 함께 여행을 가고 싶다는 것이었다. 전화도 제대로 없던 시절의 일이었
다. 타이프라이터로 치고 밑에 자필 싸인이 들어 있었다. 나는 그때까지 형
식이며 내용에서 그런 편지는 처음 받아보았다. 내용도 내용이려니와 매우
정중했다.

『한국의 발견』으로 맺은 인연

그 무렵, 나는 충청북도 이곳저곳을 다니며 『한국의 발견』에 글을 쓰는 일
을 맡아 하고 있었다. 내가 어떻게 그 일을 하게 되었는지는 기억이 흐리지만,
김형윤 씨와 연결되었던 것 같기는 하다. 소설을 쓰겠다고 비장하게 직장도
나와버린 신세에 먹고 사는 일이 얼마나 버거웠던가. 무슨 일이든 닥치는 대
로 하지 않으면 안 되었다. 그러나 1979년 갓 소설가가 되었다는 객관적인 자
격은 취약하기 그지없었다.

그리하여 얻어낸 그 일은 참으로 호화로운 일이었다. 원고료에 취재비까지
얹어진 데다가 가외로 내 작품을 구상하기도 했으니 말이다. 가령 대표적으로

단편 「검은 숲 흰 숲」은 그때 머리에 떠오른 것이며, 그밖에도 여러 소설 장면들이 뒤따른다. 충주에서 청주까지 택시로 달린 밤길, 괴산에서의 밤샘 술은 주인공 '나'에게 또 다른 밤과 술을 마련해주었다. 최근의 소설집에 실린 「의자의 사랑 철학」에서 금광을 하는 친구와 무극 광산을 헤매는 장면은 벌써 이십몇년 전 그 언저리를 지나며 언제 써먹어야지 했던 것이다.

그가 되살리고 있었던 쪽물

한창기, 라는 이름은 벌써부터 듣고 있었다. 그는 글을 써내면 여러 기자들과 함께 꼭 독회를 해서 한 문장 한 문장 꼼꼼히 짚곤 했다. 한글에 대한 그의 사랑, 자랑을 알게 된 것도 그 무렵의 일이다. 푸른 입술에 거품을 뿜으며 열성적으로 일하는 그의 모습은 과연 명불허전 곧 '이름이 헛되이 전해지는 건 아니다(名不虛傳)'는 그것이었다. 마음에 들지 않으면, 의심이 들면 끝까지 파고드는 정신은 무섭기조차 한 것이었다.

나는 비교적 그를 늦게 만났기에 초창기의 전설적인 쎄일즈맨으로서의 모습은 잘 모른다. 내가 만난 그는 인문주의자로서, 한편 예술 애호가를 넘어서 예술가였다. 성북동 집의 차양 물받이 홈통이 왜 그래야 하는지, 굴뚝과 장독대는 또 왜 그래야 하는지 일일이 법도에 맞추고자 하는 장인이기도 했다.

충북 일을 마치고 그밖에 다른 곳 몇 꼭지를 더 한 뒤에 『한국의 발견』 일은 끝났다. 그런 어느 날, 부름을 받고 간 내게 그는 우리의 전통 물감인 쪽에 대해 쓰라는 일거리를 주었다. 그가 쪽이라는 것하고도 무슨 관계가 있단 말인가. 글쎄, 가보면 안다고 그는 전남 벌교의 농장을 소개했다. 말만 들은 벌교는 가보고 싶었던 곳이기도 했다. 일찍이 내 듣기로 꼬막과 주먹으로 유명한 땅, 그곳은 그의 고향이었다.

주먹 운운 하는 말에 벌써 주눅이 들어 도착한 벌교 터미널에는 그의 연락을 받은 동생이 나와 기다리고 있었다. 그보다 키는 작으나, 보아하니 주먹깨나 씀직한 다부진 몸매였다. 동생을 따라 간 변두리 골짜기에 그의 쪽 농장이 있었다. 쪽이란 건 한눈에 여뀌를 닮아 보였다. 그로부터 나는 동생의 안내로 쪽을 베어 쪽물을 만드는 과정을 모두 해보며 노트에 기록했다. 농장은 그의 성격대로 이상향을 실현하려는 곳처럼 느껴졌는데, 꽤 오래 전에 지어진 한옥이었다.

265

"나 반중이잖아"

쪽을 어떻게 만드는지는 지금 다 잊어버렸다. 그걸 소설에 어떻게 쓸 수도 있을 텐데… 하다가 지나친 지도 여러 해가 되었다. 샘이깊은물 어딘가에 고스란히 실려 있다는 사실만이 위안이 된다.

"절 짓는 일에는 왜 그렇게 마음을 쓰셨어요?"

벌교에 다녀온 어느 날 나는 불쑥 물어보았다. 순천시 낙안에 폐사지로 있던 금둔사를 다시 세우는 일에 그가 애를 썼다는 말을 듣고 왔기 때문이다. 그는 무슨 생뚱맞은 소리냐는 듯 나를 바라보았다. 그리고 말했다.

"나 반중이잖아."

반중? 그랬었구나. 나는 고개를 끄덕였다. 그렇게 늘 바쁘게 움직이지 않으면 큰일이라도 날 듯 일하는 그는, "일하지 않고는 먹지 말라", 옛 '온중'의 말씀을 실천하고 있구나.

"언제 한 번 가볼 수 있겠지요?"

"그럼, 그럼. 같이 가야지."

약속은 되었다. 그러나 약속은 지켜지지 않기 위해 있는 것이라는 엉터리 말이 사실이 되려고 기다리고 있었다. 그 사이 시간은 상당히 지났지만, 그는 그만 병석에 눕고 말았다. 인생이란! 그 소식을 듣고 내 입에서는 저절로 탄식이 새어나왔다.

푸른 입술로 스스로 일컫던 '반중', 그는 그렇게 내게서 사라져 가고 말았다. 그는 한때 내게 뿌리깊은나무의 자랑스런 일원이 되게 하여 일과 먹이를 주었다. 그리고 내게 열과 성을 보여주고, 예술에의 꼼꼼한 집념을 보여주어, 가르쳤다. 쪽물은 시간에 날아 바래도 고유한 아름다움을 잃지 않음도 배우게 해주었다.

마치 쪽을 짓씹어 그렇게 된 듯한 푸른 입술! 문득 그리움으로 먼 데 하늘을 우러른다. ◑

하필이면 그분 고향 '전라남도'를 맡았던고

이성남 뿌리깊은나무 기자였다. 『한국의 발견』〈전라남도〉편 대부분을 집필하는 동안
한창기와 '환상의 콤비'였다. 다만, 한창기의 고향 땅 기억이 하도 완벽해서 그것을 다 구현하느라고
눈물을 흘린 적도 여러번이었다. 주간 『시사저널』 기자, 월간 『객석』 편집장을 지냈고
현재는 국립극장에서 발간하는 월간 『미르』와 문화관광부 정책홍보지 『울림』의 편집위원으로
일하고 있다.

"정답을 아시는 분은 샤프 버튼을 눌러주세요. 샤프 버튼은 '우물 정'자인
것 아시죠?" 아침 방송을 진행하는 아나운서가 낭랑한 목소리로 말한다. 문득
뿌리깊은나무 편집부 시절이 떠오르면서, 불필요한 외래어를 우리말로 바꾸
려고 전전긍긍하시던 한창기 사장님 모습이 선하게 다가왔다.

고백하자면, 그분 곁을 떠난 뒤로

이 인터넷 환경 속에서 일상용어가 되어 버린 무수한 아이티 전문용어들을
한 사장님이라면 어떻게 고치실까? 적합한 우리말을 찾아내려고 고민하며 사
장실에서 뿌리깊은나무 편집부로 왔다갔다 하시던 모습이 한눈에 그려진다.
그 과정에서 생뚱맞은 단어가 튀어나와 편집부에 웃음이 터지기도 하고, 어감
이 딱 맞아떨어지는 붙박이 우리말이 마술처럼 되살아나기도 했던… 내 상상
은 언제나 그 지점에서 딱 정지상태가 되어버린다.

고백하자면 뿌리깊은나무, 아니 한창기 사장님 곁을 떠난 후에는 늘 그랬
다. 오랫동안 문화부 기자 생활을 하면서 여러 분야에 걸쳐 기사를 쓰는 동안
에 수많은 외국어 전문용어를 아무렇지도 않게 동원하여 기사를 썼다. 같은
뜻을 가진 붙박이 우리말이 있는지, 또는 그 외국어를 순수한 우리말로 대체
할 수는 없는지 고민하고 찾아볼 생각을 아예 하지 않았다. 무릇 기사는 독자
가 인지하고 소통하는 것이 우선이라고 합리화하면서, 더 나아가 그 용어를

우리말로 바꿔보려는 시도를 했다손 치더라도 섣불리 했다가는 교열부나 데스크를 통과하기 어려웠을 것이라고 핑계를 대면서 지내왔던 것이다.

이러다보니 이 글을 쓰면서도 은근히 걱정이 든다. 한 사장님께서 갈고 닦아 알려준 '바른' 길을 따르지 않고, 오랜 세월 동안 자기합리화 속에서 편한 대로 써온 버릇으로 적잖게 '비뚤어져 있을' 내 글이 한 사장님과 다른 필자들을 욕보이게 할 것 같은 두려움이 앞선다. 그래도 에라 모르겠다! 대충 넘어가자. 예전 뿌리깊은나무에서 하던 방식대로 쟁쟁한 선배들께서 바로잡아주시겠지….

"모두 같이 살아볼 궁리를 하자"

대충 넘어가는 이 내 버릇은 『한국의 발견』〈전라남도〉편을 만들 때도 여전했었다. 이백 자 원고지로 육십 장이 넘는 한 기사 안에서 '짚고 넘어가자'를 여러 차례 사용했던 것인데, 그 때문에 한 사장님으로부터 혼쭐이 났다.

『한국의 발견』은 월간 뿌리깊은나무가 전두환 정권에 의해 강제로 폐간 당한 1980년 8월부터 이태에 걸쳐 그 잡지를 만들던 식구들이 흩어지지 않고 해낸 작업의 소산이다. 뿌리깊은나무가 폐간의 비운에 처하자 한 사장님은 "모두 같이 살아볼 궁리를 하자"며 종합 인문지리지를 발간하기로 결정했던 것이다. 조선시대의 실학자 이중환이 저술한 『택리지』이후 본격적인 종합 인문지리지가 없었던 상황에서 반드시 필요한 의미 깊은 작업인 것으로 판단했던 결과다. 서울과 남한의 각 도별로 한 권씩 모두 열한 권을 펴내기로 한 기획에 따라 기자 한 명이 각각 한개 시와 도를 담당했다. 해당 도에 속한 각 시, 군의 기사를 정해진 마감기한까지 완성해야 하는 압박감 속에서 당시 편집국은 숨 가쁘게 돌아갔다.

오호, 끔찍한 상황!

『한국의 발견』에 동참한 인적 구성을 살펴보면 장안이 글 솜씨를 인정하는 선배 기자들과 쟁쟁한 문객들이 함께하고 있었다. 그 속에서 경력 삼 년차인 올챙이 기자가 어찌 감히 문장으로 겨룰 수 있겠는가. 오직 잘할 수 있는 것은 열심히 취재하는 일 밖에 없으렷다.

이리하여 전라남도의 한 지역에 출장을 한번 '떴다'하면 네 개 시 스물두

개 군을 포괄하는 전라남도의 각 군청에서 얻어온 군지와 통계 연감, 지역 신문사와 향토사학자에게 받아온 각종 신문 스크랩과 학술자료들이 산더미처럼 책상 위에 쌓였다. 저 멀리 고흥군에서는 "군청 근무 이십몇 년 만에 여기자가 찾아온 것은 처음이다."라면서 한 권 밖에 없는 보관본 군지를 내주기도 했다.

그러나 기사를 써보신 분은 다 아실 것이다. 제한된 분량의 기사를 작성할 때 자료나 취재 내용의 방대함과 머리에 쥐가 나는 정도가 비례한다는 것을. 요령 없이 과욕을 부리며 자료를 긁어모은 뒷감당은 오롯이 내가 짊어져야 할 업보였다. 오죽하면 그 당시 내가 간절히 소망한 것이 모아온 자료들과 내 머리를 통 안에 들여 밀어 넣으면 기사가 되어 나오는 기계 발명이었을까. 오호, 다시금 당시의 끔찍한 상황이 되살아난다.

'짚고 넘어가다가' 경을 치고

사정이 이러다보니 취재한 자료를 원고지에 꾹꾹 눌러 담기에도 벅찼던 엉성한 내 글 솜씨는 문장 하나, 단어 하나도 허투루 넘겨버리지 않는 사장님의 치밀한 눈에 딱 걸려들기 일쑤였다. 그중 가장 기억에 남는 일화를 여기서 '짚고 넘어가겠다.'

'짚고 넘어가겠다'는 그때 뿌리깊은나무 기자들이 가장 자주 쓰는 어휘 중 하나였다. 삼베거나, 소반이거나, 옹기거나 각 지역의 취재 대상을 좀더 자세히 설명하려고 할 때 흔히 쓰는 말이었다. 원고 분량 채우기에 급급했던 나 역시 '짚고 넘어가겠다'를 남발했는데 처음에는 '살펴보겠다' 따위의 다른 말로 고쳐주시던 한 사장님께서는 그 다음번에는 말로 타이르셨고, 그래도 안 고쳐진 내 버릇에 결국은 분노를 폭발하셨다. "짚고 넘어가자가 무슨 뜻인 줄 아느냐?"고 버럭 고함치시더니 급기야는 자리에서 벌떡 일어나 허리를 구부리시고 양탄자 바닥에 손바닥을 짚고 기는 자세를 취하시는 것이 아닌가.

순식간의 일이었다. 그날 혼쭐나던 광경을 생각하면 지금도 아찔하다. "워낙 전라남도를 아끼시는 분이니까 부족한 건 채워주시거나 알아서 고쳐주시겠지." 하는 안일한 마음이 찬물을 뒤집어쓴 순간이었다.

편집부 기자들이 작성한 기사는 물론이고 출중한 필력으로 명성을 떨치던 대학교수와 문인, 신문사 논설위원이 쓴 원고까지 확 뜯어고치신 한 사장님. 사장님 손을 거쳐 편집부로 되돌아온 원고는 정확한 문법과 풍부한 어휘력을 바탕으로 고쳐놓은 연필 글씨들로 줄마다 춤추듯이 어지럽혀져 있었다. 그 시절에 한 사장님께서 고쳐놓은 원고들을 누군가 고이 간직하고 있다면, 디지털 환경 속에 흐트러질 대로 흐트러진 우리말과 글을 잡아줄 귀한 자료가 되지 않았을까?

〈전라남도〉 편에 '간택' 되어

뿌리깊은나무 편집부 식구치고 한 사장님의 극진한 고향 사랑을 모르는 이는 아무도 없다. 그래서 한 사장의 고향인 〈전라남도〉 편을 맡는 기자는 그가 누구든 간에 단단히 각오를 해야 했다. 전라남도 땅 구석구석을 샅샅이 알고 있는 분이시기에 기자가 대충 넘어가는 취재나 섣부른 추측 기사를 쓴다는 것은 곧 기자로서의 능력을 알몸처럼 드러내는 격이었다.

그런데 어쩌자고 하필이면 내가 '간택' 되었을꼬? 아직도 그 이유를 모르겠지만, 이 글을 쓰려고 〈전라남도〉 편을 다시 펼쳐보니 남도 땅을 취재하고 기사를 작성하던 시절이 주마등처럼 펼쳐진다.

그중에서도 '곡성군'을 작성할 때의 일화는 아직도 잊지 못한다. 그즈음 뿌리깊은나무 기자들은 내남없이 전통문화를 오롯이 보존하고 또 기록으로 남기는 일이 중요하다는 한 사장님 생각이 디엔에이처럼 머릿속에 자리잡고 있었다.

의당 나도 곡성군의 중요 무형문화재인 석곡 지방의 '돌실나이' 곧 석곡면에서 짠 삼베를 어떻게 기사 속에 잘 담아낼 것인가를 두고 고심했다. 곡성군에서 다루어야 할 여러 요소 중 하나인 돌실나이를 위해 그 지역에 들어가 장기간 현장 취재할 수는 없는 노릇이었다. 그러던 차에 마침 문화재전문위원들이 돌실나이를 조사하여 정리한 방대한 분량의 '민속문화보고서'를 입수할 수 있었다. 문화재관리국에서 검증, 발간한 전문자료를 이해하기 쉽게 간추리면서, 나는 내심 쾌재를 불렀다.

삼의 씨 뿌리기부터 거두어들여 삼굿에 쪄서, 삼대의 껍질을 벗겨내어 추려 묶고 냇가에 가서 두들겨서 빨고 '톺아서' 하룻빛 말리기를 하고, 쨰서 올로 만들고… 서울에서 줄곧 자라난 나로서는 이 모든 긴 과정을 머릿속으로 상상하면서 이해하는 수밖에 없었지만, 1차 자료가 문화재전문위원들이 장기간 현장을 누벼서 내놓은 보고서인 만큼 삼베 공정이 "이보다 더 상세할 수는 없다"고 자신했던 것이다.

'돌실나이'를 못 짜서 흘린 눈물

사장실에서 호출할 때까지도 그랬다. 그러나 그건 착각이었다.

사장실에 불려가 앉자마자 삼베 짜는 과정을 꼬치꼬치 물어보시면서 설명을 요구하셨던 것인데, 마치 '돌실나이'를 짜는 이라도 만난 양 그 내용들이 전문적인 수준이었다. 예컨대 삼실을 물레로 자아 가락에 옮겨 감는 과정에서 그 원리가 어떻게 되는 것인지 설명해보라는 식이었다. 줄곧 서울에서 자라온 터라 삼베를 짜 보기는커녕 삼베 짜는 모습조차 본 적이 없는 나로서는 "문화재전문위원이 기록한 보고서에도 안 나왔고, 어쩌구…" 하면서 더듬더듬 둘러대봤지만 어림도 없는 일이었다. 퇴짜 맞은 원고를 들고 사장실 밖으로 나오니 나도 모르게 눈물이 흘러내렸다.

〈전라남도〉편 '순천시와 승주군'에 들어 있는 송광사 들목의 아름다운 삼청교 사진도 내력이 있다. 한 사장님의 기억 속에 있는 그 아름다운 풍경이 찍혀 나올 때까지 대여섯 번씩 사진기자를 내려보내 기어코 얻어낸 사진인 것이다.

이리하여 〈전라남도〉편 머릿글에는 글을 쓴 이성남이 "넉넉하면서도 섬세한 이 도의 문물을 상세하게 그리는 일에 뛰어나게 성공"했다고 되어 있는데, 그 공의 '팔 할'은 이런 가혹한 훈련을 아끼지 않으신 사장님께 돌아가야 마땅할 것이다!

끝내 못 사다드린 달걀꾸러미

시골 장터에 쭈그리고 앉아 있는 쪽진 머리의 할머니, 절간 후미진 구석에서 불현듯 마주치는 뒷간을 보고 있으면, 한 사장님께서는 어느새 다가와 정겨운 소리로 조근조근 전통의 가치에 대해서 들려주신다. 그리고 오늘처럼 외국어가 범벅된 아침 방송을 듣는 중에나 콘크리트로 덕지덕지 말라놓은 전통가옥을 볼 때도 사장님께서는 불쑥 '튀어나오신다'. 그때는 버럭 고함이라도 칠 듯한 성난 표정이시다.

사장님의 여러 모습 중에는 이런 것도 있다. 설을 앞두고 선물인지 뇌물인지 모를 인사치레로 세상이 번잡할 때, 한 사장님께서는 이렇게 말씀하시곤 했다. "쪽진 할머니가 오일장에 들고 나온, 볏짚으로 감싼 토종 달걀꾸러미를 누가 구해주면 좋겠다"고. 그 소리를 들으면서 잦은 출장길에 두어 꾸러미 사다드려야겠다고 생각했지만 끝내 그렇게 하지 못했다.

출장길에 볏짚으로 달걀을 감싸서 내다파는 할머니를 만나지도 못했지만,
네 개 시 스물두 개 군이 속한 전라남도 지역을 빠듯한 일정에 맞춰 다녀야 하
는 형편에 오일장을 기웃거릴 여유조차 없었기 때문이다. 당시는 승용차가 아
니라 고속버스로 취재를 다니던 시절이어서 설혹 그 달걀꾸러미를 보았다 해
도 그걸 사들고 취재 다닐 수는 없는 노릇이었다.

그래도 돌이켜보면 출장 마지막 날에 수소문해서라도 그토록 간절하게 그
리워하셨던 달걀꾸러미를 사다드릴 걸 하는 회한이 인다. 혹시 '뿌리' 식구 중
에 생전의 한사장님께 그 달걀꾸러미를 선물했었던 이, 누구 없소? 🐾

를 수가 없었다.

따라서 아주 초라하기는 했지만 그래도 당시로서는 대한민국에서, 아니 세계에서 유일한 소리판인 브리태니커 판소리 감상회에 나서는 것이 소리꾼들에게는 큰 보람이요 영광이었다. 그것은 그저 소리 한 자락 펼치는 판이 아니라 학구적인 뒷받침과 진지한 대화가 따르는 감상회였으며, 평생 닦아온 소리꾼의 공부와 재주가 학술적으로 인정받는 자리였다.

모두 백 회까지 계속된 브리태니커 판소리 감상회에 한 번도 빠지지 않고 참석한 이가 혹시 있다면 그는 판소리 다섯 바탕을 당대 모든 명창의 소리로 모두 다 들을 수 있었을 것이다. 1974년 1월에 서울 중구 저동 영락빌딩에서 시작된 브리태니커 판소리 감상회는 동자동의 유에스오빌딩을 거쳐서 신문로의 한글학회빌딩 때까지 이어졌다.

사실 그때의 소리꾼들은 아무 데도 소리할 데가 없었다. 판소리가 이미 잊혀서 더는 소리꾼을 부르는 데가 없었기 때문이다. 어떤 이는 한때는 누구나 알아주는 명창이었으나 하도 살기가 어려워져서 시골 장터를 돌아다니는 약장수의 부름도 마다하지 못했다고 한다. 이런 판국에 판소리 학회와 브리태니커가 아니었더라면 판소리가 과연 언제쯤 회생의 길에 들어설 수 있었을지 모르겠다.

브리태니커 판소리 감상회가 회를 거듭하면서 아주 조금씩이나마 관심을 갖는 대학생들이 나타났다. 그래서 한두 명씩 금요일의 판소리 감상회에 나타나는가 하면, 불쑥 회사에 전화를 걸어 "판소리가 뭐죠?" 하고 묻기도 했다.

판소리가 뭐냐고? 그럼 우린 "와서 들어보라."고 대답할 수밖에 없었다. 그러고 "판소리는 우리 핏속에 들어 있어서 처음 들어도 온몸이 저절로 반응한다."고 일러주었다. 더이상 뭐라고 설명할 수 있었겠는가? 우린 사실 그럴 만한 지식도 없었다. 들으면 그냥 좋았을 뿐이지.

정권진의 마지막 「적벽가」

누구나 알다시피 오늘날 불리는 판소리는 다섯 바탕, 곧 다섯 가지뿐이다. 본디 열두 바탕이었다고 하나 사설과 소리가 오늘날까지 전해져 불리고 있는 것은 「춘향가」「심청가」「흥보가」「수궁가」「적벽가」뿐이다. 그래도 다행스러운 것이 판소리 한 바탕을 다 부르려면 네댓 시간씩 걸리기 때문에 보통 한 감상회에서는 한 바탕의 4분의 1쯤밖에 못 부른다는 것이었다. 그러니 이번엔 지난 번 부른 대목의 다음을 부르면 되었다. 비록 이렇게 나누어서 부른다 해도 기껏 네댓 달이면 다섯 바탕을 다 부르게 된다. 그러니 다음에는 소리꾼을 바꿀 수밖에. 그래서 모두 백 회까지 계속된 브리태니커 판소리 감상회에 한 번도 빠지지 않고 참석한 이가 혹시 있다면 그는 판소리 다섯 바탕을 당대 모든 명창의 소리로 모두 다 들을 수 있었을 것이다.

1974년 1월에 서울 중구 저동 영락빌딩에서 시작된 브리태니커 판소리 감상회는 동자동의 유에스오빌딩을 거쳐서 신문로의 한글학회빌딩 때까지 이어졌다. 그 사이 1976년 4월 월간 잡지 뿌리깊은나무의 발간에 맞추어서 명칭이 '뿌리깊은나무 판소리 감상회'로 바뀌고, 매주 열리던 감상회가 한 달에 한 번씩 열리게 되었다.

그러다 마침내 1978년 10월에 경복궁에 있던 국립중앙박물관 마당에서 제100회 감상회를 엶으로써 그 막을 내리게 되었다. 그 사이 오 년 반여에 걸친 우리의 노력으로 판소리가 꽤 알려졌을 뿐만 아니라 이제는 '뿌리깊은나무 판소리 감상회'에서 선보이지 않은 명창이 아주 귀해졌기 때문이었다.

그러나 감상회가 끝났다고 해서 판소리에 대한 한 사장의 애착이 식은 것은 아니었다. 도리어 어쩌면 마지막 남은 정통 소리를 영원히 보존하려는 사명감이 더 투철해졌는지도 모르겠다. 잡지 뿌리깊은나무를 더는 낼 수 없게 되고 나서 얼마 뒤 한 사장은 『뿌리깊은나무 판소리』 음반 전집을 만들기로 작정했다.

그러기 위해 판소리 학회가 고른 명창들은 「춘향가」의 조상현, 「심청가」의 한애순, 「흥보가」와 「수궁가」의 박봉술, 「적벽가」의 정권진이었다. 북은 모두 김명환 명고수가 맡았다. 그래서 1980년 4월에 박봉술의 「수궁가」 녹음을 시작으로 하여 이듬해 3월에 조상현이 「춘향가」를 녹음함으로써 판소리 다섯 바탕의 취입이 완료되었다.

이 무렵 정권진 선생은 건강이 좋지 않아 오랫동안 고사했으나 이문동 댁까지 부지런히 쫓아다니는 나의 청에 못 이겨 마침내 「적벽가」를 취입하기로 동의했다. 하지만 어쩌면 이때 이촌동 서울 스튜디오에서 온 힘을 다해 소리 한 일이 선생의 마지막 「적벽가」 완창이 되었을 것이다. 그렇게 기록해 두지 않았더라면 지금 우리가 어떻게 그 귀한 소리를 다시 들을 수 있겠는가? 그때

한국 전통음악의 명인들. 왼쪽 맨 위부터 이선유, 김연수, 진채선, 조몽실, 정응민, 정광수, 김준섭, 배설향, 김창룡, 김녹주, 오태석, 박귀희, 이화중선, 이동백, 정정렬, 박녹주, 백낙준, 임방울, 한성준. (김영옥 소장 사진)

로부터 오래지 않아 박봉술 선생도 더는 소리를 할 수 없게 되었으며, 한애순 선생도 소리판에서 보기 드물게 되었다.

"차라리 공짜로" 해주겠다던 조상현

『뿌리깊은나무 판소리』 음반 전집에는 특히 해설과 주석을 단 사설집을 곁들이기로 했다. 이것은 아마 우리 국악이나 국문학계에서 보기 드문 시도였을 것이다. 몇백 년 전부터 구전으로 이어 내려온 판소리의 사설에는 한문 성구나 인용문, 우리말 사투리가 많이 섞여 있어서 잘 알아듣기 힘들 뿐만 아니라, 알아듣더라도 이해하기 어려운 대목이 많다. 그래서 우리가 녹음한 판소리 다섯 바탕은 모두 사설을 채록하고 일일이 주석과 해설을 달아서 책으로 내 현대 청중의 이해를 돕기로 했다. 아울러 영문 해설도 곁들여서 해외의 관심있는 이들이 우리의 전통 소리를 조금이나마 더 알 수 있게 하자는 것이 한 사장의 생각이었다.

그러나 아무도 해보지 않은 이 일을 해내야 하는 편집개발부원들에게는 참으로 힘든 과제가 아닐 수 없었다. 판소리의 사설 채록과 주석 작업을 맡았던 김영옥은 이 일을 마치고 나서 거의 그 방면의 전문가가 되었다. 그러는 사이 사진은 동양화가 서세옥 선생의 잘 가꾸어진 한옥에 가서 찍어라, 디자인과 레이아웃은 '이가솜씨'를 독촉하여 빨리 진행시켜라, 음반 상자에는 꼭 진짜 한지를 써야 한다… 한 사장의 채찍질이 끝이 없었다.

이 모든 고초를 한 해 동안 더 겪고 나서야 새로 이사 간 태광빌딩에서 1982년 4월에 마침내 『뿌리깊은나무 판소리』 전집이 나올 수 있었다. 이를 기념하여 회사는 그달에 서울 대학로의 문예진흥원 예술대극장에서, 5월에는 부산에서, 6월에는 광주광역시의 남도 예술회관에서 판소리 특별공연을 열었다. 대구에서도 공연이 있었지만 날짜는 잘 기억나지 않는다.

이런 일들을 브리태니커와 뿌리깊은나무는 큰 소문 내지 않고 열심히 오랫동안 해냈다. 그것은 자칫하면 사라지고 말지도 모르는 우리 문화의 한 갈래를 되살리고 지키자는 노력이었지 결코 수익사업은 아니었다. 백 회에 걸친 판소리 감상회는 물론이려니와 그밖의 특별공연도 모두 무료 공연이었으며, 판소리 음반 전집도 그리 널리 보급되지는 못했다.

여기서 잠깐 생각나는 일은 조상현 명창이 춘향가를 취입하기로 승낙할 때의 일이다. 처음에 그는 우리의 청을 줄기차게 거절했다. 우리가 드리겠다는 보수가 당시 '국악계의 조용필'로 자부하던 그에게는 도무지 성에 차지 않았기 때문이다. 그래도 끊임없이 쫓아다니며 조르자 그는 마침내 이렇게 말하고 말았다. "그 돈 받느니 차라리 공짜로 해주겠소." 그래서 형식상 그는 공짜로 춘향가를 녹음해주었다. 물론 우리는 그에게 다른 세 분에게 드린 것과 거의 같은 액수의 돈을 '차비'로 드렸지만.

그 카리스마가 그립다

돌이켜 보니 이 모두가 벌써 삼십 몇 년 전의 일이다. 한 사장의 말마따나 '할 수 있다'는 신념과 '하고야 말겠다'는 의지가 아니었더라면 다 그리 쉬운 일들은 아니었다. 그래도 우린 즐거운 마음으로 일했다. 그리고 지금, 때로는 우리가 해놓은 일이 이녁 성에 차지 않아서, 또 때로는 그리 크게 잘못된 것 같지도 않은데 제 분에 못 이겨서 길길이 뛰던, 그러나 이제는 볼 수 없는, 한 사장의 카리스마가 그립다. 🐾

다시 만나고 싶구나, 활짝 열린 그 비개비 *

백대웅 작곡가. 한국예술종합학교 전통예술원 교수. 뿌리깊은나무에서 구십년대에 펴낸
전통 음반들의 연주자 선정, 녹음, 해설, 채보에 이르는 모든 과정을 총감독했다.
한창기의 전통음악 사랑이 애절한 '계면'에 기울어져 있는 것을 늘 비판적으로 지적하였으며,
한창기 또한 이 점을 인정했다. 두 사람은 앞에 적은 음반들을 출반하는 과정에서 전통음악에 대한
양보없는 논쟁을 자주했던 '친구'이기도 했다.

한창기 사장은 보성 출신답게 판소리를 즐겼던 사람이다. 나는 한 사장을 광화문에서 뿌리깊은나무 잡지를 만들 때부터 알고 있었는데, 그의 판소리에 대한 이해와 사랑은 세상에 널리 알려져 있었다. 내가 비원 앞 운니동의 뿌리깊은나무 회사에 찾아갔을 때도 그는 카세트테이프로 판소리를 듣고 있었고, 계면조의 슬픈 대목에서 눈물을 흘리기도 했다. 옛날 원님들이 "노래를 듣고 눈물을 흘릴 수 있다니" 하며 내기를 하다가 판소리를 듣고 오히려 망신을 당했다는 일화도 얘기하면서 말이다.

김명환과 정경화

그는 분명히 오늘의 판소리를 있게 한 진정한 '패트런'(후원자)의 한 사람이다. 아무도 판소리에 관심이 없을 때, 이미 고인이 된 서울대학교 국문과 정병욱 교수와 '뿌리깊은나무 판소리 감상회'를 백 회나 열었던 사람이다. 이 감상회의 경비는 모두 한창기 사장이 마련했다고 들었다.

명고수 김명환은 생전에 뿌리깊은나무 판소리 감상회와 관련해 다음과 같은 장면을 자랑스럽게 회상했다.

언젠가 감상회에서 김명환 명고수가 북을 치고 나오자, 어떤 젊은 여자가

---

* 광대나 무속인 집안의 출신이 아니면서 소리꾼이나 광대가 된 사람을 가리키는 은어.

"나는 선생님 같은 분이 살아계신 것을 몰랐습니다." 하며 껴안더라는 것이다. 그 여자가 바로 바이올리니스트 정경화였다. 또 회식자리에서는 곁에 앉아 이것도 떠주고, 저것도 주며 "많이 잡수세요." 했다는 것이다. 「춘향가」에서 "용생용이요 봉생봉이라(용은 용을 낳고 봉은 봉을 낳는다)" 하는 이몽룡 아버지의 노랫말이 생각나는 장면이다.

그 뒤 1994년쯤에 케이비에스 텔레비전의 대담 프로에 나온 정경화는 우리 음악을 하기 위해서 바이올린을 연주하는 것이지, 서양 음악을 흉내내기 위한 것이 아니라는 말을 했다. 그때 대담 상대인 아나운서가 조선조의 궁중음악을 예로 들자 "그런 관념적인 음악 말고, 우리 음악이요." 하고 신경질적 반응을 보였다. 아나운서는 정경화와 인터뷰하기 위하여 아무 소용도 없는 이론 책을 보았구나! 하는 생각이 들었다.

김명환 명고수의 부탁으로 정병욱 교수를 만났을 때, 그가 "고전문학에서는 판소리가 연구의 중심에 있는데, 국악계에서는 왜 '정악, 민속악' 하면서 연구도 하지 않느냐"고 꾸중하던 일이 생각난다. 그러면서 그는 한학교에 있지만, 국악과 교수들(나의 국악과 스승들)을 교수로 생각하지 않는다고 말했다. 당시 '정악' 중심인 국악 교육의 실상을 꿰뚫는 말이어서 몹시 부끄러웠다.

내가 사가지고 간 수박을 먹으며, 판소리 얘기를 계속했고 둘의 만남은 그 후에도 이어져, 그의 회갑논문집에도 내 글이 실렸다. 정병욱 교수는 그 뒤 케이비에스 에프엠의 '나의 음악생활'이라는 삼십 분 프로그램에 열여덟 번 출연해서 판소리를 매개로 한 그와 국악의 관계를 설명했다. 방송을 마치던 날 보통사람 봉급 한 달분의 방송 사례를 몽땅 술값으로 썼다는 글을 쓴 바도 있다. 음악인 판소리를 국문학계에서 노랫말로만 연구하는 데에는 한계가 있지만, 학문적인 연구로 판소리라는 말에 보편성을 부여한 점은 인정된다.

위에 이야기한 에피소드들이 한 사장과 직접 연관된 것은 아니지만 내게 그러한 추억거리들을 만들어준 배경에는 그가 자리잡고 있기에 적어보았다.

음보에 관한 토론

한 사장은 나의 글쓰기 선생이기도 했다. 내가 쓴 음악에 관한 원고들을 한 창기 사장이 읽고 빨갛게 고쳐주곤 했다. 그 고쳐진 원고를 받아보면 글 쓰는 공부가 많이 되었다. 그는 서울대학교 법대를 나왔지만, 줄리어스 씨저의 『갈리아 정복기』가 유명하듯, 우리말의 문법체계에 통달해서 그것을 직원들에게 교육시켰고, 이 땅에 '뿌리깊은나무체'라는 유행어를 낳게도 했다.

그는 말의 운율이 음악과 같다는 문제로 나와 긴 시간에 걸쳐 음보에 관한 토론도 했다. 이를테면 "개가 짖는다." 할 때나 "검정개가 짖는다." 할 때나 걸리는 시간은 같다는 것이었다. 하여튼 그는 우리말의 문법뿐만 아니라 명품을 알아보는 진정한 멋쟁이였고, 장한평 골목을 뒤지는 골동품 수집가이기도 했다.

우리 그릇의 멋을 알아 숨은 장인들을 찾아내어 '그릇장사'를 하기도 했고, 좋은 모시베를 골라오기도 했다. 한번은 한산에서 왔다는 무형문화재 모시짜기 기능 보유자를 사장실에서 보았다. 그는 원고료 대신 한산모시를 가져가서 집사람에게 선물하라고 했다. 나이가 좀 든 후 집사람은 그 반저모시로 쟁을 쳐서 한복을 만들었고, 지금도 여름이면 한 사장 얘기를 하며 즐겨 입는다. 또 한 사장은 합성섬유로는 한복의 맵시가 안 난다며 88올림픽 때 단체무용을 하는 학생들에게 비단 한복 입히기를 희망했다.

다시 나를 부른 이유

이미 판소리 다섯 바탕 전집을 이보형의 해설과 함께 만들었고, 나와 권오성, 이보형의 채보와 해설이 있는 팔도 소리 전집을 만든 여러 해 뒤인 팔십년대 후반에 그가 다시 나를 보자고 했다. 무슨 일로 부르는지 나름대로 짐작이 되었다.

그는 '부자가 돈을 벌면 장롱을 사두는 심정'으로 판소리 다섯 바탕을 새로 펴내고 아울러 산조 전집도 펴내고 싶으니 도와달라고 했다. 모든 경비를 대겠으며 연주자의 선정과 섭외를 내게 맡기겠다고 했다. 국문학계에서는 판소리의 생성을 18세기 이전으로 보나, 한 사장은 18세기 말에야 생성된 판소리의 면모를 어떤 연구자보다 잘 알고 있었으며, 또 판소리의 '보편성'이 21세기의 '한국 음악'에 활용되어야 한다는 것도 알고 있었다.

곧바로 내가 책임자가 되어 음반작업이 진행되었다. 「춘향가」는 정정렬제를 부르고 있는 최승희, 「심청가」는 보성소리를 부르고 있는 조상현, 「흥보가」는 김연수제를 노래하는 오정숙, 「수궁가」는 유성준제라는 정광수, 「적벽가」는 송판을 노래한다는 송순섭의 녹음을 시작했다. 고수는 김명환, 장종민, 정철호, 김성권, 김동준 씨가 맡아주었다. 이번 녹음에는 추임새를 할 줄 아는 사람들을 섭외해서 관객으로 녹음 현장에 넣었다. 그렇게 해서 연주에 살아있는 추임새를 함께 담았다.

「뿌리깊은나무 산조 전집」 녹음 작업에는 현재 중앙대학교 총장인 박범훈의 도움으로 연주자 섭외가 이루어졌다. 그래서 당시 명인들의 산조를 녹음할 수 있었다. 가야금의 김죽파와 함동정월, 대금의 이생강과 서용석, 거문고의 원광호와 김영재, 아쟁의 김일구와 박종선이 그들이다. 피리는 박범훈, 해금은 최태현이 녹음했다. 성금연류 가야금 산조는 이미 작고한 성금연 명인 대신 그의 큰딸인 지성자가 녹음했다.

판소리를 오선보에 채보하자는 제안

한 사장은 이번 음반 전집에는 특별히 모든 소리를 오선보 악보로 옮겨 해설서에 싣고 싶으니 채보를 해달라고 했다. 당시에는 판소리를 오선보로 채보

왼쪽 위부터 정권진, 한애순, 조상현 명창.
아래 오른쪽 북채를 든 이가 명고수 김명환이다.
(김영옥 소장 사진)

하는 것에 일반인들은 물론이고 전문가들조차도 인식이 안 되어 있었고, 채보라고 해놓은 것도 조 기호와 장단이 틀려 있었다. 아마 판소리를 보는 관점이 채보하는 사람마다 모두 다른 모양인데, '틀렸다'는 말은 그렇게 보면 안 된다는 뜻이다.

나는 채보를 위한 인원을 구성하였다. 필자와 오의혜, 김해숙, 박승률, 이병욱 들이 나중에 운니동 회사에 모여서 녹음을 들으며 확인작업을 했다. 기억에 남는 일은 판소리를 부르는 사람들이 비록 악보는 없으나, 여러 번 녹음에서도 흐트러지는 일이 없었다는 점이다. 그것은 판소리가 즉흥음악이 아니고 창자들에게는 고정된 틀이 있다는 결론을 얻게 해주었다. 오정숙의 「흥보가」는 몇 번 녹음된 선율이 똑같았고, 그 '틀'은 사설(노랫말)을 일러주어야 나온다는 사실도 알았다. 나는 네 시간이 넘는 그렇게 긴 판소리를 명창들이 외우는 방법이 몹시 궁금했다.

물론 산조도 모두 오선보로 채보했다. 아마 국악계에서 처음 있었던 일인 성싶다. 녹음 비용과 채보료가 만만치 않았는데, 다행히 한 사장이 한국아이비엠 회사의 제작 지원을 받아냈다. 나는 제자들이 공부 자료로 쓸 때는 값비

한창기가 기획하고 광고 문안을 손수 써서 샘이깊은물에 두 면에 걸쳐 실었던 광고이다.
종합 인문지리지 『한국의 발견』, 판소리 다섯 바탕과 팔도 소리(민요)를 담은 엘피음반 전집이 그 내용이다.

싼 전집을 사지 않더라도 얼마든지 복사해도 좋다는 허락을 받아두었다.

"폭력으로 말살했으면 폭력으로 복원해야"

한창기 사장은 어떤 판소리 연구자보다도 판소리의 내면세계를 잘 알고 있었지만, 국문학계에서 판소리를 연구하던 사람들 중에는 "한 번도 판소리를 들어보지 못했다."는 말을 부끄러운 줄도 모르고 하는 이가 있던 때였다.

판소리뿐만 아니고, 그는 내게 "우리의 전통문화가 일제의 '폭력'에 의해서 말살되었으므로, 그 복원도 폭력으로 이루어져야 한다."고 말할 만큼 판소리의 복원에 심혈을 쏟았다. 그가 판소리에 애착을 가졌던 것은 단순히 전라도 출신이었기 때문이 아니다. 판소리가 가지고 있던 음악으로서의 역할 자체를 그는 매우 소중하게 여겼다. 곧, 판소리는 우리 민족의 음악적 감성을 담고 있고, 우리 민족이 만든 노래 중에서 오늘날과 가장 가까운 때 만든 음악이며, 현대인의 감성에도 맞는다는 것을 간파했던 것이다.

그와의 만남에서 앞으로 21세기 창작 음악의 방향이나 작곡자들의 태도에 대해서도 많은 토론이 있었다. 내가 그 방향에 '판소리의 음악 어법을 살려야 한다'는 생각을 하는 데에 한 사장은 지대한 영향을 끼쳤다. 그는 전통음악 교육이 정악 중심이어서 우리 민족이 즐겼던 판소리와 산조가 외면당한 현실을 안타까워했을 뿐만 아니라 창작 음악의 방향에도 일가견이 있었는데, 가장 꺼려한 것이 '지휘자 문제'였다.

그는 미처 몰랐던 창작 국악의 현실

그는 전통음악의 연주에 지휘자가 등장하는 것은 서양음악의 영향이며 불필요하다고 주장했다. 내가 지휘자는 음악을 위한 수단이고, 음악 속도가 변하지 않는 느린 궁중음악에서는 필요 없을지 모르나, 템포가 자주 바뀌는 창작음악에서는 그 통제를 위해서도 필요한 존재이고, 악기 개량이나 소리의 밸런스를 맞추기 위해서도 필요하다고 아무리 설득해도 소용이 없었다. 심지어는 "우리가 판소리에 관심을 갖는 것은 극장마다 다시 판소리가 울려퍼지게 하는 데 목적이 있는 것이 아니고, 그 시대정신을 오늘에 되살리기 위해서이다."는 속말을 해도 막무가내였다. "장고 치는 사람을 지휘자로 생각하면 된다."면서 나를 이미 서양물이 든 사람으로 간주했다.

지휘자 문제에는 그다지도 비판적이었지만 한 사장은 내가 관여하고 있던 '중앙국악관현악단'이 '미원'의 금전적 지원을 받는 데에 결정적 도움을 주었다. 그는 의자에 앉아서 연주하는 것을 싫어해 만일 국악 관현악단이 바닥에 앉아서 옛날식으로 연주하는 '전통'을 지킨다면, 자기가 연주 경비를 지원하겠다고 했다. 그의 바람은 물론 이루어지지는 않았다.

　　연주할 곡목도 부족하고 국민들이 좋아하는 레퍼토리도 없는 상황에서 지휘자 문제가 악기 개량보다 더 중요하게 고려될 수는 없을 만큼, 국악 관현악단은 해결해야 할 과제가 많았다. 연주할 곡목을 충분히 확보하고 있는 서양 관현악단에서 지휘자는 작곡자와 기능이 분리되어 있다. 반면에 20세기에 생긴 국악 관현악단에서는 연주할 곡목이 부족해서 지휘자가 반드시 작곡과 편곡 능력이 있어야 한다. 현재의 지휘자가 그 능력이 없다면, '전속 작곡가'는 꼭 필요하다고 본다.

　　현재 전국에 스무 군데가 넘는 국악 관현악단이 있으나, 모두 연주자들이 먹고사는 문제를 해결해주는 직장으로서의 역할을 하는 데에 그쳐, 국민들이 좋아하는 곡은 별로 없는 형편이다. 전속 작곡가들이 지휘자와 함께 그 관현악단의 성격과 능력에 걸맞은 곡목을 계발해야 한다.

판소리 다섯 바탕 전곡을 오선보로 채보해 실은 두툼한 해설집은 지금까지도 판소리 연구자들에게 소중한 자료로 평가받는다.

한 사장이 나름의 '전통' 개념은 가지고 있었으나, 이러한 음악계의 사정을 세세히 알 수는 없었다고 나는 이해한다. 현재의 국악 관현악단은 20세기 전반기 서양 관현악단을 모델로 했다. 따라서 가야금은 바이올린에, 거문고는 첼로에 견주는 식으로 편성법을 포함한 모든 체제가 서양 관현악단의 개념에 의존해 있다. 예외적인 경우가 안산시립 국악 관현악단이다. 내가 그들의 연주를 좋아하는 까닭은 거문고를 첼로에 빗대는 편성이 아니어서이다. 술대를 쓰는 거문고가 느린 음악에서는 쓰이겠지만, 요즘 곡에서는 타악기와 효과가 같기 때문이다. 그런데 나의 이런 말을 거문고 연주자들은 아주 싫어만 한다.

내가 중앙대학교에 재직하고 있을 때, "우리나라에서 피아노를 제일 잘 치면 세계에서 삼류쯤 되는데, 가야금을 제일 잘 탄다면 어떻게 될까?" 하고 물으니, 모두 "세계 일류"라고 대답했다. 내가 "틀렸다. 너희들도 통일되면 북으로 유학가야 할 테다. 나도 통일되면 뛰어난 북한 연주인들과 '한국 음악'을 연주할 것이다." 라고 하자, "그럼 통일이 되지 않게 해야지요." 라는 엉뚱한 대답이 돌아왔다. 모두 국악이 '먹고사는 수단'인 줄로만 아는 모양이다. 물론 젊은이들에게 '먹고사는 문제'가 중요하겠지만, 전공 악기가 '염불보다 젯밥'일 수는 없지 않겠는가?

판소리의 '이면'을 알아차린 열린 사람

앞에서도 말했듯이 오늘날 내가 가지고 있는 여러 생각의 밑바탕에는 한창기 사장의 영향이 많다. 그는 새로운 창작 국악이 곧 '한국 음악'이 될 수 있다는 것을 깨닫게 해준 은인이다. 특히 창작 음악에는 '모더니즘'이 적당하지 않다는 것을 일깨워주었고, 판소리의 음악 어법과 무속의 기법들을 되살려야 한다는 시대정신을 싹 틔워준 장본인이었다. 1980년대 창작 국악의 큰 흐름이 빈병을 사용하며 '모더니즘'으로 가려 할 때 나는 판소리의 음악 어법을 바탕으로 했고, 동료 박범훈은 무속 음악 기법을 되살리는 방향으로 바꾸었다고 본다.

나는 창작 국악을 전공으로 공부하면서 한창기 사장처럼 열린 사람을 국악계에서는 본 일이 없다. 국악계뿐만 아니라, 문화계 전체에서도 보기 힘들었다. 모두들 자기중심적으로만 생각하고, 고집부리는 것을 똑똑하다고 하는 풍조가 있는데, 한창기 사장처럼 판소리를 듣기만 하고서도 그 '이면'을 알아차릴 수 있는 연구자가 지금도 필요하다고 생각한다. 그러한 연구자들의 연구

결과를 우리가 21세기에 새로 만들어야 하는 음악에서 중히 여기고, 새로운 국악 이론의 바탕으로 삼아야 하는 것이 아닐까? 국악계가 정악이 최고라는 관념에 젖어 정악 중심 교육을 버리지 못한 점은 아직도 해결해야 할 과제이고 전통의 개념 설정도 다시 이루어져야 한다. 우리 민족의 음악적 감성이 어디에 있는가에 대한 본격적인 연구도 더 필요하다. 그게 음악에서 우리의 정체성을 찾는 길이다.

그리운 '도치'

언젠가 내가 그의 '짱구머리'를 보고 웃었더니 자기도 웃으면서 어렸을 때의 별명이 '도치'였다고 했다. 도치는 도끼의 전라도 사투리이고, 도끼가 여러 가지 상징적 의미가 있으나 앞뒤가 긴 머리를 가진 사람을 가리킨다. 그가 어느 나라 대사관 관저로 썼던 성북동의 넓은 개인 주택에서 샘이깊은물을 만들 때, 유달리 냄새 좋은 박하나무를 아끼던 모습이 생각난다. 그리고 그렇게 맛있게 피우던 담배를 끊고는 자기를 '밥만 먹고 똥만 싸는 사람'으로 비하했다.

그가 병원에 있을 때 워낙 사람들 만나기를 싫어해서 나에게는 연락도 안했다고 하지만, 연락을 안해준 사람들이 야속하게 생각된다. 환갑을 병원에서 지냈다고 하니, 고 정병욱 선생과 비슷하게 살다 간 사람이다. 지금 살아 있어도 일흔 살이 조금 넘은 나이이다. 그의 탁월했던 안목과 판소리를 사랑하던 모습이 그리워진다. ◑

'불온한' 그를 기린다

천상천하 유아독존의 편집자

김당 샘이깊은물 기자였다. 『시사저널』 『신동아』 『주간동아』 기자를 거쳐
『오마이뉴스』 정치담당 국장으로 일하고 있다.

칠십년대 말부터 팔십년대 초, 그 시절은 애꿎은 전투경찰에 짱돌 한번 던
져보지 않고 대학을 졸업한 젊은이가 있을까 싶을 만큼 청춘의 암흑기였다.
그때 나는 학교 도서관 건물에서 밧줄을 타거나 다른 학교 건물을 점거 농성
하는 운동권 학생은 아니었다. 그저 예비군복을 입고서 데모에 참여하는 복학
생의 모습으로 세상과 타협하곤 했다.

그렇게 대학을 졸업하고 나니, 오라는 데도 없었지만, 어깨너머 배운 기자
(학보사) 경험을 밑천 삼아 가고 싶은 곳은 언론사밖에 없었다. 고등학생 시
절부터 동경해온 뿌리깊은나무가 폐간되고 나서 출판사 뿌리깊은나무가 인간
으로서의 여성을 위한 교양지를 표방하고 창간한 샘이깊은물의 기자 공채시
험에 합격했을 때 가장 먼저 "부럽다"며 축하해준 이들도 학보사 선후배들이
었다. 그런데 나중에 알고 보니 자기가 합격한 것처럼 축하해준 방송사 피디
(선배)와 신문사 기자(후배)는 샘이깊은물 기자 시험을 쳤다가 떨어진 경험이
있었다. 나는 "원래 가보지 않은 길은 아쉬움이 남게 마련이지만 잡지쟁이보
다는 신문쟁이나 방송쟁이가 훨씬 더 나은 것 아니냐"고 이들을 위로(?)했다.

동숭동 오감도에서 처음 먹어본 얇은 이태리 피자

시골 출신인 나는 처음에는 뿌리깊은나무 사무실의 칸막이 배치와 세련된
디자인에 놀랐고, 얼마 안 되어서는 기자 개인의 창의적인 독자 업무가 아닌
한 주일 가까이 계속되는 야근, 심야에 미술부 한구석에 쭈그리고 앉아 수정
할 '쪽자' 찾기 같은 '품팔이 협업'에 놀랐고, 한 달 뒤에는 월급이 생각보다

적다는 데 놀랐다.

근엄한 영국 신사 이미지였던 한창기 사장은 뜻밖에도 유머 감각이 풍부한 사람이었다. 그 당시로서는 그 연배의 사람들이 매기 어려운 나비넥타이를 맨 탓인지 희극배우 찰리 채플린이 떠오르기도 했다. 그는 오감, 그중에서도 뛰어난 눈썰미와 미각을 가졌던 것으로 보인다. 사진기자 권태균 선배와 함께 홍콩에 출장을 갔을 때, 두어 달치 월급을 털어 그 유명한 라이카 엠씩스(M6) 카메라를 산 것도 그이가 가끔 둘러멘 그 카메라가 멋있어 보여서였다. 그는 한 달에 한 번쯤은 동숭동의 '오감도' 같은 레스또랑에서 젊은 기자들에게 점심을 사주곤 했는데 화덕에 구운 이태리식 얇은 피자는 거기서 처음 맛보았던 것 같다. 다른 기자들, 특히 여기자들은 성북동 그이의 집에서 '보성댁'으로 기억되는 아주머니로부터 밥상을 '한상'씩 받기도 했던 모양인데 내가 밖에서 받은 밥상은 양식뿐이다.

그는 '우리 식구'라는 말을 즐겨 사용했던 것으로 기억한다. 그가 맛있는 점심을 '미끼'로 '식구'인 젊은 기자들과 자주 어울렸던 것은 본시 상하간의 격의 없는 대화를 즐겼기 때문이기도 하지만, 그보다는 '세상에 공짓은 없다'는 그의 지론대로, 그가 아끼고 이어지기를 바라는 '우리 것'에 무지몽매하거나 무관심한 젊은이들을 계몽하고 교화하려는 생각이 앞섰던 것 아닌가 싶다.

또 이런 오찬 모임은 더러 샘이깊은물 기획을 위한 '브레인 스토밍' 회의를 겸하기도 했다. 더러는 반짝이는 아이디어로 '식구'들이 '밥값'을 할 때도 있었지만, 대개는 '볼만한 꼴불견'이나 표지 안쪽 펼침 면에 들어가는 '세상이 잘 보인다'에 활용할 만한 많은 아이디어들이 그이의 따끈따끈한 머릿속에서 나왔다. 그의 머릿속은 늘 이력의 눈썰미를 통해 들어온 이미지를 어떻게 글로 풀어넣지를 고민하는 '생각의 용광로'처럼 느껴졌다.

첨삭 원고를 정독하며 배운 글쓰기

아무튼 사람의 입맛이 간사한 탓인지, 처음에는 그이가 맛있는 음식을 사주는 것만으로도 고마워했지만 나중에는 맛난 것 대신에 돈(월급)으로 주면 더 좋을 텐데 하는 아쉬움도 생겼다. 꼭 그것만은 아닐 터이지만, 그런 아쉬움이 켜켜이 쌓여 1988년 무렵 출판사 뿌리깊은나무의 첫 노동조합 설립으로 나타났다. 그렇지만 그이는 끝내 노조를 인정하지 않았다. 자신과 '뿌리깊은나무 식구들'을 단 한 번도 자본가 대 노동자의 관계로 인식한 적이 없으며,

그보다는 샘이깊은물이라는 '동인지'를 함께 만드는 '동호인'이라는 것이 그이의 강고한 논리였다. 잘은 모르지만, 출판사 뿌리깊은나무와 월간지 샘이깊은물에 쏟은 이녁의 열정과 정성이 자본과 노동의 이분법으로 재단되는 것이 그이에게는 다른 그 무엇보다도 싫었던 것 같다. 또 슬하에 뿌리깊은나무와 샘이깊은물, 일남 일녀를 두고 평생 독신으로 산 그이의 '자식 사랑'은 어쩌면 자본과 노동의 경계를 넘나들었을 법도 하다.

기자들을 편집자의 세계에 눈뜨게 해준 그이는 '천상천하 유아독존의 편집자'였다. 내부 원고에서 외부 필자의 글에 이르기까지 거의 모든 원고를 다달이 꼼꼼하게 읽었던 것으로 기억한다. 제 아무리 저명한 필자의 원고라도 그이의 손길을 거치면 여기저기에 고쳐 쓴 문장과 '돼지꼬리' 같은 첨삭 부호가 난무했다. 나는 내 글에 대한 사장의 칼질을 줄여나가기 위해 사장이 난도질한 처참한 원고를 따로 추려 꼼꼼히 정독하면서 새김질을 하곤 했다. 이렇게 글을 다듬고 갈무리하면서 자연스레 글쓰기 공부도 하고 글쓰기의 두려움도 깨닫게 되었다. 그리고 그렇게 해서 나는 최초의 독자로서, 필자의 글에 비판적인 시각을 갖는 편집자의 당연한 자세를 갖추게 되었다. 그때까지만 해도 필자는 '왕'이고 편집자는 '따까리'쯤으로 인식되던 시절이었다.

지금은 세계에서 가장 잘 발달된 택배 씨스템으로 해결하겠지만, 그때만 해도 다달이 책이 나올 때면 으레 신참 기자들이 신문-방송사를 찾아가 출판 담당 기자에게 책과 보도자료를 건네며 기사화를 부탁했다. 언론과 출판의 '갑 대 을' 관계에서 비롯된 것이지만 같은 기자의 처지에서 보자면 자존심이 상하는 일이었다. 그렇기 때문에, 새파란 편집자에게는 신문사 논설위원의 글을 고치는 것이 더 큰 위안이 되었을 성싶다. 하긴 그것으로도 성이 차지 않아, 1987년 6·29 선언 이후 여야가 합의해 내놓은 대한민국 새 헌법안에 붙은 탈을 없앤 '샘이깊은물 해석안'을 '긴급동의!'의 형태로 세상에 내놓지 않았던가. 그런 점에서 그이는 늘 편집자의 자존심을 세우고 비판적 칼날을 벼리게 한 명편집자였다.

내가 석 달 수습기간을 마친 뒤에 처음으로 쓴 긴 기사는 일제 때부터 소작농으로 살다가 해방 이후 삼양사측에 농지를 빼앗긴 농민들의 상경 투쟁을 다룬 「고창 농민과 삼양 사람들」이라는 르뽀 기사였다. 그 기사에는 "북한에서 먼저 실시한 '북조선 토지개혁'이 '무상 몰수, 무상 분배'였던 것에 견주어 남한의 토지개혁은 '유상 몰수, 유상 분배'였으니…" 라는 대목이 나온다. 고창 농민들의 주장에 따르면, 그때 농지개혁 움직임을 보이자 지주였던 삼양사 설립자가 그 간척답을 염전으로 지목을 변경하거나 미완성 간척답 판정을 받아 농지개혁에서 빠지게 한 뒤에 그 땅에 계속 소작을 줘 불법으로 수십 년 동안 부당이득을 취했다는 것이다.

아들은 잃었지만 딸까지 잃을 순 없다?

발행-편집인이자 동호인인 그이가 '빨갱이짓을 미화한다'며 내 기사에 버럭 화를 낸 것은 그때가 처음이자 마지막이지 않았나 싶다. '북조선의 무상 몰수, 무상 분배'와 '남한의 유상 몰수, 유상 분배'를 대비한 것이 그이의 부성 본능을 자극했는지도 모른다. 몇해 전에 말귀가 안 통하는 불학무식한 군사정권으로부터 한 순간에 생때같은 아들(뿌리깊은나무)을 잃은 경험이 있는 그이에게 그날의 행동은 기사에 붙은 사소한 까탈 때문에 남은 고명딸(샘이깊은물)마저 잃을 수는 없다는 보호 본능의 발로였던 셈이다. 그이는 버럭 화를 내긴 했지만 막상 그 대목은 그대로 살려두었다. 기자가 무심코 던진 돌멩이에 '죄없는 시민'이 다칠 수도 있지만, 더러는 '애꿎은 동인지'가 다칠 수도 있다는 경각심을 고취시키고 싶었던 것 같다.

그이는 글의 성격에 따라 '앵보'니 '고읍'이니 하는 필명을 사용하면서 문화예술인과 언론인의 영역을 자유롭게 넘나들었다. 또 필자의 글에 비판적인 시각을 갖는 편집자의 당연한 자세의 연장선에서, 그것이 뭐든 의심이 들면 꼬치꼬치 캐물으며 파고드는 그이의 사물과 사람, 그리고 사건에 대한 호기심은 영락없이 언론인으로서 당연히 갖춰야 할 기본 덕목이었다. 그러나 기본적으로 내 글을 쓰는 시간보다 남의 글을 다듬는 시간이 많다보니, 갈수록 편집자의 세계보다는 기자의 세계에 더 흥미를 갖게 된 나는 자연스레 다른 곳에 눈을 돌리게 되었다. 더욱이 그 무렵에 나는 '선배 기자'와 사내 결혼을 했기 때문에, 둘 중에 하나는 나가라는 눈치를 받지는 않았지만, 내가 직장을 옮기는 것이 남들 보기에도 자연스러웠다.

2년 반도 안 되는 짧은 기간이었지만, 그이가 편집자의 세계에 눈 뜨게 해준 '천상천하 유아독존의 자세'와 기자의 자질로 갖춰야 할 '사물과 사람 그리고 사건에 대한 호기심'은 1989년 창간된 『시사저널』로 옮겨가서 효과를 드러내었다. 당시 한국 최초의 정통 시사주간지를 표방한 이 주간지는 신문 기사와는 다른 글쓰기를 내세웠는데, 그 일환으로 취재기자들이 작성한 모든 기사는 김승옥, 박태순, 송영 같은 중견 작가들로 짜여진 '리라이팅' 군단의 손을 거치게 했다. 나는 샘이깊은물 발행인으로부터 난도질을 당했지만, 새 일터에서는 가장 '칼질'을 적게 받은 기자였다. 신문사에서 십수 년 잔뼈가 굵은 선배 기자들의 굳은살 박힌 기사를 과감히 '도륙'낼 수 있었던 것도 전적으로 그로부터 배운 '칼질' 덕분이었다.

"하라는 일은 안하고 연애질만 한" 폐병쟁이가 입은 은혜

그이 덕분인 것이 어디 기사 쓰기와 '칼질'뿐이었을까. 내가 입은 은혜의 으뜸은 '청년 백수'를 구제해준 것이다. 그때 나는 입사시험에 합격한 뒤에 회사에서 지정한 병원에서 신체검사를 받았는데 '결핵' 진단이 나왔다. 비록 심각한 상태는 아니었지만 법정전염병이므로 명백한 입사의 결격사유였다. 그러나 그이는 '폐병쟁이'를 아무 일도 없는 것처럼 회사에 다니게 했다. 오히려 결핵 치료를 계기로 「결핵으로 말하자면」이라는 기사를 쓰기도 했다. 그이의 주치의였던 서울대학 병원장 고 한용철 박사를 만나 취재를 한 것도 그때였다. 결핵은 한 주일 정도 치료약만 먹어도 전염성이 없어진다는 사실도 알게 되었다. 그래서 떳떳하게 회사를 다녔지만 그이의 따뜻한 배려가 없었다면 적어도 휴직이라도 했어야 할지 모른다.

그이는 내게 뿌리깊은나무 기자 출신으로 나중에 영화 「서편제」로 스타가 된 (그로부터 더 나중에는 문화부장관까지 지낸) 김명곤 씨에 대한 일화를 이렇게 들려주었다.

"자네 김명곤이라고 아나? 김명곤이도 자네처럼 폐병에 걸렸는데, 폐병이 소모병이라서 회사에 오면 하루 종일 엎드려 있다가 가곤 했지. 그래도 내가 그자를 안 자르고 두었으니 얼마나 좋은 사장이야?"

그이한테 진 신세의 버금은, 그이의 표현을 빌리면 "회사에서 하라는 일은 안하고 연애질만 한 것"이다. 브리태니커 시절부터 소소한 데까지 사사와 사내 연애사를 꿰뚫고 있는 조분행 씨는 내게 "(사내 커플은) 1988년 12월 현재 김당 씨까지 일곱 쌍"이라는 얘기를 들려주었다. 그러고 보면, 그이는 평생 독신이었지만, 직원들에게는 더할 나위 없이 좋은 '짝짓기 환경'을 마련해준 마음씨 좋은 '훈남 사장'이었다.

되돌아보면 삼십대의 십 년을 고스란히 쏟은 『시사저널』 십 년은 동호인 한창기의 가르침대로 길어올린 '샘이 깊은 물'을 퍼먹고 살았다고 해도 과언이 아니다. 물론 그 깊은 샘물에서 건진 아내를 포함해서 말이다. ◆

보편적 불온성의 추억

김규항 어린이 교양지 『고래가그랬어』 발행인. 『씨네 21』의 칼럼 '유토피아 디스토피아'로 글쓰기를 시작했다. 사회문화 비평지 『아웃사이더』의 편집주간이었다. 칼럼집 『B급 좌파』 『나는 왜 불온한가』를 냈다.

셋째삼촌은 신기할 정도로 재주가 많았는데 뭐든 진득하게 오래 파진 않았다. 그는 시인이 되겠다며 열심히 습작을 하다가 어느 날부터는 갑자기 동물 박제에 몰두하는 그런 사람이었다. 아버지(그의 큰형인) 집 안방엔 여전히 그가 만든 말뚱가리 박제가 눈알이 하나 빠진 채 진열되어 있다. 내가 고등학교 일학년 때였을 것이다. 그의 자취방 한쪽에 뿌리깊은나무가 창간호부터 가지런히 놓여 있었다. 나는 그것들 가운데 몇 권을 꺼내서 조금 훑어보았는데 내용이 기억날 정도로 자세히 읽진 않았던 것 같다. 록음악과 오토바이 따위에 관심이 팔린 소년은 그 잡지가 나중에 자신에게 매우 특별한 의미를 갖게 될 거라는 걸 미처 알아채지 못했다. 그러나 삼십 년이 가깝도록 그날의 기억이 여전한 걸 보면 그 이미지는 강렬했던 것 같다. 하긴 왜 아니겠는가. 제목이나 표지 디자인, 엄격한 그리드 씨스템에 의한 편집이 지금 봐도 기분이 좋을 정도인 걸.

'수영'의 냄새를 담은 잡지

뿌리깊은나무를 제대로 만난 건 뿌리깊은나무가 폐간한 다음, 스무 살 무렵이다. 세상에 대한 막연한 의심과 회의에 빠져 있던 소년은 그 무렵 가까스로 사유의 갈래를 찾기 시작했다. 80년대 초순의 한국에선 볼 만한 책은 모조리 금지되어 있었다. 내가 내 또래 여느 대학생들과 마찬가지로 '세상을 구하기 위해' 읽어치우던 아주 조악한 꼴의 복사본 책들 속에 이 미려한 자태의 잡지가 끼어들기 시작했다.

여전히 서구의 문물을 소개하는 수준이던 70년대 지식인 사회에 뿌리깊은 나무는 한국적인 것, 민중적인 것을 기조로 '당대의 보편적 불온성'을 구현했다. 그 무렵 나는 김수영의 산문에 몰입하고 있었는데 뿌리깊은나무는 수영의 냄새를 '잡지적으로' 담고 있었다. 얼핏 모던한 인텔리들이 한가롭게 한담하는 듯한 까페 한 귀퉁이에서 냉혹하게 폭발하는 비평가의 지성과 자의식은 스무 살 청년을 미소짓게 했다. 동무들이 리영희를 읽을 때 나도 리영희를 읽었지만 동무들이 『사상계』를 읽을 때 나는 뿌리깊은나무를 읽었다.

청계천과 인터넷 헌책방에서 모은 뿌리깊은나무

수원에서 청계천을 수십 번 오가며 창간호부터 폐간호까지 모두 모았다. 한 일 년은 그걸 끼고 살았을 것이다. 돌이켜 보면, 내가 뒤늦게 글쓰기를 시작했으면서도 알아먹을 수 있게 쓸 수 있었던 데는 그 일이 큰 도움이 되었다. 80년대 말에 안산에서 노동운동하던 선배가 노동자 도서실을 만든다며 책을 보내라고 했다. 나는 뿌리깊은나무를 몽땅 보냈다. 선배는 이듬해 운동을 그만두고 영화판에 들어갔고 뿌리깊은나무는 사라졌다.

언젠가는 다시 구해야지 구해야지 하며 십몇 년이 흘렀다. 두 해 전 내가 만드는 어린이 잡지 『고래가그랬어』의 개비를 위해 '영감을 줄 수 있는 것'을 찾다가 뿌리깊은나무를 생각했다. 인터넷 헌책방을 뒤진 끝에 '고구마'에서 한 권에 삼천 원씩 주고 스무 권쯤 구했다. 사과 상자에 부쳐 온 뿌리깊은나무를 꺼내며 퀴퀴한 종이 냄새에 잠시 눈을 감았다. 천천히 나머지도 구해서 아귀를 맞출 생각이다.

뿌리깊은나무를 넘어선다는 뜻

되어먹지 못한 장군들이 뿌리깊은나무를 폐간한 후 그 스타일을 차용한 잡지가 몇 개 있다. 허술(나중에 조갑제)이 편집장을 맡고 안상수가 디자인을 맡은 『마당』이라는 잡지가 있고, 1984년에 뿌리깊은나무에서 창간한 여성지 샘이깊은물이 있다. 샘이깊은물은 뿌리깊은나무를 그대로 빼어박았지만 '당대의 보편적 불온성'을 구현하지는 못했다. 샘이깊은물은 2001년 말부터 휴간에 들어갔다.

차용의 가장 딱한 형태는 2001년 초 열림원에서 사진가 이지누가 편집장을 맡아 나온 『디새집』이다. 『디새집』은 뿌리깊은나무를 추억하는 중산층에 봉사하는 잡지다. 『디새집』은 흙과 자연과 민중으로 빼곡하다. 그러나 이 잡지의 흙과 자연과 민중은 '당대의 흙과 자연과 민중'이 아니라 중산층의 찻잔에 든, 혹은 그들의 거실 벽에 걸린 흙과 자연과 민중이다. 『디새집』은 이지누가 빠지고 '생태 잡지'로 바뀌었다고 하는데 보진 못했다.

뿌리깊은나무를 넘어설 만한 잡지가 없다는 얘기는 곧 뿌리깊은나무의 '보편적 불온성'을 넘어서는 잡지가 없다는 뜻이다. 보편적이면 쓰레기이고 불온하면 보편적이지 않기 십상이다. 『고래가그랬어』가 뿌리깊은나무의 '보편적 불온성'을 갖길 바란다. 『고래가그랬어』는 어린이 잡지로선 이미 불온하지만 아직 보편적이진 않다. 🐳

한창기 선생께
아직도 안 풀린 세 가지 수수께끼

박영률 출판인. 대학 때부터 뿌리깊은나무의 열혈 독자였다. 광고회사를 거쳐 '지식공작소' '커뮤니케이션북스' '박영률출판사'를 운영해오고 있으며, 『부동산뱅크』『부동산익스프레스』 『아파트 정보』와 같은 잡지와 신문을 만들었다.

일면식도 없는 사이지만 저는 선생께 빚이 많습니다. 언젠가 만나게 되리라 생각했는데 그러지 못했습니다. 평생 빚쟁이로 살다가 저승에서나 셈을 하지 싶었는데 뜻하지 않게 이런 기회를 얻었습니다. 이제 제가 빌려다 쓴 선생의 재물을 고하고 또 그 때문에 제가 짊어지게 된 새 빚에 대해서도 말씀드릴 수 있게 되어 기쁩니다.

광주 계엄군이 사본 잡지

제가 선생이 처음 만든 잡지의 창간호를 본 것이 대학교 일학년 때였습니다. 그리고 마지막으로 본 것은 광주에서였습니다. 당시 저는 계엄군으로 광주에 내려가 있었습니다. 바깥 소식이 하도 궁금하여 대민 선무 방송용 차량을 얻어 타고 시내에 갔습니다. 총을 들고 책방에 들어서는 저를 본 아주머니는 장승처럼 얼어붙었습니다. 책을 골라 값을 치르고 문을 나서려는데 얼음장 같던 아주머니 얼굴이 그제야 풀어지더니 몸조심하라고 걱정까지 해주셨습니다. 그날 산 뿌리깊은나무에 광주 이야기는 없었던 듯합니다. 행간을 읽으려고 노력했지만 얻은 것은 별로 없지 않았나 싶습니다.

제가 학교 다닐 때는 우리의 삶을 다루는 책이 많지 않았습니다. 그래서 잡지를 많이 읽었습니다. 돈이 생기면 친구들과 술을 한잔 한 뒤 청계천에 가는 것이 행사였습니다. 권당 오십 원에 누렇게 바랜 『사상계』를 열두어 권씩 사

한산면 지현리 이구의
한 집 마루에서 부인들이
모시날을 매고 있다. 콩가루와
소금을 물에 풀어 만든 '짓'을
솔에 묻혀 모시올에 솔질을 하는
이 작업과, 솔질한 올들을 말려
도투마리에 감는 작업까지를 일컬어
모시를 '맨다'고 한다.

　지현리 이구에서는 그 노인 집 말고도, 베를 매고 있는 집, 그리고 '중요 무
형문화재' 한산모시짜기 기능보유자 문정옥 씨 댁에도 들렀다.

　그 둘째 집에서는 화양면 대아리에서 베를 매주러 왔다는 예순한 살의 이
영희 부인이, 이예순, 한상옥, 전완순 부인들과 함께 "아홉 새 다섯 모"로 날았
다는 모시날을 매고 있었다. 농촌 출신이면 다들 알고 있겠듯이, 모시를 '나는
(날다)' 일이 모시굿 열 뭉텅이에서 한꺼번에 올 열가닥을 뽑아내서 한 필 길
이만큼씩 자르는 일을 모시베 한 폭에 들어갈 모든 수직올의 수효에 찰 때까
지 거듭하며, 그 모든 올을 대가리에서 사올과 잉아올로 엇갈리게 나누는 날

올의 기초작업이라고 한다면, '매는' 일은 그 잉아올로 사올을 바디에 꿰어, 한산 모시 길쌈 식으로 말하자면, 콩가루와 소금을 물에 풀어 만든 '짓'을 솔에 묻혀 그 솔로 몽근 쌀겨 불 위에서 그 올들에 '솔질'을 하며 말려 베틀에 올릴 도투마리에 감는 날올의 마감작업이다.

베 매는 모습을 기웃거리고 있는 동안에 어디에선가 한 부인이 한산의 명물이라는 술, 그 누룩과 엿기름과 찹쌀로 백날 동안에 걸쳐 땅에 독을 묻고 빚는다는 소곡주를 마른 멸치 몇 마리와 함께 얻어 왔다. 그러면서 "오늘 찍은 여자들 사진 빠짐없이 죄다 내주셔유" 했다. 그러나 어찌 그 술을 '약 쓰려고' 가져 왔을까, 동네에 들른 나그네에게 하는 따뜻한 대접일 뿐이었겠지. 내 본디 술은 못하지만 그것만은 한 모금 했다. 맛과 향이 대단했다.

'문화재' 문정옥 씨는 팔자에 없이 한산면, 서천군의 '외무부 장관'이 되었다. 한동네 부인의 말에 따르면 "그 빌어먹을 개비씽가 앰비씽가가 테레비로 해마다 선전인가 지랄인가를 허기 땜시 도처에서 왼갖 잡동사니, 양코백이, 쪽발이 들이 다 모여들어 돈 한푼도 안 줌서 시간 빼앗고 귀찮게" 한다. 그러

동산리의 '나 의사 댁' 툇마루에서 두 부인이 모시를 '하고' 있다. 오른쪽에 앉은 박길례 부인이 태모시 가닥을 이와 손으로 째서 '톺은' 다음에 옆에 앉은 김순 부인에게 넘겨주면 그가 그것들을 '삼아' 곧 서로 이어 모시굿으로 사린다.

나 문씨 부인은 우리를 반가이 맞았다. "모래 새벽"에 모시전에 내놓을 베를 다 짜고 막 베틀에서 내려와 머리가 좀 아프고 어지럽다고 하면서도 다달이 정부에서 받는 돈 몇 푼이 우리 같은 불청객마저 따뜻이 맞이할 의무를 지운다고 생각했는지 좀 괴로운 듯한 표정을 애써 감추고 웃는 얼굴로 대해 주었다.

오후 네시께에는 동산 마을에 들렀다. "나 의사 댁" 툇마루에서 한 부인은 모시를 째고 또 한 부인은 모시를 삼아 사리고 있었다. 삼는 쪽은 쉰아홉 살의 박길례 부인인데, 의사였던 남편을 여읜 뒤로 아들딸이 미국, 서울로 흩어져서, 여느 때는 서울에서 살지만, 이맘때면 흙이 그립고 모시 내음이 그리워 이 빈 집에 와서 혼자 산다고 했다. 오전에는 동네 아낙들이 많이 태모시 들고 와 '모시 했으나' 오후에는 다 모 심으러 가고 둘만 남았다고 했다.

박씨 부인이 모시전에서 사와 물에 담갔다가 건져 볕에 널었다가 하기를 여러 번 거듭해서 하얗게 바랜 태모시 가닥을 '이빨'과 손으로 째서, 한 움큼씩을 왼손에 쥐고 도마 같은 '톱진날' 위에 대고 바른손에 쥔 '톱'의 날로 짼 모시 대가리를 '톺아' 꽁지처럼 가늘게 만들어 주니, 그 옆의 예순일곱 살 난 김순 부인이 이를 받아 '쩐짓다리' 두 개에 걸쳐 걸고 '이빨'과 손과 무릎으로 올올을 삼아(서로 이어) 모시굿으로 사리고 있었다.

모시 한 필을 짜는 데에 드는 모시굿을 한 사람이 다 '모시 해서' 장만하려면, 그 사람의 재주와 모시굿의 굵기에 따라 다르기는 하지만, 적어도 한 달이 걸린다고 했다. 그렇게 '해서' 완성된 모시굿이 한산 모시전에서 '짜는' 이들의 재료가 될 상품으로 팔려 나가는 것이다.

옛날에는 동네 아낙들이 그렇게 모여 길쌈할 때에는 길쌈 노래를 부르곤 했다. 그러나 요새는 그 가락도 가사도 죄다 잊었으니, 그날 아침에 모인 패는 찬송가를 줄곧 불렀다고 했다. 찬송가 얘기가 나왔으니 말이지만 한산면에는 예수 믿는 이도 많다. 따라서 요새 한산 모시전에서 팔려 나오는 모시베는 '불공' 드리는 이들보다는 '기도' 드리는 이들이 '하고' '짜고' 한 것이기 쉽다.

그날 밤도 부여에 돌아가 자고, 다음날 곧 일요일날 아침에는 서천 말고 임천을 거쳐 가는 길 곧 그 더 짧지만 절반이 포장이 안 되어 울퉁불퉁하다는 길로 화양면으로 가기로 했다. 지난 며칠 동안에 화양면의 세모시 이야기를 자주 들었기 때문이다.

임천면인가의 한 마을에 다다르자 동구 밖으로 상여가 나가고 있었다. 운구 씨가 팔꿈치로 내 옆구리를 찌르는 시늉을 하면서 찍으라고 했다. 대체로는 나와 수평관계를 유지하다가도 사진 문제가 나오기만 하면 나의 사령관으로 둔갑한다. 그러나 나는 '노인'에 약하다. 특히, 막 이 세상을 하직하신 노인에게는 비록 모르는 이라도 더더욱 약하다. 게다가 평소에 나를 숱한 허물에도 불구하고 예뻐해주시던 존경하는 건축가 김수근 선생이 — 그 병상에 다시 누우시기 전에 명주안 대어 겹두루마기 지어 입으시겠다고 날더러 '반저' 모시 한두 필 구해 한 필은 홍두깨에 올려 다듬어 오라고 해서 그리해 드렸던 양반이 — 이승을 떠나셨다는 슬픈 보도를 막 들었고, 우리 할머니 제사가 주말에 돌아오고 하여 상여 뒤에서 지팡이 짚고 "할머니이, 할머니이으" 하고 울고 가는 남자의 몸 속에 내 넋이 푹 빠져버렸으니, 사진을 제대로 찍을 방도가 어찌 있었을까!

화양면에서는 먼저 한저울 마을에, 그 다음에 화촌 마을에 들를 참이었다. 한 길목에서 한 칠순쯤의 노인 여자가 허리는 좀 굽어 있기는 했지만 당찬 모습으로 길을 걸어가는 모습이 보였다. 조랑말을 멈추고, 모시 길쌈 구경하러 가는 길이니 한저울이나 화촌으로 가시면 태워다 드리겠다고 했더니, 마치 판소리 하는 모습을 하고 한 팔을 위로 내저으면서 "한저울은 바로 여그고, 나는 화촌 사는디, 쩌그 바닷가에 모래 찜질하러 갔다가 비 땜시 못하고, 뻐스 타고 돌아오다 멀미가 나서, 서천써 내리다가 굴러 넘어져, 여그 좀 살짝 다쳤으나 트집 않고 일어나, 우리집까지 걸어서 돌아가는 길이요! 말씀이야 고마우나, 내사 싫소. 그 원숫놈의 차 안 타고 걸어갈라요." 했다. 거기는 전라도에 엎드리면 코 닿는 데라, 말씨가 판소리 사설 그대로였다.

한저울은 마을 뒤에 산을 낀 아름다운 동네였다. 옛날에 거기에 '한절'이라는 절이 있어서 동네 이름이 그리 붙었다는 설명을 나중에 들었다. 처음으로 들른 '짜는 집' 김영희 씨 댁 부부가 마침 점심밥을 들고 있어서 비껴 나와 골목길에서 서성거렸다. 마침 길가 고추밭에서 한 중년 부인이 김을 매고 있었다. 눈이 마주쳐져서 "고추 잘 되었습니다." 했더니 얼굴에 웃음을 띠우면서도 못 알아들을 토막 소리를 우리를 반기는 듯하며 했다. 벙어리 부인이었다. 나는 벙어리가 된 분으로 그리 우호적이고 따스한 품성을 지닌 이를 일찍이 못 보았다. 바로 그 부인의 밭두렁에서도 앞서 말한 그 조선 모시가 끈질기게도 자라고 있었다.

모시올을 '톺는' 모습.
짼 태모시 가닥을 톺진날 위에 대고
톺의 날로 모시 대가리를 꽁지처럼
가늘게 만드는 것이니, 모시올을 서로
이을 때에 이은 부분이 굵어지는
것을 막느라고 그렇게 한다.

김영희 씨 댁의 베 짜는 움은 바로 툇마루 밑이었다. 툇마루 밑을 깊이 파
고 조선 베틀을 앉혀 거기에서 부인인 쉰여덟 살의 임옥련 씨가 많은 한산 사
람들처럼 모시베를 '처서' 짜고 있었다. '처서' 짠다는 말은, 바디질을 살짝 끌
어당기며 하여 '눌러' 짜지 않고, 다른 지방 아낙들이 베 짤 때처럼 '찰싹' 소
리가 나게 짠다는 말이다. 세모시는 흔히 눌러 짜지만, 임옥련 씨는 어렸을 적
부터 그리 배웠기 때문에 처서 짠다고 했다.

그 툇마루에 맞붙은 대청 바닥에서 바깥양반이 마치 무쇠풍로처럼 큰 바퀴
가 달린 '꾸리틀'로 개량 꾸리를 감고 있었다. 오늘의 모시 길쌈은 몇천 년 된

이영녀 노인의 신비롭고 아름다운 손놀림을 잃고 있는 보상으로 김영희 씨가 돌리던 꾸리틀의 생산성을 얻고 있다.

우리는 김씨 집을 나와서 먼저 그 조선 모시 사진을 찍은 뒤에 또 한 집을 찾아갔다. 쉰일곱 살인 나철수 씨와 쉰네 살의 그 부인 최봉래 씨가 자제들을 다 서울로 보냈다던가 하고 단출히 사는 오래 된 초가집이었다. 가던 길이 장날이라고 했듯이 이 집에서도 부부가 늦점심을 들고 있었다. '손님' 놔두고 둘이만 먹는 것이 못내 마음에 걸렸던지 나씨 부부는 손에 쥔 수젓가락을 여러 번 상에 놓고 화평스레 느리고도 또렷또렷한 충청도 사투리로 함께 들기를 청했다. 세상에서 가장 정직한 말은 아니지만 먹었다고 해놓고 툇마루에 앉아 보니, 마당 끝에 이번에 본 것으로는 가장 예스러워 보이는 움집이 있었다.

점심이 끝나고, 부인은 곧바로 그 시쳇말로 하자면 반지하실인 움 속으로 베 짜러 들어가 조선 베틀의 앉을개에 앉아 부티끈을 말코에 걸었다. '눌러' 짜는 길쌈 손이 아마도 이 고을에서 가장 노련한 축에 들 이 부인이 베를 날고 매어 이렇게 눌러 짜 세모시 한 필을 내놓기까지는 이레가 걸린다고 했다.

잘은 모르지만, 나씨는 들일을 하다가 못 마치고 늦점심 하러 집에 들렀을 터였다. 툇마루에 걸쳐 둔 젖은 우장, 뜰방에 벗어 둔 고무 장화가 그 암시를 했다. 내색은 안하지만 바삐 나가야 할 듯하여, 무심코 명함을 꺼내서 잡지 이름을 가리키며 거기에 그 움집의 사진이 나갈지도 모르겠다고 말했다. 명함을 받자마자 그이는 툇마루에 앉은 채로나마 "인사 드리겠습니다." 하며 무릎을 꿇고 절해 나는 툇마루에 걸터앉은 몸을 당황스레 움직여 맞절 비슷한 것을 했다. 한 쪽은 앉은 채, 또 한 쪽은 걸터앉은 채로 한 것이었으나마, 적어도 내 쪽에서 보자면, 이마적에 드물게 격식있게 치른 수인사였으니, 도시 생활로 몸 버린 예절이 '충청도 양반'의 나무람을 받았다는 생각을 하며 그 부부와 헤어지고 화촌 마을로 갔다.

화촌에서는 아까 그 '화양 모시' 주장을 펼쳤다던 최규인 씨가 조선 베틀에서 모시베 '짜는' 구경을 했다. 한 필을 짜서 막 내리고 새로 세모시 한 필을 '눌러' 짜기 시작할 무렵이었다. 운구 씨가 사진을 찍기 시작하자 그이의 입에서도 '텔레비' 투정이 거침없이 나왔다. 사연인즉슨 이렇더라. 텔레비전에 '틀어준다고' 하여 바쁜 사람 품 뺏으며 이리 찍고 저리 찍고 해가지고 가서는 막상 자기 얼굴 '틀' 때에는 자기 이름은 헌신짝같이 내팽개치고 엉뚱하게 "무형문화재 문정옥"이 어쩌고 했다는 것이었다. 문정옥 씨의 베 짜는

한산 모시를 짜던 아낙이 막 말코를 풀고 잠깐 일손을 놓은 베틀. 위 아래로 흐르는 물살 같은 것이 '날'이고, 감긴 필에 맞닿아 있는 고구마처럼 생긴 것이 북이고, 그 안에 들어 있는 하얀 것이 '꾸리' 곧 '씨'이다. 한산 모시의 북은 딴 지방의 막길쌈 북보다 더 작다.

중요 무형문화재 한산모시짜기 기능보유자
문정옥 씨가 마당에 새로 지어놓은
신식 움집으로 걸어간다. 모시 짜는 일을
하는 데에는 습기가 필요하므로 전통적으로
이와 비슷한 움집을 지어 놓고 그 안에서
모시를 짜왔다. 티 없이 전통적인 움집은
서천군에 거의 보이지 않았다.

모습을 그때에 찍을 수 없었으면 나중에 하거나 말거나 할 일이지, 앤한 사람 '허수에미로' 내세워 속에 불나게 하느냐는 뜻의 말을 했다. 말하자면, 인권을 유린당한 기분이 들었던 모양이다.

최규인 부인도 손끝이 예사로 고운 이가 아니다. 바디질을 비록 전통 움이 아닌 땅 위의 방에서 멋쩍은 가습기를 틀어놓고 하기는 했지만, 마치 날아가는 학처럼 훨훨 '눌러' 짰다. 남편 권윤식 씨가 보여준 내일 새벽 한산 모시전에 내겠다던 세모시 한 필이 곱디고왔다. 이 부인도 모시굿을 한산장에서 사다 쓴다. 그러나 앞에 소개한 여러 세모시 '짜는' 부인들도 두루 걱정했듯이 집에서 제 손으로 '하지' 않고 장터에서 사온 '남의 손'의 모시굿은 아무리 잘 골랐다고 해봤자 엉뚱하게 거친 것이기 쉽다. 그래서 최씨 부인은 믿는 사람이 '한' 모시굿만 사 모아 같은 사람의 모시굿은 같은 필에만 써 한 필의 여기저기가 둘쭉날쭉하게 되는 것을 막으려고 한다면서 모으고 있는 고운 모시굿 한 굿을 꺼내 보였다.

이 집을 비롯해서 자그마치 서른네 집에서 조선 베틀로 세모시를 짜는 화촌 말고도, 화양면에는 최규인 씨가 이름지은 '화양 모시'를 짜는 집이 여러 동네에 많이 있다. 그러나 다 가볼 수는 도저히 없었다. 우선 일찍 자고 일찍 일어나 내일 새벽의 한산 모시전을 구경할 생각이 한산으로 길을 재촉했다.

한산 면사무소 소재지에 이르러 길에서 다시 박 면장과 마주쳤다. 그이와 함께 다방에 가서 그 한산 모시 규격화 이야기를 이번에는 더 길게 했다.

한산 모시는, 이곳 여러 노인들의 기억에 따르면, 폭이 육이오 전까지는 딴 지역 모시베의 폭에 별로 못지않아 삼십삼 센티미터 안팎이었다. 그리고 한 필의 길이로 말하더라도, 폭이 그만큼 넓기도 했으니, 치마 저고리 두 벌이 나오다던 마흔 자였다(이 지역의 한 자는 푸짐한 전라도 자를 닮아서, 서울의 한 자가 오십 센티미터인 것과는 달리 육십 센티미터나 된다). 그러다가, 육이오 동란 뒤로 폭이 점점 더 좁아졌다가 지난 이삼십 년 동안에는 짜는 사람에 따라 이십구 센티미터에서 삼십 센티미터까지를 왔다갔다해왔다. 그리고 길이도 종잡을 수 없게 되어 서른다섯 자에서 서른일곱 자까지를 왔다갔다해왔다. 그리하여 서울의 한 바느질집 주인의 말에 따르면 사정이 이렇다. 요새 한산 모시 한 필로는 여자 치마 적삼 한 벌 여유있게 짓고 나면 적삼 하나 감이 덤으로 남을까 말까 할 따름이다. 왜냐하면 우선 요새 치마가 더 길어지고 더 풍성해지기도 했지만, 한산 모시천의 폭이 더 넓었을 적에는 예닐 곱 폭이면 되었으나 그 폭이 좁아진 오늘날에는 일고여덟 그리고 신식 모양 내는 부인들에게는 아홉 폭이 필요하기 때문이다.

옛날부터 한산 세모시는 너무 '계집스러워서' 남자 옷감으로는 흔히 피했지만, 비록 좀 덜 가는 한산 모시인 '중저'나 굵은 편인 '막저'—이것도 딴 지방의 막모시에 견주면 흔히 고와 보이는 편이다—로 남자 옷을 짓고자 하더라도, 다시 바느질집 주인의 관찰에 따르자면, 폭이 넓어야 삼십 센티미터인 것 가지고는 바짓가랑이의 가운데 폭이 제대로 안 나오고, 저고리나 두루마기의 품이 안 나온다. 특히, 등솔은 낙낙히 접어 넣어야 하는 남자 겹두루마기를 짓고자 할 때에는 이름조차 꺼내지 말아야 할 것이 요즈음의 한산 모시다. 그럴 때는 폭이 훨씬 더 넓고 더러는 한산 모시의 '중저'쯤에 접근하기도 할 만큼 가늘고 고운 전라도 지방의 고급 모시베를 홍두깨에 올려 곱게 다듬어 쓰는 것이 상책이다. 마침내 오늘의 한산 모시는 한 필이라는 것을 되도록 적은 돈과 품을 들여 짜내려는 이들의 '지혜' 때문에 많은 성인 남자들의 외면을 당하여 오히려 그 '지혜로운' 분들에게 손해를 끼치고 있는지도 모른다.

이런 이야기를 나와 오래 주고받던 박 면장은 한산 모시의 폭이 삼십삼 센티미터로 그 길이가 마흔 자로 규격화되어야 하겠다는 생각을 더욱더 굳히는 성싶었다. 우리의 이야기를 옆자리에서 듣고 있던 한 젊은이, 아마도 그 다방의 주인인 듯하던 이가 끼어들었다. 백제 때부터 내려온 전통의 술, 이 지방의 명물인 그 소곡주를 왜 못 빚어 팔게 하느냐며 내가 우두머리일 턱이 없는 정부를 예의 바르게 공격했다.

한산 모시의 폭과 길이에 대해서, 이번에 만나 본 여러 모시 '짜는' 이들이 전해준 사연은 대충 이렇다. 지난 몇십 년 동안에 걸쳐 짠 모시를 모시전에 내다 파는 값에서 원료값, 품값을 빼 보면 이문이 형편없었다. 값을 올려 받자니, 그런 돈 낼 사람의 수효가 적었다. 그리하여 모시전 사람들이 그런 것 정확히 자로 재보고 사는 것도 아니어서, 약속이나 된 듯이 폭이 좁아지고 길이가 짧아졌다. 원료를 더 아낄 수 있기 때문이다.

무릇 모든 전통 길쌈의 천이 다 그렇듯이, 한산 모시도 주어진 폭에 들어가는 날이 몇 올 들어가 있느냐에 따라 그 천의 가늘기가 결정된다. 길쌈하는 이들의 용어를 빌자면, '새'가 높아야 천이 가늘다. 날이 굵어서 주어진 폭 안에 적은 수효가 들어가면 굵은 모시가 짜여지고, 날이 가늘어서 같은 폭 안에 많이 들어가면 가늘고 고운 모시천이 된다. 모시굿의 가늘고 굵기에 따라 이 '새'를 결정하여 '날'로 정리하는 일이 이미 말한 '모시 날기'이다. 전통적으로 한산 모시는 '새'가 일곱 새에서 보름 새(열닷 새)까지 있어서 그 굵고 가늘기가 더 다양했으나, 요새는 일곱 새에서 열 새 안팎까지밖에 안 짜 아주 고운 놈, 참으로 잠자리 날개 같은 놈은 없다시피 하다. 또 같은 열 새라도, 이미 말한 대로, 팔백 올 넓이의 폭이, 이를테면, 칠백이십 올의 더 좁은 천으로 짜여 나오기 쉬운 것이다. 게다가, 대체로 말해, 열 새 올에 알맞은 가는 올을 바딧살 사이가 더 넓은 바디, 이를테면 아홉 새 몇 모 바디에 날아, 바디질을 더 수월케 하기도 한다. 이렇게 짠 모시베는 날이 옛날 것보다 더 듬성듬성하나, 씨 올만은 더 촘촘히 박힌다. 그리하여 요즈음에 짠 세모시는 바닥이 흔히, 가로와 세로가 두루 '씩씩해' 보였다고 할 수 있는 옛날 세모시 바닥과는 달리, 세로가 더 씩씩해 보인다.

이곳 여관에 먼저 짐을 부려놓고 화촌 마을의 권씨가 꼭 들러보라던 그 '콩

나물집'에 가야 했다. 객지 상인도, 거간들도, 모시 팔 사람도 다 모여 새우잠 자는 데랬다. 이미 열려 있는 대문 안으로 들어서니 마치 현대판 '객주집'이랄 수 있는 데 같았다. 큰방에서는 여러 상인, 거간들인 듯한 이들이 '난닝구' 바람으로 화투를 치고 있었고, 가운데 방에서는 코 고는 소리가 났고, 저 안쪽 방에서는 부녀자들이 왁자지껄하게 모여 이미 모시필을 손에서 손으로 옮기고 있었다. 한 아낙이 '몸뻬' 속으로 손을 푹 찔러 넣더니 손짐작만으로 그 흥정된 돈을 겨우 만 원이 틀리게 정확하게 꺼냈다. 햇부엌 찬마루이기도 한 마당 복판 평상 위에는 부산에서 왔다는, 말로는 "그냥 바느질집을 한다"는 말쑥한 중년 부인이 앉아 있었다.

그 부산 부인에게 말을 걸었다. 그러자 화투 치던 방에서 어떤 이가 우리가 잡지사에서 왔다는 말을 듣자 좀 흥분된 듯한 말씨로 대뜸 "틀린 소리 쓰지 마시오. 틀리면 나중에 정정하게 해요. 지난번에도 방송으로 한산 모시 한 필 값이 본바닥에서 팔만 원에서 이십만 원까지 한다고 했는데 요새 팔만 원짜리가 어디 있어?" 했다.

그 부인에게 말을 건 것은 평소에 늘 궁금해 했던 모시 마전(표백)에 대해 적어도 나보다는 더 잘 알 듯했기 때문이다. 다음날 새벽 모시전에서 거래되는 생모시—베틀에서 내리자마자 새로 접어 그대로 내놓는 모시—는 일부가 바

생모시 한 필. 시장에서 파는 것은 소금기가 남아 있으니 사다가 이처럼 물에 빨아 간수하는 것이 좋다.

로 여러 도시로 팔려나가 그 자연색과 빳빳한 감촉 좋아하는 이들의 옷감이 될 터이나, 나머지는 거의 모두 서천에 있다는 마전집에 맡겨져 먼저 표백이 될 터였다. 옛날에야 콩대, 서속대 같은 것을 태운 재에서 받은 잿물로 마전을 했으나, 양잿물이 나온 일정시대부터는 흔히 그런 마전집에서 마전을 해왔다. 나의 궁금증은 이것이었다. 모시 마전으로 익은찜(양잿물을 가마솥에 넣고, 그 위에 생모시를 넣은 '시루'를 얹고 불을 때어 그 잿물김으로 '익히는' 것)과 생찜(양잿물을 푼 찬 물에 생모시를 담가 놓는 것)이 있다는데, 어느 경우에나 '찐' 다음 다시 '가리끼(클로르칼크)'로 빛을 내는 줄은 알지만, 그 두 마전한 모시의 색깔의 차이가 무엇이냐. 서울 포목점에서 보면 같은 마전 모시라도 아주 형광등처럼 새하얀 놈이 있고, 중간치가 있고, 좀 누리끼한 놈도 있는데, 그 차이가 마전 방법에서 나오느냐고 물었다.

부산 부인이 "지방마다 취향에 따라 좀 다릅디다. 경상도 사람은 너무 희고 힘없는 놈은 덜 좋아해서 좀더 젖빛이 돌게 마전하고, 서울에 팔 것은 더 희게 마전하는 갑습니다." 하자, 사람들이 잠자던 가운데 방의 문이 확 열리더니, 어떤 이가 부스스 일어나며, "내가 서천 마전집 주인인디, 마전 얘기가 나왔으니 내가 설명헐라요." 했다. 어느 모시를 생찜할지 익은찜할지는 임자 맘, 천의 상태에 달렸다. 얼마나 오래 또는 진하게 찌느냐, 가리끼를 어떻게 쓰느냐에 따라 색이 다르다. 마전해놓은 천만 보고는 보통 사람은 무슨 찜 했는지 분간하기 어렵다. 서울 포목점에서 그 둘둘 말아놓고 파는 형광등같이 새하얀 놈은 익은찜으로나 생찜으로나 이미 다 마전된 것에 상인들의 부탁에 따라 서천에서나 또는 서울에서, 추가로 '흰 물' 들인 것이라는 요지의 것으로 기억되는 설명을 했다.

마전집 주인의 얘기가 미처 끝나기도 전에 아까 그 틀린 소리 쓰지 말라고 했던 이가 화툿방에서 툇마루로 나와, 아까 그 부산 부인과 마전집 주인의 말을 싸잡아서 평해, "서울 가는 것은 백수물——그이는 '흰 물'을 그리 일컬었다——들이고 부산 가는 것은 독한 약 덜 먹여 보낸다는 거 사실 아니여. 서울서도 백수물 들인 것 따로 있어." 하고 대들었다. 분명히 그 두 사람의 의도를 잘못 알아듣고 한 말이었건만 그리 잘못 알아들었다면 성질 대쪽 같은 이에게서는 나올 만한 반응이었다.

오랫동안 세모시만을 한산 모시전에서 거간을 통해 사다가 서울 종로통의 여러 유명한 주단집에 대왔다는 그이는 또 화제가 한산 모시의 폭과 길이에 이르자 화를 벌컥 냈다. "옛날 한산 모시 한 필로 치마 적삼 두 벌이 나왔으나 요새는 그리 못한다고들 하는디, 그게 요새 한산 모시 탓이 아녀. 우선 요샛사람들 몸이 더 뚱뚱해지고 키도 더 커지지 않았어요? 더구나 요새 여자들 새 유행으로 치마 여덟 폭으로 해 입지요. 폭으로 말하더라도 그래요. 요새는 삼십 센티미터로 늘어나고——딴 사람들 말로는, 늘 삼십 센티미터 안팎이었다——있어요. 폭 넓은 것 좋아하면 삼십삼 센티미터짜리 짜는 사람하고나 얘기허시요." 하며 홱 방으로 들어갔다.

화툿판에 있는 '저 사람'은 좀더 젊어 보여 사십대 사람 같았다. 아마도 우리가 가 본 유산 마을 공장의 주인일지도 몰랐다. 그 '저 사람'이 고개를 내 쪽으로 돌리며, "한 새가 팔십 올이라던 당신 말이 옳기는 옳아요(여기에서는 생략했지만, 그 종로통 양반은 한 새가 여덟 올이라고 하며 나를 나무랐다). 그러나 무슨 소리를 할라면, 멀 알고나 좀 허씨요." 하는 꾸지람이 포함된 말을 몇 마디 하더니 고개를 돌려버렸다.

그 두 사람이 우리가 자기들의 동지인 줄을 알았을 턱이 없다. 폭이 넓거나 좁거나, 길이가 길거나 짧거나, 씨와 날이 어찌 변했거나, 한산 모시와 그것을 '하고' '짜는' 사람들에 대해 깊은 애정을 가지고, 그리고 비록 한산 모시를 타박하는 사람이라고 그이들이 믿었을지언정 지난 여러 해 동안에 여러 필 사서 쓴 몸으로 이곳에 온 줄을 그이들이 미리 짐작했을 턱이 없다.

분명코 우리는 그이들의 눈에 이녁들만 알고 있어야 할 '폐쇄'사회의 울타리를 넘어 들어온 침입자로 비쳤을 것이다. 근래에 모처럼 모시 붐이 일고 있는데, 우리 같은 사람이 들어와 긁어 부스럼 낼 수도 있는 것이다. 따라서 비록 그이들의 나무람이 우리의 마음을 크게 감격시키지는 않았지만, 우리는 그이들의 끈질긴 직업의식과 연대감, 또 생존경쟁을 위한 투혼을 깊이 존경하면서 그 객주집 대문을 나섰다.

여관집으로 돌아오면서 그 부산 부인이 덤으로 했던 말을 생각했다. 작년

한저울 마을의 최봉래 씨가 반지하실처럼 만든 움 속 베틀에 앉았다. 이 베틀은 거의 전통 베틀과 다를 바 없지만 도투마리가 신식 얼레를 몸통에 끼고 있는 것이 흠이라면 흠이다.

툇마루 바로 밑에 자리 잡은 움에서
임옥련 씨가 베를 짠다. 툇마루에
앉은 이는 그의 남편 김영희 씨이다.
한저울에서 세모시를 짜는 집은
앞의 최봉래 씨네와 이 집밖에 없다.

여름에는 한산 모시의 소비가 하늘로 치솟았는데, 올해에는 좀 주춤한 듯하다
는 것이었다. 모양내는 술집 여자들이 얼마나 많이 사 가느냐에 달렸는데, 재
수없이 올해에는 그 손질하기 더 편하다는 그 '가짜 모시'라는 것, 그 상주에
서 기계로 폭 좁게 짜 물들여 내놓는 감촉이 '나일롱'같이 빳빳한 생명주가 싼
값으로 쏟아져 나와 모시 손님을 얼마쯤은 뺏은 듯하다고 했었다. 비록 그 부
인은 그리 걱정했으나, 한산 모시, 아니 모시베의 길쌈은, 딴 길쌈과 함께 앞
으로도 계속해서 성해질 터이라는 생각을 했다. 전통적인 무명 길쌈, 명주 길
쌈은 질 좋은 공장 비단과 공장 '코튼'에 거의 완전히 밀려 이제 목숨을 잃은
바와 다름없지만, 모시와 삼은 기계 의존도가 훨씬 더 낮기 때문이다. 세계의
추세를 따라 지난 몇 해 동안에 이미 자연 섬유 붐이 온 나라에 일어왔는데,
여름의 자연섬유 천으로 모시와 삼을 당해낼 것이 없다.

문 두드리는 소리, "일어나셔유" 하는 여관 안주인 소리. 밖에서 퍼붓는 장대비 소리를 듣고 선잠에서 깨어났다. 약조대로 여관의 안주인이 새벽 네시에 잠을 깨워 준 것이다. 그래서 비를 맞으며 장터 쪽으로 갔다.

　비가 그처럼 쏟아져도 이른 새벽에 꼭 서고야 마는 것이 한산 모시전이다. 그도 그럴 것이 이 새벽 장 나들이를 위해 이미 그 전날 저녁에 모시 길쌈을 하는 여러 면, 여러 마을의 아낙들과 가장들이 미리 모여들어, 여러 단골 여염집에서 구겨진 돈 천 원, 이천 원씩을 내고 새우잠의 빽빽한 합숙을 하기 때문이다.

　그 비 오는 새벽에도 사람들이 참 많이도 모여들었다. 보통 이 새벽 모시전에서 거래되는 한산 모시가 여러백 필이라니 한 사람이 한 필 판다고 치면 팔 사람이 여러백 명이요, 거간이 몇십 명이요, 그 거간 내세워 대도시에서 무더기로 쳐가는 상인이 몇십 명이요, 모시굿 팔러 오는 아낙이 삼사백 명 안팎이요, 태모시 팔러 오는 상인이 사오십 명이라고 했다. 그러나 이 비 오는 새벽에 모시전을 빽빽이 메운 사람의 수효는 도저히 어림할 길이 없었다. 무슨 얄궂은 곡절로 이 장이 꼭두새벽에 서는 전통이 생겼는지는 몰라도, 얼마 전까지는 촛불을 켰다고 한다. 그러나 이제는 '개량되어' 전등불이 켜 있었다. 여러 전등 밑에, 또 그 근처에, 온 세상에서 가장 냉혹한 듯한 생존경쟁의 담판 자리가 여럿 버텨져 있었다.

　그 자리의 형식적인 재판관은 아무래도 거간이다. 전형적인 담판은 대충 이랬다. 아낙이 생모시 한 필을 들고 오면 거간이 뺏다시피 받아 쥐며, "얼마?" 한다. 얼마라고 하면, 앞 보고 뒤 보고, 옆구리를 벌려 한국은행 여직원 돈 세듯 하기도 하고 한폭한폭을 열어보기도 하는 일은 삽시간에 끝내고, 그 곁에 눈에 불을 켜고 앉은 도시 상인 물주의 눈치를 힐끗 보며 얼마 주겠다고 잘라 말한다. 그 아낙은 그냥 도로 찾아가거나 물주 돈 받아 일어서거나 해야 한다. 여느 장터에서처럼 홍정의 말을 길게 주거니 받거니 할 틈이 없으며, 한 아낙 떠나자마자, 다음 아낙이 와서 앉는다. 그리고 이녁 생모시를 되찾아가는 아낙은 다음 거간한테 가서 또다시 선보여야 하고. 그런가 하면 이 모시전의 거간은 대체로 여느 장터에서 일하는 하나 팔고 하나 사는 사람들 사이의 거간하고는 다르다. 쇠거간의 밥줄이 소 한 마리 어쩌다가 팔러 나오는 농부한테보다는 아무래도 장날마다 트럭을 몰고 와서 몇십 마리씩 사 가는 상인에게 더 달렸듯이, 한산 모시의 거간도 아무래도 상품을 한꺼번에 많이 사 가는 상인 쪽으로 팔이 더 굽게 되어 있는 듯했다.

네시 이십분쯤에 갑자기 불이 나갔다. 그날부터는 새벽 다섯시부터 시작하기로 한 약조를 어겼다고 해서 그 장터 관리인인 듯한 이가 끈 것이었다. 여기저기에 '나이타 불', 촛불이 켜졌지만, 거래의 속도는 좀 주춤해지는 듯했다. 그러다가 다섯시 십분 전엔가 전기는 또 들어왔다. 다시 모시전의 생존경쟁이 가속되었다.

한저울 마을의 '충청도 양반' 나씨가 한 거간 옆에 쭈그리고 앉아 있는 모습도 눈에 띈다. 무형문화재 문정옥 부인도 그저께 보여준 그 생모시 한 필을 이미 팔았는지 빈손으로 뒷짐 지고 그러나 그 아프던 머리가 아직 가시지 않았는지 좀 성가신 표정을 하고, 한 거간의 '판'을 기웃거리고 있었다. 간밤의 그 객주집에서 마주친 그 '종로통' 양반은 이 모시전에서 차림새가 가장 단정했다. 넥타이 매고 양복 저고리 입고 앉아서 '세모시' '세모시' 하고 소리치고 있었다. 한 필의 값이 십만 원에서 이십만 원까지라던 그이의 주장이 글렀던지, 또는 그이가 그전 장날까지의 시세를 말했을 따름이었는지는 몰라도 이 새벽에는 여러 필이 팔만 원에도 거래되는 성싶었다. 심지어, 좀 고달파 보이는 한 아낙이 한 필을 팔고 일어서서 나오기에 좀 미안하지만 얼마 받았느냐고 물었더니, 머뭇거리다가 "육만 원밖에 못 받았어유. 좀 거칠기는 했어유." 했다.

이 모시전에 우리가 발을 들여놓던 네시 오분께에는 이미 수많은 아낙들이 전등빛을 받지 못한 어둠 속에서 줄줄이 모시굿 바구니를 품고 주로 후미진 골목에 앉아 있었다. 더러 한두 사람이 와서 성냥불, 손전등 같은 것으로 모시굿을 비춰 보는 수도 있었지만, 왜 그리 빨리 나와 있는지를 알 수 없었다. 그러나 다섯시가 지나 왔다갔다하는 한산 모시 필의 수효가 좀 줄어듦과 함께 그 모시굿 골목이 바빠지기 시작했다. 그 모시 '하는' 사람들이 만들어 온 상품은 그 모시 '짜는' 사람들이 생모시 팔고 나서 그 돈 덜어서 사 가 새로 모시 '짤' 재료들이었다. 그리고 모시굿 골목이 바쁠 즈음에는 또 태모시 장수들이 또 한쪽에서 짐을 풀어 전라도에서 사 온 치렁치렁한 긴 태모시를 한 패비, 한 패비씩 마치 딸 머리 만져주듯이 손으로 훑어 쓰다듬고 있었다. 물으나마나겠지만, 왜 그리 쓰다듬고 있느냣더니, 선 잘 보이려고 그런댔다. 한 패비 사겠다 했더니 "이 비싼 것 갖다 어디 쓰느냐"고 했다. 나는 부끄러워서 대답을 하지 못했다. 노끈으로 쓰려고 속으로 요량했기 때문에.

모시굿 세 굿은 꼬부랑 할머니한테서 샀다. 지난 이레 동안에 혼자 손수

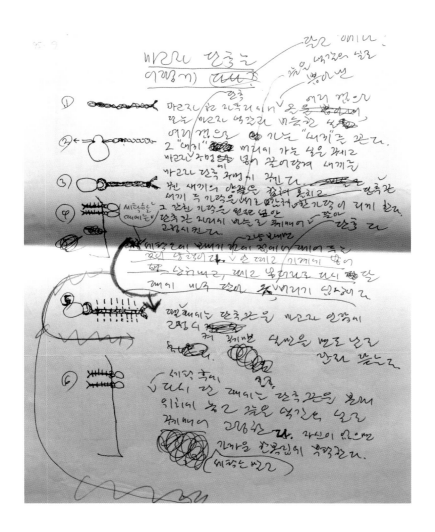

한창기가 쓰고 그린 마고자 단추 다는 법

1. 마고자 천 자투리에서 뽑아낸 올 여러 겹으로 또는 마고자 색깔과 비슷한 실 여러 겹으로 가는 '새끼'를 꼰다.

2. 그 '새끼' 머리에 가는 실을 꿰고 마고자 단추 구멍에 넣어 끌어당겨 새끼를 마고자 단추 구멍에 꿴다.

3. 꿴 새끼의 양끝을 합쳐 홅치고 새끼 두 가닥을 같은 색깔의 실로 서로 감쳐 단추 끈 한 가닥이 되게 한다.

4. 그 감친 가닥을 왼편 섶 안 단추 끈 자리에 바늘로 꿰매어 달아 고정시킨다.

5. 세탁할 때에는 세탁소에 보내기 전에 집에서 떼어두는 것이 상책이다. 그냥 보내면 안 떼고 기계에 넣어
   상처내고, 떼고 넣더라도 다시 달 때에 마구 달아 옷, 단추 다 버리기 십상이다. 뗄 때에는 단추 끈을
   마고자 안쪽에 고정시켜 꿰맨 실만을 면도날로 잘라 뜯는다.

6. 세탁 후에 다시 달 때에는 단추 끈을 본래 위치에 놓고 같은 색깔의 실로 꿰매어 고정한다. 자신이 없으면 세탁소 말고
   가까운 한복집에 부탁한다.

까만 얼굴, 희끗한 머리에 두루마기를 입은 모습이 고급 독립투사 같았어요."

반저냐 반제냐

발행인은 반저모시 빛깔을 무척이나 좋아했다. 초록 기운이 살짝 도는 연갈색 생모시를 잿물에 반쯤만 '익혀'(표백해) 얻을 수 있는 자연스럽게 누릇누릇한 소색이 진짜 아름다운 흰색이라고 여겼다. 화학처리한 흰색은 그와 대비해서 '형광빛 도는 푸른색'이라고 부르며 혐오했다.

자연히 '잘 입은 한복'에도 반저모시가 자주 소개되었는데 초기에는 반제모시라고 썼다가 나중에는 반저모시로 고쳐 썼던 기억이 난다. 호남과 기호지방의 노인들은 '반제'라 부르고 영남지방 노인들은 '반지'라 부르고, '반쯤' 익힌 '모시'라는 뜻을 담았으니 '모시 저' 자를 써서 '반저'라고 부르는 게 맞다고 주장하는 이도 많아서 생긴 혼선이다. 이 모시의 특징인 가로, 세로 듬성듬성 짙게 도드라져 보이는 올들은 '사모'라 적는 게 맞는지, '사미'라 적는 게 맞는지 따위 자잘한 표기 문제로 종종 고민해야 했다. 전통 직조의 그렇게 세밀한 부분까지 꿰뚫어 정리해놓은 문헌을 찾기 어려웠기 때문이다.

샘이깊은물의 발행인은 안동포나 모시 생산의 재래식 전체 공정을 민중의 언어로, 가장 생생하게, 그러면서도 과학적으로나 논리적으로도 흠 없이 정교하게 글로 풀어쓸 줄 알았던 역사상 최초의(게다가 어쩌면 최후의) 한국인이 아니었나 모르겠다.(이 책에 실린 유고 「하고」 짜는 한산 모시」가 그 한 증거물이다.)

두루마기의 타락

"양장 차림을 할 때에는 그래도 고상한 색, 수수한 색, 중간색, 세련된 색을 꽤나 잘 골라 입는 여자들이, 마치 되도록 요란하고, 되도록 정신 사납고, 되도록 울긋불긋하고, 되도록 많이 반짝이는 천으로 두루마기 지어 입는 것이 이 나라 전통이라는 듯이, 야한 옷감 형광색 물들여 파는 비단 제조업자들의 음모가 던져주는 유행을 날름날름 받아먹어 밀림사회의 토인들도 귀신 나올까 해서 마달 튀는 옷감으로 두루마기를 지어 입는가 하면, 남자들은 대통령부터 시골 영감님들까지 거무튀튀한 두꺼운 양복감의 오버 대용 두루마기를—근본적으로 여자들이 남이 다들 하듯이 지어주는 대로—입는 셈이다."

구십삼년 사월호 샘이깊은물에 명지대학교 가정학과 조효순 교수가 쓴 「두루마기의 타락」의 한 대목이다.

한복에 관한 원고는 발행인 손에 들어가면 예외 없이 오래 걸렸다. 필자가 기자이든 복식학자이든 글이 다룬 화제에 대해 발행인은 언제나 필자보다도 더 할 말이 많았기 때문이다. 일그러진 한복 풍속을 샅샅이 꿰뚫는 생생한 예시와 그 연유를 파헤치는 부연 설명으로 글의 어조를 한 옥타브는 너끈히 올려놓는가 하면, 가끔은 아예 원고를 선반 삼아 자신의 주장을 열렬하게 부려 놓아, 배보다 배꼽이 더 커져서 나오기도 했다. 이 글을 쓰려고 '잘 입은 한복'이나 전통 복식 관련 기사들을 찾아지는 대로 읽으면서, 나는 어디가 배꼽인지 거의 다 알아차릴 수 있었다. 장면에 슬쩍 섞여든 명감독의 얼굴을 금세 알아보는 영화팬처럼 긴 시간 케케묵은 지면에서 숨은 발행인 찾기를 했다.

구십삼년에 덕수궁 '궁중 유물 전시회'에서 조선왕조의 마지막 세자 영친왕의 홑두루마기와 영친왕비의 밤색 솜두루마기를 발견하고 발행인은 흥분해서 돌아왔다. 그러고는 실측할 사람과 사진기자를 데리고 다시 덕수궁으로 달려갔다. 유물을 진열장에서 꺼내 치수를 재고 사진 촬영을 하는 것은 아무나 원한다고 가능한 일이 아니다. 그러나 석주선 박물관이 출토유물 수습현장의 참관을 허락했을 만큼 그 분야에서 알아주는 열정으로, 그쯤은 어려운 일이 아니었다.

그 두루마기는 거의 목을 감싼다고 할 만큼 받고 너비가 십 센티미터는 좋이 되는 깃, 완만한 배래 선, 적당한 사선을 그리며 드리워진 겉섶으로 평소 그가 꼽는 아름다운 두루마기의 요건을 빠짐없이 증거하고 있었다. 조선초기 두루마기의 아름다움을 이어받았으면서도 색다른 맵시도 살짝 가미된 그 모습에서 "집단 유행의 흐름을 따라 느닷없이 창조된 것이 아니라 오랜 역사의 눈썰미가 완성시킨 아름다움은 흔히 드물게 빼어난 현대 작품의 아름다움과도 맞닿아 있다."는 평소의 믿음을 확인한 것이다. 그는 이 반가운 유물들을 글과 사진으로 잡지에 소개했고, 실측한 치수를 참고하여 자신의 두루마기를 지어 입었으며, 절친한 화가 송영방 씨에게도 똑같이 해 입으라고 한동안 강권했다.

화려했던 '잘 입은 한복' 모델들

'잘 입은 한복'은 구십일년 유월호에 미투리에서 꽃신에 이르는 전통 신을 보여주는 것으로 끝났다. 돌아보면 한복을 지어입고 카메라 앞에 섰던 등장인물도 무척 다양했다. 핫(솜을 둔)바지저고리, 핫두루마기에 토시까지 낀 언론학자 유재천 교수, 생안동포 두루마기에 반저모시 바지저고리를 차려입은 서양화가 김종학 씨, 무명두루마기를 입은 연기인 김명곤 씨(전 문화부 장관)를 비롯해서 기업인, 정치인, 심지어 한국지사에 근무하는 독일인의 멋진 한복 차림도 내보냈다.

다달이 표지에 내보낼 잘생긴 한국 여자를 찾아내는 게 편집실의 가장 큰 과제였다면 '잘 입은 한복'의 주인공을 확보하는 것도 그에 버금가는 과제였다. 위에 언급한 인물 같은 유명인사는 어쩌다 한번이고 대개는 평범한 부인의 '잘 입은 한복' 모습을 담았기에 더 그랬다. 게다가 작은 부분 사진 한 컷에도 발행인에게 책잡힐 가능성은 언제나 숨어 있었다. '받은 깃의 긴장감'을 전통한복의 백미로 여겼던 발행인의 극성은, 부산까지 출장 가서 촬영한 사진의 깃 여민 매무새가 틀렸다고 다시 찍어오게 만들었을 만큼 지독했다.

'잘 입은 한복'은 한복 고유의 아름다움을 일그러뜨리는 방향으로 치닫던 '패션 한복' 유행을 바로잡는 데에 긴 세월 분명히 기여했다. 이는 '잘 입은 한복'의 주장이 옳아서, 전통이 소중해서라기보다는 한복 패션을 주도하는 디자이너들, 또 옷을 선택하는 독자들로 하여금 전통을 제대로 간직한 한복 모습이 가장 아름답다는 점을 인식하게 만드는 데에 성공했기 때문이 아닌가 싶다.

발행인은 앞에 인용했던 샘이깊은물 기사 「두루마기의 타락」 결론에 이렇게 자신의 당부를 얹어 놓았다.

"이제 남이 시키는 대로 말고, 양복, 양장 골라 입고 지어 입고 하면서 갈고 다듬은 '나'의 심미안을 활용하여 뒤늦게나마 세련된 색상과 모양새의 한복을 챙겨 입을 때가 되지 않았나 한다."

여전히 이 말이 새롭게 절실하게 들린다. 호미로도 가래로도 막기 어려운 것이 유행이기 때문일까? ✿

일찍이 뜰에 소나무를 옮겨 심은
그 큰 '죄인'을 그리며

이덕희 환경계획가. 이민사 연구가. 1963년부터 미국에 살고 있다. 호놀룰루시 도시계획국,
하와이주 기획실에서 일했으며, 2003년, 오랜 자료 조사와 취재를 거쳐 한인들의
미국 이민 백 년 역사를 정리한 『하와이 이민 100년 ─ 그들은 어떻게 살았나』를 냈다.

며칠 전 밤에 서울에서 온 전화를 받았다. 내가 김수근 교수님을 추모하면
서 쓴 글에 한창기 선생님의 편지 이야기가 포함되었는데, 그 편지를 아직도
간직하고 있느냐는 물음이었다. 한창기 선생님 십 주기에 추모 출판을 하려고
하니 아직도 보관하고 있으면 빌려달라는 요청이었다.

1983년 6월 10일의 편지

그날 밤 전화는 2005년 여름 낙안읍성을 방문했을 적에 읍성 앞에 '한창기
박물관'을 짓고 있는 것을 알고, '한창기 선생님의 뜻을 기리는 분들이 많구
나' 하고 가슴이 뭉클했던 기억을 새롭게 했다. 그리고 1996년 12월 중순 느
닷없이 받은 한 선생님의 전화를 기억하게 했다. 그때 내가 『공간』지에 환경
수필을 연재하고 있었는데, 왜 샘이깊은물에는 글을 안 보내냐면서, 그런 글
을 샘이깊은물에도 싣자는 말씀이셨다.

그렇게 하겠다고 답은 하였으나, 곧 글을 보내지 못했다. 1997년 1월 말에
소록도를 방문하는 기회가 있어 벌교를 지나오면서 한 선생님께 전화해야지
생각하였는데, 서울에 와서 한창기 선생님의 부음 기사를 읽었다. 12월에 전
화하셨을 때 전혀 말씀을 안하셨으니, 투병중이시라고는 상상도 하지 못한 것
이 어찌 죄송스럽고 안타까웠는지. 아, 한창기 선생님!

그 편지를 여기 옮긴다. 한창기 선생님이 1983년 6월 10일에 쓰신 것이다.

오월이십구일날 비행기에서 적어 보내 주신 편지는 고맙게 받았습니다.

'청구도' 이야기는 참 훌륭한 말씀이었다고 생각합니다. 그동안에 몇몇 지도만을 다루는 책에서 시도되었던 것으로 기억이 납니다마는 그런 것을 이 지리지에 응용할 생각은 미처 나지 않았습니다. 다만 김정호 선생이 그린 지도로서 가장 두드러진 것은 이 '청구도'가 아니라 '대동여지도'입니다. 모두 스물다섯쪽으로 되어 있어서 제주도 부분부터 함경북도 부분까지 사다리처럼 겹겹이 쌓아 올리면 높은 호텔 로비의 천장에 닿으리만큼 큰 지도입니다. 이 것을 축소하여 저희의 지리지에 넣으려고 해 보았으나 돈이 너무 든다 하여 작파하였습니다. 아무튼 앞으로 나올 개정판에 선생님의 뜻을 반영할 수 있을 지를 검토해 보겠습니다.

다음으로 그 너서리 이야기 좀 하겠습니다. 서울 사람들은 그 매정한 도시 속에 살고 있습니다. 집을 사서 땅에 살고 있다고는 하지만 흔히들 그 땅에 뿌리박고 살지 못하고 사는 떠돌이입니다. 집을 사서 이런저런 겉치레 치장을 하지마는, 되팔아서 몇 푼이 남는다 하면 곧잘 이삿짐을 싸는 사람들입니다. 저희의 기록에 따르면 서울에 집장만하고 사는 사람은 적어도 오분의 일쯤이 해마다 주소를 바꾼다고 합니다. 그들의 마음속에, 뿌린 꽃씨에서 싹이 돋아나 꽃을 피우기까지에 관찰되는 삶의 신비를 음미하는 태도가 배어있길 크게 기대할 수 있겠습니까? 딸 하나 낳고 오동나무 묘목을 심어 그 딸 시집갈 때에 그 오동나무 베어 농 짜 주던 세상은 정녕코 다시 오지 않을 줄도 모릅니다. 집 사거나 지어 놓고 이런저런 꽤 큰 나무 듬성듬성해 보이지 않게 심어 놓고 가위로 가지런히 이발시켜 놓아야만 그 집 사러오는 사람에게 더 그럴싸한 집으로 보이지 않겠습니까? 텅 빈 마당에 이삼십 년 뒤를 생각하고 자잘한 묘목 몇 그루 심어놓으면 그 집 사러오는 사람의 눈에 그 집이 비싼 집으로 보이겠습니까? 서울 사람들은 살아남으려는 굳은 의지로 경제의 원칙을 철두철미하게 지키고 있습니다.

그러나 그런 것들이 제 맘에 들 턱이 없습니다. 이 선생님께서 이토록 옳게 지적하셨듯이 온 나라의 덩지 큰 향나무, 배롱나무, 모과나무 같은 것들이 팔 잘리고 다리 잘려 서울에 와서 그 추악한 모습으로 서울 사람들의 마당에 옮겨져서 흔히 기후 조건조차 맞지 않아 몇 해 동안 그 모진 목숨을 버티다가 비실

한 창 기
서울특별시 성북구 성북동 330번지의 536
우편번호 132 · 전화 762-6852

1983년 6월 10일

미국 하와이주
호노룰루
이 덕 희 선생님께

오월 이십 구일날 비행기에서 적어 보내 주신 편지는 고맙게 받았읍니다.

'청구도' 이야기는 참 훌륭한 말씀이었다고 생각합니다. 그동안에 몇몇 지도만을 다루는 책에서 시도되었던 것으로 기억이 납니다마는 그런 것을 이 지피지에 응용할 생각은 미처 나지 않았읍니다. 다만 김 정호 선생이 그린 지도로서 가장 두드러진 것은 이 '청구도'가 아니라 '대동여지도'입니다. 모두 스물다섯폭으로 되어 있어서 제주도 부분부터 함경북도 부분까지 사다다치처럼 겹겹이 쌓아 올리면 높은 호텔 라비의 천장에 닿으리만큼 큰 지도입니다. 이것을 축소하여 저희의 지피지에 넣으려고 해 보았으나 돈이 너무 든다하여 좌파하였읍니다. 사실 그 '청구도'의 소개는 돈을 덜 쓰기 위한 임시 방편이었읍니다. 아뭏든 앞으로 나올 개정판에 선생님의 뜻을 반영할 수 있을지를 검토해 보겠읍니다.

다음으로 그 너서비 이야기 좀 하겠읍니다. 서울 사람들은 그 멍청한 도시 속에 살고 있읍니다. 집을 사서 땅에 살고 있다고는 하지만 흔히들 그당에 투비박고 살지 못하고 사는 틱들입니다. 집을 사서 이런저런 걸치레 치장을 하지마는, 되팔아서 몇푼이 남는다 하면 곧잘 이삿짐을 싸는 사람들입니다. 저희의 기록에 따르면 서울에 집장만하고 사는 사람은 적어도 오분의 일씀이 해마다 주소를 바꾼다고 합니다. 그들의 마음 속에, 투빈 꽃씨에서 싹이 돋아나 꽃을 피우기까지에 관

이덕희 씨가 스물몇 해 전에 한창기에게서 받은 편지. 주로 '공간' 의 김수근 사랑방에서 한창기를 만났던 그는 '김수근' 과 '한창기' 를 한 파일에 분류하여 보관해왔다.

거리며 죽어가고 있습니다. 이런 나무들이 서울에 옮겨오는 만큼 시골의 경치는 텅 비게 됩니다. (그런 못된 풍조에 서울 시청 사람들조차 말려들어 그 시청 분수대 앞에 전라도에서 온 배롱나무 한 그루 심어 놓고 해마다 비실거리며 키를 줄여가게 하고 있습니다.) 저는 이런 현상을 통탄하여 『한국의 발견』〈전라남도〉편 '전라남도의 생활문화'에 그런 큰 나무 이야기를 했습니다.

이런 믿음만을 놓고 볼 때에는 큰 소나무를 몇 십 그루나 옮겨 제 뜰에 심은 저도 큰 죄인입니다. 그러나 제가 심은 나무들은 대체로 개발 현장이나 쓰임새가 농장으로 바뀌는 곳에서 어차피 죽을 운명을 겪을 것들이었습니다. 이 소나

무들을 거기에서 가져다가 온갖 정성을 다하여 대부분이 살아남을 수 있었던 것은 다행스러운 일이었습니다. 또 큰 나무를 옮겨다 심었다고 해서 자잘한 것들을 싫어하는 것도 아닙니다. 저희 뜰에 심긴 것들로는 어린 모란과 작약이 있고, 제가 올봄에 심은 것들로는 고추가 있고, 가지가 있고, 접시꽃이 있고, 목화가 있습니다. 게다가 산에서 들에서 버림받은 들국화를 심었고, 패랭이꽃을 심었고, 억새풀을 심었고, 원추리를 심었습니다. 그러니 비록 제가 그날 서초동에서 그 꽤 큰 불두화나무를 두고 상인과 싱갱이를 하지 않았던 것은 아니나마 저는 근본적으로 이 선생님의 동지입니다.

비록 이 선생님께서 서초동에서 목격한 것은 그것밖에 되지 않았지만 이 나라에는 너서리라고 할 수 있는 곳이 꽤 많이 있습니다. 무슨 농원, 무슨 화원이라는 간판을 달고 많은 업체들이 서울 외곽에서 묘목을 가꾸어 조경업자와 일반 사람에게 팝니다. (많은 사람들이 다 큰 나무를 좋아하는 것도 사실이지만 작은 나무를 사가는 사람의 수효도 상당히 많습니다.) 이미 그런 곳이 많은데 굳이 저까지 끼어들 필요가 있겠습니까? 우선 발등에 떨어진 불 끄는 일이 훨씬 더 다급하다고 생각하도록 허용해 주십시오.

다음에 서울에 오시면 뵐올 수 있게 되기를 빌겠습니다.

한창기 올림

외간 여자는 남자의 무덤을 찾지 않는다?

편지에 청구도에 관한 이야기가 나온다. 이것은 『한국의 발견』의 각 권에 청구도의 해당 부분을 넣으면 좋지 않겠느냐는 나의 제안에 대한 답이다. 열한 권의 지리지를 한국 방문 때마다 서너 권씩 나누어 가지고 와서 많이 배우며 열심히 읽고 난 후의 제안이었다. 개정판이 나왔으면, 김정호의 '청구도'나 '대동여지도'가 우리에게 좀더 가깝게 소개되었을 터이다.

한창기 선생님을 만난 것은 열 손가락으로 꼽을 정도로 적다. 물론 언제나 공간의 김수근 교수님 사랑방에서였다. 그래서 '공간'의 사랑방에 앉아 계신 예의 무뚝뚝한 얼굴과 언젠가 멋지게 입으셨던 한복 차림의 모습만 기억난다. 꼭 한번, 그의 사무실에서 뵌 것은 김수근 교수님이 돌아가신 직후였다. 김 교수님의 묘를 방문해야겠다고 하니까, 한국의 전통으로는 외간 여자가 남자의 무덤을 찾지 않는다고 일러주셨다. 그때 '지금이 어떤 세상인데, 성묘를 가는 데 여자, 남자를 구분하는 전통을 지켜야 한다고 하는가.'라고 선생님의 말씀을 의아하게 생각했었다.

어느 봄날 서초동 화원에서

앞의 편지 대부분을 차지하고 있는 '너서리'(화원) 이야기는 1983년 어느 봄날, 언제나처럼 공간의 사랑방에서 만난 한 선생님과 서초동에 있는 어느 화원에 들러 이런저런 나무들을 둘러보았을 때의 이야기이다.

하와이로 돌아오는 비행기 안에서 선생님께 글을 써 보냈다. 아마도, 그 화원에서 팔고 있는 큰 나무들이 수목원에서 상업적으로 재배한 것이 아니고, 전국 시골 곳곳에서 파온 것일 테니 폐해가 심각하지 않겠느냐고 언급한 것 같다. 그리고 그런 나무를 사려고 흥정하는 한 선생님도 환경 파괴에 일조하는 것이라고 쓴 것 같다.

그게 마음에 걸리셨는지, 뜰에 큰 소나무 몇십 그루 옮겨심은 자신도 큰 '죄인'이라고 하시면서도 그것들은 어차피 죽을 운명이었으며, 당신 집 뜰에 큰 나무뿐만이 아니라 버려진 자잘한 것들도 얼마나 많이 심었는지 하나하나 적으신 걸 보면 한 선생님답다는 생각이 든다. 한창기 선생님과 나는 이런 식으로 서로의 생각을 주고받고, 끌어내고 하였다. 말싸움이라고도 할 수 있을 것이다.

'한창기 박물관'이 문 열면, 내가 간직하고 있는 이 편지를 기증하려고 한다. 그의 정성을 느낄 수 있는 귀중한 (적어도 나에게는) 편지다. 한창기 선생님이 새삼 그립다. 🐾

한창기의 성북동 집 마당 한쪽에서 꽃 핀 감국.
1984년에 찍었다.

일습을 티없는 전통으로 되살리기

목수현 샘이깊은물 기자였다. 대학에서 한국 미술사를 강의하며, 직지사 직지성보박물관 학예실장 일을 하고 있다. 우리나라 유적 안내서인 『답사여행의 길잡이』의 공동 저자이다.

샘이깊은물에 입사한 지 얼마 되지 않아 나는 창간호부터 맡아온 임선근 기자의 뒤를 이어 '잘 입은 한복'을 진행하게 되었다. 얼떨결에 맡게 되어 한복에 대한 감이 아직 잡히지도 않았을 때, 1988년 삼월호로 아이들 돌 옷을 준비하게 되었다. 겨우 돌이 지나 잘 걷지 못하는 사내아이 하나와, 두 돌이 지나 한창 어리광이 넘치는 여자아이 둘이 모델이었다. 선임자가 알려준 대로 나도 우선 서울 반가의 생활을 기록한 〈이 계동마님이 먹은 여든 살〉(『민중 자서전』 제1차 제4권)의 구술자인 이규숙 노인(당시 85세. 지금은 고인이 되셨다)을 찾아가, 준비해야 할 옷가지의 종류와 옷 짓고 입히는 법도에 대해 아주 시시콜콜한 점까지 캐물어 취재 노트를 가득 채운 것으로 일을 시작했다.

퍼즐보다 어려웠던 색동 맞추기

여자아이의 치마저고리는 물론 머리에 씌울 아얌과 굴레, 남자아이의 바지저고리와 조끼에다가 특별히 돌 옷으로 입힐 복건과 전복까지, 준비해야 하는 것이 한둘이 아니었다. 한복은 갑사, 공단, 모본단, 양단, 명주 해서 옷 감의 종류를 이르는 용어뿐 아니라 빛깔을 이르는 말도 흔히 쓰는 색채 용어 와는 달리 자연과 관련해서 이름붙인 것이 많은데 이런 모든 것이 아직 생소하기만 했다.

게다가 여자아이의 색동저고리 소매를 빛깔이 어우러지게 맞추는 일은 퍼즐을 짜는 것보다 더 어렵게 느껴졌다. 또 저고리 소매에만 쓰일 감이다 보니 한감어치가 되지 않는 적은 감을 준비하는 것도 나로서는 깜깜한 일이었다.

광장시장 포목점의 무법자?

여느 기사에도 관심이 많았지만 한창기 사장은 특히 '잘 입은 한복'을 즐겨 챙기셨다. 이번 일에도 옷감 고르는 일에 앞서서 나섰다. 광장시장에 함께 갔을 때 가게주인들이 너나 할 것 없이 오랜 단골처럼 살갑게 그이를 맞았고, 그이 역시 동네 단골가게에 들리듯이 이 가게 저 가게를 돌면서 주인들과 수작을 나누었다. 이 천 저 천 내오게 해서 가게를 온통 들쑤셔놓고도 그이는 또 들르겠다며 훌쩍 다음 가게로 건너가곤 해서, 온갖 천 구경은 잘했지만 차마 따라다니기가 민망하기도 했다.

그러다 한 가게에서 팔다 남은 자투리 천 가운데 이것저것 고른 끝에 색동을 맞추고는 거의 값도 쳐주지 않고 받아 나왔다. 나는 그저 곁에 가만히 서서 한복을 부르는 그 다양한 천 이름과 빛깔을 눈여겨보고 귀담아 들을 따름이었다. 천을 한 보따리 싸들고 나오는 내게 한마디를 툭 던졌다.

"자네, 예전에는 이런 자투리 천들을 어떻게 썼는지 아나? 요새 유명한 조각보가 다 옛날 어머니들이 이런 자투리 천으로 기워 만든 거라네. 거 참 오묘하지…."

몇 해 뒤에 한 출판사에서 아이들 그림책을 진행하면서, 은행색, 대추색, 배추색, 진달래색처럼 자연이 담긴 우리 고유 빛깔 이름을 넣자고 아이디어를 낸 것은 그때의 기억이 바탕이 되어서였는지 모르겠다.

그 다락방 반닫이의 속곳, 속저고리, 버선

한복감을 골라주고 나서는 당신의 컬렉션에서 아이들이 쓰는 수놓인 모자였던 굴레를 찾아내주었고, 당신이 미처 갖추지 못했던 아이 꽃버선을 구해주느라 공예 수집가 장숙환 선생의 동생이 운영했던, 한국일보 앞의 '한가람'이라는 찻집에 함께 가기도 했다.

운니동 회사에서 가까웠던 인사동 골동 거리를 지나치시다가, 때로는 장한평 골동 가게에 들리는 길에 데리고 가서 정으로 쫀 석물과 기계로 다듬은 것을 눈 밝게 알아보는 일이며, 광명단 들어가지 않은 옹기를 골라내는 법, 다

같은 수놓인 안경집이라도 언제 적에 만들어진 것인지 알아내는 법들을 일러 주셨다.

내가 또 하나 즐거워했던 일은 그이의 성북동 집 이층 다락을 뒤지는 일이었다. 잡지 기사에 사진으로 쓸 민속품이 필요할 때면 회사의 한복 담당자들은 종종 그 다락의 장롱을 찾곤 했다. 반닫이 속에는 바느질 땀도 틀지 않은 진솔 속곳이나 속저고리 같은 것들이, 조금은 빛이 바래가는 채로 명주 보자기에 싸여 차곡차곡 쌓여 있었다.

그 중에는 버선 한 죽에 버선본까지 고스란히 남아 있는 보따리도 있었는데, 그 가운데에서 발에 맞는 버선 한 켤레씩을 얻어 좋아라 했다. 그 버선은 지금도 내 장롱 속에 고이 모셔놓았다.

앞앞이 개다리소반 한상씩

성북동 집에는 곳곳에 손때 묻은 골동들이 있었다. 그이는 우리에게 거실에 있는 옹기며 도자기의 풍만한 항아리 맛을 쓰다듬으며 느껴보게 했고, 밥때가 되면, 예전에는 손님에게 앞앞이 한상씩 차려주는 게 예절이었다고 가르쳐주시면서 저마다 한상을 받게 해주셨다. 돌이켜보면, 꾸밈없이 소박한 개다리소반에 조선배추로 담근 고소한 김치와 갖가지 나물로 아기자기하게 차려진 그런 한상을 이제까지 다른 곳에서는 한 번도 받아본 적이 없다. 우리가 받았던 그 소반도 그이가 하나하나 모았던 컬렉션 가운데 하나였을 터이다. 모셔놓고 감상만 하는 골동이 아니라 삶에 어우러지는 살림살이로 살려 쓰는, 이론보다는 감각과 몸에 익은 문화를 그이는 그렇게 보여주었다.

아는 것 다 가르쳐주겠다더니

샘이깊은물 운니동 사무실에는 들어서자 오른쪽으로, 비바람에 나뭇결이 패인 골이 그대로 드러나고 표정도 꽤 철학적으로 보이는 장승 한 쌍이 벽에 기대 세워져 있었다. 내 자리에서 눈을 들면 마주 보였던 그 장승 바라보기를 나는 퍽 즐겼다. 대학원에서 미학을 전공했던 나는, 당시 한 달이 멀다 하고 주말이면 경상도 안동이며 전라도 익산이며 해남 땅끝이며 다니면서 유적 답사에 열을 올리던 참이었다. 유적과 문화재에 관심이 많았으니 기획하거나 맡게 되는 기사들도 그런 쪽이 많았고 한 사장께 이것저것 질문도 많이 했다.

그다지 깊이 생각하지 않고 던진 말이었을지도 모르지만, 한창기 사장은
어느 땐가 당신이 우리 문화재에 관해 아는 것을 전부 다 가르쳐 주시겠다며
나중에 박물관을 하게 되면 일을 시키겠다고 하셨다. 네 해 가까이 다니던 샘
이깊은물을 그만둘 때, '샘이깊은물 기자'라는 직업과 뿌리깊은나무라는 직장
을 떠나는 것보다는, 뿌리깊은나무 박물관에 참여하지 못하게 될 것을 내심
더 아쉬워했는지 모르겠다.

　　그이가 생전에 박물관을 만들었더라면 예전에 했던 약속을 기억해서 나
를 부르셨을까? 어쨌거나 나는 지금 한 박물관의 학예 업무를 하고 있기는
하다. ❀

눈이 보배였던 사람

한국 출판문화의 자존심

박암종 동서울대학 디자인학부 교수. 홍익대학교 석사학위 논문 「잡지 편집 디자인에 있어서
아트디렉션에 대한 연구」(1987년)에서 뿌리깊은나무의 연구를 시작하였다.
완성된 논문을 한창기 선생에게 보내 격려의 답장을 받은 게 선생과 첫 인연이 되었다. 잡지사에서
아트디렉터로 근무하였고 편집디자인 사무실을 운영하였다. 1991년 학교로 옮긴 다음
편집 디자인 관련 과목을 가르치면서 한창기 선생과 뿌리깊은나무의 편집 디자인에 대한
밀도있는 논문과 글을 여러 편 더 남겼다.

1960년대 중반부터 우리나라의 잡지계는 발전기로 접어드는데 그 선두에
는 『주부생활』이 있었다. 그동안 잡지의 체제가 교과서 모양의 '국판'이 대부
분이었던 데 반해 『주부생활』은 '사륙배판'으로 지면을 키우고, 원색 페이지
도 대폭 늘렸다. 이로써 기존의 잡지에 큰 영향을 미치면서 읽는 잡지에서 보
는 잡지로의 변화를 선도하였다. 이때부터 잡지계에는 시각적인 변화와 판형
에 대한 변화가 급격히 일기 시작하였다.

이와 같은 현상을 부추긴 것은 매스컴을 배경으로 한 신문사가 앞다투어 잡
지를 발행하기 시작하면서였다. 잡지 발행이 가속화되면서 1975년이 되자 드
디어 우리나라 정기간행물의 수가 1,000종을 넘어서게 되었다. 그러나 계속
양적으로 확대되어온 잡지계는 질적인 면에서는 답보 상태가 계속 이어졌다.

그러다가 1976년 한창기 선생의 한국브리태니커회사에서 뿌리깊은나무가
창간되자 잡지의 내용과 함께 편집 디자인에도 큰 변혁이 일어났다. 당시 새
로운 편집체제로 많은 반향을 불러일으키며 한 시대를 풍미한 뿌리깊은나무
는 한국 잡지 디자인 역사에 한 획을 그은 잡지로 인정받는다. 뿌리깊은나무
만이 지녔던 독특한 편집 디자인의 특징들을 정리하면 다음과 같다.

1. '자간 조절'에 성공한 첫 잡지

창간호부터 모든 기사 속에 한자와 영문자를 전혀 쓰지 않았다. 되도록 순

우리말로 된 단어, 일컬어 '토박이말'로 문장을 바꿔 제작하였다. 그 시절은 글이라면 당연히 한자와 영자를 섞어 써야 하는 것인 줄 알고 있었다. 그러한 때 인명을 비롯해 중요한 한자와 영자를 전혀 사용하지 않았다는 점에서 뿌리깊은나무의 행위는 매우 큰 파격이었다.

디자인 측면에서 한글 전용은 여러 가지 난제들을 해결할 수 있었다. 당시 양끝 맞추기를 할 경우 아라비아 숫자나 영문자는 자간의 기준이 한글 활자와 달라 '자간 조절'이 어려웠다. 그러나 한글만을 쓰면 모든 한글 활자의 자간이 동일해짐으로써 고른 자간을 유지할 수 있었다. 다른 잡지와 달리 뿌리깊은나무가 시각적 통일감이 있고 문장의 글자가 고른 이유가 바로 여기에 있었다.

2. 아트디렉션이 무엇인지 보여주었다

우리나라의 잡지 가운데 처음으로 체계적인 아트디렉션 제도를 도입하여 시각적 요소들을 일치시키고 개성화시켰다. 그때까지만 해도 잡지는 문선공에 의한 활자 조판의 영역에서 조금도 진전되거나 변화하지 않고 단조로움의 극치를 달리고 있었다. 뿌리깊은나무는 이같은 점을 과감히 탈피하고 아트디렉션 제도를 도입하여 디자이너가 사진과 일러스트, 타이포그래피 같은 시각 요소들을 적극적으로 주관하게 하였다.

3. 그리드 씨스템과 시각적 일관성

우리나라 최초로 그리드 씨스템을 사용했다. 본문의 활판 편집에는 물론 화보에도 이 씨스템을 적용하여 완벽한 운영체제를 갖췄다는 것을 의미한다. 이를 이용하여 레이아웃을 통일시켜 작업의 능률화를 꾀했으며, 뿌리깊은나무만의 독특한 스타일을 창조했다. 표지, 목차, 본문, 광고의 크기와 위치를 매호 일관성있게 적용시킴으로써 시각적 아이덴티티를 부여하였다. 그리드 씨스템 도입으로 국내 출판계와 디자인계에는 더 체계적이고 합리적인 제작 씨스템이 확대되기 시작하였다.

4. 최초의 출판 실명제

책 앞쪽의 판권 난에 출판사업 본부장, 정기구독 지구장, 인쇄처, 제본처,

동판제작처, 사진식자처를 비롯한 직원들의 이름이 자세히 기록되어 있다. 사장의 이름은 없어도 부서 책임자의 이름과 직원들의 이름을 세세히 밝혀놓았다. 또 사진이나 일러스트, 삽화에는 크레디트를 명기하여 출처를 분명히 밝혔다. 이로써 출판 실명제를 처음으로 본격 실시하였다. 출판 실명제를 통해 잡지 한 권을 만드는 데 참여한 사람 누구나가 중요하다는 자각을 하게 되었고 그에 따른 책임감이 부여되어 질 높은 잡지를 만드는 데 기여하였다.

팔월 뿌리깊은나무

뿌리깊은 나무·말 권리와 생각하는 자유가 소중한 사람의 잡지·일천구백칠십구년 팔월호

발행처/뿌리깊은 나무·공급처/한국 브리태니커 회사

뿌리깊은나무 1979년 8월호 차례

5. 서체 개발

첫째. 전용 서체 개발

표지에 우리나라 최초로 모듈화로 제작한 훈민정음체를 개발해 사용하였다. 한글 전용을 주창한 한창기 선생은 한글 글자꼴의 구조적인 문제에도 관심을 기울여 한글이 발전하려면 기본적인 틀 안에 모아쓰기보다는 모듈화를 통한 탈네모틀을 지향해야 한다고 생각하였다. 그의 이런 관심과 연구를 토대로 해서 이상철의 디자인으로 훈민정음체를 개발하게 된 것이다.

이 제호는 다른 잡지와 차별화를 꾀하는 데 큰 역할을 한 것은 물론 여기서 그치지 않고 이를 본문 제목에도 활용하여 전용 서체로서 활용도를 높였다. 결국 디자이너가 탈네모틀 전용 서체를 개발함으로써 글자 한 벌을 손쉽게 제작하는 방법을 개척한 첫 시도가 되었다.

둘째. 사식체 개발

한창기 선생은 일찍이 뿌리깊은나무 발행을 하면서 사진식자에 많은 관심을 기울였다. 그는 디자이너들이 미처 보지 못한 점과 선에 이르는 세세한 부분까지 신경을 썼다. 사진식자의 고딕체의 느낌표 따위를 그가 우겨 만들었다. 이런 관심으로 인해서 그때까지는 전혀 사용하지 않았던 '마이너스 자간'을 시도하여 성공시키기까지도 하였다. 마이너스 자간이 그때부터 보편화되기 시작하였으며 이같은 방법을 통해 글자들이 서로 한 덩어리로 묶여 보이게 되어 가독성이 높아졌다.

6. 재미있게 읽히는 광고

편집 디자인에서 광고는 상품 선전뿐만 아니라 디자인에도 중요한 영향을 끼친다. 뿌리깊은나무에서의 광고는 자체 디자이너가 직접 디자인에 개입하여 다듬은 광고로서 편집 디자인의 중요한 요소로 기능했다는 것이 특징이다.

첫째. 기사식, 설득식 광고 운용

특히 인쇄매체 광고에서 차별화를 유지하였다. 다시 말하면 카피식 광고 곧 설득식 광고를 개발해낸 것이다. 광고 스타일이 폴크스바겐의 자동차 광고 카피처럼 길었다. 차분하게 써내려가는 카피가 특징이었다. 거기에다 본문은 물론 헤드라인도 순우리말을 사용하여 눈길을 붙잡아두었다. 본문 중에 박스로 처리된 연속 광고들은 리듬을 타며 재미있는 읽을거리를 제공해주었다. 설득식 광고의 전형이 여기서부터 본격화한 것이다.

둘째. 씨리즈 광고 게재

뿌리깊은나무에서 개발한 광고로 다른 잡지에서 볼 수 없었던 씨리즈 광고가 있다. 이 광고는 이태리안경, 캠브리지, 현대칼라, 평민사의 광고들로서 연속해서 호수를 바꿔가며 게재되었다. 이 광고들의 대부분이 기사식, 설득식 광고다. 이같은 광고는 바로 뿌리깊은나무의 편집 분위기와 잘 어울리는 스타일로 자리잡아 광고 디자인의 특징이 되어버렸다.

셋째. 선정업체 광고 개발

뿌리깊은나무가 새롭게 개발한 광고가 '뿌리깊은나무 선정업체 광고'라는 것이다. 아무 업체나 싣는 것이 아니라 뿌리깊은나무가 마음을 기울여 고른 좋은 업체에서 생산하는 좋은 제품의 광고를 싣는다는 취지였다.

7. 전문 사진기자의 운용

뿌리깊은나무는 창간호부터 당시 잡지계에서는 생각지도 않았던 전문 사진기자를 동원하여 독특한 발상과 과감한 앵글로 잡은 사진을 표지와 본문에 사용하였다. 초기의 그레고리 와이스와 이남수를 비롯한 수많은 전문 사진기자들이 사진에 감동적인 생명을 불어넣어 그 질을 높였다. 1976년 9월부터는 미술부서와 사진부서로 나누어져 더 전문화되었다.

8. 참신한 시각 요소들

뿌리깊은나무는 몇 가지의 독특한 시각 요소를 활용하였는데 목판용 궤선, 목판체, 궁서체, 전통 문양, 따옴표 같은 것들이 바로 그것이다. 이러한 시각 요소들은 주어진 그리드 씨스템 안에서 다양한 변화를 수반함으로써, 자칫 발생하기 쉬운 그리드 씨스템 활용의 약점으로 지적되는 딱딱하고 경직된 스타일에 리듬감을 부여하였다. 이와 함께 옛 목판본 책에서 집자하거나 채자한 서체나 갓 개발되어 사용되기 시작한 궁서체를 사용하여 주목률을 높였다.

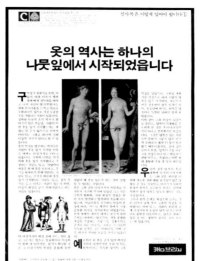

뿌리깊은나무에 실린 광고들. 이제는 흔해진, 그러나 그때로서는 파격적이었던 기사식, 설득식 광고이다.

또, 다른 그림이나 사진이 없이 문자만으로 채워진 밋밋한 페이지에는 전통 문양을 넣어 여유를 주었으며, 이 외에도 어느 출판물에서도 시도하지 않았던 따옴표를 시각 요소로 사용하였다. 단순히 하나의 문자 부속기호로만 생각하였던 작은 점 따옴표를 거대하게 확대하여 처음 보는 시각 요소로 창조해내었다. 이 확대된 따옴표도 하나의 유행같이 다른 출판물에 영향을 끼쳤다.

9. 메씨지가 담긴 품격있는 삽화

창간호부터 종간호까지 참여한 삽화가들을 살펴보면 화가, 판화가, 건축가, 만화가, 삽화가, 디자이너 같은 여러 분야의 작가들이 등장하고 있다. 이들의 삽화를 적재적소에 삽입하여 큰 효과를 보았다. 특히 박수동, 강환섭, 김경우, 강창욱 네 사람의 뛰어난 삽화는 뿌리깊은나무의 격을 한층 높여놓았으며 머리를 식히고 여유를 찾게 하는 데 일조를 하여 독자들의 사랑을 받았다.

뿌리깊은나무에 사용된 이 삽화들에 우리가 주목할 것은 내용을 보조하는, 단순히 지면을 채우는 역할을 넘어서서 작가가 의도하는 메씨지를 강력하게 전달하는 하나의 칼럼으로서 효과를 거두었다는 것이다.

10. 표지와 화보 편집의 일관성

뿌리깊은나무는 이색화보, 삼색화보, 원색화보 같은 다양한 화보 편집의 일관성 유지로 안정감과 신선감 그리고 통일감을 줄곧 보여주었다. 안정감은 창간호부터 여러 칼럼과 디자인 체제와 스타일이 급격히 변하지 않고 유지되었다는 점에 기인하며, 신선감은 독자가 알고 싶어하고 보고 싶어하는 궁금증을 확 풀어주는 기사와 화보 그리고 의외의 소재에서 새로운 발견을 하기 때문이다. 통일감을 줄 수 있었던 것은 앞에서도 밝힌 그리드 씨스템을 이용한 편집체계의 일관성에 기인한 것이다.

뿌리깊은나무를 창간한 한창기 선생은 디자인 디렉터, 디자인 후원자, 전통문화 애호가, 출판 경영인, 한글 예찬가, 미학자로의 면모를 갖추고 있었다. 한 가지 분야에 능통하면 다른 분야에도 능통할 수 있다는 말은 한창기 선생 같은 이를 두고 하는 말일 것이다. 이러한 그가 만든 뿌리깊은나무를 두고 다음과 같은 말을 할 수 있다.

한국 편집 디자인의 원천이 된 잡지는 단연 뿌리깊은나무다. 이는 몇몇 논문을 통해 거론된 사실이나 필자의 위와 같은 연구를 통해서도 충분히 증명되는 바다. 잡지의 내용과 형태에서 '실험정신'이 넘쳐났다. 한국 전통문화의 꾸준한 소개와 우리 삶의 진솔한 내용을 포함하고 있으며 시대상도 정확히 반영되어 있다. 신선한 충격을 준 한국의 전통적 시각 소재의 활용과 독자의 눈을 사로잡는 광고의 개발 들이 새로운 잡지 편집에 활력소가 되었다.

기존 잡지에서는 염두에 두지 않았던 디자인의 강조는 뿌리깊은나무 성공의 중요한 요소로 작용하였다. 디자인이 차지하는 요소가 과반수를 넘는 언론학자 마샬 리의 '열세 가지 판매에 영향을 미치는 요소'가 거의 빠짐없이 적용된 뿌리깊은나무의 편집 방향은 디자인의 역할이 중요한 요소로 강조되었다.

뿌리깊은나무는 기존의 일본식 편집 디자인 체제에서 벗어나 서구의 합리주의 방식을 도입해 새롭게 한국식 편집 디자인 체제를 확립했음은 물론 이로써 다른 잡지 디자인에도 큰 영양을 끼쳤다. 아트디렉션 제도 도입, 그리드 씨스템 활용, 프론트 매터의 위치, 사진과 일러스트의 크레디트, 한글 리거추어(이음자 또는 합자)의 사용, 만화와 삽화의 중요성 강조 같은 것들이 그 전에는 볼 수 없었던 새로운 편집 디자인 체제의 특징이다.

인재 제일주의를 실천한 뿌리깊은나무는 한국 편집 디자인 인력 배출의 산실이었다. 뿌리깊은나무의 편집을 담당했던 기자들이나 디자이너, 사진작가들 모두 그 역량이 출중하여 유능한 인력배출 기관으로서의 역할을 수행했다.

한창기라는 한 잡지 발행인의 겸허한 자세와 우리 문화의 가치를 드러내는 전 인생의 노고가 그대로 잡지에 스며들어 품위와 인격을 갖춘 하나의 개체로서 탄생된 것이 바로 뿌리깊은나무다. 시대의 아픔과 고뇌, 기쁨과 환희를 대변한 생명체로 존재하였으며 한국 출판문화의 자존심으로 한국 잡지 디자인 역사에 그 존재 가치를 확고히 하며 현재도 살아 있는 가치를 전 출판계와 디자인계에 뿜어내고 있다. 🐷

디자인이 살아야 글이 산다는 상식

이영미 샘이깊은물 편집 디자이너, 김형윤 편집회사 아트디렉터로 일했다. 프리랜서로『모닝캄』,
박생광 탄생 백주년 기념사업 출판물을 비롯한 여러 단행본, 사보들을 아트디렉팅해왔다.

대학 졸업반 때 취직하여 뿌리깊은나무에서 일했던 기간은 기껏해야 삼 년
이었지만『한국의 발견』을 만들면서 결혼했고 입덧과 함께 샘이깊은물 창간
작업을 시작해 첫아이를 잡지와 함께 낳았으니 참으로 나에게는 소중한 시절
이 아닐 수 없다.

　디자인 작업을 할 때는 말할 것도 없고 아직도 내가 무엇인가를 선택할 때,
집을 꾸미고 옷을 고를 때나 음식을 할 때에 더 나아가 사람을 사귈 때조차도
나를 지배하는 감각적, 시각적 기준이란 것이 분명 있는데 그게 바로 '뿌리 스
타일'이 아닌가 싶다. 그건 헤링본지에 둥근 가죽 단추가 달린 영국식 갈색 재
킷을 입고 콧등에 돋보기를 건 채 원고를 보시던 한창기 사장님의 스타일, 바
로 그것이다. 동서양 아름다운 것의 정수만을 골라 그 최고의 것에는 서로 아
무런 차이가 없다는 걸 몸소 보여주신 분. 판소리가 흘러나오던 사장님 방의
모던한 검은 가죽 의자와 골동품 장과의 조화로운 어울림, 기능적으로 아름답
게 개화된 성북동 한옥. 한복이거나 양복이거나 더이상 보탤 것 없이 완벽해
보이던 옷차림새. 그저 먹고사는 것이 거의 전부인 환경에서 자란 나에게, 군
더더기 없으나 따뜻함이 배어 있는 무광의 세련된 감각들이 무조건 감동으로
흡수되었다.

　책 디자인이라는 개념이 표지 디자인 정도였던 대학 시절. 잡지 뿌리깊은
나무는 내가 원하는 것이 무엇인지 시각적으로 보여주는 살아있는 모형이었
다. 졸업을 앞두고 야심차게 정해놓은 직장은 당연히 뿌리깊은나무였고 내 발

로라도 직접 찾아가겠다고 벼르던 그때, 마침 브리태니커 편집실의 기자와 디자이너를 뽑는 광고가 신문에 실렸다.

선 긋기로 본 입사시험

실기시험은 참으로 독특했다. 포트폴리오를 넘겨보시며 이상철 선생님이 내어주신 문제는 주어진 시각 재료들을 가지고 잡지 몇 페이지를 레이아웃 하는 것, 에이포 용지 한가운데 점을 찍고 대각선으로 선 긋는 것, 일정한 간격으로 연필로 선을 긋는 것이었다. 초등학교 입학해서 맨 먼저 하는 학습이 색연필을 가지고 무선 종합장에 줄 긋는 일 아닌가. 지금 생각해보면, 디자이너로서 보는 눈과 만드는 손의 감각을 다 점검해볼 수 있는 가장 기초적이고도 핵심적인 테스트였다는 생각이 든다. 그 테스트의 내용이 역시 '뿌리깊은나무다워서' 얼마나 내 직장이 되길 바랐는지 모른다.

입사 후 사장님 면접이 있었다. 드디어 한창기 사장님을 처음 뵙게 되었다. 여러 명의 편집기자들 사이에 디자이너는 나 한 명뿐이었고 집중적으로 나에게 많은 질문을 하셨던 기억이 난다.

"빨랫줄 글자가 뭔지 아나?"

그게 뭐냐고 반문하는 나에게 네가 뭘 알겠느냐는 듯한 표정을 지으시며 "글자 기준선이 위에 있어서 초성 중성 종성이 빨래처럼 길게 줄에 걸려 있는 모양의 글자"라고 정의하시곤 그렇게 함으로써 얻는 미적, 기능적 효과에 대해 덧붙여 설명하셨다. 나중에 샘이깊은물의 제호로 보여준 샘이깊은물체의 머릿속 그림을 말로 설명하신 거였다.

한글의 사각 틀을 벗겨내고 빨랫줄에 한글을 걸고자 한 그 놀라운 발상은 지금 생각해도 참으로 대단하다. 편집인으로서 디자인까지 아우르는 그 관심은 결국 글에 대한 깊은 사랑에서 비롯된 것이 아닐까 생각한다. 글을 돋보이게 하며 가독성을 높이고 잘 전달되게 하기 위한 기능적인 방법들에 대한 깊은 생각으로 글자 하나에서부터 책 전체에 이르는 시각적 중요성을 그 어떤 디자이너보다도 정확하게 이해하신 것 같았다.

음식보다 그릇 먼저

인문지리지『한국의 발견』일을 시작하면서 브리태니커에서 뿌리깊은나무 편집실로 옮기게 된 나는 방대한 양의 원고와 사진을 그리드 안에서 레이아웃하는 일과 브리태니커의 판매영업을 위한 광고물 제작, 『민중 자서전』이나 단행본들의 표지를 만들며 뿌리깊은나무의 디자인 스타일을 익혀나갔다. 이상철 선생님의 군더더기 없는 '미니멀'에 우리 전통에서 우러나는 깊이있는 색감과 온도를 놀랍게 덧붙이시는 한 사장님의 눈썰미가 합쳐진 단 하나뿐인 디자인 스타일이었다.

음식을 만든 다음 그 음식을 담을 그릇을 고르는 것이 아니라 그릇을 준비하고 그 그릇에 맞는 음식을 결정하는 방법. 샘이깊은물의 창간작업은 그런 순서로 진행되었다. 물론 편집-기획 회의를 통해 편집안의 골격은 짜여 있었지만 구체적으로 실현하는 칼자루는 디자인이 쥐고 있었기 때문에 편집부는 '더미'가 나와주길 애타게 기다렸다. 모든 것이 수작업으로 이뤄지던 그 시절, 디자인 기준 매뉴얼(지금의 '탬플릿')이라 할 수 있는 '더미'의 중요성을 알고

샘이깊은물 1991년 12월호 차례

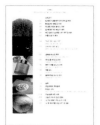

샘이깊은물 창간 십 주년 만의 지면 개편으로 바뀐 차례. '시각 요소'에 좀더 집중했다.

체계적이고 과학적인 방법으로 디자인을 해나갔다는 건 한창기, 이상철 두 분의 환상적 파트너십이 아니면 존재할 수 없는 일이었다.

　뿌리깊은나무의 모든 서식류 또한 이미 이미지 통합이 이루어져 있어서 원고지, 그리드가 인쇄된 대지, 레이아웃 용지, 편지지, 봉투가 아름답게 일정한 양식으로 디자인되어 있었다. 광고나 브로슈어에 쓰이는 헤드라인과 본문, 캡션에도 용도에 따라 서체가 정해져 있었고, 색채나 톤도 일정한 규칙에 따라 선택되었다. 매뉴얼이 따로 있었던 것은 아니나 저절로 익혀지는 것이었다. 우리가 원하는 그것을 찾을 수 없을 때 기꺼이 주문 제작을 해서라도 만들어 냈다. 한국사연 서체의 자간을 조절했고『한국의 발견』영인본 표지를 위해서 천을 염색했으며, 샘이깊은물은 인쇄의 질을 높이고 원하는 종이 색을 얻고자 한국제지에 특별 주문한 종이를 사용하였다. (나중에 호가 거듭되면서 많이 개선되기는 했으나 창간 때의 종이는 광택이 너무 많아서 불을 켜고 읽을 때는 가독성이 떨어져 별로 성공적인 결과는 아니었다고 생각한다.)

디자인은 '산수'였다

　판형이나 표지 로고 같은 결정적인 이미지를 정하는 일에는 한 사장님이 관여하셨지만 그밖의 모든 아트디렉팅에 관해서는 온전히 이상철 선생님에게 일임하셨다. 디자이너가 할 일은 정해진 시각적 틀 안에서 운용의 미를 살리는 것이었다. 이 선생님에게 '오케이' 된 레이아웃에 관해서는 한 사장님은 전혀 이견이 없으셨다.

　디자인을 위해서 글은 기꺼이 잘려지고 덧붙여지기도 했다. 시각적 요소로서 직접 제작한 광고들을 쪽 광고로 집어넣기도 하였다. 디자인을 살리는 것이 결국 글을 살리는 결과로 이어진다는 사실이 상식처럼 통하는 곳에서 일하는 디자이너는 참 행복하다는 것을 다른 곳에서, 다른 사람들과 일하면서 통감했다.

글과 사진과 시각적 모든 요소들이 기본 디자인 틀에 철저히 맞춰지는 훈련을 받으며 디자인은 산수와 많이 닮았다는 생각을 많이 했다. 주어진 조건이 있고 공식을 통해 나올 수 있는 정답은 하나였다. 그 정답이 틀렸을 때 한 사장님의 불호령은 정말 악몽이었다. 눈금자를 가지고 다니시며 1밀리미터까지 대지를 재어보곤 하셨다. 한 글자도 오자를 용납하시지 않아서 대지 상태에서 유산지를 떼어내며 수없이 교정을 보고 나서 통과한 원고를 필름에서 또 확인하고 교정지가 나오면 또 교정과 수정을 반복했다. 평화당 인쇄소 기계 옆에 붙어 오자나 티를 발견하면 가속도를 내며 돌아가는 기계를 가차없이 세울 권리가 뿌리깊은나무 디자이너에게는 있었다.

그래도 인쇄물이 나온 뒤에 사장님 앞에 나란히 줄서서 "다 총살시켜버리겠다!" 하는 호통을 듣고야 마는 실수와 사고가 늘 일어났다. 그 호통을 들으며 속으론 '도대체 무슨 죽을 일이라고 저렇게 화를 내실까' 싶었고 결혼 안하고 혼자 사시는 건 한 여인을 구원하는 일이라고 생각하며 억울함을 풀기도 했다. 그러나 작은 것에 대해 엄격함은 전체의 중요성을 배우는 일이었다는 걸 나중에 내가 또 다른 사람을 닦달하며 알게 되었다.

이상철 선생님의 감탄할 만한 디자인 감각과 한 치의 오차도 허용하지 않는 한 사장님의 회초리를 태교로 받고 세상에 나온 우리 큰아이는 유아기 때에 집요할 만큼 모든 물건과 장난감을 줄 맞추고 삐뚤어진 것을 바로 돌려놓으며 놀았다. '샘이깊은물 후유증'이라며 웃곤 했다.

그 '자식들'이 위로가 되시기를

일에서는 그렇게 까다로우셨지만 때로는 사장님의 또 다른 모습도 볼 수 있었다.

한번은 일요일 날 아침 일찍 성북동 서세옥 선생님 집으로 오라고 하셨다. 선생님의 '연하장'을 디자인하는 일이었다. 서세옥 선생님 집에서, 회사에 입사한 지 얼마 되지도 않은 나를 위해 사모님께 귀한 물건들을 보여주시기를 청하고 기법에 대해서도 자세히 설명해 주실 것을 부탁하셨다. 직원들에게 뭐

칼럼 '바람, 바람, 바람'의 지면들. 글과 사진과 시각적인 모든 요소들이 기본 디자인 틀에 철저히 맞춰졌다.

한 가지라도 더 보여주고 일깨워주고 싶어 하신다는 걸 느꼈다. 그날 선생님께서 연하장에 들어갈 그림을 하나 주셨고 사장님은 연하장에 들어갈 글을 그 자리에서 써주셨는데 끝에 산정 서세옥이라고 쓰셨다. 나중에 인쇄된 연하장을 받으신 서세옥 선생님은 스스로는 자신의 호를 안 쓰는 것이 상식이라며 호를 빼고 이름만 넣어서 다시 인쇄해 달라고 하셨다. 이미 양껏 인쇄를 다 낸 상태였으니 사장님께 혼날 생각에 앞이 깜깜했다. 사장실에 들어가 보고를 하면서 나도 모르게 "사장님이 써주신 거잖아요?" 하고 겁 없이 반문했다. 그러자 "그래, 내 실수다." 바로 인정하시는 거였다.

이런 일도 기억이 난다. 아직 보는 눈이 없었던 내가 아주 작게 보조 컷으로나 쓸 수 있는 사진을 한 페이지 반으로 키워 레이아웃 해놓은 것을 사장님이 보시곤 "이 사진이 그렇게 맘에 드는가?" 하고 물으셨던 적이 있다. 대답을 뭐라 했는지 기억이 나지 않지만 "그 놈 말은 잘하네" 하시며 그냥 지나쳐 가셨다. 나중에야 나 스스로, 그 사진이 질도 그렇고 인문지리지에 정보로 들어갈 사진으로 부적합함을 깨닫고 점점 축소시키다가 결국 빼버리며 무척 창피해했던 기억이 난다. 내가 스스로 깨달아 알 수 있도록 여지를 주셨던 것 같다.

돌아가셨다는 소식을 듣고 조문하러 갔을 때 사장님의 평소 모습 그대로인 영정을 보면서 이곳에 핏줄 하나 남기지 않고 혼자 가신 것이 가장 맘이 아팠다. 비록 나는 뿌리깊은나무의 좋은 토양에서 배운 것들을 뿌리내리지 못하고 아무런 열매를 맺지 못하여 죄송하지만 그것을 잘 이어받은 많은 '뿌리의 자식들'이 있고 그들이 또 다른 자식들을 키우고 있으리라 생각하며 그것이 돌아가신 분에게 위로가 되었으면 한다. 🐾

디자인, "잘하거나 아예 하지 않아야 한다"

김신 월간 『미술공예』와 월간 『디자인』 기자를 거쳐 지금 월간 『디자인』 편집장을 맡고 있다. 한국 디자이너들의 행적을 기록하고 그 가치를 알리는 일에 매진하고 있다. 한창기를 한 번도 만난 적은 없으나, 한국 디자인계에 미친 그의 뜻과 정신은 익히 들어왔다. 월간 『디자인』의 인터뷰 기사와 뿌리깊은나무와 샘의깊은물에서 본 몇 편의 글이 그가 만난 한창기의 전부지만, 단지 그 기사 몇 편을 본 것만으로도 큰 영감을 받았다.

뿌리깊은나무는 한국 그래픽 디자인 역사에서 전설의 잡지로 알려져 있다. 그리고 그 뿌리깊은나무의 미술 편집위원(아트디렉터)을 맡은 이상철의 이름을 딴 '이상철 스타일'은 한국 편집 디자인 역사에서 가장 영향력있는 편집 스타일로 평가된다. 물론 이런 업적은 아름다움에 관한 한 가장 앞선 안목을 지닌 발행인과 그 안목을 구체화할 수 있는 재능을 지닌 디자이너의 만남이 있었기에 이루어질 수 있었다. 한창기와 이상철의 만남은 『하퍼스 바자』의 전성기를 만들었던 편집장 카멜 스노우와 아트디렉터 알렉세이 브로도비치 콤비에 비견될 만한 것이다. 이 두 사람이 만든 뿌리깊은나무와 샘이깊은물의 디자인은 한국 그래픽 디자인 역사에 어떤 유산을 남겼을까.

뿌리깊은나무가 처음 한 일들

가장 먼저 언급되는 것이 바로 아트디렉션 제도를 한국에서 가장 먼저 도입했다는 것이다. 그런데 역사책에서 늘 '아트디렉션 제도 도입'이라는 말만 듣기 때문에 지금의 디자이너들은 뿌리깊은나무의 본질을 모르는 경우가 많다. 사람들은 '아 당시에는 디자이너만 있었고 그들을 지휘하는 디렉터가 없었는데, 업무 분담 씨스템을 새롭게 만들었구나'라고 해석하는 것이다.

그러나 기억해야 할 것은 뿌리깊은나무가 창간되던 1970년대 중반까지만 해도 책이나 잡지를 디자이너가 디자인하지 않았다는 사실이다. 레이아웃은 편집자의 몫이었고, 조판은 인쇄소의 문선공(원고에 나온 글자대로 활자를 뽑는 사람)이 했다. 편집자는 기사의 내용을 가장 잘 아는 사람이므로 비교적 적절한 레이아웃을 했을지 모른다. 그리고 서양의 잡지를 보면서 단 구성과 같은 것을 비슷하게 흉내낼 수 있었을 것이다. 그리고 깔끔하게 조판을 하는 꼼꼼한 문선공도 있었을 것이다. 그러나 이들이 할 수 없었던 것이 있었다. 바로 책 전체의 통일감 있는 스타일을 만들거나 글자의 가독과 판독을 위해 치밀하게 글자를 배열하는 것과 같은 아주 아름다우면서도 논리가 선 디자인 작업이다.

중요한 네 가지 의미

그러니까 최초로 아트디렉션 제도를 도입했다는 말은 단지 직제를 확립했다는 뜻을 넘어 다음과 같이 해석해야 한다.

첫째, 편집자와 문선공과 같은 기술자들이 통일된 원칙 없이 각자 나름대로 책을 만드는 단계로부터 한 걸음 나아갔다.

둘째, 디자이너가 책 전체의 시각적 방향과 틀, 질서를 부여하기 시작했다.

셋째, 독자가 책을 보기 쉽게 글자의 운용과 조판 형식을 철저하게 연구하기 시작했다.

넷째, 사진 이미지의 방향도 정하고 그것을 전문 사진가에게 의뢰하여 만들었다. 이상철은 아트디렉션 제도의 도입이라는 것에 대해 이렇게 말한다.

"아트디렉션이라는 말은 현대에 생겨난 개념이다. 그러나 구텐베르크가 책을 만들던 천 년 전에도 분명히 디자인이 있었으며, 그 옛날에도 뚜렷한 스타일 원칙 아래 질서정연하고 아름다운 책을 만들었다."

곧, 아트디렉션이라는 제도가 중요한 것이 아니라 책을 어떤 시각적 원칙을 갖고 만드느냐가 중요하다는 뜻이다.

낱말이 덩어리로 읽히도록

이렇게 시각적 원칙을 갖고 책을 만들겠다는 것은 발행인 한창기의 오랜 꿈이었다. 그는 아름다움과 질서를 볼 줄 아는 날카로운 눈으로 한국의 낙후된 편집 디자인 수준을 볼 때마다 불만이 가득했지만, 그의 안목을 맞춰줄 디자이너를 찾지 못했다. 1971년, 이상철을 만났을 때 비로소 잡지 창간이라는 그의 꿈을 구체화할 수 있었다. 한창기가 '이 나라에서 디자인 눈썰미가 가장 좋은 사람, 시각은 넘쳐흐르되, 시간은 모자라는 사람'이라고 평한 이상철에 게 가장 크게 요구한 것은 읽기 쉬운 글자의 배치였다.

언어에 남다른 감각을 지닌 한창기는 글자의 운용에 대해서도 자신만의 뚜 렷한 시각을 가졌다. 그는 한글은 낱자 하나하나가 아닌 낱말 덩어리 단위로 읽힌다는 점을 강조했다. 따라서 조판을 할 때 낱글자 사이의 간격은 매우 까 다롭고 신중하게 처리할 디자인 요소였다. 예를 들어 '주전자'라는 낱말을 조 판할 때, 낱글자 세 자 사이 간격은 좁혀주어 낱말이 덩어리로 읽히게 하고, 낱말과 낱말 사이는 분명하게 구별해야 했다. 그런데 당시 사진식자기로는 한 글의 자간 조절에 한계가 있었다. 따라서 사진식자가 나오면 칼로 인화지의 글자를 한 자 한 자 도려내어 사람 손으로 자간 조정을 다시 해서 붙이는 방법 으로 가독성을 높였다. 이런 수고로운 과정을 거쳐야 비로소 한 권의 책이 나 왔던 것이다.

감각에 앞서 디자인의 논리를 세웠다

이상철은 가독성을 높이려고 그밖에도 여러 가지 방법을 동원했다. 글자의 크기, 글줄의 길이, 글줄과 글줄 사이 간격, 단과 단 사이의 간격을 어떻게 해 야 가독성이 가장 높을까. 한 문단과 다음 문단 사이를 어떻게 띄울 것인가. 책 전체에서 글 정보와 사진 정보의 비율을 어떻게 할 것인가. (뿌리깊은나무 는 1대 1을 원칙으로 삼았다.) 이런 결정은 편집 디자인의 기초지만, 당시로 서는 그렇게 편집 디자인을 위한 구체적인 디자인 항목을 만든 것 자체가 획 을 긋는 사건이었다.

여기에 책 전체의 통일감을 부여하는 데 없어서는 안 될 그리드 씨스템까 지 확립했다. 그리드 씨스템을 정하고 그 씨스템대로 그리드 용지를 인쇄한 것이 우리나라 잡지계에서 최초일 정도였다. 그 전에는 모든 잡지사가 문구점 에서 파는 똑같은 모눈종이를 대지 위에 붙여 사용했을 정도로 그리드 씨스템 에 대한 인식이 부족했다.

이렇듯 뿌리깊은나무의 혁신적인 디자인이란 어떻게 보면 편집 디자인의 기본이자 본질을 실현한 것이다. 그것은 잡지의 첫 페이지부터 끝날 때까지 시각적인 일관성을 만들고, 그리드 씨스템으로 보이지 않는 질서를 잡아주며, 독자가 가장 보기 편하게 가독성을 높인 일이다. 아울러 제작 측면에서는 인

샘이깊은물 표지들. 판에 박은 듯한 '현대 미인형'과는 다른 단아한 한국 여자 얼굴, 그러나 널리 알려지지 않은 얼굴을 찾아 편집실이 다달이 동분서주했다. 골동가게에서 뒤져낸 옛 그림 속의 여자, 아이 업은 부인을 담은 강운구의 칠십년대 현장 사진을 쓰기도 했다.

쇄비를 절감하고 효율성을 높이려고 노력했다. 또 그냥 시중에 생산된 종이를 사용한 것이 아니라 독자가 읽기 편한 종이를 선택하려고 종이 회사에 새로운 종이를 생산하게끔 독려하기까지 했다.

  감각적인 스타일만을 추구하는 요즘 디자이너들의 시각으로 보면, 뿌리깊은나무는 아무것도 디자인하지 않은 것처럼 보일 수도 있다. 왜냐하면 너무나 단순하고 질서정연하여 건조해 보일 수 있기 때문이다. 그러나 컴퓨터의 발달로 모든 것이 키 하나로 쉽게 조정되는 오늘날에조차 뿌리깊은나무만큼 논리적으로 원칙을 세워서 디자인한 잡지를 찾기는 쉽지 않다. 이 점이 바로 뿌리깊은나무가 전설이 될 만한 점이다. 뿌리깊은나무의 디자인은 이른바 '눈에 떠지 않는 디자인'을 실현한 뛰어난 사례이다. 그것은 디자이너가 자신의 감각을 과시하려는 욕심을 버려야 얻을 수 있는 아주 수준 높은 단계의 디자인이다.

샘이깊은물의 표지 얼굴

샘이깊은물의 디자인은 뿌리깊은나무의 연장선에서 해석해야 한다. 이 잡지에도 이상철 스타일 특유의 균형감있는 디자인, 편집 디자인의 본질을 잃지 않는 디자인의 힘이 숨어 있다. 조금 더 진화한 점은 그리드 씨스템이 확고하면서도 그것에 얽매이지 않는 디자인을 선보였다는 것이다. 뿌리깊은나무에서 그리드 씨스템이 너무나 엄격하여 눈에 뚜렷이 보였다면, 샘이깊은물에서는 그리드가 질서를 잡아주되 눈에 보이지 않게 은근하게 뒤로 물러선 것이다. 그만큼 디자인은 한 단계 성숙했다. 그리드가 정보를 구속하는 것이 아니라 정보가 그리드를 소화한 것이다.

무엇보다 샘이깊은물이 1980년대 한국인에게 강렬한 인상을 남긴 것은 바로 표지 때문이다. 이 책의 표지는 당시 책방 쇼윈도에 걸린 여러 대중지 표지 가운데 단연 돋보였기 때문에 이 책을 사거나 보지 않은 많은 이들의 뇌리에도 각인되었다. 특히 동네마다 책방이 여러 개 있어 은행간판처럼 잡지 표지가 대중들에게 쉽게 노출되던 시대였다. 이 잡지 표지의 목표가 선정성과는 거리가 멀고, 게다가 스타가 아닌 평범한 보통 사람을 내세웠기에, 사람들이

창간호부터 사륙배판으로 유지되던 샘이깊은물 판형이, 십 주년에 이르러 변형 국배판으로 바뀌었다.
지면 개편의 새로운 느낌이 표지 얼굴들에서도 전해진다.

그 표지를 기억한다는 점이 더욱 놀라운 일이다. 특히 제목 서체만 다를 뿐 비슷비슷했던 당시 대중지와 뚜렷이 구분되는 강력한 아이덴티티를 갖추었다는 점이 높이 평가받아야 한다.

샘이깊은물의 표지에는 우리 주변에 있는 보통 여성이 등장했다. 게다가 화장을 하거나 화려한 옷을 입어 애써 아름다워 보이려고 꾸민 것이 아닌 평소 있는 그대로의 모습을 보여줬다는 점이 대중잡지로서는 혁신적이었다. 차분한 흑백사진이 평범한 아름다움을 더욱 빛냈다. 이러한 디자인은 한국 대중 여성지 가운데 샘이깊은물을 한국의 정서와 아름다움을 가장 잘 표현한 잡지로 기억하게 만들었다. 한창기는 우리에게 낯선 서양의 새로운 디자인도 누구보다 빨리 받아들였지만, 한국의 정체성과 아름다움을 누구보다 열정적으로 되살리려 했다. 그러한 노력이 반영된 것이다.

한창기의 매서운 디자인 비평

오늘날 뿌리깊은나무와 샘이깊은물은 한국 편집 디자인의 기초를 밝힌 선구적인 잡지로 평가되고 있다. 그러나 그 기초가 채 다져지기도 전에 한국의 잡지는 디자인을 위한 디자인, 스타일을 위한 스타일의 잡지로 변모해버렸다.

한창기, 이상철 두 사람은 정보의 충실한 전달자라는 잡지 본연의 의무와 틀에서 크게 벗어나지 않는 선에서 아름다움을 추구하고 스타일을 만들었다. 그 스타일이란 단단한 구조의 정보체계를 디자인하는 과정에서 얻은 덤 같은 것이었다. 그러나 이 두 잡지 이후 '정보체계의 구축'이라는 잡지 본연의 문제의식은 더 진보하지 못하고 '스타일 만들기'라는 유혹에 밀려 디자이너의 관심 밖으로 벗어났다.

한창기는 1984년, 월간 『디자인』과의 인터뷰에서 서울대학교 디자인과 졸업전시회를 본 감상에 대해서 이렇게 말한 바 있다.

"광고를 표현한 판넬이나 디자인 통합작업의 예시 등에서 대부분의 미술 인구가 글을 존중할 줄 모른다는 것을 다시 한 번 확인할 수 있었습니다. 그것을 보고 읽는 사람들에 대한 고려가 매우 허술했습니다."

그는 디자인을 "상식에 끊임없이 도전하는 일"이라고 생각했지만, 그렇다고 상식을 무시하면서까지 새로운 것, 특별한 것, 튀는 것을 내놓는 일이라고 생각하지 않았다. 다만, 기본에 충실하지 않은 디자인이 이 세상에 너무 넘치기 때문에 그것에 도전하는 일로 여겼다고 보는 게 더 맞을지도 모른다.

그는 경제부흥기의 한국사회가 과거를 부정하고 만들어낸 온갖 한국식 모던 디자인에 대해 절망했다. 이에 대해 비판적이다 못해 급기야는 "디자인은 잘하거나 아니면 아예 하지 않아야 한다."는 무시무시한 말까지 하게 된다. 특히 그는 무조건 새롭게 디자인하는 것을 몹시 싫어했다. 위 인터뷰에서 그는 이렇게 말했다.

스타일을 좇는 젊은 디자이너들에게

"어설픈 디자인은 꼭 남이 안하던 별난 짓, 여태까지 없던 신기한 것을 내놓아야 창작이 된다고 싸잡아 믿는 풍조하고 상관이 될 듯해요. …기발한 것, 신기한 것 내놓는 행위가 창작 대접 받는 세상보다, 존재하지만 눈에 덜 띄는 것, 눈에 띄더라도 현대 대중문화의 집단마취로 부정된 가치를 발견하는 것이 창작의 행위가 되는 세상에 『디자인』 잡지가 밑거름이 되기를 바랍니다."

짧은 인터뷰지만, 한창기의 디자인론을 잘 읽을 수 있는 대목이다. 그가 잡지를 어떻게 디자인하고자 했는지, 그 정신 또한 엿볼 수 있다. 그는 잡지가 독자에게 전달하고자 하는 정보가 단단하게 구축되어 아름다움과 질서가 잡힌 잡지를 원했다. 기능을 제대로 하면서 동시에 글꼴과 사진과 레이아웃으로 표현된 스타일이 잡지의 정신을 잘 드러내기를 바랐을 것이다. 그것은 우리나라의 잡지가 잡지라는 매체의 본질에 다가간 최초의 노력이었다. 그 노력은 우리 잡지계에 진정한 모더니즘 시대를 열었다.

그러나 그 뒤로 그런 노력이 계승되지 못했다. 1990년대에 들어와 편집 디자인은 마치 패션처럼 스타일이 강해졌다. 이것은 뿌리깊은나무와 샘이깊은물이 축적해온 유산으로부터 비롯된 것이 아니다. 영국과 미국에서 크게 일어난 대단히 표현적인 스타일을 흉내낸 것이다.

이렇게 스타일과 패션을 만들어내는 것에 길들여진 요즘 디자이너들의 눈에 뿌리깊은나무나 샘이깊은물은 지루한 잡지처럼 보일지도 모르겠다. 오늘날의 젊은 디자이너들은 정보의 본질을 드러내기보다 스타일이 정보를 지배하는 시대를 맞이했기 때문이다. 그래서 뿌리깊은나무와 샘이깊은물의 유산은 다음 세대의 디자이너가 다시 밝히고 발전시켜야 할 오래된 미래가 된 것이다. ♣

군더더기를 증오했던 디자인 감시자

참석자 　**강운구** 사진가. 전 샘이깊은물 사진편집위원
　김형국 전 서울대학교 환경대학원 교수
　김형윤 김형윤편집회사 대표. 전 뿌리깊은나무 편집장
　이상철 디자인 이가스퀘어 대표. 전 샘이깊은물 미술편집위원

김형국/ 한 사장의 눈썰미라면 잡지 만들 때의 내용과 형식에 가장 많이 녹아 있었죠?

강운구/ 눈썰미가 에디토리얼에서뿐만 아니라 생활에서도 탁월했던 분이죠.

김형윤/ 출판에 나타난 눈썰미가 가장 중요하겠죠.

이상철/ 한사장은 군더더기를 증오했던 디자인의 감시자였습니다. 편집 디자인에서 일상생활에 이르기까지.

김형윤/ 다시 말해 이 자리에 참석해주신 강운구, 이상철, 김형국— '세 눈썰미가 보는 한창기의 눈썰미'가 오늘의 주제로군요.

뉴요커를 닮은 잡지

김형국/ 뿌리깊은나무 창간호를 서울대학교 환경대학원에 함께 있는 권태준 교수가 학교로 가져와서 봤습니다. 뿌리깊은나무 편집위원인 권 교수가 "당신도 여기 하나 써보라"고 권고해서 창간하고 얼마 안 되어 기고를 했어요. 당시 김형윤 편집장이 내 글을 손질하다가 문의 전화를 했기에 "전화로 이야기할 게 아니라 내가 한번 나가겠다"고 하고 회사로 찾아가서 손질한 원고를 검토했죠. 잡지에 실을 글을 편집진도 보고, 사장도 보고 그러는 모양이더라구요. 좋게 말하면 궁체, 지렁이 기어가는 듯한 글씨로 내 글을 고쳐놓은 게

많았어요. 그게 알고 보니 한 사장 글씨였어요.

김형윤/ 잡지 첫 인상이 어땠습니까?

김형국/ 굉장히 특이했죠. 미국 잡지『플레이보이』『타임』『라이프』갖다 놓고 레이아웃 고민하고 그랬다는데 나는 처음에 봤을 때『뉴요커』를 생각했습니다. 체제와 판형, 크기는 미국적이었어요. 그러나 거기 담긴 내용은 지극히 한국적이었죠. 사진도 달랐습니다. 풍경만 있는 곳에 사람들 모습을 넣은 것 자체도 새로운 시도였죠. 아무튼 잡지 지면을 통해서 민속풍의 아름다움을 가장 먼저 현창한 사람이 한창기 씨라고 생각합니다. 한 사장의 특징은 가장 한국적인 것과 가장 서양적인 것을 맞대어 잘 소화하는, 그것도 몸에 밴 자율 신경으로 소화하는 것이죠.

강운구/ 그때까지는 우리나라의 잡지들이 편집체제까지 전부 일본풍이었어요. 뿌리깊은나무부터 서양식 잡지 포맷이 나오기 시작한 것입니다.

김형국/ 내용적으로 보자면 한 사장은 잡지를 엔터테이닝이나 타임킬링용이 아니라 신문적으로, 시시비비 형으로 만들었습니다. 신문은 시시비비 형이지만 옳은 것 옳다는 이야기는 잘 안하고 틀린 것만 틀렸다고 강조합니다. 그게 언론의 속성이죠. 한 사장도 '비비'형의 사회비평적인 시각으로 잡지를 만든 분입니다. 필자도 대개 그런 취향으로 선택했고요. 또 하나는, 내가 잡지를 전문적으로 공부한 사람은 아니지만 상당히 현장에 가까이 다가갔습니다. 농촌 사정이라든지 현장형의 기사를 많이 실으려고 했어요. 창간작업은 얼마나 걸렸어요?

아트디렉터 한창기

이상철/ 실제로 창간호가 나온 것은 1976년 3월인데 실제 창간작업을 시작한 것은 그로부터 삼 년 전입니다. 1975년에 한 번, 1974년에 한 번, 1973년에 한 번, 모두 세 번의 창간작업을 했어요. 아트디렉션은 제가 모두 맡았고 편집장은 첫 번째는 이중한 선생이, 두 번째는 김형효 선생이, 세 번째는 윤구병 선생이 했습니다. 매번 더미 작업을 해서 시카고 본사로 보냈지만 본사에서 승인을 해주지 않아서 두번째까지는 반려되었습니다. 세 번째 더미 작업을 마친 뒤에는 승인이 나기를 기다리는 사이에 한국브리태니커가 매출 부진으로 슬럼프에 빠졌어요. 그래서 회사 규모를 줄이라는 본사 지시를 받아 삼일로 빌딩에서 중부경찰서 근처 영락병원 자리로 이사를 했죠.

김형윤/ 디자인에 관한 한 이 선생님은 한결같이 한 사장님의 생각을 구현하는 역할을 맡으셨죠.

강운구/ 한 사장은 생래적으로 탁월한 아트디렉터예요. 아트디렉터가 그림 잘 그리고 선 잘 긋고 사진 잘 찍을 필요는 없어요. 잘하는 사람에게 맡겨서 받아다 쓰면 되는 거죠. 그런 아이디어가 있는 분이 이상철이라는 대단한 하수인을 만난 거죠. 자기는 총 안 쏘고 이 선생보고만 총 쏘라고, 저격하라고 시킨 거예요.

이상철/ 아마도 제가 만만했을 거예요.

강운구/ 그러나 한 사장은 너 엎드려 쏴, 무릎 꿇고 쏴, 그런 거까지는 절대 명령을 안 합니다. 우리가 알다시피 대단히 섬세하고 까다로운 분이니까 뭐든 시시콜콜하게 이야기했을 거 같지만 큰 덩어리만 결정되면 세부적인 것은 자기가 그걸 받아들이느냐 마느냐만 결정을 했지 거기 대해서 시시비비는 안 했습니다. 그게 아주 훌륭한 점이었어요. 사진에 대해서도 타고난 감각, 분명한 생각이 있지만 자기 원칙을 간접적으로 내비치고 나면 구체적으로 미주알고주알 따지지 않는 성질이었어요. 분명한 원칙은 하나 있었습니다. '어떤 사람을 찍더라도 그 사람에게 실례가 되어서는 안 된다.' 이건 미학이 아니라 도덕적인 것이죠. 글에서도 마찬가지 원칙을 적용한 걸로 알고 있어요. '내가 만드는 잡지는 어떤 글 한 줄도 당사자를 불편하게 해서는 안 된다.'라는 대원칙이죠.

김형국/ 그러나 글로만 보자면 당사자나 관계자를 불편하게 해서 항의 받은 경우가 없지 않았을 걸요? 편집진에서 외부 필자가 쓴 문어적인 표현을 살가운 입말로 고치는 과정에서 같은 비판이라도 더 원색적으로 느껴지게 되는 경우가 많았고 그런 탓에 필자의 항의를 불러일으킨 경우가 더러 있었다고 기억합니다. 고친 상태로 싣는 것을 거부하며 떨어져나간 필자도 있었습니다.

"산업은행 같은 형무소에서 인재가 무슨 일을 하겠어?"

강운구/ 한 사장은 언제 이 선생을 발견했죠?

이상철/ 1970년 전후쯤에 배움나무라는 사내 잡지 디자인을 한 게 한 사장님과의 첫 인연입니다. 첫 여섯 달은 서로 얼굴도 보지 못한 채 디자인에만 참여했습니다.

강운구/ 군대 제대하고 산업은행 디자이너로 근무하신 걸로 아는데요?

이상철/ 산업은행 근무중 군에 입대했죠. 산업은행에 재직하면서 엘리건스(현재 계선산업)라는 인테리어 디자인 회사에서 아르바이트를 할 기회가 있었지요. 엘리건스 장충섭 사장이 그 전에 반도조선 아케이드—지금의 조선호텔 아케이드—에서 공예품을 팔았고, 한 사장님은 그 건너편에서 서양 성경책을 팔았다고 합니다. 두 분 다 아름다움에 대한 안목이 있어 그때부터 서로 대화가 시작되었겠죠. 그러다가 한 사장님은 옛 예총회관(현재 세종문화회관) 자리에 한국브리태니커회사 사무실을 냈고, 장 사장은 경복궁 맞은편 지금의 출판회관 바로 옆에 인테리어 회사를 열었습니다. 산업은행 퇴근 후에 그 회사를 이 년 가까이 드나들면서 한 사장에 대한 이야기를 많이 들었습니다. 어느날 한 사장이 그래픽 디자이너를 찾는다면서 장 사장이 저를 추천했습니다. 그게 배움나무라는 사내잡지의 디자인 일이었고, 장 사장이 중간에서 일을 가져다주면 작업해서 다시 장 사장이 건네는 식으로, 한 사장과는 일면식도 없이 반년이나 일만 한 것이죠.

강운구/ 그러다가 언제 처음 만나셨나요?

이상철/ 1970년 말에 연락이 왔습니다. "새해 정초에 브리태니커 시카고 본사 아트디렉터 탐슨 부부가 한국에 오는데 그때 같이 만나서 이야기하자"고. 정월 초하룻날 장충동의 집으로 부르셨는데, 들어서니 뭐가 뭔지 모르겠는 뭔가 다른 세상이었죠. 서양 사람들도 섞인 파티였습니다. 다 돌아간 후에 단 둘이 마주 앉았는데 저는 거의 듣기만 했습니다. "산업은행 같은 형무소에서 인재가 무얼 하겠어? 비전이 없어. 나하고 같이 일하자." 한 시간이 넘게 말씀을 들었습니다. 그 일주일 후에 한국브리태니커회사 미술책임자로 명하는 발령장이 날아왔습니다. 25일부터 미술책임자로 출근하라는. 당시는 직장을 옮긴다면 무슨 죄나 짓는 것처럼 볼 때라 은행에 어떻게 이야기해야 하나 몹시 힘들기도 했지만 이유도 없이 마음은 그리로 갔습니다.

강운구/ 그때 산업은행에서는 무슨 일을 하셨어요?

이상철/ 조사부 홍보담당 디자이너였습니다. 저 혼자였어요. 고등학교 졸업하고 대학엔 낙방하고 산업은행엔 합격을 했는데, 5·16 군사 쿠데타 이듬해 경제개발 5개년 계획이 시작되던 무렵이었어요. 그 자금을 지원하는 곳이 산업은행이었죠. 해외 차관 끌어들이기 위한 홍보책자도 만들고.

강운구/ 한국 산업은행 로고타입도 이 선생이 만드셨죠?

이상철/ 그 당시 로고는 내가 만들었지만 지금은 바뀌었습니다. 아무튼 은행에서 내 사표를 수리해주지 않아 본의 아니게 석 달을 양쪽 근무를 하면서 산업은행 일을 접고 브리태니커 미술책임자가 되었습니다.

마주 앉아 밥 먹다가 냅킨에도 그렸던 뿌리깊은나무

강운구/ 뿌리깊은나무 로고는 이 선생 것 맞죠?

이상철/ 맞습니다. 창간작업에 오래 관여했지만 막상 뿌리깊은나무가 세상에 나오는 순간에는 제가 회사에 없었습니다. 앞에서 말했듯이 한국브리태니커의 상황이 안 좋아지면서 회사를 잠시 떠나 있었죠. 떠나 있는 동안에 시카고 본사로부터 사업승인이 나서 본격적인 창간작업에 들어가야 했는데 막상 제가 시간이 여의치 않아 첫호는 서울대 윤명로 선생에게 맡겨졌다가 둘째호는 다시 이화여대 임희주 선생에게 넘겨졌습니다. 급히 진행되다 보니 여러 가지로 어려움이 생겼던 것 같습니다. 첫호 나오기 전에 한 사장이 저를 종로 이가에 있는 반줄 식당으로 불러내 당장 돌아오지 않으면 창간작업이 도저히 안 되겠다고 하시는데, 나도 벌여놓은 일 때문에 도저히 몸을 뺄 수가 없어서 창간호는 그냥 그대로 나오게 되었고 그 다음호부터 임희주 선생이 하시던 일을 제가 다시 받아 진행되었죠. 그래서 로고가 창간호 이후에 두번 조금씩 바꾸었습니다.

뿌리깊은나무

강운구/ 뿌리깊은나무 창간호는 당시로서는 충격적인 모습이었어요. 제목 자체도 강렬한 데다가 로고가 인상적으로 단정했죠. 그때까지 붓글씨체 제목 잡지들과 차별되는 아주 반듯한 모양새였어요. 구조는 한 사장이 세웠는지 모르나 형상화는 어쨌든 이 선생이 한 거죠.

이상철/ 제호 디자인에 관해서는 한 사장님이 글자꼴에 워낙 관심이 많아 사전에 충분히 이해가 공유되었던 터였습니다. 마주 앉아 밥 먹다가도 냅킨에다 글자를 그려가면서 구조에 대한 토론을 벌일 정도였으니까요. 구조적인 고안은 한 사장님이 하고, 그것을 시각적으로 드러내는 것은 내 몫이었기 때문에 시행착오는 그리 많지 않았습니다. '뿌리'의 모음 'ㅜ'의 세로획을 점으로 하느냐, 작대기로 하느냐, 그런 씨름은 좀 있었던 정도입니다.

샘이깊은물의 자형을 선보입니다

인쇄체 한글의 모양은 여태까지 음절 곧 글자를 단위로 하여 도안되었읍니다. 이웃하는 글자의 모양과 비슷해 보이도록 하려고 네모틀 안에 들어가게 그린 모양입니다. 특히 가로쓰기로 조판되었을 때에는 옆 글자의 모양과 서로 어울리지 않고 "싸우는" 글자가 오늘의 인쇄체 한글입니다.

조판이 세로쓰기로 되었을 때에는 그냥 그렇다 해도 나았읍니다. 적어도 여러 글자의 세로 내려가는 작대기끼리 이루는 조화가 있었기 때문입니다. 그러나 가로쓰기가 더 이로움이 이제는 확실히 드러났고, 무엇보다도 오늘날에는 남·북한의 거의 모든 인쇄물과 출판물, 또 컴퓨터와 타자기 같은 기계들이 가로쓰기를 채택하고 있읍니다. 따라서 가로쓰기가 불가피하며, 찍어 놓은 모양이 아름답지 않습니다. 세다가 대체로 음절 단위말고 자모 단위를 따라 쳐 모아 쓰는 타자기의 방법대로가 아니어서 찍는 과정이 번거롭고, 또 값이 비쌉니다. 이전 안판이나 되는 여러 글자에서 한자한자를 골라 내어야 하기 때문입니다.

오늘날 우리의 눈에 익은 국문 인쇄 글자들이 서로 싸우면서 따로따로 노는 것은 로마 글자의 경우와는 달리 한 글자의 획과 이웃하는 다른 글자의 비슷한 획과의 사이에 유기성이 없기 때문입니다. 글자 하나하나를 열살 글자 생각과 별로 하지 않고 독립된 "창조물"로 그렸으니 그럴 수밖에 없읍니다.

그러면 음절 단위로 찍지 않고 자모 단위로 찍을 수 있는 기계 글자 이를테면 타자기 글자는 왜 아름답지 않을까요? 대체로 그런 글자가 그 훌륭한 기계속을 사용하여 찍는 것이면서도 아름답지 않은 인쇄 글자를 되도록 많이 닮은 글자가 되도록 고안되었기 때문입니다. 그랬으니 타자 글자가 오히려 인쇄 글자보다도 더 못난 글자가 되는 것은 당연합니다.

많은 기업의 이름과 가게의 이름을 새

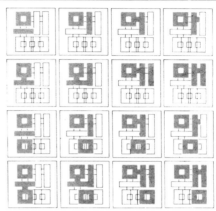

"샘이깊은물 글씨체"의 근본틀. 글자 사이에 유기성과 조직성이 이루어지도록 고안되었다.

모양의 글자로 쓰려고 발버둥치는 모습을 우리는 요새 자주 봅니다. 그 네모틀에서 글자를 해방시키려고 다들 안간힘을 쓰고 있읍니다. 저희들도 여러 해 동안에 걸쳐서 그런 노력을 하였읍니다. 그리하여 마침내 샘이깊은물의 미술 편집 위원인 이상철 씨의 손으로 위에 있는 모양대로 샘이깊은물을 썼고 "샘이깊은물 글씨체"의 기틀을 완성했읍니다.

위의 그림으로 짐작할 수 있겠듯이, 세로 보아 모든 글자의 머리는 한 선에서 끝납니다. 역시 세로 보아 모든 받침 없는 글자와 모든 받침 있는 글자는 밑바닥 높이가 서로 다릅니다. 모든 받침 있는 글자에서 받침을 떼어내 버리면 받침 없는 이웃 글자와 밑바닥 높이가 같아집니다. 세로 긋는 작대기가 있는 글자의 받침은 모두 바른쪽 쪽으로 몰리게 합니다. 모든 초성 자음과 받침은, 겹(쌍)으로 되어 있는 경우라도, 크기가 근본적으로 같습니다. 또 같은 자음은 초성 자리에서나 받침 자리에서나 모양이 같습니다. 여러 글

자에 나타나는 같은 성격의 "씨줄" 또는 짐은 서로 높이가 같습니다. 글자의 "두께"는 세 가지가 있으니, 세로 긋는 작대기가 없는 글자가 가장 좁고, 그 작대기가 있는 글자가 중간 치이고, 그 작대기가 둘 있는 글자가 가장 두껍습니다. 그리고 글자와 글자와의 사이는 초성 글자와 그 옆 작대기와의 사이와 같습니다.

이런 글자는 손, 타자기, 인쇄소 식자기, 컴퓨터에도 두루 통하는 글자가 됩니다. 그리고 어떤 기계로 찍혀 나오거나 근본적으로 똑같은 조직을 유지할 수 있읍니다. 또 서로 기대어 있게 고안되었으므로 사람들이 글자 단위로 생각하는 대신 단어 단위로 생각하는 일을 돕습니다. 그리고 무엇보다도 여러 글자 사이에 유기성과 조직성이 생기므로, 네모틀 글자에 눈이 오래 익은 이의 첫눈에는 낯설어 보이더라도, 보기에 아름답고 읽기에 편합니다. 이를 한반도에 두루 공개합니다. 많이 채택해 주시기 바랍니다. ✌

샘이깊은물 창간호에 실린 '샘이깊은물 글씨체'의 근본 틀 도안과 글. 글자 사이의 유기성과 조직성을 왜, 어떻게 구현했는지 밝혔다.

모여서 한 자음이 되는 것이 시각적으로 너무 복잡해져서, 글자가 작아질 때는 판독이 어렵기도 하고 공간이 메워지는 문제가 있죠. 생략할 부분을 생략해서 두 자음이 보기 쉬운 한 자음이 되게 해야 한다는 게 제 생각이었어요. 한 사장하고 그 문제를 많이 토론하면서 쌍받침이 아주 완벽하게 해결이 안 된 상태에서 샘이깊은물이 창간되었습니다. 디자인은 다 마쳤고, 제호에 적용했고, 개발한 샘이깊은물체를 창간호에 발표했고, 누구나 자유롭게 쓰라고 밝혔고, 한국 아이비엠 회사하고 아이비엠 한글 자모 스탠더드로 채택할 것을 논의했습니다. 본문 조판도 시험해봤습니다.

강운구/ 샘이깊은물체를 완성한 뒤에 적어도 한 아티클만이라도 본문 전체에 그 글자체를 쓰자는 게 한 사장 생각이었는데 실현은 못했죠.

김형윤/ 탈네모꼴에 최초로 착안하고 로고를 시도한 것은 뿌리깊은나무가 처음입니다. 본격적으로 본문체는 못 만들었지만요.

강운구/ 상업적인 활자체로 널리 쓰였느냐의 문제를 떠나서 기능성과 아울러 한글에 맞는 새로운 체를 개발한 걸로는 처음이라고 생각합니다.

김형윤/ 대한교과서인가 평화당인가에 글자꼴 개발 제안도 했습니다. 그쪽에서 비용과 시간이 너무 많이 들어서 어렵다고 했죠.

이상철/ 샘이깊은물체 개발하고 얼마 안 되어 본격적인 컴퓨터 시대로 들어섰습니다. 컴퓨터용 한글 소프트웨어에 '샘물체'라는 게 등장해서 그 글자꼴이 샘이깊은물이 개발한 글자꼴인 줄로 아는 사람들이 많은데 아무 연관이 없습니다. 저희는 상용화를 위한 등록은 안했고 발전적으로 누구나 쓰라고 공개하는 것에 그쳤습니다. 샘이깊은물체를 발표한 이듬해에 안상수체도 발표되었습니다. 샘이깊은물체와 안상수체는 시각적으로 보기에는 구조는 같으나 받침 위치가 좀 다릅니다. 한 사장 논리는 시각의 구조를 소리의 논리로 보아 예컨대 '앙'이라는 글자가 '아앙'으로 발음되는 순서를 갖는다는 점에서 '아'자 모음의 중심에 이응 받침이 와서 '앙' 하고 마무리 짓게 해야 한다는 것이었어요.

강운구/ 안상수 씨가 안상수체를 컴퓨터 프로그램화했습니다. 타이프로 초성, 중성, 종성을 기계적으로 쳐 넣는 게 아니라 컴퓨터 프로그램 안에서 조합형 글자로 하나의 완성된 음절이 만들어지는 겁니다. 어쨌거나 컴퓨터가 등장하고 나서는 글자체의 개발 상황이 완전히 달라졌죠. 타자기의 시대가 좀더 오래 지속되었으면 한글체가 더 발전되었을 텐데요.

기계적 정확성과 한창기식 정확성

김형윤/ 활판시대에 한창기 씨가 얼마나 지독한 발행인이었나 하면 조금도 비뚤어진 걸 못 봅니다. 활판에서는 점선이든 실선이든 선이 지면에 찍혀야 할 때는 납이나 양철 같은 것으로 만든 '괘'라는 것을 판 속에 심거든요. 인쇄하다 보면 그 괘가 가만히 있지 못하고 비뚤어져요. 그러니까 자연히 지면에 인쇄되는 선도 비뚤어지지요. 아주 조금씩 비뚤어지는 거예요. 이걸 바로잡는 데에는 한계가 있고, 아무도 눈치채지 못할 만큼의 오차예요. 그러나 밤에 지키고 앉아 있다가 바로잡아야 했어요. 몇 천 장 종이가 돌고 나면 뽑아서 교정쇄 다시 보고, 기계 세우고 바로잡고. 정말 그런 흠을 용서를 못했어요. 사진식자는 선을 아예 판면에다 그려 넣으니까 비뚤어질 염려는 없지요. 지금도 뿌리깊은나무 보면 자간이 넓어서 그렇지 사진식자로 만든 잡지하고 체제는 거의 같습니다. 그 시대에 나온 다른 잡지하고 분명 다릅니다.

김형국/ 나는 처음에 봤을 때 『뉴요커』를 생각했습니다. 체제와 판형, 크기는 미국적이었어요. 그러나 거기 담긴 내용은 지극히 한국적이었죠. 잡지 지면을 통해서 민속풍의 아름다움을 가장 먼저 현창한 사람이 한창기 씨라고 생각합니다. 한사장의 특징은 가장 한국적인 것과 가장 서양적인 것을 맞대어 잘 소화하는, 그것도 몸에 밴 자율신경으로 소화하는 것이죠.

강운구/ 마침표 잘못 따 붙여서 영점일밀리만 삐져나오면 그거 잡아내고 난리라니까요. 보려고 보는 게 아니라 그 눈에는 저절로 다 탐색이 되는 거죠.

김형국/ 김수근 일화를 한 사장이 잘 인용했습니다. 건축 인턴 학생들을 공간사에 불러서 똑같은 자를 대고 평행선을 그으라고 하면 조금 비뚤어진 거 같은데 아무리 지적해도 상대방은 똑바르다고 한대요. 그런 사람을 일컬어 형치라고 한다는 겁니다. 그러나 김수근 씨나 한창기 씨 눈을 기준으로 하자면 웬만한 보통 사람은 다 형치인 셈이죠.

김형윤/ 뿌리깊은나무에서 디자이너 뽑을 때 줄을 그어보라고 했잖아요?

이상철/ 제가 시켜보았습니다. 에이포 빈 종이에 일 센티 간격으로 가로줄, 세로줄 그어봐라. 한가운데 점을 찍어라. 균형 감각이 중요하니까요.

강운구/ 골치 아픈 것은 기계에서 정확하게 나온 게 실제로는 정확한 게 아니라는 거죠. 기계가 한 것을 사람의 눈으로, 특히나 이상철 씨나 한창기 씨 특별한 눈으로 조정을 해야 완전해진다는 거죠. 건축하고 마찬가지 이치입니다. 한 사장이 성북동 자기 한옥 일자집 마당 복판에 나가서 서 있어요. "뭐하십니까?" "이리 와봐. 지붕이 양쪽이 솟아오르고 중간이 들어갔지?" "그렇게 보이긴 하지만 사실은 똑바릅니다." "아냐, 들어가 보이잖아." 그게 무슨 말이냐, 똑바로 해놓으면 사람 눈의 착각으로 굽어 보여요. 그러니 사람 눈에 똑바로 보이게 하려면 배를 살짝 부르게 해야지요. 예상할 수 있는 착시를 감안해서 미리 변형을 해야 한다는 겁니다. 내가 마당에서 그 선을 몇 번이나 봤어요. 한 사장은 거기 서서 바라보고 또 바라보면서 착시를 어떻게 조절해야 하는가를 연구했어요.

김형국/ 고가구 탁자의 경우에도 장인이 만드는 단계에서 한 사장이 뜻하는 그런 완벽성을 꾀했습니다. 한 사장 컬렉션에도 그런 게 있습니다.

이상철/ 제가 디자인하면서 글꼴에 대해 지금도 납득 못하는 게 있다면 한 사장 주장은 가로쓰기 세대를 위한 잡지이니 가로쓰기를 해야 한다. 그러려면 스페이싱으로 간격을 좁혀 글자를 덩어리로 읽게 하는 것이 좋다는 거죠. 그런데 그렇게 해도 가로줄로 보이지 않는다는 점이죠. 눈을 지그시 감고 보면 가로줄로 보여야 하는데 그렇지 못하다는 거죠. 아마도 글꼴이 본래 태어날 때 세로쓰기를 기준해서 만들어진 것이라 그럴지도 모르겠습니다. 그래서 사진식자에서 조금 납작하게 눌러서 평체로 만들어 썼습니다. 초기 배움나무 때부터 시도했는데 늘 그게 마음에 안 들었어요. 나중에는 내가 자꾸 주장해서 정체로 옮겨왔죠.

김형국/ 사진식자 시대에는 '평 둘' 주고 하는 게 상당히 보편화됐잖아요?

이상철/ 요즘은 장체로 가는 경향이 있죠. 무슨 현상인지는 잘 모르겠습니다.

김형윤/ 『한국의 발견』 할 때 우리가 인쇄는 평화당에서 하면서 활자는 대한교과서 것을 썼었지요.

이상철/ 교과서를 제일 많이 찍은 곳이라 유일하게 옛 원형에 가까운 활자를 갖고 있는 곳이 대한교과서였어요.

김형윤/ 그 전에 잡지 만들 때는 평화당 활자를 썼고, 『한국의 발견』 할 때는 전부 대한교과서 서체로 오프셋 인쇄하고 사진식자 안 썼어요.

이상철/ 사진식자는 말 그대로 빛으로 글자꼴을 찍어 인화지에 옮겨 오프셋 판으로 찍기 때문에 너무 깔끔해서 읽는 데 피로감을 줍니다. 그러나 활판은 볼록 활자에 잉크를 묻혀 바로 찍으니까 잉크가 번져 나오면서 찍히기 때문에 읽을 때 피로감을 덜 줍니다. 그래서 활판으로 찍어서 다시 오프셋 판으로 찍은 거죠.

김형윤/ 지금도 그걸 디자이너들이 이해할까요?

강운구/ 게다가 사진식자 자체가 수정을 위한 수작업이 너무나 원시적이고 힘드니까 낱낱이 칼 대는 것을 피하는 방법이 무엇인가를 궁리하다가 인쇄는 오프셋으로 하되 조판은 활자로 한 것이에요. 대한교과서 글자가 조금 더 뚱뚱했어요.

이상철/ 한 사장이 통통한 글자 좋아했어요.

강운구/ 쑥쟁이처럼 보이는 게 아니라 꽉 여문 글자를 좋아하셨죠.

"이가놈의 솜씨"

강운구/ 이가솜씨라는 이름도 한 사장 작품이죠? 아티플랜이니, 무슨 기획이니, 그 시대에는 전부 이름이 그렇게 나갔는데 이가솜씨라니, 처음에는 그 이름이 쉽게 안 받아들여졌죠?

이상철/ 그때 한 사장이 처음 간염 앓으셨을 때입니다. 수유리 아카데미 하우스 근처 호텔에서 쉬신 적이 있었죠. 제가 가끔 보고 드릴 일이 있어 거기까지 가곤 했죠. 건축설계사무소 아티플랜에 함께 있을 때인데, 독자 사무실을 꾸리려고 이름을 여쭈었더니 한 사장께서 "그 사무실에서 하는 일이 상철이 솜씨 파는 거니까 이씨솜씨가 어때?"라고 하셨죠. 그러나 제 생각으로는 상대적으로 저를 낮추는 것이 좋겠더라구요. 그래서 "솜씨라는 말에 자랑이 들어 있고 '이씨'라는 표현도 스스로 존칭을 쓰는 꼴이라 좀 걸립니다." 했더니 "그럼 이가놈의 솜씨로 해라." '솜씨'라고 올린 게 '이가놈'이라고 낮춤으로써 상쇄된다는 거죠. 그래서 '놈'자 빼고 이가솜씨가 되었습니다.

강운구/ 나중에는 사무실 이름, 책 이름, 회사 이름이 많이 한글화되었지만 그때는 뿌리깊은나무나 이가솜씨나 아무도 선뜻 쓰지 못할 이름이었죠. 이 선생도 비즈니스에서 이 이름이 통할까 고민도 되고 받아들이기 어려웠을 거예요. 지금은 탁월한 이름이지만.

이상철/ 통인가게라는 이름도 한 사장님 작품이에요. 돌아가신 통인 사장님이 한 사장 통해서 나더러 글자체를 만들어달라고 했는데 한 사장이 "주인

어른이 쓰신 손글씨로 하라."고 한 적도 있죠.

강운구/ 통인가게 창업주는 무학이세요. 그 아들인 김완규 씨가 잘 쓴 글씨를 받아 왔더니 한 사장이 "어른 글씨 받아오라는데 딴소리 한다"고 야단을 쳤어요. 마지못해 노인이 노트에 삐뚤빼뚤 수십 번 써온 것으로 통인가게 간판을 만들었죠. 지금도 통인가게 꼭대기에 붙어 있습니다.

김형국/ 통인가게는 효자동 근처 통인동에서 시작했어요.

아르마니에서 브룩스 브라더스까지

김형국/ 조선호텔에 있는 현대양복점에 오래 드나드셨어요. 나도 다니던 양복점이 있었는데 한 사장 소개로 거기를 다녔습니다. 어느 날은 가봉하는 동안에 양복점 주인에게 "요즘도 한 사장 오십니까?" 그랬더니 "엊그제 다녀갔습니다." 하면서 특이한 이야기를 해요. "그분은 옷 주문하기가 무섭게 빨리 만들라고 합니다. 옷이 한 오백 벌은 되는 분인데 왜 그리 재촉을 할까요?" 주문하기가 바쁘게 '입을 옷이 없다'고 독촉을 한다는 거예요. 심리학적으로 보면 새로운 것에 대한 갈증이 유독 컸다고 볼 수 있습니다. 나쁘게 보면 돈 지오반니 같은. 아름다움에 대한 그런 갈증이 옷에도 나타났고 골동 수집으로도 나타났다고 봐야죠.

김형윤/ 활판시대에 한창기 씨가 얼마나 지독한 발행인이었나 하면 조금도 비뚤어진 걸 못 봅니다. 밤에 공장에 지키고 앉아서 기계적인 작은 오차까지도 확인하고 바로잡아야 했죠.

강운구/ 현대양복점에 옷 독촉하신 것은 오래 전 이야기이시죠? 나중에는 맞춤이 기성복의 스타일을 따라오지 못한다고 거의 기성복만 입으셨으니까요. 그러나 재밌는 것이 그래도 양복점 하나쯤은 단골이 있어야 한다고 추석이면 추석, 일 년에 한 번쯤은 양복을 맞추세요. 거래가 없으면 단골이 안 되니까. 그러다 보니 단골 유지를 위해 맞추기만 하고 찾아다가 한 번도 안 입고 옷장에 걸어두는 옷도 생겼어요. 주위 사람들에게 적당히 나눠주기도 하고. 아무튼 옷, 인테리어, 책 뭐든지 온고지신해야 한다는 기준으로 봤어요.

이상철/ 자연스러워야 한다. 옷이 보이는 게 아니라 사람이 보여야 한다는 거죠. 조르지오 아르마니가 유행할 때 사람들이 자기한테 안 맞아도 아르마니 입는 것에 비판적이셨고.

강운구/ 아르마니 싫어하게 된 다음에는 그거 입는 사람들 흉을 봤지만 사실은 중후한 쪽으로 돌아서기까지 한 사장 자신이 아르마니 체질이었다고 봐야죠. 빼빼한 몸집에 딱 붙은 홀태바지, 머리와 구두는 반들반들… 플레이보이 차림이었다고 해요. 아무튼 그 시대 최신의 스타일로 돌아다녔다죠.

이상철/ 서울대 다닐 때도 그런 모습이었다고 합니다. 흔히 보지 못하는 옷차림에 항상 영어책을 들고 혼자 다녔답니다. 내가 처음 만났을 때만 해도 머스탱 스포츠카 타셨습니다. 그런데 운전기사는 있었죠.

강운구/ 운전하다가 종로에서 사고 한번 내고는 자기 발로 찾아가서 면허 반납하고 영 운전 안한다고 선언했대요. 원래 간이 작은 사람이 그때 간이 떨어져서.

이상철/ 양복 스타일은 '브룩스 브라더스'라는 역사가 이백 년이 넘는 전통 있는 미국 브랜드를 만나면서부터 바뀌셨죠. 현대 영국 정통 신사 양복 스타일을 미국적으로 실용화해서 전 세계 비즈니스 사회에 보급시킨 게 그 브랜드입니다. 브룩스 스타일을 좋아하셨어요.

강운구/ 깃이 1인치 좁은지 넓은지 우리는 그런 개념이 없을 때인데 딱 보면 알아요. 자기 눈에 드는 옷에 대해 이야기하는데 좀 벌어지면 어떻고 덜 벌어지면 어떤지, 내가 말귀를 못 알아들을 정도로 몇 밀리 차이에 예민해요. 나중에 생각해보면 에디토리얼 디자인에서 눈이 개안해서 복식에까지 간 것이죠. 뿌리깊은나무 창간 전과 후는 한 사장이라는 사람 인생, 삶 자체가 다릅니다.

김형국/ 저는 잡지 만들면서 감각이 틔었다고 보지는 않습니다. 본인이 조형적, 미적 직감을 타고난 사람이에요. 그게 발현되는 것은 대상에 따라서 동시적일 수도 있죠. 공자 말에 나면서 아는 사람이 있고, 배워서 아는 사람이 있다 했는데 그분은 나면서 아는 사람입니다.

혐오했던 흰 건물, 푸른 하늘

강운구/ 독특한 점이 많아서 예술가가 되었어야 할 분이에요. 개인적으로 여행, 출장을 많이 같이 다니면서 그분 반응을 보면 흰 것에 대해 거의 병적인 반응을 보였어요. 산, 들, 시골, 도시 변두리 어디를 가다가라도 새로운 건물이 서는데 흰 칠을 했으면 "저거 왜 흰색이냐?" 하고, 흰 건물 백 개 나오면 백 번 다 그 지적을 해요. 베이지색도 백 미터만 떨어져서 보면 흰색이나 마찬가지 아닙니까? 차 타고 일 킬로미터 밖에 떨어져서 보면 다 흰색이에요. 그런데 이삼 층짜리 개인주택을 짓든 공장을 짓든 허연 칠을 한 것들을 보면 저거 왜 흰색이어야 하냐고 거의 알러지 반응을 보여요. 이상하게 색 만들지 말고 차라리 시멘트 색 같은 게 정직하고 좋다는 거죠. 녹색이 주조인 자연에 들어선 인위적 구조물이 흰 칠을 해서 볼가져 나오는데, 못생긴 게 볼가져 나오게 할 이유가 없다는 주장입니다. 몇 년을 두고 흰 집 보일 때마다 똑같은 반응 보이는데 놀랐어요. 대단히 집요한 분입니다. 이미 내가 그 이야기를 많이 들었다는 사실을 알면서도 절대 그냥 지나치지 않아요.

김형윤/ 뿌리깊은나무에서 가장 신경 쓰였던 게 '볼 만한 꼴불견'이라는 사진 중심의 작은 상자 기사입니다. 한 사장 아이디어로 만든 난인데, 평소 꼴불견이라고 느끼는 광경은 많으면서도 막상 달마다 넣을 만큼 기사거리가 많지가 않았습니다. 보면 웃음이 나온다거나 시각적인 효과가 있어야 하는데 그런 꼴불견을 찾아내기가 어려워요. 그런데도 한 사장은 꼭 그걸 넣고 싶어 했죠. 결과적으로 광고나 현수막 같은 게 많이 들어갔습니다.

이상철/ 좋아하고 싫어하는 게 분명한 점은 꽃 취향에도 드러났습니다. 야한 꽃, 서양에서 온 게 명백해 보이는 꽃을 싫어하셨어요. 이를테면 "장미 예쁜 줄은 알아, 그러나 내 취미는 아니야." 이런 식이죠. 모란 작약을 좋아하셨어요. 이른 봄에 수선, 그 다음에 매화 꽃 피는 것을 기다리셨어요. 매화가 막 움터 터지려고 한다고 선암사 지허스님에게서 기별이 오면 주위 사람들 갑자기 소집해서 달려가셨어요. 불두화, 능소화, 가을에 이파리가 빨갛게 물드는 마삭줄을 좋아하셨습니다. 소나무를 뜰에 심으신 것, 집안에 대나무를 살리려고 고생하신 것도 그때로서는 아주 특별한 행동이었어요.

김형국/ 교우관계가 아주 좁았다는 점, 한정된 인간관계도 예술가적인 특성이라고 할 수도 있겠네요. 마음 터놓고 감각 맞는 사람하고만 친했어요. 법과대학 동기들과는 전혀 교류가 없었습니다. 뿌리깊은나무 폐간으로 어려울 때 요소요소에 실세들이 많았는데 전혀 교류하지 않은 걸로 압니다.

강운구/ 독특한 거 하나 또 기억이 납니다. 나보고 내 사진은 다른 사람 사진보다 하늘이 희다고, 어떻게 희게 만드느냐고 질문한 적이 있어요. 잡지에 내가 연재하던 화보 칼럼 사진을 보면서 생긴 의문이었겠죠. 이유는 분명히 있습니다. 내가 찍은 사진 중에 특히나 두 페이지 펼쳐서 이어지는 큰 사진들은 측광이나 역광 사진이 많습니다. 순광으로 찍으면 재미가 없고 역광으로 찍어야 빛의 느낌이 좋고 분위기도 잘 살죠. 역광은 필연적으로 푸른 하늘이 희게 나올 수밖에 없어요. 그렇게 설명했더니 "이제 알았어. 나는 푸른 하늘이 싫어서 이거 좀 어떻게 하면 없애나 연구했는데 바로 그거야." 하고 손바닥을 치세요. 내가 "독특하십니다." 그랬어요. 한 사장은 푸른 하늘이 싫다고 하셨는데 실제로 지금은 푸른 하늘을 찍으려고 해도 찍을 수 없어서 죽을 지경입니다. 그 당시만 해도 지금처럼 공해가 심각하지 않아서 겨울에 찍으면 하늘이 짙은 푸른색이 나왔거든요. 나는 그런 하늘을 굉장히 좋아해요. 요즘은 대한민국에서 가을 며칠 말고는 그런 푸른 하늘 사진에 담을 수 있는 날이 없어서 고민이에요. 그 양반은 푸른 하늘이 싫고 흰 하늘이 좋다니, 괴물이죠. 독특한 인간이에요.

이상철/ 인쇄 수준이며 종이나 잉크의 질이 떨어지던 시절에는 오히려 그 나름의 맛이 있었는데, 빨간색, 노란색 그리고 파란 하늘색과 탑탑한 녹색으로 범벅이 된 '새마을 화보' 나오면서부터 정말 못봐주겠다고 늘 그러셨어요. 내셔널 지오그래픽에서 에드워드 김의 서울 취재 사진에 코닥크롬 필름으로 찍은 푸른색이 되바라져 보이는 거 싫어하셨어요. 아무튼 디자인을 예술의 범

한창기가 되살린 '조선 밥그릇' 인 유기 칠첩반상기

주에 넣는다면 한 사장을 예술가라 할 수 있겠으나, 결코 예술가적인 행위를 할 분은 아니라고 봅니다.

김형국/ 가난을 감수할 용기가 있는 분은 아니죠.

강운구/ 그 독특함, 개성으로 볼 때 예술가라는 것이죠.

이상철/ 워낙 치밀해서 의도한 대로만 만들어야 하지, 일탈하고 무엇을 저지르지는 못하는 성격이죠.

'쓰기만 하고 벌지 못하는' 브리태니커 전통문화사업부가 남긴 것들

김형국/ 일찍이 1972년에 한창기 씨가 브리태니커 이름으로 민화집『한국 민화의 멋』을 출판했습니다. 민화의 높은 경지를 먼저 알아본 사람으로 유명한 조자용의 민화책이죠. 두 사람이 우리 민속미술에 서로 공감하는 사이였음을 그 책이 말해줍니다. 작지만 한국 민화의 가치를 조명한 최초의 출판물입니다. 한창기 씨는 골동품 수집에도 유명하게 골몰했던 분이지만 그가 수집한 골동은 사대부 취향의 서화, 자기가 아닌 민예품이 대종을 이뤘습니다. 그러나 이따금 자기가 펴내는 잡지에 참고 도판으로 수장품이 공개되었을 뿐 폐쇄적이고 내향적인 수집가였어요. 1975년에 국립 중앙박물관이 개최했던 '한국 민예 미술전'에 수집품 일부를 출품한 것이 아마 처음이자 마지막 공개일 것입니다. 그 미술전의 도록인 「한국 민예미술」에는 수장자의 이름이 '에이치 씨'라고 영어 이니셜로만 나와 있죠.

옹기 장독. 옹기 장인의 경험과 손이 모양을 구현해냈지만 그 배후에는 한창기의 극성이 있다.

이상철/ 1970년대 말, 장충동 브리태니커 회사 시절에 전통문화사업부가 생겼습니다. 뿌리깊은나무 폐간 이전이죠. 그곳에서 잎차, 반상기, 제기, 옹기를 개발했습니다. 지금 같으면 문화관광부에서 큰돈을 지원해줬을 사업이지만 그때는 브리태니커 직원들조차도 그 부서를 원망했습니다. 돈만 퍼쓰는 부서라고. 실제로 단 한 번도 사업적으로 성공하지 못했으니까요. 지금이야 그런 상품들이 제대로만 나오면 값비싸도 상당한 수요가 있죠. 한 사장이 시대보다 한 오백 보 앞서 갔던 것입니다.

이상철/ 바우하우스를 주도한 미스 반 데어 로에가 만든 것, 모던 초기 역사적인 물건들을 아주 좋아하셨어요. 그게 다 미국 디자인 박물관 가면 있는 물건들이죠. 요 십년 사이에 바우하우스 작가들의 의자나 테이블이 우리나라에도 알려지기 시작했죠.
한 사장은 정말 오백 보나 앞서서 걸어갔어요. 그래서 일찍 세상을 뜨셨을까요?

김형국/ 신식 옷감에 밀려난 옛 피륙들, 무명, 삼베, 모시, 명주를 지방마다 다른 직조 방법을 제대로 간직한 것으로 수소문해서, 또 시골 장터를 일부러 돌아다니며 발견하는 대로 사들였다고 들었어요. 이런 타고난 미적 안목에 지칠 줄 모르는 수집 욕구가 이 시대에 그것들을 되살려야 한다는 공예품 현대화 의지로 이어진 것이죠. 그 개발 과정은 어떻게 이루어졌습니까?
이상철/ 파란만장했습니다. 모든 아이디어는 한 사장에게서 나오고 그 아이디어를 디자인으로 구현하는 것은 제가 했습니다. 완성품이 나오기까지 현장에서 뛴 사람은 한 사장 세상 뜨신 이듬해에 형님 뒤를 따른 한상훈 씨입니다. 그는 반상기 개발할 때, 반상기를 만들던 곳에 사는 팔순 넘은 할머니들을 찾아다니며 구술을 받았습니다. 어떤 그릇에 어떤 계절 반찬을 담아 먹었나, 크기는 어땠나, 계절따라 상차림은 어땠나를 살펴 옛 밥상차림을 복원시켜 놓고 아파트 생활의 특성, 우리 식단의 변화들을 고려해서 현실에 맞도록 크기와 구색을 조절했습니다. 장독대 놓고 살던 시대의 것을 그대로 복원한 것이 아닙니다. 전라남도 징광마을에 놋쇠 방짜 인간문화재를 불러 아예 그곳에서 생활할 수 있도록 집을 내주어 한상훈 씨와 함께 작업하게 했고 제가 조형을 거들었습니다. 그렇게 탄생한 것이 뿌리깊은나무 칠첩반상기입니다. "잊어버린 '조선 밥그릇'을 뿌리깊은나무가 되찾아드립니다"고 한 사장이 잡지 광고

문안을 쓰셨던 게 기억납니다. 조선식 백자로 만든 봄-여름용, 놋쇠 방짜로 두들겨 만든 가을-겨울용이 합쳐져서 완전한 조선식 살림살이를 현대생활에 맞게 구현한 것이죠.

김형국/ 그 그릇들이 브리티시 뮤지엄 소장품에 들어 있다고 알고 있습니다.

징광잎차 상표. 화가 송영방에게 잎차꽃 그림을 받아다가 넣었다.

이상철/ 미니멀리즘을 대표하는 현대 예술가 도널드 저드도 한국에 왔다가 놋쇠 합반상기를 보고 반해서 세 벌을 사가지고 가기도 했습니다.

김형국/ 옹기 장독대는 그보다 좀 나중이고, 한 사장이 의뢰해서 전통 옹기를 구현한 노인이 그 장독대로 1980년대 후반에 전승공예대전에서 국무총리상을 탔죠.

이상철/ 장인의 경험과 손이 모양을 구현해냈지만 그 배후에는 극성스러울 정도로 한상훈 씨를 못살게 굴었던 한 사장이 있습니다. 저도 하루에 열두 번씩 불려갔어요. 형태에 관해서는 저를 신뢰하시니까. 항아리 볼륨감이 잘생긴 엉덩이 같아야 한다. 고무풍선에 바람이 꽉 차기 직전에 위에서 살짝 누르면 생기는 곡선이 있다. 이런 식으로 시시콜콜 설명을 하시면 내가 그것을 디자인으로 정리하고 그걸 받아서 상훈 씨가 현장으로 내려가기를 수도 없이 반복했습니다. 한상훈 씨는 형님의 닦달을 받아가며 흙에 대한 비밀, 열에 대한 비밀, 불가마에 장작을 어떤 두께, 어떤 각도로 패서 어떤 순간에 넣어주어야 하는지, 그 모든 소상한 경험적인 노하우를 체득해서 현장을 관리했어요. 어떤 때는 나도 직접 내려가서 장인 앞에서 찰흙으로 붙여가며 이렇게 조정했으면 좋겠다고 설명해야 했어요.

김형국/ 그러나 세상의 안목이 그의 안목과 같았을까요? 사업상의 재미는 기대 이하였을 게 당연합니다.

이상철/ 쎄일즈 조직을 통해 살 만한 여유가 되는 고객들에게 방문판매를 했습니다. 한 사장의 전통 감각을 알아주는, 또 그런 값비싼 문화상품을 구입할 여유가 있는 소수가 샀습니다. "내가 전통공예를 잘 몰라도 한 사장이 만든 거라면 제대로 만들었을 거다." 하는 사람들이 그래도 있었어요. 생산성, 채산성을 따지자면 도저히 이야기가 될 수 없습니다. 완전히 재래식으로 만들었기 때문이죠.

김형윤/ 지금은 차가 크게 상업화했지만 그 시작도 사실은 뿌리깊은나무

가마금 잎차입니다. 일본식으로 찐 것이 아니라 햇 찻잎을 봄에 따다가 가마
솥에 여러 번 덖고 비벼서 만드는 우리 고유의 제다 방법을 되살려낸 것이죠.

이상철/ 1978년에 가마금 잎차가 뿌리깊은나무 상품으로 나왔습니다. 선
암사 지허 스님과 한상훈 씨가 잎차 개발 과정에 크게 기
여했습니다. 일본 녹차와 차별해서 한 사장이 '잎차'라는
말을 만들어냈는데 아직도 널리 쓰이지는 않는 것 같습
니다. 엉뚱하게 '다도'라는 게 유행하기도 했죠. 지금도
그렇고요. 그러나 한 사장은 "한국에는 다도가 없다. 그
냥 얌전히 마시면 된다."는 말로 다도에 대한 거부감을
말하기도 했죠.

덖고 비벼서 만든 뿌리깊은나무 잎차

오백 걸음 앞섰던 바우하우스 취향

김형국/ 서양미술사에서는 '기능적 요구에 최고조로 충실한 것은 그 자체
로 아름다움'이라는 관점을 바우하우스적이라고 하죠. 한 사장은 우리 전통
미술에서 바우하우스적인 것을 선호했어요. 성북동에 그가 지어 한동안 살았
던 한옥에 가보니 백 평 남짓한 정원에 그 취향이 고스란히 드러났습니다. 울
긋불긋한 갖가지 화초로 꾸미는 여느 방식과는 전혀 달랐죠. 마당 울타리 옆
으로, 가운데로 적송을 옮겨다 심고, 마당은 잔디나 산죽으로 덮지 않고 그냥
마사토로 덮었어요. 마당 가운데 약간 움푹한 곳에는 이끼를 옮겨다 심고는

잎차를 담은 옹기. 뿌리깊은나무 문화 상품은
이처럼 겉포장에서도 전통을 고집했다.

틈나는 대로 거기다 물을 뿌려 이끼의 푸르름을 되살려놓곤 했죠. 담백한 한국 산야의 원형을 재현한 거죠.

이상철/ 개량 한복이라는 것을 입은 사람들이 왔다갔다 하고 한쪽에 물레방아 돌아가는 식으로 꾸미면 문화적으로, 전통적으로 보인다는 단순 사고를 극도로 혐오하고 경계하셨던 분입니다. 흔히 보는 관광자료에 얄팍하게 표현된 전통을 못 견뎌하고 개탄하셨죠. 이즈음에는 많이 나아졌다고는 하지만 아직도 세계의 이목이 집중되는 장소에 한국을 알린다고 꾸며놓은 모습에는 부족한 점이 많이 눈에 띕니다. 고인이 살아서 이 광경을 보신다면 뭐라고 꾸짖고 시시콜콜 지적하실까, 그런 생각을 할 때가 있어요.

김형국/ 국립박물관의 건설이나 운영을 총책임지고 지휘해라 하면 참으로 빼어나게 했을 분입니다. 국가적인 프로젝트를 하나 맡겼더라면. 외국서는 더러 그렇게 하죠. 대단히 아까운 일입니다. 인간형으로 보면 한 사장은 진정한 세계인이었습니다. 요새 세계인이라는 말 많이 합니다만 진정한 세계인이라면 세계가 어떻게 돌아가는지도 잘 알고, 그 추세를 잘 이용하면서, 그 추세에 내 개성을 철저히 녹여놔야 세계화에 대결할 아이덴티티가 섭니다. 이런 점에서 분명히 가장 앞섰던 세계인이었습니다. 세계화가 지방화, 민족화와 상대 개념이 아님을 잘 인식하셨던 분입니다.

이상철/ 가구 좋아하셨는데 전통 복원은 거의 못하고 서양 가구를 좋아하셨죠. 바우하우스를 주도한 미스 반 데어 로에가 만든 것, 모던 초기의 역사적인 물건들을 아주 좋아하셨어요. 그게 다 미국이나 유럽의 디자인 박물관 가면 있는 물건들이죠. 뿌리깊은나무가 브리태니커에서 떨어져 나와 1985년 말에 운니동 가든타워 빌딩으로 이사할 때 한 사장은 새 사무실을 전통 정서를 살려 현대적인 공간이 되도록 꾸미려고 노력했죠. 어떤 기업이나 개인도 그런 인테리어의 개념을 잘 몰랐을 때죠. 그보다 십여 년 전 삼일빌딩에서도 바우하우스 출신이 만든 역사적인 물건들을 썼지요. 요 십년 사이에 바우하우스 작가들의 의자나 테이블이 우리나라에도 알려지기 시작했습니다. 한 사장은 정말 오백 보나 앞서서 걸어갔어요. 그래서 일찍 세상을 뜨셨을까요? ❀

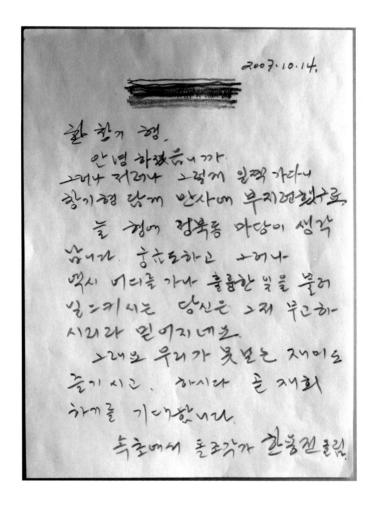

한용진 잠시 이화여대 조각과 교수로 있다가 1963년에 도미한 조각가. 캘리포니아 레딩, 수원 등지에 돌
조각공원을 만들었고 현재는 설악산에서 조각공원을 만들고 있다. 뉴욕과 서울을 오가는 사이에 한창기와
"무심하게 만났다가 무심하게 헤어졌다." 관광기념사진을 찍은 적이 있는데, 청주 한씨의 공통점으로 코선
이 닮았다며 함께 웃은 적이 있다 한다.

말과 글

입으로, 글로
국어를 따지고 파고들었다

남영신 국어문화운동본부 대표. 팔십년대 중반, 이태 동안 한국브리태니커회사 편집실에서 일하면서 한창기와 국어 이야기를 나누었다. 한창기의 문화적 안목을 늘 선망의 눈빛으로 바라만 보았을 뿐 다가갈 수 없어서 아쉽게 생각했다고 한다.

한창기 선생이 활발하게 활동하던 때는 대체로 박정희 정권 후반부터 노태우 정권까지로서 정치적인 권위주의가 정점으로 치닫던 시기 그리고 점차 퇴색해가던 시기에 해당한다. 선생의 언어에서 내가 발견한 가장 의미있는 부분은 권위주의적 언어를 멀리 하고 민중의 언어를 소중히 여긴 점이다. 『판소리 다섯 바탕』이나 『민중 자서전』을 통해서 사람들이 별로 소중하게 여기지 않던 민중의 언어를 하나도 빠뜨리지 않고 해설해내었다.

'대통령 각하'에서 '대통령님'으로

1978년에 선생은 이런 주장을 했다.

…그러니 사회의 지도층 인사들도 '각하'라는 용어를 버림직하다. 그리고 '님' 소리 공부도 좀 해보아야 한다. '님'은 저 아래에 있는 '계장님'이나 '면장님'에게만 붙는 말이 아니라 우리에게 목숨을 준 '아버님'과 '어머님'에게도 붙고, 인류를 건진 '예수님'과 '부처님'뿐만이 아니라 나라의 어른인 '임금님'과 온 누리의 임자이신 '하느님'에게도 붙는 가장 높은 존경을 나타내는 접미사다. 이처럼 거룩한 표현이 대법원장'님'과 국회의장'님'과 장관'님'에게서 뚝 그치지 말고 이 나라의 대통령'님'(과 천주교의 주교'님'과 대주교'님'과 추기경'님')의 경우에도 그 딱딱한 '각하' 대신에 쓰였으면 좋겠다. (「스님과 따님과 각하」, 뿌리깊은나무, 1978)

방안을 논의한 세미나가 열렸는데 이런 움직임을 통해서 머지않아 표준어와 지역어가 상하 개념이 아닌 수평 개념으로 정립되는 날이 올 것으로 믿는다. 자그마치 스무 해 전에 이런 생각을 펴신 선생의 혜안에 거듭 경의를 표하지 않을 수 없다.

조금은 지루하고, 조금은 고풍스러운 글투

선생의 글이 구어체를 닮은 것 같지만 오히려 현학적이라거나 귀족적이라고 할 수 있을 어떤 멋을 부리는 것을 자주 볼 수 있다. 대체로 이런 글투는 조금 길어서 지루하다는 느낌까지 주는 경우가 있다. 구태여 문체로 파악한다면 선생은 만연체 문장을 즐겨 쓴 것 같다.

> 더러는 일부 의사들의 실수, 더러는 시행착오를 겪은 정부의 정책, 더러는 불공정한 대량 매체들의 보도로 억울하게 얼마쯤은 깎였다고도 볼 수 있으나, 병원과 의료진이 당연히 누려야 할 명예의 회복을 미흡하게나마 거드는 뜻으로, 새해부터는 나이든 여자들의 진짜 이름 곧 '김복순 씨' 아닌 '누구 할머니' '어디 댁'을 차트에 곁들여 등록하여 인간적인 이름으로 불러 줄 것을 의사와 간호원들께 청탁하고 싶다.(「여자 이름과 병원」, 동아일보, 1983)

'누구 할머니'나 '어디 댁'으로 불리는 것이 인간적이라고 생각하여 이렇게 불러달라는 의견을 제시하기 위해서 그 앞에 붙인 수식어를 보면 선생의 글투를 쉽게 짐작할 수 있게 된다. 호흡이 길고 여유가 있어서 나처럼 성질 급한 사람은 그 핵심을 제대로 파악할 수 없게 된다. 중간에 나름대로 판단한 것이 대체로 마지막에 바뀌기 때문이다. 아래 글에서는 마치 독립신문을 읽는 듯한 착각을 느낄 정도로 고풍스러운 글투를 사용했다.

> 그런 염색약 어떤 것 잘못 바르면 발암 물질이 된다고 한다. 게다가 바르고 머리 감아 흘러내리는 물은 공해 물질이 된다. 이런 것 흘려 내보내지 말아야 할 곳 제일 번지가 청와대일 줄로 안다.(「대통령의 머리털」, 샘이깊은물, 1996)

낯선 글투

선생은 자신만의 새로운 글투를 생산해 내려고 노력한 부분이 있다. 어찌 보면 이 부분이 선생이 우리 언어 문화에 끼친 가장 큰 영향이라고 해도 과언이 아닐지 모른다. 사실 눈에 보이지 않지만 선생의 영향을 받은 수많은 글쟁이들이 선생의 글투를 지금껏 따르고 있기 때문이다. 그 가운데 가장 현저한 것이 이런 투가 아닐까 생각한다.

> 그러기에 많은 사업체에 '**술상무' 노릇을 하는** 이들이 있고 많은 젊은 남녀들이 술 핑계하고 상대방에게 한걸음 더 다가선다. 그러나 곤드레만드레하여 합의되지 않았어야 할 것들조차 **수두룩히 있을 터임도** 인정되어야 할 듯하다.(「술 못 마시는 사람」, 동아일보, 1982)

밑줄 친 글투가 내 관견으로는 선생께서 쓰기 시작한 것으로 믿는다. 그리고 요즘 특별히 글을 쓰는 사람이라면 이런 글투를 흉내내어 쓰는 것이 예사이다.

> 그러나 대한민국 대통령이 마이크를 잡고, 인터넷 매체가 생중계까지 한 반 공식 집회라면, 최소한 국민의 체면과 마음을 생각해서라도 지켜야 할 선이 있었을 터이다.(「국민을 참담하게 한 대통령의 원맨쇼」, 한국일보 사설, 2007. 6. 3.)

> 언론을 흔히 '파수견(watchdog)'에 비유하는 까닭은 국가-사회공동체의 위험 징후나 구조적 비리 따위를 미리 감지하고 소리 높여 알림으로써 그러한 것들을 예방-개선하려 하기 때문일 터이다.(「경향신문의 '합리적 의심'은 계속된다」, 경향신문 사설, 2007. 7. 4.)

내가 이런 글투를 낯설게 느끼는 것은 전통적으로 '터'는 의존명사로서 그 쓰임이 무척 제약되어 있기 때문이다. '나는 지금 갈 터인데, 너는 언제 갈 터이냐?' 정도로 동사 뒤에 의지를 나타내는 용도로 쓰이는 것이 '터'인데, 이를 '있다'나 '때문이다'처럼 동작이 없는 단어에까지 확장해서 의지와 상관없이 단순히 추측하는 용도로 사용하는 것이 아직 낯설게 느껴지는 것이 사실이다.

선생의 글에서 또 낯설게 느끼는 것은 명사절을 만드는 방식이다. 대체로 국어에서 명사절을 만들 때에는 '-기'와 '-음' 같은 명사형 어미를 붙인다. 그러나 이건 이론적으로 그렇다는 것이지 그렇게 만든 명사절을 글이나 말에서는 별로 쓰지 않는다. 그러나 선생께서는 이런 것을 자주 썼다. 아마 이것도 새로운 어투의 개발에 해당하는 것이었다고 생각한다.

이 모든 이익 또는 손해에도 불구하고, 사람이 스스로 술을 마시기로 결정하기와 안 마시기로 결정하기는 자기 자신의 무척 개인적인 일이라고 나는 생각한다. 다만, 우선 사람이 술을 마셔야 하겠거든, 몸과 마음을 가눌 수 없을 만큼 너무 마시지 말기가, 또한 자기가 버는 돈보다 더 많은 값의 술을 마시지 말기가, 그리고 제발 안 마셔도 되겠거든 마시지 말기가 나의 호소이다.(「술을 마심」, 엉겅퀴, 1971)

많은 술꾼들은 남이 이녁에게 술벗 됨을 벗 됨의 불가결한 조건으로 치고 술을 못 먹는 사람을 얼마쯤은 따돌린다.(「술 못 마시는 사람」, 동아일보, 1982)

위 첫째 문장은 '-기'로 명사절을 만든 예이고, 둘째 문장은 '-ㅁ'으로 명사절을 만든 문장의 예다. 이런 방식으로 명사절을 만드는 것은 아직도 우리에게 낯설게 느껴지고 있다. 그렇다면 선생의 새로운 글투 개발은 보편화까지는 이르지 못한 것이 있다고 볼 수 있을 것이다.

선생이 가신 지 어느덧 열 해가 지났다. 요즘 같은 문화의 시기, 언어가 중요하게 인식되는 시기에 선생이 계신다면 선생께서 얼마나 많은 일을 하시게 될지 가늠하기조차 쉽지 않다. 너무 일찍 우리 곁을 떠나신 선생을 생각하면서 선생께서 못다 피우신 언어에 관한 여러 생각이 지금 조금씩이나마 현실화하고 있다는 말씀을 올리고 싶다. 🐾

'키보이스'의 한글 탐험

안정효 한국브리태니커회사 편집개발부장이었다. 『백년 동안의 고독』을 비롯하여 백오십 권이 넘는 외서를 번역한 한국의 대표적인 번역가이다. 한편으로, 베트남 종군 체험이 바탕이 된 장편소설 『하얀 전쟁』을 시작으로 『은마는 오지 않는다』 『헐리우드 키드의 생애』 『미늘의 끝』 같은 소설을 발표하였다. 김유정 문학상을 받았다.

자신을 소개하는 글에서 취미란에다 '한글'이라고 한창기 씨가 적어 넣기 시작한 것은 1971년 아니면 1972년부터였다고 나는 기억한다. 워낙 옷차림이나 몸가짐이 별나서 문화공보부의 어떤 관리가 "그 양반 키보이스 같다."고 했을 정도로 멋쟁이 가수를 연상시키던 그였다. 그 키보이스가 한글 때문에 인생에서 혁명을 일으켰던 것이다.

우거지는 엉겅퀴

한국일보사에서 주간지 기자로 일하던 나에게 '몇 가지 문화적인 사업을 해볼 계획'을 맡기고 싶다면서 한창기 씨가 편집개발부장 노릇을 시켰던 무렵에만 해도 그는 서양문화적인 면모가 무척 강한 인물이었다. 그래서 브리태니커 백과사전을 일선에서 판매하는 이들로 구성된 '사업단'의 이름도 무슨무슨 '타이거즈'니 '드래곤스'니 해가면서 미국의 야구단 비슷한 이름을 붙여 서로 경쟁을 시키고는 했었다. 그러더니 갑자기 사업단의 이름들을 '거북선'이니 뭐니 우리말로 갈아치우기 시작했다. 아마도 이즈음부터 그의 취미가 한글로 바뀌지 않았을까 싶다.

『척척영어』와 『꼬마영어』 그리고 『어린이백과사전』 따위를 개발하는 일을 맡았던 편집개발부에서는 판매원들을 위한 홍보물이나 판촉물을 만들었는데 그 홍보물의 이름인 엔브코(엔싸이클로피디어 브리태니커 코리아의 줄임말)

도 우리말로 배움나무로 바꾸었다. 배움나무가 브리태니커 독자들을 위한 교양지로 바뀌고 나서는 사내보로 『엉겅퀴』를 냈다. 그러더니 배움나무를 정기간행물로 등록하여 슬그머니 일반 잡지로 만들자는 계획도 내놓았다. 당시에는 출판사 등록은 물론이요 정식으로 잡지를 창간하는 일이 무척 힘든 실정이었다.

잡지를 창간하려고 여러 해에 걸쳐서 브리태니커 시카고 본사로 사업계획서를 보내고는 했어도 허락을 받아내지 못하다가 마침내 창간의 꿈이 이루어졌을 때는 그 이름을 뿌리깊은나무라고 하여 한창기 씨의 특이한 생각이 또다시 사람들을 놀라게 했다. 당시에만 해도 그렇게 해괴한 잡지 이름은 상상하기도 힘들었다.

이때 한창기 씨는 이미 우리나라에서 한글사랑 운동에서 전방에 나섰을 무렵이었다. 그리고 그는 남들보다 이 방면에서 앞서 나가기 시작했다. 우리말로 백과사전을 만들어야 되겠다는 계획을 수립하는가 하면, 판소리 보급에서도 역시 앞장이었다.

이러는 과정에서 브리태니커회사의 모든 구성원은 다분히 심리적인 강요에 의해서, 그리고 자신들도 모르는 사이에, 이른바 '한창기 문체'에 익숙해졌다.

개발부에서 만드는 교육용 도서들은 물론이요, 하다못해 사내 통신에서도 모든 사람이 한글 전용을 실시했는데, 말하자면 '사장님의 글'이 모범답안 노릇을 했기 때문이었다. 그것은 강제사항은 아니었지만, 워낙 한창기 씨가 한글 쓰기에 열심이다 보니 나머지 사람들도 모두 저절로 그렇게 물들지 않았나 싶다.

왜 '사람스런'이라는 표현은 없는가?

한글 전용의 기수는 물론 내가 책임자로 있었던 개발부였으며, 우리들은 가끔 사장실로 모두 불려가 그의 한글 강의를 듣고는 했다. 어느 날은 개발부 전원을 집합시키라기에 무슨 대단한 얘긴가 싶어 광명인쇄소로 일을 나갔던 사람들까지 모두 회사로 불러들여 서둘러 모였는데, 지금도 기억에 생생하지만, 그는 반 시간에 걸쳐서 "'사람다운'이라는 표현은 있는데 왜 '사람스런'이라는 표현은 없는가."에 대한 강의로 무척 열을 올렸다. 그럴 때는 가끔 황당한 기분이 들기까지 했었다. 그러나 이런 과정을 몇 년 동안 거치는 사이에,

우리에게는 변화가 일어났다. 참으로 어색해 보이던 한창기 문체의 독특한 아름다움을 어느새 깨닫게 되었기 때문이다.

어느 날 사장실 집합에서 그가 고속도로 표지판에 적힌 '앞차와 거리'를 '앞차와의 거리'라고 고쳐야 한다고 열심히 주장하는 모습도 이제는 어느덧 이상해 보이지를 않게 되었다. 그리고 언제부터인가 나의 글쓰기에서도 한창기 문체가 여기저기 모습을 보이기 시작했다. 그리고 독특한 한창기 문체가 어른거리던 나의 글을 생경하다고 얘기하는 사람들을 만나면 나는 속으로 이런 생각까지 하게 되었다.

'1971년에는 나도 그렇게 생각했다네….'

몇 년 후 나는 글쓰기에 더 정진하기 위해 자유로운 시간이 훨씬 많이 필요해졌고, 그래서 다시 한국일보사로 돌아갔다. 그리고는 또 여러 해가 지난 다음, 나는 미국에서 영어로 출판된 나의 소설 『하얀 전쟁』을 들고 비원 앞 운니동 사무실로 그를 만나러 갔다.

나는 그에게 소설 한 권을 선물로 내놓았는데, 그 책의 면지에 '나의 한글 스승에게'라는 글을 담아놓았다.

그는 이 글을 읽고는 나를 쳐다보며 씨익 웃었다. 그러고는 말했다.

"내가 진짜 안정효 씨 스승예요?"

뿌리깊은나무식 광고를 돌아보니
생동하는 광고 카피의 원조

이만재 광고 카피라이터, 인물평론가, 칼럼니스트, 방송인, 창의력 개발 전문강사 같은 다양한 직함을 가진 자칭 문화 건달이다. 이 중 '인물평론가'는 뿌리깊은나무의 인물 평전 필진으로 편입될 때 편집실에서 직접 만들어 붙여준 호칭이다. 사람이 속이 없고 럭비공처럼 도무지 행보를 분간할 수 없다는 이유 하나 때문에 한창기의 아낌을 받았다.

원고 청탁을 받고 1970년대 우리 광고의 모양새나 표현 수준을 돌아보기 위해 동아일보의 온라인 데이터베이스 자료파일을 뒤진다. (왜 동아일보냐고? 박정희 독재치하의 당시 동아일보는 지금과 달리, 누구나 이 신문의 피 끓는 애독자이게 했었다.)

1970년대 중에서도 1976년은 내가 속한 서울 카피라이터즈 클럽이 처음 결성된 해이자 우리나라 출판 문화계의 감각 체질을 근본부터 변화시켜버린 뿌리깊은나무가 처음 등장한 해이다. 당시는 우리 사회가 한창 산업화의 급물살을 타기 시작할 때였음에도 불구하고 대학에는 광고 전공학과가 아직 개설되지 않았었고, 업계에는 광고전문 대행사 체제가 채 정착되기 전이어서 그때의 우리 광고 감각이 어떤 수준이었을지는 보지 않아도 상상이 가능하다.

도도하고 발칙했다

1976년 1월 1일자 신년호 동아일보에는 다음과 같은 미원 광고가 실려 있다. 복조리 두 개가 × 자로 교차해 있고 그 안에 미원 비닐봉지가 담겨 있다.

味元 가족 여러분 새해 복 많이 받으십시오. 뭐니 뭐니 해도 조미료는 역시 味元!

같은 해 같은 신문 2월 10일자 제1면에는 다음과 같은 〈민중서관〉 출판 광고가 실려 있다.

祝入學 祝進學/ 入學 進學의 辭典 選擇은 優秀한 內容의 權威있는 民衆書館 辭典으로! 辭典編纂 30年의 經驗으로 이룩한 國內外에 定評있는 學習必須辭典

한자 의존도는 말할 것도 없거니와 메시지의 객관적 설득 논리나 장치가 도외시된 '일방통행 광고'가 당시 광고 모양새의 전형이었음을 미루어 짐작할 수 있다.

같은 날짜 같은 신문의 제7면을 본다. 「고바우영감」 네 칸 만화가 실린 사회면이다.

지금도 그때의 기억이 새롭다. 대충 눈으로 기사 제목들을 훑어 내려가던 나는 지면의 하단부 광고 면에 시선이 닿는 순간 소스라치듯 놀라 퉁방울 눈알이 되었다. 사실을 말하자면 그것은 내 의식의 한가운데를 찰나적으로 뚫고 지나간 번갯불이었던 것이다. 새로 생겨난 뿌리깊은나무라는 별난 잡지의 첫인상은 내게 그렇게 왔다. 창간 고지 광고였는데 특이하게도 시각 요소가 배제된, 순 카피 위주의 도도하기 짝이 없는 5단통 광고였다.

세상에, 광고 일반에 대한 종래의 관념과 상식을 송두리째 뒤집는 이런 발칙한 광고를 도대체 누가 만들었단 말인가. 시각 요소가 없음에도 이 광고는 이른바 효과적인 광고 이론에서 요구하는 핵심 요건들을 완벽하게 갖추고 있었다. 순전히 한글 어법의 도도한 설득 논리를 바탕으로 하여 독자의 시선을 잡아끄는 주목 효과, 지적 흥미를 자극하는 재미 효과, 오래도록 그 이름이 생각나게 하는 기억 효과, 그리고 뭔지는 몰라도 일단 사서 읽어보지 않고는 못

배기게 만드는 구매 욕망 효과와 확실한 차별화 효과가 그것이다.

인터넷산업 강국의 배경을 따져보면

같은 해 같은 신문 10월 8일자에 실린 뿌리깊은나무의 보존판을 소개하는 광고를 보자. 평상 말투의 어법이 이른바 뿌리깊은나무식 광고 카피의 백미를 이룬다.

이달치도 좀 볼 만합니다. 뿌리깊은나무 11월호 / 보존판 / 뿌리깊은나무 / 뿌리깊은나무는 반년마다 반년 치를 한정판으로 따로 묶어 보존판을 만듭니다. 다달이 탐독했던 값진 글들이 함께 모여 있는 책을 손 가까이 두고 늘 앞뒤를 견주고 싶은 분들을 위함입니다. 창간호로부터 8월호까지의 반년치를 질기고 아름다운 천으로 두툼하게 묶은 첫 보존판이 나와 있습니다. 이야말로 어제의 내가 오늘의 내게 줄 수 있는 가장 보배로운 선물일 뿐더러 외국이나 국내에 있는 분들이 받아서 반가워할 ─ 망가지고 닳기 쉬운 물질적인 선물보다도 더 귀중하고 유용한 ─ 선물입니다. 삼천오백 원으로 사는 가장 값진 보배요, 삼천오백 원으로 보내는 가장 큰 정성입니다. 가까운 우체국에 가서서 대체계좌 514208번으로 3,500원을 입금하시면 됩니다. 입금이 확인되자말자 저희는 예쁘고 튼튼하게 포장을 하여 받으실 분의 집이나 직장으로 정확하게 보내드립니다. 오늘 우체국에 들르시거나 전화 서울 793-8190으로 분부해 주십시오.

'…분부해 주십시오'가 압권이다. 이런 뿌리깊은나무식 광고, 일명 한창기식 광고가 나올 수 있었던 것은 그가 아끼던 빼어난 재능의 동역자들이 있었기 때문이란 것을 나는 안다. 비범한 감성의 아트디렉터 이상철 미술장이라든

가 글이나 말투까지 선생을 쏙 빼닮은 김형윤 편집장 같은 당대의 문사들을 이름이다.

뭣처럼 벌어 정승처럼 쓴다는 우리네 속담도 있지만, 가장 미국적인 문화 상품(브리태니커 백과 사전)을 순 미국식 판매방식으로 팔아 돈을 번 다음, 그 돈을 가장 한국적인 토박이 문화 발굴 보존 보급 창달 계몽에 모조리 투입한 시대의 기인이자 거인으로 나는 한창기 선생을 기억한다. 미시, 미청, 미문에 미식가였던 선생은 고집 센 원칙주의의 민속 철학자이자 선각 공병우의 대를 잇는 오지랖 넓은 한글 독립 운동가였다.

회고컨대 어느 때 그의 독특한 카리스마는 파천황의 돈 끼호떼였고, 어느 때 푸른 폭죽 섬광인양 천진난만하게 번쩍여대는 그의 분방한 의식은 순도 면에서 어린 왕자의 순수한 원형질 그 자체였다.

선생의 강력하고도 전방위적인 한글 사랑이 있었음으로 하여 한자와 왜색 잔재를 몰아낸 우리 문화계가 한글 토대 인프라를 단기간에 수용하게 되었고, 요행 그 절묘한 인프라의 타이밍 덕분에 우리는 곧이어 밀어닥친 컴퓨터 정보화의 큰 시대 흐름에 좌초하지 않고 순수 한글 범용의 안정된 문화환경 안에서 인터넷산업 강국으로 도약할 수 있었다는 것이 내가 만들어 갖고 있는 한창기론의 골간이다.

'보존판' 광고의 문맥에서 보았듯이 이런 방식의 뿌리깊은나무 한글 광고는 미디어나 문화적 추이에 민감한 광고계에도 직간접의 영향을 크게 끼쳤다고 나는 믿는다. 특히 광고 문안으로 크리에이티브의 방향을 설정하는 우리 카피라이터들에게는 더 말할 나위가 없는 일이었다.

"오늘은 속이 불편하구나"로 이어지다

뿌리깊은나무가 등장하기 이전까지 우리의 광고가 비주얼 아이디어 위주의 일본식 광고 스타일 일변도였다고 한다면 대략 1970년대 후반부터로 지목이 가능한 뿌리깊은나무의 새 바람 이후에는 비주얼이 곁들인 카피 주도형 한글 광고로 조금씩 광고의 얼굴을 달리 하다가 마침내 1980년대 초반의 어느 시점부터는, 한글로 광고를 만들어야 그것이 좋은 광고임을 광고주와 제작자가 서로 고개 끄덕여 인정하기에 이르렀다. 다소 미흡하기는 하지만, 앞서의 재래식 무개념 한자 광고들과 비교했을 때 참 많이 달라진 변화 추세를 다음의 한글 광고 사례에서 확인할 수 있지 않을까 싶다. (예시된 광고 둘 가운데 스승의 날 쌍용그룹 광고는 제작하는 과정에서 내가 일정 부분 실무적으로 관여한 작품이기도 하다.)

> 장차 이 나라의 대통령이 될지도 모를 댁의 어린이, 한껏 자라도록 키워 주십시오. / 어린이의 가능성은 무한합니다. 귀여운 댁의 자녀…그의 소질을 찾아내어 한껏 키워 주십시오. 요구보다는 권고로, 꾸짖음보다는 타이름으로, 잘못은 일깨우고, 잘한 일은 북돋우어 스스로 자라도록 키워 주십시오… / 럭키그룹 (1978년 1월 4일, 동아일보 8면 게재)

> "오늘은 속이 불편하구나" / 참으로 어려웠던 시절, 그날도 선생님은 어김없이 두 개의 도시락을 가져 오셨습니다. 어느 때는 그 중 한 개를 선생님이 드시고 나머지를 우리에게 내놓곤 하셨는데, 그날은 두 개의 도시락 모두를 우리에게 주시고는 "오늘은 속이 불편하구나" 하시며 교실 밖으로 나가셨습니다. 찬 물 한 주발로 빈속을 채우시고는 어린 마음들을 달래시려고 그 후 그렇게나 자주 속이 안 좋으셨다는 걸 깨닫게 된 것은 긴 세월이 지난 뒤였습니다.… / 쌍용 (1984년 5월 15일, 동아일보 1면 게재)

우리 출판문화계에 신선한 한글 바람을 몰고 와 우리 토박이말과 우리글과 우리 삶과 우리 생각의 아름다움이 무엇인가를 일깨워주면서 '올바른 소리'로 문화 전반에 이제 막 물 맑히기를 시작한 뿌리깊은나무는 그러나 엎친 데덮친 격으로 등장한 20세기 정치 문명 최저질의 비문화적 비민주적 비지성적인 대물림 독재 군벌의 집요한 탄압에 목을 졸려 결국 호흡 곤란 지경에 처하게 된다. 5·18 광주민주항쟁의 피비린내로 온 국민이 엎드려 쉬쉬하며 몸서리치던 시국, 1980년 6월 3일자 동아일보 6면에는 다음과 같은 조그만 토막 광고가 실린다.

독자들과 책방 주인들께 알립니다.
뿌리깊은 나무 6월호가
'육칠월 합병호'가 됩니다.
유월 초순에 나와야 했던 뿌리깊은 나무 유월호가 제작 사정으로 유월 중순에 '육칠월 합병호'로 나오게 되었습니다. 제때에 잡지를 내지 못함이 죄송스럽습니다. 용서해 주십시오.
다만, 육칠월 합병호는 책값은 같되 두께는 좀더 두껍게 만들도록 하겠습니다. 그리고 정기 독자의 정기 구독 기간은 자동으로 한 달이 연장되겠습니다.
뿌리깊은나무
1980년 6월 1일

독자들과 책방 주인들께 알립니다. 뿌리깊은나무 6월호가 '육칠월 합병호' 가 됩니다. / 유월 초순에 나와야 했던 뿌리깊은나무 6월호가 제작 사정으로 유월 중순에 '육칠월 합병호'로 나오게 되었습니다. 제때에 잡지를 내지 못함이 죄송스럽습니다. 용서해 주십시오. 다만, 육칠월 합병호는 책값은 같되 두께는 좀더 두텁게 만들도록 하겠습니다. 그리고 정기독자의 정기구독 기간은 자동으로 한 달이 연장되겠습니다. / 1980년 6월 1일 / 뿌리깊은나무

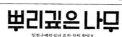

고 얼른 사진에 담았다.

여행을 마치고 귀국해서도 며칠이 지나서야 나는 뒤늦게 믿기지 않는 비보를 들었다.

내가 책 속의 어린왕자를 만나러 사막 여행을 하는 사이, 지근거리에서 내내 서릿발처럼 청청할 줄만 알고 한동안 격조했던 서울의 어린 왕자가 그만 홀연히 하늘나라로 떠나가고 말았다는 것이다. 아무리 천재 단명이라고는 하지만, 원 세상에, 한창기의 예순한 살은 너무나 원통하지 아니한가. 아, 선생이시여. 🐾

한국 현대성의 랜드마크

선완규 한창기의 글을 모은 책 『뿌리깊은나무의 생각』 『샘이깊은물의 생각』 『배움나무의 생각』을 발간한 출판사 휴머니스트의 편집주간. 한겨레 문화센터 강사, 서울 북인스티튜트 책임교수이다. 한창기의 글을 통해 한창기를 만난 소회를 이 글로 적었다.

2006년 12월 초에 두툼한 원고 뭉치를 받았다. '한창기의 생각'이라는 꼬리표가 붙어 있었다. 한창기 선생님과는 그렇게 만났다. 한두 편의 글을 읽어본 후에 '그래 맞아! 이런 글 읽어본 적이 있어', 세 편째 가서 '뿌리깊은나무'가 떠올랐고, 연이어 '샘이깊은물'에 대한 기억도 되살아났다.

지킴과 변화에 대한 성찰

원고를 읽었다. 문제의식이 대단했다. 내가 풀어야 한다고, 아직 미완이라고 생각했던 일들이 이미 30여 년 전에 가지런히 놓여 있었다. 지킴과 변화였다. 예나 지금이나 우리 사회의 가장 큰 어려움은 지킴과 변화 사이의 간극을 맞추는 일이다. 이 지킴과 변화에 대한 혼란이 사회 각 분야에서 일어났고, 그로 인한 갈등이 증폭되고 있다. 이 '지킴과 변화'에 대해 문화적이고 인문적인 성찰을 한 사상가가 한창기였다.

원고를 다시 읽었다. 사유의 힘이 느껴졌다. 그리고 이내 다른 한 사람이 나타났다. 신영복 선생이었다. 아! 이 두 사람. 다르면서 같은 사람들이다. 세상에 대하여, 생각에 대하여, 삶에 대하여, 인간에 대하여, 고전에 대하여, 책에 대하여 결은 다르지만, 둘 다 깊이는 매우 깊었고, 넓이는 광범했다. 열린 공간의 사유와 닫힌 공간의 사유이지만, 세상과 삶을 들여다보는 혜안은 드넓었다. 한창기는 세계인이었고, 신영복은 고립된 존재였지만, 외부의 것을 자신의 내면으로 '끌어안았고', 내면의 것을 외부와 관계 짓는 촉수를 뻗쳤다. 그래서 한 사람은 외재하는 내부이고, 다른 한 사람은 내재하는 외부였다. 자유로이 그 자리를 바꿀 수 있는 동일한 존재였다.

원고를 함께 읽었다. 책으로 만들기 위해서. 우리에게 도래할 사상가를 만나기 위해서. 한창기는 아직 우리에게 오지 않았다. 지연되고 있을 뿐이었다. 그 연기의 고리를 끊고 미래의 사상가를 만나는 첫발을 내딛고 싶었고, 한평생 시대를 앞서 살아온 자의 생각의 기원을 추적해보고자 했다.

한창기의 글은 '충격'이었다. '지금 여기에' 더 적확한 사유들이 무척 많았다. '전통에 깊이 뿌리를 내리면서 새로움의 가지를 뻗는다'는 뿌리깊은나무의 개념. '참 특별했던 삶, 그리고 오래되어 아름다운 것들'이라는 샘이깊은물의 생각들, '가장 중요한 배움은 생각하기의 배움'이라는 배움나무의 표어 들은 상상력과 창조력이 곧 생산력이 되고 있는 현대사회를 그대로 반영하고 있었다. '늦었지만' 그래서 더 '유의미'한 발견이었다.

현대성에 등돌린 진정한 현대인

이제 우리는 새로운 문화인을 만날 수 있다. '뿌리깊은나무'와 '한창기'는 한국 현대성의 랜드마크(표지)이다. '위대한 브리태니커 백과사전'을 한국인들에게 팔 수 있을까? 한창기는 눈부신 재능을 가진 사람이었다. 1968년 한국에 브리태니커회사를 설립했고, 한국브리태니커회사의 사장이 되었다. 그리고 세계에서 유일하게 그 나라 사람들로만 운영되는 브리태니커회사로 만들어냈다. "자기가 꿈꿔온 의미있는 일을 위해서라면 돈을 낙엽처럼 태울 줄 알아야 한다."는 이야기를 하며 아무도 기획하지 않은 일을 해 나갔다.

현대성에 등 돌린 사람이 가장 현대적인 사람이다. 그는 가장 현대적인 사고방식을 가진 사람이었고, 현대문명과 가장 많이 접촉한 사람이었다. 그곳에서 머물지 않고, 현대문명에 등을 돌리고 전통적이며, 전통 가운데에서도 뿌리라고 할 수 있는 농촌의 삶으로 되돌아갔다. 복고주의라 볼 수 있지만, 아니다! 진정한 현대성은 우리 전통문화 또는 전근대에서 찾아야 한다고 생각했다. 근대문명의 인문적인 시간 속에서만 제대로 된 문명이 꽃핀다고 생각하는 것은 잘못 판단한 것이라 보았고, 그래서 생명의 근원에서 문화가 꽃피어나야지만, 다시 말해 자연의 시간 속에서 산 우리 조상들이 자연스럽게 꽃피운 문화야말로 가장 현대성을 지닌, 진정한 현대성을 지닌 문화라고 본 것이다. 그가 한창기이다.

열린 공간을 유영하는 사상가

이제 우리는 새로운 사상가를 만날 수 있다. 한창기의 사유는 이미 존재하고 있다. 재주 많은 지식인들이 자신의 이야기처럼 하고 있는 언표들 중 상당수는 한창기 선생님의 입을 통해 나온 말들일 것이다. 그 점을 이어 하나의 흐름을 만들어야 하지 않을까. 그것은 사상가로서 한창기를 만나는 것이다.

"사람이 사용하는 말, 이것은 우리의 사고의 구현일 뿐만이 아니라 사고 그 자체라고 언어 철학자들은 말하고 있다. 이 말이 옳을진대(나는 이 말이 옳다고 믿는다) 우리가 아무리 주체성을 부르짖고 '반일'을 외쳐도 우리의 문자 생활이, 우리의 사고방식이, 우리의 의식구조가 일본을 닮은 만큼 우리는 일본화되어간다. 우리가 우리임을 깨우치는, 곧 주체성을 찾는 가장 빠른 길은 우리의 고유한 사고와 사상의 체계를 확립하는 데에, 다시 말해서, 우리의 말과 글로 일상생활을 하는 데에 있다. 말과 글이 어지러워지면, 사고가 어지러워지고, 사고가 어지러워지면, 사회 질서가 어지러워지며, 사회 질서가 어지러워지면, 그 안에 사는 개인들의 삶이 어지러워진다. 말과 글이 어지러워지고서야 어찌 주체성이 바로 설 수 있으며, 주체성이 확립되지 않고서야 어찌 한 나라가 한 나라임을 주장할 수 있으랴."

미시 세계와 거시 세계는 하나의 점에서 만난다. 현미경으로 미세 조직을 계속 들여다보면 마지막에는 하나의 점으로 수렴된다. 망원경으로 우주를 계속 확대해 들어가면 갈수록 결국 하나의 점이 되고 만다. 열린 공간 속을 가르며 세상을 유영하는 공간 여행자. 그가 바로 한창기였다. 그런 공감각은 그의 글에 듬뿍 담겨 있다.

"사람이 개가 무서워서 개를 미워하는 때에, 그는 그가 개에게 심은 인격을 미워한다. 사람이 자동차가 무서워서 그것을 미워할 때에, 그는 '너는 무서운 깡패로구나'라고 생각하면서, 자기가 그것에 심은 인격을 미워한다. 그는 자기에게 모래를 뿌리는 미친 사람을 무서워하면서도 그 미친 사람이 모래를 날리는 '태풍'인 것으로 여겨, 그를 미워하지 않는다."

그의 글에는 인문정신의 향기가 스며들어 있다. 타인의 고통을 감지하는 능력, 역지사지 능력, 모순을 공존케 하는 능력 같은.

그의 글은 누구의 '텍스트'인가?

　근대성을 넘어서려고 하는 탈근대적 시도들이 21세기 들어 시작되었다. 한창기의 글에는 그러한 담론이 스며들어 있다. 언어, 텍스트, 전통, 전근대, 문화 담론들이 그에게 있다. 한창기는 삼십 년 전에 그것을 '천착'했고, 사유했고, 실천을 통해 의미를 만들어냈다. 철학 연구자, 현대성 연구자들은 한창기의 글을 텍스트로 삼아야 할 것이다.

　그는 일제의 잔재를 미처 털어내지 못하고 있던 한국 출판물의 내용과 형식에 진정한 근대성과 주체성을 부여한 최초의 출판 언론인이었다. 그뿐만 아니라 출판활동을 통해 전통문화의 보존과 계승의 토대를 마련하는 데에 평생을 바쳤다. 지킴과 변화에 대한 '성찰'로 우리를 들뜨게 했던 한창기. 일상의 작고 가느다란 것들의 아름다움을 깊고 넓은 글쓰기로 풀어낸 한창기의 생각, 이제 우리는 한창기의 생각을 『뿌리깊은나무의 생각』 『샘이깊은물의 생각』 『배움나무의 생각』으로 다시 만난다. ◑

한창기, 십 년 만의 재회

장석주 시인. 서른 해를 쉬지 않고 읽고 쓰며 걸어온 책의 만보객이라는 평가를 듣는다. 월간 『신동아』에 '장석주의 책하고 놀자'라는 제목으로 세 해 동안 북리뷰를 맡아 썼으며, 지금은 주간 『뉴스메이커』에 '장석주의 독서일기'를 고정으로 쓰고 있다. 이 서평은 2007년 12월 4일치 주간 『뉴스메이커』에서 옮겼다

한창기는 내가 남몰래 흠모하고 몸으로 따르고 본받고자 하는 발심을 일으키는 몇 안 되는 문화인 중 한 사람이다. 1976년에 월간지 뿌리깊은나무가 처음 나왔을 때 그이를 향한 나 혼자 사랑은 자라고 뻗쳐갔다. 물론 나는 그 잡지의 골수 독자가 되어 다달이 나오는 그 잡지를 꼼꼼하게 몇 번이고 읽는 것은 기본이었다.

한창기는 생각이 남보다 앞선 사람이다. 그이의 생각이 앞선 것은 그이가 남보다 머리가 좋기 때문이 아니라 돌고 도는 세상 형편의 바른 이치를 있는 그대로 볼 줄 안 까닭이고, 남들이 안 보는 등잔 밑도 꼼꼼하게 살피는 사려 깊음을 가진 까닭이고, 따지고 분별하는 일에 나태하지 않은 까닭이다.

그이는 1978년에 「차라리 양담배를 수입해라」를 쓰고, 1980년에 「미군은 어서 용산에서 물러가거라」를 쓴다. 현실은 마치 그이의 주장을 받아들인 듯 그이의 말대로 바뀌었다. 1983년에 쓴 「여호와의 증인」이라는 글에서는 세상 사람들이 다 군대 복무를 거부하여 징역살이를 하는 이들을 나무라고 꾸짖을 때 바깥사람의 눈에 그른 믿음으로 비칠 수도 있지만 제 양심에 따라 감방 가는 일을 마다지 않는 이들의 행위가 '올바름의 실천'일 수도 있음을 말한다. 그러므로 이들이 이녁의 생각과 크게 다르다고 해도 '인간으로는 따뜻하게 대접'하는 것이 마땅하다고 쓴다. 스물네 해가 지나고 유엔인권위원회에서 개선 권고를 받고 난 뒤에야 사람들은 부랴부랴 양심에 따른 병역 거부자들에 대한 대체복무제라는 제도를 내놓는다.

한창기의 한평생

송영방이 그린 한창기

한창기 (1936–1997)

1936년 음력 9월 28일	전라남도 보성군 벌교읍 고읍리 지곡부락에서 아버지 한귀섭 씨와 어머니 조이남 씨의 맏아들로 태어났다. 아명은 앵보, 괴보였다.	출생 신고가 늦어 호적에는 1937년생으로 되어 있다.
1945년(아홉살)	벌교읍의 남초등학교에 입학했다.	한창기의 말에 따르면 잦은 배탈로 허약하여 벌교의 초등학교에 못 가고 고향 마을의 관립 학교에 한해 동안 다녔다.
1951년(열다섯살)	순천중학교에 입학했다.	
1954년(열여덟살)	광주고등학교에 입학했다.	
1957년(스물한살)	서울대학교 법과대학에 입학했다.	재학중에 대통령배 영어 웅변대회에서 일등 하여 경무대에 초대받아 대통령 이승만을 만났다.
1961년(스물다섯살) – 1967(서른한살)	경기도 의정부에 있었던 미팔군 영내에서 미군의 귀국용 비행기표를 팔았으며, 이어 영어 성경책 쎄일즈맨이 되었다. 미군 영내에서 우연히 브리태니커라는 백과사전을 처음으로 보고 그 '위대한' 책의 쎄일즈맨이 되기로 결심했다. 브리태니커를 팔고 싶은 열망을 담아 브리태니커 미국 본사에 간곡한 영어 편지를 보내 마침내 이 백과사전의 한국 판매회사를 여는 계기를 마련하였다.	대학을 졸업하자마자 잠깐 선박회사에 다녔다고도 한다.
1968년(서른두살)	1월 24일 엔싸이클로피디어 브리태니커 코리아가 설립되었다. 4월 24일 브리태니커 코리아의 사업이 시작되었다.	엔싸이클로피디어 브리태니커 코리아의 첫 대표는 브리태니커 극동 담당 부사장이었던 프랭크 비 기브니 씨가 겸임하였으나 사실상 한창기가 움직이는 회사로 출발하였다. 이 사람과 한창기의 인연은 평생 이어졌던 만큼

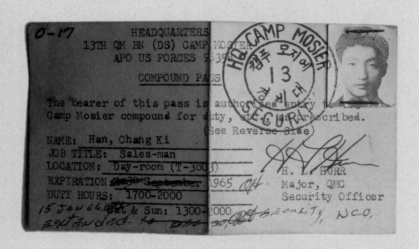

HEADQUARTERS
13TH QM BN (DS) CAMP MOSIER
APO US FORCES 96355

COMPOUND PASS

The bearer of this pass is authorized entry to the
Camp Mosier compound for duty, etc. as prescribed.
(See Reverse Side)

NAME: Han, Chang Ki
JOB TITLE: Sales-man
LOCATION: Day-room (T-3803)
EXPIRATION: 30 September 1965
DUTY HOURS: 1700-2000
15 JAN 66 Sat & Sun: 1300-2000
Extended to DEC 30

H. L. BURR
Major, QMC
Security Officer

Security, NCO.

육십년대에 한창기가 미군 부대에 드나들 적에 달던 출입증. '직위' 난에 쎄일즈맨이라고 되어 있다.

칠십년대의 한창기. 머리만큼이나 반들반들한 구두, 몸에 딱 붙는 홀태바지로 그를 기억하는 이들이 많다. .

		이 책에도 기브니 씨의 한창기를 기리는 글 「우리는 잊지 않으리」가 실려 있다. 한창기는 브리태니커 미국 본사의 권유로 이때부터 로이 한(Roy Hahn)이라는 영어 이름을 쓰기 시작한 것으로 짐작된다.
1969(서른세살)	엔싸이클로피디어 브리태니커 코리아의 부사장이 되었다.	10월에 휴버트 험프리 전 미국 부통령이 브리태니커 본사 이사 자격으로 방한하였다.
1970년(서른네살)	5월에 사장이 되었다.	1월에 브리태니커에 수록된 한국 항목을 수정-보완하기 위해 김준엽, 여석기, 정병욱, 이경성, 이광린, 한배호와 같은 각 분야의 저명한 교수들로 편집위원을 구성하였다. 4월에 브리태니커의 사내보로 창간되었던 『엔브코(ENBCO)』의 제호를 배움나무로 바꾸었다. 그때의 문화공보부에 정기간행물로 등록되어 있었던 이 잡지가 1976년 제호를 바꾸어 재창간되었으니, 그것이 뿌리깊은나무다. 박정희 군사독재정부는 언론통제의 수단으로 정기간행물의 등록 규정을 이용하였고, 시사교양지의 경우 거의 새로운 등록을 받아주지 않았던 터라 이런 옹색한 방도를 강구하는 것이 관행이었다. 10월에 영어교재 『Situational English』의 한국어판인 『척척영어』를 출간했다.
1971년(서른다섯살)	'재단법인 언어교육'을 설립하고, 이사장을 맡았다. 영어 교육기관인 이 법인은 브리태니커가 그동안 한국 내 사업으로 번 돈 삼천만원을 출연하여 설립한 비영리법인이었다. 한창기는 수준높은 원어민 강사진과 잘 짜인 교안 등으로 그때로서는 최고의 영어교육을 했던 '언어교육'의 부설 언어교육학원을 통해 국제무대에서 자유로운 의사소통을 할 수 있는 엘리뜨들이 길러지기를 기대했으며, 상당한 성과를 거두었다.	1월에 한국 항목이 큰폭으로 수정-보완된 1971년판 브리태니커 백과사전이 나왔다. 7월에 『Early English』의 한국어판인 『꼬마영어』를 출간했다.
1972년(서른여섯살)	외솔회 회원이 되었다. 엔싸이클로피디어 브리태니커 코리아의 대표이사가 되었다.	4월에 브리태니커 사무실 안에 있는 벤튼회관에서 민화 전시회를 열고, 『한국 민화의 멋』을 펴냈다. 민화에 대한 일반의 관심을 유도하는 이런 전시회는 이것이 최초였다고 평가받는다.

		에밀레박물관의 조자용 관장이 이 작은 화집의 저자였다.
		카와바따 야스나리의 소설들을 영역하여 세계에 알려 마침내 노벨문학상을 받게 한 동양학자 싸이덴스티커를 초빙하여 강연회를 열었다. 대구에서 브리태니커 주최로 민속 예술 심포지엄을 열었다. 이 책에 한창기를 기리는 글을 쓴 일본 민속학자 카네꼬 카즈시게가 참석하였다.
1973년(서른일곱살)	2월에 서울대학교 신문대학원을 졸업했다. 석사학위 논문은 「우리말경어법의 사회 언어학적인 연구」였다. 한글학회 회원이 되었다.	'브리태니커 판소리감상회'를 시작했다. 이 감상회는 뿌리깊은나무가 창간된 뒤 '뿌리깊은나무 판소리 감상회'로 이름이 바뀌어 1978년까지 100회에 걸쳐 열렸다.
1974년(서른여덟살)	한글문화협회 회원이 되었다. 10월 3일 한글날을 맞아 한글 학회 공로상을 받았다.	브리태니커 국제조직 중에서 그해에 가장 경영 실적이 뛰어난 지사에 주는 국제경영상을 한국이 받았다. 이듬해에도 이 상을 한국이 또 받자 전세계 브리태니커 조직이 놀랐다고 한다.
1976년(마흔살)	월간 문화종합지 뿌리깊은나무를 창간했다. 3월호였으며, 발행처는 브리태니커였고, '발행-편집인 한창기'였다.	
1977년(마흔한살)	한국박물관회 감사를 맡았다.	『Effective Listening』의 한국어판인 『쏙쏙영어』를 출간했다. 전통 방법으로 만든 '잎차'(녹차)와 찻그릇을 보급하기 위해 잎차 사업소를 열었다.
1978년(마흔두살)	출판사 뿌리깊은나무를 설립하고 대표를 맡았다. 이때부터 뿌리깊은나무의 발행처는 출판사 뿌리깊은나무가 되었다.	회사 이름을 엔싸이클로피디어 브리태니커 코리아에서 한국브리태니커회사로 바꾸었다. 세번째로 브리태니커 국제 경영상을 받았다. 뿌리깊은나무에서 『김환기 화집』을 출판했다. 뿌리깊은나무 판소리 감상회 백 회 기념공연을 국립박물관 중앙홀에서 열고, 이 감상회를 종료하기로 했다. 그때 한창기는 백 회의 공연을 통해 적어도 판소리를 절명의 위기에서는 구한

		것으로 여겨지며, 그로써 이 감상회의 소임은 끝났다고 생각한다고 밝혔다.
1979년(마흔세살)		『The Young Children's Encyclopaedia』의 한국어판인 『브리태니커 어린이 백과사전』을 출판했다. 네번째로 브리태니커 국제경영상을 받았다.
1980년(마흔네살)	광주 5·18 민주화항쟁의 소식을 광주 충장로에 있었던 브리태니커 광주지사로부터 '생생히' 전해 들은 뿌리깊은나무 기자들이 군부에 대한 항의 표시로 6월호 잡지를 휴간할 것을 제의하자 선선히 받아들였다. 그리하여 그 다음달 잡지가 6·7월 합병호가 되었다. 7월 31일, 박정희 피살 뒤 쿠데타로 정권을 장악한 전두환 등 신군부의 국가보위 비상대책위원회(국보위)가 뿌리깊은나무, 『창작과비평』『문학과지성』『씨올의 소리』 등 정기간행물 172종에 대해 등록을 취소했다는 소식을 미국 출장 중에 들었다. 사실상 강제 폐간 조치였다. 마지막 뿌리깊은나무는 1980년 8월호였다. 여름을 넘기고 가을로 접어들어 뿌리깊은나무의 인력 곧 취재 – 편집기자, 사진기자, 디자이너 들이 함께 일할 수 있는 출판사업을 모색하기 시작했다. 남한 땅 종합 인문지리지 『한국의 발견』의 개발을 검토하기 시작했다.	'뿌리깊은나무 칠첩 반상기'를 제작하여 보급하기 시작했다. 『Encounter English』의 한국어판인 『술술영어』를 보급하기 시작했다.
1981년(마흔다섯살)	1981년, 1982년, 1983년까지 곧 『한국의 발견』이 완간될 때까지 한창기는 거의 모든 편집–기획 회의는 말할 것도 없고 글과 사진과 디자인의 방향을 정하는 데에까지 열정적으로 참여했다. 또 모든 원고를 읽고 만졌으며, 몇천 장에 이르는 사진을 모두 보고 자신의 의견을 피력해 대부분 관철했다. 요컨대 잡지를 빼앗긴 편집실을 잡지를 만들던 때보다 더 강력히 사수하며 이 출판사업에 몰입했다.	3월에 『뿌리깊은나무 민중 자서전』 씨리즈의 첫권 〈두렁바위에 흐르는 눈물〉(구술/전동례, 편집/김원석)이 출판되었다. 1919년 4월 15일에 일경에 의해 자행된 경기도 화성시 제암리의 대학살로 남편을 잃은 전동례 할머니의 한맺힌 '나의 한평생'이다. 한창기의 제안에 따라 기획된 『민중 자서전』은 현대판 구비문학이라는 평가를 받으며 1984년 5월까지 첫 질 5권이 나왔다.

운니동 가든타워 빌딩의 뿌리깊은나무 사무실에서 강운구가 폴라로이드로 찍은 사진.

1982년(마흔여섯살)		『뿌리깊은나무 판소리』가 출판/출간되었다. 11월에 『한국의 발견』 전11권 중 맨 처음으로 '강원도'를 출판했다.
1983년(마흔일곱살)		4월에 『한국의 발견』 전11권이 완간되었다. 『한국의 발견』이 '오늘의 책'으로 선정되었다.
1984년(마흔여덟살)	월간 여성종합지 샘이깊은물을 창간하고 '발행-편집인'이 되었다. 창간호는 11월호였다. 뿌리깊은나무의 복간을 위한 노력이 이어졌으나, 끝내 뜻을 이루지 못하고 뿌리깊은나무가 발간되던 때에 이미 검토되었던 여성지 샘이깊은물을 창간하게 된 것이다.	『한국의 발견』이 한국일보 '한국출판문화상'을 수상했다. 『뿌리깊은나무 팔도 소리 전집』이 출판/출반되었다. 『뿌리깊은나무 팔도 소리 전집』이 한국방송공사 국악대상을 수상했다.
1985년(마흔아홉살)	11월에 한국브리태니커회사 대표이사 자리에서 사임했다. 한창기는 이 회사를 서른두살에 설립하여 17년 동안 경영하며 한국 직판사업의 선진적 모델을 완성했다고 평가받았다. 한창기는 이때부터 출판사 뿌리깊은나무, 잡지 샘이깊은물의 '발행-편집인'이자 사장으로만 남았다.	
1989년(쉰세살)		『뿌리깊은나무 산조 전집』『뿌리깊은나무 한반도의 슬픈 소리』『해남 강강술래』를 출판/출반했다.
1990년(쉰네살)		『뿌리깊은나무 판소리 다섯 바탕』 중 「흥보가」와 「춘향가」를 출판/출반하였다. 『뿌리깊은나무 민중 자서전』(제6권-10권)을 발간했다.
1991년(쉰다섯살)		『뿌리깊은나무 판소리 다섯 바탕』 중 「적벽가」를 출판/출반했다. 『뿌리깊은나무 민중 자서전』(제11권-20권)을 발간했다. 『민중 자서전』이 한국일보 '한국출판문화상'을 받았다.

1992년(쉰여섯살)		「수궁가」와 「심청가」를 출판/출반함으로써 『뿌리깊은나무 판소리 다섯 바탕』이 완결되었다.
1993년(쉰일곱살)		『민중 자서전』으로 한국일보 '한국출판문화상'을 받았다.
1994년(쉰여덟살)	이 한해는 『국어문법』의 원고를 검토하는 데에 다 바쳤다. 원고 한 뭉치의 검토가 끝날 때마다 저자와의 기나긴 문법 논쟁이 있었다. 성북동 사옥의 뜰 한 귀퉁이에 한창기와 서정수가 앉아서 고래고래 소리치다시피하며 양보없는 논쟁을 펼치고는 냉수로 목을 적시곤 했다.	『국어문법』(저자/서정수)을 발간했다.
1995년(쉰아홉살)		『춤추는 최승희 ― 세계를 휘어잡은 조선 여자』 (저자/정병호)를 발간했다.
1997년(예순한살)	2월 3일 저녁에 서울 강남의 서울내과병원 입원실 507호에서 세상을 떠났다. 그 전해 여름에 간암 진단을 받고 반년을 채 넘기지 못했던 것이다. 벌교 고읍 선영에 묻혔다. 2004년에 대한민국 보관 문화훈장이 추서되었다.	잡지 샘이깊은물을 포함한 한창기의 뿌리깊은나무 사업은 그 발행 이념의 지속성 측면에서 이 해에 함께 숨을 거두었다는 평가를 받는다.

한창기의 수첩 묶음. 육십년대에 쓰던 것들이다.

장례를 끝내고 독자들께

이 글은 1997년 3월호 샘이깊은물에 실렸던 이 잡지 발행-편집인
한창기의 부음을 독자들에게 알리는 부고 기사이다. 그때의 편집주간
설호정이 적었다. 그밖에 그달 잡지에 발행인이 세상을 떴음을 알리는 글은
역시 편집주간이 쓴 '독자들께'난의 맨 마지막 몇줄뿐이었다.
그 잡지의 발행인이 평소에 한국의 거대 언론들이 자기들의 사업,
사주를 빛내는 기사들을 되도록 큰 지면을 써서, 되도록 도드라지게
늘어놓는 것을 몹시 탐탁잖아 했으므로 이렇듯 조촐하게 절제했다.
'독자들께'난의 몇 마디는 이러하다.
"서울 성북동의 저희 사무실에는 뜰이 있습니다. 가장자리에 푸나무가
심겼고, 마당에는 잔디가 깔렸습니다. 잔디에 새싹이 삐죽삐죽하게
돋기 시작하는 봄부터 낙엽이 완료되는 늦가을까지 하루에도 몇번씩
그 뜰에 맥고 모자를 쓰고 나와 이런저런 손질을 하는 분이 있었습니다.
그분은 새로 돋은 작약 싹 주위에 나뭇가지를 휘어서 꽂거나,
잔디 속의 잡초를 가려 뽑거나, 박 덩굴에 지주를 세워주거나,
온 뜰에 물을 주거나 했습니다. 그리고 뜰 한 구석에 손바닥만큼 일궈놓은
남새밭에서 토마토나 풋고추를 따서 물에 대강 씻어 먹고는
그 손을 와이셔츠 뒷자락에 슬쩍 문질러 닦았습니다.
올봄부터 그분을 볼 수 없게 되었습니다. 저희 발행-편집인
한창기 씨 말입니다."—편집자

지난 이월 삼일 저녁 일곱시 반에 출판사 뿌리깊은나무 대표이자 이 잡지 샘이깊은물의 발행-편집인인 한창기 씨가 세상을 떠났다. 그이가 이승에서 몸 부려 산 세월은 예순 해 하고 석 달에 사흘이 모자랐다.

서울 도곡동의 서울내과병원 오백칠호에서 숨을 거둔 그이는 그 밤에 서울 중앙병원 영안실로 옮겨져 그 이튿날 아침 열시 반에 염습을 마치고, 그날 하오 다섯시에 전남 보성군 벌교읍 고읍 이구의 고향집으로 떠나갔다.

자정이 가까워 그이가 나서 자라 초등학교를 다녔던 고향집에 다다랐으니 지난 해 삼월의 성묘 뒤로 근 한 해 만의 귀성이었다. 타관에서 이승을 하직한 사람은 방 안에 들이지 않는다는 전통 풍습을 존중하여 그이를 고향집 앞마당에 짚으로 새로 이룬 빈소에 모셨다. 맵게 추운 날은 아니었으나 바람은 찼다.

그이 생전의 당부대로 자정이 조금 넘어서부터 씻김굿—그이는 흔히 '씻김굿' 하는 것은 반대했으니, 그 굿의 이름은 제 고장 말대로 '씻김굿' 해야 옳다 했다—이 시작되었다. 그 굿은 별세하자마자 하는 '곽머리 씻김'이었다. 무형문화재 진도 씻김굿의 예능 보유자인 박병천 씨가 잽이들을 통솔하고 역시 그 예능 보유자인 당골 김대례 씨가 흰 종이를 오려 만든 돈전을 들고 그이 빈소 앞에 섰다.

씻김 들머리에 생전에 그이에게 은혜입은 바가 있다는 박병천 씨가 추모의 말을 몇 마디 했다.

굿이 시작되어 끝날 때까지 다섯 시간 동안 그이의 운구차 뒤를 따라 버스를 타고 왔던 사람들이 그 빈소 앞을 넓게 에워싸고 앉거나 서서 사진 속의 그이를 보기도 하고 굿을 보기도 했다. 징, 가야금, 아쟁, 대금, 장고 소리에 어울려 김대례 씨가 "넋이로구나" 하고 구슬프게 목청을 뺄 때에는 바로 그 당골의 그 '혼맞이 노래'가 그이가 출반한 음반인 『한반도의 슬픈 소리』에 실린 것인 줄을 뿌리깊은나무 식구들은 금방 알았다. 그리고 그 소리가 그이 심금을 울리던 소리였음을 회상했다.

새벽에 굿이 끝나자 사람들은 동네 여기저기 처소에 들어 눈을 잠깐 붙인 뒤에 날이 밝자마자 다시 그 마당으로 모였다. 그이를 영결하는 날 곧 이월 오일 아침이었다.

발인제는 그이와의 인연이 유별한 지허 스님과 그밖의 선암사 승려 몇 사람이 함께 이끌었다. 자신의 선암사 내림 「반야심경」 독송 소리를 "아름답다" 했던 고인이 영영 떠나는 자리여서 그런지 발인제의 지허 「반야심경」 소리는 궁글되 애잔했다.

　승려들이 앞장서고, 빈소를 떠난 그이가 그 뒤를 따랐다. 동네 앞에는 노젯상과 함께 그이를 태우고 갈 백상여가 기다리고 있었다. 노제는 간략했고 그이는 곧 상여에 태워졌다. 마을 사람들로 구성된 상두꾼들이 상여를 메고 두어 바퀴 돌더니 곧장 마을 뒤의 그이 선영을 향해 떠났다. 박병천 씨와 김대례 씨가 상여 앞에 서서 「상여 소리」를 부르기 시작했다. 그 소리 또한 『한반도의 슬픈 소리』에 수록되어 있는 것이다. 흰 만장 스무남은 개가 앞서가며 휘날렸다. 「상여 소리」는 완만한 길에서는 느리고 구슬펐고 가파른 데에 다다르면 노동요처럼 빠르고 힘차졌다.

　그이가 묻힐 곳은 불던 바람이 잠드는 양지 바른 야산 자락이었다. 그 자리는 또 그이 할아버지, 할머니 무덤의 발치이기도 했다. 그이를 묻고 그 위를 여러 사람이 꼭꼭 눌러 밟아 편편하게 한 뒤에 모두들 산을 내려온 때가 하오 네시 반쯤이었다. 뒤에 남은 일꾼들이 봉분을 '조선식'으로 둥글고 덩실하게 짓고 떼를 잘 입혀 그 무덤을 완성한 줄로 알고 있다. 그런 무덤에 잠들기를 바란 사람이 고인 한창기였다.

　그이는 천구백삼십륙년 음력 구월 이십팔일에 앞에 밝힌 벌교 고읍 이구에서 부친 한귀섭 씨와 모친 조이남 씨의 맏아들로 태어났다. 아명은 앵보, 괴보였고, 뒷날 필명으로 앵보와 더불어 고향 이름인 고읍을 썼다. 잡지 뿌리깊은 나무와 샘이깊은물에 그 이름으로 쓴 글들이 실렸다.

　한해 동안 마을의 관립 학교에 다니고 나서 벌교읍의 남초등학교에 입학했다. 일제 말기의 피폐한 한국 농촌의 아들로 태어난 그이가 처음으로 접한 신식 문물은 등하교길에 마주치던 벌교읍의 가게들에 달린 '마도 가라스' 곧 창유리였다고 했다. 그러고 뒤이어 현대적 디자인 상품 하나를 입수하게 되었으니 다름아닌 미군이 먹고 길에 던져 버린 코카콜라 깡통이었다.

　"나는 그즈음부터 전통문화에 심한 부끄러움을 느껴 우리 할머니의 얹은 머리, 고향 들판에서 '아짐씨' '아제'들이 부르는 들노래 들을 외면하려 했다."

　순천중학교에 진학하여 첫 학년, 첫 학기에 전학년 일등을 한 '고읍 촌놈'인 그이에게 그 학교 왈패들이 텃세를 하느라고 모진 매를 안긴 것이 인연이 되어 그이는 순천중학교 김교신 선생 집에서 하숙하게 되었다. 전쟁 때에 월남한 그 북한 개화파 선생을 그이는 "닭고기는 맛있고, 닭은 못 잡아?"란 '어록과 함께 평생 기리고 존경했다. 그 선생이 닭 모가지 치는 소임을 그이에게 맡긴 적이 있는데, 차마 그러지 못하고 개울에 가서 닭을 물에 넣었다 빼고 넣었다 빼고 했으나 끝내 죽지 않아 그냥 안고 왔더니 그렇게 쏘아붙였다고 한다. 그이는 명분에 죽고 사는 한반도 남반부 전통사회에 젖줄을 댄 소년에게 합리성과 실용성의 중요로움을 일깨운 분이 그 선생이었다고 회고하곤 했다. 그 즈음에 그 선생의 라디오로 단파방송 '미국의 소리'를 듣고 순천중 영어교사가 가르친 '지스'의 본토 발음이 '디스'에 가까운 것임을 깨닫고 그 방송에 귀기울이며 영어 솜씨를 닦아나갔다.

그때에 호남 수재들이 다 모인다는 광주고등학교를 거쳐 서울대학교 법과대학에 진학했다. 오십칠년이었다. 생전에 그이가 말하기로는 대학에 들어가 얼마 안 돼 판-검사 공부는 않기로 했다. 그보다는 서울 사대문 안의 유서깊은 동네를 골목골목 기웃거리며 묵은 한옥을 섬세히 관찰하고, 서울 말, 서울 살림을 눈과 귀에 담았다. 또 틈나면 전국 각처를 여행했다. "나는 이미 오십년대에 보았어. 이게 아니야." 퇴락하였을망정 원형을 간직한 역사 유물, 불도저로 갈아엎기 전의 가난하나 평화로운 산천과 인심을, 뒷날 그이를 만나 짧은 여행을 함께 한 적이 있는 시인 황지우가 '카메라의 눈'이라 했던 그 오차 없는 눈에 담아 두었던 그이는, 지방 여행 때마다 그렇게 툭툭 내뱉었다. 팔십년대 초에 인문지리지 『한국의 발견』을 편집하는 과정에서 그이의 이 체험은 한반도 땅의 무자비한 변화를 기록하는 데에 비판적인 잣대로 원용되었다. 그뿐만 아니라, 비록 털어놓은 바는 없으나 그이를 저 '마도 가라스'와 코카콜라 깡통의 감격에서 벗어나 다시 한국문화의 자식으로 선회시키는 계기가 되었던 듯하다.

대학을 졸업하자 그이는 이미 무르익은 영어 솜씨로 미팔군 영내에서 미군들에게 귀국용 비행기표를 팔았고, 뒤이어 영어 성경을 팔았다. 그리고 마침내 브리태니커 백과사전의 판매에 나섰다. "기왕 팔 바에야 세계에서 제일 좋은 책을 팔고 싶었다." 그이는 그렇게 말했다. 그리고 이따금 그이 사무실에 낯선 쎄일즈맨들이 와서 하필이면 그이를 상대로 공략을 하면 "얼마 못 쓰고 버릴 물건 말고 좋은 물건, 대물림해 쓸 물건을 파세요." 하고 진정어린 충고를 서슴지 않았다. 실제로 그이는 그런 책을 팔고 만들었으니 때로 단순히 쎄일즈의 천재성에만 모아지는 그이 평가는 그래서 어설프기 그지없다 하겠다. 육십팔년부터 그이는 한국브리태니커회사의 대표가 되었다.(대표가 된 때는 칠십년이었고 육십팔년에는 회사가 만들어졌다.—편집자)

한 창기라는 사람과 "뿌리깊은나무"

한 창기(천구백삼십육년—천구백구십칠년), 구십육년 봄에
서울 성북동의 뿌리깊은나무 사옥 뜰에서 찍었다.

지난 이월 삼일 저녁 일곱시 반에 출판사 뿌리깊은나무 대표
이자 이 잡지 뿌리깊은샘의 발행 편집인인 한 창기 씨가 세상을
떠났다. 그이가 이승에서 몸 부려 산 세월은 예순해 하고 석달
여 사흘이 모자랐다.

서울 도곡동의 서울 내과 병원 오백칠호에서 숨을 거둔 그이
는 그 밤에 서울 중앙 병원 영안실로 옮겨져 그 이튿날 아침 열
시 반에 영습을 하였고, 그날 하오 다섯시에 전남 보성군 벌교
읍 고읍 아무의 고향집으로 떠나갔다.

자정이 가까워 그이가 나서 자란 초등학교를 다녔던 고향집
에 다다랐으니 지난 해 삼월의 성묘 뒤로 근 한해 만의 귀성이
었다. 타관에서 이승을 하직한 사람은 방 안에 들이지 않는다는
전통 풍습을 존중하여 그이를 고향집 앞 마당에 집으로 새로 이
문 빈소에 모셨다. 넓게 추운 날은 아니었으나 바람은 찼다.

그이 생전의 답부대로 자정이 조금 넘어서부터 씻김굿─그이
는 흔히 "씻김굿" 하는 것은 반대한다나, 그 곳의 이름은 제 고
장 말대로 "식힘굿" 해야 옳다 한다─이 시작되었다. 그 굿은
별세하자마자 하는 "테어리 식힘"이었다. 무형 문화재 진도 식
임굿의 예능 보유자인 박 병천 씨가 돌이들을 통솔하고 역시 그
예능 보유자인 담글 김 대례 씨가 흰 종이를 오려 더는 돈전을
들고 그이 빈소 앞에 서 있었다.

식임 들머리의 생전에 그이에게 은혜입은 바가 있다는 박 병
천 씨가 추모의 말을 몇 마디 했다.

굿이 시작되어 끝날 때까지 다섯 시간 동안 그이의 운구차
뒤를 따라 버스를 타고 왔던 사람들이 그 빈소 앞을 넓게 예워
싸고 앉거나 서서 사진 속의 그이를 보기도 하고 굿을 보기도
했다. 징, 가야금, 아쟁, 대금, 장고 소리에 어울린 김 대례
씨가 "넋이로구나" 하고 구슬프게 목청을 뺄 때에는 바로 그
담글의 그 "흔밀이 노래"가 그이가 출반낸 음반인 "한반도의
슬픈 소리"에 채록되어 있는 것을 줄을 뿌리깊은나무 식구들은
금방 알았다. 그리고 그 소리가 그이 심금을 울리던 소리였음
을 회상했다.

새벽에 굿이 끝나자 사람들은 동네 여기저기 처소에 들어 잠
을 잠깐 많이 뒤에 날이 밝자마자 다시 그 마당으로 모였다. 그
이를 영결하는 날은 이월 오일 아침이었다.

발인제는 그이와의 인연이 유별한 지허 스님과 그 밖의 선암
사 승려 몇 사람이 함께 이끌었다. 자신의 선암사 내림 "반야

심경" 독송 소리를 "아름답다" 했던 고인이 영영 떠나는 자리여
서 그런지 발인제의 지허 "반야 심경" 소리는 금금히 애진했다.

승려들이 앞장서고, 빈소를 떠난 그이가 그 뒤를 떠졌다. 동
네 앞에는 노쨋상과 함께 그이를 태우고 갈 백상여가 기다리고
있었다. 노쌔는 간략했고 그이는 곧 상여에 태워졌다. 마을 사
람들로 구성된 상두꾼들이 상여를 메고 두어 바퀴 돌더니 곧장
마을 뒤의 그 선왕을 향해 떠나갔다. 박 병천 씨와 김 대례 씨
가 상여 앞에 서서 "상여 소리"를 부르기 시작했다. 그 소리 또
한 "한반도의 슬픈 소리"에 채록되어 있는 것이다. 흰 만장 스
무남은개가 앞서 그저 하늘댔다. 상여 소리는 완만한 길에서는
느리고 구슬펐고 가파른 데어 다다르면 노동요처럼 빠르고 힘
차졌다.

그이가 묻힐 곳은 볕던 비탈이 잡히는 않지 바른 야산 자락
이었다. 그 자리는 또 그의 할아버지, 할머니 무덤의 발치이기
도 했다. 그이를 묻고 그 위를 여러 사람이 꼭꼭 눌러 밟아 편
편히여 한 뒤에 모두들 산을 내려온 때가 하오 내시 반쯤이었
다. 뒤에 남은 일꾼들이 봉분을 "조선식"으로 둥글고 덤덤하게
짓고 때잔 잘 입혀 그 무덤을 완성한 줄을 알고 있다. 그런 무
덤에 끝들기를 바란 사람이 고인 한 창기였다.

그이는 천구백삼십육년 음력 구월 이십팔일날에 앞에 밝힌 벌
교 고읍 이주에서 부친 한 규섭 씨와 모친 조 기님 씨의 맏아들
로 태어났다. 아명은 영보, 과방이고, 뒷날 필영으로 행보와 더
불어 고향 이름인 고읍을 썼다. 잡지 뿌리깊은나무와 뿌리깊은
샘에 그 이름으로 쓴 글들이 실렸다.

한해 동안 마을의 권입 학교에 다니고 나서 벌교읍의 남초등
학교에 입학했다. 일제 말기의 피폐한 한국 농촌의 아들로 태어
난 그이가 처음으로 접한 신식 문물은 통하교길에 마주쳤던 벌
교읍의 가겟방에 달린 "미도 가바스" 곧 창 가리켰다고 했다.
그리고 뒤이어 현대적 디자인 상품 하나를 입수하게 되었으니
다름 아닌 미군이 먹고 길에 던져 버린 코카콜라 깡통이었다.
"나는 그 즈음부터 전통 문화에 심한 부끄러움을 느껴 우리 할
머니의 됐던이며, 고향 들판에서 "아쟁씨", "아쟁" 들이 부르는
들노래 들을 외면했다."

순천 중학교에 진학하여 첫 학년, 첫 학기에 전하게 임등을
한 "고읍 촌놈"인 그이에게 그 학교 왕패같이 텃세를 하느라고
모진 매를 안긴 것이 인연이 되어 그이는 순천 중학의 김 교신
선생 집에서 하숙하게 되었다. 전통 때에 왕날씬 김 보라 게딤
과 선생을 그이는 "닭고기는 맛있고 닭은 못 잡아"란 "어룩"
과 함께 평생 기리고 존경했다. 그 선생이 닭 모가지 치는 소임
을 그이에게 밥긴 적이 있는데, 차마 그러지 못하고 계울에 가서
닭을 물에 넣었다 빼고 넣었다 빼고 했으나 끝내 죽지 않아 그
냥 안고 왔더니 그렇게 쏘아댔다고 한다. 그이는 명절에 죽고

잡지 뿌리깊은나무는 칠십륙년 삼월에 창간되었다. 그이가 마흔한살이 되던 해였다. 한국브리태니커회사가 이룬 사업적 성공이 물적 토대가 되었으나, 근본적으로 그이의 눈과 두뇌가 장악하는 잡지였다. 그이는 뿌리깊은나무 창간사에서 이렇게 말했다.

"뿌리깊은나무는 우리 문화의 바탕이 토박이 문화라고 믿습니다. 또 이 토박이 문화가 역사에서 얄잡힌 숨은 가치를 펼치어, 우리의 살갗에 맞닿지 않은 고급문화의 그늘에서 시들지 않고 이 시대를 휩쓰는 대중문화에 치이지도 않으면서, 변화가 주는 진보와 조화롭게 만나야만 우리 문화가 더 싱싱하게 뻗는다고 생각합니다."

그이의 이런 생각은 출판-언론 활동을 한 지난 이십년 동안 일관되이 지켜졌다. 이 '토박이 문화론' 때문에 더러 국수주의자라고 규정당할 때에 그이가 하는 말은 정면 부인이 아니라 '한국문화의 뜰이 풍요로워야 세계문화의 뜰이 풍요로워진다'였다.

지난 이십 년 동안 뿌리깊은나무 편집실에 정해진 그이 자리가 있은 적은 없다. 사장실이 따로 있건만 틈만 나면 편집실에 서성거리다 어디고 비어 있는 자리가 있으면 앉아 원고를 읽고, 기사감에 대한 의견을 내고, 사진 선택과 지면 배열에 참여했다. 뿌리깊은나무가 한국 잡지 역사의 새 마당을 열었다는 평가의 근거가 되는 일들, 국어 전용, 특히 국어 얼개 속의 일본어 영향을 배제하려고 한 리라이팅, 지식인 언어와 토박이말을 일치시키려는 노력, 전문 미술 집단의 지면 배열이 온전히 그이의 발심으로 이루어졌다. '발행-편집인 한창기'가 찍힌 책의 원고는 빠짐없이 그이의 눈을 거쳐 나온 것이다.

뿌리깊은나무가 창간되기 전인 칠십삼년부터 그이는 판소리 감상회를 한 주일에 한번씩 열기 시작해 칠십팔년에 꼭 백 회를 채우고 끝냈다. 수많은 판소리 명창들이 그 목을 빛낼 자리를 완전히 잃어버렸던 시절이었다. 타계한 명고수 김명환이 이 감상회에서 처음으로 그 북 솜씨를 제대로 펼쳐 보였으며 한창 때인 박초월, 김소희, 정권진, 박봉술, 젊은 조상현, 안향연, 오정숙들이 이 무대에서 자기 소리를 몇 주일에 걸쳐 완창했다. 그이는 요긴한 약속이 없는 날에는 거의 반드시 이 소리판의 객석 한구석에 앉아 경청했으며, 박초월이 「심청가」를 부르던 어느 날엔가는 '눈 어둔 백발 부친' 대목에서 손수건으로 눈시울을 닦기도 했다. 판소리에 추임새를 하지 못하는 것에 열등감을 느꼈으나 오십대 중반에는 반쯤 극복해 그런 자리에서 더러 한번씩 추임새를 했다.

뿌리깊은나무가 출반한 『뿌리깊은나무 판소리』『뿌리깊은나무 판소리 다섯 바탕』『뿌리깊은나무 팔도소리 전집』『뿌리깊은나무 한반도의 슬픈 소리』『해남 강강술래』는 그이의 말대로라면 "내가 듣고 싶은데 없어서 만들었더니 결과적으로 의미있는 일이 되었다."

뿌리깊은나무는 꼭 한번 합병호를 냈다. 팔십년 육칠월호가 그것이다. 그해 오월에 광주 민주화항쟁 소식을 듣고 뿌리깊은나무 기자들이 항의 표시로 휴간할 것을 제안하자 그이가 두말 않고 받아들였기 때문이다. 그러고 그 다음호인 팔십년 팔월호가 뿌리깊은나무의 마지막호가 되었다. 신군부 세력에 의한 뿌리깊은나무의 강제 폐간 조처는 그이 한평생에 받은 가장 큰 타격이었던 듯하다. 그이는 이 소식을 미국 출장중에 들었다.

뿌리깊은나무 식구들을 그대로 둔 채로 할 수 있는 일을 검토하여 마침내 취재력을 갖춘 기자와 사진기자와 미술 인력이 고스란히 일할 수 있는 「한국의 발견」을 발간하기로 했다. 그이는 그 열한 권에 실린 일만 장에 가까운 원고와 사진 몇천 장을 남김없이 읽고 보았다. 그뿐만 아니라 '서울' 편에는 「오늘의 서울 생활—그들은 이렇게 먹고 입고 산다」를, '전라남도' 편에는 「전라남도의 생활문화—그 사람들의 한평생」을 집필했다. 그밖에 잡지 없는 출판사 뿌리깊은나무 편집실에서 낸 책이 『민중 자서전』 다섯 권이다.

잡지 뿌리깊은나무의 반려라 할 샘이깊은물은 팔십사년 십일월에 창간되었다. 그이는 그 창간사에서 이렇게 말했다.

"저희의 눈에…중요한 잡지의 과제로 비치는 것이 늘 하나 있었습니다. 어제와 오늘과 내일의 가정과 사회 그리고 그것들의 어우름을 깊이 파고들어 탐색하고 관찰하는 일입니다.…가정이 샘이깊은물이 탐색하는 주요 대상에 들고, 실제로 여자들이 많은 가정의 핵심이 되므로 자연히 이 문화 잡지는… 여자들이 더 많이 읽게 될 터입니다. 그러나…이 문화 잡지도 이른바 '여성지'가 아니라 '사람의 잡지'입니다."

이 잡지 샘이깊은물을 발행하는 동안에도 그이는 『민중 자서전』을 계속해서 발간했다. 그이는 텔레비전의 세례를 덜 받은 후미진 촌구석의 노인들을 한국어와 한국문화의 가장 훌륭한 스승이라 여겨온 터이라 그이들이 구술한 '나의 한평생'을 수많은 주석을 달아 책으로 만드는 일에 각별한 애정을 기울였다. 그이가 편집에 참여해 원고를 읽으며 자주 너털웃음과 눈물을 참지 못했던 것이 바로 이 『민중 자서전』이었다.

구십삼년 한해는 통째로 서정수 씨의 『국어 문법』 원고를 읽는 데에 바쳤다. 평소의 독서가 언어학 관계 논문에 치중해 있었던 일로도 짐작되겠듯이 그이는 대학의 국어학자들이 그 의견을 심각히 경청하는 국어 연구인이었다. 방대한 원고를 샅샅이 읽고, 이견과 의견을 깨알처럼 적어 서씨에게 돌려보냈다. 그이의 정연한 반론 때문에 서씨는 몇 차례 자신의 이론을 거두어들이기까지 했다. 그이는 전통 한옥을 구조적으로 탐구한 책과 함께 국어 문법학자들이 미처 해결하지 못한 국어 문법의 여러 숙제에 대응하는 책을 집필하고 싶어했다.

샘이깊은물 구십륙년 팔월호의 '논설' 원고를 막 읽은 뒤인 지난 해 칠월 이십이일부터 그이는 병상에 누웠다. 그리고 뿌리깊은나무 – 샘이깊은물 식구들은 돋보기를 쓴 그이가 편집실의 빈 자리에 앉아 주로 '빠이롯트 하이테크 포인트 펜'으로 원고 이곳저곳을 흘려쓴 궁체 같은 필체로 손보던 모습을 더는 볼 수 없게 되었다. 병상에서도 첫 두어달은 새로 나온 샘이깊은물을 완전히 독파하여 '흠집'들을 챙겨 편집진에게 유념시켰다. 그이가 이승에서 마지막으로 본 샘이깊은물은 구십칠년 이월호였다. 그 표지와 '바람, 바람, 바람'의 어미소와 새끼소 사진이었다. 🐾

우리는 잊지 않으리

프랭크 비 기브니 『타임』의 토오꾜오 특파원으로 한국전쟁에 종군함으로써 한국과 인연을 맺었다. 라이샤워에 비견되는 일본 전문가로 알려졌다. 『라이프』 편집위원, 『뉴스위크』 편집위원을 거쳤다. 일본 브리태니커 회사를 맡아 경영했으며, 브리태니커 극동담당 부사장으로 있었던 1968년에 설립된 엔싸이클로피디어 브리태니커 코리아의 사장을 겸직했다. 그때 만난 삼십대 초반의 젊고 재능 넘치는 한창기와 평생 교류했다. 2006년 봄에 세상을 떴다. 82살이었다.

한창기는 매우 비범한 친구였습니다. 다양한 관심사를 가진 사람들이 늘 그러하듯이 그이는 여러 가지 얼굴을 가진 몇 안 되는 사람 가운데 하나였습니다. 그 얼굴들은 그이가 지니고 있던 독특한 성향의 여러 부분들을 보여주는 것이었습니다. 그이가 쓴 다채로운 글들을 보면 그이의 관심사가 얼마나 폭이 넓었는지 알 수 있습니다. 그 가운데 어떤 것들은 서로 부딪치는 모습을 보이기도 합니다. 그이가 살아온 기록에서 쉽게 드러나듯이 무엇보다 그이는 국제적인 사람이었습니다. 그이는 정치보다는 문화를 더 우선하여 보고자 했으며 이런 관심사들이 때로는 서로 모순되는 것처럼 비쳐지기도 했습니다. 그러나 그이는 그 모든 것들을 조화시키는 비전을 가진 사람이었습니다. 그이의 영혼에는 여러 개의 창문이 있었다고나 할까요.

나는 그이를 삼십 년 넘게 알고 지냈습니다. 처음 만난 지 얼마 되지 않아서 우리는 곧 평생의 우정을 나누는 사이가 되었다고 생각합니다. 그이는 신뢰할 수 있는 사람이었습니다. 유쾌한 친구였고, 말에 조리와 힘이 있었으며, 흥미로운 아이디어의 샘이었습니다. 여러 가지 면에서 그이는 고향인 한국과 전라도의 전통적인 미덕을 가지고 있었던 것으로 보입니다. 솔직하고 독립심이 강했으며 자신의 권리와 생각을 의연한 의지로 지키는 사람이었습니다. 또

한 그이는 훌륭한 사업가이기도 했습니다.

내가 그이를 처음 만난 것은 사업 때문이었습니다. 브리태니커 백과사전의 여러 중역들은 그이를 '로이'라고 불렀습니다. 그이는 그 회사에서 유명한 사람이었습니다. 처음에 그이는 미팔군에 있는 미국인들에게 브리태니커에서 만든 여러 가지 백과사전과 참고 도서들을 팔았던 것으로 기억합니다. 천구백육십년대 초반에 그런 일을 하려면 사업적인 통찰력뿐 아니라 많은 용기가 필요했습니다. 나는 그이를 만나서 '위대한 브리태니커 백과사전'을 한국인들에게 팔 수 있는 길이 없을까, 그리고 마침내는 그것의 한국어판을 만드는 일에 대하여 논의하였습니다. 로이는 그 일에 대한 강한 열의를 보였으며 긴 시간을 함께 이야기하면서 나는 그이가 아주 눈부신 재능을 가진 사람이라는 것을 깨닫게 되었습니다. 탄탄한 사업 감각을 가지고 있는 데다가 물건을 파는 방법의 핵심을 잘 아는, 게다가 열의있는 사람을 만나는 것은 결코 쉽지 않은 일이지요. 스코틀랜드 에딘버러에서 브리태니커가 창립된 지 이백주년이 되는 천구백육십팔년에 그이와 나는 한국에 브리태니커 회사를 설립하였습니다.

한국 회사는 나날이 번창했습니다. 한창기는 재능이 빼어난 사람들을 잘 가려내어 채용하였습니다. 그 사람들 가운데에는 나중에 한창기의 뒤를 이어 한국브리태니커의 사장이 된 이연상도 있습니다. 내가 떠나고 나서 한국 회사는 세계에서 유일하게 그 나라 사람들로만 운영되는 브리태니커 회사가 되었습니다. 그것은 사람을 가려 쓸 줄 아는 그이의 안목 덕에 가능한 일이었습니다. 한창기는 시카고 등지에서 열리는 많은 중역회의에 한국 대표로 참석하였는데 그때마다 그이는 판매와 수익면에서 신기록을 세워서 발표하곤 했습니다. 한 중역회의에서 당시의 브리태니커 회장이었던 윌리엄 벤튼 씨는 로이가 언젠가는 본사의 사장이 될 거라고 칭찬하기도 하였습니다. 하지만 그것이 실현되지는 않았습니다. 한창기는 해외여행을 좋아하는 편이었지만 더 큰 브리태니커를 운영해달라는 제의를 받아들이는 것보다는 한국에서 일하기를 더 바랐기 때문이었지요. 이때부터 그이는 편집자로서의 재능을 펼치기 시작했습니다. 특히 그이를 매료시켰던 것은 한국의 민족문화였던 것으로 압니다. 세계가 하나가 되어 가는 추세 속에서 한국의 새로운 세대가 한국의 음악과 미술, 공예와 풍습을 잊을까 걱정하였습니다. 한국의 국제적인 회사에 크게 기여한 만큼 그이는 이제 자기 나라 사람들을 위해서도 뭔가 이바지하고 싶었던 것입니다. 한국 예술에 대한 깊은 연구를 통해서 그이는 판소리 전집들 같은 새로운 상품을 일구어냈습니다. 그리고 마침내 잡지가 탄생하게 되었는데, 그 이름은 뿌리깊은나무였습니다. 그 이름이 말해 주듯, 그 잡지는 한국의 현대와 전통을 잇는 문화의 터전이 되었습니다.

불행하게도 뿌리깊은나무는 전두환 정부에 의해 강제 폐간됩니다. 뿌리깊은나무는 문화적인 주제들을 다루어온 잡지였는데도 정부는 심의제도를 악용했습니다. 몇 년이 지나고 나서야 한창기는 다른 잡지를 출판할 수 있게 되었습니다. 그 잡지들 가운데 하나는 지금도 창업자의 전통을 이어가고 있습니다. 이 책에 담긴 그이의 글들은 그가 펴낸 배움나무, 뿌리깊은나무, 샘이깊은물에 실렸던 것입니다. (이 글은 한창기가 세상을 뜬 뒤에 그의 글을 모은 책에 들어갈 글로 부탁받아 쓴 것이다.—편집자) 이 글들에서 우리는 참으로 여러 방면에 걸친 한창기의 관심사를 알고 놀라게 됩니다. 이 글들에는 그이의 언론인으로서의 호기심과 모국의 풍성한 문화에 대한 타고난 학자로서의 존경이 깃들어 있습니다.

한창기는 '예술 애호가'라는 표현이 가장 잘 들어맞는 사람이었습니다. 그이는 예술과 문학의 세계를 사랑했으며 그것이 주는 감흥을 즐길 줄 알았습니다. 그이의 가장 가까운 친구들은 예술가, 건축가, 음악가 들이었고 그이는 그이들의 작품을 감상하고 활동을 지원했습니다. 살아 있는 동안 줄곧 그이는 한국 예술을 연구하고 수집하였으며, 작품의 진가를 알아보는 정확한 눈을 가지고 있었습니다. 그래서 그는 감상자이자 비평가가 될 수 있었습니다. 그이 때문에 나도 한국 예술을 깊이 좋아하게 되었습니다. 나이가 들어 그이는 자신이 만든 한국브리태니커회사를 은퇴하고 예술품 수집과 잡지 펴내는 일에 더욱 몰두하였습니다. 그렇다 하더라도, 한국어판 브리태니커 세계 대백과사전이 나오게 된 데에는 그이가 사업 초기에 품었던 영감과 열정에 힘입은 바가 큽니다.

나는 로이가 그이의 재능을 정치 쪽으로 돌리지 않은 것을 애석하게 생각하기도 했습니다. 그이는 마음만 먹었다면 틀림없이 매우 능력있는 정치가가 되었을 터이니까요. 한번은 그와 내가 허버트 험프리 전 미국 부통령을 수행하여 청와대를 방문했던 적이 있었는데, 그때 박정희 대통령은 한창기에 대해 알아보라고 보좌관에게 지시했다고 합니다. 아마 한창기가 정부에 쓸모가 될 것이라고 생각했던 것이겠지요. 그러나 다행히 그 뒤로 아무일도 없었습니다. 사실 한창기는 김대중 씨를 지지했습니다. 김대중 씨가 대통령이 되기 전에 그이가 세상을 떠난 것이 나에게는 애석하게 느껴지기도 합니다.

한국 정부에 많은 친구와 지인들이 있었지만 사실 한창기 자신은 관료사회를 좋아하지 않았습니다. 처음부터 끝까지 그이는 기업가 정신을 지니고 있었습니다. 그이는 독립심이 강한 사람이어서 그이를 가리켜 '자기가 치는 북장단에 맞추어 행진하는 사람'이라고 표현한 이도 있었습니다. 이 책을 읽다 보면 우리는 그이가 가졌던 선견지명과 비판력, 현대와 전통을 꿰뚫는 풍부한 지식에 놀라게 됩니다. 그이는 정녕 멋있는 사람이었습니다. 🐾

특집! 한창기 / 한창기의 글 모음집 출판기념회

한창기, 그이의 삶과 생각

2008년 2월 1일 (금) 오후 6시 30분 / 뮤지엄카페 '고궁뜨락'

2008년 2월 1일, 이 책『특집! 한창기』와 앞서 나온 한창기 글 모음집 세 권의 출판을 알리며 그이를 기리는 모임이 열렸다. 음력으로 그의 십일주기가 되는 날이었다. 그 행사장에 건 현수막 속에서 그이 사진이 잠시 뿌리깊은나무 표지가 되었다.

뿌리깊은나무 표지
1976. 3 – 1980. 8

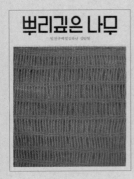

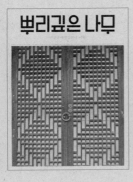